庞培利 著

三界玲珑塔

江苏凤凰文艺出版社

图书在版编目（CIP）数据

三界玲珑塔 / 庞培利著. —— 南京：江苏凤凰文艺出版社, 2018.8
 ISBN 978-7-5594-1912-5

Ⅰ.①三… Ⅱ.①庞… Ⅲ.①长篇小说—中国—当代 Ⅳ.①I247.5

中国版本图书馆CIP数据核字(2018)第078957号

书　　　名	三界玲珑塔
著　　　者	庞培利
责任编辑	郝　鹏
出版发行	江苏凤凰文艺出版社
出版社地址	南京市中央路165号，邮编：210009
出版社网址	http://www.jswenyi.com
印　　　刷	南京华众彩色印刷有限公司
开　　　本	787×1092毫米　1/16
印　　　张	20.75
字　　　数	400千字
版　　　次	2018年8月第1版　2018年8月第1次印刷
标准书号	ISBN 978-7-5594-1912-5
定　　　价	39.00元

（江苏凤凰文艺版图书凡印刷、装订错误可随时向承印厂调换）

目录

第 一 章	一·二八烽火骤起　筹赎金关桃救父	001
第 二 章	小顽童地宫迷情　少年郎学徒谋生	007
第 三 章	见不平以寡敌众　生暗恋递饭传情	016
第 四 章	埃里克履职捕房　苏利文解密洋场	022
第 五 章	关一刀独当一面　俏爱琦新年遇旧	029
第 六 章	探关桃情意朦胧　生妒意秀珍叛逆	038
第 七 章	遭逐退火线贩米　历生死故人援手	045
第 八 章	熄战火初登孙府　报深恩赵家散财	051
第 九 章	有情人茶楼分歧　关慧芝命丧悍匪	056
第 十 章	叹空景孃孃落葬　明心迹佳人互访	062
第十一章	组搭档华洋共事　同历险佑圣明志	069
第十二章	交易所高潮迭起　邱明远春风得意	074
第十三章	投机潮波诡云谲　大崩盘一朝破产	079
第十四章	念师恩以德报怨　接协隆情定五月	084
第十五章	谋对策日商聚会　起工潮山雨欲来	089
第十六章	齐反帝血染上海　俱遭禁爱琦去国	095
第十七章	思良策苦无资金　得暗助老店新开	109

第十八章	巡捕房泾清渭浊	衣冠冢仙股祭师	114
第十九章	开埠日三浦聚会	史密斯坐论三界	119
第二十章	开心扉初识涵芬	救古籍父女情深	128
第二十一章	忧国粹情耽故纸	生仰慕关桃用心	134
第二十二章	论时局玉壶光转	说风情舞场救美	143
第二十三章	大逮捕柔然脱险	城隍庙关秦相约	151
第二十四章	查账目堵塞漏洞	拜新年借书传情	162
第二十五章	开新业关桃宴宾	游古寺巧遇加藤	169
第二十六章	大萧条日人焦虑	闯古刹夜半惊梦	175
第二十七章	孙亦元黑白通吃	秦涵芬情定关桃	182
第二十八章	众势力暗流涌动	孙爱琦回归故里	192
第二十九章	议收购山本献计	备婚礼孙关巧遇	204
第三十章	谈复仇浦江晤面	谋扩张军国躁动	212
第三十一章	倾身家定策收购	死复生师傅归来	220
第三十二章	争协隆关桃危困	顾旧情爱琦出庭	230
第三十三章	生嫌隙孙林争吵	使阴招顺礼背叛	240
第三十四章	陷困境面临破产	完婚礼林森思迁	250
第三十五章	九一八风云激荡	迷乱局淳轩被绑	256
第三十六章	约瑟夫孤身救人	苏利文封口真相	272
第三十七章	情缘尽孙林陌路	芳尘去小娴让书	279
第三十八章	落魄人重回协隆	拒利诱守口如瓶	287
第三十九章	造事变贼寇凶残	护国宝凤凰翔天	298
第四十章	不屈服死拼日军	报大仇歼灭加藤	309
尾声	叹大势约翰离沪	诵英灵谛闲西归	318

第一章　一·二八烽火骤起　筹赎金关桃救父

关桃穿着一件呢料长大衣，大衣外扎着束腰带，里头是一件中式夹袄，敞开领子，看上去不搭调。他站在船头上，面色冷峻，两只手垂落下来，寒风吹散头发，吹进脖颈，冷到了肚子。

这是中华民国二十一年，公元1932年2月，农历正月新年，枪炮声替代了鞭炮爆竹，响彻天空。从很远的地方传来炸弹爆炸声，市区北面大片大片房子燃烧着，黑烟飘过整个上海，在灰色的天空里弥漫，带来死亡的灰烬，空气里充满呛人的焦毛气。上海北部的战线上，十九路军正与日本人作拼死搏斗。

一月下旬开始，局面迅速变化，一天一个样，眼花缭乱。1月18日，马玉山路三友实业社门外发生日僧被杀事件。东洋和尚出来化缘，与正在操练的三友实业社义勇队员争吵起来，随后动起手来，死了一个东洋和尚，由此导致了日本朝野的抗议浪潮，上海的日本人与中国人之间严重对立，发生了更多冲突。

1月20日夜，三友实业社被日本人烧毁。1月21日，上海市长召来日本驻上海总领事提出强烈抗议，要求缉拿肇事者。日本国总领事向上海市长吴铁城承诺缉拿焚烧三友实业社的凶手，但反过来提出了四项强硬要求：一、上海市长对日僧事件公开道歉；二、逮捕和审判作案者；三、对被害人家属作经济赔偿；四、取缔和解散上海的一切反日组织和团体。

当然，这个世界是强权的世界，军事是外交的后盾，一切外交和政治都基于实力。1月21日，日本海军巡洋舰"大井"号和第十五驱逐舰队从本土出发，搭载第一特别海军陆战队450余人和大批军火物资于23日抵达上海。24日，停泊于旅顺港的1.4万吨轻型航母"能登吕"号搭载6架飞机到达黄浦江上。

在东京，日本政府紧锣密鼓筹划"九一八事变"后对中国的又一次重大军事行动。以保护日本侨民为由，更多的兵舰和士兵被派往上海。在上海的日本海军特别陆战队指挥本部里一片忙碌，占据了整个街区的巨大钢筋混凝土大楼门口的工事被加高加固，楼顶上也筑起工事，各个方向站着哨兵。风雨欲来，黑云压城。

24日，日本驻华公使重光葵在上海的住所被烧。26日，裕仁天皇批准日本军队行使自卫权。此时，日本人在上海已集结了24艘兵舰，几十架飞机，9部M-25维克斯·克罗斯利装甲车，海军陆战队队员两千人及武装日侨四千余人，分布在公共租界北区和黄浦江上，形成了对中国军队在装备上的绝对优势。从吴淞口到虹口的江面上停满了日本兵舰，兵舰上的旭日军旗飘动在寒冷的天空里，炮口指向苏州河以北房舍密集的区域，虹口再往里，江面上停着几艘英国、美国和法国兵舰，好像阻挡着日本兵舰再往里开进的空间。然而，江面上唯独没一艘中国兵舰。

28日，日本海军省下令再调航空母舰"加贺号""凤翔号"，巡洋舰"那珂号""由良号"和"阿武隈号"及4艘水雷舰开赴上海。

面对日本的巨大压力，南京政府充满了愤怒、犹豫和挣扎。九一八事变犹在眼前，由于没有组织有效抵抗，政府背负着民众和舆论的巨大压力，也成为蒋介石暂时下野的部分理由。而现在日本又借日僧事件悍然增兵上海，大有一举向中国心脏地带发动闪电突击的架势。依照国力和军力对比，南京认为中国尚没有与日本摊牌的实力，打仗打什么？打钞票打钱嘛！中国有钱吗？没有！政府的钱什么地方来？要从各省收上来。但南京政府可以从几个地方收得到钱？无论装备还是训练水平，中国军队和日本军队都存在着代差。上海、南京恰是中国政治经济中心，一旦打起来，又打不赢，国家危亡只在旦夕。此时在南京掌权的是中山先生的儿子孙科，孙科本来是想打的，但一摸底牌，又不想打了。1月28日午后，中华民国上海特别市市长吴铁城接受了日本最后通牒的全部要求。然而，这天午夜，已经部署完毕决心一战的日本军队在装甲车和舰炮掩护下突然进攻驻守在闸北的中国军队。国民革命军第十九路军奋起抵抗，刹那间枪炮声响彻宁静的夜空，战争由此爆发。

在上海挑起战争的日本部队由日本海军省指挥。作为依靠海军发家的岛国，日本海军装备精良。由于有了陆军省在中国东北的巨大成功，海军深受刺激，很想在上海迅速取得成功。第二日早晨，日本飞机开始在闸北实行无差别轰炸，平民死伤无数。日本军方起先认为面对占有绝对装备优势的日本精锐军队，中国军队会在最初的象征性抵抗之后迅速后撤，就像他们在东北的同僚碰到日本陆军时一样腔调，但没想到遇到了中国军人空前激烈的拼死抵抗。不但军队拼命，老百姓也像上足了发条铆足了劲，与中国军队站到了一起，支援部队打仗。战争规模迅速扩大，双方各自投入了巨大的战争资源，战事从中国春节前一礼拜爆发，到现在已经过了年初五，却一点也没有要结束的意思。

这场战事，史称"一·二八"淞沪抗战，日本人称作第一次上海事变。

关桃是在中午知道父亲被绑票的。在街角临时搭起来的帐篷里，各界的捐赠物资源源不断送来，关桃他们几个人不但要负责登记，还要负责分门别类整理好，有时还要帮忙运出去，工作很繁杂。秀珍带着关桃的一个堂弟过来，堂弟给了关桃一张纸，那是绑匪留下的。

关桃交代了手里的事，连忙去找火油张老板借钱。张老板三十多岁，头发中分，额角头有些高，越往下，脸越宽，到头颈地方九十度急转，收出一只相当富裕的下巴，嘴巴看上去小小的，天生一种福嗒嗒的样子。张老板是做火油和火油灯批发的，生意相当大。火油是大宗商品，全中国像上海这样电力覆盖了整个城市的地方还不多，即使在上海，出了租界还有很多小地方没电力供应，所以张老板的脸一直都是油光光的，好像从皮肤里就能抽出油来的样子。

但这一天张老板的脸色有些灰暗，坐在家中的客厅里，一丝疲倦居然盘踞在他的眼角久久不散。外头枪炮声不断，闸北已经被炸烂，天天担惊受怕，身家性命都在上海的人有几个是可以睡安稳觉的呢？虽然苏州河南面的租界里暂时是安全的，但谁知道日本人会不会攻打进来。

张老板看到关桃还是客气的。关桃现在的情况圈子里人人清楚，生意败了，还欠了一大笔债，但张老板做人还是相当有品的，趋炎附势、落井下石这种事他是不做的，这大概也是关桃碰到难处第一个想到他的原因。张老板让了座，牛皮沙发温柔得像绸缎做的。娘姨递了一盏茶上来，泡的是关桃喜欢的猴魁，茶杯用的是最好的皇家伍斯特骨瓷茶具，描金彩绘，一点也没怠慢的意思。

放在以前，慢悠悠品茶，两个人可以有一搭没一搭东拉西扯一会儿再切入正题，甚至根本没正题。但这一刻关桃心急如焚，满脑子想的就是借钱救自己的父亲，实在没心思靠在沙发里东拉西扯。

远处战事正酣，但张家还是安静的，客厅里的陈设还是熟悉的样子，英格兰乡村风格的墙纸格调清新，壁炉里火舌摇曳，热水汀好像发出嘶嘶的声响，自鸣钟滴答滴答走动着，从容不迫。从客厅窗口望出去，花园整齐得体，丝毫没仓皇的感觉。

"关桃兄弟，你看这新年，没一天太平。娘的杀千刀的东洋人，这是得寸进尺步步紧逼要我们亡国灭种啊！"

"是啊，张老板，我……"

"你这桩事，唉，当初你师傅那个女儿，叫啥，秀珍，突然不来上班了，我就觉得有问题！兄弟啊，你是太善了就被人欺！你晓得吗，我一只仓库被东洋人炸了呀，损失惨重！兄弟啊，一只仓库，大年夜夜里，一把火没了呀！我这几夜里都没睏好觉。东洋乌龟促狭吧？年都不让你好好过！你讲我们怎么都这么倒霉呢！"

关桃有一刹那简直没了开口借钱的勇气，他是个要面子的人。但是，无论如何他要救父亲，他必须想办法借到钱！放在从前他可能会把已经到了嘴边的话咽下去，但今天不一样，要救父亲，只有厚厚面皮。他的眼睛从张老板脸上收回，看着自己棉鞋前的一方地毯，讲："我阿爸被绑票了！"

"啥，你讲啥？"张老板的两只眼睛瞪得像铜铃，惊惧、怜悯和若有所思在眼中一闪而过："啥时候的事？"

"我刚刚得到消息，昨天发生的。我要筹五千块钞票去救我爷。您看您能不能……"

五千！这是一笔不小的数字。张老板面露难色："关桃兄弟，不是我不帮你，放在从前，你知道的，不要讲五千，对吧，但你看我、我也碰到难处，刚刚被炸了一只大仓库，损失惨重，惨重啊！实在，实在是，唉，怎么讲呢，这样好吧，我把身上的钞票全给你，大概有三百，你拿去，不用还的，好不好？唉，你看我们怎么都这么倒霉呢！短命的矮东洋，杀胚、瘟牲！"

关桃心里明白，不用还的意思，就是以后也不希望他再来了！话讲到这里，多讲也没意思了。要不是念旧情，不会有人平白送三百块钱的。但三百块离五千块差得不是一点半点，关桃没办法，又去找了几个朋友，有推脱不见的，有见了面情况与张老板差不多的，总之，加上秀珍给的，关桃凑到了两千多块钱。

关桃没理由责备这些朋友，老实讲他也不知道什么时候可以还钱。但不到一年前关桃的新厂开业时，这些朋友在酒席上个个都像是有过命交情的，不要讲借一千两千，三杯酒落下肚子，把性命交出来都可以。现在，关桃的心里更加悲凉。

时间一分一秒过去，过了赎票期限，土匪在撕票这件事上不会有丝毫犹豫。现在的上海每天死人无数，多死一个少死一个有谁会关心？关桃拿上借来的钱就出发了。他预备先到了地方再好好跟他们解释，要是早一年，不，早几个月，土匪是绑对了人，但是现在关桃已经身无分文。关桃想，这些土匪的消息太不灵通了。但毕竟他们要的是钱，至于钱的数字往往还是可以商量的。

关桃要去的地方是黄浦江上游，那里港汊纵横，芦苇茂密，即使是冬天，仍是土匪理想的藏身之地。船先要在闵行停靠一下，那里有一个中间人会告知他最后的碰头地点。

关桃先回龙华见了娘，娘哭得哀哀戚戚。不过几个月前，关桃和爷娘还住在毕勋路的洋房里。上个新年一家人在一道开开心心，这个新年，整个中国都处在极度的压抑中，关家又岂能例外？碰到土匪绑票这种事，轻则倾家荡产，重则人财两空。现在儿子要去救父亲，家里的两个男人都要处于生死未卜的境地，关桃娘肝肠寸断，但她又不可能阻拦儿子去救自己的父亲。

关桃叫了龙根的船送他。龙根是一起长大的，以前经常为关桃运皮棉到杨树浦去，关桃有难，愿意为他跑这趟危险的差事。船停在了关家屋后不远处的河里，关桃要出发了，手里提了只布包，一声不响地跨过门槛，娘在身后拉住了他的手，紧紧地，不愿意松开。关桃转了身，娘一把抱住了他，好像要把儿子重新收回自己身体里去一样。关桃的眼泪扑簌簌落下来。娘已经有好多好多年没抱过他了，上一次抱他时，娘的身体是他可以倚靠的，这一次，娘小小的身体只在关桃下巴那里，头上有了很多白发。

"桃子，儿子……你要回来，一定要回转来！"

"姆妈，我一定会回来的，您放心吧！我一定会把阿爸带回来的。"

关桃没敢告诉娘，涵芬在年前离开他以后就再也没回来过。关桃没亲兄弟亲姐妹，如果他和父亲回不来，这家里就只有娘在这个世界上了。关桃筹来的钱没达到绑匪要的数目，这一次行程便格外凶险。娘儿俩抱着不愿意松开，直到龙根讲：桃子，不早了。

龙根在船尾把舵，两个伙计站在船头拿竹篙向河里插下去，肩膀顶着竹篙，双脚踏着船帮向船尾奋力走去，船慢慢向前挪动，朝黄浦江吃力地撑出去。

关桃娘站在岸上，看着儿子登上这只或许是有去没回的船一点点走远了。

从船上回望，七层八面的龙华塔矗立在散淡的天光里，风铃瑟瑟。太阳微弱的光芒几乎被烟尘遮蔽了，无力地向塔顶坠落，再落一点好像就要被塔顶的铁刹刺破，像皮球漏气一样软软地塌陷下去，然后从飞檐上淋下蛋黄般的液体来。

涨潮时出港很吃力，但要去黄浦江上游，这时候出了龙华港，挂起帆，顺潮走，会快很多，这样，第二天关桃才可能到达指定的地方。龙华港三四十步宽，越往外越宽。河岸上，光秃低矮的桃树枝干黑黢黢的，钢钩铁骨般凌乱伸展；枯黄的芦苇在风中摆动，杨树枝丫直直指向天空。船出龙华港时，远处传来钟声，云层加厚了，天空冷糊糊地暗淡下去，有几盏灯亮起。

黄浦江像一条粗壮的血管，粗壮的血管有很多小血管，那是黄浦江的支流。支流多以"港"名之，例如这一条龙华港。

从龙华镇到黄浦江有两里多路。出了港，江面宽阔，浑黄的江水拍打着船帮，水花飞溅到甲板上。撑起帆蓬，顺潮再加风助，船速立时快了很多，照这样的速度可以按时到达闵行的。龙根为关桃在船舱里铺了干净的棉被，预备他睡觉。两岸景物模糊在暮色里，江风钻到骨头缝里，关桃打了一个寒颤，下到船舱里躺下，眼睛睁着，看着黑乎乎的舱顶。

发源于青藏高原的长江由涓涓细流的千回百转汇合成势不可挡的滔滔洪流，挟雷霆万钧奔腾万里，一路向东，历经高峡的凶悍激情，平原的辽阔沉静，来到海洋与河流交汇的地方。在这里，河流与海洋缠绵絮语，柔情温存，来自中原腹地的泥沙像一粒粒细小的种子着床受孕，生长出一个个沙洲。沙洲日长夜大，纵横勾连，终至于植被葳蕤，沃野成片。这就是上海，长江与海洋的孩子。

关桃出生在龙华。龙华成陆很早，位于上海县城西南，历史比县城悠长得多。县城还是荒滩野地时，龙华寺和龙华塔已巍然耸立。

龙华寺香火鼎盛千年，龙华塔八面玲珑，迎来送往。岁月悠悠，朝代更迭，王谢庭燕，野草荒冢。回头看，人事沧桑，只有这宝塔傲骨嶙峋，穿云破雾，守望千年。宋明两朝皇帝于龙华寺屡有颁赐。但御赐的种种宝物到十六世纪大多被倭寇劫掠而去。

关桃出生时，龙华北面几里路外已是租界。租界分成公共租界和法租界，有着各自独立的行政机构，警察、监狱甚至军队，互不隶属又互相往来，与华界三足鼎立。那个时候，租界里的洋人世界已经过了最初奠基的时代，正一日日长高，变得繁华喧嚣。租界总体上仍是一个华人社会，外来侨民只占极小一部分，但这个少部分洋人治下的华人社会遵循着与华界不同的规则，好像两个相隔遥远的世界。租界像一个混血儿，荷尔蒙充沛，急剧变化、扩张。各式大楼和工厂造起来，江上停泊的船也越来越大。而租界外天下大乱，一会儿城头变幻大王旗，换了朝代，一会儿这个督军那个督军互相撕咬，狼烟四起。

龙华的西北面是徐家汇，圣伊纳爵堂尖顶上的十字架俯瞰四野。龙华塔和圣依纳爵堂遥遥相望，佛塔和教堂好像一个中国人和一个双头怪洋人互相睥睨视。红砖砌成的天主堂把多年没修缮过的龙华寺和龙华塔比得有些寒酸，但龙华塔终究还是气宇轩昂，傲立一方。

关桃是学生意出身。关桃开始学生意是因为听了姑姑的话。上海本地话，姑姑叫孃孃。关桃孃孃是个小巧有慧根的女人。江南是滋养美人的地方，温润的气候使这里的女人拥有世上最好的皮肤。关桃的孃孃慧芝有笑盈盈的大眼睛，弯弯的月牙眉，挺挺的鼻梁和棱角分明的嘴唇，皮肤在阳光照耀下有一层若有似无的绒毛。孃孃后来嫁给了镇上最受人尊敬的王家，住进了深宅大院。

就在刚才，船过了王家的花岗石水码头，关桃看着那座青砖楼，高高的山墙耸起在灰色天空里，整座楼竟无一点生气。孃孃早已不在了，那座楼再也没有带给他温暖欢乐的感觉。想起在孃孃屋里玩耍的时光，恍若昨日，又恍若隔世。

一个认真活着的人一生中大概总会有至少一次活不下去的念头。过年前，涵芬走了，关桃痛不欲生，有了随她一起去的念头。让他放弃这个念头的是逐渐老去的爷娘。生逢乱世，命如草芥，但草芥有根，拔之连土，断之伤筋。现在，黄浦江上游的一间房子里，他的父亲关炳生等他去赎救。关桃从小对不苟言笑的父亲既爱又怕，但这时的心中只有无限挂念。小时候父亲抱着他，他的头趴在父亲的肩头，鼻子闻到汗味和烟草味混合的味道。现在，他想念这味道。天这么冷，父亲的衣裳能不能抵挡寒冷？土匪有没有打他，折磨他？想到这些，关桃忧心如焚。如果救不出父亲……关桃不敢想。他的眼睛盯着黑黑的舱顶，方方的舱盖口漏下一点灰色来，水浪哗哗的声音传进来，和着打帆的风声。

第二章　小顽童地宫迷情　少年郎学徒谋生

关桃小时候龙华镇不大，抬脚出镇，四野庄稼。镇里人家之间夹杂着宅边地块，用篱笆围起来，篱笆上点缀着粉色和紫色的木槿花。关家住在镇外不远的地方，十几户人家聚在一起，每家屋前有块场地，屋后有高高的杨树，歪脖的柳树，低矮的桃树，还有几处竹林。水车蹲在河岸边，老牛围着水车打圈圈，水流哗哗沿着沟渠流向田野。

关桃小时候的头发是硬硬向前冲的，到了左前额又多了一个发旋，上海话是多了一个头螺，一撮头发朝天长，一对圆眼骨溜溜，眉毛粗黑，大人讲这是个犟种的长相。这个犟种性子有些急躁，吃不得太烫的饭，每次吃太烫的饭就会着急得要哭。有一天他突然抱住了父亲关炳生的腿，死活不让他往饭锅里加水，关炳生被他弄得摸不着头脑，舀了一勺水到锅子里，急得关桃哭了出来。原来关桃通过自己的观察领悟到，米饭烫是因为煮饭的时候朝锅里加了水，那些热气都是因为加了水才有的。

关桃是个淘气孩子，爱到河里摸蟹抓鱼，在龙华街上各铺子里穿出穿进、拆天拆地，闯祸不少。爷娘有时实在管不了，气急了，就夯几下，关桃就嚎啕大哭，冤枉鬼叫的样子。等到爷娘火气下去，关桃抽抽搭搭鼻涕一把眼泪一把，吓<u>丝丝</u>，怕爷娘想起什么还要落手时，总是孃孃跑过来，把他拉去她屋里，用块毛巾把小脸揩干净，拿出甜的咸的，等他用吃食抚平心灵创伤，孃孃就讲他几句。孃孃比关桃大了十来岁，关桃是她抱大的。关桃知道爷娘的拳脚不会过来了，嘴里吧唧吧唧着，孃孃讲什么就只管乖巧地嗯嗯答应。时间久了，爷娘的话不一定有用，倒是很听孃孃的话。

关桃有时候分不清自己是因为喜欢孃孃的漂亮才乐意听话，还是因为孃孃总是在自己觉得恐惧无助时"救"了他才觉得孃孃可爱。总之，孃孃的样子很快变得不一样了，胸口隆得好高，做不少事都要把关桃赶到门外去了，关桃总觉得有什么不对，但也更加喜欢孃孃的样子。后来讲媒的人就来了，娘讲，孃孃要寻个人家了。王家托人上门讲亲时全家都很开心。事情进展得很快，收了聘礼，两家定下日子，孃孃就要嫁到王家去了。

王家是镇上受尊重的人家，不独因为他家那幢青砖宅院和最高的楼，还因为王家书香门第，祖上是乾隆年间同进士出身，后来在外头做了官，奠定了王家的百年基业。虽然之后的王家子弟在科场上没有了大作为，蒙祖上庇荫，王家广有田亩，龙华街上还有一些门面房子。光田租一项，足敷一家支出，所以过着富足闲适的日子。

孃孃出嫁那天关桃很伤心。虽然孃孃嫁得不远，出嫁上轿之前还牵着他的小手。孃孃在闺房里和阿奶相拥着哭了一场，族里的两个年轻婶婶搀扶着戴了大红头盖上轿时，关桃不肯松开孃孃的手。一次不松，旁边的人哈哈大笑，两次不松，关桃娘上来讲，桃子乖啊，孃孃做新娘子，要过好日子去了，过几天桃子到孃孃新房去玩，但桃子还是不松手，弄得大家有些急了。嫁娶虽然不像丧事那般拘礼，但时间还是要一时一刻算好的，这里一哭，那里一拦，待开的酒席就要耽搁好久。王家带头迎亲的是新郎的娘舅，这时便跑过来嘻嘻哈哈催促一句：那里大家都等着拜天地啦。

慧芝便轻声和嫂子讲：要不让桃子和我一道坐轿子过去吧。

关桃娘讲：这不像的，不可以的。

关桃阿爸关炳生跑过来，稍稍用点劲把关桃的手掰开，瞪了眼，忍住不笑，吓住关桃。新郎娘舅挑了子孙桶，轿子在一阵吹吹打打的喜乐里去远了，留下失魂落魄的关桃嚎啕大哭。关桃这一哭，竟然把娘也哭得鼻子酸，流下泪来：这孩子拆天拆地的，却是个重情的种。

夜里关桃做了一个梦，自己飘浮在天空里，四周是白色云朵。像游水一样，他平躺着，点一下脚，人就浮起来了，再点一下，人飘出老远。关桃爱这种飘起来的感觉，很开心，自己可以飞！但云朵不断地集拢过来，像一个个大包撞过来，他总在躲避这无穷无尽的大包……乱梦醒来时，他听见娘在叫他，他想翻身，但软软地没力气。娘摸着他的额头讲：定是昨天顽皮出汗着凉了，这额角头烫的！

小孩的病来得快去得也快，关桃吃了几天娘用陶罐在灶肚里煨的稠稠的粥，胃口慢慢恢复，几天后就欢天喜地到孃孃的新房去玩了。

到了关桃开蒙的年纪，慧芝对阿哥讲，让桃子去读几年书吧，于是关桃便去龙华寺西边的小学读书。

关桃读书时顽劣依旧，呼朋引伴在庙里玩耍，时不时打架，背着先生在庙里躲猫猫，扰了佛门清修之地的安宁不讲，偶尔还把供品吃掉。和尚很不开心，但又拿这些孩子没办法，只有到小学向先生告状。

关桃常常同着一帮小伙伴爬高登塔。风和日丽的日子从塔上远眺，一边是蜿蜒曲折的黄浦江，波光粼粼伸向天边；另一边，越过大片农田和村舍，是高楼巍峨的大上海，好似平原上陡然出现的峰峦叠嶂，其间云雾缭绕，烟霞明灭，是一个与龙华不一样的地界。有时候，这些顽皮的孩子嫌风儿太小，翘檐下的铃铛纹丝不动，就用竹竿去拨动铃铛，让它发出清脆的声音。

关桃打架异常灵敏，出手又狠又重，经常把其他小朋友打哭。学堂里有些学生是淞沪护军使署的军官子弟，以龙华的孩子为一帮，军官子弟为另一帮，经常发生冲突。最激烈的一次发生在关桃三年级时，淞沪护军使署参谋长的儿子带着好几个孩子围住了关桃他们，那时候关桃正在破败的寺庙围墙缝里挖野蜂。

开春时分，农户把沤了一冬的肥料撒到田里。过些日子，油菜花一片金黄，散出淡淡的香味。花香混合着肥料的熏味组成江南春天特有的味道，轻盈伴着厚重，在暖洋洋的空气里氤氲不散。胖胖的金色野蜂出没在田野上，钻进墙缝里。孩子们用细小的草秆将野蜂慢慢赶出来，小心捉住，放进瓶子，或直接拉断野蜂身体，取出圆圆的蜜囊放进嘴巴里。军官子弟围上来时，关桃的瓶子里有二三十只蜜蜂。

参谋长儿子比关桃高一个年级，人高马大，带的人也多，动起手来关桃要吃亏。一开始双方动嘴巴，言语挑衅，不动手。关桃把装书的布袋倒空了，把瓶子里的蜜蜂放进了布袋，然后向小伙伴使个眼色，所有人都只朝着对方的头领冲过去，居然把他推倒在了地上。混乱中关桃把布袋套到了对方头领的脑袋上。几只左冲右突逃不出去的蜜蜂把满腔怒气撒在了这个可怜的脑袋上。可怜这孩子在地上嗷嗷叫唤，额头起了好几个包子，两只眼睛只剩了两条线。

关桃闯下大祸，赶紧躲进了庙里。东厢有一间屋子没人，里头有一个高大的木橱。关桃知道这大橱是空的，装得下他，只是里头有一些奇怪的突棱，好在他身体小，还可以舒坦地躺下来。关桃躲进了大橱，躲得时间长了，春意正浓，又刚刚疯野了一阵，眼皮有些沉重，竟睡着了。睡了好久，睁开眼睛时，迷迷糊糊之间忘了自己在什么地方。四周寂静无声，乌漆麻黑里他伸手摸了一下，好像触碰到了突起的东西，用力拍一下，还是一片黑，再摸索，再拍，还是没有亮光，他有一点点慌，直起身，头撞到了顶上，一下子醒悟了，他是钻进了一个大橱的。此时，左手边居然有一扇门缓缓地开了。但门里还是墙壁，关桃想，怎么会是这样呢？开了门出不去，是谁把大橱门对着墙壁放了？定是庙里的小和尚恶作剧要他出不去。他有点生气，对着墙壁砸了两拳，墙壁坚硬，疼得他龇牙咧嘴。但那墙壁却缓缓静静地开了，看得关桃目瞪口呆。往里看去，是小小一个房间，黑乎乎，像一间空屋，右边像有一个小小过道，透出一线光来。关桃是个天不怕地不怕的，从小在庙里穿梭，却未见过这一间屋子，不免好奇。出了大橱，蹑手蹑脚走过去，走了几步，想，如果过道那一边是什么人住的地方，走过去，岂不是要被人当作小偷？又退了几步。但他终于抵挡不住好奇心，走进了一束光亮里。走过一条过道，面前是通向地下的长长台阶，那光正是从地下泛上来。关桃一步步走下去，心扑通扑通直跳，走到底，右转过去，却还是空空一间屋子，只是那屋子构建奇巧，青砖砌就，一个圆顶，是关桃从来没有看到过的。柔和的光从顶上和四周漫出来，每个角落都看得清清楚楚。那光线不刺眼，却照见纤毫。关桃下了那么多台阶，这地方早已深入地底，想来早已没有地上的光线进来，不见灯，也不见湿潮。四周安静，有一股馨香飘来，好闻得人要飘起来一般。关桃一屁股坐在地上，不想出去了，就想待在这个屋子里，一直待下去。但坐了一会儿，肚子却不争气地"咕咕"叫起来。他想，屋子什么也没有，爷娘也不在，没人给他吃的，要饿死在这里的。他恋恋不舍，但肚子越发饿得厉害，就走回到地上，数了一下，是七七四十九级台阶。走回来时，大橱的门还开着，他刚一缩进大橱，门就关了，再也打不开了。

原来关桃是从大橱另外一边的门进来的。

回到家里，娘已经找他几圈了，看到关桃，拖过去就打了几下。这一次是参谋长太太到学堂告状了，先生就去关桃家里告诉了关桃爷娘。

关炳生在屋里等着关桃。在田里辛苦一天，回到家里听老婆讲儿子又闯祸，火"腾"地升了起来。关炳生瘦瘦的，短发硬戗戗的，直竖着，身上的每根肉条子都能派用场。看到关桃回家里就捉过去，按在长凳上，拿了一根绳子三缠两绕绑定，扒了裤子，预备狠狠打一顿。

爷娘都一样的，希望自家小孩永远不要在外头闯祸，有了麻烦，打一顿。关炳生知道关桃是个犟胚，小时候吓几句有用，现在难管教了。眼下他希望儿子讨饶，讨饶了他可以象征性地打几下然后放了他，但这臭小子一声不吭一动不动地撅着屁股，等着他的藤条抽下去。抽下去，落手重一点，会血肉模糊的。天下爷娘有几个是真想把自家小孩往死里抽？况且关炳生只有这一个儿子。

关炳生把藤条在空气里挥了两下，藤条划过空气发出尖锐声响："你讲，以后还敢不敢在外头打人？啥人都敢惹，你是要把关家拆掉再罢休？"

关桃抿着嘴巴，眼睛闭起来，不响，关炳生照着屁股"啪啪"抽了两下，两条血红印子立时跳出来。现在已经没孃孃来救关桃了。关炳生又在关桃屁股上增添了几条血印以后，关桃娘过来抢藤条了。父子矛盾就转成了夫妻矛盾。他们就一个小孩，性子是犟的，但打死是舍不得的。

第二天，教国文的周孝文先生把关桃找了过去。周先生兼任教务长，他让关桃在办公桌子前站好，拖过一只手去，拿起尺板打了几记手心，无意间看了一眼红红的掌心，然后又来拖另外一只手，关桃以为先生还要打另外一只手心，赶忙往后缩，先生一把拉过去，把他捏着拳头的手掰开看了一下，有些惊讶，没再打手心，口气严厉地问："昨天又躲到啥地方去了？"

"在庙里睏了一觉。"

"你还睏得着？没心没肺！好好面壁思过，没我的话不许回屋里去。"

关桃看到先生没有打他的意思了，神神秘秘有些讨好地对周先生讲："先生，我昨天在庙里发现了一个秘密。"

"啥秘密，一天到晚神夜壶鬼夜壶的！"周先生的这句话略有点粗，文雅一点应该说成浑浑噩噩或神神叨叨，但也证明他心里已经不是太生气了。

"真的真的，我昨天在东厢房一只大橱里睏了一觉，天黑了，摸不出去，进了一间密室。"

"又瞎讲，庙里啥地方有密室。"

"真的，周先生，骗你不是人。"

"那你讲，啥样子的密室，你怎么进去的。"

于是关桃如此这般又语焉不详地把自己的经历讲了一遍。其实怎么进去的连他自己也讲不清楚了，那时候睏思懞懂，他已经不太确定那是个梦还是真实发生过的一件事情。

周先生盯着关桃的眼睛看了一会儿，讲："放学后不许回屋里去，跟我一道去庙里。"周先生锁了门走了，关桃知道自己在庙里也做过不少事，心里想这是要新账老账一道算了，不知道和尚会如何与他算账。祸闯得有些大，从昨夜到今天，前后三顿打，好像还没完，还有第四顿等着他。

周先生教完了课，带着关桃去庙里找谛闲大师。这谛闲大师是净土宗一代高僧大德，俗姓朱，出家后法名古虚，字谛闲，是天台宗第四十三世祖。谛闲大师早年住锡龙华寺为方丈，以后又去了其他寺庙。这几年受各地之邀讲学弘法，弟子无数。现今龙华寺方丈是谛闲弟子，请师父来龙华寺逗留两个月。周先生与谛闲早年相识，此时拉了关桃来找谛闲。

谛闲这一年六十岁，面目清癯，须髯飘逸，笑眯眯的。大师正在藏经楼里翻阅经书。藏经楼里摆了很多书架，架子上放着成百上千香樟木做的经匣，走进去就觉得奇香扑鼻。关桃没见过谛闲，不认得这老和尚，不知道老和尚怎样打人，心里冒出一句话：笑嘻嘻不是好东西！周先生令他把两个手心都伸出去给大师，关桃不敢违抗，闭了眼，把双手伸出去。

大师用了带浓重宁波口音的官话讲："喔，原来两个都是通贯手！"

通贯手不多，两个掌都是通贯手的少之又少。通贯手又称断掌。男儿断掌千斤两，野史上讲唐太宗的双手都是通贯手，周先生大约是相信的。

大和尚的尺板没打下来。周先生对谛闲讲："晚学教过不少学生，这小孩特别一点。顽皮，老闯祸，一般这样的读书不会太好。他是个例外。"

"哦，怎么个例外？"

"如果静得下心来，这孩子该是读书做学问的料。平常看他总在玩，考试却很少落出前三名的。"

"双手都是这种手相的人，很多是失智之人，但如果没有失智，则又多半聪颖过人。"

"怪不得呢，只用三五分力气书就读得好，所以野史上讲的唐太宗的事看来还是有点道理的。"周先生顿了顿，又讲："晚学来见您还因为另一桩事体。这小孩昨天又闯祸，躲进庙里一个大橱睡了一觉，醒来却进了一个密室。关桃，你自己和大师讲。"

关桃看看谛闲，以为老和尚应该大吃一惊，但老和尚还是和之前一样神色平和，两眼看着他，好像能够看到他的心里去。关桃不习惯这眼神，别转了头，眼睛望着周先生，有些不情愿地把昨天的事情又讲了一遍。

大师笑吟吟听完，问："你怎么进的那房间呢？"

但关桃自己也不知道是怎么进去的了。那时正迷迷糊糊，他只记得黑暗中乱拍了一通，那门自己就开了。

"看看，看看，这孩子讲胡话了不是！"周先生讲。

老和尚笑而不语，又拉着关桃的手看了看，说道："这孩子不俗。关姓，与伽蓝神俗名同姓，又是龙华乡民，就学于寺内，与龙华寺有缘。只是性烈而躁，将来可能不利。你或可告知其父母，此后几日晚间就住歇于本寺禅房，由古虚来与他说教几句，也算是与龙华寺多个缘由，周先生看如何？"

周先生讲："能有大师给这孩子亲自传授，最好了，晚学和他爷娘讲，没问题的。"

"好。"谛闲叫了个沙弥进来把关桃领去外头等候，单独留周先生在藏经楼里讲了一件事情。

明朝，上海屡遭倭寇洗劫，离县城十几里路之外的龙华寺未能幸免，历代皇帝所赐宝物及佛教典籍大多被劫掠。明末，皇帝于龙华寺再有颁赐，且所赐之物显赫贵重。彼时上海城墙已成，足可阻挡倭寇来犯，但龙华寺孤悬于外，无可庇护。住持文果想造一座地宫来保护宝物。但当时所谓地宫，无非地窖，且上海地下水位高，挖地三尺见水，要保存宝物难上加难。但不想个好办法恐怕又遭劫掠。左思右想，想起了三里路外隐居的徐光启。

徐光启曾官至文渊阁大学士、内阁次辅，谥号文定，故后人称其文定公。他活着时在朝廷中屡屡见犯于阉党，退隐、复官成家常便饭。徐光启很早皈依了天主教，与外国人过从甚密，并翻译了《几何原本》等外国书籍。这段时间他隐居于法华泾边埋头写作传世巨著《农政全书》。

文定公既已皈依天主教，文果住持为啥还要去求助于他呢？原来，第一，文定公小时候就在龙华寺读书，文定公读书时，文果是沙弥，因而文果和文定公是故友。第二，文定公虽皈依天主教，但明朝开国皇帝出身沙门，皇家尊儒信佛，文定公身为朝臣，不可能反对佛教。文果要珍藏皇帝所赏赐的宝物，也可算是忠臣徐光启的一种责任。第三层理由，文果知道文定公博学多思，交游广泛，在上海这个小地方只有求助于他了。

听闻文果来意,文定公沉思良久,讲:"陛下所赐珍物与佛家宝典乃我国家尊崇和乡人文明所系,自当妥为珍藏。我闻异域地下建筑宏大,坚固异常,易守难攻,且其关防设计精巧,倭寇绝难忖度其妙。大师既有此意,我可邀教内意大利朋友设计营造一处地宫,用于保存御赐之物及佛家宝典,也或可救寺内僧众一时危难。"

文果大喜,再三拜谢,自去筹集银两。

修建地宫时,龙华寺一并新修了山门。从三国时代建寺始,龙华寺和塔都位于一条南北中轴线上,唯此新山门建在侧面,面向东南。

地宫建成,文果观之,果然构建奇巧,设防严密,其大小不仅足可放置寺内各项宝物,也可容下僧人躲避战乱。于是再往文定公住处致谢。

文定公见文果满意,自己心里也很开心,于他而言,富国强兵乃是更为重要的事情,由此一地宫的营造足可见域外知识对于丰富中华文明的益处。

"只是,"文果踌躇一下,还是讲了出来:"地宫要打开却颇为复杂,如果久置不用,转达不准,他日恐无人能开,岂不可惜?"

"大师所言极是,我早已有所准备。你看,开门三个步骤,两个是不变的,只有最后一个依日月星辰之轮动而不断变化。西方天文历法略异于我朝,此处有一张天象图,你开门时按图索骥操作,一定不会有错。"

文定公给了一张图和一份说明手稿给文果。文果依图依文操作,分毫不差。自此,龙华寺历代住持延宗传灯都会将此一秘密传给下一任住持,直到有一年,住持观竺外出,圆寂于外,来不及交代重要事情,地宫秘密就此失传。历代住持虽仍会交代地宫的存在,却都不得其门而入。

"到了古虚这一代,地宫也就是一个传说了,我也不晓得这地宫是否真的存在。现在这孩子既然进去了这个地方,看来这桩事体是真的。我想留这孩子在这里住些日子,让他慢慢回忆进去的方法,或可助我龙华寺解开这百年之谜,也可助我僧众弘扬佛学。惟此事不足为外人道也!"

周先生讲:"那是自然。想不到这孩子无意间还能够解开寺里的这个谜团,也算是天赐缘分。"

"是啊,有缘分。"

关桃在周先生陪伴下回家里告知爷娘谛闲要留他在庙里住几日,爷娘本来就嫌这孩子淘气,现在既是谛闲大师这样讲,没有不应允的道理。关桃此后放学就住在了庙里。

禅房住歇,谛闲大师并没给他弘法讲经,他一个小孩,不懂往生净土的宏旨。大师只是关照给关桃备了一间单独的屋子,屋子里一床一桌两椅子,佛龛里供奉了阿弥陀佛、观音菩萨、大势至菩萨三圣,别无他物。吃完斋饭,让关桃跟着打坐,打完坐，就让他回房休息。

关桃第一夜睡在僧房里，很好奇，想看看到底会发生什么稀奇事情。但等啊等的，什么也没等到，等来了瞌睡，馨香莫名，和地宫里闻到的一样的香味，便迷迷糊糊睡了。早晨醒来，什么也不记得，吃了早点就上学去了。

第二天夜里索性就不等了，不就是睡觉嘛，一头倒下，酣然入梦，只闻馨香依旧，梦中龙华寺殿阁翩然，四周花团锦簇，百鸟脆鸣。早晨醒来，依然是不记得什么。

第三夜的梦有些特别。关桃躺下去时觉得嘴巴干，倒了杯水。坐在床铺上只吃了一口，那奇香又弥漫起来，不觉入梦。一开始依然花团锦簇，一会儿变了天，但见漫天黑云压过来，一道闪电劈下来，直达龙华塔顶，龙华塔左右摇晃，像要倒了的样子，塔下善众无不惊恐。关桃看得着急，伸手去扶，却吓出一身汗来，醒了，发现手里捧了一杯水，压在胸前。大约是这杯水压在胸口才做了这不好的梦。好在水杯稳稳的，没倒翻。关桃眼睛的余光里，像有一袭袈裟翩然而去。

这样住了些日子，大师要离开龙华前关桃才回了家里住。在禅房里住了些日子的关桃依旧贪玩，依旧呼啸结伴，只是急性子改了不少。关桃虽然捣蛋，但念书还是灵光的，很容易成为孩子王，身边总跟着不少人。被关桃打怕了的军官子弟也不作对了，有些反而成了关桃的好朋友。

无忧无虑的日子过得很快，关桃高小毕业时已经把这段经历忘得差不多了，那也许只是一个梦。关炳生供不起关桃再读上去了，觉得儿子该帮着自己到田里干活了，放牛放羊也需要人手。种田不需要读那么多书，关桃自己也觉得在课堂上坐着拘束，不想读书了。周先生到关家来了两趟，想让关桃继续读书，但看到爷儿俩的想法是一样的，只好叹了口气，走了。

但关桃也不喜欢种田，经常跟关炳生犟头倔脑吵起来。龙华北面是租界，关桃跟着大人去过几趟，还去过城隍庙，即使在龙华镇上，也不是只有种田一种活法，关桃知道这个世界上的人应该是有很多不同活法的，而种田不是关桃喜欢的日子。

别扭了一年，嬢嬢出了个主意，讲现在上海的人越来越多，不如让桃子去学点生意，将来可以安身立命。关炳生很犹豫。龙华是鱼米之乡，土地肥沃，种田人很少饿肚皮，本地人少有出去做其他行当的。再讲，儿子出去学生意，自己老得做不动了，田里的活谁弄？

八月里黄浦江有蟹汛，那是关桃最开心的日子，常与小兄弟一道去黄浦江摸蟹。江边芦苇绵延，穿过芦苇是平缓硬实的江滩，细细的水草在浅水里舞动，白鹭撑着细脚杆走来走去，野鸭子腾起，北面更远的地方有高耸的楼房和拖着黑烟的轮船。关桃腰里扎着布袋走下水去，江水到胸口时，他在水下迈着小步，慢慢挪动，像在江滩上探宝。脚踏到硬硬突起的东西，就一头扎下水去，头重新露出水面时手里就捏着一只蟹了。这样泡上两三个钟头，泡得手指头发白了，腰里的布包就鼓鼓的了。有时候，他们也在芦苇丛里抓鳗鱼。但鳗鱼比蟹难抓，需借助竹钳子。

这天摸蟹时，附近有一只小船，小船上有十几只鱼鹰，艄公指挥着鱼鹰下水捉鱼。船慢慢靠近关桃他们几个人，艄公这天对捉鱼成绩不满意，看到几个半大孩子在江里，有些迁怒。本来黄浦江那么宽，那么长，什么地方没鱼？但这一天艄公就是不开心，竹篙挥过，差点打到了一个小伙伴的头。两人对骂了起来，艄公气不过，抡起竹篙往水里拍打。拍到关桃这里，关桃并不躲闪，眼睛看得准，接住了竹篙，一拔，一松，艄公就跌下了船。几个人合力把船给翻了过来，倒扣在江面上，然后一个个向岸上逃走了，留下艄公在水里乱窜，鱼鹰惆怅地站立在倒扣的船上。

这件事传到关炳生耳朵里，想，看来儿子实在不想种田，在家里又总要闯祸，天天跟老子别扭，让他出去吃点苦头大概才会知道家里的好，也或许出去了真可以学出些名堂来，有一技之长可以傍身，回镇上来也是可以开爿店的。于是就托人到租界里找了家洋布店，预备送关桃去做学徒。

关桃离开家里前，爷儿俩的心情不一样。租界离龙华近，但龙华人是把租界叫作上海的。进租界，叫去上海。毕竟是要把儿子送出去了，碰面的日子就少了。以前总在一道，看到儿子触气，但真要走了，眼不见心不烦了，又舍不得。

一家人在客堂里，关桃娘还在检查着儿子要带走的铺盖，虽然她已经检查了一遍又一遍。关桃坐着，看娘把铺盖打开又捆上。关炳生时不时冒出一两句话来："外头做生活，手脚要勤快，师傅讲啥就是啥。"

关桃好像懂事情了，无比乖巧，嗯嗯答应着。但也许，他轻快的心里是在想：好吧，反正以后不听你啰唆了。

"手脚要清爽，眼睛里要有生活，要会得看，会得做，骨头不要轻。"

"嗯。"

关炳生喜欢吃酒，有时也抽烟，自己做的手卷烟，此刻夹了一根，火星外罩着烟灰，烟雾在手指间升起，坐在长凳上，话像羊粪蛋子一样一粒一粒落出来。

"一日为师，终身为父，师傅教你本事，以后对师傅要孝敬到老的。"

"好的。"

"做人要有骨气的，种田人靠自己手种出来，做生意也要一笔一笔做出来的。别人的就是别人的，自己做出来的才是自己的。"

"晓得了。"

反反复复那几句话，但关桃特别有耐心，看着烟雾里的父亲，想，吃香烟是件奇怪的事，多一半是白白烧掉的，就像爷现在讲的话，多一半是废话。

第三章　见不平以寡敌众　生暗恋递饭传情

　　关桃学生意的洋布店叫协隆绸布店。十四岁的关桃做了学徒,开心得不得了。店在吉祥街上。吉祥街是一条南北走向的小街,一头与法大马路交叉,另一头接洋泾浜路。上海有名的大马路大多是东西走向的,从东边的黄浦江边向着西面迤逦延伸。法大马路和洋泾浜路就是有名的大马路。

　　吉祥街上没有行道树,几根电线木头树立在路两边。吉祥街有二十几只门面,每只店面都从二楼挑出店招幌子伸到马路当中,店招上大书各家业务,风一吹,五颜六色,飘来荡去,闹猛,撩人。路的一侧,南洋药房、周吉甫医师、协隆绸布店、欧阳齿科、汪裕泰茶庄、乾昌吉林人参一路过去;另外一边,白金龙香烟仁丹、新乐唱机、荣昌祥、天丰绸缎局、王顺泰号呢绒、光华眼镜、汪泊其牙医一路过来。吉祥街上的房子不中不西,一间一间挤着,中间山墙合用。房子大多两层,黛瓦,一楼粉墙,二楼窗口下的外墙用木板子罩起来,挂着招牌。这里的住家没抽水马桶,灶披间里暗龌龊,用煤球炉烧饭炒菜。不做店铺的沿街底楼住家都有两道门,一道板门,一道半高的栅栏门。板门往里开,栅栏门往外开,天气暖和的日子,住家会把板门打开通风。

　　走出吉祥街就是不一样的景象。法大马路比吉祥街宽阔许多,两边房子是钢筋水泥的,或者清水砖砌起来的,每一间都是精心设计。法大马路与吉祥街交叉的路角子上有一栋四层楼房,墙壁上有几块很大的广告牌子,最上头的是先施白兰霜,下面是美丽牌香烟,美丽牌香烟牌子边上,勋爵牌香烟广告做得更大,像是两家人家有意别苗头。法大马路两边有宽阔的人行道,各种装潢富丽的商店,梧桐树整齐排列,两边的树枝在天上勾搭起来,很暧昧的样子,天暖和起来时树叶由稀疏变得茂密,把整条路遮盖得严严实实不叫行人感觉一丝太阳的毒辣。法大马路上汽车来来往往,电车"当当"响着,载着各种体面人去往城市的四面八方。

　　协隆绸布店两开间门面,一半是玻璃窗,一半是玻璃门。玻璃窗和玻璃门外头还有门板。每天早起，学徒要卸下门板准备开门。附近有好几家做布料生意的店家，竞争激烈。做布料生意要学很多东西，从棉布到呢绒，从真丝到织锦，各种花色，各种门幅，长长短短好几百样。但法兰西外滩和十六铺码头的人流，电车"当当"轧过马路的声音，样样挑拨着年轻关桃的神经，痒兮兮的，好像他天生就应该属于这座城市。

关桃上过学，又是做自己喜欢的事情，不出两年，店里的账就好像长在他脑子里了，老板不知道的布料他知道藏在哪个角落，老板没想到要补库存的东西，他早早提醒要进货了。有一次关炳生去看儿子，老板很客气，特意拉了炳生到老正兴饭店吃中饭，流露出喜欢这小家伙的意思，关炳生很开心，吃多了一点酒，有些酒水糊涂，脚高脚低回龙华，过一座石桥时居然掉进了河浜里，还好天暖和，没出什么大事。

账房吴先生的算盘在关桃刚来时噼里啪啦很是爽脆，但两年后却显得有一些迟疑，倒不是年纪大了，而是小家伙脑子太好，打起算盘飞快不说，脑子比算盘更快，好像账房先生没什么大用场了。刚开始吴先生还会有意无意为难关桃，但后来吴先生不敢了，怕关桃和师弟顺礼联起手来捉弄他。这顺礼不知道为什么唯关桃马首是瞻，有时师傅讲话也会先去看一眼关桃的面孔。

关桃快满师那一年嘴唇上已经长出胡子，喉结大了，公鸭嗓慢慢变得浑厚，身体一下窜得老高。

有一日老板让关桃去十六铺接一批从外地发过来的货。走出吉祥街来到法大马路，一部电车开到站头上，车站上一个女孩和关桃四目相对，只一眼，又羞怯地把眼神移开。关桃觉得那女孩好美，像他嬢嬢一样美。电车正上下客，关桃再要多看一眼时，女孩不见了。车门口的人拥作一团，关桃的眼睛搜寻着，却看见一个小偷正从一个女孩的衣裳袋里夹出皮夹子，来不及多想，他大叫一声："有小偷！"那个和关桃一样年纪的小偷吓了一跳，皮夹子落在了地上。

关桃不知道，小偷多半是有一两个帮手的。扒手除了练三只手的基本功之外，对偷窃时的各种情况是有应对办法的。好比现在，关桃身边已经围拢了三个人，都是和关桃差不多年纪的男孩。关桃还没觉察到危险，一只拳头已经打了过来。关桃的脸被夯了一拳，后背被踢了一脚。车上车下的人都叫起来，但没人敢上来帮关桃忙。

关桃猝不及防，差一点跌倒。他只注意到小偷回过头来恶狠狠看他的眼神，并没想到小偷还有帮手。如果一个人，关桃从小是打架的好手，被逼急了，一般不会输，但现在关桃面对至少三个对手，他有几年没打过架了，对结果没把握。好在关桃没跌倒，站稳了。身后不远处正好是墙壁，他退了两步，确保后背不暴露给对手。被打中的脸有些胀痛，他的野性被激醒了，头微微地低了下来，柔和的眼睛变得锐利，凶光毕露，两个拳头收拢捏紧，鼻息里却像有一缕馨香飘过，

第三章 见不平以寡敌众 生暗恋递饭传情

使他的头脑反而变得安静，所有人的动作在眼睛里好像都慢了下来。他看清楚有三个对手，没其他人围上来了。外围站着的是刚刚惊叫的人，他们自动地往后退了一点，好像要给这几个人留出格斗场。

"噢哟，小赤佬管闲事要吃苦头了！"

"是额呀，巡捕房也拿三只手没办法的，睁只眼闭只眼，这种人不好惹的呀！"

"三吃一，作孽了。"

关桃盘算着形势，决定不纠缠，因为没有人帮他，纠缠在一起对他可能不利，他还要去做老板交待的事情，他要打开一个缺口迅速脱身。他已经来不及想那个好看的小姑娘这件事情了。

趁着三个人还没紧紧围拢，关桃向着左边最靠近他的那个人用左手打了过去。这应该是打他一拳的那个人。打架要以牙还牙，你打到了我，我不还回去，声势上就输了。如果那个人躲闪，关桃要看清楚他躲闪的方向，然后右拳打上去。如果那个人不躲，也出拳向他打过来，他就向外躲闪，拔腿就跑。

那个人本能地向关桃的右手方向躲闪了一下，关桃看得清楚，挥出右拳狠狠朝着那人的左脸打上去。关桃看到自己的拳头打在了对方的脸上，对方的面颊肌肉和牙齿撞击后，嘴巴张了开来，眼神痛苦，身体倒了下去，血和着唾液从嘴巴里飞出来。他想从这个缺口跑出去，快速脱离这个是非之地，但一只袖子被另外一个人拉到了，"嘶啦"一声脱了线，他只得借势转过身来，一只脚踢了过去，不偏不倚地踢到了那人的裆里，迫使那个人松了手。关桃的动作一气呵成，快到不可思议，他看准机会快速脱身，听到后面有人"沓沓沓"追着他跑，他听出来那只是一个人的脚步声，索性停下，返身向追赶他的人冲了过去，那人见状，回头狂奔逃跑。确信对手不再追来时，关桃转进一条弄堂，一条弯曲的弄堂，其中又有一些更小的支弄。他停止奔跑，透着粗气，惊魂未定地环顾四周，想起了自己的正事。他从弄堂里穿出去到另外一条大马路上，看到了几个巡捕，正威严地举着长棍子向不听从命令的黄包车夫打过去，黄包车夫躲得飞快。关桃想，巡捕也只会欺负老实人。一个巡捕向他看过来，关桃想起自己衣衫不整，怕被他拦住了问话，耽搁时间，连忙转了头向十六铺走去。

到十六铺时，送货人因为等得太久忙其他事情去了。关桃有些慌，老板还等着他拿回布料后再分送出去呢。

关桃回到店里时老板已经等了很久。平常去接点货来回也就不到一个钟头，今天却花了两个多钟头，脸上有一只青皮蛋，衣裳脱了线，很明显是在外头打了架回来的。这是两年多来的头一次。

老板黑着脸问关桃："小赤佬跑到啥地方打相打去啦？"

关桃只好如实将在车站上看到小偷的经过讲了一遍。

"你要死啊，小赤佬，这种人你也好惹的呀？！你晓得这些人是啥人？他们有没有跟着你？小赤佬你是要害死我？天还没热就热昏了。他们要是在这里寻到你，我这个生意还做不做？你爷娘养你这么大，要是没命了，寻我要人，我啥地方寻去？"

这一天老板不让关桃吃夜饭，要罚这个惹是生非的徒弟，让他记得上海滩的闲事是不好管的。

关桃和师弟顺礼住在绸布店铺面上的阁楼里。阁楼矮，勉强能让已经慢慢长大成人的关桃低着头走路。这屋子住起来没有乡下自己家里舒服，夏天很闷热。除了忙店里的事情，学徒还要帮着老板娘做家务。抱小囡，倒夜壶，扫地拖地板，无一不是学徒的工作。但关桃喜欢这样的日子，倒也不觉得苦。师弟徐顺礼身材不高，圆脸上长着一副柔和的眉眼，小小的鼻子，嘴唇薄，嘴巴还小，几如樱桃小嘴，薄薄扁扁的头发，人畜无害的样子。关桃有时想，这应该是个女孩子的长相。顺礼刚来时有些口吃，着急时口吃更加明显。他的脸上总挂着讨好的笑容，但这笑容却不是由于学生意的训练形成的。有时候这笑容里还有一点畏葸，吓丝丝，好像要随时躲避天上落下来的灾祸一般。关桃不喜欢师弟缩头缩脑的样子，但也理解他，觉着他作孽，因为师弟是小老婆生养的。

这天夜里七八点钟，关桃躺在床上饿得实在难过，师弟还在追问："师哥，你真的一个人对打了三个人吗？"

"不是我对打，是他们三个打我。"

"但是你打倒了两个人对吗？你、你怎么会这么厉害！"

是啊，他怎么会这么厉害？关桃自己也不明白，他本来只是想快点脱身的。他一拳打在了那个人的脸上，看清楚那个人表情的每一个细小变化，由气势汹汹到痛苦不堪。大概是他真的被激怒了，他平常根本打不出那么快的拳头。

"师哥，你学过拳脚？"

"没有。"

"我才不信，没、没练过拳脚，一个人可以打三个人？"

"真没有。唉，你怎么讲话又口吃，又要被师傅骂了。大概是今朝那三个人都没力气吧。哎，顺礼，不要饭泡粥了，有没有吃的东西，我现在没力气了。"

"没呀，师哥，一、一点也没。"

"你为啥不藏一点呢？亏得我平常对你那么好！"

顺礼委屈地讲："师哥我是对你好、好的呀，可我真没有吃、吃的。"

关桃听得吃力，不过知道顺礼没骗他。顺礼的口吃其实已经好多了，刚来时更加严重。现在讲话已经基本顺了，但今晚表现得不大好。做学徒的没多余钞票买零食，但关桃真的很饿。他叹了一口气，想，今夜只能饿肚皮了。

扶梯上传来声音，好像有人在爬上来。关桃和顺礼都觉得奇怪，这个时候不大会有人来的。一个女孩的脑袋从地板上冒了出来，是秀珍，邱老板的大女儿。

第三章　见不平以寡敌众　生暗恋递饭传情

秀珍在地板上放了一碗饭，饭上面盖了些菜。放下饭碗，秀珍就下去了。关桃忙过去端起碗来，"稀里哗啦"狼吞虎咽般吃了下去。

此后几天关桃老走神，不知道他在想什么，大约他还在想前几天打架的事情，有些后怕。关桃两眼定定地看着前头，有时对耳边的声音无动于衷。终于有一日，老板在他头上敲了一只毛栗子，他猛颤了一下，茫然地看着老板。

"小赤佬想啥心事啊？叫侬几遍听不见的？"邱老板既是老板，也是关桃的师傅。

邱明远不高不矮，圆圆的额角头很亮，圆得好像用圆规画出来的。额角头上是逐渐稀疏的头发，脸有些瘦，对客人常挂着巴结的笑，眼珠子很灵活，会看三四。他穿着长衫，一把软尺像是长在脖子上的。但他的眼睛比软尺更厉害，一眼就可以量出客人的深浅。

邱明远一家就住在店面楼上。邱老板祖籍福建，是第三代上海人。上海移民潮很早就已开始，1853年，小刀会起事，其中大部分会众都是来自福建、广东的流民。历朝历代，流民最狠！流民就是流氓无产阶级，革命最彻底。本地人很少无产阶级。江南文化中，无产者是脱底棺材，被认为是好吃懒做的结果。小刀会会旗一举，本地人跟着倒霉，老上海城中街道俱焚，死人无数。那一次的灾难加上太平天国发起的数次战事，使得江南富庶之地空村百里，很多人为了保命不得不逃进租界。邱老板的父亲是福建人，但不是小刀会的，也在那个时候进了租界。小老百姓，活着是最要紧的。现在的邱明远对生活还是相当满意的，连吉祥街这个名字也让他满意。

邱明远有两个女儿，大的秀珍，小的秀琳。福建有些地方重男轻女，女人做重活，男人享福。邱老板生在上海，但没想过要让女儿多读些书。邱老板和太太为了要一个儿子相当用功，但十年没出成绩。关桃刚做学徒，邱太太肚子就开始大起来，几个月后，三十六岁的老板有了儿子，邱家终于有后！

关桃不到一年就满师了。他浓密的头发覆盖在柔和瘦削的脸上，由于不常洗头又不好好梳，像个鸟窝一样扣在脑袋上，左额头的头螺已经看不出了，眼珠子乌溜溜的，透着聪颖。学生意之后，他的脸上也常会漾着一份笑意，使略有些岁数的女顾客格外喜欢他。

秀珍比关桃小一岁多，齐肩的头发常梳出两条辫子来，走起路来一甩一甩的。秀珍皮肤白里透红，五官单个看有些平淡，但搭配起来妩媚俏丽。她脸上曲线起伏不算大，但身体曲线日渐明显。秀珍穿着上海家常的女孩衣裳整天忙来忙去，平日帮着娘缝缝补补，给一家人和伙计学徒洗菜做饭。春日里草长莺飞，豆蔻年华，少女心忽忽萌动。

一日黄昏，店铺关门，关桃将一排门板上好，到楼上准备吃饭。秀珍手里抱着弟弟，忽听得邱太太叫，让去厨房端菜，秀珍就喊关桃过去接手弟弟。关桃伸出手去接，左手在下，右手略近秀珍胸口。忽然间，四目相对，面颊"腾"一下红艳似火。关桃的右手不小心抵到了秀珍胸脯，那个隆起并且酥软的胸口。关桃感到莫名的心跳和窒息，身上好像烤火一样热。

吃夜饭时两个人都很沉默，也不看对方。关桃快快往嘴巴里塞饭，着急吃完的样子。老板照例小酌着，觉察出了异样，骂一句："吃那么快做啥，强盗抢啊？"

关桃不响，放慢了吃饭速度，看了一眼秀珍，秀珍也略抬眼看了他一眼，又低下头吃饭，脸泛起红晕。

关桃回到阁楼上，躺在床上。阁楼上低矮的小窗对着马路，传来喧闹的市声。关桃听见远处刹车的吱吱声和江面上老牛般的汽笛声。他忽然觉得身上盖着的棉被太厚了，热得他翻来覆去睡不着觉。他想起隆起的胸口，透气也有些粗了，一股热力向着周身扩散，他感觉下身异样的紧。这是一股来自自己身体的蛮力，不断地向外扩张，膨胀，弄得他好像要炸开来了一样。

秀珍也没睡着，十四五岁的少女，多少懂一点男女之事。她翻了一个身，一只脚踢到了睡在里床的妹妹。瞌睡懵懂里，秀琳咕哝了一句：阿姐，你又踢我……

第二天清早，街上老早就响起粪车嘎吱嘎吱的声音。平常日子，此刻的关桃是不会醒的。春天，又是发育的年纪，男孩子总也睡不醒。但这一天关桃早早醒了，外头的每一样声音都钻进他的耳朵里，让他没办法再睡。他听见不远处的老盛丰卸下了门板，捅开了炉子，揉面摔面的声音传过来，他好像看见那里的伙计阿勇只穿了一件贴身短衣，额头汗津津的；油条下锅冒起一片油泡，味道发散开来，钻到关桃的鼻子里。他饿了。

天光熹微，小窗户开始亮起来时，关桃听着顺礼均匀的鼻息声又睡着了。但来不及做梦就该起床了。关桃得早起下到店堂里打扫整理店面，做一天营业的准备，然后卸下门板，一块一块迭好，开门迎接客人。

邱太太的声音传下来，照例是骂秀珍懒，不知道早点起来帮爷娘做事情，不知道照顾好弟弟。这时候邱太太应该在厨房间准备早饭，睡眼惺忪，头发乱蓬蓬，斜襟衣裳上头的几粒盘钮没扣好。其实早饭就是隔夜泡饭，酱瓜咸菜，没多少可做的，但邱太太每天早上都觉得不大开心，大概是为没有舒心睡懒觉的命运觉得委屈，也或许这个年纪的女人总会变得唠叨。邱太太18岁嫁给邱明远，本来以为嫁给老板就可以过饭来张口衣来伸手的日子，没想到这些年来每天总有那么多的鸡零狗碎等着她。她那张原本还算好看的脸在镜子里逐渐走了样，好像精心化好的妆容糊掉了，手背上细碎的皱纹像微风拂过的湖面上的水波纹般触目惊心。半世人过去，好日子遥遥无期。

远处法国兵营里传来军号声，上海醒了。

第三章 见不平以寡敌众 生暗恋递饭传情

第四章　埃里克履职捕房　苏利文解密洋场

中央捕房巡捕宿舍里，埃里克·凯夫（Eric Cave）巡捕也醒了。气温升高了一些，这让每天都要在马路上巡逻的埃里克觉得舒服。埃里克按照他在军队中养成的习惯迅速起身穿衣，打开收音机听本地英语新闻，然后洗漱、剃须。剃刀有些钝了，拉得他的面颊有点疼。他想，该买一把新的剃须刀了。

埃里克是英国人，出生在离伦敦两百多英里的一个小城，一个矿工家庭。小城附近有好几个煤矿，那里的理想生活就是从矿井里钻出来，洗完澡，钻进酒吧喝上几杯，在微醺中回到家里，躺在床上等待第二天早晨。埃里克不喜欢这样的日子。

埃里克有6英尺高，头发是亚麻色的，灰蓝色的眼眸里带着澄澈。一年前，埃里克在埃及服役期满，从皇家轻骑兵退役时，思考着自己接下来应该做些什么。他离家五年，习惯了浪迹天涯。回到家乡半年，那个小城不能留住埃里克的心。英格兰繁荣、富裕、安宁，大不列颠如日中天，但大不列颠不安分的人民远航、探险、寻找未知，为上帝传播福音，为王室效力，无论出于何种目的，很多人必须到其他大陆寻找机遇。埃里克的上司退役以后去香港做了警察，他还听到了一些在中国的英国人的传奇故事。他写了一封信给麦克少校，请求他介绍自己去香港工作。由一位受人尊敬的人士引荐到一个陌生社会是一个妥当和体面的办法。一个月后，埃里克收到了麦克少校的回信。

亲爱的埃里克：

我十分欣喜地收到你的来信。你的来信让我想起了我们在埃及一起度过的美好时光。收到你的来信时，我正准备着一年一度的赛马节的一些琐事——你知道，这是我们的文化和传统，英国人在什么地方，赛马就在那里。

关于你想在香港警察机构寻找一个适当职位的要求，我询问了警督查理先生，他不无遗憾地告诉我现时没有招收新警察的需求。然而，他提到了上海公共租界巡捕不敷使用而急需寻找合格警察的情况。查理的朋友，上海巡捕房督察长泰勒先生将于下月来香港招募巡捕，我认为像你这样英勇忠善的皇家退伍军人必定是上海巡捕的不二人选。如你不弃，请届时前来香港参加面试，我将不胜荣幸地向泰勒先生推荐你。

你诚挚的
麦克

埃里克在半个月后经伦敦前往香港。他在香港待了不到一个月，期间除了等待上海巡捕房的泰勒督察长，还参加了当地英国侨民的球赛和马赛。与泰勒督察长的见面很顺利，埃里克成功通过面试，被招募为上海公共租界巡捕。他拿到巡捕房预支的一笔工资，买了几套新衣裳，答谢了老上司和一众新朋友后，乘船北上。

上海的冬天令埃里克觉得不适，好在西捕宿舍的条件不错，让他顺利度过了一段稍显混乱的日子。西捕有单人宿舍，带卧室和起居室，冬天有热水汀输送暖气。西捕还有仆人照料日常生活，与本地巡捕比起来，生活优渥而尊荣。普通英国人只要不是太烂，在殖民地总可以获得比在本土更好的关照，这是由肤色和国籍决定了的。他感觉自己离开英格兰的决定是正确的。英国总体环境很好，但埃里克作为退伍军人在当地能够获得的不会比他的同龄人更多。英国是一个等级社会，不是贵族，没有巨大财富，要出人头地很不容易。拥有一个稳定的工作，一个家庭，自己照顾好自己，这就不错了。而经济时常不稳定，很多人抱怨找不到一份好工作。

埃里克清晰记得刚刚到达上海时的情形。轮船进入吴淞口，水已变得浑浊，他闻到了江水的味道。江水的味道和海水不一样，是一种柔和的腥味，慢慢渗入到身体的每一个细胞中。江水里的细小颗粒来自长江上游，所以那也是这块大陆腹地的味道。船过杨树浦电厂，烟囱向天空喷吐着灰黑色的烟雾，码头上的煤堆让埃里克觉得亲切。他想起家乡的煤井，运煤的火车和邻家女孩。左舷方向，枯黄的芦苇连绵在江岸上，平展的陆地铺向天边，太阳高悬，但热气不足。右舷岸上的建筑物逐渐密集，红砖砌就、线条分明的高大建筑物夹杂在黛瓦白墙的小小民居中间，显得突兀霸道。这些厂房仓库沿着一个又一个码头一路向前，越来越高，越来越拥挤，直到一座哥特式教堂的尖顶出现在天际线上，黄浦江开始左转，一条支流出现，一座大约200码长的铁桥横跨在支流上，那是苏州河上的外白渡桥。从轮船上望下去，小小的舢板在波浪中起伏，好像就要倾覆，但舢板上的人并不在乎，身体好像吸在船上。

中央捕房位于外滩高大建筑群的背后，像巨大的城市布景背后的支撑柱，确保那些布景不会被风吹倒，或不会被拥挤的人流推倒。这是一件很乏味的建筑设计，灰色大楼方正、肃杀、阴郁，令人想起监狱或封闭的空间。在高大建筑物的底部掏出了一个小洞作为出入口，好像在这里出入的都是猫和老鼠。巡捕宿舍就在中央捕房围成的方块里头。

完成一个月的培训后，埃里克正式开始了在上海的巡捕生涯。他穿上了三条杠制服，头戴八角星大盖帽，佩上柯尔特380手枪，警笛、警棍和手铐，跟着比他早来上海两年的约翰·苏利文巡捕执行巡街任务，三个月后埃里克就熟悉了自己的管区和日常工作，可以独当一面了。

约翰·苏利文是苏格兰人，比埃里克还高，红头发，面颊上有浓密的胡子，面色红红的。据说他曾经专门进修过历史课程，在家乡时短暂当过守墓人。约翰喜欢穿着苏格兰短裙戴上礼帽出去兜风，对上海非常熟悉。成为搭档两个星期后的一天夜里，他们坐在巡捕俱乐部里喝酒，不知不觉间有了一次内容广泛的交谈。

春天在某个很近的地方张望着江南的土地，但上海空气中蕴含的湿气使得寒气更加锐利。壁炉中的木块燃烧着，坐在红色的炉膛边很舒服。金黄色的威士忌在杯中优雅地回荡一圈，入口后缓缓提升身体的温度。这是埃里克喜欢的聊天环境。房间的另外一边，两个巡捕在打桌球，不时有清脆的撞球声传来。

"约翰，我在你宿舍里看到了风笛，从家乡带过来，不容易。"埃里克斜倚着，一只脚伸得很开，一只手臂搁在扶手上。

"说实话我在苏格兰喜欢吹哨笛，风笛演奏水平不高。但每个人都认为风笛短裙是和苏格兰人同在的，所以我带着风笛，就像带着家乡。"

"你回过家吗？"

"没有。到上海后没回过家。"

"想家吗？"

"当然。我是家里最小的孩子，父母年纪很大了。我离开时，母亲流了很多眼泪，大概认为远东是很可怕的一个地方。不知道我回去时，他们是在家门口迎接我，还是会安静地躺在山坡下的墓地里。"看着杯中的格兰菲迪威士忌，约翰停住了。这是来自家乡的酒啊！

这个话题有些沉重。离家万里的人都有初始的出发点，有年迈的父母等待着儿女回家。然而，也许这是宿命。两个人都不作声，刹那间陷入乡愁。过了一会儿，埃里克换了一个话题，打破沉默："约翰，告诉我你在上海都经历过一些什么事情。"

"太多了，埃里克，不知道从哪里说起。你想知道什么？"

"你可以随便说说，反正一切对于我来说都是新的。"

"好吧，对于一个巡捕而言，这里有全世界的人，带着全世界的各种诡计来到这里，武装抢劫、绑架、贩毒、诈骗，你想得到罪行这里都有，你从未见识过的罪恶这里也有。"

"哦，在培训时我被告知，我们将在一座欣欣向荣井然有序的现代商业都市里工作。"

"亲爱的埃里克，这取决于怎么看。这是一座在最短时间里突然出现的大城市，一夜之间，百万人口填满了原先空旷的田园，想想这其中该会有多少混乱？这个国家最富有的人们为了躲避隔三岔五的战乱寻求租界的庇护，那些与财富如影随形的诡计和恶行也会来到这里。另外，我们建立租界，是为了向在中国做生意的外国人、向那些寻求在海外急速获得财富的人提供居留地，而急于发财的人，我想你很明白，很多是不择手段的。"

"我明白，伦敦的雾霾下藏着数不清的罪恶。"埃里克说。

"是的，我们输出文明，制度，建立了一个繁荣的国中之国，但我们不保证我们没有输出我们的罪恶过来，我们也知道很多本地人不喜欢我们的存在。"

"还有一个状况与我当初的想象有很大差异，我原本以为公共租界除了欧洲人美国人以外就是中国人，实际上这里混杂了全世界的人，尤其还有很多日本人。"

"是的，我们有日捕，日本人在公共租界北部有庞大的存在，比欧洲人多。那里有很多日本人的工厂、商店，甚至街区。"

"是吗？公共租界不是英国人和美国人设立的吗？"

"对，日清战争后日本人是想在这里开辟日租界的，但中国皇帝说，万分抱歉，实在没有地皮了，而且公共租界的管理已经很成熟，他们接受了在公共租界发展，但他们主要居住在苏州河北面发展得不那么充分的地方，那里空闲的地皮多一些。于是日本人讲，我们需要我们自己的巡捕，就有了日捕股。日本人不大好惹。"

"为什么说日本人不大好惹？"

"日本和中国一样，是被西方的炮舰强行打开了国门的，所以他们心里一直深怀着屈辱，埋藏着对西方人的仇恨。最近几十年里日本逐渐追上了西方国家，所以他们认为不用再像以前一样卑躬屈膝了，他们的情绪充斥着骄傲自负和敏感自卑，经常会由一些看起来微不足道的事情引申到民族自尊从而发展成不可控的事件。你知道，世界上很多纷争的缘由都不过是因为人类需要宣泄愚蠢的情绪。如果人类足够理性，从古希腊到今天的很多战争其实是不会发生的。"

"约翰，你像个历史学家。"

"哈哈，过奖了。不过我确实对历史研究有深厚的兴趣。"

"我听说在上海很有一些投机或者空手套白狼的英国人，可以用一张脸在这里没有成本地生活得很好？"

"当然有，而且岂止是英国人！白人在这里仅仅是一小部分人，但白人是获得上帝恩宠的人，在自己国家很失败的白人到了中国就变成了有身份的人，我们的脸就是一张大大的支票。有些中国人很在乎我们的想法，我们的感受，生怕白人不高兴，所以上海被称为冒险家的乐园。"约翰·苏利文咧着嘴笑起来，仰头喝了一口酒。

"没人管？"

"怎么管，这说不上犯法。真的犯了法，白人还有领事裁判权。"

"听上去真是自由自在的地方。对中国人，上海也是中国最自由的一块地方，对吗？我听说中国很多政治派别都会跑到租界里面来建立他们的据点，因为出了租界，他们很可能遭到无情的镇压。"

"是的，租界对不同的政治立场持相对宽容的态度。这既是由于我们母国的传统，也由于我们这样一个类似城邦的实体必须保持必要的政治中立，否则，我们很可能得罪这个广大国家的很多人。天知道这个国家的人有些什么想法。这里的人并不总是顺从，他们抗议时也会是一种可怕的景象。很多年前发生过一次抗议，为了抗议会审公廨，发生了大规模的游行集会，整个城市像爆炸了一样！也许你听说过这个事件，总之，它使得工部局下不来台。"

"原谅我的无知，说实话我对你说的事情一无所知。"

"哦，那是全市性的抗议浪潮。也许你将来也会碰到，等着吧。这些年来，本地人和日本人之间的对抗也越来越激烈。我们发现，凡是牵涉到日本人和中国人，就很容易发生意料之外的麻烦。"

"为什么？"

"嗯，我想这还是和历史有关，和历史情绪有关。"

"请说得详细一些。"埃里克的头略略地向前倾斜过来。

"这样说吧，邻居之间的恩怨是不是总会多一些？在欧洲，英国人和法国人，是不是也互相瞧不起、不服气？我想中国人和日本人也差不多。近两千年里，日本把中国奉为老师，从中国学习文化和生活方式，使用中国文字，在很多日本人的心里，中国是天朝上国，是一个先进而富有的地方。在另一部分日本人眼里，中国是一块可以抢来吃的牛排，所以以前有很多日本海盗跑来中国抢劫，中国人称他们为倭寇。这是一种蔑视的称呼，就是说他们是一些小矮人强盗。这些小矮人强盗很厉害，在上海就做过好几次毁灭性的劫掠，逼得上海在16世纪筑起了城墙，使得明王朝实施闭关锁国策略。"

"约翰，你哪来的这么多中国历史知识！"

"你在这里待上几年也会知道这些事情。这是历史，但不要低估历史对于现实的影响。回到当下，这几十年日本的发展速度出乎意料，整体而言日本已经成为一个现代国家，而中国，除了掌握在外国人手中的少数几个地方，几乎还处于中世纪。20多年前的中日甲午战争，日本人称为日清战争，大概是这两个国家对彼此看法的转折点。清廷输掉了战争，几十年里他们输掉了所有战争。在长达千年的相互关系中，日本从来没有站在中国之上过，他们一直认为这是一个强大、无可撼动的国家，忽然发现这原来已经是一个不堪一击的国家，这个国家的人们是如此散漫，对于国家的溃败无动于衷，很少有人真正站出来为了国家拼死抵抗。那些站出来的，要么像义和拳那样可笑、残暴，不知所以，要么怀有其他的野心。"

"为什么？为什么他们会无动于衷？"

"天晓得！这是一个太大太复杂的问题，恐怕连中国人自己也说不清楚吧。从我粗浅的知识出发，也许是民众根本没有从这个国家获得好处，又或者，这个国家的统治者实际上是少数人，是外族——清朝的统治者是大约三百年前来自北方偏远地区的满族人，他们和骄傲的汉族人不是一个民族。满族人用武力征服了汉族，逼迫他们留很长的辫子，忘记自己祖宗的模样。但满族人有自己没办法克服的缺陷，他们的文明史太短，所以满族的皇帝后来都学习汉人的文化，以此来显示统治的合法性。汉族人一直认为除了他们之外的民族是没有文化的民族，称为夷族、蛮族。在清朝两百多年的统治中一直有汉族人想推翻满人的统治，恢复汉族的政权。满族统治者为了防止汉人与来自海上的外族联合起来推翻他们的统治，在很长时间里继续奉行闭关锁国的策略，所以，当这个朝廷被来自更遥远地域的外族击溃时，也许很多的汉族人并不觉得可惜，因为他们之间很可能还没有稳固的民族意识的纽带。我们再回到日本人和中国人。当日本人意识到自己崇拜或者畏惧了千年的偶像不过是一个没有灵魂的木偶时，他们的自信心得到了鼓励！设想一下，如果我们两人是对手，我高大，但每天喝到烂醉，眼泡浮肿，整天在马路上摇摇晃晃，碰到你就跺脚大喊，吓唬你，你一直害怕我。但你每天锻炼，练习剑术和拳击。有一天我和你再次相遇，我再跺脚，你冲上来用一记直拳再加一个勾拳就把我打倒在地！你是什么心情？日本人突然意识到早已不用再害怕中国。他们跑来中国，看到一个衰败的国家，穷困而懦弱的人民。日本人没有尊重弱者的传统，他们从心底里发出蔑视，或者还有看到邻居倒霉的快感。你知道，在我们人类黑暗的灵魂深处，快感有时候来自于——看到你曾经嫉妒的人倒霉。我们看到有钱的邻居倒霉了，会高兴，还有可能故意跑去看看他倒霉的样子。"约翰·苏利文仰头一饮而尽，他的蓝眼睛因为谈兴变得清澈明亮，红头发在炉火映照下闪闪发光。

埃里克很高兴约翰·苏利文告诉他这些事，说实话，如果不是深入地体察过，一个英国人本不会对中国的历史和现实有如此独到的见解。街道上的人好像不多了，空气中涌动的声浪一波波低下来，酒精让人越加靠近："那么，约翰，你觉得这里的中国人究竟怎样？"

"埃里克，你到达远东，或到达中东时，你获得的第一印象是怎样的？"

"混乱的人群，我站在他们中间，觉得自己高大有力，可以轻松地击倒他们。"

"有人把这种感觉称为种族主义，呵呵。可是，上帝把我们造就得如此强健，我们站在他们中间，难道不会有神的感觉？你站在一个比你矮小得多的人面前，为什么不会有动物的优越感？我有时候在想，如果上帝恰巧把无与伦比的优势给予了另外一个民族，比如，给予了中国人，他们难道就不会有优越感吗？不会向往到更遥远的地方冒险吗？换一种说法，究竟是他们天性的克制还是技术的限制使得他们的野心不能走得更远呢？虽然，历史不能假设。所以，无论是中国人还是日本人，埃及人，或者我们英国人，在我看来都差不多，我们都有相同的人性。至于我们每天面对的中国人，他们看上去是一些木讷的、表情呆板的人。有时候，我觉得他们都是些愁苦的人，他们的平均寿命不到五十岁，出了上海很可能只有四十岁出头。在很多地方，平安活到老是一个很高的目标，所以他们悲观，把太多的事归结到他们的神仙那里。然而，虽然信神仙，很多人又非常残忍。"

"例如？"

"例如租界里经常会发生绑票和抢劫案件，被绑的人很多会被残忍地杀死，不管家属是否支付了赎金。还有，他们有枪，会毫不犹豫地胡乱射击。"

"这听上去有些可怕。"

"是的，巡捕不轻松。这里的人可以合法拥有枪支，上海巡捕可能是世界上最高危的职业之一。"

埃里克看到约翰·苏利文耸了耸肩，撇了一下嘴巴，端着酒杯的手摊了一下。其实约翰并没有讲清楚他对中国人的看法，但是，谁又能用非常精确的语言概括一群外国人呢？埃里克明白，有些事，只有等他自己去慢慢体会了。

夜深了，他们感到了酒精带来的微醺和愉悦的感觉。

第五章　关一刀独当一面　俏爱琦新年遇旧

衣食住行，中国人把衣放在了食的前面。民以食为天，但食不过是动物的需求，衣服才是人的需求。衣服把人与动物区分了开来。

女人喜欢逛马路，喜欢做新衣裳，所以布店里最多的是女人。女人挑一块布料要花很多功夫的，在店堂间里一匹一匹布翻来覆去看，还不时要拿起一角布料贴到身上对着镜子看。捉到一块对口味的料子眼睛会发光，脑子里会出现做好衣裳后旁人欣赏或者眼红的眼神。

关桃要照看角角落落的顾客，打招呼，看三四，推荐时髦花色，语速要不急不慢，声音要不轻不重，态度要不卑不亢，最要紧的，要自信。大舞台的名角穿了一件好看的旗袍，店里正好有同样花色的料子，那是一定要推荐的。上海人喜欢赶时髦，时尚的风刮来刮去，店里畅销的布料就不断变化。关桃要迅速读懂别人脸上细微表情的意思，看出眼前的人大概来自什么样子的人家。关桃还要很快估算出不同身材的顾客穿不同样式的衣裳需要买多少尺布，然后，翻开布，尺一量，划个小粉线，在客人没来得及改主意前一剪下去，发出嗞嗞的令人愉悦的开料声音。量尺子又有一点讲究，要学会囥尺。什么叫囥尺？就是短斤缺两差不多的意思。三尺四尺布料，短少两寸三寸是平常的，特别有些布料落水以后要缩水的，讲不清楚是卖出来就少了还是落了水以后缩了，反正顾客心里清楚买三尺布总归要多剪几寸才对。囥尺是摆不上台面的行规，但做的时候不好明着做，所以囥尺是要学的。

关桃学会了囥尺，但心里是抗拒的。大概为了做这件事情时心不虚，他又出了花头，每次开料前剪刀在手上眼花缭乱地耍两圈，有时还要把剪刀抛到头上去，眼光跟着剪刀的轨迹，落下来时大拇指和中指正好穿进剪刀手柄的孔眼里，食指托住长长的剪刀的下沿，刀头咔一下正好停在粉线标记上，一刀开下去。这样杂技一样的花式动作看得来买布的顾客吓丝丝又禁不住叫绝，觉着刺激好玩。

关桃开头几次这样玩没被老板看到,后来被邱明远发现后骂过很多次,因为这很危险,剪刀转脱了手有可能弄坏布料,也可能伤到顾客或者自己。伤了人,这店还开不开?

"你出啥辣花头?剪刀脱了手,伤了人,你赔?以后不许这样子做。"邱明远训斥道。

"晓得了,师傅。"关桃乖乖地讲。但一转头,要么忘了,要么忍不住,只要不在师傅的眼光里,我行我素,偷偷玩个小动作,剪刀在手里唰唰转几圈,也让客人看得笑嘻嘻很开心。

关桃改不了这毛病,但来买料子的客人偏偏喜欢这一手,常常带朋友来店里,指定要看"关一刀"开料,看西洋镜一样的,时间长了,知道"关一刀"诨名的比知道真名的还多,有些客人就为了看一眼关桃耍剪刀,顺路时会走进店里转一下,"关一刀"倒为店里带来了很多生意,邱老板一看这情形,也就由着关桃去了,但动作太大时还是要管的,顺礼要是学样时他还是要骂的,因为他知道顺礼是学不像的。要学会这一招是需要一点灵性的,不但需要练习,身体的协调性不好、反应不灵敏是很容易出差错的。

有一天,关桃将一匹布料放回到身后架子上时,隐约觉得门外有一个熟悉的身影走过。转过身子往外再看,那身影已不见了踪影。他走到店门外,向街上张望,街上都是人,无数背影远去,很多陌生的面孔飘来。邱老板问:"小赤佬,客人不招呼,跑出去盯啥野眼?!"盯野眼是闲看风景的意思。自从上次去十六铺提货的事情后,老板觉得关桃的心有点野了,好像他的思绪总在云端里飘着,做事不像以前那样专注了。他觉得必须让关桃收收心了。

"关桃,过来!"

关桃乖乖回到柜台里,面对老板站好。

"跑出去做啥?"

关桃自己也不知道为什么跑出去,他嗫嚅着,想着要找个借口。"像是以前来买过料子的客人走过,所以我过去看看。"

"老客人走过,想买料子自己会走进来,如果不买,你把他绑进来?拎不清,不晓得想点啥,再这个样子我叫你爷来。"

关桃是很怕被师傅在关炳生面前讲不好的,所以有些可怜巴巴地望着邱明远。邱明远还要讲下去时,那边柜台却已经有客人在叫"关一刀"过去。听得有客人叫,邱明远黑着的脸立时笑开了花,马上让关桃过去招呼客人。关桃又像活过来的鱼一样穿行在店堂里。关桃做生意的架势老板还是喜欢的。

吴先生在账台上收钱,眼睛余光里看到关桃正好开料子。自从有一次盘店时故意做了些小手脚被关桃看穿,反过来受到老板训斥之后,吴先生就不大敢为难关桃了。小赤佬脑子灵光,弄不过他。但这两天看他心不在焉,大概是容易出错的日子。关桃的剪刀飞起来的时候,吴先生那里一只茶杯落到了地上,连带着"哦哟"一声惊叫,发出很大的声响。剪刀正落下来,关桃的手好像迟疑了一下。

在剪刀落到布料上之前,关桃眼疾手快一把收住了剪刀。

但顺礼却没有收住。顺礼喜欢学师哥的样子做事情,师哥在店里那么受欢迎,他也想要像师哥一样受重视。师哥耍剪刀的做法后来被师傅默许了,他想看样学样。此时他也正好有一个客人。按说他还不允许独自做生意,但店里正好忙,其他人都在接待客人,他已经这样子做过几单生意了,师傅也没有讲什么,他正好想表现一下,所以就不声不响地铺开了料子,拿起了剪刀。关桃的剪刀往上升起时,他也把剪刀在手指头上转了起来,这是一个比较保险的动作,剪刀是不脱手的。吴先生的茶杯落地,他吓了一跳,他一直是胆小的。剪刀离了大拇指的约束,冲着客人飞了出去。幸好客人躲得快,没伤着。但客人吓得脸煞白,不想买料子了。

顺礼被罚不可以吃晚饭,眼泪汪汪的。他的心里很沮丧。很多事情师哥做起来很顺当,他看样学样却总要挨骂。吃晚饭时,趁着师傅不注意,关桃朝着秀珍眨了眨眼,秀珍心领神会,低下眉目去,看着碗里的饭菜,偷偷地笑了一下。

秀珍悄悄地为顺礼弄了些饭菜,趁着父母不注意的时候送到了阁楼上。顺礼感动得眼泪啪啪掉下来。秀珍也不上来,脚踩在扶梯上,上半个身体露出在阁楼地板上,一边看着顺礼吃饭,一边说:"你也不想想,看样学样是那么容易的吗?还好今天没出大事,出了事体,说不定要被赶走呢。赶你走你可怎么办?"

"嗯。"顺礼想都不敢想被赶走这件事情,他不想回到乡下的家去了,在那里他总是被他几个同父异母的兄弟欺负。

"真有事体,你师哥也要跟着受罚呢。这一歇他还在被我爹训话吃排头呢,讲他不做好样子给你看,让你学了坏样。"

顺礼吃着吃着,听了秀珍的话,又哭了出来,鼻涕被吹成了泡泡迸碎了,看得秀珍又好笑又嫌弃,讲:"呦,你怎么像小囡一样的啦,腻腥巴拉的,你倒是擦一擦呀!"说着,忍不住掏了自己的手绢递给了顺礼。

关桃已经有日子没回家里了,他想过些日子回去看看爷娘和孃孃。学徒没有随便请假休息的权利,连礼拜天也不例外,因为礼拜天往往是客人多的时候。再则回龙华也没有方便的车。龙华有了个火车站,但从北火车站走是绕路的,车票也贵。每次回家关桃都要走上很长的路。听起来龙华离得不远,十几里路,但关桃一年里回家看爷娘的机会并不多。小时候的野孩子关桃变成了一个想家的孩子。

日子不紧不慢地过着。学徒的世界是狭窄的,虽然比乡间或者小镇上的同龄人有见识,但大部分时间要待在一方小天地里。徒弟满师后一般跟着师傅,帮老板做事,关桃没想过自己以后要走不一样的路。

小年夜,关好铺面,老板就让关桃回家了。紧赶慢赶,关桃在天黑前回到了家里。关炳生与儿子的关系已不像三年前那样僵了。两代人总是如此,在一起,棘棘沟沟总有疙瘩，一旦远离，又禁不住互相思念。

年货按着往年的规矩都备好了，就剩下舂糯米粉了。这两年这件活都留着让关桃来干。一则是关桃喜欢做这件事情，关照了要等他回去做，二来这事情费体力，关桃知道心疼爷娘了。关桃娘五六天前就开始把糯米浸泡在木桶里，一天换一次水，小年夜前一天把糯米拿出来沥干，再晾一日，就等着关桃回来舂了。

杂物间的屋子一角，石臼半埋在地下，四周铺砖。石臼的直径有一尺多，很深。石杵装在一根横木的一端，横木放在一个支架上。这是一个利用杠杆原理的简单装置。人站到支架的另一端，踏下横木，石杵就被提起来，人离开，石杵就落下。屋顶房梁上垂下一个绳圈，双手拉住绳圈，人站在横木上，身体重量和另一端的石杵达到平衡时，稍稍用力拉一下绳圈，石杵便落下去，手臂放松时，人的重量把石杵再次抬起来，循环往复，两三个钟头后，过年的糯米粉就舂好了。

关桃舂米时娘蹲在石臼边把糯米放进石臼，再把米粉舀上来。几个月没看到儿子，娘抓住任何一点点时间要和儿子多待一会儿，有一搭没一搭问几句话，有没有答案都让她开心。儿子送出去时还是敦实的淘气包，一下子长高了，高过娘一个头了，让娘欣喜又莫名失落。儿子大了，再也不是那个依偎在娘怀里的儿子了。

关桃娘三十六七岁，做姑娘时秀色如荷、弯眉如月，当年身姿婀娜拖着大辫子的姑娘，到关家做了媳妇生了孩子，身形几乎未变，眼眸闪闪发亮，只是岁月不饶人，脸上有了皱纹，皮肤变得黝黑。关桃娘喜欢看滩簧，喜欢跟着哼唱。滩簧是一种本地戏曲，每年庙会时，戏班子来唱戏，娘就去看，看了几次，就能够记下许多戏词和曲调自己唱了。此刻，合着舂米的节奏，她哼唱起来：

"正月里来过新年，爆竹送旧踩高跷，石臼磨粉儿伴娘，老少一堂做年糕。蚕豆花开荠菜香，春来桃花枝头俏，娘盼儿子身如塔，开心日子节节高。"

关桃讲："姆妈，这唱词您自己编的呀？"

娘笑着讲："姆妈开心，想到了就瞎唱出来。"

"好听的，姆妈。"

家里来了几个小孩，平常不大碰面，看到这个城里回来的大哥哥，热情地喊着他："桃子阿哥，桃子阿哥！"关桃的心里暖暖的。

大年夜，噼里啪啦的鞭炮爆竹响彻云霄。关桃钻进被窝，娘晒过的被子香香的，被子把阳光的味道全收了进去，这时一点点散发出来，脚焐得暖暖的。

年初一清晨，关桃跟着娘去庙里烧香磕头。小时候关桃是不大愿意跟娘去庙里烧香的，从暖暖的被窝里被拎出来总要拗拗作作的，但这两年却不再抗拒了。龙华寺初一烧头香是善男信女的大事情，但又好像无关信仰，是本地人已经忘记了来由的习惯，就好像年初一早上吃圆子，不必问为什么吃。

初一的龙华寺格外拥挤，天还未亮时就已经有很多抢烧头香的人来了，天光大亮，庙前塔下，场地上和路边停满了汽车和马车。

龙华寺的山门飞檐斗拱，与佛塔相映生辉。三百年前明朝皇帝给龙华寺换了一个名称，敕赐"万寿慈华禅寺"匾额，以后又陆续赏赐了很多宝物，但这山门上的"龙华"二字从来没有更换过。山门两边的狮子还是张着大眼睛迎接关桃。关桃撸撸石狮子的头，像小时候一样。

关桃从小在庙里厮混，对一切很熟悉，但他对于为什么要烧香磕头供奉菩萨的道理并不懂多少。在他看来，这些空静的佛陀和菩萨们倒像是好朋友。娘拜佛是周周全全一应大殿所有菩萨都要拜过的，可见娘的心里对哪个菩萨管哪一方的事情也不一定了然，只是觉着统统拜过总是不会错的。

进山门，左手是龙华塔，正对着弥勒殿。弥勒殿和龙华塔隔着百十来步。进得殿去，弥勒佛欢喜地笑着。关桃想起小时候淘气，曾爬到弥勒佛的肚皮上，不由得咧开了嘴巴。庙里的慧澄认得关桃的，此刻和关桃打了个招呼："阿弥陀佛，新年好！桃子也穿长衫了呀。"关桃快要满师了，几个月前问娘讨了钱，让邱老板挑了一块青灰色的布料，做了件长衫，长衫外又罩了一件夹袄，今天是第一次穿。关桃有些不好意思，好像长衫不该是他穿的一样。他红了脸，回了礼，讲："阿弥陀佛，慧澄法师新年好！"

"学徒学得怎样了？"

"今年就要满师了。"

"好好好，桃子要有出息了。桃子是发财命相，多烧几炷香吧，发财了不要忘记回来还愿。"慧澄半是认真半开玩笑地讲，又去忙其他事情了。

关桃娘听到他们两人的对话，开心得很。祝福吉祥话是不嫌多的，和尚的吉言，娘爱听的。

谛闲大师早已不在这里了，关桃颇想念。每年到龙华寺来，关桃必往鼓楼去拜拜伽蓝神。趁着娘还在各个殿里转，关桃去鼓楼拜伽蓝神。关桃喜欢关羽，第一因为是本家，二来因为关羽忠肠义胆，一身正气庇佑天下，还兼着武财神，学了生意，拜财神是应该的。拜完后，关桃穿过天王殿到大雄宝殿去找娘。他们约定了在大雄宝殿前碰头。天王殿里，上香的人太多，走不通畅，好在拜佛的人心静，倒不混乱。走过韦陀菩萨时，关桃抬眼看这个威风凛凛的菩萨。"顶天立地擎金杵，愿为龙华助转轮"，这一句他从小就会背。小孩子多半喜欢这样英俊而能打能战的菩萨，关桃也不例外。

大雄宝殿前的庭院里，一只大香炉边站了不少香客。关桃看见两个穿军装的士兵也站在不远的地方，不由得多看了一眼。香客中，有一个穿着比旁人更加华贵的背影，转过身来的一刹那，那人也注意到了关桃。两人对视一眼，几乎同时叫出了声。

"桃子！"

"孙爱琦！你怎么在这里？！"

"我来烧香呀。姆妈哎桃子我快认不得你了,脑袋上的冲天炮呢?哎哟哟,这小分头三七开,在啥地方做事体啦?山挺水绿有样子的!今朝有没有偷吃供果?"孙爱琦笑着,一只手伸过来要摸摸关桃的头发。关桃小时候左额头一撮头发是朝天长的,孙爱琦摸过那个硬戗戗的头螺。关桃不好意思,把头避开了。

"去,你才偷吃供品呢!你讲,啥时少了你吃?"互相奚落间,关桃觉得两个兵在靠过来。"怎么讲呀,带卫兵出来啦?"

"都是我爸,啰唆,讲今朝人多,非要他们跟着。"孙爱琦转头对卫兵讲:"阿哥,我小时候的同学,我们讲几句话。"

龙华寺背面,清末有一所江南制造局的兵工厂,辛亥后,这地方改作淞沪护军使署。驻扎下来的军官就近安家,关桃读书时,学堂里有不少军人子女,孙爱琦就在其中。关桃休学,后又当了学徒,孙爱琦上了寄宿学堂,其父孙亦元上校已经成为孙亦元少将,孙家后来搬到了租界里。

"十年离乱后,长大一相逢啊!想想我们小时候在这里读书,日子过得好慢好慢,眼睛一眨,好几年了。你现在做啥啦?"孙爱琦感慨道。

"我学徒啊,在洋布店,马上就要满师了,哪像你,读这么多书,出口成章,夫子一样。"

"嘲讥讥的,讥笑我是不是?骨头痒,我要你好看!"关桃闪避了一下,孙爱琦又笑了:"哎呀,你当学徒?哈哈哈哈,笑死我了,桃子做生意了。"

"哎,你老样子啊,痴头怪脑一点没变的。做生意有啥好笑的?真的,老板蛮欢喜我的,过几个月就满师了。"

"相信相信,读书那么聪明……桃子我想不通,你为啥不读书了呢?先生都讲可惜了。"

"我那时贪玩嘛,不想读书。我爷也没钞票供我……人各有命吧。"

"你就应该读书,你要读下去……唉,不讲了,我现在的学堂里,读书厉害的都是男的,但比起你来,我觉得还是差点。你天天玩,考试还是没人能赢你。"

"我哪有那么厉害。再说好汉不提当年勇,现在想读书也不能啦……我要寻我娘去,她在殿里等我呢。"关桃想转个话题,提起读书的事情他感觉有点尴尬。这些年慢慢长大了,接触各色的人,他也觉得读书重要,但又怕别人和他提这件事情。

"你姆妈也在?我认得你姆妈的,你打相打了她就要来学堂领你回去。我和你一道过去。"

"你怎么老记得我不好的事呢?"关桃说,又问:"不耽误你的事体吗?"

"不耽误,就是来烧个香啊。你现在这么啰唆。"

远远地,关桃娘看到儿子身后跟着两个兵,一时有些紧张。她微微张着嘴巴,看着儿子走近:"桃子?"

"姆妈，这是孙爱琦，是我小时候的同学，刚巧碰上。"

"喔唷，吓我一跳，身后头怎么有两个兵押着。"关桃娘这才注意到关桃身旁还有个穿着呢大衣个子高高的姑娘。孙爱琦个子比一般女孩子大一圈，皮肤白净，面容秀丽，穿得又洋气，在穿着中式袄服的香客中很显眼，只不过关桃娘太过注意了后面的两个卫兵，却将孙爱琦忽视了。

"哈哈哈，桃子姆妈，您可真有趣！"孙爱琦笑出了声来。

"这是她爸爸的卫兵，她爸爸护军使署的。"

"哦，怪不得怪不得！这姑娘的爷是大官！"龙华本地人都知道护军使署，这么一讲就明白了。"哦哟，这小姑娘真好看啊！"

"哎呀，桃子姆妈，您讲得我不好意思啦。"

和关桃娘打过招呼，两个人站在院子里又讲了一些闲话。关桃想起小学里的孙爱琦，天天跟着男孩玩，疯起来一点不输给男孩。龙华庙西边是大片桃林，总有两百多亩；桃林北面是营房和家属区，每天有军人在操场上出操训练，那时孙爱琦家就住在那里。而眼前的孙爱琦早已不是小丫头了，女大十八变，现在孙爱琦长发披肩，身形丰满。看着眼前的孙爱琦，关桃不知道怎么地想起了秀珍，还想起了那个胸口，脸莫名其妙地红了。孙爱琦注意到关桃突然红了脸，眼神有些怪，也不知道讲哪句话了。少男少女是敏感的，短暂的冷场也许传递了无数的心思，尴尬而暧昧。

龙华人年初一早上要吃糯米圆子的。年初一早上团团圆圆吃圆子，圆子就是汤圆，糯米粉和着粳米粥做出皮子来，用豆沙或猪油芝麻做甜的馅，猪肉或青菜猪肉做咸馅。咸圆子的一头是尖的，甜的就是一整个圆的。龙华汤圆个大，四个就能放一浅碗。胃口大的男人吃十个八个一定不敢再多吃了。龙华女人有几样吃食是一定要会做的，过年的圆子、端午的粽子是最要紧的，不然一家人过年过节就好像没过周全。

关桃和娘是没吃早饭就来了庙里上香的，这会儿要回家了，关桃娘就邀孙爱琦到家里去吃圆子。孙爱琦自是推辞了。关桃和孙爱琦道了别，各回各家去了。

龙华人过年还做糯米糕。关炳生是做糯米糕的好手。他做糕必定放在年初一下午。把笼屉仔细清洗一遍，然后在笼屉底上铺一层白布。一张八仙桌上放一个竹匾，他站在八仙桌前吩咐儿子："把米粉拿来。"

糯米粉和粳米粉都拿来了，关炳生吸一口气，黝黑的脸上显出专注的神情。他嘴唇微开，舌尖不自觉地伸出一点来顶着上面的牙齿。后来，关桃专注做一件事情，例如耍剪刀时也会有这样下意识的习惯。今年的关炳生格外专注，可能他觉得儿子长大了，有一天要接过他的手艺，做一家人家，把糯米糕对一家人的黏性传下去。

关桃像往年一样站在桌子旁看父亲做糕。

三界玲珑塔

第一步搓粉，在糯米粉里掺少许粳米粉，糯米粉拌一点白糖，稍稍淋些水，翻动，让粉结成颗粒，搓成较大的颗粒后，用筛子把粒子均匀筛在竹匾里。多少粉放多少水需要多年的经验累积。水放多了，糯米粉粘连在一道，水放少了，或者不均匀，做出来的糕就有蒸不熟或者僵的地方。只有干湿适中颗粒均匀的粉做出来的糯米糕吃起来才会松软如饴。

第二步，一尺见方的笼屉放到桌子上，把筛好的糯米粉粒均匀地铺在里头，铺上半寸厚，在上面放猪油粒、蜜饯、枣肉、核桃肉或者瓜子肉，再盖上半寸糯米粉。最后一步，用一个木模压一下，一笼屉粉变成16块各种图案的糯米糕，就等着上灶蒸了。

烧火是娘的任务。关桃喜欢挤坐在灶膛前的矮凳上，看娘往炉膛里添硬柴。橘红色的火苗舔着锅底，水蒸气直直地从蒸笼缝隙里窜出来，这时火不能小了，一定要持续刻把钟，直到糯米混着猪油红枣的香味缭绕在灶间里，暖烘烘甜丝丝的。猪油粒融化开来，渗入到米糕里，又清亮亮地钻出来。

刚出笼的糯米糕是最好吃的。把一笼糕切成16块，拿一块一口咬下去，米糕温暖松软，在舌头上糯糯缠绵。

关炳生很得意自己做糕的本事，看着一家人吃糕，他在长凳上吃香烟，眉毛弯下来，脸上的其他线条都朝天上飞。炳生做的糯米糕很受欢迎，每到过年，关家就把自家的糯米糕作为礼物送给亲戚。年节里天寒地冻，糯米糕放在篾丝竹篮里，挂在房梁高处可放上十天半月。冷的糯米糕硬邦邦像石头，但只要搁在饭锅上蒸一下就会松软如初。

年初二中午，孃孃带着两个儿子和佣人回娘家。关桃的爷爷奶奶不在了，孃孃回娘家就是到阿哥家里吃饭。虽然离得不远，平日里大家也不是经常碰头，关桃更是一年也见不了几次。几个月不见，关桃好像又长了一圈。孃孃见了关桃，脆脆的欢愉的声音就响起来："我家桃子是大人了呀！尔墨、尔儒，快叫阿哥！"两个表弟叫了阿哥，关桃从口袋里拿出准备好的小玩意给两个表弟，两人既开心又有点陌生地收下了。他们有些震撼于这个阿哥一下子长那么高了，使得他们必须仰着头才可以与他讲话了。

"咦，姑父怎么没来？"关桃问。孃孃的脸上闪过一丝尴尬，马上又笑着讲："姑父有个老亲戚来屋里吃饭，身体也不好，过几天再来。"

姑父王兴正确实不是每年都会来吃饭的，王家是大人家，亲朋故旧多，过年来个老亲戚也正常。

孃孃自从有了尔墨和尔儒就辛苦不少，皓齿明眸间有丝丝少妇的操劳。王家柴米不愁，但小孩生下来，做娘的总要经心。这眉宇间的细纹和烦劳之相旁人不注意，自家亲人隔了一段时间碰头就会蓦然发现。孃孃一边和大嫂讲着话，一边眼睛要时时地盯着两个孩子，怕他们淘气闯祸。

吃过中饭，讲了一会儿家常，孃孃就要带着两个孩子回家里去了。关桃要陪着孃孃把两个孩子送回去，顺带去看看姑父。孃孃先讲不用送，后来也就由着关桃了。到了王家青砖楼里，一大家子都热热闹闹在打牌吃瓜子，小孩子在院子里跑来跑去，大家都认得关桃，所以都打招呼。关桃一个一个长辈叫过去，但独独不见姑父王兴正，到了孃孃屋里还是没看到姑父，关桃拿眼睛看看孃孃，孃孃的眼睛里却好像含着泪水。

　　"孃孃，啥人欺负你了？"

　　"桃子，没人欺负孃孃，你还小，不懂。回去也不要乱讲，晓得吗？"

　　可是关桃是看不得孃孃哭的，孃孃怎么可以哭呢？

　　"是不是姑父欺负你？"

　　"没有的事，桃子，不要问了，孃孃自家的事体，你不用管。你学好生意，做好你的事，将来孃孃老了去投靠我小侄子，好不好？"

　　关桃不知道孃孃为什么会这样讲。王家是这里最大的人家，哪有嫁到王家还要去投靠别人的？孃孃一定是碰到了什么事，但又不肯讲。但他一个小孩确实不可以管王家的事，孃孃嫁到了王家，是王家的人了。

　　关桃闷闷不乐地离了王家，孃孃关照过，回家里后对爷娘也没有讲起这件事情。

第五章　关一刀独当一面　俏爱琦新年遇旧

第六章　探关桃情意朦胧　生妒意秀珍叛逆

　　过完年，关桃回了店里。顺礼也从海门乡下回了上海，还带了瓜子、花生和山芋干等零食来孝敬师傅师娘。师傅一家人和两个徒弟新年后第一次一起吃饭，几个孩子各自讲一些新年里的趣事，有说有笑，邱明远看着，心里很开心。第二天早上开门，整条街上乒乒乓乓噼里啪啦响个不停，各家店面都忙着放炮仗，祈望新的一年生意兴隆财源广进。邱明远和邻舍隔壁的老板们打着招呼，关桃、顺礼负责放炮仗，秀珍在楼下看热闹，秀琳和老板娘抱着弟弟躲在楼上看。秀珍的眼光时不时落在关桃身上，掩着嘴巴偷偷地笑。

　　正月里的一天，孙爱琦一个人去了协隆绸布店。年初一偶遇时孙爱琦讲要去看关桃学生意，关桃只当是句玩笑话，不曾想这人真的就来了。

　　孙爱琦装作不认得关桃，走到他面前，讲："小师傅，我要买块粗花呢，你这里有啥花色？"

　　"小姐你好，我们这有棕黄色的粗花格子呢，喏，还有灰色棕方格的，你欢喜哪一种？"关桃知道孙爱琦想做什么，就顺着她装陌生人。

　　"我都不欢喜。还有没有其他的？"

　　"那你欢喜哔叽呢料子吧？穿起来老挺括的。"

　　"你不要当我洋盘好吧？哔叽料子老硬的，我不欢喜，我讲了我要粗花呢的。"

　　"噢哟，小姐蛮疙瘩的，你到底要不要买啦？"

　　邱老板正好在一旁，忙过来训关桃："小赤佬怎么跟客人讲话？"一边又笑着对孙爱琦讲："小姐不要动气，他是学徒，不懂规矩。"

　　"是吧？我听讲他在这里快满师了，绰号'关一刀'，怎么还这么不懂规矩？看样子学得不好。"

　　邱老板有些疑惑地看着孙爱琦，不知道这小姐的路数，嘴里连讲"是是是"，心想，徒弟在外头名气是大了，但骨头也轻了，需要收骨头了。

孙爱琦斜着眼对关桃讲："怎么样，关一刀，到底帮不帮我寻料子？"

邱老板没等关桃回答，连忙讲："寻的寻的，小姐放心，您要的料子我们有的。"心中想：今天要是逃走了这单生意，看我怎么罚你！

孙爱琦终于绷不住，哈哈笑起来，讲："老板，我认得桃子，我们同学，我和他寻开心呢。"

"哦哦哦。"邱老板也笑起来，一迭声讲："那就好那就好，您慢慢挑。"一边转到旁边去，肚皮里用力猜这两人间的关系。关桃只读过小学，同学也就是小学的了，龙华这种地方，一起读书的多半是种田的，眼前这女孩子肯定不是种田的，不但不是种田的，还像是出自富贵人家……但看他们笑得那样开心，确实是熟人。

孙爱琦不缺衣裳，龙华寺里和关桃相遇，勾起了她对旧事的回忆和对关桃的好奇。更重要的是，她喜欢这个男孩，以前就喜欢。孙爱琦身边有各种各样的男孩，军营里不讲，上海富贵人家读书的学堂就那么几所，孙爱琦的学校里就有不少富贵人家的子弟。但孙爱琦对纨绔子弟或脂粉堆里出来的男孩不屑一顾。世界上的男女情爱太微妙，没办法预料，有时候只因为那时那刻那个人，而关桃或许就是那时那刻的那个人。

多年前粗野的小男孩现在已经是眉目清秀高大帅气的小伙子了。关桃的影子在接下去的几天里填满了少女孙爱琦的心。她的父母从小就管不住她，只要不出大事，孙亦元基本是不管女儿的。在这个花花世界里有些家庭的孩子闹腾得不可收拾，但孙爱琦却越大越没让他们操心，上了高中以后，再也没出什么出格的事情了。

"桃子给我量个尺寸，算算我需要买多少料子。"

"你真买布料啊？"

"啊，你以为呢？你让我这么远白跑一趟？"

关桃扯下了脖子上的软尺给孙爱琦量尺寸，量着量着却有些难为情了，涨红了脸。

邱秀珍走下楼来出去买菜，看到关桃帮一个年纪一样大的女孩量尺寸。凭直觉，她看出了两人间不同寻常的关系。一般顾客只讲要做什么样子的衣裳，不用报身高腰围等数字，关桃就能八九不离十地给出布料尺寸，而这个脸上挂着笑的女孩子却要关桃一个一个尺寸量出来。女孩子张开了双臂让关桃量腰围。女孩的胸部很丰满，秀珍觉得他们的身体就要碰到一起了。女孩还把头往前倾了一点，额角头差点顶到了关桃的鼻头上。

这种时候，女顾客的头会不自觉地往后仰一点才对。

秀珍几乎是恶狠狠地瞪着那女孩看着，眼睛好像要冒出血来。恰在此时，那女孩抬起头来，看到了楼梯上的秀珍。秀珍一扭头，下了楼梯，走出门去，脑子

第六章 探关桃情意朦胧 生妒意秀珍叛逆

里老是跳出那个脑袋抵到关桃鼻子的情形。她老在想,是不是真的碰到了关桃的鼻子?不不不,没有碰到。但她还是觉得心塞,有些想哭。

邱老板看到孙爱琦和关桃两个人亲热的样子,确信他们两个人有着很长的关系。他转过头去,免得客人尴尬,自己也尴尬。对他来讲,最重要的是拉住客人,有生意做。

孙爱琦果然痛痛快快在关桃手里挑了几块料子,买时还不忘让'关一刀'耍剪刀花样给她看。关桃开好料,给她仔细包好,孙爱琦心满意足付了钱,然后与关桃和邱老板道别,回家里去了。

阳光照在梧桐树斑驳的树杆上,好像光影在跳舞。树枝在马路上投下快乐恣意的线条,树上的悬铃在风中晃动。电车行驶在霞飞路上,走过路两边连绵不断的各色商店。下了车,右转到杜美路上,孙家就在这一条安静的马路上。一个醉醺醺的白俄老头扶着树,低着头,好像马上要呕吐的样子,但只是干呕了一下,又难受地昂起头,孙爱琦看到他混浊的眼珠几乎陷没在浮肿的眼泡里。

门铃响过,佣人张嫂来开了门,然后对着楼上喊:"太太,小姐回来了。"

孙太太穿着拖鞋从楼上下来,母女俩在起居室坐了下来。孙太太略略有一些发福,脸上的皮肤光泽滋润,看不出皱纹。她穿着棉浴袍,头上顶着几个发卷,手里拿着一个热水袋。

"爱琦呀,你跑到啥地方去了,也不讲一声。"

"我去买了做大衣和上装的料子。姆妈,好看吧?"

"好看,我女儿有眼光的。啥地方买的?"

"吉祥路上的协隆绸布店。"

"协隆绸布店?我怎么没听讲过?你为啥寻到那里去了。不过料子倒是真不错。"

"啊?我荡马路时看到的。"爱琦对娘撒了一个谎。

"呵呵,戆小囡,一清老早跑那么远去荡马路。张嫂,可以吃饭了吧?"

趁着等吃饭的间隙,孙太太对爱琦讲起了孙亦元准备送女儿去日本留学的事情。

"你爸爸和一个日本朋友讲好了,你到了东京有人照顾,我们比较放心。"

"爸爸的哪个朋友啊,我怎么没听爸爸讲过有日本的朋友?"

"有个在杨树浦开纺织厂的日本人,你爸爸通过朋友的朋友认得的,请人家吃了一顿饭,算是认得了。你一个小姑娘要去外头留学,没照应,我们总不放心的。他们家族在日本有很多关系,跟那里打个招呼,我们就放心点。"

"可我学的是英文,日文我不懂,我不欢喜日本,我还是想去英国或者美国留学。"

"姆妈也不欢喜日本人,但是去英国美国那么远,一出去就要好几年吧,你在那里安家不回来了，姆妈这辈子是不是就看不到你了？"

"怎么可能嘛！好多留学的不都回来了。"

"好吧好吧，这事体等你爸爸回来定。弟弟中午不回屋里吃饭，我们不等了，吃饭吧。"

从19世纪后期到20世纪初，不少中国人赴日本留学。甲午年清廷惨败，中国割地赔款，日本以战养战，在两国历史上成功逆袭。国人群情激奋，然国力不济却是残酷事实，并非一朝一夕可改。日本的成功，引起了很多中国人学习研究的兴趣，此后东渡留学渐成风尚。因而欧美之外，去日本留学也是富有人家的选项之一。去日本的好处是地近而文通，不会像去欧美那样两眼一抹黑，少一些文化休克，坏处是比不上去欧美留学回来的人吃香。

爱琦在店里买了几块上等的进口料子，邱老板很开心，吃夜饭时特意提起。两个徒弟是同家人一起吃饭的。一张八仙桌，邱老板坐朝南的一头，邱太太抱着儿子坐左手，秀珍秀琳坐右边，关桃和师弟坐在老板对面。不知道从哪一天起，秀珍的座位从靠邱老板的一头换到了徒弟坐的一头，紧挨着关桃。不过，今天秀珍又坐回到了父亲的身边。

"你们晓得今朝来的这小姑娘是啥人？孙亦元的女儿！乖乖，看不出小家伙还认得这样的大人家！她和你小学同学？"邱老板又问一遍，好像再次确认，其实是要传递给家里的其他人听。做生意的人，当然希望自己打交道的都是有头有脸的人物，碰上一个两个，饭桌上或朋友之间闲聊当作谈资是有面子的。生活很无聊，可以给生活增添色彩的是权贵名人的花边新闻，还有这种令人开心的偶遇。

关桃微笑，应了一声，他没想到孙爱琦真会来找他，还买了布料，也没想到邱老板对她的到来如此看重。关桃还远没有老于世故，要不是邱老板在孙爱琦走后一再追问，他也不会把孙爱琦的这一层背景讲出来。邱老板的眼睛很毒的，早看出这姑娘不是来自一般人家。上海滩有得是有权有势的大人家，但大多数时候邱老板与这些人处于平行不交错的两个世界里。邱老板的店有各种人光顾，但吉祥街不是一条大马路，他的店也不是高档店，来的多是熟客，大多是在洋行或者写字间里做事情的不上不下的那种人。邱老板不太确定孙亦元是不是一个有权势的将军，但他确定护军使署是一个有权势的地方。有时有些模糊也有好处。比如你说你认得虞洽卿、朱葆山，人家就会问得细，因为这些人太有名，你说个大家都不太清楚底细的人，人家吃不准，就问不下去，不会有尴尬。

邱老板吃夜饭要喝一点酒的。他端起酒杯咪一口，再吃一口菜，嘴巴嚼动时，又讲："桃子，是不是小姑娘看上你了？"对于这一层微妙的情愫，邱老板看得清楚。关桃的心思他吃不准，但小姑娘举止中的亲昵和不拘，他看得清。

关桃红了脸，低了头讲："怎么可能！"

邱老板哈哈笑起来，喝酒时，他不像在店堂里那么严厉了，圆圆的额头在灯泡下闪着光亮，让两个徒弟觉得他可爱了许多。关桃注意到秀珍坐在了不同的位置上，但没在意，这时秀珍沉下了脸，迅速地扒拉了几口饭，碗里还剩不多点时，就放下饭碗离开了饭桌进自己房间去了，弄得邱老板莫名其妙。他问邱太太："啥事体啊？老委屈的样子，啥人又惹她了？"

"不晓得啊，今朝买菜回来没给过笑面孔。"

"不会是在外头碰到啥事体了吧，你问问她。没规没矩没头没脑的。"

一家人，有个开心不开心都是正常的。只不过本来蛮开心的一顿饭，刚刚吃上一口酒，就被这插曲搅乱了，邱明远心里不舒服。

秀珍回到房间里，坐在床上补一件衣裳，邱太太走进来问："你到底啥事体？这样没规矩，回去吃饭！"

"我吃饱了，不去！"秀珍讲，虎着脸。

"你怎么这么犟！你不要让我光火哦！碰到啥大头鬼了？"邱太太的声音一下高起来，一只手上来拉秀珍，要拖她回去。秀珍挣扎着不愿意起身，眼泪开始落下来。邱太太更加光火。半日没看到女儿的笑脸已经影响了她的心情，现在没头没脑地哭起来，蛮好一顿饭，女儿偏要作怪，心里哄起了一团火，另一只手就打了下去。秀珍抽泣起来，仍旧坐在床上不肯起来。其他人还在吃饭，刚刚热络的气氛冷了下去。两个徒弟赶快吃完饭回阁楼里，好避免更多尴尬。邱太太脾气不好，他们已习惯了，但今天这事关桃总觉着跟自己有关。他能感觉到秀珍对他的情意。吃饭桌子上，秀珍的臂膊会有意无意碰到他的手，盛饭时也会特意给他多盛一些。上楼下楼碰到时看他的眼神温柔无比。但关桃不知道自己是不是喜欢这个姑娘，而且关桃觉得这种事情也不是他想怎样就可以的。

顺礼坐在床上问关桃："师哥，你那个女同学怎么那么好看呢？她、她那么好看她爸那个官该有多大呀！"

楼上传来老板娘的骂声，关桃的心情被秀珍的哭声搞得有点乱，他随口回道："那官可大了！"

"师哥，那你以后要是做了这大官的女婿，你可得带上我啊！"

"你瞎讲八讲些点啥，还大官女婿，还带上你！"他"啪"地在顺礼头上拍了一下，让他闭嘴，好清静一点。

吃好晚饭，邱老板洗了脚，早早躺在了床上。泡泡脚对于整日站着迎来送往的邱老板特别重要。泡完脚，一天的疲惫就缓和了许多，整个人会松弛下来。邱老板这两开间门面的绸布店，楼上楼下是租来的，一年到头守着柜台，付完房租，刨去吃用开销和存货就余下不多了。这些年上海越来越拥挤，房租水涨船高，邱老板很后悔多年前没咬咬牙齿借钱买下这铺面。他现在心里算得最多的账不是一个月或一年他赚了多少，而是这一年和上一年，这个铺面又涨了多少钱，当年买和不买之间他损失了多少。他甚至忽略了一个基本的事实，虽然当年这个房子的价格不过是现在的一个零头，但当年这样一个铺面也是他万万不敢轻易借钱来买的。但在这样一个乱世当中，在一个比较太平的地方做生意，一家人没颠沛流离之苦，他已经知足。

邱太太还在他身边数落着秀珍："你讲我要不要打她？你讲，戳火吧？"

他翻了一个身，对太太讲："秀珍大概欢喜关桃。"

邱太太愣了一下，应道："哎，你这样一讲还真像的，怪不得这样作。但你不是讲那个大官的女儿欢喜关桃吗？"

"哎，人家女孩有这意思，我看这关桃也不一定敢接呀。这种事体要讲门当户对的。归根结底，都长大了，留心点吧。"老板的意思邱太太懂，少男少女，情窦初开，未经人事，莽撞得很，一不小心就会弄出事情来。一条街上这种事情不是没有，前头有一家拍照片的童家，女儿十五岁，胖小姑娘，跟店里留长头发的徒弟搞在一起，听讲两个人暗室里就赤膊做事情了，几次下来生米变熟饭，传来传去，弄得爷娘面孔没地方放。

福建乡下规矩，女孩到了十六七岁就要找婆家嫁了，但现在是在上海，福建的规矩就不那么算数了。秀珍虚岁刚满十六，邱老板本来觉得再过一年找同乡帮忙讲媒也不迟。他的想法是要让秀珍嫁个好点的人家，好对家里有个帮衬。此刻，邱老板觉得大女儿的婚事应该安排了。

媒人很快找好了，几个来回之后，邱家和陈家互换生辰八字，确定明年将秀珍嫁去陈家。陈氏家族早年在南洋发了财，后来回到福建，财势雄厚，在当地很有影响力。上海陈家这一房算不得大富大贵，但比起邱老板终归是有钱得多，这让邱老板很满意，能不能帮衬不讲，让自己女儿嫁个好人家终归是做父亲的心愿。上海居民来自各地方，但同乡联姻还是最常见的婚姻样式。中国太大，各地习俗不同，单单一只菜，不同口味就可以拆散一家人家，所以找同乡结婚是保险的办法。

但秀珍是读过几年书的，况且在上海出生长大，心上有了自己喜欢的男孩，怎么可能轻易答应嫁给一个不认得的男人。她要找个机会探明关桃对她的心意，甚至想好了要和关桃一起去别人找不到的地方，两个人开开心心过自己的日子。自从爱琦来过之后她对关桃的态度总是摇摆不定，一会儿冷一会儿热。开心时边做事情边唱歌，不开心时给关桃的饭只有半碗。有时她对着镜子梳辫子，边梳边看镜子里俏丽的脸，镜子里出现了英俊的关桃，在身后帮她编辫子，然后把手搁在她的肩膀上，俯下身来亲吻她，她难为情，红了脸。梳着梳着，镜子里又出现了邱太太严厉的脸，瞪着眼，讲："一个人在这里发啥戆？屋里这么多事体不晓得去做！"

秀珍觉得这样的日子真的没法过下去了，每天心里很窝塞。

阳历三月，地气渐暖，路上行人脱了厚衣裳，空气也轻快了许多。店后面有个小仓库，关桃进了仓库盘点整理。仓库东墙上有扇窗，开在两个货架之间，窗口望出去是一条弄堂，几个小孩奔来奔去捉迷藏，常常响起清脆童音的欢叫声。仓库里，货架沿墙壁排列着，架子上竖放着一匹匹布料。有时多进一点货就可以获得更大的折扣，有时候有些料子不备着，客人就跑去别家买布了，邱老板常常感觉自己赚到的其实就是仓库里的库存。但库存不能不放，货币贬值快，放库存有时候也是赚钱的。

过了这个月关桃就满师了，一想到下个月起可以领工钱关桃就开心。他看着弄堂里那些跑来跑去的小孩，想起自己在庙里窜进窜出的时光。他盘算着第一个月的工钱该给爷娘和孃孃买些什么东西。他已经到隔壁马路上为父亲看好了一双鞋子，为母亲相中了一条围巾。他一边干活一边想东想西，有一双手从后面抱住了他，一个软软的胸脯抵在了他的背上。他的心跳骤然加速，他知道那一定是秀珍。他愣愣地站在那里，脑子里一片空白，不知道如何是好，但他的身体却不等他想清楚就有了反应，一团火在周身烧了起来。

关桃记得自己用力想把秀珍的双手扳开，但秀珍的十指紧紧锁着。

"秀珍，你松开手吧。"

"我不！"秀珍轻声但坚定地回答。

"过一歇你阿爸来了。"

"我不管！我欢喜你！"

"你已经订亲了。"

"我不想嫁给那个人，我没看到过那个人，我为啥要嫁给他，我就想和你好。"

等到秀珍的手终于被扳开，秀珍却移到了关桃胸前，双手还是环抱着关桃，头紧靠在关桃肩上。两个人身上的每一处都贴在了一起，关桃的头脑晕晕的，身体要爆炸了。关桃心里对秀珍还是有些喜欢的，毕竟荷尔蒙汹涌澎湃的年纪，第一次被女孩子抱住，身体隐秘的渴望被激发起来，回荡在紧绷的身体里。秀珍抬起头，嘴唇向他寻过来，他稍稍地避开，又有点不由自主。

这时邱老板走了进来。有个客人要的布料在店堂间里找不着，他就到仓库里来找了。

第七章　遭逐退火线贩米　历生死故人援手

孙爱琦再次来吉祥街时,关桃已离开了。没人知道关桃去了什么地方,问老板,乌里麻里讲不清楚,只说是关桃自己离开的。爱琦觉得失落和怅惘。上海这么大,找一个人是大海捞针。邱老板对她的态度还是客气的,但也远没有像第一次那样热情。

天气暖和了,法大马路上的梧桐树长出嫩叶,整条马路看去,天空里,细碎的嫩绿点缀在碧蓝上,路两边是各种颜色的楼房,油画一样斑斓。爱琦走在人行道上,在这幅画里黯然。车水马龙,但每座房子都很孤单。风吹起,吹碎了树上的悬铃,落下橘黄色的粉末,落在头发上、脖子里,吹入眼睛,弄得人心烦意乱。

邱老板心情复杂。已经许了陈家的女儿在店里与学徒做出这种事情,传出去,陈家是会退婚的。邱老板想都不敢想,这不但关系到婚姻可能带来的好处,也关系到邱家的脸面。但邱老板是喜欢这个学徒的,这个"关一刀"正给店里带来实实在在的生意,以后是可以独当一面的。他想把他留在店里,甚至,也不是没想过把秀珍嫁给关桃。关家是农家,本分人家,女儿跟着关桃,不见得会吃苦。如果邱老板只生了女儿,邱老板大概会把秀珍许给关桃,将来这个女婿可以撑起这份生意,但他有了儿子,那邱家的产业就是邱家的,他必定留给儿子。再说,和陈家比,关家什么都不是,所以这个学徒肯定是不能留了。

关桃不为自己辩解,辩和不辩,他虽然年轻,也明白没什么两样。第二天早上,关桃到楼上,老板坐在八仙桌边闷声不响,老板娘阴着面孔,头转到一边看着窗外,两手交叉在胸前。秀珍被关在自己卧房里,关桃听见了里头抽泣的声音。关桃跪下来,一个头磕到地板,然后站起来,转身走向门外。

"慢!"邱老板发了一句话,把五块银洋放在了八仙桌上。"这是你的工钱。跟你爷讲一声,不是我不想留你,是我不能留你。"

关桃和邱太太都有点意外,邱太太抢先一步拿走了三个,只剩下了两块银元在桌上，对着邱老板问："你啥意思，天上吹钞票来了是吧，讲讲看，外头养了几个？"邱老板看着老板娘，想发作又不敢，只好把话咽了回去。

老板娘又对关桃讲："我们对你不薄，你却存心来害我们。学拆白党是吧？看上邱家的钞票跟姑娘了是吧？你照照镜子，你配吗？"

关桃本来是不想说话的，但这几句话太重了，他收了脚步，想说些什么。邱明远也知道老板娘的话过头了，怕吵起来，话越来越难听，被街坊邻居听笑话，从桌子上拿了两块银元塞到关桃手里，把关桃挡住了。

关桃用三年的时光换来了两块银洋和做生意的本事。他已不是三年前那个愣头愣脑的关桃了，他已经是学会了察言观色、退让隐忍甚至虚言奉承的"关一刀"。秀珍这件事情上自己虽没做错，但他知道师傅很难做。师命难违，师傅这样说了，他只有接受这一条路。拿着铺盖卷，他找了个客栈住下来。他不敢回龙华，被师傅赶出门是件没面子又讲不清的事，他觉着没脸去见爷娘。他感觉到空茫茫的，龙华他是回不去了，吉祥街也要离得远远的。邱老板的两块银洋暂时没让他流落街头，但撑不了多少日子的，他一定要找一个事情做，让自己能够活下去。他离开法租界，跑到公共租界去找事情做。他觉得自己当了三年学徒，一身本事，要找家洋布店做做还是容易的，但兜兜转转，才知道要找到一个差事做是不容易的，一般的店铺没保人或者熟人介绍很难进去。过了几日，身上买大饼吃的钱也没了，阴差阳错，看到一家米铺找伙计，想想做本行是没希望了，就走了进去。老板正好缺人手，看小伙子人精神，算盘又打得好，也不很计较工钱，就把他留下了。米铺的工资少点，但关桃总算有份工作养活自己了。

他回了趟龙华，瞒过了离开吉祥街这一节，只讲一切都不错，爷娘接了几样儿子买回来孝敬的东西，开心得不得了。但关桃没敢去看嬢嬢，怕自己的心事瞒不过她。

忙忙碌碌，日子过得很快，关桃逐渐摆脱了被邱老板赶出门的郁闷，重新开朗活泼起来。一起工作的店员里有一个叫余士聪的，比关桃大了两岁，对关桃蛮关照的，两个人的住处租在了一起，成了好朋友。

到九月，租界里突然涌进了许多逃难的人，报纸上讲，浙江和江苏两边的军队在上海外围打起来了。

原来，大上海都市区除了公共租界和法租界两块地方，租界外围这一圈也叫上海，就是所谓华界，比如龙华这样的地方，行政区划上叫做中华民国江苏省上海县，但驻扎在上海县的军队却效忠于浙江督军卢永祥上将，就是说，护军使署名义上是江苏的，实际上里面的人都是浙江的。孙爱琦的父亲孙亦元将军驻扎在江苏地界，但听的是浙江命令。枪杆子里头有钞票，上海是江苏省的，但钱都归了浙江。没办法，这就叫军阀割据。如果是小地方也就算了，但上海是亚洲第一大城市，人口庞大，工商业发达，财税收入雄踞全国之首，其他几个大城市加起来都不及一个上海。米行的赵老板讲:"这还是明面上的,晓得吧?暗地里,每月流经上海的鸦片收入就能养活几个师的人,所以浙军卢永祥独霸上海财政收入,当直系的江苏是洋盘,直系实在胸闷,一直要寻机会校浙江的路子,把账算算清爽。"

卢永祥有个儿子叫卢小嘉,是上海滩有名的花花公子。卢小嘉除了花天酒地,还喜欢看戏,喜欢捧角。江苏督军齐燮元的儿子齐崇麟却也有同样的爱好。他住在南京,偶尔来上海,但有一日两人却不约而同去了上海共舞台,台上名伶唱到高潮时,卢小嘉一阵喝彩,旁边众人齐齐附和,想不到另外一个角落却喝出一声倒彩。卢小嘉很不开心,追问是何人?旁边随从一时没搞清楚,答不上来,被骂了几句。戏散了,卢小嘉去后台找美人去了,他的随从跑去挑衅齐崇麟。这上海可是江苏省的上海,虽说租界里情况特殊,但地方终是江苏地方,齐崇麟岂肯买账?两边的人就打了起来。卢小嘉闻讯赶来,火冒三丈,马上找了更多人来把对方摆平,不由分说把这些人掳去龙华牢里关了起来。

双方终于为江浙开战,为无数人的家破人亡找到了一个完美的、充分的、站得住脚的、理直气壮的以及经得起历史检验的理由。开战后,两面都动用了建立不久的陆海空三军打仗,后来福建的孙传芳也加入进来攻打浙沪联军。平常从各个方向运米进上海的渠道不通畅了,尤其上海西北面粮食供应更加紧张一些。但上海人每天要张嘴巴吃饭的,眼看米铺的库存一点点减少,各家米铺陆续关了门,有米也不卖了,米价就呼呼地涨了起来。战争还不知道要持续多久,赵老板讲:"现在啥人要是能够从外头弄大米进上海,可以发财的。"

关桃不知道深浅,问老板:"真的?"关桃自从离开了吉祥街就总想要做点事情来证明自己,好让师傅看看他的出息。

老板讲:"真的!只要将米运进来,按现在的价钱,宝大祥啊,可以几倍赚啊。"

"那我跟你去,你会不会多给我工钱?"

"那肯定的,我还要给你分成。"

本来老板就是那么讲了一句,一来二去,店里几个人都觉得可以做,居然就真做了决定要去贩米进上海。

他们一共出去了四个人,赵老板、余士聪、关桃跟另外一个同事。他们买了沪宁线的车票,坐在闷热的车厢里出发。火车开开停停,远处传来隆隆的炮声,路上看到很多民房被拆了构筑工事,市镇被炮火打中成了废墟,尸体倒在废墟边,散出恶臭。四个人眼睛里都露出惊恐和害怕,关桃有些后悔跟着老板出来跑这趟危险的买卖,但现在没退路了,谁也不好先讲不去了,只好硬着头皮继续向前。下了火车,赵老板去找以前认得的供货人,幸亏很快找到,领着他们几个人在几天时间里买到了一批大米。但就在这几天里,江苏的军队将战线向上海方向推进了一大截,他们所处的地方一下子变成了江苏军队的地盘,将一大堆米运回上海

第七章 遭逐退火线贩米 历生死故人援手

变成了一个难题,江苏的军队严格禁止向上海方向放行战略物资,粮食当然是重要的战略物资。

四个人在一个小镇上的旅店里挤着住了几夜,赵老板千方百计找到了一队卡车,承诺了比平常多很多倍的运费,对方老板答应走一条偏僻的小道,跑这一次危险的差事。

但通过战线时车队还是出事情了。原本以为这条路上应该是没有军队把守的,但战场情况瞬息万变,躲过了一个又一个危险后,他们没有躲过最后一个关卡的检查。关卡前有路障挡着,旁边是荷枪实弹的士兵,摇摆着手示意卡车停下。领头的车没停下,因为偷运粮食肯定没好结果,加了油门就直直闯了过去,第二部车紧紧跟上。关卡上的士兵大概没想到真有人会不要性命地闯关,直到好几部汽车过去后才开枪阻拦。汽车是闯过来了,关桃的两个同伴却不幸中了子弹。关桃眼看着他们流血死去。余世聪睁着慢慢失去光泽的眼睛求关桃去看一次他的爷娘:"求求你,桃子,到我屋里去看看我爷娘,告诉他们我不能尽孝了……"

关桃答应了下来,泪如雨下,他不知道自己是不是还能回到龙华,回到爷娘身边。

命运大概真的要把关桃抛弃在这段旅途中了。他们刚刚将死去的同伴埋葬,就被另外一方俘房了。这一方部队正缺粮食,突然缴获了一大批粮食,喜不自禁,拖了大米就给部队做饭去了。老板看到粮食被拿去了,就想多少讨些钱回来。下头的人向上头汇报,当官的一听,啥,老子们正流血卖命,你还要钱?火气大了,说:"娘的这些奸细,都不是好人,让军法处判一下,枪毙!"

赵老板、关桃,还有车队的司机都被关进了一座庙里。夜里,屋顶漏下星星,蚊子咬得关桃睡不着觉。这一天吃过早饭后他们就没吃过东西,关桃很饿,走到门口,问守门的士兵:"阿哥,能给点东西吃吗?"

守门的士兵大概比关桃还小,一脸嫩相,鄙夷地答道:"你们还吃什么东西,你们这些奸细明天一大早就要枪毙了,吃了也是白吃,浪费粮食!"

关桃退到了墙边。原来他们已经被判为奸细!这么说这是他们人生的最后一夜了。老板嚎啕大哭,他上有老下有小,本来待在上海至少有个安定日子,但一念之差,他就要离开人世了,想想悲从中来!稚嫩的守卫被哭烦了,端了枪对着屋里大喊:"谁他娘的再哭我立马就毙了谁,他娘的烦死老子了!"

这一夜没人睡得着。关桃想起了爷娘,想起孃孃,想起师傅、秀珍,谛闲老和尚和周先生,甚至爱琦,他们在龙华寺里的偶遇。这里也是一座庙,不知道这庙里的菩萨是不是和龙华庙里的菩萨是一样的。龙华庙里的菩萨像他朋友一样的。他第一次虔诚地在庙里祈祷,让菩萨保佑他的爷娘平安终老,他此生没办法在爷娘身边尽孝了,生养之恩,来生再报。他跪下,朝着四处磕头。做完这些,心里平静了一些,天蒙蒙亮,他在地上睡了一觉,做了一个梦,梦里他好像又去了龙华寺下面那个有七七四十九级台阶的地宫里，安静、明亮，有好闻的馨香飘过。梦里的他好像也是明亮的，发着光，浑身通透。

一阵吵闹之后，早饭端了上来，还有酒。无论古今，断头饭还是要给吃的。赵老板实在吃不下，脚发软，缩在墙角落里发抖。关桃吃了一大碗米饭，还喝了酒。他现在格外平静，好像这是小时候的一次任性玩闹中又闯了祸，该怎样就怎样吧。他想起有一次他闯了祸，爷扒下他的裤子来，一根藤条在空气里"哗哗"响，他很想再听到这声音，以后，再也听不到了。

吃完饭，几个人被押到院里，排好队，用绳子绑起来，背后插上了亡命牌。有人吓得大便失禁了，关桃闻到一股新鲜的臭味。这队人将被押到村外的一块烂泥地去，由军法处行刑，关桃看到了庙里的佛像，对着他的正是观音菩萨。关桃闭了眼睛，心里默默念叨着，他不懂念经，但这时候总得跟菩萨讲几句吧。他想，这个庙里大概没有那个大橱，也没有七七四十九级台阶通向那个安静的地方。

这时从大殿里走出来几个军人，居中一位个子高大，国字脸，脸色威严。他脚蹬马靴，扛着金色肩章，边走边大声讲："哎哟，我说你添什么乱，这战场是好玩的地方吗？你跑来这里做什么？"

一个清脆的女声从外头传进来："哈哈，我这不是给您助军威、鼓士气来了嘛。孙亦元的女儿不怕死，您的队伍就更不怕死啦！"

孙亦元，关桃觉得这个名字有些耳熟，而那个声音就更加熟悉了。难道是孙爱琦来了？哦，不会，一定是自己求生心切起了幻觉。

孙爱琦穿着裤装，干净利落从外面走进了院子。她没看到关桃，没注意到这支即将走向死亡的队伍。但在跟随父亲走向指挥所时，余光里好像有一个熟悉的身影，多看了一眼。关桃失神看着她，蓬乱的头发里夹杂着草屑和烂泥，五花大绑，脖子上插了一块亡命牌。爱琦大惊失色，收住脚步，打量着关桃。

"桃子？！"几个月不见人影的关桃居然出现在这个地方，与一群陌生人站在一起。"爸，这些人犯了啥事？"

威严的孙将军担心女儿的安全，刚才话里对女儿有埋怨，但是心里是很开心的。他正想着怎么安顿女儿，听到女儿问话，摸不着头脑："嗯？你问谁？"

爱琦用手指了指院子里被绑着的人。这些人看上去是要被枪毙的。孙亦元看到过无数死人，多看几个死人没什么感觉，况且他根本不用搞清楚这些人为什么去死。但女儿问了，他就问副官："徐副官，这些人犯什么事了？"

副官徐朗生回答："三旅抓来的，奸细，违反法令囤积居奇抬高米价，马上执行枪决。"

孙亦元看了看女儿，摊了摊手，好像说，这就是战争。女儿的声音大了起来，急切地对父亲讲："哦不不不，怎么可能，爸爸，这是我同学，他怎么可能是奸细。朗生哥，朗生哥，这不可能啊！"

第七章　遭逐退火线贩米　历生死故人援手

孙亦元听女儿这样讲，意识到自己必须干预，他不能让跑到前线的女儿不开心呀！"嗯？琦琦你讲啥，这有你同学？胡搞！徐副官你去问问军法处，调查一下，没我的命令这个人不能杀。"说完，孙亦元就进了指挥所，留下徐副官处理后头的事情。

关桃身上的绳子被松开了，但其他人仍旧被绑着，等待被处决。关桃觉得手臂麻木了，脸也麻木了。爱琦看着浑身脏兮兮的关桃，悲喜交集，流下了眼泪："桃子，你怎么跑到这里来了，桃子，你差点要死了晓得吗？十三点兮兮一个招呼不打就跑了，跑到这个地方头颈里插块牌子，为啥？"

"谢谢你，爱琦！"一切发生得太快，关桃好像还没缓过来。他看了看仍被绑着的赵老板，赵老板的眼睛里闪着绝望的光，乞求地看着他。

"爱琦，能不能把他们也放了，我们真不是奸细，我们就是想把米运进上海，赚点钞票。现在米被没收了，就不要枪毙他们了吧。"

爱琦看着徐副官，徐副官有些为难，对关桃讲："臭小子，你才捡了条命！放了这些人，你以为军法处你家开的？"徐副官的口气已很客气，他注意到爱琦对关桃的态度，知道这小子是必须留下的，但其他人，无关紧要，按照程序办就是了。

爱琦听了关桃的话很难受，对徐副官讲："朗生哥，你去讲讲嘛，这些人不是奸细，也不是奸商，他们冒着生命危险运了粮食进来，粮食被你们吃掉，你们还要杀了他们，这不是要把我爸变成土匪吗？"

徐朗生为难地看着爱琦，他知道孙亦元不喜欢管这种事，军法处已经判了的案子，无关宏旨，孙将军才不愿意管呢。但既然爱琦这样讲了，他也不能回绝。他想了想，讲："要不小姐和我一起去找将军吧，我一个人去怕被他骂回来。"

孙将军这天心情特别好，有了女儿说情，他命令释放了所有人，还命令后勤处把缴获的粮食按略低于市价的价格买下来，赵老板的本金没亏掉，还赚了一些。

不久，浙军战败。报纸上描述了这场战争给江南所带来的无尽哀伤：

江浙战事，军队所过，村镇为墟，人民奔走迁移，颠连失业，富而贫、贫而死者，不知凡几。宜兴、昆山、嘉定、太仓、松江、青浦等县，或全镇被毁，或抢劫一空，莫名惨状。战事相持历四十昼夜，人民生命财产始厄炮火，复遭淫掠，学校、庙宇、商店、教会、善堂、医院，以及长途汽车，尽遭兵劫，其惨痛之情，势难自己……

战事已经叫停，两边都不再开枪放炮，和平重回人间，只不过无数无辜的灵魂已不能再回家了。

淞沪护军使由何丰林换成了江苏的齐燮元，卢永祥败走日本。未几，经各方商议后，北洋政府决定所有各方的军队都撤出上海，上海境内不得驻防任何军队——当然，这不包括租界。

孙亦元选择了卸甲归隐，住进租界。

第八章　熄战火初登孙府　报深恩赵家散财

关桃坐着军车从战场上撤回上海，爱琦陪着他一起回来。这个有半年没看到的绸布店学徒变成了米贩子，差一点被枪毙。车回到兵营，爱琦揪着关桃一路回到了自己在杜美路的家里。孙太太有些惊讶，但是军人家庭这种事情见得多，倒也没多想。

关桃洗完澡，穿了孙亦元的旧衣裳再出现在眼前时，让孙太太有一丝恍惚。每个人都是年轻过的，现在已经谢了顶，有了眼袋，脸上的各种线条纷纷坠落下来的孙亦元，当年第一次站在她面前时也像眼前这个 20 不到的年轻人一样气度不凡。岁月匆匆，儿女长大了，他们正慢慢变老。

关桃洗澡时，爱琦向母亲大致讲了一下关桃的来历，孙太太知道了是龙华读书时的同学，再看到关桃，孙太太像看到了其中款曲。孙太太这个时候考察女儿与任何一个男孩的关系，一定会考虑到这个男孩成为女婿的可能性。

关桃有些拘谨，他与爱琦熟悉，甚至已经有了一点亲昵，但却是第一次见孙太太。走到一栋陌生房子里头来，加上孙太太的身份，让他有些手足无措。好在见过一点世面，平静了一下，略略鞠躬，有些腼腆地叫孙太太："孙妈妈，打扰了。"

孙太太正思忖着怎样和客人打招呼。她既看出了一点苗头，拿捏分寸就相当重要，但一声"孙妈妈"还是让她觉着始料未及的柔软，她答应道："哎呀这孩子，这么客气。坐坐，过一歇让张嫂弄点吃的。看这战事把你给弄得！回来了，就不怕了。坐坐坐。"

天不热，又不是吃饭的时间，孙太太吩咐在花园里摆了桌椅，铺上桌布，大家坐到了外头吃点心。阳光透过树叶照在杯盏和食物上，树叶摇动，有些晃眼。关桃坐在爱琦旁边，闷声不响地吃了一些点心，喝了几口红茶，只在孙太太问话时才答几句。爱琦的弟弟孙淳轩还在念初中，白白净净的，戴着眼镜，坐在关桃对面，和一只德国牧羊幼犬玩耍着，一声不响，眼睛一会儿看看关桃，一会儿看看姐姐，抿嘴笑笑。爱琦被他笑得心虚，问："贼塌兮兮的，笑啥？"

"我不笑，你要我哭咯？"淳轩做了一个怪面孔，伸了舌头，干哭了一声，弄得一桌子人都笑了起来。

孙太太讲："轩轩，客人面前要有规矩啊。"又对关桃讲："小关先生，吃啊，不要客气。这些天打仗，市里也受了影响，街上点心的花样也少了。喏，这只栗子蛋糕，还有哈斗，我看你都没吃呢。"

关桃回道："谢谢孙妈妈，我不客气的，已经吃很多了。"关桃不敢吃得太多太快，怕吃相难看。

佣人送来一壶咖啡，爱琦问关桃："桃子，换咖啡吧？"

关桃讲："我不吃，吃不惯。"

孙太太讲："你可以试试的，这是南美洲进来的好咖啡。"

于是爱琦就给关桃倒上了咖啡，讲："多吃几趟，会有瘾的。"关桃也就不再推辞了。

孙太太又问："小关先生今后有啥打算？"

"我想今朝先回米铺去辞掉工作，回去看看爷娘，以后寻个其他事体做。米铺我不想做了，我老想起那两个一道出去的人，他们死在我眼前。"

"你不必今朝就回去吧？"爱琦想挽留关桃住上一两天，家里房子大，多住一两个人没有问题的，再说关桃刚刚经历了生死。

但孙太太用眼神制止了她。

关桃不知是见了还是没见孙太太的眼神，对爱琦讲："还是早点回去好，已经很麻烦了。这趟幸亏有你，不然我已经死在外头了。"

"呸呸，不吉利，不许再讲！"爱琦也不再坚持。人既然已回来，早晚总是可以碰头的，再说，母亲是不赞成把关桃留下的。母亲总有母亲的道理，她一个小姑娘留个男孩子在家住总是件不寻常的事情。

孙家住一栋两层楼房子，正面有一个高耸的红瓦尖顶，尖顶下一层阁楼。进大门，右手是客厅，客厅往里，是餐厅，大门左手是孙亦元的办公室，孙亦元在家里时偶然跟人在办公室谈事情。餐厅对面有一间起居室，起居室里有一个大壁炉。房子的西面是车库，东北角上造了厨房。花园不大，但收拾得齐整妥当。草地上有一颗壮硕的香樟树，草地四周的小叶黄杨修剪得颇为齐整。与邻居的分界处种了两排冬青树，还有几颗柏树。孙亦元好几年前买下了这栋房子，是他一笔很成功的投资。现在要在这个地方再买一栋这样的房子，多出几倍的钱也不一定买得到了。当年队伍到了上海后，同僚们纷纷在上海置办房产，但孙亦元手头没那么多钱。正烦恼时，查到了一批私烟。从鸦片买卖抽水是浙军的一笔大收入，绕过护军使署买卖烟土是绝对不允许的。这批货的数量是如此之大，可以想象其背后的主人也绝非等闲之辈。孙亦元把这件事情压了一下，暂且隐而不发，果然等来了沪上一位颇有名望的大佬的中间人。对方开出了足够有吸引力的价码。拒绝，将私烟上缴，是不是有好处姑且不论，坏处很明显，从此他的家人在上海就没什么安全可言了。接受对方条件，在神不知鬼不觉时掐断一切线索，孙亦元还可以交上一个在上海树大根深的朋友。前后左右分析，权衡利弊，孙亦元接受了对方的条件。

现在，树倒猢狲散，督军将军们都进了租界或出国宣布下野了，孙亦元也收山了。好在手头有本钱，过日子绰绰有余了。孙亦元很庆幸当年的决定，让他不必为了今后的生计而烦忧。

关桃走后，孙太太装作不经意地问爱琦："你刚刚讲这小伙子以前还在绸布店学过生意？"

"是呀。姆妈你不晓得他在绸布店里的那个样子，真滑稽，他有个绰号，关一刀！"

"啥叫关一刀？"

"关一刀都不晓得？就是每趟开料之前，他会耍剪刀，然后'唰'一下子，布料就开好了。"爱琦边讲边模仿关桃耍剪刀的样子，几乎手舞足蹈。

"喔，这么神！就是吉祥街上那个绸布店？"

"喔唷姆妈你还记得这桩事体啊！对，那时候他是在那里做的。"爱琦想起当初对母亲是撒了个谎的，脸红了。

"你现在准备拿他怎么样？"

"没怎样啊，他是我同学嘛。"

"你同学多了，小学同学我看你大多没啥来去的，中学也就那么几个，为啥这个特别一点？"

"我啥地方对他特别了？正好在前线碰到，难道我要看着他被枪毙？"

"不是讲要看着他被枪毙，你刚刚还想留下他的吧？"

淳轩正在旁边玩一个铁皮鸟，他上足了发条把铁皮鸟放在茶几上，铁皮鸟就嗒嗒嗒往前移动，翅膀一开一合的，这时突然冒出一句："She falls in love."

孙太太没听懂，加上铁皮鸟的声音，不知道儿子讲了什么，但爱琦是听得懂的，她拿起一个靠枕扔过去："我让你瞎讲八讲！让你瞎讲！"

孙太太看着姐弟俩，问儿子："你刚刚讲的是啥意思？"

"姆妈我念书呢，念英文呢。翻译到中国话的意思是乌龟对绿豆，懂了吧。"

爱琦在沙发上到处找靠枕，嘴里嚷嚷："轩轩，你还念书？你这么大了还这么幼稚，还玩这些小孩子的玩具！你再敢瞎讲，再敢瞎讲！"淳轩一溜烟跑上楼梯躲进自己房间去了。

孙太太接了儿子的话头，讲："上海这地方自由恋爱，但爷娘也不能啥都不管的。上一趟卢家姆妈过来，看到你，对你印象蛮好的，她们屋里的二公子比你大两岁,我看就蛮合适。"

爱琦回道:"哦哟,讲啥呀,我还在念书呢!卢家二公子,就是面孔长得像塌扁夜壶一样的那个?姆妈,求求你,你还是不要管这桩事体。你喜欢这只阿木林你随便送给别人去,不要塞给你女儿好不好?"

孙太太被女儿说得笑起来,卢家二公子确实长得不好看,但女儿的话也过头了点:"哎你那个学堂就教你们这样子讲话的?那你欢喜这个学徒,卖相是好的,其他啥都没。你过些日子还要出去留学的,你们立在一道,像腔吗?结婚过日子,讲究门当户对,不可以头脑发热的。"

"我讲我欢喜他了吗?怎么就结婚过日子了,就一套一套来了呀!"

"没啥事体最好,我是提醒你。照道理这小伙子看上去不错的,但这种事是要想想好的,我是你亲娘才告诉你这些。"

"晓得啦,亲娘——真啰唆!"

在楼下竭力否认了母亲和弟弟指控的爱琦回到自己房里,把从龙华寺偶遇后的事情回放了一遍,如果讲龙华寺的碰面多少可以解释,但在前线的相逢却真是不可思议。旁人看来,是爱琦救了关桃,在爱琦看来,却像是冥冥中有人把关桃推回到了她的身边。人总是有些迷信的,恋爱中的人更加迷信,容易把偶然看成天意。半年前到吉祥街找关桃买布,闻着关桃身上的味道,爱琦觉得眩晕,不能忘怀。后来爱琦没想好理由就又去找他,是因为怀念心旌摇曳的神秘感觉。然而,关桃消失了,她失落难过了很久。如果这不是喜欢,爱琦自己都不相信。但她又对娘竭力地否认这份喜爱,毕竟,豪爽的爱琦也是少女,少女面对朦胧的感情恐怕都会羞涩。

关桃回到米铺已是傍晚,赵老板看到关桃,要跪地拜谢,被关桃挡住了。没有关桃,赵老板已躺在远方的一个乱坟堆里了。爱琦是关桃的救命恩人,关桃是赵老板的恩人。老板娘也拉了三个小孩过来,跪下谢关桃的救命之恩,又被关桃拦住了。

此时赵老板觉得关桃天赋异禀,在他觉得必死无疑时还能从容不迫地吃上一大碗断头饭,在被孙爱琦救下后,还能够想着把其他人也救出来,这样的人,必当另眼相看。

关桃讲自己要辞了这里的差事,赵老板讲:"那是自然,我虽愚笨,但也能看出关兄弟不是久居人下之辈。"

关桃忙解释他不是这个意思:"我只是怕自己老想着两位死去的兄长。"

赵老板讲:"关兄弟如此重情义,赵某感佩于心,没齿不忘!"然后他拿出从战场上带回来的全数银元推到关桃面前,讲:"兄弟,救命之恩,难以报答,这一点点你权且收下。"

关桃不肯收,赵老板坚持要关桃收下:"兄弟,倘使你不收,赵某必在此长跪不起。"

钱失而复得，加上讲好的分成，赵老板多少要分给关桃的。最重要的是，和命相比，这点钱不值一提。经此一劫，回到亲人的身边，身外之物对赵老板就不重要了。

推脱不过，商量下来，这笔钱分成三份，关桃收一份，另外两份，寄给那两位死去的伙计家里。关桃正好受了余世聪临死前的托付，就自告奋勇把那一份钱由他带去。

关桃离开了米铺，回龙华家里住了几天。他没告诉爷娘死里逃生的经历，怕他们为自己担心，从此不让他再出去。与他一样大的小兄弟大多留在家里种田，但关桃已不可能回到这里和他们一样生活了。他给了爷娘一些钱，告诉爷娘自己已经离开了吉祥街，找了一件新的事情做，是一家专门批发外国进口布料的公司，工资要比在协隆高很多。而离开邱老板是因为邱老板另招了徒弟，人有些多了，所以希望关桃自己走的。他觉得唯有这样的解释才可以让关炳生接受他离开协隆的事实。关炳生一直记得邱老板请他在老正兴吃的酒，所以经常叮嘱儿子在吉祥街好好做，现在听儿子讲离开了协隆，就很不开心，觉得儿子有忘恩负义之嫌。邱老板让儿子离开这个事实让关炳生很难过，这说明儿子总归是有地方做得不好，以致邱老板不要他了。但既是生米做成熟饭，儿子又给了他们钱，让他觉得儿子确实找到了一个好差事做，有出息了，心里多少好过些。那么短的时间赚来不少钱，也没乱花钱，这一点使得关炳生开心，儿子养出头了。

关桃去了一次嘉善，找到了余世聪家里。那是三间草屋。远远的，关桃看见两个半大的孩子正在帮着父母做农活。他不舍得将实情告诉余世聪爷娘，只讲是余世聪托他带了些钱回去，代他看看爷娘。余世聪的爷娘比关桃爷娘年纪大一点，四十多五十不到的样子，膝下还有一儿一女，看到儿子托人带钱回家里，开心得不得了，一定要留关桃吃饭，关桃陪他们吃饭，一边吃饭，一边要告诉他们余世聪的近况。这毕竟是余士聪几年不吃不喝才能积下来的一笔钱，突然让一个陌生人带回家里，余家爷娘总要多问几句。关桃开头还能够说几句，但胸口一点一点透不过气来，突然不讲话了。余世聪的父亲问："关先生，怎么啦？"

关桃推了碗筷，"扑通"跪倒在地，涕泪齐下，告诉了余士聪爷娘实情：他们的孩子，已经埋在了百里之外一片陌生的荒地里。

天色不早了，关桃还要赶上夜里回上海的班轮，匆匆与哭作一团的余家老小道了别，走向几里路外的码头。上得船来，夕阳在地平线上，云挡住了一部分光线，散出来的光线落在摇摇晃晃的水面上，血红血红。关桃闭上眼睛，好像看见血正从余士聪的身体里流淌出来，形成了一个血泊，像眼前的一江秋水。

第八章 熄战火初登孙府 报深恩赵家散财

第九章　有情人茶楼分歧　关慧芝命丧悍匪

关桃在石门路租了一间小房子。他不知道自己应该做些什么，但现在没立时三刻找工作的压力，他想用赵老板给的钱尝试做一门生意。

他跑到各家店里打探，大多数时候各家店的老板不理睬他，一来他太年轻，二来每家店的生意渠道都是现成的，一般不会轻易改变。关桃是个犟种，碰这点壁对他不算是打击。有一天他跑到一家杂货店里，老板讲他这里的菜籽油断了一段时间了，因为前一段的战事，附近的农家都避难去了，油菜籽来不及收上来在地里泡水发了芽，所以今年新油就供不上来了。如果他能够搞到菜油的话他可以进一点。关桃连着问了几家，果然是一样的情况。

附近能够采买到的货源肯定不会为一个新手留着的，要搞到菜油就必须跑到远的地方，起码是一两百公里的地方。他除了上一次跟着赵老板去买米就没跑过更加远的地方了，也不认得任何一个油坊老板。但关桃觉得这是个机会，他必须去尝试一下。

爱琦收到关桃的信，讲他计划出去一次，总要半个月。

关桃出发前一天，爱琦来了。关桃安顿下来以后，这是他们第一次碰头。他们约在了一间茶楼上碰头。茶馆底楼是一个老虎灶，放了几张八仙桌，长凳。楼上讲究一点，有单间，茶具精致，配小吃，瓜子话梅蜜饯样样有。关桃泡了一壶茶，两个茶盅相对，把自己的想法讲给爱琦听。"我半个月左右一定可以回来。"

爱琦一听，想都没想就反对："小赤佬，刚捡了条命回来就骨头轻！你以为出去做生意那么容易？你要再碰到点危险的事，啥人来帮你？就你一只小赤佬，被人卖掉都不晓得！"爱琦倒不是反对关桃做生意，问题是各地方匪患不绝，不太平，拿着一笔钱去陌生地方做生意，相当危险。

"你不要小看我呀。现在不打仗，我又不是霉糟星，总碰上倒霉事，再讲，我大人了，总归要自己做事养活自己吧？我爷娘老了要有人养，我，我我以后还要讨娘子吧,我没钞票怎么养活一家人家？"关桃难得地结巴起来,有些不好意思。

爱琦的脸也红了,楼下的汽车正猛按着喇叭,她说："这汽车真吵。"又说："噢哟,想得蛮远的,还要讨老婆,性命没了,还讨啥娘子？上海有的是地方赚钞票,你何必去做没把握的事体？你晓得土匪多少厉害吗？赵老板给了你一笔钞票,你先寻个工作做,慢慢寻机会。还有,上海很多夜校,你可以去夜校读读书,赚钞票急啥？你那么聪明,学东西一定很快。"

爱琦对娘的一句话心里是有疙瘩的,爱琦要上大学的,还要去国外留学。读书人总喜欢劝别人也读书,何况是关桃。再有,有钱人和穷惯的人,对赚钱的看法总归有些两样,一个觉得可以笃悠悠慢慢来,一个最好马上赚到一笔大钱。

两个人你来我往谈了很久,中间关桃还让茶堂到隔壁要了一碗小馄饨,两个人分着吃了。爱琦拿手绢擦了擦嘴巴,又看看关桃,把手绢递给他,讲："嘴巴油漉漉的,擦一擦。"

关桃接了手绢,闻了闻,转了转眼珠,拿到嘴边,说："哎呀,好香,送我吧。"

爱琦讲："你又不爱带绢头,送你也是白送啊。"

"你送的,意义不同嘛！"

"你倒学会油嘴滑舌了！好呀,送你,但你要答应我不出去。"爱琦半嗔半喜地说。

"嗳,那和出不出去是两桩不同的事嘛。"关桃很难被说服,他还是要去找菜油,虽然他对这门生意基本上一无所知。做生意容易犯的错误之一是钻牛角尖,一旦认为某个生意可以做,就自己为自己找理由,一门心思钻下去,忘记了很多产品是有替代品的,也忘记了你看到的机会其他人也看得到,可能有人已经站在了比你更加有利的位置上。关桃的性格就容易一门心思钻下去。爱琦帮他分析了种种可能性,比如,上海是个大码头,买不到菜油,可以买豆油,买不到豆油,市场上还有很多进口油可以补充,这会儿已没战争,从其他地方进货没什么障碍。但因为还没碰壁,关桃就是要去试一试。爱琦看看劝不动,心里有些急,一来二去的,两个人倒像吵起来一样了。爱琦心里有点戳火,想这人怎么这样犟,好了疮疤忘了疼,这点小事都不听劝,一把抢了关桃手里的手绢,站起来,讲："好吧,你欢喜到啥地方是你的事体,本来也不关我事,是我多管闲事了。"

关桃觉得事态有些严重,站起来想拦住,爱琦已到了楼梯口,悻悻而去。关桃慌忙付了茶钱,追下去,爱琦已经没了影子。

关桃心里有些闷,回了自己住处。这是一间老式平房,藏在沿街高大房子的后面。对于关桃来讲住着挺好,他从小就住这样的房子长大,但对爱琦而言,这房子太破旧、简陋,所以关桃要尽快赚大钱。

第二天,关桃从十六铺坐船去了闵行,然后又搭平湖班轮去了更远的乡下。那一带在战争中基本没受到破坏,或许有机会,他认为交通越不便的地方越有可

第九章　有情人茶楼分歧　关慧芝命丧悍匪

057

能找到他想要的东西。他很小心地把钱藏在两个不同的地方，包裹里，腰里都带上一点。他知道赤手空拳的人是没办法跟拿枪的人斗的，本事再大，一枪报销，所以一路上格外小心，倒没出什么危险。但他寻找货源的事很不顺利，找到的油坊要么有固定的大客户，要么量很小，价钱很高。

关桃穿行在深秋的江南平原，这正是江南最美的季节。天光朗朗，风轻云淡，收割后的田野一平如展，伸向遥远的天边。村庄点缀，竹林摇曳，河流蜿蜒。农民正归拢一年的收成，为明年的播种做些铺垫和准备。院舍里升起炊烟，老牛趴在水车边，嘴巴慢悠悠地嚼动，铜铃般的大眼睛懒得转动。

江南春季多雨，万物复苏，但忽冷忽热不稳定的气温和潮湿的环境让人感觉不舒适。初夏梅雨，天气闷热，所有屋子的地面会反渗上一层水来，一切东西一夜之间都可以长出霉菌。江南的酷暑是一种逃无可逃的热。太阳将富含水分的空气焙热，潮湿气流将酷热送进每一个角落，确保夜里暑气仍像白天一样折磨人。这个时候只能祈祷台风送来海上凉爽的空气。秋天，东南风把海上的云朵吹到黄浦江上空，无边无际，浩浩荡荡，像急促行进的军队飘向内陆。太阳向南方后撤，空气不再潮湿，站在树荫下就会觉得凉爽。原野空静，飞鸟也好像格外轻松。

每年这时候，上海追猎总会开始筹划一年一度的追猎赛。猎狐是英格兰一项历史悠久的运动，被称为贵族运动。人们头戴黑色头盔、身穿红色猎装、脚蹬马靴策马驱犬追寻狐狸，越过丘陵田野，穿过低矮的院墙，先抓到狐狸者为胜。养马豢犬都需要不菲的支出，一般的工薪收入或农家无力维持这样的支出。上海几无真正有爵位的英国人，但在上海取得了成功的英国人有足够的钱驯养好马，从英格兰进口猎犬来组织追猎赛。很多英国人都喜欢这项活动。上海附近很少狐狸，但他们想出了一个办法，让两个人带上有特殊气味的包包先骑马出发，等到跑得看不见了，后面追猎的人再出发搜寻。

埃里克巡捕曾是轻骑兵，他在上海没自己的马，不过他很快找到了上海马会，又通过朋友介绍加入了上海追猎总会。

追猎赛需要广阔的原野，只能在郊外进行。这一年的线路从徐家汇出发，然后一路向南追逐。埃里克骑着一匹霍士丹马，马的主人是艾仑·史密斯。艾仑·史密斯是上海最有钱的人之一，著名的建筑设计师，南京路房地产的第二大持有者。据说他的日常生活非常简朴，出入不用汽车，也没自己的花园住宅，但他一生酷爱马，在上海养了几匹好马。他年纪大了，只在闲暇时到马厩里看看这些马，替这些马刷理毛发，喂些胡萝卜，讲讲话，偶尔骑着马在场地里走走慢步。他不再纵马驰骋于原野，但希望马有机会到野外尽情奔跑，埃里克问史密斯先生租用马匹，他象征性地收取一镑租金。

猎犬弓起后臀，尾巴直竖，大声向着猎物远去的方向吠叫，急不可耐向前窜动。马的前蹄在地上敲了几下，昂了昂头，跃跃欲试。埃里克收紧缰绳，用手轻拍马脖子，告诉它不着急。一阵唿哨，队伍出发。猎犬如子弹出膛，马蹄散乱敲击地面，发出"咚隆隆"的声响，身后扬起烟尘。追出大约一英里半后，队伍开始分散，每只狗和每组人马的目标开始不一致了。埃里克向着南偏东的方向跑去。埃里克左手很远的地方，有一座古塔耸立，右手远处有树林、村庄，还冒出一座教堂的尖塔。猎狗跑上一座约8英尺宽的石桥，埃里克纵马通过这座桥时，看到河里有三艘画舫般的木船，船上有欧洲男女看着埃里克，挥手打招呼："笨猪！"（法语：你好！）

秋季是狩猎好季节，野鸡野兔可以躲藏的地方少了很多。法国人爱外出打猎。法国人的船上生活设施齐全，足够应付一家人连续几天的生活。他们几家人结伴而行，在郊外发达的水系里深入到遥远的乡下，边打猎边游玩，享受法兰西式的浪漫。但英国人对法国佬的趣味往往嗤之以鼻，英国人更爱在马背上追逐。

不过埃里克今天也带了一杆猎枪，插在马背侧面的枪袋里。追猎赛不准开枪，开枪会影响到同伴的安全和成绩，但这项运动到了上海作了一些改变，允许带枪，但是个装饰品。埃里克向船上的人挥挥手，回了"笨猪"，继续一路向南。几分钟后，枪声打破了马蹄敲击地面所形成的明快节律，埃里克拉了一把缰绳，马腾空而起。埃里克本能地四处张望，想搞清枪声的来历。此处空旷，枪声就在耳边，而那几个"笨猪"已经被远远甩在后面，这不应是法国佬打猎的枪声。他看见左前方有几个人在拼命奔跑，几个穿着中国警察制服的人在后面追赶，边追边开枪。

他好像明白是什么事情了。他很熟悉这种事。他看到在前面逃跑的有四个人，其中两个人向后开枪，另外一个人起初架着一个女人还击，随后又扔下了她，跑到一条沟渠里，找好位置向警察回击。

女人躺卧在相距不到100码的两队人中间，子弹在她身边来回穿梭。这个女人恐怕要丢失性命了。

埃里克抽出猎枪，左手控缰，右手持枪，腿夹一下马，霍士丹向着沟渠冲了过去，还没搞清楚状况，沟渠里的匪徒不得不撤出战斗。他们不知道这匹高大的马是怎么来的，骑马的是谁，带着怎样的火力，最好的办法是赶快逃跑。

一个逃跑中的土匪被打死了，另外两个逃脱了。

那个被扔下的女人是关桃的嬢嬢。她已被两颗子弹击中，血从身体里噗噗地冒出来。这个可怜的女人浑身颤抖，面色煞白，没一点血色。

第二天的上海报纸登出了埃里克·凯夫巡捕的英勇事迹。在详尽描写了凯夫巡捕策马驱匪的事迹后，报纸还披露了被救出的妇人的情况。

闻该妇系上海近郊龙华镇王姓世家之二少奶奶，昨日数悍匪侵入王家宅院大肆劫掠，惟宅院幽深，外人不得知此匪讯，幸有仆役得脱，出后门而告警，匪徒遂劫人质而退……查匪所来历，似熟知本地情形路径之人，况此等悍匪训练有素，

第九章　有情人茶楼分歧　关慧芝命丧悍匪

华界警署因而推测当属旧护军使署辖下散兵所为云云。

被埃里克救出的关慧芝的情况相当不好。由于失血过多，伤员被送到一家德国诊所时已出现失明症状。大夫对埃里克讲："恐怕无能为力，她的状况很不好，而且，说实话，我认为她自己也已没有了求生的欲望。"

躺在手术室里的关慧芝一会儿清醒，一会儿昏迷。正如医生所说，她已经没了活下去的欲望。她记得她是怎么离开家的，一个土匪讲，这么好看的女人一定要带着走，另一个土匪讲你有神经病，要做现在做，清清爽爽。警察过来了，枪打得"乒乓"乱响，急于逃窜的土匪就把她从院里拖了出去做人质，用来阻挡警察的追赶。现在她有些感谢土匪，把她从每一天的犹豫彷徨中拉了出来，为她做了一个选择，一个了断。她爱她的孩子，爱很多人，但她已不再对生活怀有期待。她曾经是关桃阳光一样明亮的嬢嬢，花一般好看，蝴蝶般轻盈，但她已经绝望，绝望如初冬的枯叶。在外人面前，她是王家二少奶奶，还要为王家维持着体面。在那座青砖楼里，除了念佛，她像飘来飘去的游魂，活着和死了是一样的。

她听到鼓钹齐鸣，悲凉的诵经声从远处传来，木鱼准确敲在旋律里，像时间正慢慢退去，世界逐渐远离。她慢慢飘到天上，在青烟里上升，升得比塔还高，她不觉得害怕，感觉到多少年没有的轻松、欢喜和充盈。她想起有一年，那时她还是女孩，带着关桃去桃园玩。天气已经有些暖和了，桃花开得接天连地。在一条沟渠里，他们看到有很多小鱼游来游去。她赤了脚，用双手去捧水，想捧上几条鱼来。桃子清脆的童音在耳边叫着："嬢嬢，那里有一条，那里！啊呀，逃走啦……嬢嬢，你真好看。"

她撩了一把水上去："咦，什么时候变成小花痴了！"桃子一惊，脚下一滑，竟滚了下来，衣服都浸湿了。她抱起桃子往家跑，桃子冻的牙齿打架，但脸上漾着欢乐的笑，嘴巴里发出"嘎嘎"的笑声。

那时的她多么开心呀，那好像是她这一生最开心的日子，她的心里充满了欢喜，就像现在一样。

她看到自己还在流血。她感觉有一束明亮的光照下来，温煦，带着丝丝甜味。就这样吧，就这样吧，睡着，不再醒来。

床边来了许多人，她听到他们的声音，两个孩子哭喊着叫妈妈，她从空中看到了他们，看到两个孩子扑在一张盖着白被单的床边痛哭，白被单下，女人的面色像一张白纸，眼角挂下清澈的泪珠。她的心好痛，她最听不得自己孩子哭了，她总是担心他们会跌到、会摔疼，现在看到他们哭得那么伤心，她实在不忍，她好想再抱抱他们，亲吻他们。但她感觉自己越升越高，向着云端里漂去，哭声远了，孩子的身影模糊了，关慧芝不再醒来了。

此时的关桃正在外地找菜油的路上。嬢嬢出事三天后，关桃转到了嘉兴，打算第二天坐小船到一个叫油车港的小镇去。在旅馆里他看到了报纸，他立刻明白，那是他最亲爱的孃孃出事了，他捧着报纸哭起来，哭得旅馆老板以为自己的店里出了大事。关桃马上买了火车票回上海，那时候，孃孃已经没了两天了，他没能见到孃孃最后一面。他对着孃孃的棺材痛哭失声，久跪不起。

第九章　有情人茶楼分歧　关慧芝命丧悍匪

第十章　叹空景孃孃落葬　明心迹佳人互访

关慧芝出殡前一天夜里下了一场雨，第二天早上，空气清冽，天空碧蓝，蓝得深不可测，蓝得使人心碎。一场秋雨一重寒，雨打落叶四飘零。银杏树下铺满了金黄色的叶子，秋风吹过，叶子沙沙作响。穹顶下的龙华塔，沉默，俯瞰人间，偶然落下清幽的铃声，似梵音，似叹息。

王家宅院门楼挂白，来吊丧的亲朋好友络绎于途。本地王姓人家多半是一个老祖宗传下来的，平时各过各的日子，这时每家都出了人来帮忙，近亲负责收支，远一点的本家负责摆桌搭棚，端茶递水。王家本来就有一些佣人仆役，但大门大户，碰到婚丧大事，迎来送往的人比一般人家也多，所以那点人手就不够了。尤其丧事，多半来得突然，同族的人总是要来相帮的。外院里摆放了从各家人家搬来的八仙桌，大门外的场地上搭了布蓬，招待吊丧吃豆腐饭的客人。

内院客堂做了灵堂，北面靠墙放了长桌子，两侧有白布幔挂下来，上方一个大大的"奠"字，桌上放了蜡烛香炉，各种祭品摆放在条案上。棺材摆在屋中央，家人将纸钱投入到火盆中，烟火缭绕。尔墨和尔儒披麻戴孝跪在棺材的左边向亲戚回礼，哀哀地哭泣。王兴正萎顿地坐在旁边的一只椅子上，用惊魂未定又哀戚的眼神散散地看着来去的人们。慧澄法师领着一班和尚在灵堂里念经超度，而和尚念经的声音又常常被前来凭吊的女人的哭声淹没。一家刚哭完，后来的又接上，此起彼伏。

关桃娘在灵堂一角折着锡箔元宝，不时有节奏地哭出声音来。本地习俗，女人们边哭边唱，追思亲人生前的好处，诉说对亲人的怀念和哀思。一个人开始哭，好几个女人跟上一道哭，内容各不相同，但节律基本一致，好像互为和声。

"啊呀我苦命的妹妹啊，老屋初识我初嫁，你帮扶哥嫂孝爷娘；妹妹啊，你相貌出众心地善，脚勤手巧终日忙；那时候夜纺纱来昼织布，我推机板你穿梭。"

"啊呀我苦命的妹妹啊，你嫁来王家做新娘，我儿不舍牵衣裳。原望你嫁进高楼享尽福,却不料阴阳相隔两茫茫。妹妹啊,你匆匆离去不收脚,倒叫我他日苦楚无人讲。今朝白头送黑发,一对幼儿失亲娘。"

"秋风秋雨秋叶飞,可晓得妹妹魂所归;问天问地问乡邻,谁见姐姐我心头泪。妹妹啊,你枉死兵匪成冤魂,阎罗殿上添新鬼。此一别,不知何日再相会。"

娘的哭诉里,有对妯娌的怀念,还有对王兴正隐隐的指责。有些事,关桃近来才慢慢知道。关桃想起过年时姑父没到他家吃饭,孃孃那有些尴尬的面色,后来才明白那后面隐藏的愁苦。

中午时分,县知事也来吊丧。王家是望族,在外面总还有一些有头有脸的故旧,尤其现在还有一个本家在北京工商部里做了不大不小的京官。出了这么一件轰动的大事,不说知事与王家本来相熟,单单是对本地民生治安负有责任这一项,当地主官也有上门抚慰的必要。王家老太爷和老大都迎了出去,但老二王兴正却好像魂游天外般仍旧坐在那张椅子上一动不动,直到老大过来拖了他,才跟着大哥去与知事打了招呼。王老太爷感觉自己儿子在父母官面前失了礼,忙着说话来补救:"犬子痛失爱妻,心中悲痛,日思夜想,魂不守舍,故此怠慢了知事,还望海涵。"

"哪里,哪里,令公子新丧娇妻,哀痛于心,实乃人之常情。在下惭愧啊!上海这样的首善之地,安宁之乡,不想竟有此等悍匪作奸犯科,侵害贵府,卑职实在有负民众之托啊。我已经责成警察局深入调查,务必将凶徒尽快捉拿归案,绳之以法,以告慰亡灵。还望贵府上下节哀顺变,节哀顺变啊!"

听得知事这样讲,女人的哭声便又响了起来。

这边县知事刚刚被接进内室休息,那里门外来了一个戴着圆框眼镜的年轻人,自称是常州李家的人,受父亲之命前来吊丧。门口接客的人在那里愣了一下,想不起曾经与常州李家有过来往或有亲戚关系。但既然是来吊丧的,就没有拒之门外的道理,所以一边让进了大门,一边让人赶紧去问王老太爷。老太爷也愣了一下,随后拍拍额头道:"哎呀,这常州李家的祖上与我家祖上是同年啊,一道金榜题名的,所以后来两家是一直有来往的。我小时候两家也还偶有书信的,但这些年却是断了音讯了,这一次想不到也派人来了,真是想不到,想不到,快请快请。"

那常州李家的年轻人叫李柔然,祖上确实就是王家祖上的同年。王家的这件事情上了报纸,居然让李柔然的父亲李寒声看见了,想起两家旧时是互有来往的,现在王家遭此劫难,正好儿子在上海念大学,赶紧拍了电报来让儿子代为吊丧,一则是想重续旧谊,二来儿子离家三四百里路,上海有个故旧,讲不定什么时候有个照应。于王家而言,故旧亲朋来得越多,逝者备极哀荣,面子上总是光彩的。

王家的西院里有一个小小的戏台,以前是请戏班唱堂会的,这几年王家不请戏班了,西院就有些荒了。这一天来了很多吊丧吃豆腐饭的人,平时不热闹的西院里也进去了很多人。大人们挑了地方坐下说说话,小孩子互相追逐,好些孩子

第十章 叹空景孃孃落葬 明心迹佳人互访

去了戏台上蹦蹦跳跳。大概是年久失修，那戏台的一个角居然塌了，引起了一阵混乱，大人们赶紧去救出跌下去的孩子。幸好戏台不很高，倒没有伤着人，但看着这美轮美奂的戏台子塌了，人们还是唏嘘莫名。

快要起棺时，哭声时紧时慢，哀伤蔓延，小姑娘不由自主嘤嘤哭出声来，男人眼里也噙着泪，不时揉揉眼睛，揩揩鼻子。哭声不再有节奏，呼天抢地，撕心裂肺，这个在很多人的生命中已经如此习惯了的亲人马上就将埋入黄土，天人永诀！很多人心里的一块地方将被挖去了，永远空着了。

关桃哭得瘫倒在地。孃孃是伴随着他童年里的一切温柔和美好时光的女人，是指引了他人生的女人。关桃自己也经历了生死，但活了下来，而孃孃却没他那么幸运。关桃甚至觉得，大概正是由于他奇迹般的活下来，才需要孃孃去支付生命的代价。

龙根正在这里相帮，看见关桃哭得不行，走过来扶起关桃，讲："桃子啊，不哭了，不哭了，人走了，也没办法了，我们好好送送孃孃就是了。"

棺材抬出灵堂的时候，泪眼蒙眬中，关桃看见两只粉色的蝴蝶在院子里飞舞，越过人群不知去向。王家的祖坟地在镇西面两里地。送葬队伍出发，一应丧事仪仗开道，扛旗的，打幡的，伞扇、魂轿、彩楼、五兽八骏依次前行，王家雇了洋人的殡仪车装了棺材跟在后面，吹鼓手将凄厉的乐声送上天空，好像把湛蓝的天划了一道道口子，纸钱飘飞，在秋风里飞去很远的地方。队伍走过的时候，街路两边的人都出来看。正在茶馆里吃茶的茶客也把头伸到窗外，看本地望族王家的葬仪排场。一行人都过去了，哭声听不见时，茶客又坐回到八仙桌前慢条斯理吃茶，摇摇头，叹气说："听讲了吗？王家的戏台子倒掉了。"

"苗头不好啊。"

"早就不好啦。不要讲王家，就讲这国家，这么些年有啥苗头吗？这里战争那里兵祸，何曾断过？这年头，命比草贱，这王家安享百年富贵，现在遭此劫难，也是命数。"

"这关慧芝嫁给王家老二也是白白给毁了。那样的人品模样，什么人家不能嫁？这王家老二当年看到了这女孩子，死活要他爷娘去提亲。真把人娶到手又不爱惜，经常去租界花天酒地，到四马路寻女人，还吃鸦片。晓得吗，这老二在外头还养了一个女人的。"

王家的二儿子有抽鸦片的嗜好，在外头养女人，这几天已是镇上尽人皆知的事情了。

"不止一个吧？王家老大也没啥好。唉，一句话，王家到了这一代，看上去差不多了。"

"富不过三代，王家可以啦。"

出了镇，长长的送葬队伍沿着河边蜿蜒前行。船上的人停了摇橹，站在船上看这一队喧闹哀伤的送葬队伍。到坟地不远处时，殡仪车进不去了，关桃和其他几个男人扛着棺材穿过有些泥泞的路进了坟地。坑已经挖好，新鲜的泥土堆在墓穴四周，等着埋葬一个曾经如花似玉的生命。

　　来到坟地的时候，关桃又看见两只蝴蝶穿过人群飞临墓穴上方，绕着墓穴一圈圈飞舞。关桃想，那是两只从王家大院里飞来的蝴蝶吗？孃孃的棺材放入墓穴，泥土呼啦啦落下墓穴，掉到棺材上，发出闷闷的敲击声。一只蝴蝶停在棺材角上，幽幽地忽扇翅膀，却没飞起来，好像要和这棺材里的人一起埋进土里一般。关桃忽然叫了一声："慢！"跳下了墓穴。有那没有收住手的，把泥土直铲到了关桃的头上。一圈人以为是关桃太过悲伤不让孃孃入土，关桃娘还想起了当年关桃不让孃孃上轿的事情，不免着急，都劝着让关桃上来。关桃好像什么都没有听见，也不管头上落下的泥土，用手轻轻去捉蝴蝶，那蝴蝶也不飞，任由关桃捉住了，护在手里。关桃向上伸了一只手，众人把关桃拉上去，继续填土。关桃走出人群，摊开手掌，那蝴蝶还不飞，忽扇翅膀，好像是对着关桃讲话。关桃的眼泪止不住地流，他对着蝴蝶轻轻吹了一下，蝴蝶就飞了起来，在天上转了一圈，飞远了，飞进了深不见底的天空。风吹过旷野，吹来远处教堂的钟声，绵绵不绝。

　　那是那一年关桃见过的最后一只蝴蝶。关桃祈祷孃孃去了一个安静、光明、飘着馨香的地方，那个地方没有烦恼，更没有战火、土匪、灾荒和无尽的人祸。

　　关桃在家陪了几天爷娘，帮着做掉一些事。深秋，冷清的天上飘着云，屋前屋后好安静。父亲好像忽然多了不少白头发，背有点驼了。娘头上戴着白布花，鞋头上缝着白布，坐在凳子上发一阵呆，叹气，讲："我家慧芝是嫁错了人家啊。唉，讲来讲去，人就是个空景头啊。"这句话关桃从小就听过，娘带他去吃了哪家的豆腐饭，回家路上就要讲人是空景头这句话。关桃以前并不清楚"空景头"是什么意思，也不清楚这几个字究竟怎么写，只知道娘讲这句话时总是心里不舒畅的时候。这时他看着娘的眼睛，哀伤又寂寞，定定地看着门外，看着远方的悠悠白云，心有戚戚焉。

　　吃夜饭前，关桃娘忽然找不到儿子了。屋前屋后叫了一遍，没有关桃的影子。关桃娘想了一想，出了门去找儿子。

　　关桃坐在孃孃的新坟前，呆呆地看着新砌的坟圈和墓碑。他烧了一些纸钱，纸钱的火熄灭了，火星也渐渐不见了，留下淡黄色的纸灰。想到孃孃躺在地下的黑暗中，从此再也不能相见，他的眼泪又止不住流下来。深秋的风已经很冷了，夕阳落下去，天色渐暗。关桃想起自己小时候抓鱼摸蟹的本事，一半其实是孃孃教会的。外人眼里的关慧芝温婉贤淑，但关桃知道，孃孃抓蟹的本事比男孩子还厉害。关桃5岁那年的夏天同孃孃一起走到屋后不远处的河边，看到一只大螃蟹从岸上一闪不见了，他嚷嚷要抓螃蟹，但那螃蟹再也不肯露面了。孃孃让他不要说话，自己仔细看着芦苇丛里各种各样的洞口，然后在接近水面的地方找到了一个扁扁的洞口。她脱了鞋子，挽起裤腿走入浅水里，伸手进那个扁扁的洞口，把一只乌青大螃蟹抓了出来。然后一不做二不休，沿着河滩转了一圈，居然抓到了五六个螃蟹，用河边的柳枝扎了一串，由关桃提着欢天喜地回了家。回家后被奶奶说了一顿，但关桃从此知道在河里抓螃蟹要找那扁扁的洞口。

关桃小时候顽皮，常常抓各种各样的小东西来玩耍，捕蝉，抓金龟子，在蚂蚁洞口守着，见一个灭一个，心情不好的时候，拿地上的癞蛤蟆踢着玩，踢得癞蛤蟆鼓了一肚子气，圆滚滚的。有一天在篱笆墙上抓了几只蝴蝶，被孃孃看见了，叫他过去，讲："桃子，你看这些蝴蝶多好看，你抓了它们，没两天他们就都会在你手里死掉，很可惜呀！听孃孃话，把他们放了好不好？"

孃孃的话关桃总是听的，他乖乖地放飞了蝴蝶。孃孃把关桃拢在身边，摸着他的头，看着蝴蝶翩飞在天上，好看的眼睛里充满了欣喜，问关桃："好看吧？"

入葬那天的蝴蝶忽扇着翅膀，好像说着一种特别的语言。也许那是孃孃化成了蝴蝶要对他讲话。他想也许是孃孃在怪罪他，因为他小时候对孃孃讲过的，等他长大了，他一定会保护孃孃的。现在他长大啦，长得好高了，可是，孃孃走了。小时候他以为做了大人除了有打小孩子屁股的权力，还可以有力气保护家人，现在他明白了，那不过是天真，他自己就差一点在一座破庙里被枪毙。这样一个衰败而混乱的国家，军阀动辄挑起战端，盗匪横行，到处是黑发人送白发人，什么时候，这个国家才会让百姓有安宁的日子呢？

暮色里，娘找来了，到了跟前，娘看着儿子，讲："桃子，天黑了，回家吧。孃孃晓得你的孝心，你不要忘记她对你的好就是了。你以后年年都要来给孃孃上坟。"

关桃又磕了头，站起来，跟着娘走了。

吃夜饭的时候，娘盯着儿子看，眼光停留的时间特别长。关桃觉察出一些异样，问："姆妈做啥这样看我？"

娘讲："这趟孃孃出事后，去给你送信的华明回来讲找不到你，你不晓得我有多少担心，你去了啥地方？"

关炳生也停了筷子，看着儿子。

关桃心里格楞一下，想还是不要告诉他们实情的好，不然娘以后再也不让他出去了。他讲是公司让他出差了几天，搪塞过去。

关桃娘也不太懂出差这些事情，将信将疑，又讲，跑外码头一定要当心啊，兵荒马乱，深宅大院都会出事，你一个人出去，娘心里放不下呀。

关桃只得一边乖巧地答应，一边说其实外码头也不是那么乱的。

孃孃头七过后，关桃回自己借居的小屋里去了。关桃这一次外出虽然没出意外，但也没什么成功的地方。后来那些小店里又有了菜油卖，关桃意识到自己错了，即使没错，他也应该主动去找爱琦，这个人救过他的性命。

爱琦那日离开茶楼，隔天就担心起关桃来，后悔自己没劝住关桃。那时关桃已经在船上了。爱琦又想起了那个在庙里五花大绑插了尖头亡命牌等待被枪毙的关桃，越想越怕。她天天去看信箱，没等来关桃的信。过了关桃讲好的半月之限，爱琦不知道他是否已经回了上海，想去关桃住的地方看看，又拿不定主意，心里不免烦躁，做什么事都心神不定。

"终日望君君不至，举头闻鹊喜"，翻翻书，看几眼，又扔了："乌里麻里不晓得写啥东西，哪有喜鹊……"不知道哪里又传来歌声："爱总是迷乱，爱总是伤感，春水涟漪，总见他浅笑依栏，却隔水隔山……"

她觉得实在等不下去了，心里一遍遍骂这个不知道好坏的东西，编了个家里有急事的理由，向宿监请了假，穿上一件驼色大衣，头颈里围了一条围巾就出发了。几部黄包车蹲在校门口，爱琦叫了一部，急急向关桃住的地方赶去。

关桃也想去学堂找爱琦，他没去过爱琦的学堂，但知道在什么地方。他找出去年穿过的长衫，试了一试，感觉太小了。但他没其他新衣裳。他总要穿得像样点去看爱琦，尤其是去那样的学堂。他考虑了一下，终于做了人生一个重大决定，买一套西装。这个穿中式衣裳长大的孩子要买一套西装了。当了三年学徒，一身本事总算派上用场，知道什么料子好。咬咬牙齿，拿了钱去成衣店里买了一套西装，一件大衣，配上皮鞋。衬衫暂时不换，一下子花掉太多钱，肉痛。在成衣店的镜子里看看自己，自己有点被自己镇住了。

他们两个人应该是同时出发的。关桃兜兜转转，走了很多路，下午三四点钟找到了爱琦的学堂。学堂派头很大，黑铁大门中间放着金色校徽，一扇侧门开着，一个门卫站在门口。从铁门望进去，球场上有学生奔跑。球场后一栋四层砖楼，红砖墙面，白色窗框，窗户上有青砖的拱券。

关桃向门卫打听怎么可以找到爱琦，门卫倒也和气，问："你晓得她哪个年级？"

"十二年级。"

"哪个班级？"

"不清爽。"

有年级就好找一些。门卫去里头帮关桃查，一会儿走了回来。

"小先生，孙小姐今朝请假出去了。"

"是哇？晓得去了啥地方？"

"屋里有事，应该是回屋里了。"

爱琦按关桃寄信的地址找到了关桃住处，敲了几下门，没人回应。难道一直没回来过？她的心里又有了不好的联想，有些急，又"呼呼"敲门板，敲出隔壁一个人来，上下打量了一下爱琦，问："小姐，你寻啥人？"

"这里有个叫关桃的人吗？"

"你讲那个小伙子？小关啊，我看到今朝穿得老挺括出门的。"

爱琦一下子觉得很委屈，谢过了邻居，头也不回地往学堂去了。

关桃缩着脖子站在寒风里，在学堂门口等着爱琦回来。门卫告诉他爱琦5点前一定回学堂。爱琦坐着黄包车过来时没在意那个在门口站着的人，她一路上生着气，肚皮里骂着这个没良心的东西，眼泪在眼窝里打转，鼻子红红的。她付了车钱朝大门里走，有个人堵在了她跟前，喊了一声："爱琦！"

爱琦没想到关桃出现在这里，"哇啦"一下哭出了声来。关桃手足无措，不知道如何好。他没带手绢的习惯，在新衣裳的角角落落里挖，想找到一样可以让爱琦擦眼泪的东西。他不知道她哭的原因，以为是她的家里出了大事。他也不敢去抱爱琦安抚她，因为他们还没有过真正的肌肤之亲。

爱琦好想靠在关桃身上哭一会儿，但不敢。学堂门口，大门里头是熟悉或不熟悉的眼睛。他们没明确关系，加上少女的羞涩和矜持，使他们隔着半尺的距离。她觉得他换了个样子，更好看了，才注意到他是换了行头，关桃西装里头的中式衬衣使她噗嗤笑了出来，梨花带雨。她咬牙切齿地朝着关桃的胸口打了两拳，关桃被打得退了两步。

"你跑到啥地方去了，回来了多久了？"爱琦一边用手绢揩着眼睛鼻子，一边问关桃。

"我就去了上次跟你说的那些地方，后来，家里出了点事，我孃孃没了。"

"啊，怎么会的？！"爱琦大惊失色。

关桃简单讲了几句，爱琦就明白了。她从报纸上知道这件事的，就是不知道原来出事的是关桃的孃孃。这下，已经破涕为笑的爱琦又有些伤心了。关桃后来搞清楚爱琦请假是找他去了。此刻他好想把爱琦抱在怀里。他想把这些日子想好的话统统讲给爱琦听，但爱琦要销假，吃夜饭，上夜自修去了。

爱琦的手插在大衣袋里，风吹过的面孔红扑扑的，楚楚动人。她看着关桃，大概想象着吻别的滋味，关桃不领风情，有点呆，闷了一会儿，讲："你学堂好漂亮，我也想上学了。"

"好啊，你来，我们一道上学。"

"呵呵，这样的学堂我上不起。"

"好想跟你一道读书，坐一只位子……"爱琦的眼神火辣辣的，看得关桃躲躲闪闪。过了好久，但也许只过了一会儿，爱琦无奈地讲："我要进去了，我就请了几个钟头假。"

"不可以再讲一歇闲话吗？"

"马上5点了，迟到要罚。记得给我写信。"

关桃看着爱琦向校园深处走去，边走边回头看他。

第十一章　组搭档华洋共事　同历险佑圣明志

巡捕埃里克上了报纸，成为上海巡捕房的典范。在危险时刻他表现出了军人的勇气和对生命的尊重，但那个女人没能活下来也让埃里克难过。这种事情如此常见，常见到让人麻木。埃里克觉得自己更深地了解了这座城市、甚至这个国家人们的无常命运。

外国巡捕要学上海话，埃里克很头疼。这个城市里生活着来自几十个国家的人和说不同中国话的人，上海话和北京话的发音区别几乎是英语和德语的区别。红头发约翰·苏利文调去了静安寺巡捕房做巡长，埃里克换了一个巡街搭档，一个名叫汤佑圣的华捕。汤佑圣是上海人，讲上海话，对埃里克学说上海话很有帮助。

第一次见面，埃里克惊讶于汤佑圣的英语发音，好像比他的发音更有伦敦腔。埃里克生于英国工业小城，工人阶级家庭，离伦敦有两百多英里。对伦敦，那是乡下，所以埃里克与伦敦人，与那些戴着假发的上议院议员的口音是不一样的。

"我姓汤，鸡汤的汤。"汤佑圣笑嘻嘻地讲。埃里克喜欢这个开场白。汤佑圣比埃里克矮半个头，也使得埃里克感到可控和踏实。

汤佑圣长脸，眼睛有神，身材敦实。埃里克觉得他有些像南欧人。汤佑圣是个孤儿，在土山湾孤儿院长大，然后一路在教会学堂读完小学中学，由于学习成绩好，他靠奖学金读完了圣约翰大学。汤佑圣英文名字约瑟夫，后来埃里克就一直叫他约瑟夫。

约瑟夫是这一年唯一报名到巡捕房工作的圣约翰大学毕业生，他的其他同学都在各大洋行或者工部局的其他机构工作，也有出国继续读书的。圣约翰大学用英语授课，毕业生找工作容易，约瑟夫做巡捕译员，很多人不理解。但巡捕房很需要具有高学历并在语言沟通上没有障碍的新鲜血液。巡捕兼译员也比一般华人巡捕提升更快。

约瑟夫是个认真的人，这是埃里克的最初印象。有一天，约瑟夫忽然拦下了一个卖鸭子的小贩。埃里克觉得这人没什么特别，不明白约瑟夫为什么拦下他。小贩站住了。约瑟夫令他放下肩上担着的十来只鸭子。

本地小贩卖鸭子，绑起脚来在扁担的一头放几只，另一头放上同等数量的鸭子。鸭子倒挂着，头奋力昂起，发出嘎嘎的叫声。

埃里克这才想起租界法律中有一条是商贩不能将鸡鸭等家禽倒悬出行，但这是一条在本地人看来非常愚蠢荒谬伪善的法律。一只鸭子或一只鸡，你都要给它一刀拔毛吃肉了，是否倒悬着叫卖有什么不一样？这些商贩没对社会治安产生威胁，抓进去没什么意思，过堂罚点钱，而其他要管的事情太多，巡捕对这种事情慢慢就不大管了。

那个被拦下的小贩和约瑟夫争论起来。埃里克听不懂他们之间用上海话进行的对话，但他可以猜出大概的意思。小贩不服气，讲华捕拍洋人马屁。华捕的权威不如西捕，华人又喜欢讨价还价，埃里克决定出面干涉。他用蹩脚的上海话讲："侬，巡捕房去？"小贩没料到埃里克会讲上海话，他害怕埃里克还听懂了他对巡捕不大尊重的话，态度立时软了下来。到巡捕房去，鸭子没收充公，耽误生意，还要罚钱。小贩先强调理由，然后讨饶讲好话，连讲带比划表示吊鸭子头颈更不好，鸭子会翘辫子。约瑟夫找到了一家卖竹筐的杂货店，小贩买了两个竹筐放鸭子，事情就算解决了。

另外一件事使埃里克和约瑟夫之间产生了真正的友谊。有一天巡逻，他们接到了广东路一座民宅内有劫匪的警讯，大批巡捕向广东路汇拢，劫匪被堵在了房子的二楼。有个劫匪想从后窗翻出来攀爬落水管，被巡捕击中腿部后摔了下来。埃里克刚想上去抓住这个劫匪，一颗手榴弹从窗口飞出来，埃里克的注意力集中在受伤倒地的劫匪身上，跟随在埃里克后面的约瑟夫几乎在手榴弹落地的同时踢走了手榴弹，顺势拉倒了埃里克，手榴弹爆炸，他们的耳朵震得嗡嗡响，但幸运地没被炸到，劫匪也没被炸死。其他巡捕的火力朝着窗口齐射，压制住里头的劫匪，两人拖着受伤的劫匪转到安全区域。对于劫匪来讲，一旦被抓后按照租界法律进行审判或被引渡给华界当局，最终都要被处死，所以一般这些人都会将受伤的同伴杀死。

埃里克和汤佑圣受到了巡捕房的嘉奖。他们一起站在中央捕房礼堂接受表彰，领到了一笔额外的奖金，获得了年底多三天休假的奖励。埃里克提议他们一起出去吃一顿，他想到礼查饭店去吃一顿大餐庆祝一下。埃里克至今清晰记得第一天到达上海时的情景：黄浦江开始左转，一条支流出现，一座大约200码长的铁桥横跨在苏州河上，那座桥叫外白渡桥。外白渡桥的南边，是高楼连云的外滩，另一边，有一座礼查饭店，历史悠久，据说是在中国最早使用电灯、电话、煤气和自来水的地方。约瑟夫赞同埃里克的提议，原因是他没进过这家饭店。从外滩过铁桥走进饭店，坐电梯到三楼，右转二十步，穿过一个门洞，是两层高的玻璃拱廊，拱廊下一排餐桌伸向极深的地方。餐桌旁有两人高的落地电风扇，扇叶水平向下吹风。拱廊左右两边各十根两层楼高的大理石柱子支撑着玻璃屋顶。抬头看，落日余晖映照，玫红色云彩在天上一动不动。拱廊二楼是包厢，圆弧形的包厢平台突出来，可以俯瞰热闹。

约瑟夫讲，他第一次到这么好的饭店来，要好好欣赏一下这有名的饭店。埃里克笑起来，问："喜欢吗？"

"当然喜欢，没想到能够到这里来吃饭。"

"我也喜欢，我和约翰一起来过一次，很棒。你知道我最喜欢哪一点吗？"

"不知道。"

"很多名人住过这里，例如格莱特将军和爱丁堡公爵。我想很多年后有人会在书里写下，埃里克·凯夫先生在这里吃过饭。"埃里克一本正经地讲，两人哈哈地笑出声来。

"一会儿也许还可以看到大人物。"埃里克讲。

"哦，什么大人物？"

"等着八点的音乐响起吧。我们上次在这里就看见了英国总领事和沙逊先生。"

礼查饭店不远处有好几个国家的领事馆，美国、苏联、日本和英国领事馆都在附近。他们要了牛排和红酒，乐队准时奏响音乐。过了一会儿，他们看到几个严肃的男子簇拥着一位更为严肃的戴着领结的男子走进来，去了楼上的包厢。一个人没上楼，在楼梯口不远处双手交叉站着，眼睛不时地注意着四周。有人走到了包厢圆弧栏杆前，肘部搁在栏杆上望下来。

"约瑟夫，看，这个男人应该是日本总领事，叫什么来着，哦，日本名字不好记。"

"矢田七太郎。"

"对对，就是这个名字。"两人碰了一下杯，埃里克接着说："约翰说，上海的日本居民越来越多，他们近来希望增加在工部局的董事数量，日捕股也希望增加人员和经费。"

"我明白，日本人觉得他们的人口占了很大的比例，经济比重也越来越大，所以他们觉得应该获得更高的地位。"

约瑟夫耸了耸肩，两人又聊了一会儿其他话题，然后，埃里克讲："约瑟夫，我可以问一个私人问题吗？"

"请讲。"

"你毕业于中国几乎是最好的大学，为什么选择到巡捕房来工作？这个工作不轻松，危险，工资也不高。"

"我是孤儿，在孤儿院长大。我的父母死于一次犯罪活动。那时候我五岁，我看着我的父母被人用斧头砍死。"

"噢，真对不起，让你想起这些伤心事。"

"没关系。接近二十年了，那些罪犯或许已经不在人世。但我想做个好警察，保护这座城市和这里的人们。"

埃里克开始敬重这个华人同事，但有些事又不时地提醒他们之间尴尬的隔阂。埃里克喜欢赛马，春季赛马开赛时，他想带上约瑟夫去看一场赛马。

"约瑟夫，我们一起去跑马厅看赛马，我请你。"

"谢谢。可是据我所知华人不能到场内看赛马。"

"不妨试试，你是优秀的巡捕，尽心竭力为社会服务，如果我们一起进去，也许可以。"

约瑟夫对此深表怀疑，曾经有非常富有的华人想到上海跑马厅看赛马被拒之门外，这个人一气之下在租界外另开了一个巨大的赛马场，但这并不代表上海跑马厅就此低下了高傲的头颅。他不想造成尴尬。

不久后的一天早上，埃里克刚到巡捕房，有人告诉他有一个中国男孩来找他，在外头等着他。他走到外面大厅里，看到一个瘦瘦高高二十岁不到的小伙子站在那里。

"你找我？"

对方问："你是凯夫先生吗？"

"是的，我是凯夫巡捕。"

这小伙子向他鞠了一躬，埃里克不明白是什么意思。刚好约瑟夫到了，他让约瑟夫问清这孩子的来历。来者是关桃。

"我很抱歉你的姑姑去世了。"埃里克说。

"但我还是要来谢谢你。"关桃讲。关桃来巡捕房的另一个目的是想问巡捕有没有办法抓到那些土匪。埃里克和约瑟夫告诉他，事情发生在华界，他们恐怕无能为力。埃里克觉得上海的治安形势变得越来越不好了，巡捕房需要寻找到更好的办法对付新的犯罪团伙。不久，他听到了巡捕房开始组建防暴队的消息。

旧军阀的一些军人被打散后，就地留了下来，在上海周边做起了土匪。他们训练有素，手段凶狠，经常干一些抢劫、绑票勾当。他们还经常渗入到租界里头，一旦完成抢劫，或者败露，会迅速向租界外逃窜，使得租界的巡捕没办法继续追击，从而逃脱惩罚。他们逐渐地形成势力，控制了一部分华界的鸦片生意和皮肉生意，以获得长久稳定的收入来源。另外，制止和驱散经常出现的集会游行也需要一支可以快速反应的跨区域行动武装力量，防暴队就是为此而诞生的。

在中央捕房工作了一段时间后，埃里克被调去了巡捕房防暴队。巡捕房从欧洲进口了几辆装甲防暴车。这些特制的防暴车配备了水枪、催泪瓦斯枪、机枪、盾牌、警棍和可以快速布置的路障，是最先进的城市防暴装备。但防暴车对于上海的马路来讲太长太大了，需要驾驶技术高超的人去驾驭这些大家伙。埃里克顺利地通过了考核，进入到这个新设的机构上班。埃里克不用每天步行巡街了，活动范围也扩大了。防暴队是整个巡捕房的后备队，整个公共租界都是防暴队的工作区域。

埃里克的搭档约瑟夫被调去了约翰·苏利文所在的静安巡捕房工作。

第十一章　组搭档华洋共事　同历险佑圣明志

第十二章　交易所高潮迭起　邱明远春风得意

　　孙爱琦陷入了甜蜜和惆怅当中。关桃到学堂来找她，说明关桃心里有她，但他们不能一直粘在一起，功课繁重，不确定的未来，让她心中苦恼。自从在龙华寺重逢，关桃走进了她的心里，好像每一天、每一件事都和他有关，再也赶不走。关桃过几天就跑到学堂门口去看爱琦，带一些小礼物给爱琦，使她感觉甜蜜开心。

　　关桃还在寻找着做生意的机会。他最熟悉的是洋布生意，但做这个生意不但需要有周转资金，还需要有好门面。租门面要付一大笔租金和押金。好地段铺面大家抢，没足够的钱租不下来，不好的地段做不出生意。关桃跑了不少地方，算算手里的钱应该开不出一个像样的店面的。有了菜油生意的教训，关桃学乖了一些，做事知道轻重了。

　　关桃去上夜校了，他聪明，想读书了，读书对他就不是一件苦差事了。在夜校读书还可以认得来自不同行业的朋友，这些朋友会带来上海滩的各种消息，千奇百怪，应有尽有，不少和怎样在这个城市里快速赚钱有关。

　　20世纪20年代的上海，欧战结束，很多洋人来上海寻找发展机会。战争在欧洲造成了巨大破坏，而远离战争的上海却获得了发展。上海住着互相敌对国家的侨民，但工部局这只怪胎不属于任何国家，不同国家侨民之间有矛盾，但不会发生武力冲突。背靠着广袤的内地，世界上最大的劳动力群体，工部局和公董局倚仗母国强大的武力和远超中国本土的社会治理体系，经过几十年的经营，好像与中国社会终于达成了某种默契。华人工商业也在上海渐成气候，与西洋人东洋人的产业形成鼎足之势。利用股票募集资本成为在上海开创企业的常用金融手段。上海很早有了股票交易所，有了股票这头怪物，一夜暴富，额角头碰到天花板的故事像野草一样一遍又一遍燎原，比在跑马厅获得头彩的故事更加吸引人。彩票与股票是"懂经"的上海人经常要说起的话题，简言之，彩票简易，股票诡异。

　　过年前关桃去看望了邱老板。邱明远赶他走了，但父亲讲过的，师傅是要孝敬到老的，过年了，他是不能不去看师傅的，再说师傅让他走时也没讲过"从此没他这个徒弟"这样的话。关桃到吉祥街时是午后，冬天，每一家都把门窗关得很严实，不让寒风吹进屋去，有几家的窗户里透出电灯光来。老盛丰是卖点心的，敞开着一扇窗，阿勇在里头有点无聊，因为下午没什么生意。看到了关桃，阿勇打了个招呼，讲："桃子有腔调的嘛！"然后又在长凳上低了头继续想心事。

协隆绸布店里有点暗，推开玻璃门，里头只有顺礼一个人，有些冷清。关桃觉得奇怪，过年前是店里最忙的时候，一般人家都会剪洋布给家人做新衣裳，尤其小孩的新衣裳，是小孩子盼了一年的礼物。

顺礼看到关桃，愣了一下，嘴巴动了一下，还是叫出了声："师、师哥？！"他大概想不到关桃还会回来。关桃算是被逐出师门的，留在师门里的顺礼要怎么对待关桃是一件需要思考的事情。两人大半年没见过了，有一点陌生的感觉。关桃想过会有些尴尬，所以对顺礼不太热情的态度并不在意。

顺礼穿着一件长衫，长衫太长，几乎拖到了地，大概是预备着他的个子再长高一些可以正好合身。

"顺礼，你长高了嘛。呵呵，还长胡子了！"关桃说。他穿着西装大衣，把手搭在了顺礼肩上，问："怎么只有你一个人，其他人呢？"

顺礼看到关桃穿得很神气，搞不清楚关桃现在做什么行当，但看上去不像很落魄的样子。到底是学生意的，以前又很亲密，这时回过神来，小声对关桃讲："师傅在楼上。其他几个，你还不晓得吧，师傅现在做大生意了，吴先生被派去另一搭地方帮忙，张师傅回老家过年了。"

"大生意？师傅开新店了？"关桃正好对各种生意感兴趣，此刻瞪大了眼问顺礼。怪不得店堂里这么冷清，架上的料子这样少，原来邱老板是在做其他大生意了！

顺礼吞吞吐吐，有些不方便讲的意思。关桃的手用了一点力，大拇指压到了顺礼肩上的穴道，讲："装戆对吧。"

顺礼开始讨饶："哎，师、师哥，我我我讲，不要不要，我讲。"

顺礼有点犹豫，倒不是不肯讲，是因为邱老板现在做的大生意跟他的亲家陈家有关，这就不免要提到秀珍，怕尴尬。

陈家认得的人多，生意大，路子粗。一年前上海开出了一家上海证券物品交易所，后来又有一家华商证券交易所开张。两家交易所在半年里就有很高的盈利，成为生意圈里的热门话题。眼看交易所成为一桩一本万利的生意，各路资本群起效仿。近半年来市面上开出了各种交易所，想得出的商品都有了交易所。报纸讲，上个月就新开了30多家交易所，在这些交易所，布、棉、煤油、火柴、木材、烟、酒、沙土、水泥都可以交易。最有吸引力的是，交易所可以把自己的股本做成"本所票"，挂在自己交易所里进行交易，吸引一般市民来购买自家的股票。

按理讲成立交易所很复杂，如果通过中国政府审批，需要层层上报到北京农商部，由农商部批准才可以开业。但在租界事情就简单得多。陈家的朋友花了几百块钱在法国领事馆领了一张执照，注册了一家经营火油、麻袋等商品的交易所，亲戚朋友认股，陈家抢到了一部分股份。福建人做生意讲抱团，虽然还未过门，但邱家的女儿再过段时间就是陈家媳妇了，陈家没忘记将好机会留给亲家。邱老板也是每天读些报纸、接触各种顾客的，老早就知道只要手里有交易所股票的人都笑得像弥勒佛一样。陈家一提出可以转让一部分原始股，喜出望外，千恩万谢。邱老板最懊悔的一件事，是没在房价便宜时买下铺面，坐失了一次发财良机，现在每年付房租后基本白做。眼前这个机会，邱老板相信是他这辈子可以碰到的最好也许是最后的机会了。发财要趁早！晚了不要讲吃肉，汤都没有。

夫妻俩商量了一下，将家里大部分积蓄都用来认购沪江商品交易所股份。一来这是陈家参与的事业，陈家投入的钱远远大于邱老板的小股份，儿女联姻，两家本来就是串在一起了。二来，街谈巷议都是开交易所发财的事情，现在陈家挑你发财你还不跟，讲不过去的。邱老板还把小仓库里积存的布料便宜处理掉了一点，凑了个整数交给陈家。

交易所开在法大马路上，梧桐树下。交易所开张那天邱老板站在发起股东的行列中，虽然是小股东，但看着大门前的鞭炮碎屑，长长的一排贺喜花篮，顿觉一览众山小。

现在回想当时让关桃走的决定，邱老板觉得自己非常英明、正确。

沪江商品交易所开张后一帆风顺。火油是个大商品，虽然市面上其他交易所也在交易火油，但沪江的佣金比其他家便宜，所以很多交易者就跑到沪江来开户交易了，况且麻袋业务沪江独树一帜，大家相信前景会很好。股东大会决议，沪江商品交易所的"本所票"挂牌自家交易所，"本所票"一上市，由于有了其他交易所"本所票"大涨十几、二十几倍的先例，每股由二十块很快变成了四十多块，就是说，邱老板投入的资本在交易所开始营业后立即增值了一倍还多。并且，沪江股票的价格仍在稳步涨升。

邱老板开洋布店已经十多年，每天起早贪黑积下了一点钱。现在他投入了十多年的积蓄到沪江商品交易所，两个月就已经翻倍赚了回来，而且看势头马上就会再翻倍！邱老板只能由衷赞叹这魔幻而戏剧的股票和人生！

邱老板不用每天脖子上吊一根软尺站在店堂里了。他站在店里一个月都不如股票一天赚的多。交易所业务很忙，邱老板干脆让吴先生到交易所去帮忙，店堂暂时交由顺礼和老张应付一下。

左邻右舍现在都知道邱家是沪江商品交易所股东，一时都相当客气。邱老板走出走进可以感受到那些火热的眼光，那些眼光热气腾腾地盯在他脸上，然后是背脊上，好像等他转过头去和他们说一句话，或者打个招呼。但邱老板是本分人，知道在老邻居面前不可以轻骨头，所以通常都是目不斜视地快快走过。但一直不打招呼难免落下一有钱脸就变、架子大的口实，邱太太叫他还和以前一样，该招呼就招呼，于是他碰到邻居左一个点头右一个笑容可掬，邻居又觉得这人有了钱就得意扬扬。邱明远觉着做人真正尴尬，做人难，难做人，钱多了也有钱多的烦恼。

无论如何，邱老板已经看到光明灿烂的未来。在其他股东点拨下，邱老板把自己的股份抵押给了信托公司，套了钱出来，高价买入了更多沪江股票。新股票还可以抵押，套更多钱出来。信托公司真的就像是一个取之不尽的藏金洞。

以邱老板的经验，他很容易算出来，按照这样的速度，不用一年，他会拥有一笔以前他想都不敢想的财富！他和太太算过了，还大概地规划了一下到时候这些钱派什么用场。

邱老板在平望里为自家租了一栋石库门房子。在绸布店楼上过了十多年，两个女儿大了，可以换个好一点的住处了。秀珍出嫁时，可以让女儿有面子地过门了，也可以远离现在的邻居了。现在这些邻居很难弄，看不得别人家好，左也不是右也不对，不如离得远一些，关起门来跟其他人没关系。邱老板打算过半年或一年，等到手里股票涨得足够高时卖掉一部分，赚来的钱足够买下一栋房子了。

关桃到楼上时，邱老板正好在理东西。邱老板看到关桃来看他，略有点意外，又很开心。让关桃走是不得已，女儿和家族的名声不是小事情。他也明白关桃没做错什么事情，现在可以相逢一笑，对他是喜上加喜，也证明他为人是不错的。

"师傅，我来看看您和师娘。"

"哎呀桃子，难得你有这份孝心，还想着师傅。来就来了，买东西做啥，师傅啥都不缺！"

眼前的关桃，大半年不看到，比以前更结实了，皮肤黑了，老成了一点。离开时中式对襟衣裳，现在穿了西装，看上去过得还好。如果关桃一副落魄的样子跑到眼前来，邱老板心里总有点过意不去的。

"来来，坐下来，给师傅讲讲这些日子在做啥事体。"

邱太太闻声从里间走出来。看到关桃，挑了眉毛讲："哎呀，我以为啥人呐，是桃子啊！好孩子，还记得来看师傅师娘，难得！"

邱太太换了行头，穿了紫色缎子的旗袍，外头罩了一件绿色的马夹，夹袄的领口镶了羊毛边，新烫的头发亮光光，脸上气色好了不少。

关桃站起来，恭敬叫了声师娘。邱太太从头到脚看了一眼关桃，肚皮里想关桃现在是个什么情况，是不是知道他们邱家的事情。

"桃子呀，现在啥地方做差事？穿成这样子，洋行里做的样子嘛。看看，徒弟倒比师傅有出息。"邱太太一边讲，嘴角上含着神秘的笑。

"没没，师娘，我一直想寻个事体做，但一直没寻到，现在夜校里读读书，还没想好做啥。"

第十二章　交易所高潮迭起　邱明远春风得意

"看看,不跟师娘讲老实话。不在大地方做事体能够穿成这样子?不做事体学堂里读读书,钞票总要有地方来吧?你看你师傅,他么才是没出息的样子。"

关桃有点尴尬,不知道怎样说。他不想把这一段经历的事情告诉他们,说了他们也不一定相信:"我碰到顺礼了,他已经都告诉我啦,师傅现在做大生意了,我晓得的。师娘您不要笑我了。"

"哎呀,顺礼这孩子就是嘴巴快!以后要关照他嘴巴牢一点。他告诉你啥啦?"邱太太拍了一下腿,乜斜了眼看关桃,笑起来。

"顺礼讲师傅师娘做大生意了,一天赚的钞票比老早一两个月的都要多得多,还讲你们就要搬去大房子住了。"

"唉,这孩子啥都讲,藏不住。其实只不过是你师傅开了个交易所,比以前赚得多了一点,不要听他瞎讲,赚钞票哪能那么容易的。"邱太太笑吟吟的。邱太太很开心,这种事情别人嘴巴里讲出去最好,现在关桃应当明白了,当初他不走,发展下去,要坏了邱家前程的。

"师娘,我听讲现在开交易所老赚钞票的,好的交易所,半年分红相当于月利四分的都有。"

"噢哟,戆小囡,分红不算啥,股票翻倍再翻倍才是厉害。投十块钞票进去,过半年变成了四十、五十块,那才是大钞票。"

邱老板笑着听邱太太和关桃对话,不响。秀珍一直没出来,大概是有意避开,免得尴尬。

"桃子啊,等你师傅忙完这点事体,再做个其他生意,到时候你还看得起师傅师娘,回来帮师傅一道做。终归自家人,顺礼这孩子呢,做事体八八六十四,不活络。你人聪明,孝顺,有灵气,师傅师娘不用你用啥人呢?"师娘的意思,将来是要叫关桃回来做的,只不过现在不是好时候,一来秀珍还没出嫁,二来师傅赚的钱还没落到袋袋里。师傅在旁边点头,表示肯定。

正是下午三四点钟光景,太阳光从西窗里斜照进来,落在师傅屋里斑驳的家具上,像罩了一层金色的膜,让疲乏的老家具熠熠生辉。坐在光影里的师傅师娘与家具同样有了辉煌的金边。师傅和师娘的声音好像有了金属的回音,与从很远地方传过来的大自鸣钟的报时声音混在了一起。

第十三章　投机潮波诡云谲　大崩盘一朝破产

关桃知道股票这件事情，但不大懂。早两年他不会深入想这事情，他那时太小，也没什么钱。不知道从什么时候起，许多人，包括他夜校里的同学都在谈股票了，不少人赚了钱。这天到邱老板家里去了一次，听了邱老板的故事，关桃开始考虑是不是也买股票。过年后，他看了差不多一个月，听到看到的都是股票价格在不断上涨，他决定买，赚点生活费出来。他拿出三十块，忐忑不安地买了一张鑫鑫百货公司的股票。两个礼拜，投资有了超过 10% 的收益。他离开协隆那天邱老板给了他两个银元，代表他三年的时光和整个学徒时代；现在短短两个礼拜，如果是一年呢？如果是两张或者三张股票呢？他觉得自己和师傅一样做了一件正确的事情。在上海，没什么是不可能的。他的师傅就是一个例子，从尴尬的洋布店老板转身为商品交易所股东，"起了一只蓬头，吃了一口大肉。"

现在关桃也是股东了。他去了鑫鑫百货好几次，买了一些他从来不舍得买的东西，还买了围巾、口红等好几样女孩子用品。他觉得这是在自家的店里买东西，买东西的钱会从股票里还回来。鑫鑫公司里头有个大玻璃房子，是一个广播演播室，这个创新使得喜欢看西洋镜的人从各地方跑到店里来。关桃很开心，买到了这样的股票，想不赚钱也难，所以他后来又买入了几张鑫鑫股票。

他偶尔去股票交易所看看。经纪人忙碌着，做各种手势，拿支笔记录着，然后跑到电话前头大声地叫着。他穿着西装到各地方转转，终于养成了在西服口袋里放手绢的习惯。

由于市场上一下开出了很多商品交易所，为吸引顾客，各家交易所纷纷降低佣金，致使利润越来越薄。依照常识，股价对应公司盈利能力，利润越来越薄，公司股价应该越来越低，但各家交易所的本所票价格却越来越高，好像有魔力的手提着股票往云端里走。没人愿意卖出，只有做多头买进才是对的。但有多头就有空头，股价越高，空头把股价砸下来的空间就越大，获利空间也越大。泡沫慢慢发酵，直到有一天，银行突然不肯做股票抵押了，信托公司也不放款了。市场龙头上海证券物品交易所的多头筹码终于没人肯接盘了。但邱老板还浑然不知。坍塌很快到来。市面上一下子好像没钱了，每日需要更多钱去喂饲的股价这头饕餮怪物得不到足够食物，立时显得疲沓。没人接盘的多头维持不住高价，调不开头寸的资金急于抛出股票套现，空头趁机把股价打得更低，一切来得猝不及防，借了钱来生钱的资本争相逃命。

短短几天，关桃的鑫鑫公司股价只有买入时的一半了，和价格高点比，只有三分之一都不到了。关桃糊里糊涂地看着这一切。不知道如何是好。卖掉，想想以前的数字，不甘心，万一明天涨了呢？他学会了一个新词：套牢。空头摧枯拉朽，不多日子，所有股票价格都只剩原先的零头。

邱老板的情况更不好。邱老板原本想借鸡生蛋的，但沪江"本所票"价格"啪"一下低过了他抵押给信托公司的作价，信托公司平仓，后来又低过了他认购原始股的价钱。没人再在沪江商品交易所做火油交易了，也不做麻袋交易了，沪江股票一文不值，其他商品交易所一样惨。七弄八弄，他不但没了股票，还欠了很多债。

邱老板失去了所有积蓄。他好像做了一个梦，梦的前半段，所有东西都在螺旋上升，把他提到云端里。梦的后半段，直直地跌下来，虽然有枝枝丫丫碰到他，但托不住他的跌落。他一生谨慎，直到碰上沪江商品交易所，他看到钱可以如此迅速容易地聚集、发酵、像吹泡泡一样变大，大到可以装入他后半生的梦想。他略略放下了对人生无常的防范，舒了一口气，伸了一个懒腰。除了从信托公司借钱高价买入本所票，为了安置新家，他另外借了些钱，但这些钱和他当时所拥有的资产估值比起来不值得担心。如果一个人有十块、二十块钱，借上一块两块是安全的。借出钱的人知道他有沪江商品交易所的股权，相当放心。但现在他的十块、二十块钱没了，他的一块两块钱的债务就变成了分母为零的分子，无穷大。压垮骆驼的是最后一根稻草，何况邱老板不是骆驼。

邱老板凄惶地站在平望里石库门天井里。他住进这房子刚两个月，但他没钱支付下一期的租金了。更要命的是，他也回不去吉祥街了。开了十多年的协隆绸布店，他已经不管它很久了。即使回得去，他也害怕再站在那个店里，看左邻右舍奇怪的眼光。

阴历三月，乍暖还寒，邱老板的身体抖了一抖。太阳藏到云背后，地面更加冷了。风掠过脖颈，凉飕飕的。天井外的上海一如既往的喧嚣、热闹，但每天总有一些人脱离了原先的轨道。

邱太太躺在二楼的床上起不来，嘴上发了不少水泡，眼睛微瘵。她连着几天咒骂邱明远，骂不动了。她说她当初是想过不能把所有老本都投入到交易所的，她说她当中还要邱明远赶快卖掉股票把钞票装到口袋里。她还说过让他不要骨头轻，换啥房子。现在，现在这一家人家怎么办？她嫁给他这种窝囊废真是瞎了眼，瞎了眼!

两个女儿在床边坐着,神色僵冷,一言不发。年幼的儿子不懂发生了什么,要让阿姐抱着出去玩。天色晚了,透明的空气好像被墨汁慢慢沁湿的宣纸,吸收着越来越多的黑暗,最后终于把黑夜画实了,黑得不透气。

邱明远百口莫辩,心里堵得难受。他想不出以后一家人会住在什么地方。他好像慢慢远离了后悔、害怕和恐惧,变得有些麻木。站在黑暗里的邱明远听到楼上又传出声嘶力竭的声音:"你怎么不去死,怎么不去死啊!"他的心又一阵抽搐。

在黑暗里,秀珍一激灵,想起该烧夜饭了。下了楼,点亮客堂间的灯,客堂好像比以前空了,越发凄凉。关了客堂门,她到后面厨房做饭炒菜,心里隐隐有点不安。但这些天发生了太多事情,她想不起这不安来自什么地方。

她摆好了饭菜,刚刚想叫人吃饭时,想起这房子里外没有了邱明远的影子。

关桃现在也只想忘记自己曾经有过股票。他讨厌打开报纸看到股票消息,也怕再走到股票交易所附近去。

股票是一件伟大的发明,将人类财富高效组织起来,推动财富指数增长。同时,股票也使得财富掠夺的吃相不那么难看,一不当心,还以为是一件很高尚的事情。这是一块放在人性对面的镜子,每一次人自认为进化得完美时,这面镜子就出来调戏、嘲笑。关桃在几个月里经历了太多变故,感觉筋疲力尽。他走出他那个小屋子,漫无目的地走着,尝试了不少方向,还是不知道自己要去什么地方。走了一段,发现是朝着龙华方向走去。他想,回家里去看看吧。

龙华寺也格外冷清。几只麻雀在空地上跳来跳去觅食。龙华塔有点无聊,好像百事不关心。关桃在三圣殿前遇到了慧澄,慧澄看了他一眼,讲:"阿弥陀佛,小兄弟,好像很多心事嘛。"

"是的,慧澄法师,学生碰到点事体。"

"你讲给我听听呢。"

关桃把最近碰到的事情,尤其是股票的事情告诉了慧澄。这些事情真是俗到不能再俗的,慧澄也讲不出个所以然来。但看到关桃好像解不开的样子,只好讲:"我不懂你那个生意和股票,不过庙里清静,你静下心来好好想想,讲不定就好点。"

关桃在台阶上坐了一会儿,终究想不出什么来,但心里平静了很多,天色将暗时回到了家里。关炳生看到儿子突然回来了,有点意外,但也很开心。儿子看上去又壮实了一些,虽然黑了点,但年轻吃点苦也是应该的。夜里关桃就睡在自己从小睡的那张床上。大概前几天睡得不好,这天夜里睡得很沉。早上起来,依稀记得昨夜做了一个梦,梦里好像有师傅邱老板出现。那种飘忽出现的影子,想起来有点怕。他想这次股灾各个交易所都很惨,师傅是交易所股东,大概这一段日子也不好过。关桃并不知道邱老板一家一当都投入了交易所,还欠了债。夜里做了这么个梦,倒有点担心起师傅来,但他自顾不周,也就没细想下去。

吃了早饭，与爷娘道了再会，关桃就回石门路去了。

邱明远再也没回家。没人看到他去了什么地方。这时候大家都在传这个交易所有人上吊了，那个死多头又跳楼了的故事。有名有姓的大亨就有好几个没挺过来。上海证券物品交易所的常务理事盛王庭，原先有百万资财，身家显赫，是多头的领头人物，股灾发生，到期没办法交割本所票，要求付款声如潮涌来，被他拉进来的其他多头持股者一致责怪他，他哑巴吃黄连，觉得没脸见人。报纸上登了他跳楼自杀的照片，茶馆里读报的人看了，嘴巴里咬了根牙签，讲："空景头，全是空景头！"

过了些日子，有消息讲在黄浦江里曾经看见过一具浮尸，后来不知所踪。但黄浦江每年都有很多浮尸，马路上每年还有很多冻死的人，谁也不知道哪一个是邱老板。

邱太太一家已经不能再在石库门房子住下去了，她们也没钱交吉祥街店面的租金，眼前吃饭都成了问题。顺礼把师傅失踪的消息告诉关桃时，她们的家具和被子等都被搬到了马路上，不知道住到哪里去。

关桃把邱太太一家接到他那个小小的住处暂住，他自己跑去和顺礼挤了两夜。眼前要紧的是安顿师母一家人。关桃离开协隆后折腾了这些日子，手里没什么可以长久维持生计的事情。没了邱老板，靠邱太太去经营协隆不现实，况且她们连租门面的钱都没了，邱老板在外头的各种债务关系连邱太太都搞不清楚。

但邱太太必须要把这个家撑下去，她不能让自己和儿女流落街头。以她母性的本能，她要张开翅膀，像母鸡护着雏鸡那样护着儿女。为了达到这个目的，她会不惜一切。她们未来的亲家陈家这一次也伤得不轻，自顾不暇，这门婚事是不是还作数都有疑问，而且即使女儿嫁过门去，人家也没义务来帮她，现在她只能抓牢任何可以抓住的机会，甚至看上去不是机会的机会。眼前的关桃，她以前听邱老板提起过，是认得一个大官女儿的，而且过年前去看他们时穿得也不错，应该是她们最后可以依靠的人了。不知道为什么，邱太太认定这个机会一定要抓牢。

关桃的小屋里放了两张床，母女三人加上邱老板的儿子住在里头。关桃考虑着怎样安顿这一家人的问题。老话讲，救急不救穷，帮她们渡过难关可以，但要长久负担这一家人肯定行不通，负担不起，总要想出一个妥当的办法。

关桃从吉祥街回到石门路，推门进去，邱太太躺在床上，眼泪从眼角流了出来，喃喃地讲："我的命真苦啊。"

秀珍表情复杂地看着关桃，这个一年前由于她的缘故被赶走了的关桃，在她们走投无路时收留了她们。她的心里，有歉疚，有感激，更有不甘。她看中的这个男孩有情有义，但好像注定不会与她有缘了。

"师娘好点吗？"关桃问。

"桃子啊，我的命好苦啊！你师傅讲走就走，扔下我们不管了。现在我叫天天不应，叫地地不灵，让我们以后怎么活呀！"

"师娘，总会有办法的，您先不要急。"

"唉，还是桃子你好啊，救苦救难，现在我们也只好靠你了。"

他不知道怎样去回答邱太太。邱太太这样讲了，他不能讲我没办法，我不管你们吧。关桃想了想，讲："绸布店还能够开的话，师娘讲不定是可以渡过难关的。"

"你不晓得啊，这大半年你师傅基本就没管过绸布店的生意，只顾了断命的沪江股票，留了张师傅和顺礼维持维持，现在外头欠了多少债都不晓得。绸布店再开下去，要账的人寻过来，讲不定就给你搬得片纸不留。有钞票时候外头欠再多人家都不会催你，你倒了，讨债的立时会寻上来。现在已经没钞票吃饭了，拿啥去付房租呢？我也想过，正常情况绸布店卖出去终归可以收点钞票回来，不过这走下坡路的店卖不出价钱，加上外头不晓得欠了多少债，啥人敢接呐！"

关桃一时无语。他也不知道怎么办，但他知道目前这样不是长久之计。

"桃子啊，你要帮师娘想想办法呀。"

"师娘，能想的办法一定会想。眼前我也没想出好办法来。"

"无论如何你要帮我们渡过难关，让我们捱到秀珍出嫁，到那时陈家应该会接济我们的。你师傅讲你认得当大官的人，你一定有办法的。"秀珍低下了头，搓着衣裳的一角。邱太太的想法是挨过一天是一天，她也知道关桃不是有钱人，不可能长久负担她们的生活，但是，谁知道呢，讲不定他就真的能想出个办法来呢，也或者他能借来钱？人在大水里漂，连稻草都觉得可以救命。

第十三章　投机潮波诡云谲　大崩盘一朝破产

083

第十四章　念师恩以德报怨　接协隆情定五月

　　爱琦感觉很奇怪，关桃已经很多天没来看她，连信都没写来，她习惯了有关桃的日子。不一定人总在身边，只要碰一次头，写一封信，她就很开心。每次他来看她，她都会觉得世界特别美好。而随着在夜校里的学习，关桃信里的内容也愈加多了起来，甚至有一点点花里胡哨，一点点肉麻。但她喜欢他的那一点点肉麻。她的高中课程两三个月后就结束了，去国外留学的事情也联系了，到了七八月，她可能不得不离开上海去遥远的地方读几年书了。想到此，她又发起愁来。她想过几天去看看关桃，这家伙到底在搞什么名堂，连个信都不来。她写了一封信给关桃，约他碰头。

　　这一天，上海像往年的每一个初春那样刮起了大风。风吹得刚刚生出嫩叶的柳树好似披头散发的魔女，樟树泛红的老叶经大风一吹都落了下来，落叶在街道上翻滚。爱琦用一根丝巾将头发扎拢，把前几日已经放进箱子的大衣翻出来穿上，一路走走逛逛来找关桃。

　　爱琦到达关桃住处时，远远看到屋子外晾着几件女孩子衣裳，甚至还有内衣裤。她觉着纳闷，难道关桃搬走了，这里住进了新人家？再走近一些时，一个和她差不多年纪的女孩从灶披间走出来，手里端两碗菜，进了关桃的屋子。她觉得这女孩有点眼熟，站住了不再往前走，在那里想，这个女孩在什么地方好像看到过。她想起一年前到吉祥街找关桃时，关桃给她量尺寸，楼上走下一个女孩，眼神冒火，她当时没在意，现在想起来了，眼前这个端菜的女孩就是她了。

　　爱琦呼吸急促，血直往头顶涌。她一下子明白了这些天关桃既没去看她，也不给她写信的原因了。此刻，她甚至有一丝想杀人的冲动。幸好关桃没站在她眼前，幸好她手里没武器。她转身往回走，走过一个街角，看见三角花园里的郁金香在大风撕扯下大半零落，花杆像光秃的毛笔头那样撅着，她的心绪狂躁而凌乱，竟一个人站在那里流下了眼泪。

关桃为了安顿师娘的事情伤脑筋。师娘那样讲了，看来是要在这个地方住着了，现在要负责这一家人家到秀珍出嫁了。他不负责，难道扔下她们不管？好在秀珍出嫁也就是半年不到的样子了。但这样一来，爱琦怎么办？他那一点点本钱，想做点事将来讨娘子的本钱看来就没了。

关桃想，不管怎样先把店撑着，能撑几天是几天吧。尽管这可能已经是一个资不抵债的店铺了。店里还有一些存货，加之开了十多年，老顾客不少，总还有点生意可做。吴先生辞职了，张师傅没有拿到工资，也走了，店里就只剩下还没满师的顺礼了。

这些天忙于应付突如其来的事情，没顾得上去看爱琦，也没有写信去告诉她发生了什么事情，关桃觉得不安，所以空下来时写了一封信，告诉她他现在一切都很好，只是又回了协隆绸布店，夜校的课也比较多，所以一直没有抽出空去看她。

关桃再次到石门路，是秀琳来了店里，说邱太太叫他一定要去一次。关桃到时，邱太太还是躺在床上，眼角流下眼泪。秀珍背对着他们，招呼也不打。

"桃子啊，你讲讲看，秀珍这样子对得起啥人呀，她这样子陈家怎么会要她，让我以后怎么活呀！"

关桃不知道发生了什么，问："师娘，啥事体？"

"哎呀，我讲不出口，我要气死了呀！"邱太太开始嚎啕痛哭起来，哭得气接不上来。关桃把目光投向秀琳。秀琳怯怯地看着他，顿了顿，小声讲："姐昨天夜里去跳舞厅了。"

关桃看着秀珍的背影，被这个消息惊了一下。他走前一步到秀珍背后，问："秀珍，秀琳讲的是真的吗？"

秀珍抽搐着，在哭。

"秀珍，是真的吗？"

秀珍转过脸来，大声讲："是真的，怎么了，去舞厅怎么了？去舞厅不偷不抢赚钞票有啥不对吗？"

邱太太哭得更凶了："桃子，你听听，她，她这样子让我们以后怎么做人嘛。她自己不要面孔，不要前程，她还有阿弟阿妹，以后人家怎么看我们一家人！哎呀我的命好苦啊……我真是不想活了，我死掉算了！"

"秀珍，你只要好好住在这里就好，你们的事我在想办法的，你不用出去做这种事体的。"关桃知道秀珍为什么要出去做舞女，心里很不安。舞女各种各样，但上海普通人家是不希望自家女儿去做舞女的。

"你是啥人，我们要受你的接济，住在你的房子里？姆妈，你讲，当初你们把他从店里赶走，现在我们怎么还有面孔受他恩惠，赖着不走，让他长期给我们负责？这种事体你有面孔想有面孔做，我做不出！"

关桃脑子急速转着，突然讲："秀珍你真的没有必要这样去做，其实我这几天寻了几个人谈,有人有兴趣买店铺了。如果谈得好,讲不定就可以凑到一笔钞票,让你们接下去一段时间不会有生活问题了。"

邱太太一下子止住了哭声,急切地问:"真的吗?哎呀这可太好了。这下我们有救了呀!桃子,师娘要怎么谢你才好,你真是个好孩子,我没看错你,我晓得你有办法的,看吧,秀珍秀琳,姆妈怎么讲的,我们只有住在这里,靠桃子救我们!"

外头有兴趣买店铺的人是不存在的,谁也不会傻到去接一个这样的店。但关桃若不这样讲,秀珍这里过不去,钻牛角尖,怕她做出更傻的事情,毁了名声和前程,买店多少好让她心里好过点。

"那家人家出多少钞票?"邱太太急切地问。

"大概可以出五百块不到。"关桃只有这点钞票。这点钞票够他们一家过一段时间,还能够帮秀珍买点嫁妆。秀珍要出嫁了,不能什么嫁妆也没有。到时候和陈家谈谈,或者可以让秀珍带着娘和妹妹弟弟一道过去过日子。不过,他做点小生意的本钱可能就没了。

"啥,才这点?桃子,这是抢钞票呀!我们这么大一家店,开了十几年的店,怎么可能才值这点钞票!"邱太太显得很生气,尽管她之前也想到过不会有人愿意接这样资不抵债的店面的。但现在既然有人愿意接,那肯定是这家店还值钱,那么她一定不能被人骗了钱去,一定要讨价还价。

"桃子你这样,你告诉我那个人是啥人,我去跟他谈斤头,我不能被人骗钞票。"师娘的精神一下上来了,有点生龙活虎的样子。关桃好像一下子看到了以前的师娘,也发现自己跳进了自己挖好的坑里。现在他要怎样把那个人找来呢?但他不好不答应:"好的师娘,我来安排。"

想来想去,关桃实在想不出他能够找谁来做这件事情。第二天,关桃只好向师娘和秀珍她们坦白这钱是他自己出,并把这钱的来历也一五一十说了出来。

秀珍含泪讲:"桃子哥,这钞票是你拿命换来的,这个店早就不值钞票了,你讲不定还要往里头另外扔钞票才做得下去,我们不能要你这个钞票。"

"桃子,你看看秀珍是不是不识好坏?有你这样有孝心的徒弟,邱明远是前世积了德,可以安心了。店是不值啥钞票了,但好坏是个店,你年轻,好好做,讲不定是可以起死回生的。桃子啊,你是大慈大悲救苦救难的观世音菩萨,大恩大德,师娘将来一定要报答的。"

关桃付了手头所有的钱给师娘,与师娘签了一个转让协议,算是把协隆绸布店转到了他的名下。

关桃回到了卖布料这个行当,做了协隆绸布店的老板。他把店面缩小了一些,可以省一点租金。原先邱老板一家住的二楼早已租给了别人,关桃租不起,和顺礼一道继续住在店铺的阁楼上,好在他在那里住过三年,习惯了。

讨债的人还是一个个来了。店里进的货一般可以赊账，过一段时间再付钱，现在人家知道邱老板不见了，忙过来讨债。有些债是邱明远置办新家的开销，用掉了，和库存没关系，这就更复杂一些，不知道这些债有多少。

好在几个供货商关桃以前见过，有些熟悉，谈起来容易一点。关桃否认邱老板失踪，只讲师傅身体欠佳，到外地去调养一段时间，而协隆会一直开下去，这样多少能够稳住对方，赢得一点缓冲时间。来讨债的人看到店铺正常营业，关桃又竭力争取，就答应再通融一段时间，毕竟上家也要做生意，多个客户多条路。有了新账期，关桃就可以喘口气。只要生意正常在做，到时候还上前账，慢慢补窟窿，周转不出大问题，协隆至少可以维持运转下去了。关一刀的名气也为他带来了一些生意，有些老客户喜欢看热闹，专程跑来要看他剪布料。眼前最大的问题是不知道邱明远在外头究竟欠了多少债。说不定一笔债还不上，人家就把他的店搬空了。

爱琦接到了关桃的信，却有一种被耍弄的恼怒。她拿出关桃送给她的各种东西，统统扔到了垃圾桶里。她不再给关桃写信，也不到校门口去见来看她的关桃。

关桃想，自己前一段时间忙于各种事情，没有给爱琦写信也没有来看她，她肯定生气了。他觉着失落，心里难过，但爱琦这样的大小姐有点脾气太正常了。他们之间本来就没谈定过什么，如果爱琦真的就此不理他了，他也没话讲。关桃一直很明白他们两个人属于不同阶级，与他一样阶级的是他夜校同学那样的人。所以他后来不再去学堂找爱琦了，也不再写信。

关桃接手协隆绸布店后不久，爱琦接到一封陌生的来信。虽然地址来自石门路，但笔迹不是关桃的。她满腹狐疑地拆了信，里头是她前些日子写给关桃的那封信，在信纸的背面写了几句话，落款是一个叫邱秀珍的人。

原来爱琦写到石门路的那封信被秀珍收去了。秀珍看到信，立时就把信和爱琦联系了起来。她读书不多，但信是看得懂的，明白这信来自什么地方。她把信藏了起来。有一天她拿出信，拆开看了一下，明白是爱琦约了关桃碰头。想到由于自己的这个举动可能让关桃和爱琦之间产生误会，秀珍心里过意不去。这个在危难时刻救了她们的男人，她不可以再对不起他。她在信纸背面写了一封信回去。

对不起，关桃没有看到你的这封信。他买下了我们已经欠债的店，救了我们，我对不起他。他是个好人，你不要怪他。

邱秀珍

爱琦弄明白了事情的来龙去脉，后悔把关桃的东西全丢了，她现在知道关桃这段时间一定是碰上了很严重的事情。她想在垃圾桶里找回那些被扔掉的东西时，垃圾桶里早已不知道换了多少次新的垃圾。她很伤心，跑回寝室哭了一场。她的同学不明所以，感觉这爱琦最近性情大变，以前像男孩子，现在特别多愁善感。

第十四章　念师恩以德报怨　接协隆情定五月

哭完了，睡了一会儿，爱琦整理箱子，看到一条湖蓝色缀着玫瑰图案的真丝围巾，心中又喜又悲，关桃送给她的礼物，现在只剩下这最后一样了。

这一天是礼拜六，夜校有课。关桃正上着课，爱琦走进教室，一把拽着他走出了教室，课堂里一阵乱哄哄，上课的先生两只眼睛瞪得像铜铃，看着关桃被一个女孩子拖了出去。

没等关桃开口，爱琦捡了地上一根树枝，朝着关桃劈头盖脸打过来。这一招大概是向她父亲学来的。关桃左躲右闪，教室里探出头来的同学开始起哄。

"是不是个男人，是不是个男人！我叫你不来看我，叫你不写信给我！"爱琦狠狠打了几下，没怎么打着，扔下树枝，转身往外走。

关桃愣了一下，醒悟过来，跑过去拉住了爱琦。爱琦的头颈里围一条湖蓝色围巾，拼命挣扎，关桃越抓越紧，用另外一只手去扳住了她的肩膀。爱琦大概累了，终于不再挣扎，把头靠在了关桃的肩膀上，双手抱在了关桃腰上。

窗口里传出了口哨："桃子，香嘴巴，香呀！打KISS呀！"

"关桃，会不会啊，不会让我来呀！笨呀，笨死啦！"

关桃也抱住了爱琦，说："对不起，对不起，爱琦！"

这是五月，温暖而湿润的空气吹过浩荡原野，掠过沉醉的东方大城。树叶欢欣地舒展新绿，栀子花俏立枝头，散发芳香阵阵。不远处传来爵士乐，高高低低，轻盈回旋于路灯下，伴随着沙哑的歌声。两个心意相通的孩子抱在一起，想相约一起度过人生，千言万语都付与一个迷乱的吻。

但在城市的另一个角落，一只蝴蝶扇动翅膀，一场风暴即将到来。

日本国驻上海总领事矢田七太郎吩咐秘书连夜打电话给在沪日本纺织业公会的会员，让这些人第二天早上到领事馆开会。

第十五章　谋对策日商聚会　起工潮山雨欲来

矢田七太郎总领事在日本国驻上海总领事馆召集了日本在沪纺织业公会的会员开会，商议如何应对最近屡屡发生的工人罢工所引起的事端，消除不利影响。作为领事官员，维护侨民利益和国家形象是其主要的职责。

日本总领事馆的周围聚居了众多日本侨民，在苏州河以北，有大约两三万日本侨民，是海外最繁华的日本人聚居区，日本侨民已成为上海最大的外国人群体。

最初进入上海的日本人几乎都是在日本本土穷困潦倒的下层人士。日本1853年被美国舰队撞开国门时，上海开埠已超过十年。上海开埠二十年时，西方文明在上海渐成气候，上海成为日本人眼中的西方飞地，是日本学习西洋文明就近取材之地。明治维新，日本举国脱亚入欧，飞速发展，短短二三十年，举国面貌焕然一新，甲午战争打败中国，日俄战争打败俄国，跻身世界强权之列。此后进入中国的日本人大增，日本之于中国，反过来成了学习世界先进文化最便捷的所在。

大和民族相对封闭和讲求纪律的作风也被带到了上海。作为国家派出机构，日本总领事馆也兼有管理和教育日本侨民的责任。矢田七太郎上任前，虹口公园门口有告示牌，提醒游园者必须穿着正装或者和服，不然不许进园游览休憩，令日本侨民深感侮辱和无奈。有些日本人没有基本修养和礼貌，使很多场所对日本人大为反感。作为政府派出机构，领事馆向侨民不断地发布指导和劝谕，告诫侨民必须顾及日本国的体面和荣誉。矢田七太郎到任后也马上与工部局交涉，要求将悬挂于虹口公园门口的告示牌中容易联想到日本的词句删除。

现在，近乎半个中国文化界是由从日本留学归来的人士组成的，半数的现代自然科学和社会科学书籍翻译自日文书籍。日本纺织企业在上海乃至中国占有优势。日本产品虽然尚未获得质量上的声誉，但已经全面渗透到中国人生活的方方面面。日本国作为一个后来者在上海的分量不容小觑。虽然英国人仍处于绝对老大地位，但日本人正努力争取应有的权益。不久前领事馆和日本居留民团共同商议，决定向上海工部局争取更多的董事名额以及更多日本巡捕的配额和经费。

会议在三楼的大会议室进行。参加会议的工厂主或代表准时到达。摄津、平野、浪华、泉洲、内外棉、金巾织造、日本棉花等等都到了。

最早进入上海设厂的三浦物产是日本纺织行业在中国的代表性企业。三浦物产在上海的设厂过程颇为曲折。1902年设立东洋纺织株式会社之前，日本企业经历了多年的考察、观望、犹豫和试探期。原因讲起来不复杂，作为世界工业的后起之秀，日本在与中国签订马关条约后取得了与其他列强同样的在华特权，但日本技术本身并无竞争力，资本积累也没达到产生对外投资冲动的阶段。作为民间对外投资，企业必须对投资国当地的市场、法律和社会环境等做大量研究，有了相当了解之后才可能水到渠成。1902年之前，上海对于日本商人还相当陌生，作为东方人进入到一个主要执行西方法律的社会中投资设厂难免踌躇顾虑。多年观察之后，三浦物产看到了机会，收购了一家上海纺织工厂，设立了东洋纺织株式会社，成为日本工业进入中国的先驱。

中华民国十四年，公元1925年2月，在一家日本纺织企业里发生的一件事引起了社会的骚动，上海报纸报道了一个童工在工厂里被日本管理人员用铁棒打死的消息，引发周边工厂罢工，事件虽然很快平息，但是对于日本工厂、日本人的负面印象却没有消除，以致最近在杨浦、虹口一带经常有零星的冲突产生，各个工厂的工人管理问题日益突出。

矢田先做了一个开场白："诸位辛苦了！今天请来各位，主旨已经在通知中向各位简要介绍。作为日本国上海总领事，我的职责是维护帝国及其臣民在海外的利益。现在上海发生的事情，有可能对日本的声誉和各位的利益造成损害，所以，请各位发表看法，形成共识和措施。山本君，请您谈谈您的看法。"

山本太郎，三浦物产上海支店长，东洋纺织株式会社社长、日本在沪纺织业公会会长，是在中国最老资格的日本商人之一。22岁时他被派来上海，一晃已经过去将近三十年。日本国历任总领事履新上海，几乎都会请这位元老介绍上海乃至中国的情况。

"感谢矢田总领事阁下的抬举！日本国民在海外胼手胝足，努力工作，殊为艰辛。现下大业初成，我等自当勤谨自勉，再图精进。然人手五指，各有短长，我们日本在上海的工厂，目前的情况也各不相同。有些会社急功近利，为压低成本，确实对工人过于苛刻，有些管理方式过于粗暴，乃至于造成社会对日本工厂不好的印象，让人遗憾。我以为，为改善形象，避免发生更多的纠纷和麻烦，我们需要改善工厂管理，改善工人的条件。如果日本企业要想长久扎根于上海和中国，需要改善与当地人的关系。"

"感谢山本社长的发言。说得很好，提纲挈领，提出了三个改善，值得大家思考。其他各位也请继续发言。"矢田说。

平野株式会社的松本重太郎环顾了一下在座的人，开始发表他的看法："我非常同意山本社长的意见。不过从另外一方面来讲，最近出现的对于我们日本工厂和日本侨民社会的种种指责，也不能排除是西方人出于对我们日本人的偏见而故意引导。因而，我认为应该从多个方面着手推进问题的改善和解决。掌握舆论的主动权是必须考虑的措施，在这方面，希望得到我国政府方面的支持。在上海的报纸电台中，应该有我们日本的声音，以及观点和主张。我还想指出的是，我们不能不注意到新的政治势力的介入在这些事件中所起的作用。根据我们的观察，工人最近的活动越发显得有组织性和联动性，其间有背后势力的引导和支持，这也是一个重要因素。"

发言变得踊跃起来。

"现在上海的报纸，不管是英文法文的都一味同情支那工人的处境，指责我们雇佣包身工，没有向工人提供合理的报酬和工作条件，完全是一种虚伪。我们日本人到中国来设厂的目的，就是要充分地利用当地的条件来获得最大利益。如果不能利用有利条件获取利润，我们有什么理由跑到这里来设厂呢？当初西方的殖民者跑到非洲美洲，杀死了无数当地人，贩卖了无数奴隶，才有了他们今天的优越地位。现在他们又有什么资格来教训我们日本人，说我们残酷无道？"

"是啊，这个世界从来就是先进民族统治落后民族，几千年来一直如此，为什么到了我们日本就要说不可以呢？我们本来就是要追赶欧美公司，如果不用非常的努力和手段，我们又怎么可能超过他们？他们现在对我们说三道四，就是要阻止我们超过他们。"

有几家工厂的发言很是气愤，充满着对西方人的不满。总领事先生觉得需要强调一下重点，讲："松本先生提出了一个重要观点，关于新政治势力介入到最近纷争中的情况。各位应该还记得，离我们这栋楼200米的地方，以前是俄国领事馆，楼顶飘扬的国旗是不一样的。沙皇俄国的迅速垮台激励了共产主义分子，使得他们妄想在中国复制布尔什维克的胜利。他们在城市里煽风点火，挑起事端，他们认为，依靠他们所谓的工人阶级，就可以迅速取得所谓革命胜利。他们利用一切机会、一切事件渗透到工人中去，试图夺取国家的政治权利，这就是为什么当前的支那工人骚乱变得更有组织性的重要原因。现在，出现了工会来代表工人讲话，值得重视。至于西方势力，他们当然不希望日本强大，他们对东方人怀有根深蒂固的种族偏见。我们日本的发展壮大需要面对重重困难，只有自强，才能够取得胜利。然而，我们毕竟是在外国，要想获得足够的空间，我们必须讲求策略。在政治上，我们仍然必须同公共租界当局和法租界公董局合作，获得他们的支持，确保我们自身利益不受侵害。"

在座的人都纷纷点头称是。

"是啊，那些零星的事不需要担忧，工人和工厂主的矛盾是永远存在的，有政治目的的活动才最可怕,因为他们不是就事论事,是被其他势力利用的。工厂里最近确实出现一些不像本厂工人的外人,也许这些人就是危险分子。"

"遇到这样的人,我觉得没什么道理可讲,因为他们不是来讲道理的,是来实现政治目的的,唯一的办法就是强硬应对。西方人也是不会容忍这些人的。"

大多数人都普遍支持后一种观点,即面对有组织的工人抗议采取一种更严厉的应对策略,不承认所谓工会的合法性。当然他们也很尊重山本先生的地位和意见。会议虽然没有形成一致,但是也有了一些共识。鉴于日本人和中国人之间越来越明显的情绪对立,矢田总领事此后与居留民团也举行了一次会议,促请居留民团出面组织上海的日本社区尽快组织起来,以町为单位,形成必要的自卫组织,一旦有事时可以自保。

山本太郎回到位于公共租界西区的家。对于今天的会议结果他有点失望,也有点担忧。但他可以做的不多。东洋纺织株式会社已经发展成熟,工人的工作条件虽然比不上西人的企业,但也在合理的范围之内,所以他的工厂尚没有出现不稳定的苗头。对于有些会社今天在会上提出的理由,他虽然不能苟同,但也不便指责。毕竟这是别人的企业。

山本是典型的老一代日本人,与普通上海人比起来,他的个子略略矮一点。他知道上海人对日本人的别称是矮东洋,不过他并不在意。他头发花白,戴着一副宽边的眼镜,八字胡子,方笃笃的面孔上有粗粗的抬头纹,笑起来颇为和善。来到上海近30年了,除了短期回去日本,到现在他一生的大部分时间是在上海度过的。他几乎把自己看成是一个上海人,会讲一些上海话,有不少中国朋友。作为大企业管理人,他不像普通日本人那样住在苏州河北面的日本社区里,而是住在公共租界西区幽静的别墅里。

他也研究一点中国历史,结交了一些上海颇有名望的文化人。这天夜里他有一个饭局,约了几位对宋代历史有研究的专业人士,还有一位英国人艾仑·史密斯。艾仑·史密斯比他更早来到上海,对中国历史也有兴趣,据讲还有兴趣出资成立一个资助研究中国历史的基金会。饭局约在霞飞路,是一家俄国人餐馆,山本更喜欢日本料理,精致、素淡,具有空灵美学的精髓,但那里比较方便,只要十几分钟就可以到达。

晚上九点多,山本从饭店又回到了家里。夫人为他放好了洗澡水,他进了浴缸,泡了一会儿。喝了一些酒,泡在浴缸里,人很放松,脑子有些迷糊。他的脑子里,有家乡静冈的山峰浮现,白云悠悠,他好像回到了小时候在父母身边的年代。有时候,他是多么怀念家乡、怀念小时候的一切啊!父母早已不在了,他好些年没有回静冈了。他想,什么时候他应该带着孩子回去看看。他的耳边好像响起了熟悉的歌声,嘴巴里不自觉地哼唱出来。

小鱼优游的溪边，
麋鹿奔跑的山岗，
那景象我永远难忘。
日夜思念啊，
我的故乡！
白发父母可好，
老友们别来无恙？
经历了人生风雨，
梦中的情人啊
我的故乡！
待美梦成真，
我要回到你的怀抱，
看白云青山，
碧水悠长，
魂牵梦萦啊
我亲爱的故乡！

  他哼唱着，感觉眼泪流了下来，和头上的汗水一起流到了嘴角那里，咸咸的。
  今天晚上的聚会不错。虽然一位叫秦时月的学者临时有事没有赴约，来的几位也都是相当有造诣的人物，并且也都颇为有趣，大家都很尽兴。这位秦时月是艾伦的一位朋友，是一位具有很高学术声望的大学教授。山本想，下次聚会可以让艾伦再邀请一下这位秦教授。这也可以理解，声望高的学者往往是有些孤傲清高的。
  这位山本太郎未能谋面的秦时月这天并不是架子大，而是真的碰到了一件紧急的事情需要处理。这天商务印书馆资料室准备买进一套古籍，买卖双方虽然是老熟人，但对书籍的断代产生了分歧。碰到这种情况，最好的办法是找一个大家都认可的专家来做鉴定，这样即使买卖不成，和气还是在的。印书馆的张老板想到了秦时月，卖家也想到了他。因此请秦先生无论如何拨冗相助。秦先生想，吃饭这个事情毕竟算不得大事，只要诚恳说清楚，艾伦先生不至于不快。所以就打电话推掉了晚上的饭局，改而跑去鉴定古籍去了。
  秦时月出生在南锦。南锦地处江南腹地，水系发达，舟楫便利，四方通达。南锦水运发达，陆路却不易到达，因此南锦在明清两代少了兵燹之灾。江南鱼米之乡，丝绸重地，崇尚读书。从南锦出去的举子很多，中了进士在外做官的，年老返乡后大兴土木，造园修祠，还修了好几个有名的藏书楼。秦时月私塾开蒙，稍长些在各家藏书楼里找书看，看得多了，练就了对珍本古籍的敏锐辨识能力，

第十五章　谋对策日商聚会　起工潮山雨欲来

对于一般古籍就有了所谓望气而断的能力。

年纪稍长，秦时月到上海一家旧书店做学徒，像老鼠跌进米缸里，接触到了更广阔的世界。卖旧书的有几种，一种是根据书本的新旧来定价，书越新，卖价越高，旧书就卖个低价，另一种旧书店，先看书的来历、内容，然后再定价，越旧的书，可能是越贵的。秦时月的店里收来的旧书，老板先看，然后定价。后来这变成了秦时月的工作。再后来秦时月又去夜校学英文，慢慢的，店里又进了各种英文的书籍，老板对秦时月大为赏识，所以两年就让他满师了。17岁时，秦时月问老板借钱买了一本《大不列颠百科全书》，三年后还清书款时，他已经把大百科全书通读了一遍。19岁，他成了英文老师。

从此秦时月便在古书和教书之间游走。他后来在东华公学大学部做了教授，教授的是中国古代思想史和英国文学这两门差异甚大的课，却能游刃有余。东华公学是一所所谓石库门大学，是大学中的异类，不用高中文凭就可以投考，但宽进严出，选修课目很多，提倡兼容并蓄，学术自由。教授可以讲授资本主义、社会主义、国家主义和无政府主义，没什么顾忌。所以其毕业生视野开阔，学校声誉口高。

这些情况是山本太郎和秦时月认识后才慢慢了解的。

第十六章　齐反帝血染上海　俱遭禁爱琦去国

5月末，气温升得很快，阳光穿过窗帘缝隙，在黑暗的房间里切开一条齐崭崭的豁口，像一把军刀刺进了房间。埃里克巡长还想睡一会儿。上海的春天总是很短，而初夏的早晨还算舒服，很容易让人迷迷糊糊。

但这一天不是休息日，他一定要起床了。二月份报纸上登出日本工厂虐待、打死中国童工的消息，两个礼拜前杨树浦又发生了工人领袖被枪杀的事件，之后，游行示威越来越频繁，巡捕房防暴队一直高速运转。埃里克已经记不得上一个休息日是什么时候了。他边刷牙边祈祷着今天会安静一点，不要再出车去马路上忙碌。

事件的起因是一家日本纺织工厂对进入工厂要求复工的工人开枪镇压，这一事件造成的伤亡使得处于临界点的上海形势发生了巨大变化，日益失去控制。埃里克现在有个女朋友，这两三个月女朋友对他很有意见。

埃里克匆匆吃完早餐，穿上夏季警服，来到值班室。天有些闷，他打开了头顶的吊扇。他现在是巡长，每天有一堆事需要处理。首先他要看一下昨日下班以后的办公室工作日志，看前面十多个钟头里发生了什么事情。第二件事，他要看中央巡捕房给各分区巡捕房和直属机构的每日形势通报。谢天谢地，昨夜到今早没有接到过出动的命令，没什么值得担心的事发生。

连通中央巡捕房的电报机不时发出嗒嗒的声音，通报着各区域发生的突发状况。电话铃响了，埃里克拿起话筒，是红头发约翰·苏利文的声音。

"嗨，凯夫巡长，忙什么呢？"

"啊哈，苏利文巡长，我亲爱的朋友，早上好！刚到办公室，一些例行公事。你呢，忙？"

"有空吗？我在附近，找你喝杯咖啡。"

"太好了约翰，好久没见了，过来吧，现在正好没事。"

约翰·苏利文很快出现在埃里克办公室。寒暄几句，话题转到了约瑟夫身上。

"埃里克，我对你有一位华人好朋友没想法，尽管我还没有荣幸获得一位像约瑟夫一样的华人好朋友。唔，我们都不习惯于在背后说别人的坏话，但是，你的这个朋友，约瑟夫，在静安巡捕房给了我不少难堪。"

"哦，发生了什么事？"

"有一些心照不宣的事，埃里克，你应该是知道的，每个巡捕房都会依靠一些本地势力来照顾地区的安定，你明白中国人的事是多么复杂，有些东西你根本没办法理解也没办法插手，唯有依靠本地有势力的人物。作为交换，我们当然也给这些人提供方便，有时候对他们不太严重的非法交易睁一只眼闭一只眼。但总体上，有了他们的帮助，地方上的各种纠纷和鸡零狗碎的事就会少很多。"

"我听说过这些事情，只是我还没有碰到过。约瑟夫是个很认真的人，你说他会管这样的事，我相信。"

"等你到下面的巡捕房工作就会碰到同样的状况了，这也是不得已的事情。如果他想插手，最好先问问他的同事，问问我，对不对？他在对很多事都不清楚的情况下就贸然插手，使得我们与这些人的关系一下子很僵。这样大家都不会有什么好处。"

"他做了什么？"

"在我那一带有几个地下烟馆，是那些人办的，他们依靠这些收入来养他们的手下，维持局面。这些烟馆不合法，但哪个区没有这样的烟馆，只要中国人有大烟抽，不闹事，我们的压力就小了很多，对不对？只要这不是我们办的烟馆，不拿这些人的钱，有默契，对于社会治安未尝不是一件好事。约瑟夫来了之后的几个月，却连续查抄了三家烟馆，破坏了我们与对方之间的默契。最近几个月，另外一股帮派势力乘机将他们的烟馆开了进来，于是，一场战争正在悄悄进行，两派人打打杀杀，报纸上一宣传，工部局就盯上了我们，指责我们办事不力。"

"我能做什么？"

"劝他少管闲事。现在已经够乱了，那些可恶的自以为是的日本人现在又给我们惹来了大麻烦，再多出几个像约瑟夫这样的人来，你说我们是不是要疯掉？"

"好的，找一个机会我会对他说的。对了，约翰，对于日本人和中国人之间的纷争，你怎么看？"

"这些事不简单，埃里克，不简单！如果把这些事放到大背景去看，你会明白日本人既想通过镇压中国人获取最大利益，也在通过这些事挑战以英国人为首的公共租界的权威。他们好像在告诉我们，日本人现在要主导租界秩序，也可能是亚洲的秩序。"约翰的眼睛透出一丝深长意味。

"你觉得他们会成功吗？毕竟租界里大部分是中国人。"

"别问我，我不知道。这会造成很大的混乱，这些混乱很可能危及我们对上海租界的控制和管理。如果在更大更高的层面上，嗯哼？上帝才知道这个世界会发生什么事情。你知道吗，工部局的多位董事对于最近的事很恼怒，从会审公廨事件以来，上海从未发生过如此大的混乱。那一次事件造成华人呼吁收回租界，而这一次，也许会更糟糕。"

"为什么？"

"听说过中国共产党吗？"

"当然，听说他们的首脑机关就在上海。"

"对，这些事背后有被他们操纵的痕迹，示威活动越来越有组织性。如果一件事带有了明显的政治目的，并且得到了很多人的响应，那这件事就小不了。看着吧，这将是个大事，也许我们正在创造历史。"

埃里克喜欢和约翰·苏利文聊天，大体上这位健谈的朋友都能从每件事中看到表面以下的东西。经过七八十年发展，上海正成长为可以匹敌任何一座世界城市的大都会，这一切，工部局和公董局出色有效的管理功不可没。但现在日本人突然杀出来了，事情正变得越来越不可预测。

"现在各个巡捕房疲于奔命，没完没了的游行示威弄得大家的情绪都很焦躁。你们的防暴车到处出击，但好像没什么用，真他妈的令人沮丧……原谅我的脏话！可是，这些愚蠢的东方人之间的争斗把我们牵扯进来，没完没了，真受不了！"约翰讲着，有点激动，用手扯了扯领带，好像领带压迫了他的喉咙。

谈话很快被另外一件事情打断了。中央捕房的电报系统通知各区巡捕房，市区外围多个方向有大队工人和学生正向市中心涌过来。

约翰·苏利文挥了一下手："瞧我说什么来着，没完没了！他妈的！"他必须离开埃里克的办公室回他自己地段去了。

埃里克通知自己的队员原地待命。

他抽空打了个电话给约瑟夫。"约翰·苏利文找到我，谈了关于你的一些事。"

"哦，我明白。"约瑟夫在电话那头讲："我想是关于那些烟馆的事，你怎么看？"

"自然，地下烟馆是非法的。不过约翰说，也有一些不得已的原因。"

"什么样的不得已原因呢？难道法律不该平等地适用于所有人吗？"

"我明白你的意思。不过，约翰·苏利文好像非常不高兴。我想，或许你可以在行事之前与他多多沟通，减少误会？根据我对他的了解，他是一个通情达理的人。"

"好吧，我接受你的建议，他是长官，我会与他多多沟通。"

来自各个学校的大批学生从各条道路向市中心游行前进。大夏大学队伍最前面是一个戴着黑色圆框眼镜的年轻人，他的手里拿着一个铁皮话筒，不时转过身来向队伍高喊口号，随着他的口号声落下，整个队伍发出山呼海啸般的回应。

第十六章　齐反帝血染上海　俱遭禁爱琦去国

三界玲珑塔

"上海是中国人的上海！"

"打倒帝国主义！"

"收回外国租界！"

有人从队伍后面赶上来，问黑圆框眼镜的年轻人："李柔然，我们现在就去老闸捕房与其他队伍会合吗？"

李柔然讲："我们在前面的十字路口停下，向市民宣传演讲，散发传单，鼓励市民与我们一道行动，向巡捕房施加压力。你叫后头的同学跟上。"

队伍在前面的路口停了下来，李柔然跳上一张桌子，开始演讲：

"上海市民们，同胞们：

"我们中国自从鸦片战争被帝国主义用枪炮打开大门，屈辱地接受了门户开放。帝国主义分子在我们的土地上建立殖民地，在我们的国土上实行他们的法律，把我们这些原本的主人作为下等人看待，生杀予夺，随心所欲。在这其中，日本帝国主义分子变本加厉，对中国工人进行残酷剥削和奴役。从今年二月起，我们上海的工人为了反抗贪得无厌的剥削，为了自身合法的利益不断进行抗争，却遭受了日本人的无情杀戮。租界统治当局为维护他们帝国主义国家的利益，与日本人沆瀣一气，互相利用，互相包庇，不但不追究日本杀人凶手的罪责，反而将社会动荡的责任推到我们受压迫者的头上，要我们对剥削逆来顺受，对杀戮视而不见，做他们的顺民，忍受他们永世的统治。

"同胞们，在这样无道的世界面前，在这样暴虐的统治面前，我要问问你们，你们还想不想做麻木的中国人？被人骂做冷酷无情的上海人，洋奴，刽子手的帮凶？"

"不要！"

"对，我们不要做帝国主义的顺民，我们要为争取中国工人阶级的权利、为争取中华民族的权利而斗争。我们的热血已被帝国主义的子弹点燃，上海是中国人的上海，不是外国人的上海！如果帝国主义分子不同意我们的要求，不释放我们的示威学生和工人，我们就要起来战斗，让租界从中国的土地上消失，大家讲好不好？"

"好！"

"现在世界列强手里握有冰冷的武器，而我们只有热血；然而，只要我们的心中有热血，将来我们的手中也会有冰冷的武器。我们不会永远是弱者，我们沸腾的血一旦和冰冷的武器融合，就将是帝国主义在中国的末日！"

"上海是中国人的上海！"

"打倒帝国主义！"

"收回外国租界！"

学生行进到市中心，罢工工人的队伍也充塞着主要马路，慢慢地与学生队伍汇合、聚集，洪流一般冲撞在城市的街头，天空的云也好像变得厚重、躁动。李柔然随着队伍一道行进，边走边呼喊口号。灰青色校服队伍穿插在蓝色工装队伍中间，一路上有无数市民拍手叫好。

午后，埃里克的装甲防暴车开出了基地。刚刚得到老闸捕房的求助电话，在老闸捕房门口已经聚集了大量学生和市民，要求马上释放被拘留的学生。示威者好像有冲击捕房的危险。

一路上到处可以看到游行的人群，好在都还算平静。然而，还没到达老闸捕房门口时，他们遇上了溃散的人群。前方枪声激烈，显然已经有人为此支付了生命的代价。

埃里克命令开足马力接近目标。防暴车停下时，他所看到的场面比想象的更糟，捕房门口的地上已经横卧着许多示威者的尸体，血液像一条条小溪在街面上游动，寻找低洼的方向；受伤者在地上痛苦蠕动，哭喊声伴着呻吟。在慢慢聚集的云层下，这里像人间地域。老闸捕房的爱普生巡官和锡克巡捕们仍端枪瞄准着退却的人群。

这是五月末的上海，空气里飘荡着这个季节惯有的慵懒。有人穿着单薄的衣衫在街上行走，享受着初夏的惬意；更多的人怀着愤怒聚成洪流走在街头，口号和呼喊声直上云天。带着火药味道的子弹洞穿了单薄的衣衫，血腥气弥散在初夏的空气里，浓郁，经久不散。

埃里克皱起眉头，看着这狼藉而惨烈的街道，他没有料到他的同事会造成如此巨大的伤亡。按照原先的设想，中央捕房调动防暴队来吓阻驱散聚集的人群，但是，未等到后援力量到达，老闸捕房的巡官就草率地命令开枪镇压了。他想，约翰的话这么快就应验了，这是他到上海以后看到的最惨烈的镇压。他觉得好像坐在了一个火山口上，随时会被岩浆淹没。他命令手下的人将现场隔离起来，至少，今天的事情不可以再扩大了，而老天好像很帮忙，很快下起雨来，洗刷着街道，把殷红的血水冲向了下水道。埃里克祈祷人们的痛苦记忆也可以像这街道一样被冲刷一遍。

这是一段血腥日子的开端。六月的最初几天，每天都是游行示威、枪声和死亡。埃里克感到所有街道都被堵塞了，然后爆炸，城市轰隆隆震动着。所有国家的海军陆战队士兵都被派到岸上执行维持秩序的任务，大学被关闭，每个道口都有荷枪实弹的军人把守。但局势并没随着镇压平静下来，事态不断扩大。在镇压中，上海总工会成立，与商人、学生组成了上海工商学联合会并开始发出一致的声音。罢工和罢市席卷全城，继而又扩展到全中国，不但赢得了苏联人的支持，还获得了远在英国本土的工人的支持。埃里克从没这样忙碌过，他开着车到处出击，阻止游行示威者，施放催泪瓦斯或者用高压水枪驱散人群。

有一天，他发现自己的很多华捕同事都没来上班，而是整齐地出现在游行人群里，他看见约瑟夫也走在游行队伍里头。在执行命令用高压水枪和催泪瓦斯驱散他们之前，埃里克还来得及做一件事，把离他不远的约瑟夫从游行队伍里拉出来，强行关进旁边的汽车里，在汽车里对他喊："不要傻，你会被开除！"

"我宁愿被开除。"

"你说过，你要成为警察，打击犯罪。你会失去这个机会。"

车外已经骚动不已，高压水枪的水柱朝着人群扫去，驱散人群。

爱琦也随中学的游行队伍在街上游行，无视戒严命令，经历着青春岁月里一段难忘、充满激情、暴力、抗争的日子。最后，她出现在了被巡捕房关押的人员名单中。

孙亦元通过巡捕房的关系将女儿保释出来。巡捕房里关押的人实在太多了，早已没有足够的牢房。如果只是单纯参加游行，没发现更多政治背景的被捕者只要有保人，保证不再上街参加有损于租界安全的活动，巡捕房就会同意放人。孙亦元把女儿接回家里，脸上的每一根线条都显得非常严肃："从今天起不许出门，待在屋里看书！"他看见女儿投来蔑视的眼光。他一向管不住女儿，但在这样的时刻不希望女儿再出事。这真的不是开玩笑，既然已经开了杀戒，很多人的生命随时随地都会失去。子弹不长眼，他比谁都清楚。

"你们这些军阀就只会对自己人横，国家有难时你们一个个都逃得远远的。"

"嘿，瞎讲什么！我有资格当军阀吗？这马路上到处架着枪，到处死人，你以为我看着不生气？可我手里有啥？我没有队伍，我就家里那两把枪。"孙亦元说得没错，他以前也不过是军阀队伍里的一名高级军官罢了。军阀是在一个半独立王国里可以发号施令掌控一切的那个人，孙亦元是听命于军阀的那个人。

"有队伍时也没看你打过洋人呀。"

"人家好好的我没事打人家做啥？中央政府都没打人家我干吗打人家？要是没眼前这事，不就是租界最安全了吗？讲好了啊，不许出去，这事没得商量！"

两天后，爱琦申请的哥伦比亚大学的录取通知到了。孙亦元喜出望外，正愁关不住女儿，这下好了，可以送得远远的了。他马上安排购买最早前往纽约的船票。

"朗生，花多少钞票你都要给我弄到最早的船票，抢也要给我抢来！"

"好的，将军！"

为了防止意外，爱琦被关进卧室，门被反锁，还派了人守着。想到要离开上海了，却不能见上关桃一面，爱琦心里很难受。那天游行时他们在街上看见了对方，但没等靠近就被冲散了，爱琦不知道现在关桃在什么地方，是进了拘留所，还是在吉祥街的店里。

从此后的好多年她将见不到他了。他会想我吗？怀念我吗？他，爱我吗？这个混蛋到现在都没有讲过这句话！全世界的恋人面临离别的情绪都是一样的，都是一样的惆怅，一样的万般不舍。

爱琦房间的北窗外有一棵树，一根很粗的树干伸到了窗前。如果胆子大一点，爬出去，或许可以到达后院的围墙，然后翻墙出去。

她这样想着就想试试看，开了窗，站在窗台上，想跳跃到树上去。但真到了窗台上，她发现从窗口到那根树干要像猴子一样飞很长一段距离，跳出去而抓不住对面的树枝或者树干，她就会从二楼直接摔到地面。她的手攀在窗框上犹豫着，却被隔着后院的邻居看见了，大声地叫了起来。邻居不知道她想做什么，还以为她一时想不开。孙家的人全部跑到了后院，抬头看着窗台上的爱琦。

孙亦元怕出意外，便不再将女儿反锁在屋子里，但看管更严格了，爱琦被禁止跨出大门，走到哪里都有佣人跟着。这次孙亦元铁了心不能再由着女儿的性子了。任凭她怎么闹，就是不让出门。

天气已经很热了，罢工罢市还在持续，学堂要么关闭了不让学生上学，要么被军警把大门封闭了不让学生出门。孙淳轩的学堂这段时间干脆提早放了暑假。他跟着中学里大一点的学生也出去游行过，回家来讲给父母听，便被父母呵斥了一番，这些天只得像姐姐一样天天待在家里了。父母对他倒不是太担心，所以淳轩白天还可以出去与邻居的男孩们一起玩耍，但不可以走得太远，走到父母找不到的地方去。

这一天爱琦在自己的房间里死活不肯出来吃饭，好像是要绝食抗议的意思。谁劝都没用。淳轩走了进来，看到姐姐躺在床上蒙着头，就在床边坐了下来。这样坐了一会儿，姐姐把薄毯子从头上一掀，问："你来做什么？"

"嚄，不吃饭中气还这么足！我拿了一块冰砖来，你吃不吃？"

爱琦换了一个姿势，把头朝着另外一边，讲："不吃！你也不帮我，白欢喜你这么些年了。"

"你怎么知道我不帮你？"

爱琦腾地坐起来，问："你真帮我，怎么帮我？"

淳轩神秘兮兮地走到门边，把耳朵放在门上听了听，把门从里面锁了，回过来，脱了鞋子坐到床上，说："你不就是放不下关一刀嘛，我可以出去呀，我去找他来，不就可以了吗？"

"呸，你找他来，到我们家来，爸和妈都在，你让我们多少尴尬呀？"

"那怎么办呢？我把他找来，让他站在你窗下，唱个意大利咏叹调，搭个梯子爬上来？"

"你这小没良心的，讲着讲着就不着调。唉，我晓得了，你就是来看我笑话的。"

"哎哎，姐姐，姐姐，我刚刚是寻开心的，我是真想帮你。你现在在我心里是这个，"淳轩翘起了大拇指，继续讲："是英雄啊，你为了争取中国人的权利都已经坐过牢了，我不帮你帮谁？你不知道，我这两天和平平他们一道玩，他们都羡慕我有你这样的姐姐呢。"

"坐牢有什么可以羡慕的呀！"

"那坐牢和坐牢是不一样的，偷鸡摸狗坐牢，是垃圾，人渣，为国为民坐牢，是英雄，人杰。"

"嘿，小东西，看不出啊，讲起话来一套一套的啊。"

"我不是小东西好不好，我念初中了。"

"那你说你怎么帮我吧。"

"要不你给关一刀写封信吧，我给你送信去。然后再想办法。"

"爸妈不是不让你走远吗？"

"嘿，所以过一歇你要使劲闹，闹得他们没时间管我，我就可以给你送信去啦。"

爱琦想了想，眼下也只有这个办法了。她想，出发去美国应该还有好几天的，只要先找到关桃，知道他是否平安，总会有办法的。

爱琦写了一封信，大致说了一下他们那天在街上远远看到一眼后的事情，又讲了希望能够尽快和关桃见一面的心情。然后封了信，交给了弟弟。

淳轩出了姐姐房门，对张嫂讲，姐愿意吃东西了。张嫂欢喜地讲："还是少爷厉害，能够说动姐姐吃饭了。我马上到厨房去，马上去。"

爱琦吃了饭，不久就大叫肚子疼，疼得在床上打滚。一家上下都慌了神，有说是饿过头吃得太快的，有说是因为太饿了吃了冰砖的原因，还有说要赶紧送医院的。混乱中，淳轩出了门，奔吉祥街去了。

淳轩在吉祥街没有找到关桃。协隆的门关着，打了好久门板，顺礼出来应了门，淳轩说明来意，顺礼告诉淳轩，关桃已经好多天没有回来这里了，估计是被关进去了。

爱琦听到淳轩回来讲关桃的情况，比自己坐在牢里更担心起来。她想开口让父亲去巡捕房把关桃也保出来，但是不知道怎么开口，毕竟关桃还不算是正式的男友，母亲的态度也是反对的。再说不知道他关在哪个巡捕房，能不能保出来也是一个问题。可是不去保出来，不知道他在里面还要关多久，而且走之前怕是见不成面了。这让她愁肠百结，真的有些茶饭不思了。勉强吃一点，只愿意吃酱瓜乳腐和粥这样的东西。

而孙亦元和孙太太送女儿出国的准备工作一直进行着，三个新的牛皮行李箱买了来，放在起居室里，女儿不动手，孙太太自作主张往箱子里放了很多衣物以及路上要用到的一应物品，又打电话向相熟的朋友取经，问去外国留学需要准备的东西，自己跑去店里一样样买来了放好。朗生动足脑筋搞到了一张二等舱票，爱琦过两天就要上船出发了。

爱琦是向往去美国留学的，这是她一个多年的梦。现在这个梦要实现了，心里却又放不下巡捕房里的关桃。出发前一晚，她一个人坐在房间里流泪，母亲进来了，看到女儿落泪，想她是舍不得离开家的缘故，做娘的又何尝舍得呢？就过去抱了她肩膀，两个人一起哭了起来。一时气氛很压抑。张嫂听到哭声，上楼来，对娘儿俩讲："太太，小姐这是出洋读书，是有大出息，是应该高兴的事体啊。虽讲要出去几年，不过日子也很快的，熬熬就过去了。都不哭了啊，不哭了。唉，想想小姐是我带大的，一眨眼睛这么大了，要好几年看不到了，好了好了，不哭了。"一边讲，一边自己眼泪落了下来，出去了。

爱琦抱着母亲，抽抽搭搭讲："姆妈，关桃也关在巡捕房里，你让爸爸去保他出来吧。"

孙太太听女儿这样说，一下子明白了这几日女儿闷闷不乐的原因了，心里有些疙瘩。原以为她是舍不得离开父母，原来是心里有人有事放不下。但转念一想，女儿这样大了，也是情理之中。哪个少年人的心里不曾有个人呢？好在女儿明天就要走了，这份她不看好的感情估计是不会长久的。她对爱琦讲："戆小囡，心里有事体早点讲出来呀。为啥不直接和你爸爸讲呢？你放心上船走，这个事我们帮你弄好。"

爱琦听了母亲的话，且喜且忧，心里总算好过些，抱着母亲哭了一会儿，又下楼去看了一遍箱子，整理整理，回到自己房间，整理随身的包和小箱子。门上笃笃响了两下，淳轩进来了。进来就坐在姐姐床沿上，也不响，只是看着姐姐整理东西。

爱琦讲："小东西发啥呆啊？你过来，帮我把梳妆台上那个瓶子拿过来。"

淳轩拿了瓶子过来，问："姐，你要出去很久吗？"

"四年吧，怎么又问。"

"那么长时间啊。"

"舍不得姐姐了？姐姐也舍不得你啊。"

"我要想你了怎么办？"

"给我写信。"

"那你也要给我写信啊。姐，那个关一刀怎么办呀？"

"我跟姆妈讲了，叫爸爸做保人去保他。"

"这家伙不错，是个男人，姐姐你眼光蛮厉害的。"

"去去，你个小屁孩，懂什么男人。"爱琦被弟弟说得笑了起来。她有几天没有笑了。

"嘿，我怎么不懂，大丈夫立天地之间，苟利国家生死以，岂因祸福避趋之，这我怎么不懂！能为了国家不怕坐牢的，都是英雄好汉。你让他做我姐夫，可以的。"

"又没正经，哪来什么姐夫？"爱琦被弟弟说得不好意思起来。

"那你不让他做我姐夫，难道是闹着玩？"

第十六章　齐反帝血染上海　俱遭禁爱琦去国

"谁说闹着玩了？我是那么随便的人吗？"

"那就是嘛，那就是姐夫。"

"好吧好吧，随你怎么讲。哎，托你个事情，我写一封信，你要替我交给他。我这么一走，要是他什么音讯都收不到，他出来不晓得会多恨我。"

"放心，包我身上。弟弟我一定帮你弄好。"

爱琦终究没等到再见关桃一面的机会。第二天早上她将信给了淳轩，信里告诉关桃她去美国了，要去很久。

码头上，送行的人向着船上的亲人们招手。爱琦看到母亲在伤心地抹眼泪，母亲身边，刚刚一直没有言语的弟弟已经哭出了声来，好像小时候两个人一起出去玩，弟弟突然不见了姐姐的踪影那般伤心。

罢工罢市在全市蔓延时，关桃的店也关了。小老板关桃是和夜校的同学一起参加游行的。有一天他看到了爱琦，爱琦也看到了他。当他们向对方走过去时，防暴车呜呜地开过来，水枪和催泪瓦斯将队伍一下子冲得七零八落。关桃拼命向爱琦的那个方向跑，巡捕的警棍无情地打了过来。

关桃被关了些日子，等到街面上的局势比较平静时被放了出来。那时孙亦元已经托了人找关押关桃的地方。与关桃一道释放的还有一位比他大不了几岁的小李，李柔然。他们在一个牢房里住了好多天，李柔然想起他受父命到龙华王家吊丧时，关桃在他孃孃的灵堂里哭得几乎昏死过去，他认出了关桃。两个人相处得熟了，互相话就多了，成了朋友。

关桃参加游行是出于对巡捕滥杀无辜中国人的激愤，但他自己对于租界、对于历史并没有太多观点。但小李不一样，关桃觉得他像一团火，说出的每一个字都能够熊熊燃烧。

"桃兄，我们要的是改变这个世界，这样我们中国人才能够昂首挺立在洋人面前，这样我们这个国家才能够重归安宁，你的姑姑才不会惨遭横祸，枉死兵匪之手。"

关桃听这位比他年纪还大的李先生叫他桃兄总是不好意思，但李先生的话他觉得很有道理。他长大了，也在慢慢成熟，他也懂了一些这样的主义那样的思想，他不知道哪个主义是最好的，但他知道眼前的这个世界是必须改变的。

身边有其他人的时候，小李非常警觉，对不熟悉的人很少说话。

李柔然的祖上是名门望族，故他的父亲从小养成一些闲癖，擅长绘画、剑术、医道，但不擅经营家业。幸而他伯父是做官的，一直接济这个弟弟。辛亥革命后，伯父弃官闲居杭州，停止了对李柔然一家的资助，陷入困境的李柔然一家靠典当、借债度日。李柔然天资聪慧，家里七拼八凑还能供他上学，考进了大夏大学。大学里有个姓白的从莫斯科回来的老师，才情横溢，吸引了一大批学生拥戴。不久，李柔然成了白老师的助手，接受白老师的各种任务。

从二月发生日本工厂殴打虐待童工致死事件开始，李柔然就多次到工厂和工人夜校向工人宣讲，组织工人罢工，反抗帝国主义分子对工人的迫害。但在拘留所里他什么也不承认，只讲是一般学生，不久就跟关桃一道被放了出来。

他们一起出了拘留所，在捕房门口，关桃意外地碰到了埃里克。关桃和他对视着，两个人都复杂地看着对方。

"凯夫巡捕，你好！"关桃主动打破了沉默。

"关先生，不要再上街游行了。"埃里克的上海话还是非常有限，他不知道对方是不是能够听懂，换了英语继续讲："不要试图破坏秩序和法律，这很危险。你要知道，你的姑姑，就是死于蔑视法律的人手里。"

"这不一样，你知道这不一样！如果这个秩序是需要用中国人的命来换的，就必须打破。所以如果有必要，我仍旧会跑到街上去。"

"关桃好样的！不要理他，我们走吧"小李在一旁讲。

埃里克看着两个年轻人走出了巡捕房。

出了巡捕房，关桃和小李讲了几句话就分手了。骄阳似火，知了在树上拼命鸣叫，关桃迫不及待地去了爱琦的学堂。黑色的大门紧闭，连侧面的小门都关了。从大门望进去，操场上没有人影。一阵风吹过，道旁的杨柳树飒飒作响。关桃想向大门守卫打听情况，可守卫并没有要出来接待他的意思，关桃只得转身去爱琦的家。

杜美路上，孙家院里的树遮天蔽日，乌桕树的叶子反射着阳光，明晃晃的。孙家的福特汽车趴在门前，好像一只青蛙在打瞌睡，院子里很安静。一个陌生的年轻人出来开了院门，这是孙亦元现在的保镖和司机。

"你找谁？"他警惕地问，上下打量着眼前这个浑身上下脏兮兮并且散发汗酸味的男孩子。

"我寻孙小姐。"

"孙小姐出国念书去了，走了两天了。"

"出国了？"这消息使得关桃有点懵，关桃知道爱琦会出去留学，但想不到这么快。他有点不相信，有点失态："不，怎么可能，我前些天还看到她。"讲着话，关桃想要走到里头去。他觉得眼前的这个人一定是在骗他："爱琦，爱琦！"他叫唤着。

保镖挡住了关桃，不让他进去，两个年轻人几乎要发生肢体冲突时，孙亦元从屋里出来了。他穿着短袖衬衣，依然威严的样子："什么事情？"

"将军，一个陌生人，找小姐的。我跟他讲小姐出国了他不相信，要闯进来。"

"哦，我看看是谁。"孙亦元走近两步，看清了关桃。"小子，是你呀。"

"您好！将军，爱琦在吗？"

"爱琦前天就走了，去美国了，要好多年呢……来来来，进来。爱琦说你被关进巡捕房了，要我去保你出来，我正托人找你呢，你倒自己出来了。哎呀，这比从战场上下来还狼狈。"

孙亦元的办公室墙上挂着他本人的戎装照片，照片下面有一张桌子，上面摆放了一柄佩刀。一圈沙发摆在书桌对面。窗户开着，风吹起窗帘的下摆，阳光穿过树枝照进窗户，洒在沙发和地面上。一只华生电风扇摇着头，呼呼地吹着。孙亦元坐了下来，招呼关桃也坐下，关桃身上很脏，不敢坐。这时孙太太也走了进来："哎哟，小关，你出来了呀，这下好了，爱琦可以放心了。"

关桃忙转过身回孙太太："孙妈妈好！"

关桃听得孙亦元和孙太太的话，心里很失落，但又不全是失落和惆怅。他知道爱琦这些天为了他一定是担了很多的心。他在巡捕房里也担忧着爱琦的情况，但关在里面，无计可施。这会儿他心里也有喜的一面。爱琦出国了，说明她后来还是安全的，而且出国前还让父亲去保他，心里是一直念着他的。但爱琦去了美国，一个遥远的地方，他们的这份爱情要面对无数日夜的思念之苦了。

关桃对孙亦元和孙太太讲了游行那天他和爱琦两个互相看见又失散的事情，再问爱琦后来的情况。孙太太讲了一下爱琦后来经历的事情，讲起来还有些后怕，讲："你们这些小孩呀！那枪弹不长眼睛，别人不晓得，你们两个还不晓得？你先去洗一把，龌龊衣裳换掉，去掉点晦气。"边说边走到门口喊张嫂去准备一下："你拿几件将军的衣裳给关先生穿。"

关桃推辞了一下，但孙太太坚持要他先去洗澡，他脏兮兮地站在屋里确实不妥，就不再坚持，到卫生间洗澡去了。

孙亦元坐在椅子里，两只手放松地落在身体两侧，听着他们两个讲话。

上一次关桃来孙家，也是满身泥土，一脸疲惫，这一次依然是这样。一个从拘留所出来的男孩第一时间不回家里却跑来孙家，孙太太明白，他和爱琦之间的关系已经不一般，好在，女儿已经出国。趁着关桃去洗澡，孙太太对孙亦元讲："看看，这是和我们女儿喜欢上啦。幸好把爱琦送去美国了，不然，处理这桩事也够麻烦的。"

"哦？我倒没往这方面想，你不讲我还没想到这一层。"

"喊，你一个带兵打仗的武夫懂啥男女之事。"

"呵，我不懂男女之事你还生小孩？他们是小学同学嘛！"

"老不正经！我讲的是那个男女之事吗？总归，这两个人的差距太大了，女儿还小，头脑容易发热，我们不能不管。"

"对对对。女儿反正不在上海了。年轻人都是一时头脑发热的，过几年，经历的事多了，看的人多了，想法早就变了，不用太担心。"

"倒也是。"

关桃洗了浴出来，谢过孙亦元和孙太太。孙太太笑着讲："哎呀你这孩子这么客气，你是爱琦的同学，不要见外。你现在做啥工作呀？"

"我前一段一边读书，一边想寻个事做。"

"哦？寻到了吗？"孙太太问。

"最近做回了老本行，在协隆绸布店做。"关桃并没有讲自己现在是这个店的老板，说实话，他自己都不知道这家店是不是可以开下去。

"哦，回去卖布了，那不错。啥时候有好料子，不要忘记拿来给阿姨看看，讲不定我可以买一点的。"

孙太太早就对女儿讲过，关桃是学徒出身，很难有什么作为，所以关桃回去卖布也在意料当中。既然爱琦已出国，孙太太觉得不必为难关桃，总是女儿救下命来的一个朋友，有益无害。

"一歇歇一道吃饭。"孙太太讲。

"不要了，已经太麻烦你们了。"关桃忙推辞，孙太太也就不再坚持，出去做其他事去了。

关桃知道爱琦平安，担忧去了大半，虽然心中惆怅，但也是没办法的事，所以就站起身来告辞，孙亦元做了个手势："哎，小子，穿着我的衣裳，不陪我聊几句了？坐，我们再聊几句。我现在不是将军了，我就是一介平民，啊，你不要拘束嘛。"

关桃又坐下来，双腿并拢，屁股靠前，还是有点紧张。

"小伙子现在做洋布店生意？"

"对，我学的是布店生意。"

孙亦元对关桃印象蛮深的。一来这是女儿在战场上救下来的同学，二来他当时就注意到这个年轻人好像并不么害怕即将到来的死亡。孙亦元觉察到关桃在压力下保持平静的特质。这样的人有时不一定出众，就像此刻的关桃有点拘束，但在危机面前会变成另外一个人，就像优秀的军人冷静面对生死。

孙亦元手里已没有军队，但他其实还非常年轻，四十多点，正是男人大展宏图的年纪。他有关系，有资本，有阅历，有胆量，在上海不能就这样籍籍无名老去。三十功名尘与土，八千里路云和月，他是有心想做一点事的。一个好汉三个帮，他行伍出身，正经做生意终究有些隔膜，况且他也不可能自己经理具体事务，辅佐人才和跟班还是需要的，他想找几个可靠又懂生意经的人才。这年轻人是女儿的同学，可靠，是理想的人选。但是，考虑到太太不希望看到他和爱琦之间发展关系，招他到身边好像又不妥当。

"布店生意好做吗？"

"小生意，我师傅做了十几年，一直就那个样子。做好了，吃口饭没有问题。"

"年轻人，不好高骛远，踏踏实实，不错。不过，眼光也要放远。上海这地方多得是做大生意的机会，不能辜负了，对吧？"孙亦元仰天笑了起来。

第十六章　齐反帝血染上海　俱遭禁爱琦去国

关桃也笑起来。确实,上海是做大生意的地方。上海有那么多人控制着全中国最大的生意。但以他的眼界和能力,他看不到大生意和自己有什么关系。

这时孙淳轩放学回到家里,看见关桃坐在父亲房间里,喜出望外,一边叫着"关一刀"一边冲了进来。孙亦元咳了一声,讲:"教你的规矩,怎么又忘记?"孙亦元从小教育儿子就像训自己部下一样的,所以对儿子便有一些军队里的规矩,进他的门必定先要得到他的允许。淳轩吐了吐舌头,重新敲了门,父亲示意进,他才又进来,对着关桃讲:"关一刀,你什么时候出来的?"

"我今天刚刚放出来的。"关桃见了淳轩也感到亲切,讲:"你又长高了呀。"

孙亦元问淳轩:"你刚刚叫他什么,关一刀?"

"啊,是啊,关一刀,关桃哥哥的江湖诨名。"

"哦,小子还有江湖诨名,看来不简单哪!"

关桃被说得不好意思,讲:"人家瞎起的外号……当不得真的。"

"哎,这当中一定有故事,淳轩,你说来听听。"

于是孙淳轩将从姐姐那里听来的关一刀名字的来历绘声绘色讲了一下,一边讲一边问:"没讲错吧?"

孙亦元听得哈哈大笑,讲:"不错不错,你小子果然有些异能。下次有空要做给我看看!"

关桃只得答应道:"哎,哎……"

孙淳轩问父亲:"爸爸,我可以让关先生到我房间里去坐一下吗?"

孙亦元本来也想结束和关桃之间的谈话了,就说:"唔,去吧。"

关桃去了淳轩的房间,拿到了爱琦的信。淳轩对关桃讲:"你可不能忘了我姐姐,她为了你茶饭不思,像林黛玉附体一样的,我都不认得我姐姐了。"

第十七章　思良策苦无资金　得暗助老店新开

关桃收到爱琦出国前写给他的信,开心又伤心。

亲爱的桃子,我的爱,

你接到这封信时我已经在去美国的船上,面对茫茫大海思念你,不知道你是否一切安好。

我被巡捕房关了几天,家里把我保出来后,正好美国大学的通知到了,家里怕我再去街上,把我早早送上了去美国的轮船。

亲爱的桃子,一想起我们即将面对四年的分离,我的心就碎了。在遥远陌生的地方我会日夜思念着你,我最亲爱的人。虽然你一直没对我说过爱我,但我坚信你是爱我的。此时此刻,我多么希望在你的怀抱里,闭起眼睛,亲吻着你,听音乐温柔地响起。

我会一直记得那个五月的夜晚,记得你温暖宽阔的怀抱,记得风吹来花朵的芬芳,祝福我们甜蜜的爱情。我们在一起的时间如此短暂,但那是我生命里最灿烂的时光。

我会记得我们的点点滴滴,琅琅书声,钟鼓和鸣,我会记得我们一起经历的欢乐,一起面对的愤怒,我还想和你一起共度人生。

亲爱的,请记得我,不要忘记我;请等着我,等着我回到你的身边,四年之后我一定会回到你的身边。我知道这样的要求非常自私,但自私的爱情才是最美丽的爱情,是不是?

吻你!

你的爱琦

读着信,关桃的身体有些颤抖,他的心其实和她是一样的。他很爱她,希望

三界玲珑塔

抱她在怀里。他很后悔没有对她讲出那三个字，他现在已经不能对她当面讲这些话了，要等四年后才能对她讲这些话。他把信折起来，放好，以后这封信就将代替爱琦陪伴他。

罢市的最后几天，关桃去了外国人的店里转了转。外国人开的店不参与罢市，他想了解一下他们都卖一些什么东西，怎么卖。霞飞路上的外国人店做得都不错。他们的店总好像亮堂一点，布置得有腔调一点。协隆绸布店和很多华人商店都不大讲究布置，远远看过去，像墙头上挖了只洞，洞里头黑乎乎的，不大有吸引力。关桃回去对顺礼讲：外国赤佬还是有点特色的。

关桃想改变自己店铺的面貌，吸引更多客人。他想起鑫鑫公司的那个玻璃演播室吸引了很多人。如果在店里做一个玻璃橱窗，里头站立模特，穿上用本店布料做的衣裳，或者直接就披布料在身上，是不是很有噱头呢？

这是一个大胆的想法，但需要一笔钱，关桃手里没什么钱了，他要进货，要支付租金，支付欠债，还要应付不知道什么时候可能冒出来的讨债人。他买进的股票已经跌得自己都不愿意再去看价钱了。

七月，参与罢市关闭了好几个礼拜的商店重新开门营业，协隆绸布店也开始接待顾客。维持着做了两个月，生意有些恢复，不算差，也没什么大提升，赚出钱还债，还可以混口饭吃。最好的消息是，讨债鬼慢慢少了，提心吊胆的日子少了。稳定下来，关桃才可以考虑远一点的事。空下来，拿爱琦的信出来看看，想想爱琦，做做梦，偶然回龙华去看看爷娘，走过龙华塔，进庙里转一圈，又想想和爱琦在这里偶遇，想他们小时候一起读书，他淘气顽皮，被谛闲大师留在庙里住宿。他想，大师快七十岁了吧。

谛闲大师是浙江黄岩出生的，也就是宁波一带。宁波帮在上海生意场上呼风唤雨，实力雄厚。这一天，谛闲大师的禅房里来了一个在上海有很大生意的宁波人。两人聊了很久，朋友告辞时，大师讲："子安啊，我想请你帮个忙，不晓得是否可以。"

"大师但说无妨，学生一定效命。"

"我在上海有个小朋友，接手做了一家绸布店，大概有点不顺。我晓得你不做这一行，也不一定看得上这一行，但你若有这一行的朋友，或者可以指点、帮他一下。"

"没问题，我正好有朋友要寻销路，我寻他讲讲。再不行，我投钞票到他店里就是了。"

"那倒不用，按照你们的生意规矩做就是了。他该有，他自己会有，他不该有，给了他也是要没的。"

"好的。是个日本朋友，没问题吧？"

"不要紧吧，现在事件平息了，各种关系都在慢慢恢复。各地方都买卖日本货的，上海这样的地方更免不了要跟日本人打交道。"

三浦物产的山本太郎怀着不安、忧虑度过了从五月到九月的这几个月。九月，所有工人复工了，上海慢慢恢复到原先的样子，那个几十年来已经习惯了的样子。面对这一震动中国乃至国际社会的事件，他觉得很无力。所有工厂都受到了波及，他的工厂也刚复工。大家都在做一点缓和工作，重新建立和中国工人之间的关系。同时，抵制日货运动使得销售渠道需要重新疏通。他亲自去原先的销售店拜访，做生意嘛，只有诚心诚意。

山本和助手福田走进了协隆绸布店。日本工厂一般通过总代理与经销商打交道，不会与零售商店直接交易。协隆是一家很小的零售商店，名单上原本是没协隆的。然而，旷日持久的抗议示威后，日本企业必须与零售商和民众重新建立良好的关系。激烈的纷争是短暂的，而商业贸易是长期的，与日常生活息息相关的。山本决定一家一家商店拜访。山本的工厂现在生产了一种新的面料"特丽纺"，他想用新方法新渠道来销售新产品，出奇制胜。

关桃看到一个矮老头穿着笔挺西装走进店铺，身旁跟着一位严肃的年轻人，直觉告诉他这是两个东洋人。果然，老头鞠了一躬，开始自我介绍："鄙人山本太郎，东洋纺织株式会社社长，请问先生是否可以引见贵店老板与我见面？"

东洋纺织株式会社对于这个行业的人是个如雷贯耳的名字。如果不是由于最近发生的事，恐怕也是很多中国商人想要巴结的对象。令关桃不解的是，为什么这家公司的老板跑来见一家小店铺的老板，老头居然还会讲几句上海话，关桃不知道应该怎样和日本人打交道。

"请问寻他有什么事吗？"

"我想向他了解一下以前是否销售过我们的产品，或者，将来是否有兴趣销售我们的产品。"

关桃记得店里是有一些日本布料的，但不一定是东洋纺织的产品。

"对不起，老板外出了。"

"真是非常遗憾。那我是否可以过几天再到这里来拜访呢？"

"随便你啊。不过过几天也不保证在的。"

"没关系，请先生通知一下老板，我过五天再过来。"

关桃想，爱来不来。再讲这样一个老板，不可能为了这种事情再过来的。

"好。那你过几天再来。"

顺礼看着关桃糊弄日本人，抿嘴笑起来。

五天后日本老头真又来了，没带助手，但门外崭新的奥本汽车表明老头是如假包换的大老板。关桃学徒出生，学生意当然要学会怎样待人，三教九流各种各样的人。但日本老头这样的人，师傅没教过怎样对待。他想，生意要继续，生活要继续，他就得和各种各样的人打交道，这才是合格生意人，与日本人做生意是避不开的事，何况这老头确实诚心诚意。

第十七章　思良策苦无资金　得暗助老店新开

矮东洋老头笑容可掬，关桃有点不好意思："山本先生，很抱歉，我上次没讲实话。我就是这里的老板，叫关桃。"

"你是老板？"轮到山本不踏实了。这个年轻人恐怕连20岁都不到，而这家店已经存在了十多年，在法租界的商户登记名册上注册的是一个四十多岁的人。"可是，我记得这里的老板应该是比较年长一些才对。"山本略有点不快，毕竟，他在这个行业大名鼎鼎，受人尊敬，现在受到一个小家伙耍弄，有点光火很正常。

"是的。邱明远是我师傅。我师傅出了点意外，所以现在我在主持。"

"哦，真的？有意思。"

"是真的，山本先生，这一趟我没骗您。"

"那么，关君能回答我上一次的两个问题吗？"

"好。我们店没你们的产品。以后是否销售你们的产品，我不确定，我们是一家小店，先要渡过难关稳定下来再考虑后面的事。"

"哦，能告诉我你有什么难关吗？"

关桃犹豫了一下，还是如实回答了现在碰到的问题。山本这下觉得比较可信了，继续问下去。

"那么，关君有没有克服困难的办法呢？"

关桃于是把自己改造店面的想法也讲了出来。山本点点头，看来这小孩真是老板，还有点想法。

"听上去，是个不错的想法，用模特来站在橱窗里展示布料，唔，在上海确实没人做过。"

"您也觉得这主意不错？"

"不错，应该做，可以做。"

"嗯，好！等有了钞票我就把橱窗修起来。"

"等你有了钞票？年轻人，等你有了钱别人或许早就已经这样做了。你看看你的前后左右有多少家布店，你不抓紧做，以后说不定就没机会了。"

"是吗？那也没有办法，我手里现在没钞票。"

山本想了一想，讲："我有个主意，也许可以帮你。"

"哦，啥主意？"

"我们株式会社可以借贷给你做装修的钱和一部分周转资金，等你有了盈利后还本付息。但有几个条件。第一，你要销售我们的产品，尤其是我们的特丽纺，第二，你重新开业后首个月模特身上的面料必须是我们的产品，第三，你必须有抵押物。"

关桃的眼睛瞪得大大的，想不到这老头可以想出这样的办法来，确实是个生意高手，凭他关桃想不出这样的计划来。但是，他有什么东西可以抵押呢？房子不是他的，手里没什么值钱的东西。仓库里的布料数字是不断变动的，而且好些是还未付款给批发商的，不适合做抵押物。

"可是我没啥东西可以抵押给你，除了我自己。"

"关桃君，我们这是在讨论生意，所以，我不能接受你把自己抵押给我。"

关桃现在很后悔当时去买了股票，不然现在他手里应该有点钱的。虽然远远不够做这个装修："我只有几张股票可以抵押。但现在股票跌了很多。"

"是吗，是哪家公司的股票？"

"是鑫鑫百货的股票。"

"这个可以做抵押。"山本在和关桃谈论的过程中，心里已经有了一个颇为完整的计划。这个做模特橱窗的想法不错，说明眼前这个年轻人做生意有自己的想法，是可造之才。但山本看中的是这件事情做成之后对于他的公司可能产生的价值。上海是个传播能力强大的城市，城市里发生的新鲜事会通过报纸电台向上海和全国报道传播。做成这件事情，记者到吉祥街来采访，协隆绸布店会出名，他的特丽纺也会出名。做得巧妙一点，把东洋纺织帮助上海年轻人创业的故事写出来，会有利于改善公司与上海民众的关系，这比在报纸上直白做广告的效果会好得多。改造一个店面对于年轻的关桃来讲是一大笔钱，但对东洋纺织不是一笔大支出。从广告角度考虑，还可能是一笔很划算的投资。所以，即使关桃的股票远远不够做抵押，山本也已经做好了决定。

"您接受鑫鑫股票做抵押？"关桃问。

"是的，绝非戏言。"山本讲："但协隆的股份抵押会更好一些。我们可以坐下来商议，看看我的公司可不可以入股你的店，那样，这个钱就不用还了。"

关桃看不到这么远、这么深，将信将疑。很明显，他的店值不了多少钱，山本凭什么要给他一笔钱？但仔细想想，他也没多少可以失去，这一点让他觉着放心。

他们坐了下来细谈这件事情。山本的公司用现金入股协隆，占有总股本的30%。按照合同，关桃有权在三年里用现金回购股份，但回购的价格则要按年增加20%。关桃觉得这是个不错的方案，颇为公正，他现在实在需要钱。有了这笔钱进来，生意或许就可走上正轨了。

民国十五年，1926年初，吉祥街上的协隆绸布店装修后重新开业。开业那天来了很多人，很热闹。关桃把关炳生请到了店里，让他知道儿子现在有出息了。关炳生想起以前的店老板是邱老板，邱老板还请他在老正兴饭店吃过饭，心里就觉得难过。一个人说没就没了，留下了一家老小在世界上无依无靠，唉，所以龙华本地人总是讲，人是空景头！关炳生对儿子讲，已经这样了，以前的事就不讲了，但你赚了钱，师娘这里是要照顾好的。

山本先生是必定要到的。山本还带了几位记者过来。

年轻的"关一刀"由于别出心裁的销售方式登上了《申报》商业版。陆续有其他报纸跟进报道和采访，故事中提到了很多细节，特丽纺也得到了宣传，山本先生和东洋纺织也被正面报道。协隆和关一刀慢慢出名了。

第十七章　思良策苦无资金　得暗助老店新开

113

第十八章　巡捕房泾清渭浊　衣冠冢仙股祭师

　　大城市就是这样子，越别出心裁，越时髦，越能够招徕客人。关桃的店里除了有真人模特，还开架销售，客人进店自己可以用手触摸到布匹。最要紧的是，他规定了店里"足尺加一"的销售方法，严禁囤尺。店员量出客人想要的尺寸来，然后每尺再多加一寸给客人，价钱不变，相当于让利10%，很快打出了不欺客的金字招牌。

　　他开始主动在报纸上投放广告，客人越来越多。两年后关桃按照合同回购了山本手里的股份，又用多余的钱和借款在南京路新开了一家店。关桃在新店放置一些时髦款式服装，客人看了衣裳式样在店里买布料，叫店里帮他们做衣裳，也可以按自己的设计样式叫店里加工成衣，这样关桃就成立了一个服装加工厂，招了七八个裁缝师傅，专门帮客人做衣裳，后来就有了二三十个人的规模。

　　协隆做了特丽纺和其他几种外国衣料的上海总代理，销售这些产品的零售店家都要到协隆进货，为关桃带来了意想不到的利润和好处。特丽纺轻薄凉爽，到了春夏季尤受年轻女性欢迎，生意有时候应接不暇。

　　生意就是这样，越有钱就越容易赚钱。你可以在南京路这样的地方开店了，你就可以宣称是全上海乃至全中国的大店名店了，洋布工厂就越喜欢找你做代理；进货的钱不够，银行乐意给你垫起来，只要你按时付上利息，银行的钱就开始为你生财，越生越多。关桃十四岁做学徒，这些生意门道其实早已看透，既入了门，做起来便游刃有余。

　　只是，他再也没接到爱琦的信，也没听到她的消息。

　　他还去夜校上课。读书对他很重要，生意扩大，多学点对关桃有帮助。以前爱琦总是催他多读书，爱琦还讲过要和他坐一张桌子读书，每上一堂课，就像爱琦同他坐在一道读书。他期待有朝一日与爱琦再见面时不会因为没读书而尴尬。读书还可以接触各种各样的同学，可以让人的眼界更加宽阔。

经过漫长的海上旅行，爱琦到达了纽约。经历了最初的陌生和新鲜以后，繁重的功课和孤独的感觉几乎把她压得透不过气来。她写了两封信给关桃，但一直没收到回信。她非常难过，哭了几次，但远隔重洋，关桃不想等她这么多年也很正常。她慢慢适应了美国的生活。从她住的房间望出去，大树参天，浓荫蔽日，绿草如茵。住在同一栋楼里的，还有一位来自北京的男生林森。林森比她早两年来美国，在生活和学习上都给予了爱琦很多关照和指导。多年以后，他们很自然地由陌生人变成了熟人，由熟人慢慢互相吸引、靠近，成为在漫长的异国求学生活中彼此依靠的伙伴。

巡捕约瑟夫被从静安巡捕房调去虹口巡捕房工作，埃里克与约瑟夫见了一面。他们已经很久没坐在一起了。

约瑟夫与约翰·苏利文的关系一直很紧张。自从约瑟夫向上级揭露约翰·苏利文与辖区的一些势力有过多牵连之后，这种紧张状态就表面化了。

工部局为此派出了调查组，调查约翰·苏利文与所谓的地方势力的关系是否超出了正常的工作关系，调查结论是，约翰·苏利文探长在维持地区的治安方面做了大量工作，但有些方法显然超出了巡捕房的授权，处于法律的模糊地带。因此工部局调查组建议约翰·苏利文探长停止使用这些工作方式，并将苏利文探长调回中央巡捕房。不久，约瑟夫被调去了虹口巡捕房。

"约瑟夫，很遗憾你和约翰闹得这么不愉快。"埃里克开门见山。

"我也遗憾，但我只是在履行我作为巡捕的职责。而我更遗憾的是，巡捕房执行的是偏袒强者排挤弱者的政策。"

"为什么这么说？说实话，我觉得你对租界当局存有偏见。"

"我想我没有偏见，只是就我看到的事实说出我的看法。"

"不，你有偏见。在我看来，任何其他人都可以对租界产生你偏见，唯独你最不应该。"

"是的，我是个孤儿，没有教会的救济，我可能已经不在人世，至少不会有今天。"

"所以我很惊讶当初你站在游行的人群中向租界示威。那个时候，你们是直接在向上海的法律和秩序示威。"埃里克讲。

"您指去年六月发生的事，埃里克？首先，教会和租界不是一件事情。其次，我不过就是就事论事。老闸捕房巡捕轻率地向华人开枪，事后租界当局又以更多的屠杀应对华人的抗议，身为同胞，我应该站出来表达愤怒和抗议。"

"我们没办法复原当时的情形，但不能否认巡捕房履行职责、维护社会治安的权利。当时巡捕房受到了威胁，难道没有开枪的权利吗？"

"换一个角度，如果当时站在巡捕房外的不是华人，而是英国人，请问老闸巡捕房会开枪吗？对于中国人，租界本身就是个不平等的存在。那些和平示威的

第十八章　巡捕房泾清渭浊　衣冠冢仙股祭师

人，我想象不出他们对荷枪实弹且处于戒备状态的巡捕能有什么威胁。"

"租界是根据各国与中国签订的条约而建立的，它的存在有充分的法律基础。你可能会问我，为什么在英国没有中国的租界，我没办法回答。你们可能认为这是一系列不平等的条约。但我想说，任何战争后的条约从来都是胜利者的战利品。可能这样说过于残酷，但根据我粗浅的历史知识，清朝皇帝和明朝皇帝有什么条约吗？不，他们直接让你们的汉人皇帝滚出皇宫，让你们留他们的头发样式穿他们规定的服装，效忠写不同文字的主子。你们中原的汉人在被一个来自遥远荒凉地域的异族统治了两百多年后获得了平等吗？不！只要看看租界之外的中国你就会知道。但租界提供了远比你们亲爱的清朝皇帝，你们的中华民国政府多得多的平等和自由，华人在这里获得了更多的尊严，但你们却说租界反而不平等了，这很荒谬，也没有逻辑可言。约瑟夫，你的学识实际上高于我，你不会不明白这些道理。"

"您的话不是没有道理，但您没否认不平等的事实。租界基于中国战败后的条约而设立，但这些条约并没有说租界里的人应该不平等。争取平等的待遇，是上帝给予我们每个人的权利。"

埃里克耸了耸肩："好吧，我尊重你的权利，但你也不要否认租界所带来的好处。当租界之外发生更大的屠杀时，这里成为中国人躲避灾难的庇护所，租界保护了数以十万计的难民的生命。正是为了给这些人提供庇护和建立秩序，才有了巡捕房，单就这一点来说，这里的很多人难道不该感谢他们危难时刻的诺亚方舟吗？成千上万的人无缘无故死在中国其他地方时，你们无动于衷，几十个人死去时，你们觉得没办法忍受，而原因仅仅是因为开枪的人长着和你们不一样的脸，你不觉得荒谬吗？在我看来，或许上海租界这样的地方才是你们国家的未来。中国的每一个地方都变成像租界一样繁荣、宽容，这个国家才会充满希望。"

"我部分地同意您的观点，但是，您忽视了一个基本的前提，中国的每一个地方都变成像租界一样繁荣、宽容，前提是中国的每一个地方真正是中国人的，因为这个世界是由民族国家组成的。所以必要时，我还是要为华人的平等地位到马路上进行抗议。我会继续为租界的法律和秩序工作，这也是我和约翰·苏利文探长有争执的原因。"

"关于约翰·苏利文，有什么特别的原因吗？"

"您可以问他，他是您的同胞，一位高尚的英国人，但他的一些行为并不高尚。"

"你可以说得明白一点吗？"

"实际上我已经将我的看法报告给上级了。我发现有些地下势力的钱流向了巡捕房的某些人。"

"你认为这和约翰·苏利文有关系？或者说约翰·苏利文参与了这些事？"

"是的！"

"你有证据吗？"

"暂时还没有。"

"没有证据你就随便指责一位巡捕房探长，英国绅士，约瑟夫，我认为你确实对我们存在偏见。"

"不，我没有偏见，我只是暂时没有证据。"

"约瑟夫，我所知道的约翰·苏利文先生是一位品行端正知识渊博的英国绅士，我不许你诬蔑这样一位英国人。"埃里克忽然激动起来。约翰·苏利文是他在上海的第一个搭档，他在巡捕房的向导，教给了他很多关于中国、上海和巡捕房的知识。这样一位同胞，被对面的这个中国人没有证据地怀疑是他所不能接受的。

"我会有证据的。"

"不，你不可能有。我再说一遍，这一切是出于你对上海租界和英国人的偏见。约瑟夫，我尊重你，但是我想，今天我们没有必要再谈下去了。祝你在新的工作岗位好运。"

协隆绸布店的生意逐渐扩大时，关桃想给师傅做一个衣冠冢。那时邱老板已经失踪差不多一年。一日为师，终身为父，现在关桃终于熬出了头，生意走上了正轨，该做点事纪念一下师傅了。关桃去见了师娘，把这个意思对师娘讲了一下，想问师娘要几样师傅生前穿戴过的东西放进衣冠冢，做个纪念。但师娘讲，因为前一段儿子生毛病，讲胡话，医生看不好，师娘就想起了问仙的办法，托了人，找了一个道行很深的仙婆。

师娘讲，那是个瞎眼仙婆，四个人抬出来的，仙婆坐在床上，讲，邱家去年搬过一次场，搬进去的房子里三个月前刚刚死过一个人，这个人的阴魂还在房子里不肯走。师娘想起，平望里的房子，他们前一家的租客才租了两个月就退了，他们觉得房租便宜就租了下来，想不到背后还有这样的故事。怪不得他们的交易所生意会败掉，怪不得邱明远落得如此下场。师娘多付了一点钱让仙婆看得再多一点。过了一会儿，仙婆又讲话，声音居然是个男人的声音，听着与师傅有几分像："我离开屋里就到了水里，落水鬼拖我下去，冷得刮刮抖，现在在那边啥也没有，受苦受难。"

师娘听得汗毛倒竖，头皮发麻。师娘问眼前儿子的毛病该怎样解，仙婆讲"我冷得刮刮抖，要几件衣裳"，就再不肯多讲一个字了。师娘知道再多讲是要加钱的，但她大概也知道怎样做了。

师娘想，一定是师傅在那边作难自己儿子，想要拖他过去。回到家里她把师傅以前穿的用的都找出来，放到外头一把火烧了，过些日子，儿子的病就好了。

师娘心里对师傅抛下他们一家是有怨气的，关桃要的东西她现在是一件也没了，但夫妻一场，关桃这件事情她不参与也不反对。

师娘没什么师傅的东西，关桃自己去吉祥街翻了一通，还真的在仓库角落里找到了一顶邱老板戴过的瓜皮帽和一件旧衬衫。有一天经过汉口路的股票交易所，他又有了新想法。师傅这一生败就败在股票上，那就买上几张股票给师傅，放在衣冠冢里，也算是对师傅的祭奠吧。这个念头有点荒诞，但不无道理，烧纸钱不就是烧点纸嘛。

交易所还没从巨大打击中恢复过来，冷冷清清，客人少，经纪也少了许多。关桃问了问自己买过的鑫鑫股份，倒是涨了一点。关桃找了一个经纪人，问什么股票最便宜，经纪苦笑笑，讲："小兄弟来抄底啊。"

"我走过，问问。便宜就买几张。"关桃笑笑讲。

"仙股听讲过吗？"

"不懂。啥是仙股？"

"就是只有几分铜钿一股的股票，最便宜了，不过有可能是一张废纸头。"

"可以的，我反正买来派别他用场。"

经纪满腹狐疑，看着关桃，不知道股票还有什么其他用处。

"我就买点仙股，你介绍一下。"

"喏，这一家，8分一股，犹太人公司，海外开矿，出了事体，人被捉去了，采矿权没收了，股票就不值铜钿了呀。去年最高八十多块一股，今朝8分，像变戏法，要变没了。"

关桃把袋袋里的钱拿出来凑了个整数买了仙股。对关桃来讲这不是一笔小钱，但中国人讲究厚葬，关桃觉得做衣冠冢也要体现出心意，多用点钱多一份孝心。到交割时，关桃拿到了写有他名字的股票。关桃拿着股票走出交易所大门时，那经纪在后面讲了一句："上海滩真是啥样的人都有！"

拿了师傅的帽子衣裳和股票，关桃回了一次龙华，问父亲要了一只放蚕豆的小甏，把股票放进帽子衣裳包好，放进小甏，用一个封酒甏的土封封了口，再用油纸、麻绳扎了几圈，就到自家的地里去找地方挖土坑。关炳生开始不明觉里，问清楚了，马上表示支持。"桃子，这事体做得对。来来，我们寻个风水好点的地方。"但关桃没敢把股票的事情讲给关炳生听，怕他不开心，骂他乱花钱。

关家果园尽头，有一棵桃树，已经二十多年，仍旧每年开花结果。不远处有一条河浜，关桃在河岸边挖了一个坑，用砖头砌了一个小室，把小甏放进去，填上泥土，起了一个小土堆，前头插了一块木牌。摆上祭品，点上香，磕了三个头。

后来关桃又找人刻了一块石碑放置于衣冠冢前。

这地方春天花开如云，夏天绿草繁茂，河水淙淙，虽然免不了想起"人活空景头"这句话，关桃想，师傅对这个地方应该是会觉得满意的。

第十九章　开埠日三浦聚会　史密斯坐论三界

公共租界西区一如既往地安静。山本太郎住在三浦别墅，这处房子是三浦物产名下的财产，作为三浦物产上海支店长，山本住在这里。他正接近六十岁，越来越爱安静。太阳刚升起不久，秋虫在露水下叹息，塔松在草地上投下长长的影子，把周遭衬托得越发安静。今天这里会很热闹，会有很多客人来过节，提供午餐服务的饭店车子已经快到达大门口了。

清道光二十三年，公元1843年，这一年香港成为英国殖民地，洪秀全创立了拜上帝会。11月17日，上海开埠。开埠50年后，上海成为一个具有全球性声誉的城市，每年的庆祝活动越发隆重，11月17日成为一个租界节日。欧洲人的全球殖民时代达到最辉煌顶峰时，这个长江口的小城蜕变为蜚声世界的国际城市。来自世界各地的强权在一个古老的东方国家建立了一个主权归属模糊不清的城邦，三界之中，纸醉金迷，象一桌子中餐摆了银制的刀叉，美轮美奂，但怎么看都很别扭。

中国人怀着复杂的心情看待这一天。有人把这一天看作是屈辱的日子，因为从这一天开始清朝皇帝把这块土地的控制权拱手交出，交到了外族手中。满清对于汉族也是外来统治，但经过两百多年的融合，大多数汉人已经忘记了剃发易服的耻辱，也忘记了扬州十日、嘉定三屠那样的惨痛，习惯了拖着辫子的生活，也习惯了把大清认作自己的国家。习惯，真是一种巨大的力量。也有不把满清当作合法正统统治者的中国人，孙中山先生最初就把驱除鞑虏、恢复中华作为革命口号。辛亥时，那些脱离了清廷的省份称为光复，独立，意思是权力回到了汉人的手里。在有些人看来，租界，是一个老的异族统治者把一块中华土地租给了一个新的异族统治者，他们都不是合法统治者。

清廷设立租界的初衷固然出于被迫，但也是想在相对封闭的区域让外国人自己和自己住，把西洋蛮夷与本地中国人隔开来，杜绝华洋杂处，使本地人不会被他们蛊惑、毒害。一开始居住在英租界的中国人没多少,祖居于此的农民,可能就几百人,于泱泱中华,几百个人,毒害就毒害了,牺牲也就牺牲了,这一点人总牺牲得起。"长毛祸乱",江浙成千上万的百姓涌入租界,牺牲进来的人就多了。后来洋人讲,地方太小了,租界就扩大一点。战乱不断,不断涌入的人口成为租界扩张边界和权利的借口,清朝皇帝的牺牲越来越大,被毒害的中国人越来越多。当上海租界成为一座拥有几十万、几百万人口的城市时,它的存在本身就成为各地的人不断涌入的理由。后来,中国人不拖辫子了,也不束发了,剃头了。

民国十四年在上海发生的激烈抗争已经过去了好几年,租界以外的中国在这些年里仍旧纷争不断,战事频仍,但租界里还是比较稳定的。

民国十九年,公元1930年,这一年正好是山本太郎到上海三十五周年。按照每年轮流做东的约定,11月17日山本邀请了一些朋友到家里来聚会。山本和太太在别墅门廊前迎接客人。客人陆续到达,大家都穿得很正式,或在客厅里坐着寒暄聊天,或站在花园里交头接耳。

三浦别墅由一栋主楼和一座副楼构成。大门进口,一块棕红色的巨石横陈,足有两个人高,十多米宽。这堵横卧的石墙隔断了大门里外的空间,起到了类似照壁的作用。转过巨石,豁然开朗,黑色车道环绕花园,延伸到几十米外的别墅门廊。花园折中了西式的疏阔和东方的精致。别墅门前,一条石板路通向一座小小的木桥,木桥两边各有一座奈良时代风格的小巧精致的木塔。花园中央是喷泉池塘,一人多高的石雕喷泉,最上面是一个浅浅的圆盘,三个小天使托着圆盘,不断涌出的水漫出圆盘后泻落在池塘里,发出哗啦啦的响声。池塘四周,嶙峋的太湖石堆垒起来,芦花飞白,野趣横生。花园左边是葡萄藤架,叶子落得差不多了,但依然可以想见葡萄垂枝时丰盈的样子。花园右边有一个瞭望台,登台西望,几百公尺外是一处中式园林,翠柏环绕,高树招风,群鸟腾飞。那里已经是华界了。更远处立着一座水塔,水塔下是一个新住宅区。一条清亮的河流蜿蜒流向远方,河水在阳光下泛出粼粼波光。三浦花园里插了些彩旗,平添几分节日气氛。

山本的客人名单中增加了关桃。后生可畏,这个年轻人现在不但在洋布零售市场上令人尊敬,还成功地打入了棉花初加工和出口产业。当年找到关桃是因为受人之托,但是,对方并没让山本一定要帮关桃,只是让他站在商业角度看看这个年轻人是不是值得扶持或合作。山本很为自己的眼光感到骄傲,他没有看错这个年轻人,聪明,果断,行动快速。当然,商人山本邀请关桃出现在不同的场合,也有宣传他自己的意思。

关桃特意挑选了一件礼物带给山本,一尊刘海戏金蟾的玉雕摆件。刘海戏金蟾是常见的商家招财摆件,只是这一件有些不一样,一来玉雕摆件比铜身的贵重,二来,这一件据讲是胡雪岩的心爱之物。为这件玉雕关桃花了不少心思。这些年来关桃大致了解了山本的爱好,知道他收了不少中国的古董。刘海戏金蟾俗了一点，但有来历，就很难得。

关桃已经读完了夜校课程，会讲一口不错的英语，有自己的英文名字Tower，发音和中文名字差不多，还有塔的意思。这天关桃打扮得很讲究，蓝色羊毛隐条纹大格子双排扣西装配紫红色的领带，略显华丽，但不轻佻，三七开的分头，眉毛浓重。走到山本夫妇前面，关桃欠身把手里的礼物奉上。关桃比山本高了一个头，弯腰反映了这种身高的差距，也是对长辈的尊重。

山本双眼放光，看着这尊难得一见的玉雕，通体洁白润泽的刘海身体部分雕工细致，面部表情憨态可掬，更难得的是，那几个铜钱巧妙应用了玉石本身的错色，看起来妙不可言。

"哦，关桃君，这太贵重了，让我怎么敢收呢！"

"山本先生，初次拜访贵府，理当奉上礼物，应该的。"

"哎呀，难为你为我找来这么贵重的东西。那我就厚厚脸皮收下啦。"山本很开心地收下了玉雕。

山本将关桃介绍给其他宾客，关桃很快没了拘束感。他被这漂亮的园子和房子吸引，不由赞叹上海滩藏龙卧虎，自己的那些成绩真是不值一提。

"我可以参观一下您的院子吗？"

"当然，当然，不胜荣幸，关桃君请随意，这里都是朋友，你尽可放松，不必拘束。"

远远地，关桃看到有一部黄包车拉进来。和这个房子的气派不协调。不过，谁还没几个穷亲戚呢？黄包车到达别墅门口，下来了一位身穿长衫但灰发碧眼的洋人，高大魁梧，背略佝偻，但努力地挺直着。

"史密斯先生，欢迎！"山本恭敬地迎上前去，微微鞠躬表示欢迎。来者看上去比山本的年纪更大。

"山本君，谢谢邀请我到你府上来，我是来一趟少一趟啦。"史密斯先生和山本先生打招呼，用的是洋泾浜上海话。

"哈哈哈，什么话，侬看上去老年轻的。"山本先生同样用带有日本口音的上海话回应。

"有没有新朋友让我认得？"史密斯先生一边和山本寒暄，左手拿了巴拿马草帽放在胸前向先到的客人打招呼，看起来，这些人和史密斯先生都蛮熟悉。

"有，有新朋友。关桃君，请过来。"山本向关桃招呼道。

关桃趋步上前。

"关桃君，这位是德风洋行的艾伦·史密斯先生。"关桃伸出手去，醒悟到他碰到了大人物。德风洋行的史密斯是南京路房地产的第二大拥有者，而他在南京路的店面房子正是德风洋行名下的。

"史密斯先生，这位年轻人是协隆公司的关老板。"

第十九章 开埠日三浦聚会 史密斯坐论三界

"关先生，交关高兴认得你！"老头伸出手来，又讲了一句上海话。

"关先生在南京路有一家店，店所在的大楼在您的名下。"

"哦，所以关先生是我的租客，衣食父母！世界真的很小。幸会，关先生！"

关桃被他风趣的语言讲得笑了起来："鄙店借您一块宝地做点小生意，还请多多关照！"

"哈哈，那我们可能见过是不是？"史密斯说。

这时山本对史密斯说："艾伦，我今天还请了秦时月先生一起来。"

"噢，真是太好了，他们到了吗？"

"他先去接女儿。他女儿今天从外地回来。"

这一年，艾仑·史密斯已经在上海生活了近60个年头。他当然没法预知，不久后他将在上海辞世，并按照他自己的遗愿安葬在上海。

史密斯先生已经有些气喘吁吁，山本让他在沙发上坐下。照例，冷餐会前有一位或多位演讲嘉宾。今年的演讲嘉宾就是艾仑·史密斯先生。由于是家宴，也大概由于年纪已经颇大的缘故，史密斯先生坐着演讲。

"女士门，先生们，中午好！"

"今天是上海的开埠纪念日，感谢山本君招待我们！我们聚集在这里庆祝这个节日，因为大家有一个共同的身份，我们都是上海人，We all are Shanghainese. 原谅我不能用上海话来完成我今天的演讲，这确实是我一生中最大的挑战之一，但是，我想在座的所有人都可以听懂我这种跳跃的演讲，我会用到多种语言。我认为这样一种讲话方式就是上海的讲话方式，因为上海人由来自全世界各地的人组成。"掌声随着笑声响起。

"山本先生告诉我，今年是他到上海的第35个年头。35年前，他还是一个二十多岁的年轻人，35年后，他已经接近60岁。大约40年前，他从日本静冈的一个村庄到了东京，在东京接受了培训和教育，找到了一份工作，然后又被公司派到了上海。他当时可能没想到，后来他的大部分时间都将在上海度过，上海成了他的家。他的孩子们出生在上海，在上海长大，他一生中的很多美好时光与这个城市有紧密的关联。在这里，我要祝贺山本先生在上海取得的成功。

"我好像也应该讲一下我自己，虽然在座的很多人是我的老朋友，但是今天，在这个愉快的日子，我还是想赞扬一下自己。"

掌声和笑声又响了起来。

"在山本先生的父母可能还没有相遇的那一年，我坐着"威廉王子号"轮船来到上海。我那时很年轻，年轻得像英格兰草场上还没有断奶的马驹，年轻得比我今天刚认得的这位先生还要年轻。"史密斯先生向着关桃的方向指了一下，亲切、随意，在场的所有人都把目光投向了关桃，关桃微笑着向大家致意。

"那时的上海要比现在平坦得多，没有电灯、电话、电车、火车、煤气、汽车，甚至还没有几家工厂。上海是世界上一个不值一提的地方，像一盏东方海岸线上忽暗忽明的航标灯，微弱的灯光使航海者时时担心这一处灯火会不会忽然灭掉。

"现在，我们身处一座伟大的城市。就我个人而言，作为建筑设计师，我在这个城市留下了众多建筑物，也包括你们现在所处的这座建筑。这些建筑物将成为我的纪念碑而长久矗立，我为此感到骄傲，也为此感谢这座城市，因为我不可能在伦敦，或者在世界上的其他城市让梦想飞得如此高远。

"让我们再一次回到历史的开头，因为今天是上海的开埠纪念日，是我们必须回忆的时刻。当巴富尔总领事阁下乘坐"麦都莎号"兵舰到达上海并与宫慕久道台阁下达成租地协议时，是我们这座伟大城市出发的那一天，1843年11月17日，诸位，我们那时候都还没有出生，所以，说是回忆，不如说是我们的想象。在那样一个时刻，一艘英国的兵舰来到上海这个地方，根据中国皇帝和英国女王的政府达成的国际条约来建立一个受保护的英国人居留地，不用说，那是一次战争之后的产物。也毋庸讳言，这个开埠的由来，是一个强势国家对于一个弱势国家强制的产物。然而，这正是这座伟大城市的起航时刻。我不想说我们英国人，或者外国人都是带着善意来到这块土地的，正如并不是每一次受孕都来自一个有爱情的、道德的婚姻，有些新生命还可能来自强奸，但我们不会就一个婚姻的对错来评判她所带来的新生命的意义，也不会因为一个复杂的起点而看不见这座城市的万丈光芒。"

掌声又一次响起。关桃发现这老头居然有诗人般的气质。

"在近代，英国人定义了世界地理，我们之所以将这里称为远东，是因为我们英国人认为我们是地球的中心，中国，包括日本，是远到不能再远的东方，很不幸，这是错误的，因为在每一个地方的人民心中，他们所在的地方就是世界中心，而我们强迫他们相信，在这个圆形的地球上，英国是中心。但是，换一个角度来考虑问题，地理意义上，我们给地球上的每一个地方一个恰当明晰的坐标，使得人们更容易了解我们身处的世界。英国人在定义世界的过程中冒犯了很多国家和不同的文化，但现在所有的国家都接受了这些概念，我不知这是幸运还是不幸。

"对于我们这些在上海生活了大半辈子的人而言，上海已然是我们的家，是我们自身生命经历的一大部分。我看着这个城市生长，由荒凉变得繁忙，由人口稀少变成拥挤，这些逐渐加入的人，今天都成了上海人，在这里工作，在这里生活，在这里生儿育女，在这里终老。很不幸，上帝没有让我结婚，没有儿女，我想这是一句英格兰谚语害了我，Better a bachelor's life than a slovenly wife，过光棍日子，胜过有一个邋遢老婆，现在我想要一个slovenly wife，但是恐怕已经太晚，slovenly wife不要我这样的糟老头了。不过，原谅我用煽情的文字说出我的想法，我把这里的孩子们看作我自己的孩子。"

掌声热烈，有女人擦眼泪，这老头说得有点感人。

"再一次感谢山本先生和他可爱的夫人邀请我到这里来做客,感谢你们给我机会在这里演讲。最后,让我们为上海干杯!"

在这一次聚会后不久,艾仑·史密斯染病去世。按照他的遗愿,他被安葬在静安西人公墓,并在墓碑上用中英文字写下他的生平介绍:艾仑·史密斯,上海人,终身未婚……不管是不是出于自愿,很多外国人终老于此,埋葬在这块喧嚣、繁闹、生机勃勃、阳光充沛、湿润多产的丰饶之地。各个国家的人建造了各自的公墓,用来埋葬远征来此的士兵,慢慢老死或者病死在这里的侨民。人们在这里以各种方式生活,骄傲或者骄横,谦逊或者谦卑,喧闹或者寂静,然后以各种方式死去,以不同的发音宣告同一件事,死亡。

接下来的时间里,认识或不认识的宾客随意组合,聚在一起品尝美食美酒,交际交流。关桃对大多数人都不熟悉,但态度很主动。生意人都有很强的交际能力,关桃也不例外。关桃明白这是难得的结识上海各路精英人士的机会。穷人和富人聚在一起吃饭的不同在于,穷人把食物作为主题,富人则把吃作为一件顺带的事情。

大部分客人都是成双捉对来的,关桃一个人,少年得志,玉树临风,笑容清澈,倒成了不少人关注的对象。

"关先生风流倜傥,不会是单身吧?"叶太太端着酒杯走了过来,和关桃打招呼。叶太太看上去三十出头,互相做了自我介绍,就算是认得了。

"叶太太,幸会!我单身。大概是小姑娘们不欢喜我吧。"关桃笑嘻嘻地回答。

"关老板一表人才,没姑娘欢喜,鬼才相信!"

另一位年轻太太过来,讲:"哎呀,叶太太,你懂得呀,上海滩多少好玩啦,关老板一定是贪玩,还没玩够嘛。"

"也对哦,花花世界,关老板被哪个女人独占了,也不公平。"

关桃哈哈大笑起来,与两位太太碰了杯,喝了一口酒:"小心被叶先生听见哟。"

"听见才好呀,让他晓得世界上好男人多,当心点。"叶太太笑讲。站在不远处的叶先生也转过身来,讲:"我是一直很当心的,我的太太!关先生,我是叶如云,家父跟我提到过你,让我向你学习,今朝一看,人才不凡,幸会了!"

关桃忙过去跟叶先生握手,但颇为不解地问:"噢唷,叶先生,实在不敢当!幸会了!令尊是?"

"家父叶子安。他正好在国外,所以今朝没来。"

叶家是宁波帮的代表性家族,五金大王,在上海枝繁叶茂,赫赫有名。

"哦,久仰久仰!原来是大名鼎鼎的叶氏掌门人。不过令尊让您向我学习,实在愧不敢当,我这点生意,在令尊面前根本不值一提。再讲我还没有与令尊见面的荣幸呢。"

"我晓得,行业不同嘛。不过你和家父有一位共同的朋友。"

"哦？请问是哪位朋友？"

"谛闲大师。"

"哦！谛闲大师！我啥地方敢自称是大师的朋友，当年他在龙华管教我的时候，我是只小赤佬，想不到他还记得我。"

"家父讲，大师信众、朋友遍及天下，能被谛闲大师与家父单独提起的少之又少。只有你与谛闲大师岁数相差那么多却还可以让他提起，可见关先生绝非等闲之辈。"

"实在难为情！我不过是在龙华庙里被谛闲大师留下白吃白喝了一点日子。"

众人大笑。关桃与好多人碰了杯，换了名片。他很高兴能够参加这样的聚会，认得很多非常有用的人。关桃并不知道谛闲大师为什么与叶先生提起他，叶公子心里也未必清楚。然后一圈人的话题发散开去了。从民国十五年开始的北伐一直到今年的中原大战，大家还是很感慨中国这几年不容易。

民国十五年七月起，以蒋介石为总司令，国民革命军从广东开始北伐，连克长沙、武汉、南京，控制上海外围之后，内部却发生了分裂，战争陷于停顿。越朝北面推进，蒋介石越感觉与共产党人理念不同，他也厌烦于苏联和共产国际对于中国事务的干预。卧榻之侧，岂容他人。蒋介石是浙江人，年轻时长期在上海混，认得不少人，部队到达上海后他计划要做些事情，要清党，要维持与各国条约的基本稳定和国内社会关系的稳定。他觉得，在中国进行翻天覆地的革命运动，走苏联道路是不符合中国利益的，至少不符合精英阶层的利益。蒋介石下了辣手，一下把共产党打懵了，他赢得了胜利，但与共产党人结下了不共戴天之仇。他保全了大部分外国租界的稳定，获得了在华拥有重大利益的国家的支持。蒋介石是少有的可以带着自己的警卫出入于上海租界的中国将军。

叶先生讲："不过公平讲，中国哪个革命党背后没外国人？哪个不争取外国人的支持？但外国人的支持，哪一个是白给的？"

一圈人频频点头称是。

关桃讲："国家残缺，列强盘踞，党派就不免要仰赖外援。说到底还是国家弱了。"

"是啊，我们做生意的少跟这些事体搭界，保证是不错的。关先生，听说你最近买了房子？"

"哎，介小事体您也晓得。惭愧惭愧！"

"哪里，我们这些人很多是靠了祖上的钞票才坐在这里，你是自己拼出来的，钦佩钦佩！房子在啥地方？"

"在毕勋路上。"

"噢哟，好地段！就在贾尔业爱路附近，跟蒋总司令要做邻居啦。"

"是呀是呀，蒋总司令先摆平天下，再摆平宋小姐，关先生也要抓紧。"

三界玲珑塔

一圈人哄笑起来。

小叶先生讲，蒋总司令这一摆平，对中国还是有点好处的。南京国民政府成为中国在国际上的唯一代表，至少在表面上中国基本完成了政令的统一。对上海也有好处，中国的政治中心从几百年的国都北京搬到了离上海不远的南京，北京变成北平，而中央银行等机构直接设立在上海，上海县成为民国上海特别市，形成了围绕租界外围的新都市地带，大量人口涌入使得市场规模急剧扩大。租界和上海特别市的奇怪组合使得上海成为具有世界级影响力的大都市，身处其中的企业自然获得了更多的发展机会。

旁边的人都很同意小叶先生的讲法，是的呀，上海的楼房越来越高。外滩那些原本两三层的楼房，这几年一多半拆掉了重新造，盖成了大厦。

小叶先生说："外滩的天际线也算是一道风景了。"

这时山本先生带着一个日本人走到关桃身边，介绍关桃和他认识。关桃和这些人的交谈就暂时愉快地结束了。他们都还有其他很多人需要去周旋、交际。

"关桃君，这是长崎物产上海支店的藤井君，他想找你说点事情。"山本把两人介绍认识了，就又去招呼其他客人去了。

藤井一郎递过名片来，关桃也递上了自己的名片，互相欠身致意。"初次见面，请多多关照。"藤井先生身着合体的西装，藤井太太穿着和服："山本先生介绍说，关桃君正在建设一座初棉加工厂，需要购买一批轧花机。我们长崎物产的铁工厂正是生产轧花机的，不知道关桃君是否可以考虑我们的产品。"

"当然可以考虑。我去其他工厂看过你们的轧花机，确实是不错的。但是，也有反映讲，轧花辊轮上的竖齿很容易歪掉甚至断裂，断齿落在成品中会影响皮棉的质量，机器又需要经常维护，影响使用效率，不晓得现在有没有改善。"

"是吗，看来关桃君真的很内行，连这么细小的问题都可以捕捉到，很佩服。我们一定会根据您的要求重新检查我们的设备的，这个请您放心。"

"好，我们保持联系。在购买之前我会对各个工厂的设备再做一个比较。"

关桃的初棉加工厂，在上海叫轧花厂。所谓轧花，就是将籽棉做成皮棉。从地里采摘上来的棉花叫籽棉，也有叫生棉的。籽棉里有棉籽，不可以直接用来纺纱。轧花就是把棉籽从棉花中去除，将一朵朵的棉花扯松整合成一卷卷皮棉，皮棉可以用来纺纱，可以直接絮在棉袄中，或者让弹棉匠做成棉被。

上海已是中国最大的纺织业基地，行销全国的布匹中十有八九出自上海，上海对于棉花的需求量很大。英国厂商在一开始就占据了上海纺织业的大头，直到日本企业进来，英国厂商的比重逐年下降。这几年，华商工厂的生产量与日俱增，逐渐形成三足鼎立之势。不管是哪一个纺织厂，都需要皮棉供应。关桃小时候龙华的农田里就开始有人种棉花，到了近年，十之六七的乡邻栽种棉花。关桃身在布料行业，看到了机会，两年前就在龙华南面的小镇上开设了一家轧花厂。乡下的地皮便宜，成本比之在市区开厂要便宜很多，四周种棉花的农民将棉花就近卖到了协隆花厂。关桃将皮棉卖到各个纱厂，销路不错。现在，位于龙华附近更大的工厂厂房已经动工。

与此同时，关桃还参与到了另外一桩生意当中去。这桩生意还是和棉花有关。上海的棉花贸易是一桩大生意，既有出口，也有进口。关桃加入了花商同业公会，在行会里渐有名气，份额也逐渐做大。做贸易，能够调动资金头寸很重要。有时候一单生意很大，但你若没有资金，收不进货来，单子再大也只有看别人做。关桃逐渐渗透到产业的上下游，可以在上下游之间灵活地调动资金。年轻的关桃心中开始有一个商业帝国的梦想。他现在觉得，这样一个梦想并不是不可以实现的。

太阳渐渐滑向西边，宾客开始向主人告辞。这天夜里上海将有庆祝游行，万国商团将在工部局管乐队导引下绕着外滩到跑马厅之间的马路进行巡游，跑马厅里还会有焰火表演。

关桃也预备向山本先生道别。此时，从外面开进一部出租汽车来，逆着正往外去的人，引人注目。史密斯老头和山本远远地看到了出租车，候在门口等客人。车门开处，下来一位五十来岁戴圆框眼镜的男人，高个子，穿长衫，长面孔，法令纹延伸下来几乎笔直到达下巴。

"史密斯先生，抱歉，武汉过来的轮船耽搁了，等了很久才接到小女。"

山本先生在一旁说："秦先生，欢迎欢迎。轮船很难准时，不必道歉。您能来我就很高兴。"

一位身穿背带裤的娇小女孩从另一边车门里钻了出来。

"这是小女涵芬。"

女孩对山本和史密斯说："山本先生好，史密斯先生好，我们来晚了，不好意思。"

"哪里哪里，哎呀，这么漂亮的女儿，一直没看到过，你父亲总是提起你，为你骄傲呢！"

女孩的脸略略侧向关桃的时候，关桃惊讶地发现这个有着乌黑大眼珠子的女孩似曾相识。像被施了魔法一样，关桃愣愣地站在那里，好久没回过神来。

第二十章　开心扉初识涵芬　救古籍父女情深

　　关桃本想告辞了，不过现在却很想留下来，让山本先生或史密斯先生把自己介绍给秦家父女。

　　也许因为聚会已近尾声，也可能山本先生认为关桃或其他客人并不会对秦先生这样的学者有兴趣，所以并没把关桃介绍给秦先生，而是引着秦先生父女径直向门里走进去。关桃不想走。这个女孩如此好看，好看得像他的孃孃，他不想就这样离开了。但是，如果跑过去自我介绍，是不是会有些唐突或失礼？甚至显得有些可笑？

　　关桃不声不响，也走进了大门，看到山本热情地请父女俩坐下，而负责招待的餐馆人员已经准备撤离，附近没服务生。关桃走到长条桌子旁边，拿了一个托盘，倒了几杯茶，拿到了众人前面。

　　"啊呀，关桃君，怎么能让你来做这个事呢，太不好意思了。"

　　"哪里哪里，我的荣幸！"

　　"哈哈哈，我来介绍一下。这是我和史密斯先生共同的好朋友秦时月先生，有名的大学者，这位是秦涵芬小姐。"山本把秦氏父女介绍给了关桃，再把关桃介绍给他们："这位关先生，也是我的老朋友。"

　　秦氏父女站了起来，关桃欠了欠身体，向秦先生伸出手去："鄙人关桃，请多多关照！"

　　"关桃君，一起坐下聊聊。"山本太郎说。此话正中关桃下怀。关桃也读了些书，但若真坐下来谈学术，没这个底气，于是他说："我不懂这些学问，不如先去给秦先生和秦小姐拿点吃的，我看他们从码头直接过来，应当还没吃饭吧？"

　　"啊，对对，还是关桃君想得周到。秦先生，吃过中饭没有？"

　　秦先生倒也实在："吃过一点，但若有，还可以吃点，不能辜负了美食美景，哈哈。涵芬，你和关先生一道去拿点吃的。"

民国十四年爱琦去了美国，出国前给关桃写了一封信，此后杳无音讯。爱琦给了关桃一个四年之约，现在五年多过去了，关桃孑然一身。他一直忘不掉爱琦，没办法让另外的女孩走进自己心里。但眼前这个女孩却在刹那间改变了一切，让他心中尘封已久的一只角落照进了一束光亮。他和秦涵芬一起走向放食物的桌子去时，感觉自己的心跳得厉害。

"你今朝刚从外地回来？"关桃搭讪道。

"对，我到武汉去了。"

"你一个人去的？一个小姑娘跑去武汉？"

"对啊。不过我爸爸在武汉有好朋友。"

"中原这几个月混战不断，你不怕吗？"5月至11月，蒋介石的军队与阎锡山、冯玉祥、李宗仁的军队在河南、山东、安徽等省又发生了一场混战，战况惨烈，直到张学良对蒋介石施予援手才分出胜负。

"战事离武汉很远的，坐船还可以。"

"你真勇敢，我都没有去过那么远的地方。"

"哈哈，是吗？谢谢！"秦涵芬笑了笑，她笑的时候，有两个酒窝，黑黑的眉毛弯了下来，露出洁白整齐的牙齿。关桃的孃孃就是这样笑的。关桃有些错觉，有些走神。秦涵芬被他看得有些不好意思。

"不好意思！"关桃意识到自己走神了："我总感觉好像在啥地方看到过你，觉得以前就认得你。"

"是吗？"秦小姐礼貌地答了一句，低了头，不再讲话，挑好了几样吃食，先回到了她父亲身边。关桃拿了食物，送过去，在旁边坐下，听他们讲话。

"秦小姐，听说你这次去武汉，收获很大呀。"山本先生讲："真是有其父就有其女，了不起！"

"过奖了，山本先生！不过我把琴台阁的几百册珍贵藏书搬了过来。费了好大劲才劝动了瞿氏一家把这些藏书让出来。我进去看了几天，那么多书，一架一架的，有些真是宋元的，早几年烧掉了一个楼，那得是多少书啊，烧掉了就再也没有了，太可惜了。所以我很着急，跟他们磨了很多天，幸好又去搬了武汉大学的章伯伯，章伯伯帮着断了断书的年代，继续和他们谈，和他们磨。多少代人收集起来的书，割他们肉一样。但最后总算是谈下来了。书已经从船上卸了直接去图书馆了。"

"讲话慢点。"秦时月看着女儿，眼睛流露出赞许和疼爱："你这一次事情完成得不错！"

这时刚好有一家日本人过来与山本告别，山本站起来，把秦先生又介绍给了这一家日本人："青木君这是要回去了吗？请允许我介绍一位朋友，东方图书馆的秦时月君，相信您一定听说过。"

第二十章 开心扉初识涵芬 救古籍父女情深

129

青木毕恭毕敬地说："真的吗，这位是古籍收藏鉴定的大学问家秦时月君？真是太荣幸了。敝人大东亚文化机构青木良弘，久仰先生您的大名。"

秦先生站起来，谦和地讲："哪里哪里，青木先生是业界翘楚，在下得以相识，万分荣幸。"

山本说："两位都是才高八斗的大家，都不要谦虚了，不如一起坐下说说话吧。"

青木说："本来，有这样的机会和秦君一起切磋，我是一定要留下的，但今天实在是事先约好了其他朋友，只好告辞了。改日我一定要好好向秦君请教。那么，失礼了。"

客人都走得差不多了，秦先生因为来得晚，也不好立即就走，于是几个人就聊了起来。关桃开始听他们讲古书的事，插不上话。他也不是胸无点墨，但若论起学问来，他知道自己的斤两。大概看他插不上话，山本先生话锋一转，抛了一句给关桃："关桃君，龙华我去过好几次，桃花盛开的时候，很漂亮。我喜欢龙华寺和龙华塔，龙华塔大概是上海最古老的建筑了吧。"

"哦，关先生是龙华人？"秦时月问。

"是的，我是龙华人，14岁出来学生意的。"关桃接着讲："我们龙华的几样宝贝都让山本先生晓得了，龙华庙，龙华塔，还有龙华的水蜜桃，哈哈。"

"那你家种桃子吗？"秦先生问。

"种的，有个小桃园，连我的名字都带了桃字，我家里人都叫我桃子的。"关桃笑着说。其他几个人也笑了起来，一直没有讲话的秦小姐也插了一句话，讲："那你小时候大概是在桃子堆里长大的。"

"我小时候顽皮，经常惹祸，小学堂的先生还专门去寻庙里的大师给我看手相，看能不能收我的骨头。"关桃讲。

"是吗，哈哈，请了哪位大师看相？"山本问。

"谛闲大师。"

秦先生接过话头，打趣道："谛闲大师，那可是一代高僧大德啊！能让谛闲大师看手相，关先生人才不俗，怪不得现在成绩不凡。"

"哪里哪里，那时候我就是个顽劣小童。先生大概觉得管不了我，实在没有办法了罢。我那天还以为是因为以前偷吃了供品要打我一顿。"

"后来呢，大师没打你吗？"山本先生问。

"没有打我，不过看了手相以后就留我在庙里住了一段时间。"

"哦，这是为什么呢？难道你的手相有特别之处？"

"我两个手都是断掌。"关桃伸出手去给大家看，大家一看，果然是的。

"据说这样的手力气很大，是不是？"山本问。

史密斯则看上去有些迷茫，讲："我听说很多唐氏综合征患者都是这样的手相，但关先生好像是个例外，哈哈。"

"是的，谛闲大师也是这样讲的，说很多失智的人是这个手相。我的力气不算很大，但我小时候经常打架，赢的时候多。"

"真是个顽皮孩子！"山本和秦先生哈哈地笑起来。"那么后来呢？"

"后来，大师叫我打坐，吃饭，睡觉。大概要让我在庙里一次吃足，以后不再偷吃供品吧。"

"我们有句老话：男孩不闹，大事不妙。所以男孩子小时候顽皮不是什么坏事。"山本讲："我还曾听东京东本愿寺门主镜如说，当年之所以在这个地方建龙华寺，是因为此处是神龙之首，还说龙华寺下面有一个地宫可以直通东海，里面收藏了大量的佛家宝物。不过通东海只可能是神话传说，有地宫倒是很有可能。关桃君听说过龙华寺地宫的故事吗？"

关桃小时候在大橱里睡的那一觉，迷迷糊糊，像梦一般，如果有地宫，那大概就是了。但记忆中那是空的，并没看到什么宝贝。那件事，谛闲大师关照过，"不足与外人道也！"。

"哦，我不知道地宫的故事，是个怎样的故事？"关桃讲。

"在我们日本人中有这样一个传说，16世纪，海盗经常来中国沿海劫掠，那个时候，上海用很短的时间筑起了城墙，据说龙华寺修了一个地宫，用于珍藏皇帝恩赐的宝物。"

"真有这样的事吗？那或许只是一个传说。"史密斯先生讲。

"或许是真的。我在一本野史书里看到过这样的记叙。当时看过没当回事，现在想来，存在这种可能性。"许久没有讲话的秦涵芬又插话道。

"真的！你还记得是哪一本书吗？"山本饶有兴趣地问。

"不记得了。那时候看书太快太多，又是一本无关紧要的书，现在记不得是哪一本了。"

几个话题一转，时间就匆匆过去了。太阳快要落下去的时候，三浦别墅罩在云彩投下的阴影里，远处被太阳照亮的建筑物金黄耀眼。蜿蜒向西的河流在夕阳下变成一条熔金锻带，树木像火炬一样舞动，早衰的树叶飘落，天上有南飞的雁阵。

关桃记得最后谈论的话题已经转到了诸葛亮身上。话题是由庙里的伽蓝神关帝转过去的。山本先生在中国待了这么多年，熟读了很多中国书，所以就由关羽转到了诸葛亮，然后问了秦先生一个问题："秦先生，我有一事请教。三国时代，司马懿和诸葛亮同为杰出人物，同为独揽大权的辅政托孤大臣，司马懿的后代甚至还称帝了，千古流芳的为什么只是诸葛亮呢？"

秦先生略略思忖了一下，答道："其实这两个人还是有很大差别的。但关键的地方可能在于，我们中国人很看重一个词：忠义。"

"唔，能不能详细一点讲呢？"

"好的。诸葛亮为丞相，有桑八百株，薄田十五顷，子弟衣食，自有余饶。

死前也没有把权力移交给自家人。诸葛亮死后，子孙战死绵竹，满门忠烈。反观司马懿，为权利不惜一切，滥杀无辜。其子孙更是欺辱幼主，弑君犯上，在中国，这是大逆不道。所以虽然后来有了司马家的晋朝，晋朝忠孝之人李密在《陈情表》里只说'伏惟圣朝以孝治天下'，就是不敢提'忠义'，可见对司马家是不能提忠字的。而没有这个'忠'字，即令司马懿的才能真能并肩于诸葛亮，在中国也不可能流芳千古。"

"哎呀，秦先生真不愧是博古通今的大学问家呀！对对，这话太对了。"

天色将暗，秦氏父女辞别史密斯和山本，关桃自告奋勇把父女俩送回去。

关桃买了一部福特T型车，福特公司最新也是最后的一款T型汽车，是他从一个美国人手里买来的。这个美国人去年回美国，就把他的车便宜卖给了关桃。做生意，汽车是最能够撑门面的道具。

一路上秦先生和关桃又聊了不少，秦小姐却坐在后座不讲话。

秦家住在静逸村，一个新建的居住区，屋顶是西班牙式的半圆红瓦，墙壁刷成米色，干净，整洁。一排房子三个门洞，每只门洞里住两户人家，每户都有一楼和二楼居住区域，还有一个小小的院子。这里的住家不少是做教授、医生的，也有写字间里赚钱多的职员。

车停下，关桃打开车门让秦小姐下车。父女俩道了谢，讲了一些客气话，女儿便挽了父亲的胳膊进门去了。

关桃住在华懋公寓。自从搬出吉祥街上的阁楼之后，关桃陆续租住过几个地方。他在毕勋路上买了一个房子，但他单身，住大房子太空。他试过把爷娘接来一道住，但住了一段时间，关炳生不习惯，吵着要回龙华住，关桃也觉得和爷娘一起住有些不习惯。爷娘难免唠叨，关桃已经不习惯这样的唠叨。关桃把龙华的房子收拾了一下，爷娘仍旧住龙华，毕勋路的房子租给了别人，自己租了公寓住着。

这一天关桃认识了很多人，最开心的是认识了秦氏父女。关桃觉着秦涵芬对自己有些冷淡，不明白其中道理。他回想自己的话，自己的行为，感觉没什么错。

秦家父女回到家里，洗浴，坐到客厅讲了一会儿话。秦太太在女儿两岁时去世了，秦先生一个人养大了女儿。此刻怕女儿累了，让她早些休息，他自己在书房看了一会儿书，也到卧室去睡了。

醒来时已快早上七点，女儿已把早饭准备好。饭桌上有油条，粥，咸蛋和雪里蕻咸菜豆瓣。秦时月早晨喜欢吃粥，大米掺小米熬出来的很稠的粥。女儿出差，他有时在外头买来吃，锅贴或者生煎包。但他的胃不大好，这几样东西吃得多了就有些不舒服。熬粥是要花时间的，用钢精锅子一早起来在煤气灶上烧，小火熬，要防止溢出来，还要防止粘底。一般人家情愿多睡一会儿，就用泡饭将早饭对付过去。但泡饭和粥是不一样的。

吃着粥，秦时月讲："涵芬，你也不要老待在我身边了，应该寻个人了。"

女儿大了，秦先生有时就会讲到找女婿这件事情上去。

"爸，您又来了！"

"你老大不小了，好多同学都已经成家生孩子了，你也要考虑自己的事了。爸爸老啦，去见你娘的时候的总要给她个交代吧。"

"您越讲越离谱。"

"怎么离谱，男大当婚女大当嫁，是最自然不过的事。听说你们办公室的金玉良对你不错。"

"您哪听来的？乱讲的您都信？他那个牵丝攀藤啰哩吧嗦的样子，啥人吃得消！"

"我看这小金挺老实的，做事体也牢靠，怎么在你眼里就那么不灵呢？"秦时月笑着讲。

"那我也不能随便是个人就嫁了吧？再说，我嫁了，啥人给您烧粥？"

"唉，你不能一辈子为我烧粥呀。为了烧粥耽误终身大事，爸爸心里不适意。"

"我适意。"

秦时月知道女儿舍不得他。知道他胃不好，不知道什么地方听来吃粥对胃好，一烧就是十多年。

"那就寻个上门女婿，哈哈。我的意思是，标准不要苛刻。"

"呃，人家小金是家里长子，不当上门女婿的，所以小金就否决啦。还有，标准不要苛刻的意思，是您女儿的事不要太认真？"

"看你讲的，你这是故意歪曲我的意思，偷换概念。"

秦时月知道讲不过女儿，女儿性格温柔，但也经常伶牙俐齿，雄辩滔滔。小时候实在辩不过父亲，一急就哭，边哭边讲：就是我对，就是我对！做父亲的只好认输。长大了，歪理多起来了，两绕三绕，做教授的父亲没绕出来，也就输了。

几年前商务印书馆欲将资料楼扩充成公共图书馆时，要找一位对中国古籍学问深厚又兼通世界文化的学问家，董事长张先生一下子想到了秦时月。秦时月对古籍比对教书的兴趣更大，况且张董事长说要把图书馆做成亚洲最大的图书馆，要收藏中国最多的古籍，激发了秦时月的极大兴趣。秦时月便辞了教授职务去了图书馆。图书馆上下呕心沥血搜罗各地古籍珍本，求之坊肆，丐之藏家，近走两京，远驰域外，数年之后，东方图书馆真的成了亚洲最大的公共图书馆，中国珍本古籍的最大收藏所。

秦先生痛失爱妻，好在女儿乖巧孝顺，只是后来也痴迷于故纸堆，大学毕业后做起了古籍收集整理的工作。秦时月喜欢自己的工作，却并不希望女儿也做这件枯燥的事，他总觉得女孩应该过得更加多姿多彩一些。

第二十章　开心扉初识涵芬　救古籍父女情深

第二十一章　忧国粹情耽故纸　生仰慕关桃用心

关桃的公司办公室设在开张不久的东方饭店。上海有很多"东方",其中的原因,除了上海在中国的东面,大概也包含了艾仑讲的欧洲中心论思想,意思是,中国在世界的东方。大家住在一只圆溜溜的球上,本来东南西北说不清的,英国人讲:"我住在正中!"后来大家就接受了。本来中国也住在当中的,中国,中央之国嘛。但后来越住越偏僻,东面不算,还是远东。东方饭店位于三马路和西藏路交叉的地方,跑马厅对过,真正的黄金地段。站在关桃房间里,跑马厅一览无余。借个好地方做公司办公室与买部好车子撑门面是一样道理,是必要的投资。关桃有时邀请朋友到公司来,坐在房间里看赛马。这是令客人印象深刻的体验。关桃做事是踏实的,除了礼拜天或者出差之外每天都去公司上班。现在快到年底了,特别忙一些。

这一天走进圆形门厅,关桃碰到了费先生。费先生好像是一家贸易公司的老板,样子像教书先生,三十岁出头,身材不高,圆眼睛配一副圆框近视眼镜,长头发全部往后梳,看上去额头宽阔敞亮。

两个人几乎同时打招呼:"早!"

关桃觉着费老板很和善,一直和费先生保持着点头打招呼的关系。两人一道到四楼,进了各自的办公室。

忙完公司的事,关桃的脑子里又跳出了秦涵芬的影子。

爱琦出国后,刚开始关桃去孙家拜望过几次,送几块料子去给爱琦妈妈,每次孙氏夫妇都在,接待倒是客气,但太客气了,讲不出的尴尬,又没有爱琦的音讯,慢慢关桃也就不去了。五年多了,他想爱琦也许已经忘了他。没一个小姑娘可以等过这样的青春年华,爱琦与他同样年纪,讲不定已经做母亲了。朋友圈子里有过几家提婚论嫁,但关桃都笑笑,找借口搪塞过去了。爷娘着急,关炳生很想动用做老头子的权利强制订一门亲,但没敢。儿子是个犟种,又老早送出去学生意了,现在生意做得不小，肯定不会让别人帮他定这件事情。

现在关桃脑子里有了一个挥之不去的人。他要怎样接近秦涵芬呢？直白白拿着玫瑰花去追求，还是转弯抹角慢慢接近？总之不能什么都不做。他想了又想，怕自己干出鸡飞蛋打的傻事。他想到秦家父女是研究古籍的，也许可以从古籍着手。福州路上有很多旧书店，很多文人都喜欢有事没事朝书店跑，偶然还可捡个漏。关桃走去了福州路，进了一家很大的旧书店。他没本事捡漏，一分钱一分货，捡漏是幸运，不然就不叫捡漏了。上了楼，却又觉得无从下手。他叫来店员请教。店员朝关桃看看，笑问："先生对哪一种书最感兴趣？"

"我不是太懂，想先了解收集旧书要注意点啥。"

"哦，好的呀。您看啊，古籍讲究的是三本，足本，无缺卷，未删削；精本，精校、精注；旧本，旧刻、旧抄。要寻到这样的古籍，要读很多书。"

"如果一下子没那么多时间去做研究，是不是贵一点的旧本就是好一点的？"

"这样讲一般是对的。"

"好。你可以介绍几种店里比较好的旧书给我吗？"

"可以的，您随我来。您看这些书，陈老莲绘《博古酒牌》《王子安集注》、《商周金文拾遗》《九州释名》，都是本店新到的古籍，先生若有兴趣可以看看。"

关桃不懂这些书，略有些尴尬，他想，还是讲实话为好。他讲："这样，我是想买书送给朋友，他欢喜这些东西。我呢，做生意的，对古籍不在行。"

"不碍，都是慢慢入门的。您看这里的《阮嗣宗集》三部四本，不多见的。还有几本家刻本，秀野草堂刻的《温庭筠诗集》、金农刻《冬心先生集》、经韵楼刻《说文解字注》，虽然不成套，但都是校勘精细的善本，市面上很少见的，我想您的朋友会欢喜这些书的。"

"好的，我要了。还有啥值得推荐的吗？"

"有。店里刚刚收上来一批元曲刻本，汲古阁的刻本，现在存世已经非常稀少了。汲古阁的书算是坊刻本中的精品了，先生有兴趣，我拿来让您过目。"

关桃总共花了六十多银元买了些古籍。他也不知道是买贵了还是价钱合适，反正先买了再讲。这种事，总要先付学费的。

一九三一年元旦过后的一天，关桃拿上书，自己开车去了东方图书馆。

穿过正门前宽阔的草地，走上十几级台阶，过旋转门，大厅敞亮堂皇。大厅中间高悬一盏水晶吊灯，吊灯下方的水磨石地面上用铜嵌条围出了一个框，框里头又有很多格子，用各种颜色的石子拼成不同的文字"知识就是力量"。关桃只认得中文和英文，但他相信那里头有不下七种文字。阳光正好，光线透过大门上方的钢窗照进来，投射到大厅的墙上和地面上。接待柜台后头是几间阅览室，检索箱就放在阅览室外宽敞的走廊里。向左向右都有楼梯，关桃不知道秦先生在哪一间办公室，他走到接待柜台前问了问，被告知秦先生在4楼402室，但需要通报一声。

关桃走进办公室时,秦先生已经在沏茶。这是一间单人办公室,办公桌书橱之外有两只单人沙发。办公桌上堆满了书,冷不防走进去,不容易找到主人的。

"哎呀,关先生,欢迎欢迎,啥风把你给吹来了!"秦先生客气地打招呼。

"秦先生好!我正好有事体路过这里,想起您上次讲过我可以打扰您,我就来了。"关桃找了个借口来掩饰他的目的,他总不可以讲我在打您女儿的主意。

"你在附近有生意?"

"没。这一带现在很热闹,来看看。"这话有些道理,关桃做洋布店,讲不定再开一家。

"哦,确实闹猛。现在闸北、虹口发展很快。"

"我今朝来还想向您讨教,我买了几本旧书,想请您鉴定一下。"关桃边讲边从包里拿出了书。

秦先生接过去,拿起最上面的一本翻看了几页:"金农刻《冬心先生集》,好东西。想不到关先生有收藏古籍的雅好。"

"刚开始学习,有很多不懂,所以今朝来讨教。"关桃有些心虚:"我公司离福州路近,买书方便。您觉得这些是善本吗?"

秦先生翻了翻手上的书,讲:"是不是善本,是要一本本翻看了才能定的。这本《冬心先生集》,一定是善本。"

"所以,您在这里每天要不停地读这些书,然后作出鉴定?"

"是啊,我就是做这个枯燥的事体的。哈哈。不过我欢喜这桩事体。"

关桃没办法想象一个人需要整天看这些书是什么味道。反正换了他是一定静不下来做这件事情的。小时候他是橄榄屁股坐不定的,后来稍微好一些,但要整天坐着看书,还是做不到。他很想知道秦涵芬每天做的是不是也是一样的事。

门敲了一下,还没等秦先生应门,门已开了,秦涵芬呼一下进了门,看到关桃,大眼睛里满是惊讶:"关老板!?"

"你好,秦小姐!叫我关桃吧。"

"那怎么可以,您是大老板,青年才俊,人生楷模,小女子怎敢直呼名讳。"

关桃感觉到秦涵芬话有嘲讽也有玩笑的意味:"哈哈,我还想让别人叫我陛下,可惜没人叫。"

三个人都笑起来。

"那我就叫你关先生咯。"

"不胜荣幸!"

秦先生让关桃稍坐一下,喝茶。然后父女俩站在办公桌子后面讲事情。秦涵芬到父亲这里来是因为有一套书的断代发生了分歧,因为没有牌记,该断为明代还是清代几个年轻人争执不下,书就送到了秦时月这里来做鉴定。秦时月看秦涵芬来了，就对她讲："我以前对你讲过，墨色上明朝很多以煤炭和着面粉代替墨，你看这个书就符合这个特征，你们都没有仔细看。这套书是明清两代交替的时候出的，但你看，它没有牌记，却恰好有刻工名字，这就好办了。有了这两个特征相互印证，可以断为明代。"

"还是秦老前辈厉害啊，受教了！"

"哎，怎么学得油腔滑调了。正好关先生在，一道坐一坐。"

三个人坐下来，秦先生和关桃坐沙发，秦涵芬拖了一把椅子坐在他们对过，靠着秦先生这一侧。秦涵芬穿着中式棉衣，短发，脚上是一双高帮皮鞋。关桃的身体前倾着，双手十指相扣，臂肘搁在腿上，微笑着。

"关先生今朝怎么跑到这里来？图书馆可没生意可以做哟。"秦涵芬笑眯眯地问关桃。

"关先生买了旧书让我看一眼，好书！"秦时月怕女儿讲出不客气的话来，忙替关桃解释。女儿对人一向温和，今天看到了关桃却有些语带机锋。

"是吗——？"秦涵芬的问句拖得很长，好像一眼看透了关桃的用心似的，让关桃更加心虚。

她看了看茶几上的那几本书，禁不住好奇，想看看关桃拿了些什么货色来，站起来拿了两本过去翻了几页，又吸一口气，瞪大了眼，有些大惊小怪地叫起来："还真是汲古阁！你有几本？"

关桃有些不解地看着秦涵芬，秦时月却大致猜到是怎样一回事了。

"你，你是在啥地方寻到这些书的？"秦涵芬居然有些结巴。

"在福州路咯。"

"哎呀，我上个月还去过的，我怎么就没看到。"

"店里讲刚刚收上来的。"

"怪不得怪不得！"

"秦小姐也在寻找这几本书？"关桃忽然感觉很开心，他好像找到了一个难得的机会。现在他要利用这个机会了。

秦涵芬又小心地翻看了其他几本书，讲："对。汲古阁的这套元曲刻本一共是16本。之前馆里有13本了，现在你手里的3本，正是缺脱的那3本。如果把这些放在一道，应该就是一套完整的汲古阁元曲刻本了。"

秦时月没料到关桃的这几本刻本居然会是一套完整刻本的一部分，这个意义大了很多。明代以下的古籍现在都由秦涵芬和其他几个助手在负责整理收集编目，有些事情他并不了解。

关桃粗通围棋，现在他感觉到局势变了，他掌握了一个先手。他看到了秦涵芬眼睛里的亮光，那是盯着那几本古书时所发出的光芒。他也开始听到她声音里的柔软，那是提到这几本元曲刻本时的柔软。

关桃是生意人，再怎么不懂收藏，却也懂得奇货可居的意思。他知道最终的结局这几本书是一定要归了图书馆的，就看怎么归法了。

秦涵芬讲图书馆没生意可做，现在他就要做出一副做生意的样子来。关桃靠在了沙发背上，两只手放在扶手上，讲："哎呀，那真是不错，想不到我还真是买到了好东西。"

"是呀是呀，关先生是真有眼光呢。"秦涵芬讲，笑眯眯的，两个酒窝浮现在脸上。

"秦先生，我听讲东方图书馆现在是全亚洲最大的图书馆？"关桃忽然转了话题，问秦时月。

"对，关先生，这个图书馆是亚洲最大的公共图书馆。"

"最大的意思是指面积最大还是指拥有的书最多？"斜对面，那张笑眯眯的脸上的酒窝正浅下来。

"两者都是，最大的阅览面积和藏书面积，最多的藏书，准确地讲，最多的中国古代典籍收藏。"

"真的！秦先生，我有一个不情之请，不晓得有没有荣幸去看一眼这些藏书？"

秦时月略顿了顿，讲："当然可以，呵呵，想不到关先生对我们这么枯燥的事体感兴趣。除了一小部分，你可以看到绝大部分藏书。我让涵芬陪你去参观好不好？"

关桃的心里已经起了波澜，但尽量把声音放得很平："太感谢了！"

秦涵芬不易察觉地撇了一下嘴，但马上就笑着讲："好啊好啊，我陪您去看看我们的宝贝。"大概感觉出话里的歧义，她又补了一句："看看书去。"

关桃暗自笑了一下。"那太感谢啦。我的书就放在这里了。"关桃对秦时月讲。

"好好，你放心，我帮你放好。"秦时月笑眯眯地讲。他好像有些看懂了，又好像什么都不明白。

罩上大褂，秦涵芬陪着关桃先去了世界馆。藏书室寂静无声，书架、书橱、抽屉里都静静的，走入其中的人不自觉地把脚步放轻，压低讲话的声音，好像怕吵醒宝贝。秦涵芬拉开一个抽屉，里头是几卷外国书。

"这是公元15世纪前的西洋古籍，是馆长自己从国外买回来的。"关桃看着秦涵芬，面色沉静、专注，好像一个掌握了枢机的将军，心中狂澜滔天，却不露声色。关桃的心中也有了朝圣般的安静。走过不同时期出版的各国书籍、期刊，走过地质地图、人体解剖图、西洋历史地图、油画、照片，他们不知不觉走进了中国馆。

"我们最珍贵的收藏，是许多未被收录于经史子集中的书籍，一些永乐大典的残本，还有中国各个省份的大量方志。我们收集了全国各地很多府、厅、州、县的地方志，这些在中国是独一无二的，没有副本可寻。"秦涵芬的语气中是满满的自豪。

"哦，这些都很重要是吗？"

"有了这些古籍，中国的文化传承更完整，更全面，中国的历史变得更有温度和细节，你可以摸到中国历史和文化的脉络。通过各地方志还可以晓得各个地方怎么过日子，晓得我们中华文明的根在啥地方。"

关桃有些在心中仰视眼前的这个女孩。她不只是有好看的面孔。

"我们收藏了大量文学典籍，唐代之前的少一些，宋元有很多版本，明朝的更多一些，譬如讲你的那个刻本，是明朝的。很多古籍要得到完整成套的版本已经非常不容易了，偶然寻找到，人家不一定肯出让。"

关桃觉着秦涵芬的眼睛正盯着他看，好像是在他脸上寻找着一个答案。不过，不急，结局已经定了，何不让过程美妙一些。捉弄一个骄傲的女孩，让她煎熬一下，先在心里一万遍地骂他，然后再让她感到惊喜。他知道她会在心里骂他的。

"所以呢？"关桃问。

"书籍保存本来就不容易，我们经历了太多战乱，中华文化典籍先有五厄，后有十厄，皇帝禁毁，起义纵烧，他国抢掠；永乐大典被毁，四库全书堪忧。所以，要寻到一套古籍真的很不容易，要凑齐一套散失的古籍更难。"

"什么是五恶十恶？书有什么恶？"

"厄运的厄，不是恶毒的恶。"关桃觉得秦涵芬好像白了他一眼："也就是中国文化的典籍在历史上所遭到的灾厄。举一例，秦始皇焚书坑儒，在历史上算第一厄。但我们历史上仇恨文化典籍的，岂止秦始皇一人？哪一次战乱，会少了对书籍的荼毒？所以中国文化古籍岂止经历了五厄十厄？这十厄之说是明朝的人提出的，但到乾隆皇帝修四库全书，把非常多看不顺眼的或者觉得对清朝统治不利的古籍列为禁书，下令收缴毁坏，几乎比不修书还坏。乾隆修了书，太平天国又看不顺眼，把目标对着收藏四库全书的南三阁，三阁烧毁了两阁，文澜阁藏书算是幸存大半。唉，我对你说这么多做啥。"

"我记得你上次到武汉去找书去了，花了很多周折。藏书楼为啥不肯出让？"

"有些是因为家族传统，只收不出。有一些，你连进去看的机会都没有。还有一些，待价而沽。"

"待价而沽？"

"对，你知道皕宋楼吗？"

"不是很清爽。"

"皕宋楼是清末陆心源的藏书楼，以收藏宋元版书多著称，总藏量之丰富远超天一阁。在陆心源之前江南有一个专门酷爱收藏宋本书的名人叫黄丕烈，黄丕烈收集了很多宋本书，所以他把自己的藏书处称为'百宋一廛'。后来黄丕烈的部分收藏归了陆心源,加上他从其他藏书楼收集来的,珍本古籍的数量远超黄丕烈,因此他得意地将自己的藏书楼命名为'皕宋楼',意思我比百宋还多一百宋。"

"哦,那很厉害。后来呢?"

"后来,陆心源的后代经商失败,竟然将所藏古籍十五万册作价十万银元卖给了东洋人。十五万册珍本古籍啊!"秦涵芬的脸上显出了痛苦的表情。那表情里,还带着深深的惆怅、无奈和苦闷,在一瞬间把关桃也带入到惊心和痛惜的情绪中。隔了一小会儿,秦涵芬又讲:"这些书现在归了日本的静嘉堂文库,这个文库有十八种古籍被列为日本的'重要文化财产',其中十六种来自陆心源的宋元版藏书。"

关桃不知道该讲些什么来安慰秦涵芬,他也知道这些年很多中国的珍贵文物或被抢掠、或被贱卖去了外国,只是他从来不曾像现在这样对于这种损失有了明确的数字概念,因而心里同样受到了强烈的震动,他也从来不曾看到过一个女孩子为此而流露出如此真挚的痛惜之情。他的心竟跟着痛了起来,他不想看到眼前的这个人心中痛苦难受。

关桃想起他们初次见面那天,她刚刚从武汉收书回来,带着疲惫,带着骄傲。在这样一个纷乱的世界上,有这样一群人,为着这个民族的记忆和未来,默默地做着日复一日枯燥的事。关桃忽然觉着自惭形秽。他想,不要再捉弄她了吧。

秦涵芬忽然在沉默中醒过来,脸上挂了难为情的笑,讲:"唉,越说越多了。我怎么对你说起这些事情了。我再带你去看看其他地方吧?"

"好的。不过,在看其他地方之前,我能不能看几本你认为是珍贵的古籍,好让我一饱眼福?"

秦涵芬想了想,讲:"好,我带你去看看我们刚收到的一部《乾隆大藏经》,这套经书完整存世的不会超过两套了。"

"真的?"

"真的,肯定的,毫无疑问的!"

馆内的一角,在好多排书架上只放了一套经书。秦涵芬对关桃讲:"这就是大宝贝《龙藏》!"

"我可以翻阅吗?"

"你要戴上手套,翻的时候要用经签来翻,这样不伤经折。"秦涵芬仔细地关照着,小心地拿来两卷经书让关桃看。

翻阅了《乾隆大藏经》,关桃问:"我们接下来去哪里?"

"去看看古董,陶瓷的,玉的,对了,还有黄金的,这个你应该很欢喜。"

关桃听出来了,这是带点讥讽的,讥讽他是个生意人。他决定把这个生意人再做下去。"哈哈,对对,我欢喜黄金的。"关桃好像听到秦涵芬在心里鄙夷地骂了他一句。

古董收藏还没有正式成馆。从全国各地来到上海的达官贵人带来了很多家藏珍宝，有一部分拿出来卖了，图书馆搜罗了一些精华，再到各地收了一些，准备以后另外辟馆陈列。对于门外汉关桃来讲，除了眼花缭乱没更多的感觉。

参观结束了，应该言归正传了。走在回办公室的路上，关桃讲："秦小姐，那几本元曲刻本……"

"关先生，你放心，我们出价一向公道，不会让你吃亏的。"秦涵芬打断了他。

"不，我不是这个意思。"

"关先生，你的意思不想卖？我讲了我们的出价一定是很公道的，这几本刻本我已经寻了很久，你能否成全我们图书馆？"秦涵芬脸上已经有了央求、可怜巴巴的神色。

"你误会我了，我会把刻本留在图书馆，只不过，我有个条件，不晓得秦小姐能否满足。"

"啥条件，只要不违反规定我一定满足。"

关桃的心里踌躇了一下，但还是说了出来："我想让秦小姐请我吃顿饭。"

秦涵芬的眼睛骨碌碌转了一下，好像一眼看穿了关桃，关桃很怕她一口回绝，或者一脸鄙夷地无奈地答应他。但秦涵芬的脸上并没有显示出那么丰富的含义，爽快地答应了："嗨，就这个条件呀，没问题。过一歇谈谈价钱。"

"不，不谈价钱。"

"哎，你怎么这样，你不是讲只有一个条件吗，怎么又不谈价钱了？做人要有信誉好不好？"

"图书馆难道不接受市民捐赠吗？"

"你是讲，你把这几本书捐给图书馆了？"

"对啊，难道你不接受？"

"啊？"秦涵芬好像难以置信，又好像很惊喜，像她终于又完成了一件重大的事情，重大到足以影响历史似的。

她突然摆出弓步，伸出两个拳头快速地摆动来庆祝这个胜利。关桃看着这个开心得有些忘乎所以的女孩，哈哈大笑起来。

秦涵芬愣了一下，脸"唰"一下红了："对不起，关先生，我太开心了，谢谢你！"

"啊，没事，我懂的。呵呵，很开心这些书可以归队，失散的兄弟可以团聚。"

关桃和秦涵芬回到了秦先生的办公室。关桃对秦先生讲："真是大开眼界，希望以后还可以再来拜访。"秦先生讲随时欢迎关桃再来。然后，秦先生又笑眯眯地看着女儿。

秦涵芬有些兴奋地讲："关先生讲，他把这些书都捐赠给我们图书馆了。但有个条件，要图书馆请他吃顿饭。"

"关先生，太感谢了，太感谢你的支持了。"秦时月握着关桃的手，紧紧地握着,眼镜背后的目光也像他女儿一般欢乐。

关桃被谢得不好意思:"秦先生,应该的,应该的。你们做的是为民族为后代积德的好事,我刚好碰到这个机会,应该这么做。再讲了,我还有一顿饭吃。"

"不能这样讲,关先生,我们是在做我们的工作。有很多事是机缘,这几本书被别人买去可能就永远凑不成套了,一顿饭很难换到这样的好事。涵芬呀,你要好好谢谢关先生。"

关桃想,这确实是个机缘,上天给他的。他看看秦涵芬,秦涵芬还沉浸在喜悦中,两眼放光翻着那几本书,听到秦时月的叮嘱,只管点头:"好,好,您放心,秦主任!"

第二十二章　论时局玉壶光转　说风情舞场救美

关桃心里一路欢呼着回到了华懋。他一边开车一边唱着歌，窗外的景色一闪而过，万物都好像和着歌声的节奏。出乎意料的完美！他本来是想用这几本书接近秦时月，再逐渐接近他的女儿。未曾想天遂人愿，他像是押中了头马，中了大奖。他与秦涵芬约定两天后打电话确定吃饭的时间和地点。他要秦涵芬请他吃饭，他知道有了捐书这个铺垫，请吃饭的要求秦涵芬不大好拒绝。关桃很为自己的机智得意，但他也知道这种小诡计是很容易被看破的，所以提出要求时心里很忐忑，想不到秦涵芬爽快地答应了。

完工不久的华懋是上海最高的建筑物之一。入住华懋，是有身价的象征。一个人若论到身价了，就已经脱离柴米油盐鸡零狗碎而进入更高门槛了。亭子间滚地龙里的日子是不用操心身价的。关桃喜欢这里崭新的一切，喜欢这大楼明朗鲜亮的色彩和线条，喜欢这里的方便，也喜欢这里的住户。笔挺西装的男人头发一丝不苟，皮靴和地板一样闪着亮光，衣裙飘逸的女人香气扑鼻，偶然碰面浅笑嫣然。关桃是个商人，追求和喜好的东西与大部分这个阶层的人并没太多差别。

把车钥匙交给门童，关桃坐电梯到了9楼自己的房间。暖气有些太热，烘得头脑有点胀，关桃将钢窗推开一条缝，窗外清凉新鲜的空气涌了进来。从窗口望出去，平坦的草地有些泛黄，花园里的灌木修剪得规整划一。地上的人和汽车很小，玩具般移动，好像伸出手指头就可以随意拨弄他们。霞飞路上人流如织，电车、汽车、黄包车把马路挤得热闹非凡。纵目远眺，黄浦江波光粼粼，帆樯穿梭，右边十里路外的龙华塔清晰可见，关桃甚至可以想象爷娘在做什么。街角上，国泰大戏院开始起造，工人搭脚手架、搅拌、敲钉子的声音有些杂乱。

城市在不断长高，夜深人静时好像可以听到四周建筑物像竹笋顶破泥土一样发出"唏唏嗦嗦"拔节的声响。

把窗关上，所有的喧嚣被阻隔在外。他打了电话给顺礼，问是不是有需要紧急处理的事情，又问他夜里是不是有空过来一道吃饭。顺礼讲已经约了女朋友一起吃夜饭，关桃只好另外约人。顺礼的女朋友是以前在协隆橱窗里做模特的春萍，个子比顺礼还高，顺礼追得不容易，关桃不能坏了他的好事情。他拨了几个电话，约了其他几个朋友过来。

　　天色渐暗，路灯和霓虹灯将明亮的光束泛射到低低的云头，云头好像炉膛里忽明忽暗的煤炭余烬，霓虹灯管发出嘶嘶的电流声。向上跳跃的霓虹灯光一个追逐着另一个，提升着入夜后人类幽暗的欲望，然后"唰"地连成一线，定住了，标示出建筑物的高度，各色商标跳出来，精灵一样闪烁舞动。真是"东风夜放花千树，更吹落、星如雨。宝马雕车香满路，凤箫声动，玉壶光转，一夜鱼龙舞"。

　　关桃想庆祝一下，约了朋友去十二楼吃饭，从那里可以看到更广阔漂亮的城市夜景。服务生拉开椅子，关桃坐在窗边的一张桌子前等朋友来。窗外，明月升起，挂在城市的上空，俯瞰喧嚣忙碌的城市。他拿起当天的《申报》浏览了一下。他看报很快，把所有标题浏览一遍，只看头版、时政新闻、商业消息，略去他没兴趣的花边新闻、街谈巷议。但今天他改变了一下，看完经常看的版面之后开始阅读平常不看的版面。这个喧嚣鼓噪活力四射的城市是一个美好的地方，他想更细致地体味。

　　泰祥号的张老板是第一个到达的。张老板胖，不得不外八字走路，这样大腿根的肉才不会互相摩擦，也好让身体的重量在横向里分散一些。张老板住得不远，走过来不会超过二十分钟，但他还是让司机送了来的。"关老板叫我，我立马到，够朋友吧！"张老板老远就哈哈地打招呼，一边把大衣交给了服务生。

　　"没话讲，这就是交情！"关桃伸出手去握手。关桃今天叫的这班朋友，平常都是饭局太多的人，能够叫一声就来吃饭，就因为有交情。

　　"你在忙点啥呀，最近电话也不打？是不是有女人了，女人堆里瞎混？"

　　"我又不是你，没女人活不下去。我前一段忙新工厂的事体，近来又要赶着同各地的花行签今年的协议。现在收棉越来越难了，落手要快。棉花还没种下去，价钿已经在涨了，稀奇吧？弄晚了，贵了不讲，还收不到。"

　　"是吧？出啥辣花头？去年前年没听你讲起这种事体啊。"

　　"是啊，我也搞不清爽，要研究研究。"

　　两个人讲了几句话，通商银行的霍襄理和远东纺织的单总也到了，四个人一人一边坐下来，点了七八样菜，要了瓶法国葡萄酒就吃喝起来。关桃更加喜欢黄酒，绵柔，糯，但喝葡萄酒时髦，上档次，在华懋这样的地方一定要用高脚杯，端着酒盅吃酒会被人家笑话。

　　霍襄理是青年才俊，分头梳理得齐刷刷的，戴一副玳瑁框眼镜，嘴唇上留着一抹胡子。他是日本留学回来的，按部就班，到银行谋一个差事，一步一步就做到了分行的襄理。对大部分人来讲，这岁数到这只位置不容易，但有留学背景就容易得多。霍襄理的穿衣打扮一向一丝不苟，衬衫外穿一件西装背心，然后西装，天冷再是风衣或者呢料大衣。作为留洋回来的精英，霍襄理学识渊博，对时政和大势总是很关心，银行的起落始终是和这些事情相关的。喝了几口酒，点上一根勋爵香烟，霍襄理的话题就转到了最近的局势上。

这几年中国像是喘过了一口气，各地建设逐渐铺展开来，慢慢好像有了一点点复兴的气象。特别上海，租界号称基本与世界先进地区同步，周边，发展速度也很快。"譬如讲，关老板，你的新工厂放在了龙华，龙华现在有火车站、飞机场，想想看，发展快吧。"

关桃有同感，火油张老板有更加深的体会，不过是从另外一个方向体会过来。用电力的地方越多，用火油灯的人越少，他的生意就越小。张老板早已开始警惕这件事情，虽然全国要普及电力不知道是猴年马月的事情，但他的主要生意在江南，一个发电厂开机，一大片地区就永远不会再用火油灯，对别人的光明，于他是黑暗，他亟需未雨绸缪。

单老板是关桃的一个顾客，看上去瘦刮刮、病怏怏的，看他总感觉很愁苦，缺衣少食的样子，很难看出究竟几岁。面色好的时候三十多岁，面色不好的时候说五十岁也可以。他穿着长袍马褂，带一顶宽檐礼帽，怀表的金链条垂荡在胸前。单老板是无锡人，家中有不少田地。前些年他卖了一部分地皮在上海投了一个纱厂，后来在无锡又开了一个厂，已经达到了两万纱锭的规模。

"单老板，我听讲你打算再开一家工厂？"关桃问。

单总经理正专心致志在红烧肉里挑一块瘦肉。他拨开一块五花肉，深入到菜盆腹地找到一块纯瘦肉，夹到自己的盘子里，听到关桃问话，慢条斯理地放下筷子，讲："对。"随后转头对霍襄理讲："霍襄理，兄弟我到时候寻你们银行贷款，你要支持一下。"

"你打算做多少锭的工厂？"。

"再做一个三万锭的工厂！"

"噢哟，规模真大啊！这是翻倍还不止了。好算一点，算十五两一锭，三万锭就是一个起码五十万两资本的工厂。你一扩充，五万锭的总规模，很多东洋人的纱厂要排到你后头去了。"关桃讲。

"所以嘛，手头紧啊，要向霍兄求助才好把市面做起来。"

霍襄理的身体朝着椅背上靠了靠，左手推了推眼镜，讲："兄弟之间，好讲好讲！照我看，以你们目前的经营状况，贷款一点问题也没有。你只要拿现在的工厂抵押一下就可以贷出款来。不过兄弟们，我最近读了一点日本报纸，看到有一种言论，东洋人对华人企业的发展蛮警惕的。"

"哦，警惕，此话怎讲？"单老板吃了一口银丝干贝，咪一口酒，问。

"照我看，东洋人是一个充满危机感的民族，总在讨论他们的生存与生存空间问题。认真讲起来，东洋人开国门还在清朝之后，只不过清朝一定要中学为体，西学为用，烧了一锅夹生饭，他们取了全盘西化的策略，没有了顾虑，很快追了上去。后来中国有了甲午之耻，日本局部的优势演变为全盘优势。但你想，那也就是短短的几十年，东洋人对他们的领先是不那么有自信的。他们用几十年可以赶上西洋人，中国人难道就没这种可能性？"

"对啊，我们中国人又不笨，完全可能啊！只要国内不乱，大家静下心来专心做事体，怎么不可能！所以，现在东洋人就警惕中国人了？"单老板又问。

"可以理解的啦，在上海这样的局部地区，东洋人的领先更加脆弱。他们学的是西洋人，我们学的也是西洋人。象单老板，大烟抽抽，厂办办就开始要把东洋人甩在后面了，东洋人当然要紧张。"火油张老板讲。

"滚滚，我啥时候抽过大烟——哎，就是这个样子，日本打赢了一仗，拿了中国那么多赔款和地皮，一进一出，如虎添翼。他娘的慈禧太后做个寿，把个国家弄垮了！中国那么多银子如果拿来开厂造兵舰，那兵舰也是大大的了。现在是日本拿了中国的这笔赔款来压住中国人。"

"所以东洋人也不踏实呀。好事体来得太快，心里就没底，焦虑。"

"那不踏实还能怎么样，难不成要中国人一直落后他们才觉着踏实？别忘记了，中国落后也就是这一两百年的事情。"

"国际游戏就是这样的，叫零和博弈。"霍襄理讲。

"啥意思？太高深了，讲句人话听听。"张老板讲。

"一个国家的胜利必定以另外一个或多个国家的失败为代价。"霍襄理解释。

"所以要保持日本的领先，就要以中国的落后为代价？"关桃瞪大了眼睛问。

霍襄理点点头，讲："照我看，许多东洋人就是这样想的。"

"碰到赤佬了，东洋人脑子坏了。来，不要光讲不吃酒。"张老板举了杯，大家一仰头，把杯子里的酒喝了下去。

"现在形势下，大家都做得不错，应该还是会有一段好日子的。"单老板讲。

"不一定，我现在就要动脑筋做点其他事体了。我这个东西，以后市场肯定越来越小，要早做准备。"张老板开始忧心起火油灯的前途了。

"张老板看得远。"关桃讲。这时正好上来松江四鳃鲈，关桃招呼趁热吃鱼。

"哦哟，这个季节能抓到四鳃鲈，不容易。张老板，那你就开几家大烟馆，泰祥号大烟馆，抽了通泰祥和，忘记烦恼。我算第一个顾客，VIP客户。这个东西永生永世都有人抽的，你那几只火油灯正好用来烧烟泡，一箭双雕，一鱼两吃。"单老板讲着，很认真地捡了半条鱼到碟子里。其他人都笑起来。

"这个建议好，关桃兄弟也入个股份，想办法把单兄那只表给赚过来。"

"不行，当掉女人，也不卖表。"

"为啥？"

"上海滩寻个女人最不难了，但要寻块一模一样的表，有难度。"单老板的宝玑表是托了朋友从瑞士带回来的，所以，上海确实很少有。

"你意思，寻婊子容易，寻表难？"张老板坏坏地讲。

"人家当铺不收女人的，活的东西都不收，不利于资产的灵活性。"关桃跟了一句。

"讲起女人，关老板，你今年也不小了吧，怎么，还贪玩不想成家？"

"我没女朋友，跟啥人结婚去？"关桃说这句话的时候，脑子里又出现了秦涵芬的影子。今天的这个饭局，实际上就是因为她而组的。但他又不能说。他想，也许过不了多久他就可以换一个说法了。

"他没女朋友，你们相信吧？"单老板一本正经地问另外两个人，小眼睛意味深长。

"女朋友太多，就等于没。"张老板讲。

"这样讲吧，我们都晓得你单身，至于女朋友嘛，我们不晓得。"霍襄理讲。

"哎，这么多年，你们看见我带哪个女孩子出去过吗？"关桃认真地讲。

"哪倒是真没有。哦唷，"单老板拍了下大腿："关老板，你不会是讲，在上海滩这个地方，关老板，你还——没碰过女人，是童子鸡？那可太稀奇啦。"

"不会吧，关老板靠啥做出来的？靠橱窗里一票模特！这帮模特，卖相好、身材好，橱窗里一站，满满的荷尔蒙气息，看都不要看你们这帮老棺材的，但是看到关老板这样卖相的小伙子，会不动心？照我看，关老板要守住城门，有难度的。这上海滩，三界六道，红尘滚滚，香焰烈烈，谁人不爱，何人能免？"霍襄理讲着，眼镜淹没在一片烟雾缭绕中。

男人聚会，很难不碰女人话题。霍襄理的话不是没道理。顺礼现在的女朋友春萍就对关桃有过意思的。有一日找了个借口跑到关桃办公室，那意思很明白，关桃不是不懂。春萍是好看的，但不是关桃喜欢的。

关桃习惯了在酒桌上被调侃几句，或者被捉弄，譬如讲几个人在外头喝酒，中间叫几个陪酒女人，几个人发点酒疯，上下其手，关桃会有些尴尬。

"要么，吃完饭去让关老板完成成人礼？"张老板建议。

"你意思到四马路去寻女人？用不着你寻，关老板办公室离四马路几步路，拷黄酒的工夫就做好事体了，还用你寻？"四马路是福州路的另外一个称呼。福州路东段，报馆、出版社、书店云集，中国文化出版业枢纽所在，西段，妓院汇聚。大概洋人当这件事情是精神生活，所以租界里的妓院一直合法存在。

"那倒是，要不过一歇去舞厅消遣？去个有白俄舞女的，穿得少，身段好，热辣销魂，让关老板受受刺激？"

"关老板，去不去？"

"不去，没啥意思。"

"关老板，要不要去看看医生，检查检查？"张老板一边说，一只手干脆伸向了关桃的身体，吓得关桃赶紧躲开。

"去去，你才要看医生呢。"

"那你怎么对女人没有兴趣？"

"啥人讲的？"

"那么，你这是心有所属，感情专一咯？那你带出来看看嘛，把貂蝉西施藏着掖着不像是你关老板的风格。"

"打麻将吧，正好四个人。"关桃建议道。但其他三个人今天好像都不那么热心打麻将，非要做一件和女人沾点边的事情。

关桃想了想，又讲："我刚刚看《申报》，看有一家元旦新开的舞厅，叫金亨，就到金亨去跳舞吧？"

"可以可以，新开的舞厅去看看，新年第一舞，跳一场舞，醒醒酒。"张老板附和。但单老板不是太乐意，因为他穿的是长袍马褂，跳不开的。

"跳不开就在旁边坐着看，吃点喝点。你那架子，跳舞像根电线木头移来移去，不跳也好。不要和我争啊，舞票我包了！"张老板讲。

四个人达成了一致，餐后就去了不远处新开的金亨舞厅。

酒后，都有些醉醺醺的，舞池灯光时明时暗，舞曲一会儿激越欢快，一会儿悠扬缠绵。一曲舞罢，有人下场休息，也有人换了步子继续跳。舞厅提供恰到好处的暧昧，让身体改换一种活动方式，让双手勾搭在不同的身体上，让思想或专注于舞步，或迷恋于对面的身体，忘却现实的勾拌。

关桃接连跳了几曲，想休息一下，同着舞伴下来，到了单老板坐的地方。单老板自有一个舞女陪着他，喝着一杯兑汤力水加冰的哥顿金酒，吃些零食，讲讲笑笑，打情骂俏，别是一番趣味。

突然，舞厅另一头好像有些骚动吵闹，吵闹声越来越大，一个男人的声音和一个女人的声音越来越响。关桃觉得那个女声有点熟悉，不由得伸长了脖子看过去。

"他妈的X，装啥清高，出来做就是出来卖，卖啥都是卖！"一个男声高叫着。

"我们只陪舞不卖身，你要屏不住就到别地方去！"

"嘿，我是真屏不住了，别地方我不去了，就要定你了！"

"滚，你再敢乱动我不客气！"

"哈哈，好，就欢喜你不客气，来来，不客气一个给你爷看看。"

关桃很确定那个声音是谁的了，他的眼睛注视着那个方向，看清楚了人丛中的邱秀珍。

关桃每年会去看望师娘。邱秀珍嫁到陈家以后，秀珍经过与夫家的争取，使邱太太带着小女儿和儿子一起搬到了陈家拥有的一处出租房子里生活，少一些房租，又有秀珍平日里偷偷摸摸的接济，日子勉强过得下去。关桃每年也会送些钱过去，支撑一段时日的开销。关桃知道秀珍的夫家看不起秀珍，所以秀珍的日子一向不大好过。但秀珍出现在跳舞厅，应该是生活出现了很大的变故。

秀珍是关桃在懵懂躁动的青春里第一个有过亲密接触的女孩子，关桃可能没爱过这个女孩子，但关桃不想这个女孩子有不幸的生活。

他迅速走到人群中，站到了秀珍的前头，眼睛和那个舞客对视着："你敢再乱动一爪子，我扳折你的爪子！"

"咦，只猪头三、戆卵啥地方来的，算哪根葱，要你管闲事？"对方的个头和关桃一般高，体格看上去还魁梧一些，毫不示弱。

"不要管我啥地方来的，你再伸手试试。"关桃忽然大起声音来。关桃是犟种，从小打架，对面这个人根本吓唬不了他。几个朋友都围过来，他们从来没看到过关桃的这副模样。

两个脑袋都前倾着，恶狠狠地看着对方，大概是先要用眼神来争得心理优势。旁人正要劝，对方的拳头"唰"地打了出来。关桃闪了一下，右手也打了出去，动作很快，快到别人还没看清就已经击中了对方，只是没打中对方的要害。

对手觉得吃了大亏，丢了面子了。舞厅开始大乱，大家都往旁边避开，好像要让出一块决斗场地，秀珍看清是关桃，怕他吃亏，想要拉他下去，但晚了。这两个人没分出胜负绝对不会偃旗息鼓。那男子大叫一声："老五！"有一个人站到了他的旁边，显然是他的同伴。这个同伴是个矮壮的家伙，像牛一样壮实。张老板想要出来打圆场，话讲到一半："哎，兄弟，有话……"矮壮的家伙已经向关桃冲了过去。

关桃没练过拳脚，但很会打架，出手很重。自从谛闲大师让关桃在龙华寺住了些日子，关桃打架少了，但手脚好像更快了。他出手没什么章法，但很快，大概正应了那句话，天下武功，唯快不破。自从做学徒时打过一架，有好些年没打架了，但他毫无疑问比那个时候更加结实了，力气也更大了。这一次他没想过要逃跑，秀珍在，他要护着她，他长大了，没理由逃跑。

这时，关桃心里很安静，脑子不乱。他看着坦克一样压过来的对手，知道对方也不是高手。舞厅里地方小，人多，拥挤在一堆，对方也摆不开阵势。一个要两肋插刀露一手冲在前，企图一击而胜，一个吃了小亏在后，伺机合围。关桃用手护了秀珍往旁边一闪，对方扑空露出了后肋，关桃一拳从侧后打上去，对手一个踉跄，沉重的身躯扑倒在地，口鼻重重撞到了地板上。另外一个人还要冲上来，关桃回过手来挡了对方的拳头，一只脚踢在了对方的肚皮上。

扑倒在地的壮汉一下子没爬起来，抬起头来，口鼻血糊糊的，血嗒嗒直往地上掉。他大概自己被自己吓坏了，周围的人也看呆了。舞厅的锡克族保安恰好赶到，高大的身躯像门板一样隔开了冲突两方，警告不可以在舞厅打架，不然都要送去

第二十二章　论时局玉壶光转　说风情舞场救美

巡捕房。吃亏的一方感觉到根本不是关桃的对手，保安这么讲了，口头威胁了关桃几句，扶起口鼻流血的同伙退了。

关桃的身后响起了掌声。几位同来的老板看得目瞪口呆。平日里总觉得关桃颇文雅，想不到打架却这般厉害，确实是真人不露相。

乐队重新奏起音乐，舞厅老板找过来，到关桃面前讲："这位老板，谢谢您主持公道，保护我这里的舞女，这样，我免您今年一年的舞票。"

"不用，您做生意也不容易。不过我现在要把邱秀珍带走，您不介意吧？"

"当然当然！"

一伙人离开了舞厅，然后各自散了，只留关桃和秀珍向着华懋走去。

第二十三章　大逮捕柔然脱险　城隍庙关秦相约

秀珍的男人死了。陈家自从在股灾中受了重创，一蹶不振，好多年没缓过来。但瘦死的骆驼比马大，陈家总算有一些资产，过个比普通人家好些的日子没问题，但还要胡天野地作，那离脱底棺材一步之遥。可惜秀珍的男人就是这样一块料。这少爷从小手里松散惯了的，过不了算算用用的日子，在外头吃喝嫖赌一样不少，到了家里看自己老婆也不顺眼。秀珍成家后陈家就分了家，这少爷把自家的一份家当败光后又以爷娘的名义去借钱，被爷娘发现后堵了漏洞，实在没法还债了，被讨债的青头羞辱了一番，打了一顿，忧愤恐惧之下，一时想不开，觉得活着没意思，竟一根绳子上吊自杀了。

秀珍的父亲是说没就没了的，现在又突然没了男人，想想是自己的命不好，心里苦得说不出，也有过不想活了的念头，但舍不下女儿和娘。她以前可以接济一下娘和妹妹弟弟，现在连自己和女儿的生活都成了问题，于是又想到了去跳舞厅赚钱的办法。跳舞厅各种各样的人都有，她虽有思想准备，但真碰上了还是不能够逆来顺受忍下来。毕竟，她从小衣食无忧长大，之前还做过几天富裕人家的太太。

坐定下来后，关桃才有时间弄清楚秀珍的变故。关桃倒了一杯水给秀珍，想缓和一下秀珍的情绪。秀珍讲着所发生的一切，涕泪齐下。关桃怜惜地看着秀珍，走到她身边，拍拍她的肩膀。秀珍抱住了关桃的臂膊，大声哭起来。

秀珍没读过几天书，也不如那些刚从乡下出来的女孩吃得起苦，可以做的工作不多。她有几分姿色，只想得起做舞女可以救急。至于将来，她来不及想，也不敢想。好在秀琳快读完中学了，可以出去工作了，那样娘那里可以少一份负担。最要紧的是，她自己有一个女儿，还有一个上小学的弟弟，这是必须要赚钱来养的。

关桃也想不出多少办法来。帮是一定要帮，但怎么帮需要好好考虑。关桃出得起钱来支付秀珍的日常开销，但他知道秀珍的脾气，不见得会接受这样的做法。

夜慢慢深了，秀珍沉痛的心终于得到了片刻抚慰。这个她曾经深爱过的男人站在身边轻轻拍着她，她慢慢平复了心情，小声抽泣。

安静下来后，两个人都没讲话。秀珍坐在贴着柚木护墙板的房间里，感觉到陌生、局促。也许她还没有从舞厅的那一幕中回到眼前，也许，她想起了多年前那份萌动的爱。

关桃打破了沉默："秀珍，去那种地方做事，各色各样的人，你应付不过来的。你为啥不早点来寻我呢？"

秀珍小声讲："我有啥资格寻你？我没面孔寻你。再讲我嫁人了，不是邱家的人了，自家男人死了，我为啥要来寻你？"

"你不要这样想，再怎么讲，我们曾经在一张台子上吃饭的啊。"

"你心好，我明白。但是这让我更加没面孔寻你。"

关桃知道秀珍的脾气，所以不再与她就这件事情说下去。眼前要紧的是怎么安顿秀珍，既可以让她有收入支撑家庭，又不会让她觉得受之有愧，于心不安。

"我现在先送你回去，这几天我寻朋友问问，看看啥地方可以寻到一个合适你的事做做，你看好不好？总之舞厅你不可以再去了，我这里寻到了就通知你。工作不一定称心，但先有个事体做，把孩子和师娘安顿好比啥都重要，你看好吗？"

秀珍想了想，现在只有这样了。一家人要过日子，不能一直靠关桃接济。她点点头，讲："好，桃子阿哥，我听你的。"

秦家父女这一日回到家里，吃夜饭的时候提到了关桃。关桃对秦时月的拜访，意料之外，情理之中。女孩都有第六感，秦涵芬感觉到了关桃另外的目的。

"你准备在啥地方请关先生吃饭？"

"还没想好呢。唉，商人就是商人，捐个书还讨一顿饭吃，烦吧？"

"哎你这孩子怎么这么讲人家。人家几十块银子难道不够吃顿饭的？再讲，商人怎么啦，你那么看不起商人？"

"秦大师，您老先生没听到过吗，无商不奸，白先生诗曰，"秦涵芬起了个评弹的调，有模有样唱出来："商人重利轻离别，他是无利不起早，唉，做啥事体都有个目的在后头。"

"那你讲讲关先生捐书背后啥目的？"秦时月笑着问。

秦涵芬转了一下眼睛，感觉父亲这句话背后有个陷阱："这个嘛，我就不晓得了。我还没商人那么奸呢。"

秦时月正色道："涵芬啊，不要老是一口一个奸。你讲，我们这个东方图书馆是怎么来的？"

"商务印书馆出钞票办的呀。"

"商务印书馆做啥的？"

"出书的……"秦涵芬忽然不讲下去了。

"对，商务印书馆是出书的，商务印书馆出了书籍是要卖出去的，卖书才能够赚钞票。出书卖书是个生意，出书卖书的也都是奸诈小人？"

秦涵芬一时语塞。

"做生意的，只要做在正道上，是一样的，平等的，都只是在社会上谋生立足的一种方式。商务印书馆的股东赚了钞票，办了这个图书馆，关先生赚了钞票，捐了古书，道理一样。如果我们有几千几万个像关先生这样的捐助人，那是多么了不起的一股力量？"

秦时月少有这样的正色和雄辩，而且这些话不无道理，她一时没法反驳，只好讲："哎呀，几千几万个都像他这样要请吃饭，那我们还上不上班嘛。哎，我就是讲着玩玩，您老人家不要当真。"

秦时月把略显严肃讲课般的语气缓和下来："就是提醒你不要带着偏见去看待别人。"

"好啦好啦，您现在开始啰唆啦，都还没老呢。"秦涵芬开始撒娇。女儿撒娇，秦时月没办法再讲下去，只是关照秦涵芬一定要代表图书馆好好谢谢关桃。

晚饭后，月半刚过，一轮圆月悬空而挂，清辉泻地，投下树木清晰的影子。幽暗和微明错杂的世界影影绰绰，有些虚幻。一只猫弓腰蹑足走过院子，好像不忍心打破幻境。这样的月夜是适合想心事的，秦涵芬站在窗前，看着院子里的树影，没睡意。

哗啦啦，隔壁人家传来麻将洗牌的声音。

从小没娘的女孩要独立面对很多问题。无论父亲多么关心，娘对女孩都是不可或缺的。秦涵芬明白秦时月所讲的道理，但她心里却有另一层心思。有娘在，这一层心思就可以对娘去说了，现在她只有对着洋娃娃倾诉心事了。

那天刚到三浦别墅下车时，秦涵芬看到了关桃，只不过眼光没好意思停留太久。但那一刹那的停留已经在她的心里激起了涟漪。一个女孩被一个英俊的男孩吸引是再正常不过的事情，更何况关桃让她觉得似曾相识。她有些恍惚，虽然只是短短的一瞬间。

秦涵芬经历过校园里纯粹易碎的爱，有过不少追求者，比如现在的金玉良，但她对他没感觉，只好拒绝。虽然相处起来有些尴尬，但爱情无法迁就。关桃在三浦别墅讲，他好像看到过她，秦涵芬把这当作是搭讪，内心抵触，但后来想，她明明也觉得关桃似曾相识。

也许他们真的碰到过，匆匆一眼，惊鸿一瞥，相忘于江湖……冬去春来，草木枯荣，经历了青春的嬗变，很多年后再次碰到，他们都已长大成人。

知识分子也是柴米油盐醋过日子，但可能有不一样的期许。秦涵芬理想中的另一半，不包括商人。她对商人谈不上有偏见，却不欣赏。但她今天在图书馆看见关桃时，心里的一只角落分明是雀跃的，虽然嘴巴里讲的和脸上表现出来的，是另一种味道。她带他参观藏书时几乎是滔滔不绝，一下子讲了那么多话，难道只是为了争取他的那几本书吗？就算那些话是为了那几本书，那么答应吃饭呢？是个人大概都能看出来关桃的那点心机，放在以前，秦涵芬会转头就走，但她最后却答应了请关桃吃饭，甘愿走进关桃的套路里头去。她感觉自己好分裂。

此刻她躺在了床上，手里拿着两个洋娃娃，一个扮妈妈，一个扮女儿，一个人饰演两种声音，一问一答起来。

"妈妈，我有问题要问您。"

"什么问题呀，小东西问题真多！"

"他今天来图书馆啦！妈妈，您晓得吧，我觉得他好讨厌的。您知道的，商人嘛，整天穿得像真的一样，头发油光光的。我其实有点知道他为什么来的，真的，我进爸爸办公室的门一看到他我就晓得了，他的眼睛里的光躲闪了一下，有点心虚的，哈哈，他藏不住的。"

"他为什么心虚啊？"

"哎呀，妈妈，您晓得的呀，别问啦，人家难为情的。"

"哈哈，我女儿是不是看上他了？"

"才不呢！不过，妈妈，他真的好英俊啊，他的眼睛，好澄澈，好像可以告诉我他所有的事情！"

"羞，羞，大姑娘这样子说话不怕难为情！"

"真的，妈妈，您见了他会欢喜他的。"

"好吧，我女儿大概是真欢喜一个人了。"

"哎呀，说了嘛，我没有欢喜他。"

"可你刚刚明明说了欢喜他呀！"

"嗯，妈妈您真坏，我是说您会欢喜他的。"

"好好，我欢喜他，你不欢喜他。后来呢？"

"后来他要约我吃饭。"

"啊，哪有这么快的呀，怎么上来就要约人吃饭了？"

"我也是这么想的嘛。看，我和您想的是一模一样的，我是您的乖女儿呀，我才不上他的当呢！"

"所以后来你没有答应他？"

"后来，嗯，可是被他的几本古书一搞，我就糊涂了，我就答应了和他一起吃饭啦。妈妈，您说我做得对还是不对呢？"

"爸爸怎么说的？"

"爸爸好像很帮他的，刚刚还不许我说他坏话呢？"

"你说了他什么坏话呀？"

"我说他奸商，捐几本书就要我请他吃饭，哼！"

"哦，你怎么可以这么说他呢？做生意的，只要做在正道上，是一样的，平等的，都只是在社会上谋生立足的一种方式，你不能带着偏见去看待别人。"

"哎呀，怎么你每次说的话总是和爸爸一模一样的。"

"因为我和你爸爸本来就是一个人呀。"

秦涵芬抱着两个洋娃娃心满意足地睡着了。

第二天一早，关桃到华懋背后马路边上的馄饨摊头去吃早饭。关桃爱吃馄饨。他小时候去龙华街上，经常缠着爷娘要吃这吃那的，但多半不能得到满足，一来种田人家没那么多钱尽着吃，二来，爷娘也不能惯出孩子的毛病。但关桃还有孃孃啊，孃孃也没什么钱，但带着侄儿去街上经常会在路边摊头买上一碗小馄饨给他吃。关桃有了钱，买了大房子，住进了华懋，但还是喜欢在路边摊头吃馄饨。他一直光顾的摊头是由一个40多岁的女人带着女儿两个人开的，每天一清早，母女两个推了小桌子小椅子和炉子锅碗出摊，一直做到晚上八九点才收摊。关桃来吃得多了，大家就熟悉了，不但和母女俩熟了，连经常来吃的几个人之间也互相点头打招呼了。好几个人都对母女俩打趣说，这小伙子是看上琴香了吧。琴香就是那个女儿，被别人这么一讲，总是红了脸转过身去，琴香的娘就讲："瞎讲，人家是大老板，怎么可能看上我家琴香。下次不要讲了啊，再讲要把关先生吓跑了。"

但从此琴香见了关桃就会脸红。

吃过早饭，关桃到了公司，打电话给泰祥号的张老板，请他帮忙在公司里给秀珍安排一个职位，工资由关桃这里转过去支付。张老板一口答应。张老板虽还没完全搞清楚关桃和秀珍的关系，但知道这关系一定不一般。

"放心放心，兄弟，你让她过两天就过来上班，我保证帮你照顾好。你的事体就是我的事体。"

忙完手里的事情，关桃想起了与秦涵芬的约定。他巴望着秦涵芬早些打电话过来约吃饭。昨天要不是去东方图书馆拜访，夜里就不会约了几个人一起吃饭，没有约吃饭就不会去舞厅，不去舞厅就不会碰到秀珍，世界上的事情没法讲清楚。

到了约定通电话的日子，一早，秦涵芬到总务处去打电话。电话通了，关桃不疾不徐的声音好像总有些狡黠，让秦涵芬觉得有陷阱在等着她。但她渐渐不抗拒这个未知的陷阱了。寒暄了一下，她问："关先生，你欢喜吃啥菜？"

"不大能吃辣的，其他都还可以。"关桃此时好像还和另外一个人说着话，秦涵芬听到关桃让那人稍坐一下。

"中餐还是西餐呢？"

然后就是一阵嘶嘶的声音，电话断了。后来秦涵芬再怎么拨打，电话就再也不通了。

大约三个小时以后，关桃打电话到图书馆找秦涵芬。

三界玲珑塔

"为啥电话断了？"

"我们楼里的所有电话都被切断了，刚刚我们这里捉掉了好多人。"

"捉人？捉啥人？"

"应该是中共的人吧。好几十个，从我们这个楼面带走的。不晓得出了啥事体，走廊里立满巡捕和便衣，我刚巧碰到一个认得的巡捕。"

秦涵芬沉默了一下，又问："这些人会怎样？"

"应该不会有太大事体吧，这些是政治人士，不会怎样的吧。"

"哦，没事体就好，听着汗毛都竖起来。前头讲到啥地方了？"

"问我想吃啥。"关桃停顿了一下，讲："我现在想吃油墩子，萝卜丝炸出来的那种，你欢喜吃吗？我还想吃牛肉粉丝汤，好久没吃了。"

秦涵芬没想到关桃要吃这几样东西，笑了起来，讲："啥地方没这几样东西吃？一角洋钿吃饱，吃这几样东西，我跟馆里怎么交代？"

"为啥不可以交代？不是贵的东西才能让人满意对吧？反正就是一顿饭，能够填饱肚皮又让人开心就可以，对不对？"

秦涵芬觉得他讲得有道理。但问题是，哪一家有名气的饭店卖这几样东西呢？"那你想去啥地方吃？"

"唔，你想不想去城隍庙？好久没去城隍庙了。"

秦涵芬也好久没去城隍庙了，那些小吃，那些捏泥人、卖风筝的小摊小店小巷好久没去逛过了，她的心里，一下起了小孩子般的欢喜："好的呀，哈哈，你自己讲的啊，吃得不满意不要怪我。这周我都有安排了，下礼拜三你有空吗？"

"有空。那就讲好了，下礼拜三中午到城隍庙吃饭，我上半日十点到你家大门口接你好不好？"

两个人说好了吃饭的事情，电话就挂了。关桃在电话里没对秦涵芬详细讲出来刚刚所发生的一切。这一日一早他在大楼附近碰到了埃里克巡捕，还打了一个招呼，也没在意。在电梯里，他碰到了当年在巡捕房拘留所一起关过的李柔然先生。李先生没大变化，只是头上戴了一顶礼帽，脖子上多了一根围巾。没想到会在这里碰头，他们在电梯里热烈地握手。

"桃兄，想不到在这里碰到你！"小李其实比关桃年长，却总称关桃为兄。关桃呢，则唤小李为李兄。

关桃讲："我就在这里上班的呀。李兄今朝怎么到这里来？"

"我到四楼看个朋友，聊聊天。"

关桃在四楼，费先生也在四楼。关桃讲："哦，你大概是来寻费先生的吧！"

"你怎么晓得？你也……？"小李眼睛里忽然有些警觉。

"猜的，我也在四楼，费先生我经常碰到。"关桃忽然把李先生警觉的神色和埃里克出现在附近联系了起来。埃里克不像是路过，他也不是这个区域的巡捕，关桃在这里从来没碰到过埃里克,再说埃里克早已不是巡街的巡捕了。

面对李柔然,他有一种不好的预感。他早就知道李柔然是做什么的了,所以当这两件事情与谦和又有些神秘的费先生联系在一起时,他隐隐觉得要发生什么事情。关桃对李先生讲:"李兄,你事情不急的话先到我办公室坐一歇如何?好多年没碰面了,这么巧碰到,到我这里吃口茶吧。"

李先生听关桃这样讲,看看表,时间确实还早,同在一栋楼里,加上两人早就认识,就不推辞,跟着关桃进了办公室。

两个人聊了几句,秦涵芬正好打进电话来,关桃让李先生在沙发上稍坐一下,电话突然就断了。李先生坐了一会儿,喝了几口茶,看了一眼手表准备起身告辞的时候,楼道里传来杂沓的脚步声,而且很快就传来高声喝令的声音,整个大楼已被包围。关桃按住了李先生的肩膀,开门出去看了一眼,回来对他讲:"你还记得埃里克巡捕吗?我们出拘留所的时候在场的那个外国人?今天他出现在这里。现在楼道里满是巡捕房的人,堵在费先生公司门口,你不能出去。"

李先生的面色变得很严肃:"不行,万一他们来你这里,你也要出问题的。"

"你是我的朋友,我们认识很多年了,我是做正经生意的,谁来我都可以解释得清清楚楚。你现在出去可能把自己送进去的,埃里克应该还记得你。"

后来确实有人到每个房间查看,一一查问了每个房间里的人的来历。但好在不是埃里克,关桃解释起来就很简单了。确信没事之后,关桃用车把李先生送出了租界。

过了几天,李先生不知道从什么地方打了一个电话给关桃,谢谢他这一次的搭救。电话里说他现在躲在一个安全的地方,需要一些日子才能再露面。

"李兄,有些话也许我不该问,不过我真的很惊讶怎么会一下子有这么多的人被抓去。"那真的是一大批人,报纸上登了,好几个是中共中央一级的人物。

李柔然沉默了一下,大概是在思忖该如何讲,讲多少,毕竟,关桃只是一个局外人,只是恰好认得他,恰好救了他。事关机密,要掌握分寸,况且知道太多对关桃没什么好处。

"我想,是我们的内部出了问题。我只能讲这么多。现在这些人关在啥地方都不晓得,我们正在想办法营救。"

"好的。你多多保重!"

礼拜三很快到了,这天关桃约了秦涵芬去城隍庙吃中饭。

城隍庙是上海老城区的代称,挨着法租界。最初的法租界只是上海老城墙北面的一小块区域,夹在英租界和上海县城的当中。几十年后,城墙里的上海县城与城北的租界有了云泥之别。辛亥之后,人们觉得日益淤塞的上海护城河很不卫生,高高的城墙阻碍了老城区的发展,所以上海的城墙就被扒了,墙砖和中间的填土被用来填平护城河,修筑新路。那时大概认为把旧的革除了,新的自然而然

三界玲珑塔

就会生出来,并且新的一定比旧的更好。但十几年后老城区还是破败衰落,只是在城隍庙和豫园的周围因为有繁盛的商业而显得热闹一些。

关桃准时到达了静逸村,等了一会儿,秦涵芬走了出来。虽然还是对襟棉袄和皮鞋,但可以看出秦涵芬是用心打扮了一番的,戴了耳环,涂了口红,薄施粉黛,手里夹了一个棕色的皮包,头发里飘出好闻的味道。关桃把今天的中饭看成和秦涵芬的第一次约会。他穿着西装和大衣,因为这是平时的装束,不会显得太刻意。把秦涵芬让上车,车子径直向着城隍庙驶去。

这一天阳光普照。关桃早上听收音机,徐家汇天文台预报今天的温度有12度。春天还有些远,梧桐树还没发芽,但街头不缺绿色。一路上,有塔松巍然,樟树如盖,乌鸦鸟躲在绿叶中,呼啦啦飞向湛蓝天空。小叶黄杨围起的花园里,最早的玉兰花已经绽放,偶尔,棕榈树伸出蒲扇一样的叶子到篱笆墙外,微微摆动,好像召唤着春天。

关桃开了一下车窗,竟然感觉吹进来的风有些春天的味道了。他说:"天气真好!"

"嗯,天气真好。"秦涵芬答道,眼睛却只看着前方,不敢往关桃的方向看。车里的空间很小,秦涵芬坐在副驾驶座上,仿佛可以感受到从关桃身上传过来的热量,左边的脸热烘烘的。她尽量不转头去看关桃,时而看前方,时而跟着路边后退的风景转过头去,一会儿,身上竟有些出汗。

车停在了小北门附近,两人下了车,走进老城去。天气这么好,走路比开车更舒服爽快。老城里,狭窄的街道两边的屋瓦好似就要碰在一起;晾晒的衣物滴着水珠,小店商铺鳞次栉比,来往人流熙熙攘攘;弄堂口,倒马桶的主妇慵懒惺忪。老上海的日常好像一百年不变。

他们两个并排走着,肩膀和肩膀有一尺的距离,有时候没话题,有些尴尬,还不如隔着电话讲话放松。秦涵芬说,要不先到湖心亭的茶馆里坐一会儿,吃饭还略早了一点。关桃说,好的。走过弯曲的小街,摊贩叫卖着各种各样的小吃,走过路边的烘山芋摊头时,关桃忍不住停下了脚步。关桃小时常把自家种的山芋放到灶膛里煨烤后吃,他喜欢灶膛里取出来的带着焦毛气的山芋的香味。他看看秦涵芬,怕她不喜欢吃这样的食物。

"看我干吗?"秦涵芬问,然后好似不屑地把头侧转去了其他方向。

"我想吃烘山芋,不过我想你不一定欢喜。"

"你不要管我嘛,今朝你是客人,你开心顶要紧,你不用看我,欢喜吃就讲,本姑娘负责付钞票。"

关桃喜滋滋地买了一只烘山芋捧在报纸里,剥开外头有些焦脆的皮,露出里头金黄色的芯来。他觉得要流下口水来了。他看了一眼秦涵芬,发现秦涵芬的眼睛也巴巴盯在烘山芋上,专注而欣喜。他意识到这个山芋必须分着吃了。小心地把山芋掰成两段，他递了一段给秦涵芬。

阳光下，两个人站在街边稀里呼噜吃完了烘山芋，舔了舔黏在嘴角上的残留物，相视莞尔。关桃的眼睛停在了秦涵芬的嘴角上，那里仍然有金黄色的食物残屑，秦涵芬在关桃的眼光下觉着一阵心慌意乱，眼神躲闪开去。关桃看到这小鹿般的眼神，怦然心动，但嘴里却调侃了一下："你太小气了，这点点山芋还要留到下一顿吃，到底舍不舍得请我呀？"

秦涵芬意识到是什么事情了，连忙拿出手绢擦了擦嘴巴，然后举起了拳头要打向关桃："你笑我！"

秦涵芬的拳头过来的时候，关桃闪避了一下，让秦涵芬觉得似曾相识。两人之间没了刚来时的尴尬，变得融洽起来。

他们索性又找了几样小吃，在街边坐下吃了起来。吃着油墩子，就着牛肉粉丝汤，额头上冒汗，鼻涕稀溜溜流下来。不远处有个卖烧饼的摊头，关桃讲："秀才吃麻饼的故事，你听过吗？"

"没听过，讲啥的？"

"讲有个穷秀才，买了麻饼，和两个朋友坐在一道吃，他吃得小心，用手托着，芝麻粒粒吃进了肚皮。朋友不那么讲究，在台子上落下了很多芝麻，秀才觉着可惜，但又不好意思捡芝麻吃，就想了个办法，要讲故事给朋友听。"

"唔，你现在讲故事给我听，我看看啥地方有芝麻。"秦涵芬说。

"我不是秀才嘛。"

"那你讲，你讲。"

"秀才就给朋友讲三国，用手指头蘸唾沫，在台子上画地图，地图所到，芝麻就沾在了手指上，秀才又蘸一下，继续画地图讲故事，很快把芝麻扫干净了。"关桃边讲边用手指在嘴巴旁边和台子上比画。

"哈哈，哈哈哈。"秦涵芬听得大笑起来，把眼前的碗一推，不敢吃了。

关桃一本正经讲下去："还没完。"

"还要怎么样啦？"

"有几粒芝麻落进了台子缝逢里。秀才想，可惜了啊！这时候故事里正好张飞出场，秀才讲：那张飞一拍台子，大叫一声，哪里跑！秀才边讲边拍了一下台子，台子缝缝里的芝麻被震了出来。两个朋友听得入神，感叹秀才满腹经纶，讲故事声情并茂。秀才把张飞的线路再一画，芝麻就又到了嘴巴里。"

"哦哟，不要讲了，吃不消了，不要讲了！"秦涵芬笑得前仰后合。

这样的肆无忌惮已经好久不曾有过，好像回到了无忧无虑的童年。阳光正好，人流如织，在摊贩的吆喝声里，秦涵芬感到轻松自在。

但他们很快吃完了，吃饱了，按照程序，关桃应该送她回去了，然后Say goodbye。两个人你看看我，我看看你，秦涵芬的脚踢着地上的石子，眼睛又看

第二十三章　大逮捕柔然脱险　城隍庙关秦相约

向了别处。

关桃挠了挠头，讲："你刚刚讲过还要请我吃茶的。"

秦涵芬好像很无奈地讲："你这个人一点也不肯吃亏啊！好吧，讲过的话我不会赖掉的。"

他们坐进了湖心亭茶楼，阳光照进窗棂，在茶桌上画出精致的格子，格子里放着紫砂壶和细洁的杯子。

秦涵芬忽然问："你那些被捉去的朋友怎样了？"

"不晓得。捉走的人不是我朋友，我和那个费老板只是点头之交。"

"哦。唉，马上就过年了，这些被捉进去的人也有家小，屋里的爷娘一定等着他们回去过年的，想想蛮为他们难过的。"

关桃想，兴许他可以去问问埃里克。李先生也不知道这些人关在什么地方，或许埃里克清楚，无非是在哪个巡捕房里拘留着吧，等李先生下次打电话给他，他可以告诉李先生这些人在什么地方。

春节正临近，要准备年货了，父母远在外省的人们早已开始计划省亲的旅程了。这些被抓了的人和常人一样，有父母爱人等着，有孩子需要抚养。

茶香氤氲，加了两遍水，正是茶水味道好的时候，两个人之间好像有了会心的亲切，说话的语气也愈加随意。秦涵芬小时候跟着父亲去龙华看过三月三庙会，但很多年没去了，所以问起关桃这些年庙会是不是还像以前一样热闹。但关桃出来学生意之后也有很多年没去庙会了。关桃讲："不晓得现在情况，但每年报纸上都写得那么闹猛，大概是一样的吧。"

秦涵芬讲："你龙华人都不看龙华庙会，列祖列宗在上，何以面对？"

"小的罪该万死！罪该万死！"关桃很配合，逗得秦涵芬又笑起来。关桃又讲："不如这样，为了弥补罪过，我今年一定去，还多带一个人过去，你看这样可以吗？"关桃探询的眼光直直地看着秦涵芬。秦涵芬红了脸，避开了关桃的直视，声音小了很多，讲："你带不带人去问我做啥，你欢喜带就带咯。"

"我不是怕她不同意嘛。"

秦涵芬不知道怎么答才好。她和关桃在一起开心，放松，她心里是愿意的，但嘴巴里就这样讲出来，却不知道是不是太轻率。

"她同不同意去对你有啥不一样吗？"

"那肯定不一样啊！可以到庙里告诉祖宗，今年是多带了人来游庙会的，让他不要责罚我。"

"你们关家这么厉害，庙里也有人？"

"伽蓝神关老爷！"关桃翘起大拇指，继续讲："千秋义勇壮山河，万古勋名垂竹帛，我好坏也在庙里住了些日子的。"

"庙里住的都是和尚吧！"秦涵芬的脸上挂着顽皮的笑。

"也不是啊。"关桃讲。

"我晓得,你上趟讲过的,因为顽皮被关进去管教了。"

"秦小姐想不想看看我被管教的地方,想象一下我倒霉的样子?"关桃索性把话挑明了。

"哈哈,想啊!不过——"

关桃看着秦涵芬,怕她又讲不去了。

秦涵芬讲:"今年的三月三要很晚呢,那个时候,桃花已经谢了吧?我想去看看桃花。"边讲,眼神若有似无地看着茶水。

关桃想了一下,说:"花最盛的时候是阳历三月底四月初,过了四月中确实不如三月底好看了。但若是再往南面去几里路,到了曹行,有一些晚开花的蟠桃树也是很好看的。这蟠桃,三千年结一趟果,很难得。"

"真的?"秦涵芬知道关桃最后一句是瞎讲,但三千年的蟠桃有天长地久的意味,她索性跟着瞎讲下去:"那我要吃这桃子,长生不老。"

"好的,等到果子熟了的时候,我一定给您送去。但不过王母娘娘怪罪下来,您可不要去闹天宫。"

"你骂我是猢狲对吧?"秦涵芬用手指着关桃,全然忘记了这是他们两个第一次单独相处。

关桃讲:"不敢不敢!在老家,大家都叫我桃子的,我就是桃子。"

秦涵芬的脸,再次通红。

第二十三章 大逮捕柔然脱险 城隍庙关秦相约

第二十四章　查账目堵塞漏洞　拜新年借书传情

这天吃夜饭时秦时月问女儿中午招待关桃的情况，秦涵芬竟有些支支吾吾，只讲吃得很俭省，省下了不少钱，其他的就不多讲了。也不讲吃了什么，两人谈了些什么，好像一切都成了秘密。女儿带回来了很多城隍庙的小玩意，开心地摆在了客厅的玻璃橱里。

秦时月是学问家，但人情世故是看得懂的。人都年轻过，女儿有些反常，背后的原因秦时月多少可以猜到一些，他不再深问下去。

现在还只是二月，等到四月去看桃花还有两个月，秦涵芬忽然觉得这两个月的等待太过漫长。她开始想这个男孩，想他在路边捧着报纸吃山芋时的样子，想他迅速逃脱她的打击时的敏捷，想他有些坏坏的笑容，脸上有些烫烫的。她不算是嘴笨的，但却屡次被调侃，有些不甘心，又很开心。

关桃真的去了一次中央捕房找埃里克巡捕。说起来，他们认得已经有好多年了。埃里克正好在，对关桃到捕房来找他有些惊讶。

"关先生，你找我？"

"是的，埃里克先生，我想来打听一下上次被抓的费先生他们的情况。"

"你认识他们？哦，费先生，你们在一个楼里，我明白了。你不怕我把你也抓起来吗？"埃里克说。

"不怕，你凭什么抓我？抓我你还得管牢饭。"

"你很勇敢。"埃里克笑笑："费先生他们已经被引渡给中国政府了，现在应该关押在龙华的警备司令部里面，那是你的家乡。"

关桃知道警备司令部、也就是原来的淞沪护军使署里头是有牢房的。

"为什么要引渡给中国政府呢？"

"这些都是中国政府要求逮捕的犯人，我们是应中国政府要求才抓他们的，引渡给中国政府是履行正常程序。"

"可是，您知道，南京政府很多时候不公正。"

埃里克耸了耸肩，讲："这不是我可以改变的事。"顿了顿，他又讲："我听说已经有不少人出面要救这些人了，这几天有很多人来找巡捕房的关系，律师也来过。但现在司法审判权已经归还给中国了，所以我们只能寄希望于中国法院。"

埃里克看着关桃，他很想说，把司法审判权归还给中国正是很多像费先生这样的人这些年来一直追求的目标。现在这个目标达到了，但费先生也可能被他达到的目标所伤害。但他没讲出来。

关桃问："他们会怎样？"

"不知道。从我的角度看，不乐观。在中国，政治是一个危险的游戏，我希望你不会参与进去。"

"我不想参与，只是想，费先生也有家，有父母，甚至可能有孩子。"

"是的，我明白，每个人都有亲人。但这件事情很复杂，不是我们能够左右或控制的。这些人被苏维埃理想鼓动，听从苏联人的指挥，幼稚，狂热。"埃里克看看四周，声音轻了一点，对关桃讲："据我从其他地方听来的消息，是苏联人出卖了他们。"

关桃惊讶地讲："您不是说他们是一起的吗？"

"对，你听从苏联人的，你就是和他们一起的，你不听从，就是叛徒，就会用苏联式的革命手段清除。"

"什么叫清除？"

"就是消灭！"

"消灭？难道他们的事严重到这样的地步？他们没有去害人，去杀人，为什么要消灭他们？"

"所以我说事情很复杂。对于南京政府而言，他们是危险的。他们试图在南京政府之外建立另外一个政府，一个国家。对于他们的苏联同志而言，也是危险的，他们企图不听从苏联的指令，所以必须被消灭。"

后来关桃回龙华看爷娘时，关炳生讲，有一天黄浦江上刮起大风，瓦片都刮走了，塔上的风铃叮当作响，像要把塔吹倒了一样，这样子的大风从没有过。半夜，四周很安静，庙的隔壁传来了枪声，断断续续，好久才停。关桃想起了那个刮大风的日子，第二天早上，薄雪覆盖了大地，白茫茫一片，好像世界短暂失忆了一般。

"唉，又杀人了，爷娘等不到他们回屋里过年了。"关炳生讲，吃着香烟。关桃知道这是些不怕死的人，但爷娘毕竟再也看不到自己的孩子了，孩子也看不到爷娘了。

一九三一年的春节来得很晚，阳历二月十七日才是正月初一。过完了春节，上海的春季就将到来。关桃的心里充满了期盼，期盼着新的一年是一个美好的年份，期盼着一个姑娘在不久的将来成为自己的爱人，明年的某一天，他或许可以

第二十四章　查账目堵塞漏洞　拜新年借书传情

带着她见爷娘，免得他们每年过年的时候一再唠叨。他还希望在新一年把生意做得更大一点。这几年华人公司不断扩大，国内外市场对华人产品越来越认可。协隆现在有一家已经投产的轧花工厂和一家正在建设中的新轧花厂，一家成衣厂，两家洋布店，还从事着棉花贸易。今年关桃落实得早，到了八九月份，协隆在棉花贸易生意上的份额会更高。关桃正考虑是不是要进入纺织领域，像单老板一样建起一个纱厂来。从行业来讲，向下游扩展顺理成章，只是建一个纱厂的资本要求比建一家轧花厂又高了不少，以关桃现有的资金，没有外来资本的支持恐怕难以实现。融资扩充生意虽说是常用的办法，但有一利必有一弊，除了需要支付财务费用，借贷金额过大还会有资金断裂的危险。所谓硬币的两面，取舍拿捏需要分外小心。

年关将近，有一些账需要收回，有一些债需要还上，这是生意规矩，不可马虎。生意场是用信用串连起来的，环环相扣，就像一台机器，一只齿轮咬着另外一只，有一只齿轮掉了，或者齿牙碎了，整台机器就会停止运作。

关桃坐在桃花心木书桌前翻看账本。有几笔数目颇大的款项至今没收回来，使得关桃有些不安。他把隔壁的顺礼叫了过来，查问这几笔款项没收回来的原因。

顺礼现在负责着协隆公司的日常运作。关桃给了顺礼一些公司股份，顺礼做起事情来尽心尽责，关桃很是放心。师兄弟俩一个主内一个主外，相得益彰。

顺礼看了看账本，讲："这、这两笔已经讲好了明后天去拿支票，只有这笔两万多块的账还没最后落实好。这一家每年都是最慢结账回款的，古、古老板就是这个性格，每一趟要货急得要死，不到最后一刻不、不下订单，拿也就拿三四百担皮棉，不肯多拿点的，每一趟付款又是最后一个，要他铜钿跟要他性、性命一样的。"

"哎，顺礼，怎么又口吃，不要急。那我来打个电话给他吧，这数目不小，三四百担也就七八千块，现在应收账是两万多了，就是讲他已经有至少两期没有付清前头的账了，后头却又来拿货。啥人负责这个工厂的业务？"

"翁豪才。"

"把他叫来。"

顺礼好像感觉到了自己的疏漏，有些着急，喉结不自然地动了一下。

翁豪才来到关桃办公室。翁豪才二十多岁，个子不高。关桃问："豪才，你今年去过古老板的工厂吗？"

"去过。"

"工厂业务正常吗？"

"我看老正常的，所有机器都开足了在做。"

"哦。你最后一趟去是啥时候？"

"三个月前。"

关桃看了看发货的时间，欠款都是最近三个月形成的。"那前面的账款没有结清，后面就发货，啥人同意的？"

"古老板与我打了招呼，讲手头周转有点难处，我今年的销售额也不及去年，所以我就跟徐经理请示了一下，然后就发货了。"

徐经理就是顺礼。

顺礼证实："是的，第一趟确实跟我打了招呼。我想这古老板与我们做了第三年了，拖是拖了点，最后总归还是付钞票的，就同、同意了。"

"那么第二次发货呢？"

"我没讲，因为古老板讲马上就有钞票付了，要是耽误了订单反而收不到钞票，我想不如发过去一道收款。"翁豪才答道。

关桃的脸变得很严肃。他觉察出了一点异样的味道，还发现了公司里存在的漏洞。发出这样一单货按道理要通过好几个人，几个人都同时疏忽或者无视规章才会出这种事。他决定不打电话了，他要马上去古老板的鸿安纱厂。两万多块银元，那是一个写字间办事员十几年的工资收入，做普通店员的，大概要做一生一世才能赚到这笔钱。

鸿安纱厂开在闸北华界，离火车站不远，那里正有很多工厂兴起。这里的地皮相对租界便宜得多，不少工厂开在了这里。关桃的车开进厂门的时候，古老板正好要出去，一看到关桃，一脸尴尬。古老板明白关桃为什么而来，也知道自己瞒不下去了。

工厂静静的，机器都已经停止运转。

古老板的鸿安纱厂开头几年很顺利，赚了不少钱。但他逐渐就开始花天酒地起来，家里人也跟着以为从此有了取之不尽用之不绝的金山银山，花出去的倒比赚进来的多。上海滩是个销金窟，有多少钱在这个地方都可以很快花完。这几年纱厂越开越多，各家之间的竞争很激烈，古老板不大管事，鸿安的几个大客户慢慢都被其他工厂挖去了，等到古老板意识到这只下金蛋的鸡连铁蛋、泥蛋都不再下的时候已经晚了。他只好拆东墙补西墙从不同的原料厂家进货，然后把原料倒卖掉，想用这些钱填补窟窿，渡过难关。但是，一家公司到这种地步往往已病入膏肓，想要东山再起很难了。

关桃庆幸自己动作迅速。现在古老板至少还有一些钱，有机器设备和厂房地皮可以抵债。关桃要回了大约一半的债，余下的钱，古老板写了欠条，声明如果没办法还款时以工厂财产抵充。

第二天，翁豪才递了辞呈。关桃明白，翁豪才可能和古老板之间有些勾当，但既然他递了辞呈，得饶人处且饶人，他就不追究下去了，但是公司里的漏洞是一定要补好的。关桃拉着古老板一起到龚律师那里见证了一下，这才放下心来。这些年，关桃养成了在过年前将一年的事务梳理一遍，把各种债务关系理清楚的习惯。这其实也是大部分商家的习惯,不然过年就会不踏实。

从律师楼回公司的路上车开得不快,车过汉口路时,他看到一个熟悉的身影一闪而过。他赶紧让司机在路边停了车,下车去找那人,但那个人已经消失不见了。刚刚那个人很像他的师傅邱明远。关桃想,肯定是看错了,这么多年了,邱老板从来没出现过,师娘问了仙,也讲师傅去了那里,现在怎么可能出现在这里。回到车里,他改了主意,让司机把他送回了华懋。

毕勋路房子的租客刚把房子退了,回国去了。关桃想在过年时把爷娘接到一道,在毕勋路住一段时间。毕勋路房子有暖气,有壁炉,过年正好是一年中最冷的时候,有壁炉要舒服得多。两代人总是这样,一直住在一起会感觉烦,各种不适合,但分开久了,又像少了什么。龙华虽离得近,但关桃真正和爷娘在一道的时间却不多。毕勋路房子里的家具是现成的,只要添些卧房用品和洗漱用品就可以住进去。关桃让人备好了,就等着过年接爷娘过来一道住了。

关桃现在还有另一个考虑,如果要成家,毕勋路的房子更合适,毕竟大了很多,可以做长远安排。

过年前的事情已经安排得差不多了,可以安心过一个年了。但他心里还是觉得有一块地方没着落。他觉得那是因为秦涵芬。他几乎每时每刻会想起她,想她着急时样子,想她开心时的笑,想她专注沉静的样子。他现在知道秦涵芬不排斥和他交往,但离四月还有很长时间,他觉得他不能等那么久。

还没正式确立关系的男女大概都会有一个寻找碰面借口的阶段,关桃现在就在想一个理由能够早点看到秦涵芬。

腊月二十八,关桃回龙华。爷娘看到关桃这么早回家,很开心,忙要烧饭做菜。关桃问关炳生:"阿爸,我们做圆子和糯米糕的粉舂好了吗?"

"还没呢,糯米已经浸好沥干了。"

这两年关桃忙,没空回家舂米粉了,就让其他人帮忙舂糯米粉。今年,关桃要自己舂糯米粉。关桃娘很开心,她已经有两年没和儿子一道舂糯米粉了。

娘和儿子一道忙了两三个钟头,出了一身汗,糯米粉舂好了。

"阿爸,您今朝就把糯米糕做了吧,我们夜里去毕勋路住。"

"怎么这么着急?糯米糕一直是年初一做的。"

"腊月里做一样吃。年初一我们在毕勋路,您不会要把笼屉和糯米粉样样都搬过去吧?"

关炳生想,也是,早做早吃,也不在乎一天两天的了。于是拿出笼屉来,洗净了,开始做糯米糕。那一边,娘开始生火,把锅里的水咕嘟咕嘟烧开。

上海什么都可以买到,糯米糕当然也有。但关桃想,自己舂的米,自己做的糕,意义是不一样的。

关桃的两层小楼是整个区域里比较小的一栋房子。红色的缓坡屋顶,方正的立面，显得干净利落，敦实庄重。附近有几栋房子的外墙上长着爬山虎，冬季里，粗壮的枝干爬满半个墙头，像是一幅奇怪的铅笔画。

年初一，关桃起了大早，一家人吃了新年圆子，去庙里烧了香。

年初三早上，关桃娘又做了四甜四咸八只糯米团子，糯米团子放在箬叶上，用一个篾竹篮盛了，又用红纸包了八块糯米糕，关桃再添了一些干鲜果品，备好了给秦家的礼品。

糯米团子的做法和做圆子是差不多的，只是个头大一些，蒸着吃，带一股箬叶的清香。垫在糯米团子下的竹叶是有讲究的。平常的竹叶都是小小一片，垫在团子下嫌小，没清香味道，只有箬竹长着宽大厚实的叶子，垫在糯米团下清香扑鼻，没吃时，一团粉白放在青绿之上也是赏心悦目的。

秦家不用电话，关桃在小年夜写了一封信给秦先生，告之年初三会去拜年，想来秦先生已经收到。

吃过中饭，关桃前往静逸村。门开处，秦先生笑眯眯迎接，关桃放下礼品，作揖拜年，恭敬如仪，秦时月一边还礼，一边把客人让进家门。客厅里的茶几上已经放好糖果、水果、蜜饯和瓜子。秦先生剥了一粒话梅糖给关桃，然后问："关先生吃啥茶？"

"绿茶就好。"

关桃环顾四周，没看到秦涵芬。今天他来拜年，秦先生想来是会告诉女儿的，但她却不在家，看来是不想见他。他的心里有些黯然、失落。

秦家客厅里挂了国画和书法条幅，有一幅字写得飘逸圆润，疏朗有致，关桃不免多看了两眼。关桃的字是常受好评的。秦先生正好端了茶从厨房过来，看到关桃的神态，笑呵呵说："关先生好眼力，这是我淘来的宝贝，董其昌的。"然后又说："关先生，谢谢你特地来拜年，还送来这么多东西。"

"其实没啥好东西，是我自家屋里做的糯米团子与糯米糕，糯米粉是我舂的，团子是我娘做的，糯米糕是我阿爸做的。我阿爸做的糯米糕在龙华蛮有名的，所以拿来给您尝尝，看看合不合胃口。"

"哎呀，我有三四年没有吃到这几样东西了，太谢谢了。涵芬娘去世得早，我们过年很是潦草，涵芬小时候我还常带她回南锦过年，现在我两边的爷娘故世了，去南锦的机会就少了，所以好几年没吃到这几样东西啦。这几样东西一定是自家屋里做的好啊！"秦时月的心里很温暖。他知道关桃送得起更贵更花哨的礼品，但偏偏选了几样家里做的食物送来，可见是用了心。他明白关桃是看上了自己的女儿，他对这件事情抱乐观其成的态度。眼前的这个小伙子，以后讲不定就是他的女婿了。他既想女儿早些有个好的归宿，又不敢想象女儿嫁人后他一个人住在这间空空的屋子里的情形。有时候他会问自己，他准备好将二十多年来相依为命视若珍宝的女儿交到另外一个人手上了吗？

第二十四章　查账目堵塞漏洞　拜新年借书传情

聊了一会儿，秦先生看到关桃略略有些走神，眼睛里有一丝失望，忽然想起了一件事情，说："哦，对了，我差点给忘记了。涵芬让我跟你打个招呼，她每年过年要去给她老师拜年的，今年约了几个同学一道去，所以不能够在屋里等你，向你表示歉意。她讲你问她借一本书，书刚刚拿出来了，我去拿过来。"

关桃并没问秦涵芬借过书。他愣了一愣，立刻明白过来。等到秦时月从书房把书拿过来的时候，关桃开心得一迭声讲谢谢。

他的心情一瞬间阴转多云到晴，阳光灿烂。他这时才注意到，从城隍庙买来的那些小玩意被秦涵芬放在了一个玻璃橱里，一对小泥人正咧嘴笑着。

第二十五章　开新业关桃宴宾　游古寺巧遇加藤

关桃的新协隆花厂定在正月十六开工。他提早两天把爷娘送回了龙华，关炳生两三个礼拜没在龙华住了，回到家里顿感自在。毕勋路的房子干净敞亮暖和，按道理也是关炳生的家，但习惯蹲在田垄边或坐在屋前的长凳上抽着手卷烟与乡邻谈山海经的关炳生总有拘束感。身处西装革履油头粉面的邻居之间，偶尔还有几个说着不同语言的洋人，关炳生就像落到了水里的一片树叶，漂浮在水面上，沉不下去。

本地习俗，造房子打地基、上正梁，开店开业之类都是百年大计，要邀集亲朋族人到场，杀牲摆酒，祭祖拜天。关桃新开工厂，又是在龙华，当然也要排场一番。厂房挖地基时关桃就摆了酒席，现在新工厂落成开业肯定还要热闹庆祝一下，图个吉利。关桃早几日来工厂察看设备安装进度时已经把事情都安排了下去。工厂的工人多半是本地的，管理工厂的是关桃的堂兄，所以这些事情用不到关桃操心了。吃得好不好倒是要紧的，所以关桃着重看了看酒席菜单。

冷菜部分，白斩鸡、酱鸭、牛肉、海蜇头、羊肉一路看下来，关桃换了一只金针菜烤麸。

热菜，上汤扣三丝、走油肉、三鲜蛋饺、蒸三鲜、桂花肉、水笋扣咸肉、葱油肉皮汤、冬笋雪里蕻、清炒虾仁、大黄鱼，加上全鸡、蹄膀两样硬菜够八个人吃了。每只桌子配两包美丽牌香烟，两瓶五粮液、两坛女儿红，不够再添。

协隆花厂背靠龙华港，三面是农田。厂门前有一条煤屑路通向柏油马路。这条煤屑路是专门为新工厂铺设的。工厂建在龙华港边上，进货与出货可以通过水路。沿龙华港岸边铺了一段青砖路，里侧是仓库，外侧是花岗石驳岸。一两公尺长三四十公分厚的花岗石堆垒起来的驳岸，城墙一样沿着龙华港伸展了一百公尺，气势壮阔。石条上凿出了拴缆绳的洞眼，驳岸上还装了锚桩，大船小船都可以靠。厂房是西式的，红砖房子，一跨一跨接着，锯齿形的屋顶，北坡长，南坡短，南北坡之间的落差开了天窗，使得车间有更好的通风排尘效果。每跨厂房里有12台轧花机，几十台排开，蔚为壮观，安静地等待着启动。红房子在田野中分外显眼。关桃好像已经看到厂房周围的大片棉花田，棉苗长大，开出各种颜色的花来，过些天，雪白的棉朵柔和地等待着一双双粗糙的手来采摘，然后棉花被送进工厂，变成一卷卷皮棉。

开业正日来了很多人。除了亲眷族人，生意上下游的朋友，没生意来往但相熟的朋友都过来参加开工仪式。火油张老板，霍襄理，单老板等等都来了，厂里站满了人。关炳生穿着平常不习惯穿的长袍，戴着礼帽，在人群里忙着招呼亲戚，有时会有不认得的人过来给这位老太爷拱手道喜，他则喜滋滋地回礼。

工厂大门上拉了红色的绸缎，拱形的钢架子中间扎了一朵硕大的花。大门两侧贴了对联："唯求利若源头水，但得财如锦上花。"厂区最南边一排五间红砖平房是管理人员办公室。厂房和办公室之间的空地上扎了一个台子充做主席台，台上摆了一张长案，上头摆放了一尊财神关帝的铜像，执刀抚髯，威风凛凛。像前放着香炉，猪头和鸡鸭三牲，案前铺了磕头用的厚毡垫。

这是1931年的正月，民国二十年，关桃24岁，做学徒三年，做生意六年。算上绸布店附设的工厂，关桃现在有三家工厂，两个店面，公司设在上海一栋众人皆知的大楼里，春风得意。

关桃拜托霍襄理做开工仪式的司仪。本地镇长带着一众贵宾站上主席台，霍襄理声音嘹亮地宣布：协隆花厂新厂开业典礼现在开始。司仪请镇长讲话，镇长讲完，又有其他几位嘉宾发言盛赞新工厂的不同凡响，最后，才是老板关桃致辞。如此这般地行了一通仪式后便是敬神祭祀。关桃擎香敬了神灵，又跪在长案前磕头，把香插到香炉里，算是完成了他的仪式。鞭炮和高升热闹地炸开来，来宾依次将自己手里的香插到香炉里。

山本先生也来了。关桃本来想请秦先生来的，但觉得请一个大学问家来不一定妥当，最终没请。工厂里的机器，关桃没买长崎物产的，而是买了义兴盛铁工厂的轧花机。义兴盛是华人开的，主业造船，这些年轧花产业兴旺，义兴盛也开始做轧花机。长崎物产是山本先生介绍的，自然是需要重点考虑的，但关桃深入调查后，发现义兴盛的机器质量更为牢靠。义兴盛是华人机械制造业的明星，这几年连洋人都从他们厂里订船，声名鹊起。义兴盛在本地生产，报价便宜，将来机器检修也方便，在商言商，义兴盛成为首选。

"三、二、一！"在一众宾客的见证下，关桃合上了电闸刀，马达"呜"一声启动了，皮带轮将马达动力传输给厂房上方的天轴，天轴又将动力传输给轧花机。进料口缓缓将棉花吞进了机器，一会儿，在另一头的出口处开始出现洁白蓬松的皮棉，宾客们鼓掌庆祝新协隆花厂成功投产。

轧花机流畅地工作着，棘轮嘎嗒嘎嗒推进的节奏，在关桃听来好像动听的音乐。

中午的酒席是重头戏。酒席放在了空厂房里，二十多张八仙桌排开去，人声鼎沸。多吃酒、吃得闹猛开心是最要紧的。霍襄理擅长搞气氛，关桃一盅盅喝下去，脸红堂堂，嘴油光光。

"照我看，关桃兄弟，你这个工厂，将来是大有前途，鹏程万里。"霍襄理喝得也有些多，舌头有点直。

"借霍兄吉言，多多关照！"关桃一仰头，又一盅白酒下肚。

旁边的另一位兄弟讲："关老板爽气！以后关老板的事体，就是我的事体，用得着的地方，尽管开口，兄弟这里先干为敬！"

到了张老板这里，张老板坐着不动，挤挤眼睛讲："怎么样，还能够扛几杯？不行就讲，我饶你吃茶。"

"哎，关老板工厂开业，这点白酒不吃，你让他以后生意怎么做？"单老板讲。于是关老板又灌一通老酒，直喝得额头出汗，脑子晕乎乎。

因为下午有一个会议，山本先生一早就告诉关桃不参加酒席了。但既到了龙华，参加了协隆花厂的开工庆典以后，趁着还有些时间，他去了龙华寺烧香礼佛。山本是佛教徒，在日本，他皈依的门派叫作净土真宗派。

每个人心中都住着自己的佛。佛教由印度传入中国后产生了不同门派，日本佛教也有很多不同宗派。

龙华寺是一座以西方净土崇拜著称的江南名刹，与净土真宗算是同源之教。龙华寺有一个三圣殿，供奉阿弥陀佛、观世音菩萨、大势至菩萨，日本的净土宗同样供奉这西方三圣。但山本知道中国的净土僧人和日本净土真宗派僧人又有着很大的不同。

净土宗以称颂佛名为修行的主要形式，以弥陀的愿力为外缘，内外相应，往生极乐净土。在中国人的眼中，所谓修行，除了念佛，还需有行为上的配合，例如吃素行善，僧人需要遵守清规戒律。但日本净土真宗的创始人亲鸾上人说，这些清规戒律全都不用遵守。在他看来，食肉娶妻更能够开显阿弥陀佛广度一切众生的真义。所以从这位开山始祖开始，东洋和尚与中国和尚就不一样，东洋和尚娶妻生子，将本派门主位置世袭相传。

中国寺庙往往以远离俗世纷争为保全伽蓝安宁的手段，日本和尚则很入世，净土真宗的本山——也就是大本营——本愿寺在日本战国时代甚至拥有如诸侯般的强大势力，以至于日本幕府统治者都忌惮与本愿寺为敌。为了制衡本愿寺势力，德川家康将本愿寺一拆为二，从此有了西本愿寺和东本愿寺。

中国佛教界认为亲鸾的净土真宗理论为了吸引更多信众而暗含邪说。人都有投机取巧的本性，长期戒持修行是一件不易奉行的事，更不要说剃度出家割断尘缘了。日本和尚学佛修行的同时，吃、喝、嫖等都可不受影响，他们认为只要信，

第二十五章　开新业关桃宴宾　游古寺巧遇加藤

三界玲珑塔

总归可以往生净土，即使五逆十恶之人，在临命终时只要对弥陀净土有足够的信心愿望就能往生净土，不难想象，具有惰性和投机心的常人当然更愿意信奉这种放纵的佛教。所以很多日本寺庙到后来变成了放置骨灰的地方，因为他们相信只要死之前念念佛号，死了将骨灰放进来，就可以往生净土了。

山本很明白中国的净土宗和日本净土真宗之间的区别，对于他而言，在一个更加讲究生前修为的净土宗寺庙中礼佛是一次身心净化。

山本来过龙华寺，很喜欢这个安静的地方。这一次关桃特意让他注意门口的狮子。山门开处，左右一对石狮子大眼望天，不像其他镇宅的石狮那样蹲踞豪门，怒目圆睁，威势赫赫，这一对怀拥幼狮的石狮憨态可掬，几百年来守护在古老的寺庙前嬉戏玩耍，透着遁入空门的恬淡。雄狮子伸出舌头做一个怪面孔，像是做错了一件事的样子，雌狮撇嘴白了雄狮一眼，像极了上海的普通家庭。这一家子镇守的门外是尘世，背后是空门。山本仔细看看，确实如关桃所讲，不禁莞尔一笑。

山门已然有些破败，除了正门尚算完好，一扇侧门已有脱落的迹象，另外一扇的栅栏也断了两根。不知道什么原因，山门没有处在整个建筑群的中轴线上，这在平原地区的建筑中不常见。如果是山区，这不难解释，但在平原上，如果不是特殊原因，寺庙建筑的主要部分都会处在同一中轴线上，而龙华寺的山门却是个例外。山本以前没有注意过，这一次来，却留意到了这一点。这山门为明代所建，斗拱飞檐，花岗石门额上刻着"龙华"两字，背面则刻着"古刹"。三百多岁的山门穿过岁月侵蚀、兵燹之乱留存至今，门里门外写满沧桑。进山门，右手放生池，左手龙华塔，塔上的层层雕栏间有游人向远处眺望。

这是寻常的一天，元宵刚过，空气有些落寞。庙里人不多，中庭几只麻雀蹦蹦跳跳，野鸽子从树上落下来，摇摆走动，偶尔将头点下去捡食，又收回，脖子像装了弹簧一样。

上次和秦时月父女以及关桃闲聊过龙华寺地宫的事，这一次山本就好奇地关注起庙里的建筑特点。然而，除了偏向东南方向的山门之外，山本实在看不出这里有什么不一样的地方。不少寺庙建有地宫，用来供奉佛舍利。但这些地宫多半很狭小，想来龙华寺也有这样一处小小地宫，放置着佛家宝物，这没什么特别之处。山本在龙华寺拜佛烧香，恭敬如仪之后准备离开，去参加日本居留民团的一个会，走出山门时，意外碰到了加藤清男。加藤清男是山本在居留民团的一个大会上认识的，30岁不到，中等个头，络腮胡子，眉骨厚重，眼光锐利，甚至有些阴鸷。山本记得当时加藤是代表一个在上海的日本青年同志会来参加会议的。

加藤对于在龙华寺碰到山本也很意外。他深深地向山本鞠躬以示恭敬，山本予以回礼。

"原来山本前辈也在此！您这是要走了吗？"

"是的，我已来了一些时间了，现在要去参加一个会议。你刚到吗？"

"是的，我和两位朋友刚刚到此。那您先走，我们还要逗留一些时间参观一下。"

汽车往北驶去。一路上，山本回想着刚才看到加藤清男时的那一幕。加藤清男和另外两个日本年轻人对着山门口仔细看着，但并不讲话，几乎面无表情。日本青年同志会的人多半是浪人后代。明治维新后的日本有大量失去依附的武士，这些人后来被称为浪人。幕府时代的下层武士勉强处于日本的统治阶层，但明治维新后日本废藩置县，取消武士特权，使武士阶层迅速瓦解。下层武士失去依靠和俸禄，成为靠出卖劳动力为生的无产者。

加藤清男的父亲加藤拓也是失去了依靠的旧武士中的一员。在生活无着的窘境中，加藤拓也带着全家来到上海寻找机会，在苏州河北面定居下来，那里的日本人多一些，生活和生意相对容易一些。开始的时候在菜场卖菜，后来自己开了一个杂货铺，解决了生活的基本需要。

加藤清男很小就来到上海，在上海的日本人社会中长大，受教育。小时候的加藤清男是安静的，甚至有些卑微。从记事起，加藤清男便体会到了颠沛流离的苦楚。当一个武士不得不放弃家族世代相袭的传统而踏入陌生的生活和领地，彷徨无着的不安和恐惧便时时袭扰着加藤拓也的内心，他的脾气暴躁易怒，由于此，加藤清男从小没有少吃父亲的拳头和棍棒。但他父亲心情好的时候会喝上几口酒，在酒精催化下向加藤清男和女儿加藤幸子讲述武士的美好时光。无论这美好时光是真是假，抑或只是失去后由怀念和惋惜所发出的光芒，武士时代的诸般美好都在加藤清男心中驻扎，并像野草一样生长起来。他常常一个人发呆，在心里想象武士们骑马驰骋建功立业的场面。

加藤的高中时代是在日本度过的。他家的店那时生意不错，一家人逐渐过上了安定富足的生活。他的父亲希望他更多地了解祖国，能在日本考上大学。但加藤清男没考上大学，倒是在日本结识了一些思想激进的同学。他逐渐形成了自己对于世界的看法，并回到上海摸索实践自己的想法。

在加藤清男看来，日本帝国的崛起给了他们这一代施展宏图的最好机会。日本本土的社会阶层已经基本固化，每个阶层之间的鸿沟很难跨越。熟悉上海、熟悉中国的加藤清男认为，像他这样的武士后代的最大机会恰恰是在海外，他这样的人将随着日本帝国的急剧扩张而获得难得一遇的机会，想跨越阶层、建功立业、马上封侯，恢复祖辈作为武士的荣耀，唯有随着帝国势力和疆土的扩张才能实现。

但加藤清男的想法在老子那里得到的是一顿斥责和拳头。虽然儿子的个子已经高于老子，但加藤清男并不敢对老子动手。他搬离了父母那里，一个人住。

加藤清男这一天来到龙华寺并不为拜佛，而是为了证实一个传说来做一次探查。关于龙华寺地宫的传说不但山本听说过，很多在上海的日本人都知道，而且越传越神。

第二十五章 开新业关桃宴宾 游古寺巧遇加藤

加藤清男也知道中国佛教和日本佛教的不同,知道日本佛教门主传统上有强大的权势,宗主或门主更像世袭贵族,对本门本派信众具有强大的号召力,甚至是操控力。亲鸾圣人以一本《无量寿经》开山,如果握有珍贵的佛教典籍、佛教珍宝,获得神秘未知的力量,他觉得他也可以创立一个新门派,成为一代宗师而传诸千秋万代。为此,加藤清男隐约觉得龙华寺地宫可能是一个未知的宝藏和巨大的机会。

加藤清男在龙华寺山门前产生了和山本太郎同样的疑问:为什么龙华寺的山门和寺里其他建筑物不在一根中轴线上?加藤清男发现山门的中线和龙华寺主体的中轴线之间形成了大约三十度角。他学过几何学,三十度、六十度和四十五度角都是很敏感的角度。

加藤清男小心仔细由外而里地一点一点对这座古寺进行探究。走到方丈室入口时,有个小和尚走出来,见了来人,口称阿弥陀佛,发问道:"几位施主要去啥地方?方丈不便接待客人。"

加藤三人只得止步。

此时山本已经快到居留民团大楼了。日本居留民团是海外日本人组成的自治机构,管理本地日本人社会的公共事务。明治四十年日本颁布居留民团法,用于规范日本海外侨民的管理和社会发展,也可以说是为日本海外殖民地而修订的法律。上海严格说来不是日本殖民地,但上海的日本侨民不但数量庞大,而且具有强大的经济能力。上海没有日本租界,大部分日本侨民居住于公共租界区域内,居留民团管理的事务侧重于日本人社区的教育、医疗、安防和公共墓地等等。

虽然行政委员会的各个咨询委员会中不断有新面孔加入进来,作为很早来到上海又非常成功的前辈,山本太郎广受尊重。近年来上海的日本人急剧增多,日本发展后成长起来的少壮势力增加了在各层面的存在感,但大家都对他很尊重,他倒也没格格不入的感觉。

山本进会议室时,几位比他早到的委员纷纷起身致礼。山本注意到町内会联合会代表小林雄吉、自警团团长坂田一郎跟着在乡军人会支部长、驻上海海军特别陆战队指挥官植松大佐一起走进了会议室。更让山本感到意外的是矢田七太郎的继任者重光葵总领事也来到了会场,现在这个会议室里聚集了几乎所有在上海的日本人的头面人物,这看上去不再像是一次普通的行政委员会事务级会议。植松大佐和重光葵总领事并排坐在长条会议桌的主席位上。会议主持人由行政委员会的书记长变成了居留民团行政委员长河端贞次。重光葵的神色有些凝重。他扫视了一下长条会议桌两边的与会人员,慢条斯理地开始讲话。

很多年后,就是这位重光葵代表日本天皇在东京湾的密苏里战列舰上签署了日本对同盟国的投降文书,这是后话。

第二十六章　大萧条日人焦虑　闯古刹夜半惊梦

日本侨民初来时杂居在中国人当中，不起眼，也没什么优越感。但后来几十年，日本不但打败了昔日的老师，获得了大片领土和巨额赔偿，还接连从其他国家手中夺取了他们在中国的利益，日本人的尊严和自豪感大大提升。当侨民人数越来越多形成聚居区、情势发展使得中日民众的情绪对立越来越严重时，日本领事馆开始在上海组织日本人成立町内会。

汉语中，"町"原本的意思是平坦原野上的田埂小路。在日本，町内会是一个社区组织，街坊邻里组成的管理组织，与中国的保甲制有相似性。但在上海的日本人町内会又多了一个职责：让日本人社区在中国人的汪洋大海中自保。几户或者几十户日本人抱团相守，成为日本人在"有事"时自卫的组织。在町内会的基础上，其中的青壮人口组成"自警团"，退伍军人组成"在乡军人会"，负责更大范围的日本人社区的自卫事务。在乡军人会装备精良，由日本上海海军特别陆战队的最高长官领导，一旦"有事"，可以直接编入作战序列投入战斗。

这一年发生了国际经济危机，日本经济同样也陷入了困境，因此重光葵花了不少时间介绍日本国内的情况和国际形势。

重光葵说："一年多前美国发生的股市灾难很大程度上摧毁了美国经济，对于我们东方民族来说，这不算是坏事。但不幸的是这个灾难同时也殃及了日本。我们去年经济的增长率虽然还没有正式公布，但可以坦率地说，肯定是负值。随着失业率的上升和生活困难，日本国内也有一些不稳定的情绪。但最近几年，在座的诸位想必已经意识到支那开始有了发展。举例讲，江南制造局已经有能力为美国造出万吨级的轮船，而且已经交出三艘这样的轮船。这样的发展势头持续下去，这个国家恐怕不久就会重新爬起来。在两千年的历史中，大日本帝国领先支那只是近来的事，所以，不能认为我们的领先是天经地义的。以支那的人口和国土，支那再次领先，大日本帝国已经获得的优势将很快失去，果真如此，恐怕上天再也不会给我国这样的机会。

"诸位,有史以来,日本从未站在像今天这样的高度,人民、文化、经济,从未像现在这样需要更大的空间来达到宏伟的目标。在座的诸位从日本来到上海,是为帝国的远大抱负不断开拓的功臣,由于你们的辛劳付出,帝国在海外的利益才得到扩展和保障。身为日本国民,我相信大家都愿意看到一个更强大的日本。作为日本的一分子,希望各位倍加努力,维护帝国的利益和荣耀。"

总领事先生语气亢奋,但缺乏实质内容。这不像山本熟悉的重光葵,那个很有外交家派头的、冷静稳重的帝国大学法律高材生。但重光葵所讲的这些话,在当前的日本政界和外交界日益成为共识,这一点山本是清楚的。他不知道接下来会发生什么事情。按今天会议的气氛,好像一定会有一些事情发生。一场新的战争?这样的想法在山本的脑中一闪而过,但马上又觉得不可能。目前情势下,好像没有可以发生一次战争的缘由。日清战争之后中日关系变成了日中关系,两国地位颠倒,后来在中国领土上又发生了日俄战争,欧战时日本又夺取了德国人的在华利益,但毕竟都不是日本和中国之间的直接战争。日本和中国几十年间磕磕绊绊,摩擦不断,但在上海好像还没有需要日本出兵的理由。况且,在上海发生战争,对象是谁呢?上海不仅仅是中国人的上海,上海还有租界,是列强的上海。

植松大佐开始讲话。作为军人的植松讲话很简洁。

"海外的日本人与本土的日本人之不同,在于可以更加直接地感受到作为日本国民的荣耀和身上的国家使命。在上海的日本人除了有国家的保护之外,也必须有自卫的能力。所以,町内会作为重要的组织必须得到加强。自警团的重要骨干需要接受军事训练和社会管理的训练。自警团成员需要了解他们的中国人邻居是什么人,他们平常在做什么,有事时才可以清楚知道怎样保护自己,并配合军队的行动。"

随后,植松大佐针对町内会、自警团和在乡军人会的事务做了一些详细的部署,并希望居留民团在财务上给予这些活动以必要的支持。按照这样的部署,在日本侨民中实际上将形成一支隐形的强悍军队。

之后,居留民团执行委员投票决定了一些支出事项,其中包括了投入经费训练自警团,为自警团购买必要的器械等等。

山本意识到,这次会议的实质内容在于会议的后半部分,即植松大佐所说的那些内容和此后所做的种种安排。

加藤清男住在虹口的一条弄堂里。他的邻居有中国人和日本人,甚至还有两个从朝鲜来的家庭。但他从不和邻居打招呼,看上去有些阴郁,独来独往。傍晚时分他和两个朋友从龙华回到住处附近,在一家居酒屋里要了些酒菜。加藤仔细地擦拭了自己的筷子和餐具,洗了手,喝下两盅酒后,从口袋里摸出下午画的龙华寺地图放到桌子上,抹平,歪着头,眯起眼睛研究起来。另外两颗脑袋也在灯下凑过来。

从地图上实在看不出什么来。加藤的朋友水上秀雄从包里摸出一张上海交通地图来，手指点在龙华镇的地方。龙华镇在地图的左下角落里，几乎要出地图了。

"加藤君，去龙华镇有三种走法。一种，像山本先生那样自己开车过去，另外一种，坐火车过去。"这个人顿了顿，加藤觉得很有道理的样子，看着他。

"坐火车又分成从南市坐还是从闸北坐。我们是从闸北坐火车过去的。虽然看上去要绕着城市从闸北、虹桥兜一大个圈子，但还是比穿过租界到南市坐火车过去要快。出火车站向北走是龙华寺，向南走是龙华机场。"

加藤讲："那么，龙华寺的宝贝呢？这张地图上有说明吗？"

水上秀雄茫然地看着加藤："没说明。"

加藤一把打过去："那么，你拿这张地图想说什么？这么脏的手，拿开！"他收起自己的那张图，拿出手绢，又仔细地擦了擦自己的手。

这一晚关家都没有回去毕勋路住。家里来了很多亲戚，今年年节里大多没见上面，今天因为轧花厂开业亲戚都来了,离得远的要住上一两晚才走。关桃小时候，亲戚来了都会留下住上几日，挑个好天气，吃好早中饭再回去。开业酒席上剩下不少菜肴，足够亲戚们吃上几天，桃子娘有些日子没看到娘家人了，那就更要留下多住几日，白话白话家常。家里多备了一些"博罗德"补血药，一般人家不舍得买来吃的，亲戚走的时候一家一份带回去。亲戚多，关桃住的房间就要让出来。关桃可以回毕勋路住，但他想起小时候住过的僧房，想起小时候和几个月前的那次打架，天黑前就走去了龙华寺找慧澄。慧澄现在是龙华寺的监院，找他要一间干净的僧房住上一晚不难。

中午关桃喝了不少酒，平常要好的小兄弟拼命劝他多喝酒，他推托不得，一桌一桌喝过来，有些醉意了。好在下午休息了一下，醒了醒酒。

"阿弥陀佛，桃子，恭喜新厂开工！"慧澄看到关桃，向关桃道喜。"桃子老板这么晚了到我这里来有啥事体吗？"

"阿弥陀佛！法师不要取笑学生。"

"我啥地方取笑你了！你这一拨的孩子哪一个不是我看着长大的，现在还有啥人比你生意更大的！"

"哎呀，别人不清爽，您晓得我几斤几两的。也就是大家帮衬着做点事体。"

"桃子难得啊，年少有成还能够这么谦逊，怪不得当年谛闲大师另眼相看。"

"学生今朝来正是因为想起了大师。"

"哦，这么巧想起了师父？"

"记得当年大师让学生在庙里住过些日子，今朝还想在您这里借住一夜。"

"呵呵，当年谛闲大师是吩咐我准备的房间，今朝你想借宿才又想起了大师？"

第二十六章 大萧条日人焦虑 闯古刹夜半惊梦

三界玲珑塔

"又笑我！是，屋里来了很多亲戚，没地方住了，就想起大师了。"

"这有点像以前的那个无赖桃子了。"慧澄法师打趣道。

关桃哈哈笑出声来。关桃问："大师最近有消息吗？"

"过几日就到上海来，应玉佛寺礼请开讲《楞严经》。"

"这么巧！大师年逾古稀，弟子无数，为弘法还如此不辞辛劳，实在令人钦佩！等他到了上海学生定要拜见。"

慧澄一边叫了两个小和尚去给关桃准备房间，一边与关桃两个在他的房间里讲话。僧寮设在东西厢房，东厢房尽头一间最为接近藏经楼，慧澄嘱咐把这最尽头的一间收拾了给关桃住。

"僧寮简陋，不晓得你现在还能不能习惯。"

"习惯，从小在这里玩的，不会不习惯。等大师安顿好，学生想请几位高僧到功德林吃素菜。"

"这主意不错，到时候我来问问。功德林本来就是大师提议开出来的，大师肯定是欢喜吃的。只不过现在岁数大了，开坛讲经耗费精力，天天又要写很多文字，想请大师的人多，他不一定有时间。"

关桃想，也是，这么多年过去了，大师能不能记得他都是个问题。作为天台宗一代宗师，高僧大德，谛闲大师天南地北弟子无数，每到一地想见他的人很多，不要讲地方乡绅、巨商富贾，信佛的高官也不在少数，恐怕确实轮不到他请大师吃饭。这么想着，他对慧澄讲："那就有劳法师到时候通报一声，看看能否让学生拜见一下。"

慧澄好像知道关桃在想什么，答道："好的好的。谛闲大师对你一定还有印象的。当年他让你在寺里住些日子，房间是他亲自挑定，摆设也是由他看过。我就感到奇怪，僧寮里来一两个客人借宿是常事，方丈住持都是不过问的，怎么你个顽劣小童住几日他倒当桩大事，连摆设都要看一遍。"

关桃也是头次听慧澄讲起当年他在龙华寺里住宿背后的故事，心中顿觉温暖和亲切。当年年幼，不知道天高地厚，如果手够得到天，他定要把天捅个破洞的。

正月十六，一轮圆月从东边越过树顶，像微醺的美人脸，少顷，清辉泻地，龙华塔矗立在月光里，宁静、安详。一个小和尚过来讲僧房已经备妥。慧澄引着关桃去僧房，看了看房间和布置，点点头，就让关桃留在了僧房里，走了。关桃在床沿坐下，发现这间僧房就是十几年前他住过的那一间。一床一桌两椅子，还有个佛龛。关桃想，慧澄大概是想让他重温当年的情景，这倒正是关桃今晚想要的。

熄了灯，月亮在窗格子上透出乳白色的微光。关桃脱了衣裳，脚伸进被窝，感觉不习惯，被子有些硬，有些冷。关桃习惯了软床，躺到硬床板上有些不习惯了，但一会儿就适应过来了。他看着窗格子，回忆起十几年前的周先生、谛闲大师和住在寺里的那些夜晚。

那个地宫，关桃总是觉得糊里糊涂记不真切的地宫，此刻倒似乎清晰起来。关桃躺在床上，好像看见自己一步一步走下台阶，走进那个地下深处的光明的地方。那个地方的每一样东西，甚至每一块砖，好像都是自己发出了自足的光来的，所以那里面没有一处角落有阴影，通透，敞亮。

周先生早已去浙东一所很有名的中学做教务长了，算起来已到了知天命的年纪。岁月匆匆，故人渐远，关桃也经历了不少人和事。在这个地方，他开始了一段无果的恋爱，他和爱琦的重逢就是在某一年初一的龙华寺里。他等待了几年的爱琦杳无音讯，也许是该翻过这一页了的时候了。同一间房子，这些年应该住过很多不同的客人，而关桃自己也不是十几年前的同一个人了。人既已不是那人，事自不必相同。只是，心里总有些怅惘。他重又坐起来，拿起压在被子上的大衣，从内侧的口袋里掏出一个信封来，小心翼翼抽出信纸来看。那是爱琦写给他的信，信纸的横竖折痕交叉的地方已经碎了，那地方的几个字已经看不清了。不过他早已经背熟了这封信。这封陪伴了他很多年的信，也许该有一个更好的去处了。

过些日子，他想带秦涵芬到这里来看这间当年的"监舍"。带她来之前，他应该与爱琦有一个了断。此生与爱琦的情缘既已到头，那就祝她安好，放下，让自己有一个新的出发。他不知道有没有一种法事可以超度逝去的情缘，但在他自己，他想有这样一个仪式，郑重其事地与爱琦告别。爱琦，还有他们的爱情是当得起这样的告别的。

他想，明天庙里早课的时候把这件事情做了吧。

他重又躺下，被窝渐渐温热起来，一丝倦意爬上眼帘。一天下来，开工仪式，酒席，招呼一大帮子客人吃酒，关桃累了。

关桃沉沉地睡了，鼾声响起，月亮无声无息地在天上移动，照着寂静夜空、河流山川和芸芸众生的梦。

太阳在地球另一端升起，白雪皑皑，连接纽约和康涅迪克州的一条公路穿过连绵不断的森林，一座小镇边上，一栋新英格兰常见的殖民地风格两层楼房的二楼卧室里，孙爱琦睡醒了。她打了一个哈欠，侧过身去，手移到了床的另外半边，意识到左侧的那个人已经起床了。

她穿着睡衣来到厨房，林森正准备早餐。爱琦从背后抱了上去，头侧靠在林森肩上。林森笑着讲："怎么不多睡一会儿？要吃过午饭才出发呢。"

"睡不着了。一想到要回国了就开心。快六年没看到我爸妈了。"

"是啊，我也很想念父母。"

起居室的地板上放着五个已经关了的皮箱，还有一个箱子打开着，躺在地上，等着主人放入更多物品。

爱琦不久前已经和林森结婚了。他们都拿到了硕士学位。爱琦本来在纽约找到了一份律师事务所的助理工作，但不久又丢失了工作。尽管努力寻找工作，无

三 界玲珑塔

奈大萧条中连白人都大批失业，何况他们这些来自中国又刚刚毕业不久的新人。为了节省开支，他们把家安在了这个离纽约不算太远又有通勤火车的小镇上。

虽然两家的家境都很好，特别爱琦，总能按时收到从上海汇来的生活费，但经济危机仍在蔓延，黑暗好像没有尽头，加上出来后没有回过家，在犹豫了一段时间之后他们决定回国。今天下午他们将从这栋房子出发，乘火车到纽约中央车站，然后搭乘邮轮先去欧洲游玩一些时日，再从欧洲坐船回上海。

爱琦在到纽约两年多后接受了林森的求爱。远离故乡和亲人的寂寞并不是每个人都可以体会得到的。作为凡人，无论曾经的爱多么轰轰烈烈，关山阻隔，长久分离，大部分的感情都会归于平淡，何况她从来没有接到关桃的音讯，她和关桃之间从未有过山盟海誓，也远没有到达如胶似漆的程度。故乡路途遥远，回去一次的旅程短则几周，长达数月，只有眼前的这个人才是真实的，是可以带来温暖和慰藉的。他们很自然地走到了一起。爱琦把关桃放进了心中的某个角落，偶尔想起仍会有温暖的感觉，但终究越来越模糊，甚至有些隔膜。仔细想来，世上被搁置的感情哪一桩不是如此归宿？

爱琦到楼上洗了一个淋浴，然后到楼下吃早餐。吃完早餐又赶紧整理房间，清点随身物品。中午会有朋友过来送他们去火车站，她必须抓紧时间赶快装好这最后的行李箱。带哪些东西总是让她很纠结，国内亲戚那么多，这么多年没回去了，礼物是不能少的，带了这个不带那个，取舍太难。

所有的抽屉橱柜都已经打开过无数遍，又一遍遍再打开。她拉开一个抽屉，想看看里头是不是有什么东西是值得带回去的。那里有几张国内带来的照片，还有些信札。她随手抽了一个信封出来，却正好是关桃早年的一封信。爱琦犹豫了一下，忍不住抽出信纸，展开看了一下。这些信她已经读过好多遍，所以只要看到第一句话就知道了后面的内容。她又把信重新折好，放进信封。"不晓得他现在怎么样了。"六年前的学徒、伙计，接手了绸布店的关桃，是不是也已经习惯了在脖子上挂一根软尺？她随手把这些信和照片放进了自己的行李箱中。

这一夜关桃睡得很深。他无从知道在地球的另一端有个人打开了他的信，短暂地想起他。他也不知道那个他曾一直挂怀的女孩已经嫁作人妻，即将踏上回国的漫长旅途。

大概是午夜，睡了几个钟头的关桃忽然醒了过来。迷迷糊糊间他听到屋外有声音，这声音不像是寺里值更和尚的，透着蹑手蹑脚的鬼祟。正在疑惑间，听到外头一声喝："啥人？"

一阵混乱的脚步声向着寺外去了。外头多了几个人，关桃听见了慧澄的声音。他披衣出门，看到慧澄站在院子里，正听值更的和尚讲事情的经过。

小和尚讲他看见有三个人进到了院子里，而且接近了藏经楼，他想着这么晚了不可能有师父去藏经楼的呀，从来没有人在这个时候去藏经楼，而且是三个人啊，所以他就高声喊了出来。然后那三个人就跑了，跑到西厢房边攀上围墙逃出去了。

月亮偏西了，但仍旧很亮。一群人走到西墙边，在月色的阴影里仔细辨认，墙上果然有脚印子留在那里。慧澄显然觉得这件事情有些严重，吩咐几个和尚手里拿了木棍，到庙里的各个角落都仔细看过一遍，确信没有其他人藏在庙里才放心了一点。他又加派了两个和尚值夜，吩咐其他人重新回去睡觉，又护送方丈回到自己的房间去。一通折腾之后再次躺下，关桃却怎么也睡不好了。

爱琦已经在去纽约的火车上。上海的太阳再次升起时，她和林森已经在"毛里塔尼亚号"邮轮上的双人舱里安顿好。轮船在暮色里拉响汽笛，纽约璀璨的夜景越来越远，自由岛上的女神有些寂寞，渐渐地隐没在夜色里。船开到海上的时候，月亮从海面上升起，圆圆的，带着些醉红。爱琦这才想起今天是正月十六。这一轮圆月照阅了东方的山川江河人事之后，又转到地球的这一边来了。

第二十六章　大萧条日人焦虑　闯古刹夜半惊梦

第二十七章　孙亦元黑白通吃　秦涵芬情定关桃

孙家几个月前接到信，知道女儿即将回来，大喜。孙亦元一年前买下了隔壁的房子，请一位有名的匈牙利籍设计师做了设计，两个院子推倒重来，并做一处，造起了气势不凡的孙公馆。这次又命人把二楼一个大房间好好装饰了一番，预备用作女儿的新房。

孙将军这些年看上去是做了寓公，但他毕竟还年轻，自认为自己还是可以做些事的。孙亦元有足够的钱安度余生，但又不甘心于就此沉寂。在大上海，一切皆有可能。他手下的队伍除了被收编的，有不少脱离了部队干起了土匪勾当。他的副官徐朗生把散兵游勇重新找回来，分成若干组，撒在了上海的汪洋大海中。经过一番摸索，孙亦元最终明白生意做生不如做熟。孙亦元知道做什么生意是可以赚到钱且是他能够把握的。租界时常会因为来自华人社会的压力做些禁烟禁娼的运动，特别是禁烟这件事情，由于通过了立法，烟馆生意都转入了地下，烟土买卖更是成为一个可以杀头的买卖。任何生意只要有需求但又是危险的，利润就都是惊人的。冒着杀头风险做买卖的人，都抱着捞一票大的就金盆洗手的心态，只不过没有人会真正停下来。孙亦元也一样，停不下来了，也没有理由停下来。

他开了一家公司，开在热闹地方，部门齐全，装修豪华，资信良好。他的公司是做药品生意的，从国外进口药品到上海，然后卖到内地的各大商埠去。平日他会去公司坐坐，穿着长衫，西裤翻边，皮靴铮亮，手里拿一根斯迪克，笃悠悠来去，巡查生意，会会朋友，听听各地消息。有了钱，本来用于装门面的生意由于资金充裕也好做得多。孙将军的生意做得顺风顺水，心中对自己的期许也高了很多。他现在是一个生意成功的民国前将军，好男人、好父亲，上海有名望的企业家，他可以期许更多。上海很有几个像他这样的人慢慢向政界发展，无论在租界做华董，或者在华界做参议，都是人生成功的标志。

孙亦元在新书房里，看着新换的花梨木家具，富贵大气，甚为称心。书桌背后的平头案用一整根海南花梨木做成，书柜、博古架增添了文雅气息。孙亦元不是一个文雅之人，不过排场和装饰还是要的，加上女儿和女婿都是知识分子，他也要有些改变。

外头有人敲门，孙亦元喊了一声："进来"。

郭朗生走进来，到沙发跟前微倾下身体，将一叠纸递给了孙亦元："将军，这是下个月给各处的月例，您看一下有没有什么需要改动的。"

孙亦元接了报告，走到书桌后坐下来，仔细看起来。

"过年时给巡捕房加的那份钞票看起来效果不错，近来各处都还算太平，是不是？"

"是的将军。其实我们在租界的生意自从苏利文先生把那个叫约瑟夫的假洋鬼子调走以后就一直很平稳，倒是在华界的几家有时候要花更多心思。"

"洋鬼子这点好，讲好的事不大会变卦，我们自己的人呢，看着你有钞票赚就会眼红，就要想方设法多分一点。"

"就是这样。闸北新来一个家伙，不买前任的账，现在的样子是要和我们对着干，已经冲了几次了，我们因为通报及时躲过去了，但老是这样弄下去很被动，生意也没法做。"

"哦？有没有找闵局长打过招呼呢？"

"讲过啦，但是好像连闵局长的面子也不给。"

"他想要做什么？"

"我想这几天寻个中间人和他再谈一次，月例方面……？"

"这恐怕不好。他那里一动，其他地方怎么办？总要一碗水端平。厚此薄彼，其他人马上就会知道的，最后全部都要加，花大钞票还得罪人。他总有家小的吧？"

"好的，我知道怎么做了。"

"所以你看，生意是越来越难做。"孙亦元叹了一口气，摇摇头，又讲："小姐下个月回来，生意方面还是和以前一样，要谨慎，以后有事不要再到家里来谈，去公司谈。"

"是，将军。小姐回来接船、婚礼的事我已经开始布置了。华懋有个不错的礼堂，我明天先去看一看，如果好的话再请将军和夫人过去看。"

"好。朗生啊，还是你办事可靠。"

"都是将军您的栽培。"

"哎，你也很努力啊，哈哈。"孙亦元声音高了起来，笑出声来。

门开了，孙夫人走进来，讲："哟，朗生来了！啥事这么开心呢？"

孙亦元看夫人进来，随手把那份报告放进右手边的一个文件夹里，一边笑着讲："我们在讲爱琦婚礼场地的事。"

"地方寻好了？"孙夫人听到是关于女儿婚礼的事，两只眼睛炯炯放出光来，向徐朗生问道。

"朗生讲华懋的礼堂不错,我也觉得应该不错。朗生明天去看一下,如果没啥问题我们再去看看。"

"华懋那个礼堂我去过,上次乔市长太太请客就是在华懋,真的不错,不用朗生探路了,我们明天一道过去就可以。再过个把月爱琦就到上海啦,要赶紧定下来了。"

"既然夫人这么讲,那我们明天就一道过去吧。朗生,你安排一下,明天我们一道去。"

"好的将军。"

一夕数惊,关桃很早就醒了。四点钟寺里打板叫醒,四点半开始早课。他很奇怪当年在寺里怎么可以睡到天亮才醒来,也许人长大了,心事多了,就会变得容易惊醒。

关桃穿衣起床来到院里。头顶的天空黑乎乎的,星星也不见了踪影。看来要下雨了。他又来到西边的围墙边,在黑暗里仔细辨认墙上几个向上的脚印。这里的墙外是桃园,穿过桃园要走上好远才有一条马路。

谁在半夜闯入寺院?他们想要做什么呢?

和尚们和住在庙里的香客此时都在大雄宝殿里做早课。关桃走进去,诚心诚意地跪在蒲团上,低下眉目,专心地听着和尚诵经。早课结束,天微微有些亮了。关桃从怀里拿出信来,凑到一根蜡烛前点着了信纸,投到了一个大香炉里。那纸很薄,一会儿就燃尽了。关桃的眼睛有些湿润,但还是转头出了大殿。

关桃和慧澄一起出了西面的偏门,走到昨晚那几个人跳下去的地方。墙根下有一些枯草倒伏,此外看不出更多的痕迹。慧澄早课后又仔细地询问了昨天值更的和尚,有一个沙弥讲,昨天白天有几个日本人曾经要想进到后院,但被他拦住了,他们也是三个人。

离开龙华寺之前,关桃特地去看看那个有大橱的房间。关桃记得那个房间很早就上了锁,一般人不让进了。他走到那个房门前,看到门锁着,便回头走了。

关桃回到老宅与爷娘和亲戚们一道吃过早饭,司机来接他回市里去。爷娘要在龙华陪亲戚几日,关桃下个礼拜再让人来接他们回毕勋路。

自从到古老板的鸿安纱厂去了一次之后,关桃有了一个想法,他想把这个已经停产的纱厂盘下来。古老板在外头欠了一屁股债,过年时有消息讲债主都找不到他了。关桃知道那个工厂的机器设备相当好,如果经营得当,盈利没问题。关桃手头有两家轧花厂,轧花厂的产品是卖给纱厂的,如果手头有一家纱厂,轧花厂的一部分产品就可以自己用掉,不必仰赖下家,主动权多了一分,边际利益也会更高。纺织业欣欣向荣,大家都在开工厂扩大规模,销路不是问题。古老板欠的钱看来是要不回来了,当然古老板欠的钱远远不够买一家工厂的,关桃还得筹集到一大笔钱，或和其他人联手才能盘下古老板的工厂。

窗外下起雨来，路上行人都打着伞，偶尔有挑担穿蓑衣的人一闪而过。春天姗姗来迟，一下雨，阴湿湿特别冷。过年前关桃与秦涵芬一道去城隍庙，那天阳光灿烂，关桃心驰神往，而今天的天空是铅灰色的，有些阴郁，昨夜还发生了一件没头没脑的事，使关桃没睡好。

新工厂开业前，关桃想过邀请秦时月父女参加开工仪式，但最终没发出邀请，因为他觉得邀请的理由不大充分，但更深的原因也许是，他下意识地把与秦涵芬相关的每件事情都看得重了，处理起来就有些缩手缩脚小心翼翼了。其实昨天的开工仪式和酒席上的很多人只不过就是关桃的普通朋友而已。

关桃想起他和秦涵芬的桃园之约，期盼着早点看到她。早上和慧澄一道跑到庙外桃园时，他留意了一下桃树，光秃秃的，没一张嫩叶钻出来，竟让他有些失望。他期盼的那个粉彩流霞的时刻还很远。而他觉得自己等不了那么久，他想立即见秦涵芬，心里好像有很多话要对她说。好在秦涵芬留了书给他，想到这里他又很开心，灰色的天空不再那么压抑了。

秦涵芬留给他的是一本有关宗教和哲学的书，关桃不知道她为什么会给他这本书，艰涩无趣，观点又很悲观，很难沉下心看下去。关桃看得很吃力，但既然是秦涵芬给他的，他想总归有她的道理，所以看得很仔细，想早些看完看通后去找她。

到公司后他给秦涵芬打电话过去，等了一会儿，电话那头传来秦涵芬的声音，关桃感觉有些窒息，声音都有些涩。

"喂，秦小姐，我是关桃。"

"我晓得。"

"谢谢你借给我的书。很抱歉这么久才联系你。才看完，这书太深了……我想再借一本其他书，可以吗？"

这书本来就是秦涵芬方便关桃再找她的，这样明显的事情，问可以吗，真多余。秦涵芬等这个电话等得有些久，等来了，心里倒有点小女孩酸酸的滋味了。即使书没有看完，你也可以打个电话呀，为什么一定要看完了再打电话？等待的滋味，忐忑的滋味，女孩子采取主动而得不到回应的滋味，你不知道？这些天的煎熬，在这一刻变成了委屈，但委屈又不可宣之于口。

"那本书……哦，对了，关先生，你欢喜这本书吗？"秦涵芬的声音里听不出不快，也没有喜悦。这平静的音调对关桃来讲却是糟糕的。关桃自然懂得秦涵芬让秦先生转书给他的意思，他做事情一般都很干脆，但就是这件事情上，讲不清楚，好像有些扭扭捏捏，不爽气。

"老实讲，不是我喜欢看的书，看得很吃力，总算看完了。"

秦涵芬没立刻接话。两个人在电话的两头沉默了一会儿，好像要等着那一点点尴尬尽快散去。秦涵芬又问："你真的看完了？"

"看是看完了，就是看得一只头三只大，跟没看差不多的，记不住多少。"

"哦，能看完这本书的人大概不多的，不如同样的书多看几本，你就成为专家了。"

关桃感觉到了那一头调侃的口气，跟上去讲："我可以做专家吗？"

"可以，我看可以！要不要再拿一本同样的书？"

"我试试。"关桃知道秦涵芬是在开玩笑："你啥时候方便？我去还书给你，顺带再借，做个好学生。"

秦涵芬沉默了一下，好像在考虑，然后讲："要不你到图书馆来吧，你要看啥书都有。"

"现在吗？"

"是的。你有空吗？"秦涵芬问。

"我马上过去，一个钟头内。"关桃开心得不得了。

关桃把这本书读完了，让秦涵芬有些吃惊。年初三出门前，秦先生去信箱拿了信，提起关桃下午会来拜年，她心里是有些怪这个人的。她想，为什么不直接跟她讲呢，而且讲得这么晚。都已经答应了一道去龙华庙会了，怎么做事情还要转弯抹角呢。但后来想想关桃也有他的道理，毕竟他们之间还什么关系都不是，向秦先生拜年更合适一点。她好像知道自己不在家里关桃一定会失望，随手拿了床头柜上一本两个月没看完的书给秦时月，讲是关桃要借书看，也不管自己父亲相信不相信。这本书很难读，她知道。后来她是有些后悔的，心里很乱，一会儿想自己做得太明了，太不矜持，一会儿又想，书也给的不对啊，为什么不选一本好读点的书呢？换位思考，这么难读的书，好像是有意出难题给人家，好像是在考验人家的知识。

这本书她自己都还没有读完，艰涩，里头的观点容易把人拉倒虚无和悲观情绪中去。但他讲他看完了，这是最初她认为的那个人吗？

头一次碰到关桃，她是有些不想和他讲话的。但后来却不断说服自己，因为心里头有只角落里一直有个声音在讲：她是有些喜欢他的。跟关桃一起吃了一次饭，她开心了好几天。然后就想要再看到他，就好像关桃是一个失散多年的人，终于又联系上了。

雨下得不小，路面上有积水，上海像一台不知道疲倦的机器一样忙碌。穿过煤气公司巨大的煤气包，翻过西藏路桥，车不紧不慢行驶在闸北的街区。新修的马路不断延伸，两边不断冒出新的建筑，沿街房子的二楼三楼伸出竹竿，竹竿滴下水珠来。天气好的时候，竹竿上挂满洗过的衣裳，男人女人的罩衫、内衣裤，小孩的尿布，该是五彩缤纷的，万国旗一般飘舞。

图书馆出现在马路左侧，关桃喜欢的人在楼里的某个房间里。关桃让服务台通知秦小姐下面有位关先生找，大概四五分钟，她下来了，旗袍外罩了一件深蓝色的呢大衣，手里拿了两本书。秦涵芬刚接到关桃电话时心里有些委屈的，看到关桃，委屈和不快没了踪影。走进阅览室，阅览室里的人不多，他们找了一个安静的角落面对面坐下，关桃把书还给秦涵芬，秦涵芬把手里的两本书给了关桃。秦涵芬看了一眼还回的书，抬起眼睛，低声问："关先生看了书，心得体会如何？"

"就想当面感谢借书给我的人，叫我看这样难读的书，要么跟我有仇，弄讼我，要么……"关桃的眼睛看着秦涵芬讲。

"我讲的是读书心得，认真点。"秦涵芬怕他瞎讲下去。

"哦，读书心得，书太深，老实讲有很多知识是我不具备的。大概的意思是，我们都只不过是历史烟尘里一粒微不足道的尘埃，偶然相遇在这个叫作地球的地方，我们所有的执着，对这个世界毫无意义。"

"看来这本书让你产生了悲观情绪。"秦涵芬笑嘻嘻地讲。

"还有，我们只是造物主创造出来不断上演相同戏剧的演员，上帝改一句台词，一个微小的情节，让人类出演。演着演着，进入角色，演皇帝，演将军，演有钞票人，演穷光蛋，都演得像是真的一样。"

"呵呵，看来蛮认真的。那你呢，你怎么想？"秦涵芬问。

"我？我觉得吧，厚厚一本书，无非就是一句本地老话：人就活个空景头。"

秦涵芬讲："被你一总结，好像就是这个意思。你看上去比写这本书的人厉害嘛。"

"过奖过奖，随便瞎讲讲的。秦老师是怎么认为的？"

秦涵芬讲："我？我还没看完呢。"

"啊，你都没看完呢！你确实跟我有仇。"

秦涵芬好想笑出声来。"嗯，你这个这个，总结，微言大义，孺子可教啊！"两个人都忍住笑，怕影响到其他人。"那你是不是同意书里的观点呢？"

"怎么讲呢？我们龙华的人总是讲，人就活个空景头，但转眼就活得不亦乐乎。他那观点再深奥，都没有生活来得精彩有趣。"

"嗯，这就好像一个法国作家讲的，即使窥破了人生的真相仍旧要热爱生命和生活。"

"对，我觉得是一个意思。"

过了一会儿，关桃轻声问："你这两天有时间吗？"

"有啥事体吗？"秦涵芬很讨厌自己问出这样的问题。

"一道去看戏好不好？"

"你欢喜看戏？"

"有点欢喜，俗人嘛，欢喜轧闹猛。大世界新来一个京剧班子，去不去？"

邀请秦涵芬看戏本来不在关桃的计划里，但看到了秦涵芬，气氛又不错，关桃就

第二十七章　孙亦元黑白通吃　秦涵芬情定关桃

想得寸进尺。

秦涵芬好久没去大世界看热闹了，关桃这样一讲，动心了。但是，就这么轻易答应关桃的邀请，是不是又太不矜持了？转念一想，留书给关桃本来就是自己主动，况且现在也是她叫他过来的，再要扭扭捏捏倒显得虚头巴脑了。

关桃看秦涵芬没讲话，忙解释："你看啊，你请我吃饭，又借我书看，算我回请你，对吧。"

秦涵芬白了一眼，讲："嗯，公平往来，大家不吃亏对吧？相当有商业气息。"

被她这样一讲，关桃觉得尴尬，知道自己在这件事情上多了婉转，少了磊落，倒不像是他关桃了，其实目的只有一个，他讲："好吧，是我太啰唆。我唯一的目的就是想跟你在一起多待一点时间。"关桃的眼睛热辣辣地看着秦涵芬。

秦涵芬听了这话，被他看得脸红，心里想，这还差不多。这算是告白吗？嘴巴里问："这几天演的是什么戏？"

"玉堂春。不过还有其他折子戏的，去不去看？"

"去。"

关桃很开心，想要大声讲话，刚张开嘴巴，意识到是在阅览室里，压低了声音讲："那你哪天方便？我让司机来接你！"

"不用的，这里过去很快的。明天下了班你在大世界门口等我，六点前我准可以到。"

关桃伸出手去压到秦涵芬的手上讲："那就讲定了，明天六点大世界门口！"刚讲完，好像觉得不妥当，意识到自己把手压在了秦涵芬的手上，而秦涵芬的脸一直红到脖子，关桃赶紧把手抽回去，想解释，秦涵芬的脑袋却看向侧面，并且定在那里。她看到金玉良在阅览室门口呆呆地看着他们两个。

秦涵芬没想到金玉良此时会出现在这里，心里有些复杂。倒不是觉得对不起他，因为她从来就没回应过他的追求，但两人在一个办公室相处，难免有些尴尬。转念一想，也好，早晚总要有那么一天的吧，免得她需要不断地躲避他的殷勤。

关桃顺着秦涵芬的眼光看去，也看见了一个白白净净戴眼镜的男子，那人正看着他们两个人，眼光有些幽怨，有些怅然。

离开图书馆，关桃去了霍襄理的银行办公室谈他想盘下古老板的工厂的想法。做这一件事没银行的帮忙不行。

"可以啊，关老板，新工厂刚开工就有新目标了！"

"你觉得怎样？"

"照我讲，想法当然是对的，逻辑也讲得通。但你新工厂还没有搞扎实，就想干票更大的，是不是会有点冒进？"

"是着急了一点。但这个机会好。现在古老板肯定急着想卖了这工厂还债，那就有讨价还价的余地。现在大家都争着开厂，地价一再地涨，好地方都被占得差不多了。要从头开始弄这么一个工厂，从看地买地到盖厂房进机器，培训工人，一切准备妥当，开工，没一年、一年半无论如何弄不出来，这还是快的。他这个是现成的。"

"话是对的，但大家都这样想，这古老板不傻吧？古老板欠了很多债，比你更大的债主可能更想把厂子控制到他们手上，那就会有竞争，你们债主之间竞争，古老板就可以等待一个更好的出价。"

"那我只有等待，或者放过这个机会？"

"照我讲，这可能是一个机会，也可能并不是一个机会呢？等一段时间如果古老板仍旧没有还款，你或许可以去法庭上告，或者等古老板自己申请破产，那时候究竟有哪些债权人就会比较明确了。"

"所以你这里现在借不出钞票来做这桩事体？"

"你晓得的，兄弟，银行是有一套规矩的，你借款就要提供担保物。再讲银行的钞票不是白借给你，你得还，得支付利息。"

"好吧我明白。"

霍襄理的话不无道理，但关桃心里对这件事情还是有想法的，对于扩大产业、建立一个更完善的上下游体系的向往在他心里挥之不去。

孙亦元和孙夫人来到华懋饭店。这地方离杜美路不远，走过去二十来分钟的路程。华懋对面是法国俱乐部，俱乐部前面是大片草地。转了一下，孙亦元觉得这地方用来做女儿的婚礼再合适不过了，高级餐厅，大草坪，礼堂，离家又近。当下就和饭店谈了，把爱琦的婚礼定在了华懋。饭店定下来，孙亦元就可以写请帖邀请客人了。

第二天傍晚，天空放晴，久未露面的太阳把西边的几朵云映成了玫红色。关桃早早地来到大世界门口等秦涵芬。电车哐当驶过马路，夜色降临城市。饭馆里人头攒动，下班的人们手里拿着伞和包匆匆流向各自的家。关桃不时看一眼手表，在暮色里渐渐有些不安。

她会不会不来了呢？或者在路上碰到什么事情？他朝着电车站看去，想，他应该去接她的，无论如何男女约会男的应该更周到一些。他这样想着，有些责备自己的疏漏。

秦涵芬已经从另外一个方向走到了关桃不远的地方，看到关桃有些严肃地向车站方向看着，她走到他身后，站着，上身随着关桃头的转动而躲闪。关桃几乎比他高了一个脑袋，颀长的身子好像散发出暖意。

关桃很快从身边走过的人的眼神里看出了一点端倪，突然地转身，发现秦涵芬已经在他身后，不声不响，偷笑着。两个人的脑袋几乎撞到，笑出了声。

"先吃点东西吧？"关桃讲。

"好啊，我们简单吃点。或者就到里头去吃吧。"

他们在吃上面有默契，在城隍庙有默契，今天也一样默契。

大世界最成功的设计是哈哈镜，像一个开关，无论多么阴郁的人，过了哈哈镜就会转换成另外一个人，放下心防。关桃和秦涵芬看戏的时候挨得很近，两个肩膀若即若离，好像能够感觉到彼此散发的热气。手臂有意无意地碰在一起，又很快分开。关桃想伸手去握住秦涵芬的手，又怕她不开心，在犹犹豫豫中戏就演完了。关桃不大记得戏里演了些什么，所有观众站起来往外走时，他有些后悔自己的胆怯。

他们在里面玩了两个多钟头。大世界里鱼龙混杂，关桃到旁边去买些吃食的时候，几个小混混围在涵芬旁边嬉皮笑脸，想吃豆腐，涵芬有些害怕，正左躲右闪时，关桃走了过来，拨开这些人，站到了他们面前，眼神凌厉。几个小混混看看关桃的样子，知道不是好惹的，一哄而散。

他们笑吟吟走出这座欢乐的房子的时候，各处屋顶上的霓虹灯正使出浑身解数炫出各种花样，将暗夜推向隐秘欢乐的巅峰。意犹未尽，关桃提议朝外滩方向走走，然后再送秦涵芬回家去。秦涵芬答应了。她已经抛掉了刚才的不快，显得很开心。她以前不大敢一两个人到这种地方来的，她想，也许从此以后就可以大胆地去各种地方了。关桃也很开心，因为他明白无误地知道他有能力保护眼前的这个女孩。两个人肩并肩走着，秦涵芬背着手，上身摇来晃去，脚步一跳一跳的，像个小孩子，路灯光穿过夜雾洒在她的脸上，美得像仙女。关桃的手插在大衣袋袋里，看着她，想要去拉她的手，但几次从大衣袋里抽出手，接近了，又缩了回去。他们有一搭没一搭地讲着话，离外滩越来越近。关桃的心里有些急，到了外滩，他就要送她回家去了。

这是关桃熟悉得不能再熟悉的一段路，越往前走就越接近吉祥街。而秦涵芬也熟悉这段路，她是在这里上的中学。

"这是我的中学。"走过一个大铁门的时候，秦涵芬讲。

"你在这里上的中学？那我们讲不定以前真碰到过的，我就在吉祥街上做的学徒。"

"我晓得。我有时也走过协隆绸布店门口的。"

关桃若有所思的"哦"了一声。

"我以前总是坐这部电车来来回回。"秦涵芬指着呼呼驶过的电车讲，然后，停住了脚步，关桃探询地看着她。

"你以前经常打相打对吧？"秦涵芬忽然问关桃，眼睛一眨不眨。

"对啊，小时候经常打相打。"

"你在这里打过吗？"秦涵芬指着不远处的车站问。

有一年，关桃在车站上看到一个漂亮的女孩，然后，眼光搜寻之间看到一个小偷，冒冒失失地喊了一声，有三个人围了上来……那天夜里他师傅罚他不许吃饭，要他记住以后不要在上海惹是生非。关桃与那三个人打起来时，脑子里已经来不及想刚刚看到的好看的小姑娘了，但秦涵芬却在人群里目睹了这一切。

"那一天有三个人打你！"秦涵芬很肯定地讲。那天虽然是三个人打一个人，但她很明白那三个人其实是被这一个人打败了。她不明白他为什么跑得那么快，快得像电影里的快镜头。这么些年，这个人一直在她的心里面住着，面目模糊，情节清晰。

涵芬想，她终于找到他了，也找到了一切的答案。好像人真有前世，总有一些人出现时让你觉得是不知道多少年前离散的故人。有时你努力想，就是想不起上次见面的机缘，直到一刹那的电光石火。他们最近一次的离散在七八年前的车站，匆匆一眼，再不曾相见。

天上有月亮星星，黄浦江上传来悠长的汽笛声音，像某种召唤，还像是欢呼。气温很低，但春天已不远。关桃和秦涵芬对视着，涵芬没有躲闪，她的眼神明亮、妩媚，有些害羞但透着坚定。关桃毫不犹豫地拉住了涵芬的手，涵芬的身体靠了过来。

第二十七章 孙亦元黑白通吃 秦涵芬情定关桃

第二十八章　众势力暗流涌动　孙爱琦回归故里

　　龙华是一棵树，叫龙华菩提树。弥勒佛由兜率天下生人间，在华林园的龙华树下得道成佛。弥勒佛的人间化身是布袋和尚，龙华寺第一进大殿便是供奉布袋和尚的弥勒殿。布袋和尚三月三圆寂，所以三月三有龙华庙会，但庙会之前龙华便开始热闹起来了。

　　龙华寺原名报恩寺，由孙权为感谢母亲养育之恩而建，到唐朝已是声名远扬的古刹。时有皮日休诗曰："今寺犹存古刹名，草桥霜滑有人行。尚嫌残日清光少，不见波心塔影横。"到唐末，龙华寺未能逃脱王朝更迭的战火。又过几十年，曾经强大的唐王朝已经分崩离析，吴越国忠懿王钱弘俶乘船巡视属土，夜幕降临，船队折入龙华港抛锚歇息。夜间风雨突至，浪涌船动，众人无法入眠。忠懿王披衣而坐，望着舱外幽暗的河岸。恍惚中，草莽间祥光烛天，钟梵隐然，神龙升空。忠懿王急召人入舱询问此地所在，方知是湮灭于战火的报恩寺旧基。次日一早，风雨停歇，丽日当空，忠懿王率众人登岸详察，但见野草荒蔓，古树森森，石坛高启，断垣横陈，想见当年香火鼎盛。一代名刹湮灭草丛，令人唏嘘莫名。忠懿王好佛，即命人重修佛寺佛塔。

　　昨夜神龙华丽，忠懿王印象深刻；又因弥勒菩萨于龙华树下得道成佛，向天人讲法，广度三根众生，忠懿王遂赐寺名龙华，立龙华塔。此后，胜景矗立浦江之侧，领千年风骚，梵音袅袅桃花之乡，度芸芸众生。

　　龙华寺坐北朝南，寺东是龙华镇。所谓镇在江南大多是临水的。一条街由东向西，两百来步长，街宽不过一部汽车多点，街两边有几十家铺子。镇上的大户人家把大门开在朝街的一面，门头轩昂，石狮雄视。街尽头有一座百花桥，桥下是龙华港，港里泊着一些小船，流水九曲八弯通向黄浦江。长条花岗岩石砌起来的水岸边，朱阁绮户，风光无限。龙华是个好地方，稻米蔬果样样齐全。龙华的水蜜桃像美人，绒毛细密，肉色诱人，皮薄汁甜，入口即化。每年桃花盛开，龙华庙会引来无数游人，成为远近盛事。

关家的老屋后面，桃树长出嫩叶来，花苞伸展出来，像马上要睁眼看这个美好世界的胎儿。桃林先是星星点点，继而芳草连天，云蒸霞蔚。

龙华火车站里的客人多了起来，汽车马车在镇上出出进进，来的人越来越多，登塔观景已经需要排队。乘船沿河穿行在桃园里，别是一番风景。不知道谁家的留声机里放着唱片，歌声在春光里缓缓流淌。

"上海没有花，大家到龙华，龙华的桃花也涨了价，你也买桃花，他也买桃花……"

关桃和涵芬跑去了更远的桃园。像所有坠入爱河的青年男女一样，他们需要隐秘的空间，一个美好的、只有他们两个人的世界。桃园深处，并排坐在河滩缓坡上，温煦的阳光洒在身上，暖意融融。关桃摘一朵花插在涵芬的头发上，涵芬靠在了关桃身上，散发出好闻的味道。关桃用手去搂住涵芬小巧的身体，另一只手轻轻扳过她的脸，涵芬星眸微启，面如桃花，气息不匀。

长空朗朗，流水淙淙。鸟飞来，又迅速飞走，生怕打扰这对恋人。芦苇割开水流，留下浅浅波纹，波纹平复，又划开，漾出别样新纹。此水非那水，周而复始。桃花正艳，风吹过，花瓣纷落水中，微微颤动随水流远去。杨柳吐绿，如烟似雾，岸边的灌木丛生机勃勃。远处古塔巍峨，塔下市声喧闹。但喧闹越不过来，这里只有缤纷的爱河。

他们拥抱在一起，关桃感受到柔软的腰肢、结实胸脯的起伏和剧烈的心跳，他吻她嘴唇，情不自禁地要用舌头打开涵芬的嘴。涵芬略略地张开了嘴，迎接关桃的亲吻。

意乱情迷中，涵芬忽而轻轻推开关桃，讲："有人看着呢。"

"没有人。"关桃含糊地讲，好像梦中。

"那些花，取笑我们，笑得从树上颠了下来。"

来上海第九年的春天，埃里克·凯夫作为巡官去虹口巡捕房上任。他已经结婚，与同样来自英国的黛西结婚。埃里克太太出生在上海，多年前与埃里克在一次聚会上相识相爱。

虹口巡捕房有一栋主楼和两栋辅楼，主楼是一栋红砖三层楼，有回廊的底层是警务办公室、审讯室和拘留室，拘留室又分犯人拘留室和乞丐拘留室。二楼三楼是西捕宿舍，三楼宿舍可以带家眷居住，这一点让埃里克特别满意。他现在的薪水足够在上海购置或租用豪华公寓，但偶尔让黛西在巡捕房过夜也是不错的。主楼后面是两栋较小的房子，分别用作华捕和印捕宿舍。另外还有一个马厩，马厩里已经只有四匹马了，汽车已基本代替了马的工作。

埃里克当然知道约瑟夫也在虹口巡捕房工作。调任之后埃里克阅读了巡捕房大多数人的简历，对约瑟夫的档案看得更仔细。自从五年前那次争论之后他们再也没见过面。约瑟夫的工作记录完美，无可挑剔，但约瑟夫仍是一名普通巡捕，外加译员，工资虽有增加，但比起巡官埃里克，一年的工资尚不及他一个月的薪水。以约瑟夫的资历，他理应获得更高的职位。在巡捕房已有华人督察长的情形下，提升华人做巡长、探长和巡官已是平常事，而约瑟夫居然什么都不是。与他同时进入巡捕房的华捕中有好几个已升任巡长，这些人并不像约瑟夫一样拥有大学学历，工作经历也很平常。巡捕是一份按合约工作的职业，约瑟夫完全可以另找一份待遇更加优越的工作，对他来讲这应该不是难事。

埃里克坐在新办公室里，戴着领结。办公桌上放着电话，身后有一台打字机，头顶的吊扇一动不动。门被外间的值班巡捕推开，约瑟夫巡捕站在门口。埃里克吩咐把办公室门关上。约瑟夫笔直地站在他面前，等待埃里克开口讲话。

埃里克指着办公桌前面的椅子说："请坐，约瑟夫。"

约瑟夫坐下，但上身仍然笔直。

"我们又成为同事了。"埃里克笑了笑，想打破某种尴尬。

"是的埃里克长官，我们一直是同事，都是上海巡捕房的警察。"

"好吧，你这样讲也对。直截了当说说吧，约瑟夫，我很好奇你为什么一直没有离开巡捕房，因为在我看来，以你的能力和表现，你显然受到了某种不公平的对待。"

"我觉得你应该知道其中的原因，很多年前我告诉过你我为什么要加入巡捕房。"

"你想做一名好警察，服务于这个社会。可是，即使面对不公平的对待也要坚持吗？"

"我想坚持十年，十年以后再考虑吧。"约瑟夫的口气有些平缓，有些把埃里克作为老朋友对待的味道。

"那么，还有两年你会考虑离开？"

"也许吧，但也许还是会留下，我不知道自己还能不能去干些别的事。"

埃里克沉默了一下，说："明天开始，你转为探员，不要再去巡街了。我已经调整了你的宿舍，从明天开始搬到单人宿舍。"

约瑟夫略微迟疑了一下，从椅子上站起来回答："是，长官！"

埃里克想说些别的什么，但终于还是没有说。他按下电铃让值班巡捕开门进来，吩咐："带约瑟夫探员到他的新宿舍去。"

约瑟夫向埃里克敬礼，转身出去。埃里克觉得心头有点堵，却又不知道怎样舒缓。他找来副巡官，询问约瑟夫的事。

"米勒先生，您认为约瑟夫·汤的表现如何？"

"坦率地说，约瑟夫是我见过的具有最好素养的华捕，敬业，机敏，身体素质很好，当然，英语也很好。"

"那么，为什么在这么多年里他没有得到晋升？巡捕房不是有晋升的规则吗？"

"据我所知，此前曾经提出过晋升约瑟夫，但是都被警务处拒绝了。"

"拒绝的理由呢？"

"有人说他在 1925 年 6 月曾经参加过街头游行。当时离开岗位参加街头游行的所有华捕后来全部被开除，只有他留了下来，因为当时被拘留的华捕中并没有约瑟夫。但是此事并没有过去，所以警务处一直不愿意提升他。"

埃里克记得当时的场景，是他把约瑟夫从游行队伍拉出来并塞进了汽车。但是，即使真的是这样，在此事过去这么多年并且已经有人为当时的屠杀事件担责之后，难道还应该继续追究游行示威者的责任吗？

"提升华捕做探长的权利不是在分区巡捕房吗？"

"详细的情况我也不太清楚，长官。我想有可能有来自警务处的特别指示。"

"好吧，我明白了。谢谢，米勒先生！"

埃里克隐隐觉得应该和警务处帮办处长约翰·苏利文说说这件事情。他的直觉告诉他这和约翰有关系。他想找一个休息日，一个大家都有空的时候，坐下来放松地谈这件事情。现在他是虹口巡捕房的最高长官，他不会把一个优秀的巡捕继续置于不公平的位置上，他知道约瑟夫在更高的位置上可以帮他做更多的事，树立他作为巡官公正的形象。

埃里克知道在什么地方可以找到约瑟夫。礼拜天，他和黛西去了教堂。日光透过斑斓的尖拱形玻璃窗照进教堂，厚重的管风琴响起，唱诗班的歌声萦绕在哥特式教堂里，披着祭衣头戴着小红帽的主教领着两位执事走上祭坛，领着信众完成弥撒祭礼。

"上主，万有的天主，祢赐给我们食粮，我们赞美祢；我们将大地和人类劳苦的果实——麦面饼，呈献给祢，使成为我们的生命之粮。"

"愿天主永受赞美。"

"上主，万有的天主，祢赐给我们饮料，我们赞美祢；我们将葡萄树和人类劳苦的果实——葡萄酒，呈献给祢，使成为我们的精神饮料。"

"愿天主永受赞美。"

约瑟夫有时望着主教，有时低下眉目，虔诚、专注，直到主教说：弥撒礼成！众人安静地离开座位。

所有的宗教仪式于衣食住行都是没有用处的，唯其无用，才是关于灵魂和精神的。这一刻，无论强悍还是懦弱的个体都低下了头，在庄严的未知面前屈膝承认自己的渺小，意识到自己与他人之间最终的平等。

在教堂广场上，埃里克郑重地把黛西介绍给约瑟夫，他希望用这个举动弥合多年来与约瑟夫之间的隔阂。

三界玲珑塔

这一年的上海花商同业公会全体会议放在了华界的市政府附近开。往年花商同业公会会议都放在租界里开。自从民国上海特别市成立，市府所在地建设得越来越好，慢慢地华商喜欢把一些会议放到那里去开。

关桃到达会场时，门外已停了不少汽车。一栋琉璃瓦屋顶的大楼，雕梁画栋，有着中国皇家宫殿般的风格。上海很少这样的建筑，关桃走进大楼，看见门厅上方有一个富丽堂皇的藻井。

会议室坐了大大小小几十家棉商的当家人，连太仓、南通等地商号的老板也跑来参加会议。每年开会的目的在于各家互相通气，协调价格。当然，既然是做生意，各家有各家的门道、渠道和方略，开会归开会，每年开完会，互相竞争、抬价、压价都是正常戏码。但有这个会好过没这个会，有个公会好过没这样一个组织，这又是大家的共识。

有几个同行注意到了关桃，向他颔首致意。关桃坐下来，有一个人朝他走过来，定睛一看，是于林渊老板。于老板和关桃握了一下手，单刀直入，讲："关老弟，你打到我地盘上来了，把我的几个花行签掉了。那些花行我做了好多年了，你穿开裆裤的时候我大概就和他们做了，不知道你用什么办法撬动了他们。我今年有点失策了。跟你商量一下，那些花行，你让出来。"

关桃想，咦，还有这样商量事情的，这不叫商量，是命令的样子，心里就不开心，讲："于老板，我这里已经付了定金了，不好再变来变去了。"

"老弟，不是我倚老卖老，这一行的人多少都卖我面子的。你年轻，赚钞票机会有的是，就不要和我们争来争去了。"

关桃对这样的谈话方式感到不快，刚好主席座上，公会的本年度主席沈谱仁先生开始致辞，就说："于老板，要不先开会吧。"

于老板悻悻而去。关桃也没在意。做生意哪有这样说话的嘛。

"各位同人：

"今朝召集大家到这里来开会，第一个，是希望各位看看华界的发展。不知道各位的观感如何，总之我是感慨万千。上海从一个县城一跃成为中国最大城市，最繁忙的码头，多半是因为租界的设立，我们华界自己的地方，大多杂乱无章、落后，基础设施缺乏，不卫生，等等，大家看看南市就晓得，两相对比，租界和华界差距巨大。但是今朝我们在这个新城区看到，我们华人自己设计、建设的城区一样是干净整洁、道路宽广，建筑华美，让我们看到了将来自己在上海当家做主的希望。

"第二，我国的棉制品出口已经位列全球第二，棉花产量也已经超过印度而成为全世界第二，并且，市场还在不断扩展中。我国的棉花出口、棉制品出口，十之七八经由上海港口，而经由上海港出口的产品，很大部分经由在座的各位之手。近年，棉花收购价格屡屡抬高，市场上参与者越来越多，亟需各位同人一道帮忙规范。作为棉商，棉花业者，我们都希望市场稳定，不要大起大落，但随着生意扩大，新的从业者正不断加入进来，这是好事，市场有竞争嘛，但是，有些新进来的业者，抬高收购价格，压低销售价格，使得各位的利益都受到损害，这又是大家都不愿看到的，因此，今朝请大家来，想请各位就行业的发展策略、规范做一个探讨，同时，也想制定行业的基准价格，俾使各位从业者有所依据。"

沈先生半官话半上海话的发言结束之后，几家老资格公司的老板开始发言。在业中，关桃的公司是后起之秀，他本人的岁数也是最小的，所以他一直奉行多听少讲的策略。关桃自己的感受也如同沈先生所讲，今年的收购从一开始就不那么容易，好像有一股资金雄厚的势力介入到这个行业里来，出手很大，出价也高，要和现有势力做争夺。这个新势力来自什么地方目前还不清楚，但关桃自己今年落实得是比较早的，因而还算主动。

会议的发言很踊跃，很多人认为当前确实有人在市场上搞乱价格，同意制定一个市场基准价格。但制定什么样的价格，各公司的看法又有分歧，各怀鬼胎。各个公司财力不同，对于价格高低的看法就各不相同。财势雄厚的公司很想趁着这样市场变动的机会挤掉财力不济的同行。这些微妙的态度体现在发言中，听似公允持平却暗藏锋芒。公兴行的区老板讲，市场竞争没法避免，在座各位虽然能够代表很大部分棉商的态度，但是不能代表全部，那些新进者要想抬高收购价格，我们没办法封杀，只有跟随。但另外一派则认为，行业公会存在的意义就在于维护市场的稳定和健康，维护各会员的利益，如果行业公会不能在其中起到应有的作用，公会又有什么必要存在？今天开会的意义又何在？

看着发言有些火药味了，沈先生出来打圆场："各位的发言很积极，对于制定今年的基准价格很有助益。不如这样子，我们提出两个不同的价格方案，大家投票决定，这样比较公平。"

这样，最后有了一个折中的基准价格。

几乎是同时，山本太郎也在参加一个会议，在沪日本人商会会议。1929年末发生的美国经济危机很快波及所有工业化国家，使得每个国家都受到了很大冲击。由于信用断裂而造成资金短缺，由于资金短缺而造成开工不足，开工不足而造成大量失业，大量失业而造成消费不振，消费不振而造成产能过剩，产能过剩而造成更多的失业，所有国家都陷入死循环之中，好像落水的人在海里不断下沉，下面是更加黑暗的深渊。这个过程中，各国政府都更多地介入到了经济事务中，摸索走出困境的道路。日本政府也不例外。如果可以有效地打开国际市场，甚至控制市场，使得日本的工业产能获取更大的销售市场，那么对于日本经济走出困境将大有裨益。今天的会议，不但日本驻华使馆的经济参赞来了，连辅助武官田中隆吉也来参加会议。

但1929年以来的经济危机中，中国却像是一缕亮光。全世界主要大国中，

第二十八章　众势力暗流涌动　孙爱琦回归故里

只有中国保持了经济的正向发展。中国货币在危机中实现了贬值，出口竞争力反而增强了，中国经济发展的前景倒好像比以前更加光明。

听下来，官方的意思是要在沪的日本企业加紧打压中国同行，争夺行业主导权。上海是中国工业大本营，在上海取得优势具有决定性的意义。山本的理解是，政府现在更多地关注到了海外市场，准备用更多资源支持企业在中国取得更大优势。对于企业而言，这当然是好事。会后，田中隆吉辅助武官在走廊里与山本走在一起。

"山本前辈，听说您与上海做棉花贸易的人都很熟？"

"是的，田中君，这些都是同行。"

"那么，能不能做做这些朋友的工作，帮忙尽量多地收购棉花呢？本地的中国同业公会对我们还是有成见的，怕日本人抢他们生意，但是，如果有本地人出面收购，日本公司在后面支持，可能会顺利一点。"

对于山本而言这不是一件难事，做棉花贸易，收购来的棉花就是要卖出去的，卖给谁没什么规定，价高者得。但此刻山本却犹豫了一下。

田中隆吉追问了一句："山本前辈，有什么难处吗？"

"哦，倒不是什么难处。这个，我会问一下，但不一定保证对方会帮忙。"

"只要给予适当的好处，做生意当然是往盈利好的地方做。政府在这方面会向你们提供支持。上海的日本银行会提供专门的贷款，确保大家都会有利可图。"

"好的田中君，既然是这样，我会尽力的。"

山本感觉没法拒绝，作为日本人，面对来自自己国家的领事官员的要求很难拒绝。况且这么多年来，自身也是得到了本地领事馆的重视和关照的，但他有些不想蹚浑水。棉花是日本支柱产业纺织业的基础原料，也是战争物资，军人的衣裳、棉被，医疗用品都是离不开棉花的。尤其，由使馆武官出面说这件事情总是怪怪的。但说到底这是一桩生意，所以他也没有不答应的理由。

春光大好，加藤青男无心理会。这天他起得很晚。昨晚喝了不少酒，此刻脑袋有些疼，眼皮也有些沉重。

这段时间他参加了自警团的训练，有些累，也有些沮丧。他本以为凭他的努力可以在自警团里获得一个小队长的职衔，但是没能如愿，小队长的职衔被授予了另外一个年轻人宫崎龙二。宫崎家在上海有一家工厂，显然比加藤清男的家庭更加体面，因而更受重视。宫崎龙二受训时并不认真，比起加藤来，各个科目的成绩也要差一点。自警团的职衔不算公职，也没工资可领，但加藤还是把这件事情看得很重。加藤出身于武士家族，从小被父亲用拳头和棍棒教导要恢复武士的荣耀。他想，自己从高中开始就诸事不顺，没考上大学，回到上海后也一事无成。

但参加自警团训练也不是一无所获，加藤由此认识了一些来自领事馆和军方的人，并在训练中获得了更多关于日本、国际和上海的形势教育。这些训练和教育对于有抱负的加藤来讲很重要。

前两天加藤在外面的时候，母亲到他住的地方来了，帮他清洁了屋子，虽然加藤的屋子一直收拾得很干净，像兵营的屋子一样整齐干净。回到家，桌子上放了母亲做好的饭和菜。加藤一边吃，一边竟有些哽咽。从小，父亲非常严厉，但母亲总是护着他的。姐姐幸子早已经结婚了，有了两个可爱的孩子，每天忙着在家里相夫教子，只在节日的时候见面。他离开家里单独住以后，母亲经常会到他的屋子里来给他送吃的，帮他整理房间。母亲从来不会指责他不务正业，也不问他每天都去做了什么，好像他存在于她的生活中本身就足够让她欣慰。加藤想，即使为了母亲，他也应该有所作为。

中午，加藤又和水上秀雄碰到了一起。水上和加藤一样，都是没落武士家庭出身，只不过水上秀雄没有回去日本读书，一直都在上海，脑袋里也没有很多的点子，所以对有新思想的加藤很崇拜。水上的性格是有些柔弱的，举止行为甚至看上去像个女孩子，经常遭到其他同伴的嘲笑。但越是这样，他就越想做些事情告诉别人自己是个男人，所以有时候会体现出一种滑稽的反差。比如他学剑道总是让人觉得剑道被他练成了翘起手指做茶道的味道。

"宫崎那个混蛋凭什么可以获得小队长这样的荣誉？"水上愤愤不平。他为加藤从家里带了一些寿司过来，这时正从食盒里拿出来放到桌上。加藤阻止了他，用布将桌子擦拭了好几遍，歪了头看了看桌子有没有灰，然后才让水上把寿司放上来。他起身去洗手，拿了筷子，洗了一遍，坐下来夹起一个寿司，一手垫在寿司下，送到嘴巴里，嚼动几下，显然很喜欢。

"妈妈做的吗？"

"是啊，好吃吗？"

"好吃！什么食料做的？我妈妈做的不是这个口味。"

"不知道，回家问一下妈妈。那个，宫崎，要不要教训他？"

加藤清男看了一眼水上，又低下头去看另外一个寿司，他摇摇头，讲："虽然不公平，但如果我们去找他的麻烦，也不是日本武士该有的作为。我们在上海，身为日本人，我们的敌人不是日本人。"

"啊，加藤君说得对！我们应该找支那人的麻烦。"

"还有那些西方人。他们压迫着我们，让我们不能直起腰来，我们，要推翻他们。美国人用炮舰让我们日本屈辱地开放了门户，其他的西方人趁机跟随美国，强迫我们开国，使得我们武士失去了立足之地，被迫背井离乡。但我们用短短几十年时间赶上了列强，打败了支那和俄国，成为亚洲最强大的国家。所以，接下来，日本必将引领亚洲，成为亚洲的领袖，将西方人的势力赶出亚洲，建立日本的亚洲世纪，这是我们作为日本武士大展身手的最好机会。"

加藤清男又吃了一个寿司，咽下去，问："你知道什么是天下大同吗？"

第二十八章　众势力暗流涌动　孙爱琦回归故里

水上有些茫然地看着加藤。加藤清男讲："天下大同就是世界是没有国界的，全世界的人都活在一个天下，共同拥有世界上的一切东西。"

水上还是似懂非懂。加藤继续讲："就是，支那的东西也是日本的东西。好东西，放在支那人手里，是浪费，暴殄天物。好东西放在合适的人手里对世界才是最好的。"

水上这下明白了，觉得很有道理。

"水上，有机会你应该回日本去看看，你离开日本太久了，不了解现在的日本已经多么发达。我们离开日本时，东京还比不上上海，但现在，我敢说东京更加发达。那么多的支那人跑去我们日本学习，因为日本有了西方人所拥有的一切，我们也有航空母舰，强大的工业，完善的教育，我们大和民族已经复兴，将创立我们的新世纪。因此，我们要为天下大同、为日本而战，不用去与宫崎这样的人计较。"

水上用崇拜的眼神看着加藤，回味他刚刚讲的那些神圣的话。

加藤清男和水上秀雄吃过午饭后出门游荡，身边又多了两个日本男孩。走出两三个街区，中国人逐渐多了起来，穿和服的人逐渐少了。在一处背街的两层楼房子前加藤停下了脚步。

一个骨瘦如柴的人被两个大汉扭着推了出来："警告你不要再来啦，没钞票不要来捣乱。"

"大爷，两位大爷，行行好，行行好，你们让我进去抽一口，就抽一口，你们让我干啥都可以的。"这个人骨瘦如柴。

"滚你妈的蛋，我让你做什么都可以，你他妈还能做什么？我让你现在滚，滚远点。"

加藤清男摆了摆手，几个人围了过来，凑到加藤的旁边。

"这个，一定是个鸦片馆。看见没有？"

几个人点点头。加藤对水上讲："现在你明白我说的话了没有？支那人是一群猪，不配有这样的国家。"

"加藤君说得太对了。"

"那么，天黑以后，把这里砸了，把这群猪揍一顿，让他们离我们日本人远一点。"加藤下了决断。

"要不要再多找几个人过来？"

"好吧，多几个人，把这些乌烟瘴气的王八蛋赶出我们的地盘。"

黄浦江码头上，从马赛港驶来的"安得列朋号"邮轮正缓缓靠岸。船上的水手快速准确地向码头上飞出缆绳，码头工人接住缆绳，在锚桩上缠绕两圈，又在横档上缠一圈，然后拉住缆绳，邮轮和码头之间的缝隙逐渐缩小。码头工人将舷桥搭上了轮船的甲板，爱琦终于回到上海了！码头上聚集着接客的人群，孙亦元穿着大衣，头戴礼帽，手撑着斯迪克站在前面，旁边站着夫人、儿子，爱琦的中学同学也来了两个，徐朗生带着几个人手里捧着鲜花跟在后面。爱琦很早就站在了甲板上，眼睛在人群中搜寻。当她终于看见了码头上的父母时，大声喊叫着，泪流满面。

一家人拥抱在了一起，差点冷落了旁边的林森。爱琦赶紧向父母和弟弟介绍了林森，林森一一叫过来，船上已经将行李送到码头，由孙家的人去拿了来，装上车，孙亦元、孙夫人和朗生一部车，爱琦、林森和淳轩坐另一部车，后面又跟着几部汽车，一溜烟驶向了孙公馆。

阔别六年，孙爱琦终于又踏上了家乡的土地。爱琦在车里对弟弟说："轩轩，要不是爸爸妈妈每年寄照片来，我真不敢认你啦。我的弟弟现在长得这么高，比我还高了半个头啦。我离家的时候你比我矮了大半个头呢！Sam，怎么样，我弟弟英俊吧？"

"那肯定，这是由基因决定的。Mr. Thoman Hunt Morgan 已经解释过这件事情了。"林森回答。

"哈哈，你倒是活学活用。"

淳轩说："姐姐，哪有你这样问姐夫的嘛。姐夫说我不好看，那就是立场问题啊，对吧，姐夫？"

林森笑起来，答道："是，有道理。立场错了，日子就不好过了。"

"就是，所以这问法本身有问题。"

"好嘛，我弟弟爱抬杠的毛病一点没改啊。"

"那是，江山易移，本性难改，行不更名，坐不改姓，谁让你是我姐姐呢。"

"哎，这都哪跟哪呀？轩轩你是真上大学了吗？"

"那还能有假！姐夫，我姐在外面没欺负你吧？我告诉你她可爱欺负人了。不过我有办法的。哪天她欺负你你就来找我啊。"

林森哈哈大笑起来，感觉到姐弟俩非常亲近，而且看上去孙淳轩也是很容易相处的人，心里踏实了许多。爱琦大叫道："啊，轩轩，姐姐今天可是刚到家呢。刚到家你就这样拆我台啊！"

夜幕降临，孙公馆灯火通明，合家团聚，还多了一位仪表堂堂的北平女婿。这北平，之前是北京，堂堂国都，藏龙卧虎。孙家新房子的客厅挑高两层，地板上铺着波斯地毯，满堂镶着柚木护墙板，左边圆弧形的楼梯通向二楼，右手是起居室。爱琦和林森一路回国，一路游历，沿途买了不少东西。这时便把箱子打开，把各色的稀奇好货一样一样拿出来。孙亦元分到了雪茄、金质的打火机和一块瑞士手表，孙夫人是一件上好的貂皮大衣，淳轩却得了好几样新款的铁皮玩具，都是上海还没有的。原来淳轩从小爱铁皮玩具，现在专门有一个房间收藏着这些东西。

第二十八章　众势力暗流涌动　孙爱琦回归故里

201

为了女婿的到来，孙亦元在家里也难得地穿上了笔挺的西装，头发油光铮亮地往背后梳着，整齐的一字平的胡子下面有一张笑得合不拢的嘴巴。虽然已是春天，但夜里还是有些冷，孙家特地留着壁炉，整栋房子里暖烘烘的。一家人围坐在壁炉前，火光照耀下，孙亦元的面孔散发出被摩挲了几百年的古董般油亮的光泽。爱琦发现家里多了好些生面孔的仆佣，好在以前熟悉的几个人都还在。

"小林啊，你爷爷可是有名的将领啊。你讲他到过江苏？"孙亦元问女婿。

"爸，这问题您都问了第三遍了。"爱琦在一边抱着娘的手臂，把头靠在孙夫人的肩膀上，一边嗔怪孙亦元。

"啊对对，问过，我总是觉得我们两家之前就有缘啊，你看啊，两家都是当兵出身，我在想，或许哪一年我见过你爷爷啊。"孙亦元对着林森笑呵呵地讲。

"爷爷曾经是到过江苏的。"

"你看，你看，我讲什么来着，江苏，护军使署就是代表江苏的嘛。"

"那是两个朝代好不好？林森爸爸就不当兵了。"

管家过来讲："将军，夫人，可以去餐厅用餐了。"

"好好，吃饭吃饭，边吃边聊。一晃就这么多年了，我的宝贝女儿，哎呀，一晃出嫁了。"

今晚在中餐厅里吃饭。中餐厅摆的是一张红木的圆餐桌，西洋款式牛皮坐垫靠背椅，头上是一盏枝形水晶吊灯。孙亦元坐在对门的上首位子，爱琦和林森坐在他的右手边，孙夫人带着儿子坐在左边。再过几年应该会有更多人坐上来，那时他会被唤做外公和爷爷，在温暖的灯光下，慈祥地看着他们笑。

爱琦和林森的精神看上去不错。毕竟年轻，长途旅行的劳顿对他们影响并不是很大。只是海上这么多日子，吃的东西有限，使得两人对中国饭菜充满了向往。休息几天后他们全家将坐火车去北平，在那里先办一个婚礼，然后回上海再办一次婚礼。

孙亦元拿出了1919年的波尔多葡萄酒，连从来不喝酒的孙夫人也斟上了一杯。刚刚开吃不久，孙亦元同林森碰了几次杯，爱琦和淳轩也喝了两杯酒，正渐入佳境时，管家走进来讲："将军，徐副官来了。"

孙亦元有些不快，已经讲过了有事情到公司里讲，怎么又跑来呢，而且是在这种时候。但又一想，朗生跟着他这么多年，如果不是很急的事是不会在这种时候跑来找他的。他对林森讲："不要客气啊，不要拘束，慢慢吃，我马上回来。"一边就走去书房。

朗生面色严肃，孙亦元预感到有不好的事情发生了。朗生看了一眼房门口，小声对孙亦元讲："我们在苏州河北的那个店刚刚被砸了，有两个兄弟被打伤，一个正在抢救。"

"是谁干的，知道吗？"

"目前还不知道是谁做的。但那边来的电话里报告说像是东洋人做的。"

"东洋人？怎么会是东洋人？"

"我也奇怪，我们从来不和东洋人有来往，平常也没瓜葛，为什么东洋人会来找我们麻烦。"

这时门开了，爱琦走进来，高声叫："徐副官，朗生大哥，来了怎么没一点声音，在这里和我爸讲啥军事机密呢！你们又没队伍了，还那么鬼鬼祟祟啊！。"

朗生看到是爱琦来了，忙停止和孙亦元的话题，转向爱琦："哎呀，小姐怎么过来了，你陪着林先生去呀。外头正好有点事，回来跟将军说一下。"

"朗生哥，我说怎么刚刚一别头就看不到你了，你胖了呀。"

"呵呵，将军把我们照顾得好呀。这一回来，大知识分子了，美国就是不一样啊，你看我们小姐越发好看了。"

"哎呀你把我讲得不好意思了。一道吃饭一道吃饭。"

"哦不了，小姐，我还有急事要去办。"

"夜里还有啥急事要办，办只公司，孙将军您这可是军阀作风啊，夜里都不让人休息。"

"这都讲的啥呀！你朗生哥确实有事要去办。过几天我把他们都抓来，你一道见吧，今天先让他走。"

爱琦听父亲这样讲，也就不再坚持要朗生一道吃饭了。孙亦元又对女儿讲："你快去陪林森吧，不要让他拘束了。人家是第一次到家来。"

爱琦出去了，孙亦元吩咐徐朗生马上去苏州河对面察看情况，查明了立即向他汇报。

第二十八章　众势力暗流涌动　孙爱琦回归故里

第二十九章　议收购山本献计　备婚礼孙关巧遇

　　家宴结束，孙亦元回到书房，等徐朗生给他电话。他喝了酒，感觉有些上头。他想，自己真的老了，喝那么一点酒就感觉有些不舒服了。

　　孙亦元有些困倦，迷迷糊糊。他听到了自己的鼾声，然后，电话响了。电话那头徐朗生告诉他，确实是日本人到店里打砸了一通，一边砸还一边叽里呱啦大叫，不知道说了什么，但很亢奋，挡不住。孙亦元很愤怒，他从没与任何日本人交恶，现在居然有日本人砸到他的头上来了，他娘的太可恶了！

　　"你先回来，明天我托人查一下这是谁，一定要给东洋人一点颜色看看。娘的敢砸到老子的头上！"孙亦元恶狠狠地命令。

　　门开了，孙夫人进来，问："发生啥事体了？这么晚还不休息？"

　　"哦，没啥事，有批货在海关有点耽搁。"孙亦元关了灯，随夫人一起上了楼。

　　爱琦和林森虽已在美国登记结婚，早已住在了一起，但回到上海，没办过婚礼，不能算夫妻，所以孙夫人特意为林森另外准备了一间房，让他单独睡。爱琦不好意思讲什么，但半夜还是赤脚潜入了林森的房间，天蒙蒙亮时，又跑回自己房间。这时她听到了汽车的声音，掀开窗帘一角往外看了一眼，院子里停着一部车，徐朗生在后座上，疲倦地歪着头睡着了。她觉着奇怪，这么早朗生从什么地方过来？过来做什么？不过爱琦也很困，终究是跨越了大半个地球，从美国到欧洲，欧洲再回到上海，昨晚在林森身边又消耗了体力，这时倦意上来，回到床上又睡了。

　　爱琦再醒来的时候已经快中午了。她穿着拖鞋下了楼，看到林森坐在客厅沙发上看报纸。

　　"哎，怎么都不叫我呀！"

　　"小姐醒啦，你睏得那么香，夫人特地关照我们要轻手轻脚的，啥地方舍得叫你呀。"张嫂说。"小姐饿了吧，要不要吃点啥？离中饭还有点时间呢。"

　　"给我一杯咖啡和面包吧。我妈呢？"爱琦问道，转头又对林森讲："Sam，睡得怎么样啊？"

林森对着她笑，说："睡得好，睡得好，一夜没醒过。"

孙夫人从楼上下来，穿了一件驼色毛衣，一条棕色长裙，讲："爱琦起来啦，看把你累的。你爷一早就出去了，好像是海关碰到点啥事体要处理，轩轩去学堂了，中午就我们三个人吃饭。"

厨房端来了咖啡，盘子里装了两片蒜香面包和意大利奶酪。爱琦吃了一口，说："唔，烤得正好，张嫂还记得我的口味呀。妈，我先吃咖啡，中饭晚点吃吧。"

"张嫂从小把你带大的，当然知道你口味啊。"然后孙夫人又换了官话问："中饭吃晚了，小林会不会饿？"

林森说："不会，我早餐也吃得晚呢。"

"那就好。琦琦呀，你看你这几天还有啥打算跟姆妈讲一下，我好安排。我想叫裁缝到屋里帮你量量尺寸，把婚礼上要穿的衣裳先定好。"

"姆妈，我从美国带了衣裳回来的。"

"结婚总归要多几件衣裳的，你那几个箱子这样带那样带的能有几件衣裳。"

"好吧，您讲做就做吧。来得及吗？"

"来得及，赶个工，几天就可以拿过来的，赶得上去北平的。下半日我就让裁缝过来。"

吃过中饭，裁缝过来了。这是个50岁开外微胖的师傅，穿件长衫，笑起来谦恭而不乏奉承，手里拿一把竹板尺，脖子挂一根软尺，一本簿子和一支笔搁在旁边案几上。收音机里唱着孙夫人喜欢的绍兴戏，但声音很低，不至于吵到他们几个的谈话。

"喏，赵老板，这个我女儿琦琦，刚从美国回来的，这是她未婚夫林先生，在美国做律师的，结婚用的衣裳，你要量仔细点。量好么再帮我们小林先生量一下，一道做好，三天你要交过来，不要耽搁。"

"哎哎，您放心夫人，嘎许多年我从来不出错的，这您是晓得的。我们做全中国最好的礼服，保证弹眼落睛。孙夫人真是好福气啊，自己这么年轻，想不到已经有这样的女儿女婿，怕是全上海没有第二家的，哎呀，讲起来也是我的福气了，能给孙夫人一家做衣裳，是我福气啊。"

"哎呀，赵老板就是会讲话。你好好做，工钱保证不亏待你。"

爱琦站到赵老板跟前，赵老板熟练地从脖子上扯下软尺，量肩宽、袖长，量腰围时，爱琦伸开了双臂，思绪飞到了很多年前的一幕，她伸开了双臂，一个男孩拿一把软尺量她的腰围，她的脑袋微微前倾，闻到他身上的气息。她本来以为自己再也不会在意这些的，但在这一刻，还是想起了关桃，内心深处有一些悸动。

关桃关老板像平日一样忙碌，有了秦涵芬，春风得意。刚刚打电话给秦涵芬约下次碰头的时间，放下电话，铃声又马上响起。关桃拿起听筒，电话那一头是

第二十九章 议收购山本献计 备婚礼孙关巧遇

三界玲珑塔

山本太郎先生。山本先生讲上次他工厂开业时离开得早了，特地打电话问一下最近关桃是不是有空，想请关桃吃一顿饭。关桃讲不可以让山本先生破费请客，但山本先生要是有空他倒想请山本先生吃饭，弥补上次新工厂开业时的不周到。如此这般客气了一番，最后定了礼拜六在老饭店吃饭。

礼拜六下午五点半时关桃和顺礼到了饭店，在包房略等了一会儿，山本先生走了进来，后面跟着助手福田。关桃和顺礼两人忙起身迎接。

四个人坐下，一起喝了几杯酒，先是聊了一下特丽纺的销售形势，然后，又聊起了最近棉花行情的事。

"关于今年的棉花收购，我听说关桃君已经做了不少工作？"

"山本前辈真是消息灵通。"

"哪里，你现在在行业里的名气大大的，想不知道也难啊。"

关桃被讲得不好意思，但也很受用："哎呀您过奖了，我哪里会有这样的名声。"

"不要谦虚嘛。那么，听听关桃君对于今年棉花价格的看法。"

"我哪里会比前辈看得更加准确呢！不过晚辈根据最近的消息做了一点研究，很看好今年的棉花价格。"

山本太郎不动声色地说："哦，说说你的理由。"

"前年中国超过印度成为第二位的棉花出产国，第一位仍旧是美国。美国去年经济危机，导致农产品产出大跌，今年估计很难从危机中走出，也有可能比去年更糟糕。今年美国南部气候反常，多雨水，阳光光照不足。棉花幼苗期遭遇阴冷潮湿的气候多半会出问题，所以我预计，美国今年的棉花收成可能会比去年更少。"

"后生可畏，所言不虚啊！关桃君对市场的研究如此深入，让人刮目相看。那么还有其他理由吗？"

"有。世界范围内这些年是和平年份，战争逐渐远离我们，人口越来越多，需要穿好衣裳的人也越来越多。这几年中国的需求也快速增加，棉花越来越贵。市场一旦出现供应缺口，即使只是很小的缺口，对于价格的提升作用往往是巨大的。拿粮食举例，如果某个年份的粮食缺口是5%，听上去缺口不大，每个人少吃5%就可以解决这个问题。但问题往往不是这样可以解决的，5%的缺口也可以提示另外一种含义，有相当部分的人这一年可能会饿死，不想饿死的人为争夺剩下的95%粮食所产生的价格竞争会远比5%这个数字大，价格在一段时期和一定区域内可能会有50%甚至翻倍、几倍的上涨。"

"太精彩了，这样的分析见解独到，很有道理。那么棉花产量的缺口会不会造成和粮食一样的价格变化呢？"

"哈哈您晓得的，不会像粮食短缺那么剧烈。粮食短缺造成的后果是即时的，棉花短缺造成的后果不会那么明显，一件衣裳可以穿两年，穿四年恐怕也没问题。

但是短缺既然产生，价格上涨则是必定的。还有，如果有突发的需求，譬如讲，战争需求，也会提升价格。"

山本笑着讲："厉害厉害！"然后突然转了一个话题，问："关桃君，听说你对鸿安纱厂有兴趣？"

"山本先生连这件事情都晓得？"

"年轻人有远大抱负是好事嘛。你前一段时间到处在打探跟别人合作的可能性，我听到一点消息不足为奇。这个圈子说小不小，说大不大，有鸿安纱厂这样的目标，各方面的人都会关注的吧。"

"也是，您晓得这事也很正常。不过目前看来这件事情做不下去，最近我已经不去想这件事情了。"

"哦，为什么你觉得不能做下去呢？"

"没钞票啊！要拿下鸿安纱厂需要很多资金，我现在哪里有资金去做这件事情，只好看别人吃肉咯，哈哈。"

"没资金可以借嘛。"

"我的资产可以贷到的资金就那么点了，银行再不肯借了。"

"如果，我可以帮到关桃君这件事，不知道关桃君有没有兴趣呢？"

"哦，愿闻其详。"关桃将信将疑，把头前倾了些，看着山本。

"我们可以像以前一样的合作啊。我贷资金给你，你把工厂接下来。"

"条件呢？"

"我知道你现在拥有的两家工厂的资产是抵押给了银行的，所以这个部分我的看法是一样的，但是我知道你最近几年棉花生意做得不错，今年又很早就布置了这件事，已经先于其他人拿下了很多个产区花行的棉花收购权，为此也已经花了不少钱。如果你我签个协议，你把你收来的棉花承诺卖给我们三浦物产，我可以出比别人更好的价钱收购，并且我可以预支一部分钱给你。这样一来，你已经垫支的资金可以抽回来，你因为要收购棉花而储备的那部分资金也可以放出来做其他用途了。"

关桃仔细地听着山本的分析，觉得不无道理，但是他随即提出了不同的看法："这些钞票还是不够收购鸿安的吧。"

"除了可以抽回你已经预支出去的部分资金，我们还可以开一张远期承兑汇票用于支付将来的货款，当然这一部分资金要几个月后才可以承兑，但你可以做抵押的。"

这就是讲，关桃还没有将货物卖出实际上就已经得到了货款，已经很确定地做成了一笔大生意，可以把该赚的钱提早计算到自己名下，可以用这笔算在自己名下的钱去做另外一件很重要的事情。他基本上可以确保一笔收购工厂用的启动资金了，有了启动资金事情就会好办得多。

第二十九章 议收购山本献计 备婚礼孙关巧遇

"如果要更多的贷款，不是没有可能，但是一定的抵押物是必要的，把鸿安的股份抵押给我们，如果收不回贷款，我们收工厂，如何？"

"山本前辈不愧是商场高手，方案如此周密，晚辈不胜感激。您的这个方案很吸引我，但是，事关重大，容我思考一下。"

"好的没问题。我们一直有很好的合作，我相信你这一次还是会做出正确的判断。"

山本的算盘，是既想完成田中隆吉的差事，又不那么突兀地对关桃提出收购棉花的要求。如果他自己现在去布局收购棉花已经太晚，一来这个行业一直是中国人在做，二来今年的产量多半已经被这些中国贸易商签掉了。还有，他知道他们一个强有力的竞争对手也有意收购鸿安纱厂，这对他们不利。而关桃刚刚开始介入这个行当，要在纺织业形成对他们三浦旗下工厂的竞争能力还有很长的路要走。

山本直接提出从关桃手里购买棉花的要求也不是不可以，三浦物产的上海工厂本来就大量使用本地的原料进行生产，只要价格公道，从关桃手里买棉花就是一桩生意，互利而已。但操作的方法可能就不一样了。既然田中隆吉已经讲了，这些资金可以由政府支持的银行给予解决，山本乐得做个好人。山本对于领事馆突然插手棉花收购这件事情有一种复杂的感觉，觉得这是个浑水塘，但他不做，别人也会去做。谁又能阻挡越来越具有进取精神的日本政府呢？

关桃回到家里时已过了八点钟。关桃舅舅下午来了，关炳生和关桃娘同着舅舅三个人坐在楼下客厅里等他回来，看到他回家，问他要不要再吃点。关桃看到舅舅，响亮地叫声舅舅，很开心。"舅舅今朝怎么有空来？"

"舅舅给你讲媒来了。"没等舅舅回答，关桃娘便先代舅舅回答了。"桃子啊，你今天吃了不少老酒？一身酒气的。"

"吃了点，请山本先生吃饭，他欢喜吃酒的。舅舅给我做媒人？"关桃吃了点酒，心情正好，笑着问。

关桃娘说："你工厂开业时舅舅就讲了，你不小了，家业这么大，身边连个女人都没有，不好。男人做大事，身边没女人的，最后终归不好。舅舅一回去就给你去寻了。"关桃还是比较听得进他娘的话，所以要谈这种事情，关炳生一般都让女人出面。

"哦，舅舅给我寻了啥样子的小姑娘呀？"关桃饶有兴致地问舅舅。没等舅舅回答，关桃娘又抢着回答了："晓得你不欢喜老式小姑娘，所以舅舅这一趟真是给你去寻遍了十里八乡，我听听是很欢喜，让舅舅给你讲吧。"

江南习俗，长辈当中舅舅地位很特殊。叔叔和舅舅是平辈，舅舅还是外姓，但舅舅讲话往往一言九鼎。叔叔是同族中人，生活中离得近，妯娌之间往往有矛盾，连带着弟兄间的关系受影响，从财产关系而言，一个大家庭分家，兄弟不计较，女人之间难免较劲。但舅舅不一样，舅舅和姐妹往往没有家族内的利益纠葛，所谓嫁出去的女儿泼出去的水，女儿是不参与娘家财产分割的，有了这一层利益上的隔离，舅舅就变成了一个公允的第三方，所以"老娘舅"是身份特殊的人，舅舅讲话有时比爷娘还管用。但"老娘舅"回到自己族里又可能是叔叔，当遇到与外姓家族之间的矛盾时，叔叔就是那个为自己家族出头打头阵的人。

现在关桃娘让舅舅来讲，也有让关桃就范的意思。儿子不小了，在龙华，和儿子一样年龄的，不要说小姑娘，男孩也都成家有孩子了，但关桃连个动静都没有，不免让爷娘着急。

听舅舅介绍了一下，关桃决定不逗着长辈们玩了，笑着讲："爸，妈，舅舅，我有女朋友了。我原本是想寻一个合适的时间把她带屋里来的。"

"你有女朋友了？臭小子，那你怎么不早讲？害你舅舅白忙一场。那啥时候赶快带屋里来让我们看看呀，还磨啥洋工，这么大岁数了。"

"舅舅也不白忙嘛，舅舅在这里好好待几天，和您一道讲讲闲话也好啊。"

关炳生笑着讲："你听听这称呼，女朋友，我们那时候叫定亲，现在叫女朋友，离定亲还不晓得差多少远。"

"对啊，桃子，啥时候定亲呀，女朋友不算是牢靠的事体吧？"

"姆妈，现在都啥时候了，你看报纸上，结婚的可以离婚，定亲也不牢靠的。"

"那不管，那总是定了的事情，比不定好。我们本地人，要定亲的。"

"那我跟人家讲讲，看人家是不是答应。"

"啥，你这个女朋友是做啥的，寻到你这样的老板还有不肯定亲的？"舅舅说。

"舅舅，这和人家是做啥的没关系，这和两个人是不是好有关系。"

"哎呀，听着都头晕。"舅舅讲。

关桃前几天问秦涵芬要了一张照片，正好在皮夹子里，这时候拿出照片来给爷娘看。

"哎呀呀，这像画里的人啊。桃子阿爸你看看啊，这个女孩子是真好看，真好看。你看看是不是有点像我们桃子的孃孃？"

关炳生看着照片，不发一言，大约是真想起了死去的妹妹。桃子娘看着关炳生的面色，也不讲话，一时间倒有些沉重。从特定角度看，涵芬确实很像孃孃的，这也是他当年一眼就在车站上发现秦涵芬的原因。他忙讲："我明天约了她碰头的，明天我和她到屋里来的事体。定亲嘛，要不就不用了吧？"

"桃子你就和她讲讲吧，这姑娘我欢喜，我欢喜，你快点讨到屋里来吧。"

第二天吃过早饭，关桃带着爷娘和舅舅到附近兜兜转转，让舅舅看看西洋镜。关炳生对周围的环境已经颇为熟悉，所以吃过中饭关桃就不再陪着他们，自己一个人去了华懋。关桃从华懋搬出来了，但有几封信还是寄去那里，公寓的人打电话让关桃去拿一下。

第二十九章　议收购山本献计　备婚礼孙关巧遇

209

三界玲珑塔

这天下午爱琦也安排了去华懋看婚礼场地。他们后天去北平，走之前她和林森先去看看婚礼场地。爱琦穿了一件蓝色外套，又去衣帽间里找搭配的围巾，看到一条湖蓝色缀着玫瑰图案的真丝围巾，她稍稍犹豫了一下，拿了其他两条试了试，觉得还是蓝色这条好，配色最为协调。

车停在华懋楼下，门童过来开车门，孙夫人同着爱琦和林森从车里钻出来。三个人先去看了礼堂，爱琦和林森都觉得满意，然后又去餐厅看看。

"妈，都挺好的，这地方不错。我离开上海时这楼还没造好，想不到这么好。"

"小林觉得怎么样？"孙夫人问。

"很好，我也觉得挺好。"

孙夫人觉得很开心，甚至有些得意。这样的场所不是一般的地方都能够有的，即使曾经贵为国都的北平，恐怕也很难找寻到这样气派的场所；皇宫当然很堂皇，气势宏大，却是不可以让人办婚礼的。

爱琦挽着林森的手臂从大门前的弧形楼梯上款款走下来，汽车从大门左侧远处滑过来。等待上车时，爱琦再次环顾四周，花园生机勃勃，对面法国总会有不少人嬉戏，孩子们和狗互相追逐，大人们三五成群聚在一起交谈着，时时发出笑声。抬头看，一朵云正飘过楼顶。她收回目光，关桃正从楼里走出来。孙夫人已坐进汽车，爱琦正预备放开挽着林森的手，却在不经意间看到了关桃。门童正向关先生道别。关桃咧着嘴和门童道再会。关桃穿一件方格子猎装，头发梳理得一丝不苟，从门廊阴影中走到阳光里。他也看到了爱琦，看到了爱琦的湖蓝色围巾和身边戴着眼镜的林森。

爱琦微仰着脑袋愣在那里。这个身形颀长的男孩好像没有太大变化，以至于她只用余光便捕捉到了他，就像当年在破庙里用余光捕捉到了他一样。只是这打扮看上去已经不是当年的那个关桃。这是她曾深爱并发誓永远不会放手的那个男孩，时过境迁，她的手臂正挽着另外一个男人的手臂。

林森本来已经感觉到爱琦准备松开手臂，但此刻突然僵在了那里。他看了看爱琦，又顺着她的目光找到了手臂僵持的原因。一个陌生男子停在台阶上，眼睛定在爱琦脸上。林森这几天已经见过好几个爱琦的同学朋友了，他想，这肯定是她的另外一个朋友。真巧，在这里碰上了。他等待着爱琦大叫一声，他习惯了爱琦喜怒形于色的性格，他看见她已经张开了嘴巴，却没喊出来，居然只是轻轻地、几乎是喃喃地叫出了对方的名字："桃子！"那声音好像是天上飘过的一朵云。

关桃也叫出了声："爱琦！"声音同样沉静。

没有拥抱，没有握手，没有兴奋地走近几步互相打量，他们两个人都不知道在这个时候怎样处理才是最恰当的，所以他们都停在了那里，直到爱琦意识到林森奇怪的眼神，才从好像已经持续了几个世纪的尴尬中醒过来。爱琦抽出手来对关桃讲："桃子，真巧，在这里碰到你。"

"是啊，真巧！你啥时候回来的？"关桃回答，声音略略抬高了一点，有了欣喜的味道。

"我们刚回来没几天。我来介绍一下，这是我未婚夫林森。"然后爱琦把关桃介绍给林森："这是我同学关桃。"

两个男人的手很热情地握在一起。林森是结实的北方男人，整个人呈现一种吃多了洋面包后的白嫩。关桃感觉到林森用了很大的劲握手，好像传递着某种信号。孙夫人从车里也看到了关桃，从车里钻了出来和关桃打招呼。关桃很恭敬地和孙夫人打过招呼，孙夫人对关桃讲："小关啊，这么巧在这里碰到你！爱琦过些天要在这里办婚礼，他们今朝来看场地的。"

"真好，孙妈妈！恭喜恭喜！"

孙夫人明白场面有些尴尬，不宜久留。其实她也很想知道关桃怎么会在这个地方出没，但当下不是好的时机。

"过些天到屋里来玩。"这是道别的话，让大家都可以尽快轻松地离开。

"好的，请代问孙将军好！"

第二十九章　议收购山本献计　备婚礼孙关巧遇

第三十章　谈复仇浦江晤面　谋扩张军国躁动

孙亦元没陪同家人一起去华懋饭店，他约了约翰·苏利文帮办处长碰面。碰面放在黄浦江里的一艘游艇上。孙亦元很喜欢这艘三十六英尺的木头游艇。他从一个英国人手里买来了这艘游艇，买来时动力不足，请人改造了一下，加大了马力，但保留了风帆。弯腰走进船舱，人刚好可以站直，坐在船舱里比坐在汽车里敞亮多了。船舱舱室的一大半高出甲板之上，顶上放着桅杆，船舱两边各开了四扇窗户。舱里一应俱全，甚至还有一台留声机。孙亦元喜欢游艇的另外一个原因是很私密，只有自家的船员和随员，绝对没有外人打扰。

约翰·苏利文准时登上游艇，寒暄几句，苏利文告诉孙亦元，这帮人确实是日本人，也称为日本浪人。具体是哪些人他们还需要时间调查。

"那么，他们为啥会冲着我来呢？难道他们自己想做这一行？"

"我也在寻找原因，一下子很难讲。他们更像是一帮极端民族主义者。"

"极端民族主义者？"

"认为他们的民族是高等的，或者认为他们的民族利益是高于其他民族利益的，到处找其他民族或者种族的麻烦的人。"

"娘的王八蛋！"孙亦元在心里骂了一句。他又问："所以，巡捕房对此无能为力？只有我自己想办法？"

"孙将军，您的生意……如果细查起来对您并不利。如果您自己想办法惩罚他们，我不反对，但要非常谨慎，以免被人抓住把柄，我知道您现在有走入政界的计划。还有，也要防止日本人的反弹，日本人很在意自己在上海的势力和权利，如果闹出很大的事来，局面弄得很复杂会使大家都很难看。"

"我只能吃哑巴亏？"

"我说过了，您要做得隐蔽一点。"

按照孙亦元的性格，他一定要杀了对手才会感觉解恨。他沉默半晌，不讲话。

苏利文明白孙亦元心中窝火，也明白中国人有所谓拿人钱财替人消灾之说。他喝了一口茶，讲："你们中国人有一种借刀杀人的办法，如果做得巧妙一点，使得这些人进入到非法的圈套，然后安排巡捕房出手，或许可以。"

"您觉得行？"

"试试吧。"其实设计一个圈套谈何容易，到了那个时候再讲吧。

"好！"孙亦元不想闹出很大的动静，除了刚刚苏利文所讲的理由之外，还有另外一个原因，是他不想让自己所做的这些事让家人知晓。孙夫人恐怕是知道一点他生意的实情的，但是他不想女儿和儿子知道，他也不想让儿子将来继承和参与这些生意。这些龌龊生意应该到他为止。他只要积累起足够的财产就可以了。他们，特别是他的儿子，并不具备参与这些残酷生意的素质。他不愿他的形象在他们的心中坍塌，这对于他来讲是不值当的。

秦涵芬坐在镜子前梳妆打扮，准备下午和关桃一起出去游玩拍照。镜子里的女孩长着鹅蛋脸，明眸皓齿，秀发微卷，眼睛有江南的柔媚，皮肤如新叶般的娇嫩。站起身来，乳峰紧致。她悄悄压一下，想起那日桃树下，河滩边，那双滚烫的手，她的脸也有些烫。她喜欢那双手，但又推开了那双讨厌的手。

秦时月坐在沙发里翻报纸。他的这个女儿除了喜欢买洋娃娃这点极有女孩子的特征，化妆之类的事情却颇不在行，好在天生丽质，不化妆也罢。女儿喜欢洋娃娃，买的时候喜欢买一对，一大一小摆起来，房间里摆了好几对。但最近女儿花在梳妆打扮上面的时间多了起来，妆容方面有不小进步，梳妆台上多了一些化妆品，有些还是进口牌子，像旁氏白玉霜就是刚有的产品。秦时月知道女儿和关桃已经交往一段时间了，只是还没正式和他讲。秦时月不是老古董，关桃他也认可，每一次女儿像蝴蝶一样飞出去时他都装没看见，不响。

女儿跑到客厅，秦时月抬了抬头，讲："今朝妆有点浓，我看他未必欢喜浓妆。"

"啥人？您讲啥人未必欢喜？"

"你晓得我讲啥人。你还有另一个男朋友？"

"我讲过我有男朋友了？爸，您坏啊，坏爸爸！"

"看看，被我讲中了吧。"

"讲中啥？您不懂年轻人的事体。"

"爸爸也年轻过。"秦时月摘下眼镜，笑着讲："约个时间正式带屋里来吧，程序总要有。你们两个都不小了，早点把事体定下来，做家长的放心。"

"爸，您看您讲的都是啥啊！"

秦时月哈哈笑起来，又拿起了报纸。涵芬照了照镜子，凑到秦时月跟前问："这妆真的太浓了吗？"

秦时月在窗口目送女儿走出大门，拐了一个弯，不见了。他呆呆看着窗外，久久没移动目光，好像女儿还在那个地方。他自言自语道："长大了，长大了！"

三界玲珑塔

老家伙，准备面对一个人的日子吧。"

太阳正好，关桃等在大门附近。秦涵芬穿了一条连衣裙轻盈地走向关桃，走路像在弹钢琴。今天他们去一个新公园，路有些远，估计人不会多。他们就想避开人多的地方。

车开在马路上，涵芬的手搁在关桃右手上，看看前方，又看看关桃的脸。关桃也看看他，眼睛里是温柔和甜蜜。关桃今天话不多，像在想事情。秦涵芬忍不住问："亲爱的，有心事？"

"没，只是在想点公司的事体。"

"碰到问题了？"

"昨晚我和山本先生一道吃饭，他提了一个方案，我在想能不能做。"

"哦，啥方案？我听得懂吗？"

"哈哈，你真好玩！过一歇到公园讲给你听。"关桃愿意把所有事情都细细讲给身边的这个人听，但爱琦的事，他不知道怎样讲，应不应当细细讲。

关桃带了一个莱卡照相机，到了公园，拍了几张照片，转了一圈，有些累，坐到了长椅上，涵芬把脑袋搁在关桃肩上。肩膀有些高，她伸手去压了压肩膀，关桃歪了歪身体，把肩膀倾斜过去，涵芬舒服地靠了上去，两个人依偎在一起，关桃开始解释山本的方案。

关桃讲了很久，涵芬似听非听，忽然冒出一句："你意思是，你拿预期可以赚到的钞票去投资买这个工厂，然后用这个工厂做抵押借来更多钞票，工厂赚出来的钞票去还借来的钞票，等还清爽，你多了一个工厂。"

"对！很有商业头脑啊！"

"因此你要把所有资产都抵押出去，借很多债，不能有任何差错。"

"嗯……不完全正确，但基本上，现在公司扩展都是这样做，只有这样才是顶快速的。靠一点一点积累资本再投资新业务，你追不上别人，会损失很多好机会。"这件事情关桃有体会，当初他扩展吉祥街的生意就是借了山本先生的资本帮助。

"我不大懂这些，亲爱的。"秦涵芬温柔地抬起脑袋，看着关桃，眼睛里有些许渴望。她没有接触过这些事，提不出什么建议。关桃一把揽过涵芬，紧紧抱着她，吻了过去。

日本辅助武官田中隆吉少佐的工作地点在上海总领事馆。他可能并不是第一个认识到加藤清男这伙人的价值的，但肯定是最清楚怎样利用这些人价值的。上海日本人社会中的大部分人并不喜欢来自日本旧武士家庭的浪人团伙，这些到处游荡惹是生非甚至有些邋遢的日本人有时候让其他日本人觉得没面子，也是巡捕房重点关注的对象。但田中隆吉不这么看，在他看来，如果善加利用，这些具有强烈日本民族意识的人是他手里的宝贵资源，是一支特殊的行动队。历史是大人物谋划的，却往往由小人物来加以改变。1914年在萨拉热窝街头打死斐迪南大公时，普林西普还不满20岁,但这个男孩改变了太多人的命运,引发了世界大战,改变了世界的模样,无数人因此丧生,无数家庭从此不再完整,无数人类文明的瑰宝毁于战火。你永远不知道谁在什么时候、什么地方可以改变历史、创造历史。

田中隆吉少佐毕业于陆军士官学校,他在陆军参谋本部支那班待了很长时间。陆军参谋本部支那班是从军方的角度专门研究中国的机构。支那班同事们的终极梦想是把日本由一个孤独的海岛国家扩张成为一个强大的大陆国家。他们称这个梦为"大陆梦想"。当年明治天皇的御笔信里头讲:"朕与百官诸侯相誓,继承列祖伟业,不问一身艰难,亲营四方,开拓万里波涛,宣国威于四方。"日本已经据有朝鲜半岛,在辽阔的亚洲大陆踏上了第一只脚。从朝鲜半岛出发,满洲是地缘上顺理成章的延伸,在那一带,如同围棋一样,日本已经有了不少好棋子。

此刻,躺在他身边的是有着纯正满洲血统的中国前清格格爱新觉罗·显玗,汉族名字金碧辉,日本名字川岛芳子。这个有着多个名字的女人正是当前错综复杂的东亚局势的一个缩影。前清王室之女被日本皇族继父抚养长大,接受日本教育,怀揣着中国生父肃亲王匡复满清皇室大统的梦想,每天在床上和他这位日本军人颠鸾倒凤。这些怀揣复国梦想的满蒙王公贵族,是日本手里一把推进大陆梦想的好牌。

在自警团的训练课上田中隆吉一眼就看到了加藤清男那张有些阴郁的脸,田中少佐启发了加藤捣毁鸦片馆的想法。扫除日本人聚居区及其周边的中国人暗黑势力是一个安全的策略,有助于日本人社会的安定,对建立加藤这样的人的威信也是有利的。建立模范的日本人社区,是大东亚共荣的前提。这样做也可以测试租界当局的反应,从中找出有用的思路。什么样的事情都要尝试了再讲。种下混乱的种子,放出魔鬼,魔鬼会制造出五彩斑斓,田中只需静观其变,善加利用。

这天下午田中将陪同上海总领事重光葵和刚从东京来的三浦物产总社社长碰面。对于三浦物产上海支店长山本太郎,田中也有着自己的看法,他想趁此机会将自己的想法讲一下。会面之后,下午在虹口公园还有一个庆祝男孩节的集会。后天是日本的男孩节,每年这个时候,仰望日本的天空,无数鲤鱼旗随风摇摆,哗哗作响。每家还要吃粽子、柏饼,插武家之刀,洗泡菖蒲辟邪强身。

山本太郎因为东京总社社长来了也很忙碌。他不仅要陪同社长和总领事会面,而且下午的日本侨民集会三浦物产是赞助商,自然是一定要参与的。日本是个尚武的民族,武士阶级长期处于社会的统治阶层。明治维新后国家取得一连串的胜利,高歌猛进,武士阶层分崩离析,但尚武之风未改。这天的男孩节上孩子们的表演中有很多剑道和技击表演,还有演讲和诗歌,气氛相当热烈。对于三浦物产赞助这样成功的聚会,社长相当满意。三浦现在与政府合作,投入不少资金赞助这类活动,增强少年儿童热爱日本国家和民族的自觉。随着日本取得一系列成就,日本民族的自尊心已经有了极大的提高。现在,已经有很多人意识到,接下来的亚洲世纪中,日本将是当仁不让的主角。

三界玲珑塔

　　加藤清男和他的几个朋友一起来到了虹口公园，正在晃来晃去的时候，遇到幸子推着父亲的轮椅走过来，后面，他母亲手里牵着两个外孙。两个孩子先看到了他，很亲热地叫着舅舅。加藤拓也前些时候跌了一跤，断了骨头，在床上躺了好些日子，这一天嚷嚷着一定要出来看看，一家人就把他用轮椅推到了会场。加藤清男赶紧恭恭敬敬地过去叫了父亲和母亲，但父亲看见他，刚刚还笑嘻嘻的面孔忽然变得不开心了。父子俩的关系一直不好，儿子自然很少回去。此刻，老子又开口骂起来："你还是不要叫我父亲的好，我有你这样的儿子，颜面也算丢尽了。你已经这样的年纪，却整天在外面游来荡去，不做一点正经事情。我跌断了腿，也很少来看我，今天还要你姐姐推我出来！"加藤清男争辩了几句，老头子越说越生气，拿起了手里的拐杖要抽打儿子。加藤幸子连忙拉开了弟弟，又劝住了父亲，老头子虎着脸，把头转向了其他地方。

　　幸子把弟弟拉到一边说："清男，你不要和爸爸吵了，你知道他的脾气。爸爸说的也不是没有道理，你那么大了，总归要找一个事情做。你姐夫的会社里正好有空缺，我已经跟他说了，让他帮忙介绍你进去。"

　　"姐姐，我不适合做姐夫那样的事情。"

　　"为什么呢？我们是普通人家，就得过普通人家的生活。爸爸妈妈年纪大了，以后家里的担子你总要接过来的。家里店里的事情你不管，外面又不工作，难怪爸爸要不高兴呢。"

　　"我在做更重要的事情，我会证明给他看的！"

　　这时母亲走过来说："幸子，不吵了，清男还小，过几年他会明白的。"

　　加藤拓也自己转动轮椅，接近了儿子，手里的拐杖打了过来，嘴巴嚷嚷着："让他滚，让他滚！"

　　加藤清男刚刚带来的那几个人早已经很识趣地走了，加藤也连忙走了，不然这争吵可以一直持续下去。他父亲才不管这里是不是公众场合呢。他现在要去找山本太郎问一件很重要的事情。他找到了山本先生，很客气地说希望向前辈单独请教几句。虽有过几面之缘，但山本和加藤是两代人，彼此不熟悉，说实话山本心里不觉得有多少可以谈的。但毕竟都是日本人，又是在这样的场合，山本也不能拒绝。

　　加藤被让进了一间小房间，寒暄客套之后，山本讲："由于今天有很多安排在身，不方便与加藤先生久谈，有什么见教请直接说。"

　　"哪里敢有什么见教，只是当日在龙华寺与前辈偶遇，觉得您在佛教方面一定有深厚造诣，故此不揣冒昧打扰。"

　　"原来是为这个事。我自小在乡下长大，受父母影响信奉佛教，谈不上什么造诣。当天正好在龙华参加一个朋友工厂的开工仪式，顺路拜佛而已。"

　　"我也是虔诚的佛教徒。听闻龙华寺地宫宏大，珍藏了众多佛教宝物，实在是所有佛教徒的福分。听朋友说，前辈曾经读过一本有关龙华寺地宫的中国古书，不知道是否确有其事。"

山本心里一惊，说："我原话并非如此。一次聚会中一位朋友说她曾经见过一本古书，但原书记载可能语焉不详。我只是在与朋友吃饭的时候这样说过，并非是我自己亲眼看过这本书。其实中国有很多野史野书，大多说一些臆想或揣测的事，不足为凭。"

山本之所以吃惊，是因为他吃饭聊天说的话居然传到了加藤的耳朵里，而且加藤还为此特意跑到他这里来问这件事情，让他觉着很不安。联想到那天他在龙华寺山门口看到的加藤，更加不安。他知道，浪人做事凶狠毒辣。想到此，他决定不再继续这个话题。

"实在是非常抱歉，加藤先生，今天工作比较多，我们是否可以下次再约？"

"哪里哪里，冒昧打扰。那么，告辞了。"

加藤清男走后，山本回顾了一下自己刚才的话，确信不应该造成不良后果，心内稍微安定一些。但他这些日子总有一种不好的感觉，内心时常惶惶不安。

三十五年间，山本太郎从一个小职员慢慢成为三浦物产上海支店长、东洋纺织株式会社社长，抓住机会开拓了三浦物产在上海和中国的业务，使得三浦上海支店成为海外最大的分支机构。由于山本对三浦的贡献和对中国的熟悉，几十年来他是三浦这个职位的不二人选。而山本自己也已经习惯了在上海的一切，甚至想象自己会终老上海。总社方面虽然曾经有过将山本调回东京晋升为副社长的呼声，但由于山本自己并不愿意，而且他在上海的工作无可挑剔，几十年一晃就这么过去了。此刻，他必须赶快去落实社长晚餐的事情了。

吃晚餐的时候，孙家人端坐在餐桌前，很安静。今天孙家的人都有些烦，孙亦元是因为鸦片馆被砸的事情终究还是没有解决掉感觉烦闷，爱琦是因为与关桃的不期而遇，孙夫人是怕爱琦和关桃以前的交往被林森知道后弄出些不必要的麻烦。孙夫人其实早知道协隆后来在南京路开了店的，但她不知道店老板是关桃。而林森很聪明，早已经看出这两人绝对不是一般的同学关系。一家人在饭桌前吃晚餐时居然都不讲话，只有筷子和调羹碰到碗的时候发出细小的声音。淳轩最先发出了声音："今天发生了什么事情？"孙亦元也察觉出了异样，他知道自己的心事却不知道下午太太和女儿她们碰到的事情。他哈哈一笑，说："小林，怎么不吃啊？多吃点！"

爱琦回上海后没向家人打听过关桃的近况，她觉着隔了这么些年他们也不一定知道关桃的近况，大家心照不宣地都不曾提起这个人。民国十四年爱琦匆匆离开上海时关桃还关在巡捕房里，那时他已经接手了协隆绸布店。以爱琦对关桃的了解，少年关桃变成关老板是情理中的事。下午的邂逅给了她某种冲击，也在情理之中，毕竟这见面太突然，甚至带了点戏剧性。爱琦意识到自己看见这个男孩从门廊阴影中走出来时，她一眼就认出了他，好像她本来就知道他在那里，而且依然怦然心动。她有负罪感，却又欲罢不能，整个下午乱糟糟的，关桃在脑海中来了又去，去了又来。

她觉得当年是她走得太急，虽写了信，却也跟不辞而别差不多，她许了他一个四年之约，如今却已嫁作人妇。但关桃的眼神里好像只有思念和柔软。这样一个眼神，让爱琦的负疚感达到了顶峰，另一面却又是对林森的负罪感。或许他也已娶妻生子，此生不复交集，这样的念头让她惊心，好像把人世的无奈浓缩在了苍凉的瞬间，让她心痛、不舍。

她知道自己是许了关桃一个永远的，她在那个刹那问自己：永远有多远？

一家人还是不声不响地吃着饭，各自想心事。而关桃和涵芬从公园回到市里，两个人一起去华懋后面的馄饨摊头吃馄饨。琴香娘看见关桃带了涵芬来，忙迎上来："哦哟，关先生，你好长时间没来了呀！这是你女朋友吧，哦哟哟，真是太好看了。真正是郎才女貌，天生一对。来来，坐下来，小姑娘坐，我这里揩得很干净。关先生，老花头，菜肉馄饨对吧，小姑娘你吃什么馅的？"

涵芬被讲得不好意思，答道："您有荠菜肉馅的吗？"

"有有有，坐坐。琴香，琴香，快快包一碗荠菜肉馅馄饨出来。"

琴香早就看见了关桃，但没有迎出来。不知道为什么，她有些失落，虽然她知道这失落没来由。

"琴香你听见没有？"她娘又问一声。

琴香答："听见啦，哦哟，啰唆死了！"

"听见也不回一声，真是越来越没规矩。"琴香娘咕哝了一句。

涵芬问关桃："这就是你讲过的很好吃的馄饨店啊？"

"是的。你一会儿吃吃看，他们娘儿俩做的馄饨真的很好吃。那个馄饨皮，滑滑的，馅子又鲜又紧实，却又不老，不会有渣渣的感觉，比华懋的好吃多了。"

"哎，华懋的大厨要伤心了。你是个吃客呀。我好几次听你讲吃馄饨了，你特别钟爱馄饨。"

"哈哈，我小时候觉得世界上没有比馄饨更好吃的东西了。再后来，除了好吃，有时候还觉得像是一个仪式，我孃孃小时候常带我在摊头上吃馄饨。"

"你小时候的保护神，人生的引导者。她走了有多少年了？"

"七年。"关桃有些黯然。涵芬怕勾起他的伤感，忙把话题岔开了。

关桃从来没敢对涵芬讲过她们两个长得很像，怕涵芬觉得自己不过是孃孃的替代者。她们真的很像，不单单是长相，在很多方面都有很相近的地方。但涵芬的身上，又自有与孃孃不一样的特质。她的活力和大气，她的知识女性的才思和理性，远远高于没受过多少教育的孃孃。

这天夜里涵芬订好了南京大戏院音乐会的票子。关桃从未专门听过音乐会，但现在有了秦涵芬，就需要跟着她来培养爱好了。涵芬提出听音乐会，关桃有些怕的，怕自己听不懂。涵芬讲："我也没专门学过音乐，感觉好听就可以了。"

"我怕我理解不了。"关桃讲。

涵芬讲："试试吧，我没想过要理解，好听就可以。音乐不过就是先人收了粮食开心时敲敲工具、吹吹树叶，死了族人时哀哀哭泣，然后把不同的声音修饰和变化。后来乐器多了，但万变不离其宗。你去饭店吃饭怕不怕不理解？"

关桃被问得答不上来，吃饭有什么需要理解的呢，只有味道好和不好。

"大厨无论用了多少种食材和调料，多少种方法做出菜来，你觉得好吃好看就可以，不担心你不懂烹调。欣赏音乐只不过是换了耳朵，你只要觉得好听就可以。"

关桃被说服了，此刻安静地和涵芬一起坐在柔软的天鹅绒座椅上。音乐里，关桃放飞了思绪。在思绪自由的飞翔里，关桃遇上了很多年前与爱琦的第一次拥吻，那个五月的江南之夜，栀子花馥郁芬芳，音乐若有若无，飘荡在温暖湿润的空气里。弦乐深情柔和，回旋的如歌行板恰巧碰到了内心最脆弱的地方。同样的季节，夜空深邃辽远，好像以最温柔的方式提示着人世中的邂逅与分离，短暂与永恒。今夜，他们各自的身边人已经不同。

关桃不自觉地抓紧了涵芬的手，涵芬也向他靠了靠，肩膀靠在了他的肩膀上。他想，他要一辈子珍惜这个女孩子。小时候他对孃孃说长大了要保护孃孃，他没能够做到，和爱琦在一起时，是爱琦救他，保护他。这一次他一定要做到。

第三十章 谈复仇浦江晤面 谋扩张军国躁动

第三十一章　倾身家定策收购　死复生师傅归来

　　山本太郎最近的心情有些不好。虽然社长对他的工作还是一如既往的满意，并且，作为前辈，他也得到了应有的尊重，但是社长与他的长谈还是蛮令他惶惑。作为全日本数一数二的商社，三浦与政府之间历来有深厚关系，这些年商社在国外的扩展，很大程度上是得益于国家强大带来的优势和便利，山本对这一点并不怀疑，但这一次的谈话中，社长的意思是要让商社与政府和军方有更好的配合，并在与中国企业的合作中更加照顾日本方面的利益。难道是讲他之前的配合不够好，或者是他不够照顾日方企业的利益？社长的举例中，特地提到了长崎物产轧花机的事情，关桃采购轧花机最后没有买长崎物产的，大概他们的社长把这件事情也算到了山本太郎的头上。社长讲得很委婉，但他还是感觉到了压力。他感觉到的不仅仅是政府的手越伸越长，而且政府的这只手越来越多地被军队控制，表达着军方的意愿。而在上海支店内部，他也感觉到了他的助手福田对于更高职位的觊觎。

　　关桃最终决定和三浦物产签订棉花购销合同。他反复思考了这个方案，有些冒险，但他觉得危险可控。他信任山本太郎，眼前这个机会他不舍得放弃。他和古老板接触下来，局面倒不像霍襄理讲的那么复杂，古老板确实开了高价要卖掉工厂，但他的报价让关桃觉得他跳一跳可以摘到这个果实，况且价钱还可以谈。如果能够盘下鸿安纱厂，协隆将进入了一个新的更高级的工业制造层面，协隆在业界的地位就会提升一大截，毫无疑问，对于将来的发展而言这将是一个绝好的机会。这是一个战略性的机会。人们总是讲，一个人一生做事，关键的就那么几步，走对或走错，都很少有重新再来的机会。关桃觉得现在他就站在这样一个位置上。这些年生意上一步一步都走得不错，再走对一两步，也许就可以奠定一个商业帝国的大局。

　　与三浦物产的谈判也相当顺利。三浦物产方面提出了用日元结算的方案，这是意料当中的。与日本企业交易用日本货币来计价是正常的。银元这两年大幅贬值，通货膨胀，往往年头定的货，到了交货时卖家又希望多加点钱。银元贬值，好处是出口货物的价格相对其他国家低了，出口生意好做，坏处是钱的购买力降低。用日元计价，正好可以避免银元贬值带来的问题，算得上是一个好处。

关桃算过了，只要妥善安排，有了三浦方面的这笔货款，他就可以启动收购，只要收购合同签了，就可以抵押鸿安的股份做过桥贷款，七七八八再凑一点，加上他手里的钱差不多就可以盘下鸿安纱厂了。古老板那边，价钱已经谈得差不多了。他这些天已经同一些下游工厂谈过向他们供应织纱的意向，其中有些工厂抱相当积极的态度，因为鸿安的机器都是英国货，纺出的纱线均匀，断点很少，在市场上是受欢迎的。

只要一切顺利，盘下工厂，开工，熬过今年，甚至只要过了这个交货季，他就可以还清部分贷款，他的产业会像那个悦耳动听的轧花机一样咔嗒咔嗒运作，每时每刻给协隆创造利润。

兵贵神速！几天后，关老板坐在自己的办公室里，对面是顺礼和公司的常年律师龚先生。"龚大律师，顺礼，鸿安的事已经进行了一段时间了。我和古老板接触了几趟，价钱已经基本谈妥。我想接下来这样来进行：龚律师做好收购合同，我们与鸿安纱厂立即签订意向协议，第一笔我们需要支付10%的定金。三浦物产的预付款支付给古老板做定金，鸿安欠我们的钞票也转为定金，这样一来这件事情就算大局初定。双方签订正式收购合同的时候我们需要支付到总款的60%，这笔款子就用我们本来收购棉花的周转资金和公司的储备资金，我算了一下，还是不够的，所以我打算把我毕勋路的房子抵押一下，做点贷款。最后就是正式交接，办理产权转移手续，那时我们支付第三笔款子，就是最后的40%，那时候三浦物产的远期汇票应该可以用来做抵押，工厂收购合同也签完了，与银行谈一个短期融资应该没有问题。也就个把月，最多两个月，这个汇票就可以承兑。我想这样下来这个计划差不多很完善了。还有，跟底下的花行打打招呼，尽量让他们通融一下，看能不能晚些支付。我们前几年都合作得很好，如果今年晚一点点支付，想来他们不会不通融。"

龚律师和顺礼把这些一一记在了笔记本上。

龚律师讲："目前看，这个计划是可行的。不过我要提醒一下关先生，这个计划一旦执行下去，开弓没有回头箭，就要一直走到底的。这个过程中要是碰到资金方面的麻烦，造成第二第三期款子没有办法支付，前面的款子就要不回来了，损失就在您这边了。您这一趟出手对于公司将来的发展的确很关键，但是，这一趟收购需要动用的资金也很多，万一有问题，您赔掉的也是大数目。"

顺礼讲："师哥，要不毕勋路的房子就不要抵押了吧，再想想其他办法。这房子一押，万一有个意外，连住、住的地方都会没有的。"

"但凡能凑得出钞票来，我也不想用我的窝来做抵押呀。可是算来算去还是缺钞票。我这个房子买了三年，正好碰上市道好，现在估价十来万两了，我也不想动它的。好在就是短期抵押，调调头寸周转一下，只要把工厂移交做好，房子的抵押就可以立即撤销掉的。"

这件事情，关桃当然是想了又想，觉得这可以算是一个进可攻、退可守的方案。如果一切顺利，不用到年底协隆就会多出一家纱厂。如果，万一业务开展很不顺利，至少工厂还在，于关桃和协隆虽然会有些损失，但损失也不至于太大，是在可以承受的范围之内的，关桃愿意冒这个风险。

龚律师和顺礼离开关桃办公室去做各自的事情了。后天是礼拜天，关桃想约涵芬碰头。涵芬极少给关桃打电话，因为她打电话要去总务处，讲话不可以很随便。秦涵芬更愿意写信给关桃，不方便说的话写出来容易一些，而且书信隔一两天都是可以到的。他拿起电话给涵芬打过去。

"喂，是我。"关桃小声讲。

"我晓得。"

"我收到你的信了。"

"嗯。"虽然不是面对面，秦涵芬还是有些羞涩。

"后天，我爸妈想约你见个面。"

"啊，我有点怕。"

秦涵芬看见总务处有同事抬头看了她一眼，将头转到了另外一个方向。

"要不早上你先陪我去看看书吧，我现在在收集另外一个专题，想看看书店里有没有同套书。"

"好吧，还是你的书最重要啊。"

秦涵芬咯咯地笑出了声："那就这样讲定了，礼拜天早上九点半，还是大世界老地方见。"

"好吧。"关桃有些无奈，但还是开心得不得了："爱你！"。

关桃等着涵芬先挂电话，涵芬却没有挂，好像是不舍得，好像是意犹未尽，好像是在等待着什么。

关桃讲："吻你。"对着话筒亲了一下。

秦涵芬那里，电话咔嗒一声挂了。关桃闭起了眼睛，沉醉一番。关桃盼着礼拜天快一些到来，他现在每时每刻想和涵芬黏在一起。

礼拜天关桃早早等在了大世界门口，涵芬这一次没从后面过来，关桃老远就看到了涵芬，跑过去，在街角上一把把她拉进怀里。

他们走进一家书店，在两排书架中间，四顾无人，又紧紧抱在一起拥吻。睁开眼睛时，秦涵芬看到前面的一排书里好像有她想要的书，她推开关桃，走过去抽出了书，两眼放光。

涵芬找到了书店老板，问他是不是还有同套的其他书。老板打量着秦涵芬，问："小姐也对旧书感兴趣？"

"是啊，我感兴趣。"

"哈哈，这么时髦漂亮的小姐对旧书感兴趣，不多。"

关桃过来讲："老板，她是东方图书馆的。"

"哦，东方图书馆的秦先生你们可认得？"

关桃和涵芬对视一眼，哈哈笑出声来，笑得老板摸不着头脑。

"秦先生是她爸爸。"关桃讲。

"啊呀，原来是秦先生的千金，失敬失敬！怪不得呢，平常像您这样的时髦小姐，不要讲对古籍感兴趣，您让她多看一眼都不愿意呢。"

三个人都笑了起来。老板又说："秦小姐讲的这个版本的同套书，架上的就只有这些了。但新近收进来的都还在库房里没有整理，您要是着急寻，就只有自己到库房一本本翻了。"

涵芬惊喜地问："我可以自己寻找？"

"当然可以！别人不可以，秦小姐来，哪有什么不可以的！"

老板开了库房，库房的架子上堆满了来不及整理的书，书架不够用，有一些就直接堆在了地上。老板说了一句"你们自己随意"便又到外头忙他的生意去了。

涵芬看着堆在地上的书籍，眼睛里满是担忧和着急。上海潮湿，书籍在地上放久了，若又遇上黄梅，一发霉就没救了。

两个人在库房里找书，一会儿就满头大汗。关桃问涵芬："我看着这些书实在看不出什么门道来，你怎么才能够确定这些书是什么时候刊印出来的？"

秦涵芬答："这里头要掌握的窍门很多，一句两句话讲不清爽的。主要还是要经手经眼多。像秦老先生那样，从小泡在古书里的，就练就了法眼。像我，就还有很多要学的地方。"

"那总有一些大概的门径可以遵循吧？"

"像我们这样的年轻人，现在要断一本书的真伪、年代，有时候需要从字体刀法、版式、牌记，唔……还有纸质、墨色、讳字、钤印、题跋、作者生平等很多方面来考察。"

"那么繁琐啊！"

"你以为呢，关老板！"

"你天天坐在那里，会觉得枯燥吗？"

"不会啊，光看看不同时代那些好看的字体就足够眼花缭乱的啦。你想啊，这些书是由几百上千年前的人写的，刊刻、印刷这些书的人，每天不知道有些什么样的故事，那些好看的字，是不是也出自好看的人手里。哈哈。他们要是知道他们的作品几百年后仍旧泽被后人，心里该多高兴。"

三界玲珑塔

"所以这份工作你要一直做下去？"

"对啊，难道你不赞成吗，关先生？"

"赞成赞成，我岂敢不赞成。"

"哼，这还差不多！我呀，有时候总在想，我们要和时间赛跑，不能再让更多的中国古籍流散出去了。像皕宋楼这样的悲剧不能再重演了。那些书，唉，是我们民族的非卖品啊。"

关桃看着边翻书边絮絮叨叨说着话的涵芬，心里充满爱意。他走过去，亲吻了她一下。涵芬嚷嚷道："好啊，这是偷袭，不行不行，我也要偷袭回去。"

过了两个多钟头，两人出来了，涵芬手里捧着书，一脸满足。走到老板跟前，涵芬对老板讲："老板，寻到了，谢谢您，太感谢您了！里头的书我们已经都帮您分类整理好了，地上那些想办法放到架子上了。您看，这是整理好的各个架子上的书的类目。"

"哎呀，这怎么好意思，让您跑到我这里来做起体力活来了。"

"不过是顺手做的事体。您能让我进库房寻书，太感谢了！"

"能够寻到就好啊，好书见一本少一本。我这里条件有限，它们能够寻到你们这样的大图书馆收藏，也是福分。以后要寻书尽管讲，我可以帮您留心着。"

"好的，真的太感谢了！"

两人来到街上，关桃要替涵芬拿着书，涵芬下意识地躲了一下。关桃讲："连我拿书都不放心了？"

意识到自己的失态，涵芬不好意思地笑了，讲："没有啊，我只是觉得不重，没必要让你拿着呀！"

"唉，我看你将来是要抱着这些书睏觉的，到时候我就作孽了。"

涵芬一听，又羞又恼，想要抽出一只手来打关桃："瞎讲八讲啥！叫你瞎讲，叫你瞎讲！"

关桃一边躲着，一边讲："书，当心您老的书！"

涵芬收了手，复又双手抱了书，和关桃一起走在街上。

"现在去啥地方呀？"关桃问。

"咦，不是讲了去见你爸妈的吗？"

"你只讲今朝寻书，没讲过去见我爸妈呀！"

"书寻到了呀！你是不是真心要我见你爸妈？好吧，不去就不去，不去了！"

"去，去呀，我没讲不去呀！"

"那你求我一下咯，求我去见你爸妈。"秦涵芬抬起头，噘着嘴巴，有点无赖的样子。

关桃只好讲："好吧，恳请秦小姐移驾去见我爸妈，好不好？"

"好呀好呀，准啦！"

在去关家的路上，涵芬说："我忘记跟你说一件事情了。你还记得那个青木吗，去年 11 月在山本先生家见过的那个青木？"

"哦，记得，好像是一个什么大东亚文化的，怎么啦？"

"他后来真的去找了秦先生啊，讲中华文明辉煌灿烂，是人类的共同财富，是东亚的骄傲，所以，他们大东亚文化为了保护中华文化，也在积极地做中国古籍的抢救工作，为此，他们愿意高薪延聘秦老先生去做顾问，薪水可以是现在薪水的三倍。如果找到真正的好书，还可以根据书的价值提供额外奖励。"

"嚯，这是下血本了呀！秦先生怎么说？"

"还能怎么说，出这么高的工资……"

"嗯？"

"肯定就是有大企图，也许是没安好心啊！"

"你说话大喘气，吓我一跳。"

"哈哈哈，原来你的胆子那么小，关先生。"

"我现在受你影响，也担心我们的国宝落到别人手里啊。那你觉得他们背后有什么企图？"

"有消息说，正有一个外国的机构在策划收购一个藏书楼的书籍。我爸爸讲，这个藏书楼，很有可能是我老家湖州的某家藏书楼。这也许是大东亚机构找上他的重要原因，因为他是最熟悉这些藏书楼的人。"

"哦，那么，有什么办法可以阻止这件事情发生吗？"

"现在还不知道该怎么办。现在还不确切知道是哪家藏书楼，出于什么原因要出售藏书。"

两个人讲着话，不多久就到了关家。关桃的汽车停在门廊下，两个人走进大门时，把关桃娘弄得又惊又喜。桃子娘一连声地讲关桃不懂事，这么大的事情，事先也不打个招呼，一边亲自跑到厨房里去做水潽蛋了。关炳生在一旁笑着，不知道怎样讲话才好。过了一会儿，桃子娘端着盛有两只水潽蛋的细瓷金边的小碗出来，冒着热气的清澈的糖水里，两只水潽蛋白皮红心，在碗里轻轻晃动。

"囡囡啊，快把这碗蛋吃了。"桃子娘讲。

涵芬有些害羞，低眉看了一眼，捧起了碗，拿一把同色的小汤勺，开始吃水潽蛋。大约是饿了，居然很快就吃完了，乐得桃子娘合不拢嘴，拉着涵芬的手，左看右看，连声夸姑娘好看。上一次关桃身边出现一个好看的姑娘是好多年前了，在龙华庙里，后面跟着的两个卫兵把她给吓了一跳。

孙亦元一家在北平待了两个星期，爱琦和林森在北平举行了一场盛大的结婚典礼，北京的结婚仪式完成后，孙林两家人坐上火车开赴上海，预备参加上海的婚礼。孙亦元离开上海前心中还存着鸦片馆被砸的愤恨，但女儿婚礼后心情好了不少。火车哐当哐当到达上海，朗生已经安排几部汽车等在车站外。孙林两家人

三界玲珑塔

鱼贯出站，一排汽车便向着孙家公馆开去。孙亦元在车里讲："到家啦。"

这个时候，关桃的师傅邱明远也在回家的路上。邱明远当初离家之后是想一死了之的，他跑到离上海市区很远的地方，黄浦江边，脖子里吊了一块石头，手捧着，走下江滩向深水里走去，水没到胸膛之后，江底的泥滩突然下了一个台阶，水一下到了下巴那里，这个时候他感觉自己已经没办法透气，张大了嘴巴，喉咙里发出嘶嘶的声音，好像死神在那里发出恐怖的声音。他的脚胡乱蹬踏着江底，双手举过头，奋力拍打水面，要阻止自己滑向更深的地方。一个浪涌过来，助他重新回到了较浅的水面，站稳了。他怕死。

他回到岸上，在寒夜里瑟瑟发抖，稀疏的头发耷在脑袋上，四顾是无尽荒野，天上的星星嗦嗦抖动，远处有月牙如钩。他沿着一条土路移动，夜风吹来，冰冷，牙齿格格作响。走着走着，他没有力气了，饥寒交迫地倒在了一座土地庙边。第二天黎明他被早起的路人救下，活了下来。醒来时他已经不记得自己是谁，没办法告诉别人从什么地方来，大概是因为他没办法面对曾经的一切，总之他失去了记忆。人家给了他一身干净的旧衣服，他开始漂泊流浪，越走越远。他不得不乞讨，甚至想办法偷点吃的，经常被人追着打，打得在地上爬不起来，小孩子都可以在他身上踢上几脚。他像一个没有了灵魂的躯壳飘荡在茫茫天地间。

很多年后，他开始恢复记忆，想念家人。他开始往回走，往上海的方向走。慢慢地，地平线上出现高耸的楼房，像一头头怪兽蹲伏在天际，熟悉的一切渐渐回到记忆中。他花了一点时间回忆起自己曾经的家，记起吉祥街。等到他几乎可以想起之前的一切时，他回到了吉祥街，看到他的协隆字号仍旧高挂在那里。他并不知道他走后发生了什么，他走了进去，那里的人不认得这个又黑又龌龊又老的人，以为只是一个要饭的，为了不惹是生非给了几个铜板把他请了出去，他问什么他们都觉得是在讲胡话。他想起他的家那时已经搬出了吉祥街，他的家人住在不远处的一幢石库门房子里，他就是从那里离开家的。他走到平望里，那里当然早已经换了不同的人家。

吉祥街多了一个乞丐，那是回到上海的邱明远。终于有一天，他看见一个熟悉的身影，那是他的太太，身边跟着一个半大的孩子，走过协隆门口的时候，停了一下，手指着那个店对孩子讲了一些话，然后又继续向前走路。邱明远跟在他们后面，到了他们的家。

邱太太以为看到了鬼！当她终于明白这又老又黑又瘦的人真是她不见了多年的男人之后，失声痛哭。秀珍和秀琳听说父亲回到了家，赶紧跑回家去。一家人抱头痛哭，却又庆幸终得团圆。

"爸，您这是去了啥地方啊，我们都以为您已经不在人世了。"

"爸尝遍了人间的苦啊，走过的地方自己都已经不记得了。后来慢慢有了从前的记忆，爸爸就想你们啊，想得夜里没法睡觉。爸对不起你们啊，让你们这些年无依无靠，不晓得你们是怎么活下来的。"

"我们这些年过的日子也是苦啊！秀珍的男人死了，我们无依无靠，幸好还有桃子的照顾，才能够活得下来，儿子也能够慢慢长大，为你们邱家留下了一条血脉。"

"桃子这孩子，我没有白疼他，他倒还肯接济你们，难为他了。他现在在啥地方做事体？"

"桃子还在协隆啊。"

"他不是已经离开我们店了吗？那一年我们让他离开吉祥街的。"讲着，邱明远看了一眼秀珍，秀珍避开了父亲的眼光。

"现在协隆是桃子的啊。桃子为了接济我们，当年把我们的店买去了。你在外头欠了很多债，要债的人天天来，今朝搬走这个明朝搬走那个，那个店里的所有东西搬完了恐怕都抵不了你的债，我想想，既然是他提出的要买，我和孩子要活下去，是个坑我也要扔给他，让他去跳。他年轻，还有时间和力气爬出坑。所以名义上是他买，实际上就是要帮我们活下去。那时候也没其他办法，你一走，除了这唯一的生路，我还能怎么办？"

"是我对不起你们，苦了你们啊！"

"谢天谢地，现在慢慢都好起来了，一家人能够团圆，是老天爷眷顾我们呀！这桃子是好人有好报，自从接了我家协隆的店面，生意在他手里就越做越大，他现在有店有工厂，还做着棉花生意，真真是吉人天相。当年我怎么就把他给赶出店了呢？要是秀珍嫁给了他，那他这一份产业，也有我们家一半呢。"邱太太讲。

秀珍听了这话有些不开心了："姆妈，好好地怎么扯起我来了！人家这么些年照顾着我们，你倒好，还惦记起人家的家产来了。"

"你个死丫头，我就是那么一讲，啥地方真是惦记人家的家产。"

邱明远终是回到了家，一家人团聚了。秀琳出去买了菜，秀珍掌勺烧了一桌菜。邱明远现在儿女双全，还做了外公，隔了很多年后全家又围坐在一道，感到了久违的踏实和温馨。夜里一家人又讲了很多话，邱明远逐渐了解了他走后这些年所发生的一切。

第二天两个孩子要出门的时候，秀珍讲："我今朝打个电话给桃子，他晓得您回来了不晓得会有多开心呢。"

邱明远讲："我回到屋里的事体，暂时不要和关桃讲吧。"

秀珍不解地问："为啥？"

"等哪天我自己对他讲不是更好吗？"

秀珍想，父亲大约是想给关桃一个天大的惊喜。

邱明远待在家里不出去，他呆呆坐在竹椅上，木讷，一动不动，失魂落魄，好像又回到了从前失去记忆的时期。经历过心理创伤的人有这样的表现很正常，

第三十一章 倾身家定策收购 死复生师傅归来

三界玲珑塔

邱太太没去打扰他。

这个家由两间屋子构成。原先邱太太带着儿子和秀琳住在里头一间,秀珍和女儿睡在外头一间。外头一间的床边上放着方桌,是全家吃饭的地方,两间屋子外头又搭出灶间来。邱明远一回来,原先拥挤的家变得更拥挤了。秀琳已是大姑娘了,以前换衣裳、夜里小解等都是在里屋,现在邱明远回来了,自然不方便再和爷娘同住在一个房间里了。秀琳昨日夜里是在外间的地铺上睡觉的。

邱明远的儿子已经读小学了,这是邱家的根,他看上去对什么事情都有些吓丝丝的。这也难怪,记事起就没父亲了,家里又穷,在外头受人欺负了也没人撑腰,很容易养成缩头缩脑的性格。

邱明远经历了世界上最悲惨的日子,但他离家之前,这一家子的生活不是这样的。住石库门房子之前,他们在吉祥街的房子也算宽敞。现在他回来了,没事情做,这个家全靠着秀珍一个人的收入和关桃的接济。

邱明远就这样坐着,一声不响,坐了好几天。有一天外头忽然一阵吵闹,一群人围着一个人一顿打,很快把那个人打倒在地上,那个人哀号着,求饶着,但周围的人不肯罢手。有人高声喊:"打得好,打死这些小偷。"那个小偷浑身是血,几次要从人群的腿缝中钻出来逃跑,但都被打趴在了地上。他放弃了努力,双手抱住头,被踢一脚,就哀号一声,渐渐地,连哀号声也没有了。正当邱太太以为这事情已经结束了的时候,邱明远忽然大睁着眼睛,呼吸急促,从椅子滑落到地上,双手抱住头,哀声叫着:"救命!救命!"邱太太忙走到他身边去,他竟然连连后退到墙角里,哀声叫:"不要打我!"涕泪齐下。邱太太的眼泪也流了下来。等到他逐渐平静,在床上躺了下来,慢慢睡着了。

在一个陌生的地方,实在找不到吃的东西,邱明远加入了一个偷盗团伙。一开始是望风,后来慢慢也开始下手。偷盗团伙也是讲究成绩的,偷得多,分到的就多,偷不着或者坏了事情,是要饿肚子甚至挨打的。团伙里的人基本都是年轻人,头脑手脚灵敏,邱明远终究上年纪了,头脑有些不灵了,所以经常挨饿挨打。有一天,做坏了一票生意,其他人都逃跑了,他跑得慢,被捉住了。一群人围住他,一个高个子一把揪住他所剩无几但乱蓬蓬的头发,拳头雨点似地落下。他被打倒在地,双手本能地抱住头,哀叫着"救命"。他记起他的脸上被重重踢了一脚,头撞到地上……半夜里醒来,他发现自己躺在一条土路上,像暗夜里吸收了所有黑暗的一个幽灵。天上是星星,如钩的月亮,他好像看到过这一幕。他想:我是谁,我在什么地方?他想起,那之前他离开了家,走进了夜光里浪潮涌动的黄浦江,他家里,有女儿,有儿子。他们的面孔在他眼前一闪而过,又不见了。他的眼泪从他黑色的身体里流出来,漫过眼角,泉流般流下来。

那个揪住他头发的高个子,是关桃?真的很像啊。有一天,关桃在外头与小偷打架,他罚关桃不能吃饭。难道就因为罚他不吃饭,他就要记恨他?哦,到底哪个是真的？

上海的天气说热就热，过了几天，很闷，温度一下蹿得很高，人呼吸都有些困难。下午，北面过来黑沉沉的乌云，像要把城市压倒。天际有一条黑白分明的分割线。乌云跑得飞快，一会儿就到了头顶上，白昼如夜。狂风吹起马路上的灰沙，废纸飞得老高老高，狂乱得像要飞出天际。一道闪电劈开云头，炸雷响起，雨点砸在地上、屋顶上，发出噼里啪啦的响声。

此时山本太郎登上了前往东京的邮轮。山本每年回日本几次，一来是向总社汇报上海的工作，二来也需要掌握日本不断发展的工业和经济情况，实地感知日本的社会发展。这次社长正好来上海，山本就陪社长回日本。轮船正缓缓离开汇山码头，雷声响过，山本在头等舱里看着舷窗外乌云压顶的景象，用日语嘟哝了一句："要来暴风雨啦。"

雨水流过舷窗，窗外的景物慢慢扭曲、模糊、远去。

炸雷响过时，邱明远颤抖了一下，眼睛定定看着屋顶的一个地方，好像苏醒般喃喃地讲："我要把协隆夺回来！"

邱太太正在做事，听见他忽然自言自语，没听清楚，问："你讲啥？"

"我一定要把协隆夺回来！"邱明远从床上坐了起来，一只手捶打着床板，大声地喊了出来。他所剩无几的头发披在了眼前。又一道闪电划过，邱太太看见邱明远头发后面的眼睛里好像闪着绿色的光芒，这光芒让她不寒而栗。

在这个冷酷的世界上，邱明远经历了大起大落、生死轮回，幽幽地飘回了上海。他记得所有的饥饿、羞辱、残酷和生不如死，记得怎样如动物一样争斗，活下来。

第三十一章　倾身家定策收购　死复生师傅归来

第三十二章　争协隆关桃危困　顾旧情爱琦出庭

　　火油张老板给关桃打电话，讲邱秀珍已经有好几天没来上班了，也没请假，问关桃知不知道发生了什么情况。本来她在公司做的工作基本算是可有可无，所以一两天不上班张老板没当件事，但三天四天不来，张老板心里就有点犯嘀咕，怕是出了什么事，所以打个电话问问关桃。关桃并不知道秀珍为啥没去上班，听张老板这样一讲，心里直觉是出事情了，至于出了什么事情他也不清楚。他决定立即到邱家去一次。放下电话，他预备去隔壁顺礼的办公室去关照一声自己的去向，刚打开办公室的门，却碰上了邱明远的律师。

　　"请问是关桃先生吗？"
　　"是的，请问您是？"
　　"韩国霖，我是代表邱明远先生的律师。"
　　"啥人，您讲代表啥人？"
　　"邱明远先生，您的老板，师傅，您不会不认得吧？"
　　"您开啥玩笑，我师傅多年前就死了，怎么可能让您代表他？"
　　"不，关先生，不开玩笑，这是邱先生的委托书，您看一下。"
　　关桃展开律师委托函，看到那上面的签字真真切切是他师傅邱明远的笔迹，那个签名的下面，日期是昨天，民国二十年五月二十八日，几乎是墨迹未干。

　　用震惊不足以形容关桃此刻的心情。他瞪大眼睛，半天讲不出话来。韩律师大约预料到了关桃的反应，微笑着摸出烟来，点上，等待关桃平复心情，自顾自在沙发上坐下了。

　　韩律师本来不愿意接邱明远这个案子，因为邱明远一看就是拿不出钱的人。但这个家伙在他的律师楼里跪下，磕头如捣蒜，要他听完他的事情，韩国霖就给了他一刻钟来讲话。虽然前言后语颇多不清，但韩国霖恰好对协隆有些了解，更加有诱惑力的是，如果胜诉，邱明远承诺他可以拿到20%的分成，这个诱惑太大了，使他产生了深入了解的兴趣。果然，只要稍微动动脑筋，这是一个胜诉把握极大的官司。

关桃马上把这件事情和秀珍不去上班联系在了一起，这样就可以解释秀珍忽然不去上班的原因了。难道，师傅真的没死，难道他真的出现了？对于师娘她们这可是天大的喜事啊！他想起过年前在路上一闪而过的那个人，他还专门停了车去找那个人。看来，师傅是真的回来了！

但是，她们为啥没有早点通知他呢？

"您是讲，我师傅还活着？"

"关先生，容我提醒您一下，法律意义上没人正式宣布过邱先生的死亡，他一直活着。"

"什么叫法律意义上没人宣布死亡？"

"这是个法律概念，您最好询问您的律师。"

"是吗？那太好了，我现在就去看看他。"

"不，不用，关先生，我相信邱先生今朝不会见您？"

"为啥？"

"因为他委托我和您谈的事体并不是一桩可以让您开心的事，要不然他也不会委托律师来讲，对不对？"

"我师傅委托您和我谈啥？"关桃大感不解地问。

"关于协隆公司所有权的事！"

"啥，协隆公司所有权？这太可笑了。协隆公司早在六年前就已经通过协议转让给我了，我后来又送了一部分股份给我师弟顺礼，这是大家都晓得的。"

"您的这段解释中有好几处值得澄清的地方，首先，是啥人把公司转让给了您？其次，'大家'都晓得，这个'大家'是指啥人？"

"当时我师傅失踪了，我师娘一家日子实在过不下去了，就把公司转让给了我。我支付了转让费。至于大家，我指的是我师娘，他们的女儿秀珍秀琳，还有我师弟顺礼。"

"首先，我想指出的是，协隆公司的所有人和代表人是邱明远先生，没有他的同意和委托，其他人是无权处分、转让这家公司的；其次，如果确实有所谓的转让行为，我们需要看到证据。"

"我有证据，我们当时是签了转让协议的，并且凭着这个协议去法租界公董局做过公司的过户手续，我还有当时我师娘签收转让费的收据。"

"好的，这桩事体听上去比我了解到的情况好像要复杂一些。不过今朝我只是来通知您这桩事体，并没有让您现在就要把这公司转移到邱先生名下的意思。但是既然邱先生委托我提出了他的要求，肯定是有备而来，事体也不能拖太久，所以我还想通知您，如果您不同意协议解决，我的委托人可能会在法院提起诉讼。"

韩律师顿了顿，掐了烟头在烟缸里，讲："我就不多打扰您了，我们大家的时间都很值钞票，对不对？"

韩律师眨了眨眼笑笑，意味深长。他站起身来，伸出手和关桃告别。关桃居然有些迟钝，等到韩律师走了几分钟，才转身到隔壁去找顺礼。

"顺礼，顺礼！"关桃大呼小叫，顺礼在办公桌后抬起了头，不解地看着有些张皇失措的关桃。

"顺礼，出事体啦，我们师傅又活过来啦！"

"啥叫师傅活过来了，师哥您不要开玩笑，这种事体不可以拿来开玩笑的。"

"没开玩笑，师傅已经派了律师来寻我们了。快，你到我办公室来。"

顺礼好像比关桃更加震惊，绝对没办法相信这是真的。他一脸惊恐和疑惑，跟着关桃来到办公室，关上门，坐到关桃办公桌对面，问："师、师哥这到底是怎么回事？"

"一两句是真讲不清了。我前些日子就在汉口路附近看见一个像师傅的人，当时以为自己眼睛看花了，现在看来那真的是师傅，他没死，回来了！"

"那不是好事体吗？他、他、他派律师来寻我们做啥？"

"要问我们把公司拿回去。"

"啥？这公司当时是资不抵债的，师哥您还出了不少钞票买下来的，怎么会有讨回去这桩事体？"

"是啊，我也是这样讲啊。要么是师傅不了解情况，师娘她们没和他讲清爽，要么是他这些年吃了很多的苦，受了很大的刺激，脑子不是很清爽了。我看这样，我们现在马上去看看他们，好不好？毕竟这么多年了，师傅能活下来肯定不容易，我们去看看，有啥事体也可以当面讲清爽，师娘和秀珍她们也可以在旁边帮着讲明白的，是不是？"

"对对，我们现在就去看看师傅。"

两个人上了车向着师娘住的地方开去。邱太太现在住的地方是关桃帮着看好了租下的，所以关桃熟门熟路，一会儿就到了她们的住处。

敲了很久，没人来开门，只有隔壁的人探出了脑袋朝他们看了一眼。两人退回车里等。夜幕降临，路灯亮起，行人在行道树和路灯下影影绰绰行色匆匆，关桃的面色变得严峻起来。

"看来师傅这是躲着我们，是一定要和我们在法庭上解决问题了。"

顺礼焦急地问："那怎么办？他们怎么这样啊！秀珍她们也不帮着解释吗？"

"不晓得啊！只有准备应诉了。我过一歇联系律师，让他快点到公司来商量。"

关桃感到了巨大的压力，他可能会有大麻烦。先不讲结果怎样，诉讼总归是个大麻烦。那个以前熟悉的邱家，甚至是秀珍，好像也变得遥远陌生。如果师傅打定了主意，血浓于水，全家一致对外是完全可以理解的。

晚上，龚律师来到了关桃办公室，三个人坐下来，关桃把今天的事情和以前怎样接手协隆的事情对律师说了一遍。说的时候，心情似乎还是在波涛汹涌之中。龚律师毕竟见多识广，听完关桃的一通讲述，立刻就明白是怎么回事了。

"法律上来讲，失踪人口需要先报失踪，失踪四年后仍然没有出现，他的家属向法院提出申请，认定失踪人员死亡，并由法院予以公告，公告后一定期限失踪人员仍旧没有出现，死亡推定生效，利害关系人可以自由处置被推定死亡人员的财产。我想你们师傅失踪后你们并没有做这些程序。"

"是的，我们哪里晓得这些事体嘛。当时我师傅啥地方还有财产，绸布店负债累累。我接下来，提心吊胆，和债主横讲竖讲，宽限我们还债日期才挺了过来。"

"我明白。不过，律法严格，如果当时你们按照法律规定的程序做了，你们现在一点问题都没有，因为他已经失踪六年多了，失踪时间足够认定为死亡，但是，如果没有做这些事，会很麻烦。因为在法律上他一直活着，只是不晓得他在啥地方活着，只要他活着，其他人就无权代表他处置他的财产，法庭可以宣布公司转让无效。"

"可是，如果当初我师哥没有接下协隆，可能协隆早已不存在了。"顺礼愤愤地讲。

"问题是协隆现在不但存在，而且不小，所以才引来了这个灾祸。关先生的意思怎样？"

"我觉得这桩事体太可笑了。这么多年来我一直凭良心照顾我师母一家，现在出这种事体，我没办法接受。"

"那只有法庭解决了。关先生应该很快就会收到法院传票。法院解决，关先生需要准备证据和证人，以情理打动法官，赢得法庭的支持。但即使法庭完全采信你们的证据和证人证言，我觉得您很有可能还是会不得不支付一定的代价。"

"支付代价不要紧，但是道理要讲清爽，是不是？不然心里太窝塞了。"

"还有，关先生，如果对方提出财产保全，法院有可能下令冻结您的公司资产，到时候您收购鸿安的款项可能没办法支付，而合同已经签了，定金也支付了，这对您可能是更加重要的事情。如果可以的话，第二笔款不要着急支付，以防万一。"

关桃连忙问顺礼第二笔款是不是已经支付，顺礼无奈地讲，因为前几天关桃已经签字盖章，昨天已经付出去了。关桃长叹一口气，觉着脖子冷飕飕的。

龚律师讲："那没办法了，赶快准备吧，收购的事抓紧做，尽快推进完成交接，这样至少不会前功尽弃造成不可挽回的损失。您刚才讲有当年您师母签字的转让协议和收到款项的收据，赶紧寻出来！"

关桃打开保险箱寻找这两份文件。然而，翻遍整个保险箱，没找到。关桃回头看着龚律师，很多年中，这是他第一次露出绝望的眼神。

他记得这两个文件是一直和公司注册文件放在一道的，但是就是找不到了。从吉祥街开始关桃搬了两次办公室，也许放在了其他地方？

"会不会放在其他地方了？您搬过办公室，住处也搬过。"龚律师看看关桃，又看看顺礼，眼光中满是同情。

沉默了许久后，关桃问："如果没有这些，最坏的结果是啥？"

"哦，关先生，请不要做这样的假设，您一定要寻到这些证据材料。这太重要了，太重要了！"

办公室外，夜幕中，这个城市仍旧忙碌着，流光溢彩，歌舞升平，与平常的日子没有两样，但对关桃，这是个不一样的夜晚。

很多天后的一个早上，爱琦在餐桌旁吃着早餐，桌上照例已经放好了《申报》和《North China Daily News》两份报纸。窗外阳光明媚，微风吹动窗纱，爱琦好像闻到栀子花的清香，音乐似有若无，时高时低，回旋在城市的暮春初夏……多年前她曾在这个季节走上血腥的街头。

她歪着头，一边吃着早饭，一边有一搭没一搭地浏览报纸，一个标题赫然闯进了她的视线：协隆公司所有权纠纷，旧主诉非法侵占今日再开庭。

侵占，是一项刑事指控，而这项指控竟落在了关桃的头上！爱琦手里的黄油刀停下了，面包掉在了盘子里，她急切地读了下去。

本埠法租界吉祥街上有一家协隆绸布店，原主邱明远。当年邱先生为协隆发展殚精竭虑，屡有创新，声名鹊起。大业初成，邱先生却突患重疾，沉疴不起，为维持生意家业，将该处生意托付与其徒弟关某并徐某，望其光大业务，再谋宏图，其本人则隐居深山专心养病，一去六年。然日前邱先生回至沪上，竟发现该处公司虽已扩展甚巨，然业主已悄然易姓，由关某取而代之。惟因此等背信弃义，六年间公司利益尽为外人窃取，邱氏太太与其子女居无定所，食不果腹。邱明远先生近日已因此而向上海地方法院提起财产侵占诉讼，谋法律主持公道，以图财产归其正主也……

自从上次在华懋看到关桃后，两人没再次碰头，也没有联系。爱琦虽然没有此生不复相见的想法，但觉着两人约见面是不合适的，最好让时间慢慢冲淡记忆。有一天一家人去了龙华，龙华寺是上海名胜，游览一下，烧香拜佛之外，也向林森家人介绍一下孙家以前住过的地方，孙将军以前工作的地方。但在大雄宝殿庭院的大香炉前，爱琦心里还是起了波澜。她想，以后再不要到这里来了吧。但此刻，爱琦却决定要去法庭。

爱琦对家里谁也没讲，让司机送她去了法院，找到当日审理协隆一案的法庭，坐进旁听席，静静等待开庭。在她不远处，有一个神色黯然的女孩子也静静地坐着，那是涵芬。关桃把这件事情告诉涵芬听的时候，她以为他只是在讲一个别人的故事，直到关桃明确无误地告诉她，这是真的发生在他自己身上的事情，她才意识到问题的严重性。

"我可能会一无所有。"关桃讲，这是律师明白无误告诉他的可能结果。

秦涵芬知道关桃想要表达的意思。她说："你不会一无所有，你会一直有我！"

按照报纸上的说法，如果侵占指控成立，关桃也许会失去自由，这将是一个可怕的结果。钱没有了，可以去赚，名声没有了，自由没有了，怎样东山再起？无论涵芬怎样坚定地相信关桃的为人，此刻还是为他、为他们的未来担忧着。

邱明远坐在原告席上，肤色出奇的黑，头发稀少，眼珠凸出，面无表情，他的目光从未向被告席的方向看过来过，有时看着虚空，好像沉浸于冥想中，有时脸上又浮现诡异的笑容。

法庭传唤了证人邱太太出庭作证，邱太太讲，她根本就没有签署过转让公司的协议，公司一直是他男人在管理，她只是个家庭妇女，不懂生意。况且她不识字，从来不签任何东西的。

关桃痛苦而委屈地瞪大了眼睛看着邱太太，讲："师娘，求您讲一句实话吧！"

"我所讲句句实话，若有半句虚假，天打雷劈，来世做牛做马！"师娘的回答斩钉截铁。

法官阻止了关桃继续讲话。庭审过程一直对关桃非常不利。关桃一再提出请邱秀珍和邱秀琳出庭作证，但请求被驳回，因为她们并非被告主张的转让协议的签字人，并且她们已经分别作出了书面证词呈交法庭。

"被告，如果你提不出新证据来证明确实有必要传唤这两名证人到场，那么她们的书证将被列入卷宗，作为定案依据。请问，你有新的证据可以证明传唤邱秀珍和邱秀琳到庭作证的必要性吗？"

关桃看了一下律师，律师还在思忖着怎样回答的时候，旁听席上，一个女声传了过来。

"法官先生，我有证据可以证明，您有必要传唤邱秀珍女士到庭作证。"

爱琦站了起来，全场响起嗡嗡的声音。关桃站了起来，涵芬也把眼睛转到了爱琦身上。

法官敲响法槌："肃静！"

全场重新安静下来，法警把爱琦带到了证人席上。邱明远呆呆地看着这个从天上掉下来的证人，眼珠似乎更加凸出，尽力回想在什么地方看到过此人。

"请问姓名。"

"孙爱琦。"

"年龄？"

"24岁。"

"职业？"

"曾经在美国担任律师助理，目前无业。"爱琦特意指出自己曾经担任美国的律师助理，既是如实报告，也是想提醒法官她的法律背景，这样做或许能让法官更加慎重地考虑本案。

"请问你为什么说有必要将邱秀珍传唤到庭作证？"

"因为我这里有一封信，证明邱秀珍在书面证词中作了虚假陈述。"

"那是一封什么信？"

"那是原告邱明远之女邱秀珍在民国十四年写给我的一封信，信中清楚写明当时关桃买下了她们已经破产的小店，帮助她们母女度过生活中最黑暗的时刻。这封信里所写的内容与刚刚在法庭上宣读的邱秀珍证词之间的内容是互相矛盾的。"

"这封信现在在哪里？"

"在我手上。"爱琦从包里拿出一个已经泛黄的信封，递给了法警，法警给了书记员，书记员呈递给法官。

法官拿出信来看了看，又问："请问孙小姐与原告和被告有什么关系？"

"我曾经是协隆绸布店的顾客，目前与原告没有关系，与被告，目前也没有关系。"

"那你曾经与被告有过什么关系吗？"

"有，他那时是协隆绸布店的学徒，卖布料给我。"爱琦的眼睛看向关桃，又转向法官。

"仅此而已？"

"还有，"爱琦吸了一口气，讲："他曾经是我的恋人。六年前，他是我的恋人。"

旁听席上有一阵骚动，书记员和记者都快速地记录着。涵芬静静地看着爱琦，脸上没有波澜。关桃没有对她讲起过爱琦的事，但现在这个人站在法庭上，明白无误地向全世界讲她曾经是关桃的恋人。

"孙爱琦小姐，请问邱秀珍为什么要写这封信给你？"

"法官先生，这封信的另外一面是我当年写给关桃先生的信。民国十四年初本案被告关桃先生已被原告邱先生解雇，借居石门路，我当时正读高中。我们当时已经相恋，那封信是我寄到石门路他的住处的，内容是约他在周末会面。当然，信中其他内容涉及隐私，容我不再复述。但当年邱先生在股灾中破产，离家出走，留下了她们母女和一个儿子无依无靠，无处栖生，关桃出于师徒之情收留了她们一家在石门路的房子里，自己另觅他处居住，因而我寄给他的信未能到达关桃先生手中，反而被居住在关桃家中的邱秀珍截收拆看，后来又觉得有愧于我，故此在信的背后写了那一段话，然后把此信寄还给我。我收到信后才重新与关先生取得了联系。"

邱明远忽然站了起来讲："不要相信她的话，她是军阀孙亦元的女儿，她的话都是瞎讲的！"

法庭里的喧哗好像已经没办法压制了。这一财产纠纷案本就扑朔迷离，颇多悬疑，想不到现在演绎出这样的故事。这样的情节八卦作者求之不得，今天却在法庭上由一个女孩讲出来。这女孩看上去来历不凡，现在又被指是大亨孙亦元的女儿，明天的报纸上该是怎样一番热闹的景象？

法官不得不又敲响法槌高呼"肃静"。

孙爱琦继续用冷静沉稳的语调陈述："法官先生，此信可以证明当时关桃先生确实买下了协隆绸布店，这封信也可以证明，关桃先生当年不仅没有侵占或者侵夺原告的财产，而且还给予了危难之中的这一家人最大的帮助。邱秀珍女士所写的内容足以证明她对于店铺的转让是知情的，所以，她有当庭作证的必要。"

法官看着孙爱琦陈述，这个女子语速不疾不徐，坚定而不容置疑。他又审看了那封信和信封，然后宣布："鉴于有新的证据证明本案尚有本庭没有掌握的情形有待查证，本席认为有必要传唤原告之女邱秀珍、邱秀琳到庭作证。鉴于本案仍未结案，根据原告财产保全的诉请，本庭仍将维持冻结被告资产的法庭命令。没有法院的命令，被告不得转移任何公司资产，包括但不限于现金、房产以及机器设备，法庭批准的用于维持正常营业的金额除外。现在休庭！"

法庭里，涵芬拥抱了关桃。关桃的眼睛再去搜寻爱琦的时候，她已经快速地向庭外走去，后面跟着一大帮人。关桃拉着涵芬连忙走向外面，想追上爱琦至少说一声谢谢，爱琦已经坐进了汽车，司机驾车急速向门外开去，后面有记者追着咔嚓咔嚓地照相。

关桃公司的资产被冻结后，没办法再支付收购鸿安公司款项，而支付第三笔款项给鸿安公司是完成收购的必要步骤。不能按时向鸿安公司付款，作为违约方他要为此承担全部的责任。也就是说，之前支付的 60% 的收购款项可能白付了。为此律师向法庭申请解除资产冻结，因为造成这样的损失后，将来无论对原告和被告都是不利的。但法庭迟迟没有答应解除资产冻结的请求。

身在东京的山本太郎坐在三浦物产的会议室中，会议室里大部分是商社驻各国的支店长。日本排名靠前的几大会社是一个独特而神奇的存在，不仅掌握着日本进出口的大部分份额，也掌握着日本国的金融命脉，在日本被称为财阀。而三浦物产作为其中的翘楚，一向在日本具有呼风唤雨的地位。

这是三浦物产海外支店长的年度会议，是一次常规会议，但这一次的常规会议上所谈论的话题，将给远在几千里外的协隆再一次重击。

"各位都明白，自从美国金融危机蔓延以来，我国的出口和产出也受到了极大的影响，尤其是出口方面，急剧萎缩。我们三浦物产在全世界的出口成绩下降，诸位都很清楚。这造成了我国的很多问题，失业率上升，社会动荡，民众不信任政府。但支那在这两年的对外出口，不但没有萎缩，反而是有增长，其中的原因，诸位是否有过研讨？"

社长的眼光尖锐地投向在座的人员，众人相顾踌躇，虽有小声交谈，但并未有人站起来发言。

"山本君，你常驻上海，你来说说。"

"好的。这两年上海的贸易相当活跃，与世界其他主要国家的萧条形成对比。我们做了一下研究，分析了其中的原因，大致上有以下几点，供各位参考。

"首先，中国这些年局势相对稳定，自从南京政府基本统一中国之后，除了中原战争，中国处于一个相对和平稳定时期，使其经济有所恢复。由于起点低，经济增长的弹性空间很大，总体处于增长时期，这是与世界其他主要国家的不同之处。

"第二，本次由美国引起的经济萧条，所有主要大国中，除中国外，货币均采用金本位制，而中国使用银元。白银在其他各国是普通商品，经济萧条在各国导致物价下跌，白银相对黄金也大幅度下跌，导致中国货币相对世界其他货币大幅度下跌，这样，以银元计价的中国物产就比其他国家的物产便宜了很多，使得中国的出口得到带动。我们认为，以上是当前中国经济仍保持增长的主要原因。"

"非常精彩的分析，山本君，不愧是支那通！"

"哪里，一点粗浅的见解，还请社长指正！"

"刚才山本君的分析，与帝国中央银行的分析是一致的。日本经济走出危机，走出困境，需使用各种不同的方法。继续困守在当前局面中，没有突破，很难走出去。危机已经持续了接近两年，历史上少有，我们必须找到新的应对方法，不然，再过几年，随着我们的衰落，其他国家，例如支那，大概会很快超过，这就是国际竞争。

"我可以告诉诸位，英镑已经开始贬值，作为政策委员会成员，我和其他同僚前几天已经向大藏省和中央银行建议跟进，使得日元贬值，扭转持续的通货紧缩，产出和出口不振。我们最终可能需要放弃我们的金本位制，这是我们的共识。"

放弃金本位制，是一国乃至世界货币的重大事件，在座的所有人面面相觑，几乎可以讲，他们正在经历一个历史的重大时刻。

"诸位，在我们这个会议进行期间，日本中央银行已经宣布将日元一次性贬值20%，并且不排除进一步贬值的可能！"

此刻，上海，三浦物产的远期汇票静静躺在关桃的办公桌抽屉里。这笔钱即刻缩水了20%。对于急需这笔钱完成收购，维持整个公司运作，完成收购棉花贸易过程的关桃，是致命打击。

山本也很快想到了这张汇票，但是，他无力改变。

这一夜，关桃失眠了。关于爱琦，涵芬啥也没问。也许是因为爱琦已经讲得足够清楚。关桃没想到爱琦会出现在法庭。他短暂的一生中已经有两次被这个女孩出手搭救。一次是救了命,这一次,虽然还没有最后结束,关桃相信她正在挽救他的生活。他该怎样感谢这个女子的情意呢?

收购鸿安纱厂需要支付第三笔收购款,最后日期马上就要到了。今天早上他打了好几个电话给古老板,希望通融一下,但是怎么都找不到他。现在,他大概即将损失那60%的收购款了。毕勋路的这处房产已经抵押了,如不能及时还上贷款,这里他可能住不了多久了。此刻他还不知道,即使他立即拿到法庭解除资产冻结的命令,他也已经凑不齐第三笔收购款了,他的设计精巧、环环相扣的收购梦,连同他构建商业帝国的梦想,已经碎了。

天快亮时,关桃迷迷糊糊睡着了。

也许是由于太过于紧张,也许因为太累,关桃睡着后又做了那个梦,他漂浮在铁灰色的天空里,四周是白色的云朵。像游泳一样,关桃平躺着,脚稍微点一下,人就浮起来了,再点一下,就漂出老远。关桃喜欢这种可以飞起来的感觉,他开心得不得了。但云朵不断集拢过来,好像一大包一大包皮棉撞过来,他总在不断躲避这无穷无尽的大包……很累,累得爬不起来。

关桃娘不见儿子下来吃饭,太阳老高了还不下来,就到楼上关桃卧室去看看。儿子迷迷糊糊躺着,叫不应,一摸,身上滚烫。

第三十三章　生嫌隙孙林争吵　使阴招顺礼背叛

林森拿着报纸，脸色阴沉。孙爱琦一夜之间成了上海滩名人，而出名是由于在法庭上为那天碰见过的那个男人作证。而作证，又牵涉到六年前的风流韵事。在上海滩，这个故事可以流传很久，且可以有很多不同版本。更要命的是，记者把孙爱琦的家世翻了个底朝天，连他们马上会在华懋举行婚礼的事情都一清二楚。那天的华懋恐怕将不是一场婚礼，而是一场全上海电台、报馆、杂志记者的狂欢节了。而他这个新郎将不得不面对无数陌生人的指指点点，在猝不及防间出演一场活剧。他有一种被人剥光了衣服的感觉，对于林森和林森的家族而言这很难接受。

林森想起了在华懋那天爱琦看着关桃的眼神，想起了爱琦瞬间僵硬的手臂，他当初早已经看出了这两个人不一般的关系。而昨天的事，只是更加明确地证明她还爱着关桃。想到这里，林森的心里泛起酸楚和恶心，胸口闷闷的。这时他看见父亲也拿着报纸走过来，分明是要来讲同一件事。他现在谁也不想看到，他想把自己关在小屋子里，可是，他的父亲已经走来，脸上满满地写着不悦。

"森儿，你看见报纸上的文章了吗？这都是什么龌龊文章啊！怎么会有这样的事呢？这过几天就是婚礼了，到时候该怎么弄啊？"老爷子抛出一连串问题，口气很焦躁。

"爸，我也是刚刚看见报纸，您别着急，待我一会儿找爱琦问一下。"

"怎么能不着急嘛，你母亲都气得头晕了啊。我们林家在北平是有头有脸的人家，你也是留学美国学成归来的，好好娶个媳妇，却被弄出了这么个风月故事。报纸一向无聊，整天就寻找些乱七八糟的事做文章，今天这个戏子认了干爹，明天那个明星找了姘头，正经人家避之不及，可这，你看看，这是自己找上门去的呀！这报纸全中国发的，要不了两天，全北平的人都知道这事了，越传越歪，人言可畏呀儿子！你让我们怎么还有脸回北平啊？"

"您教训得是。不过爱琦昨天只是为搭救朋友去法庭作证,她是学法律的,做事自有分寸,报纸上写的不过是一些捕风捉影的臆测,您不用理会。"

"法庭作证就作证啊,好吧,这个我可以理解,但是你拿这些乱七八糟的事出来做什么啊,拿到法庭上去说那么隐私的事,生怕人家不知道,为什么呀?正经人家的女孩子有这样的吗?"

林森觉着父亲的话越讲越重了,这话要是传到爱琦耳朵里,后果难料。他正不知怎么拿捏轻重和父亲讲,另一边已传来了孙夫人的话:"亲家公,您这是说谁家不是正经人家呀?"

于孙夫人而言,这当然是必须出头的一件事。女儿初嫁,却已经被亲家公说成不正经,当娘的不出头,谁来出头?

这是一条静谧的马路,平日里各家极少传出高声说话的声音。但这会儿,孙夫人的声音划过素日安静的社区,传到人家屋里。有娘姨走到花园里侧耳细听,过一会儿便回去和主人讲:"是孙公馆那里在吵闹呢。"

"孙公馆?哦,晓得了晓得了,今朝报纸上登了孙小姐的故事了。"

"太太,孙家大小姐啥故事呀?"

对孙亦元来讲,本来是想趁着给学成归来的女儿办一场婚礼好好招待一下各路宾客的,这就是社交嘛。大家都有圈子,什么舞台唱什么戏。一场豪华、有格调但绝不张扬的婚礼是各路达官贵人现身的好场所。对于孙亦元来讲,过度张扬并引起别人好奇心也不是好事情。然而,这一切好像已经变得越来越不可能。本来孙爱琦的婚礼报道也会出现在报纸上的,不过那是由孙家主动提供给报社,在婚礼后登一个消息出来以示庆贺的,这种文章有所取舍,但现在,现在第一让人头疼的是,亲家已经扬言要立即回北平去了,第二,婚礼可能变成上海各路记者甚至好事者猎奇的地方,那些并不愿意出现在报纸上的人物可能会选择回避。孙家不愿意过于张扬,但现在已经很热闹了。好好一件事怎么在一夜之间变成这样子了?

孙夫人和林森父母争论的声音传到了楼上卧室里,爱琦不知道出了什么事情,赶紧跑下楼去。等到看见林森手里的报纸,看见标题,她才多少明白了事情的缘由。她去作证前没有料到会有这样的结果。

两家父母都安静下来以后,爱琦和林森回到卧室里,背对着背,各自无言。良久,林森讲:"要不我们就把这个婚礼取消了吧?"

"那怎么可能,我父母不会同意的。婚宴请帖早就发出去了,住得远一点的亲戚已经在来上海的路上了,取消婚礼,你让我父母怎么交代?"

"但这婚礼办下去,你不觉得我们就像是在演猴戏吗?"

"你怎么会有这样的感觉?结婚是我们俩的事,我们并不是在演给谁看,我们是在完成我们自己对于婚姻的期许和承诺。"

第三十三章 生嫌隙孙林争吵 使阴招顺礼背叛

241

"在美国，我们已经是夫妻，我们没有婚礼。有没有婚礼并不能影响到婚姻的实质。"

"但那是在美国，现在是在中国，我们生活在我们的家人亲戚朋友之间，我们的婚礼是我们婚姻的一部分。"

"但是，我真的不想在这么多人面前丢人现眼。"

"什么叫丢人现眼？难道你觉得和我结婚给你丢人了？"

"你知道我说的不是这个意思，但是你也看到今天的报纸了，你也看到报纸是怎么写你以前的事的了。我不想在那些充满恶意的眼光里满足他们的期待。"

"Sam，亲爱的，昨天的事，我很抱歉，我没有提前告诉你，也没有预料到今天的结果。但是，我没有其他的选择，我必须那样做，我是学法律的。"

"是吗？有没有其他的原因？"

"你认为还有什么原因？"

"难道不是因为你还爱着他吗？"

"你怎么会这样认为？"

"因为我这样感觉到了。"

"你在吃醋？"

"哼，我吃醋？他配吗？他一个学徒出生的人，我吃他的醋？"

"学徒怎么了？你怎么会这样去评价一个人，Sam？"

"你要我怎样评价他？你说说，好让我知道应该怎样评价他。他是布店的学徒，然后用计侵占了他师傅的财产，难道我说错了吗？"

"我不许你这样说关桃！他不是那样的人！"爱琦开始被激怒了。她不知道嫉妒可以把一个男人的理性摧毁殆尽。

"哦，他不是那样的人！看来你真的是很了解他。对了，你们从小就是同学，你确实应该很了解他！但是，你离开上海那么久，他浸淫十里洋场，尔虞我诈钩心斗角该是家常便饭吧？在这么恶俗的环境里，你怎么知道他不会变？你怎么敢保证这些年他做了什么或者没有做什么？除非你对他怀有很深的感情，你一个学法律的，怎么会贸然地为一个六年未见的人做证？"

"因为，那恰好是一段我见证了的事实，难道你看报纸不会完整地看吗？"

"我当然完整地看，所以我知道你们从小就在一起，你们在一起那么多年，可是我从来没有听你说起过这个人！"

"你不要胡搅蛮缠！"

"我没有胡搅蛮缠，我说的也是事实！"

爱琦觉得自己快要爆炸了。她升腾的怒火需要一个出口，她的面前正好是梳妆台，上面摆满了她的化妆品、香水，各式的精致盒子和小器具，经镜子一照，又多生出了一倍的东西，此刻在她眼睛里眼花缭乱得可恶。她把梳妆台上的瓶瓶罐罐都撸到了地板上，发出了一阵乒乒乓乓的声响，顺带又碰到了一个花瓶，发出更大的清脆的声响，继而，整栋楼陷入寂静中。

他们从没有过这么激烈的争吵，没有经历过真正重大的争执，可是，为了关桃，为了报纸上的这些文字，他们终于不能避免夫妻间常有的冲突。这些乒乒乓乓的声音好像砸破了心里一个一直小心呵护着的空间，那地方在一瞬间变得支离破碎，令人绝望。

而引起了爱琦和林森激烈争吵的关桃生了一场病，躺在床上。涵芬坐在床边。关桃的嘴唇上起了热疮，额角头上放着一块湿毛巾。过一会儿，关桃醒了，看到了涵芬，笑了笑，问："啥时候来的？"

"来一歇了。"

"让你担心了，抱歉！"

"为啥抱歉，你是我男人。"

"还没呢，离着还有点距离，嗯，这个，人家都是行完周公之礼才算。"

"瞎讲啥呢！病成这样子了嘴巴还这么不老实。活该嘴巴生疮，活该发寒热，烧死你，让你瞎讲！"

关桃讲："好好，我不瞎讲了。"

涵芬手里削着一个苹果，瞟了瞟关桃，问："哎，问你，你们真的是青梅竹马？"

"啥青梅竹马？啥人？"

"还能有啥人，你装？你现在是上海滩名人，著名的情种，晓得不？现在已经有人讲要把你们的故事拍成电影了，真热闹！"

关桃躺在病床上，并不知道外头报纸上铺天盖地的故事演绎，但他明白涵芬讲的是爱琦。

"你都听到啥了，别听他们瞎讲！"

"我不听瞎讲，你也不给我明讲呀。"

"她是我小学同学。"

"我晓得啊。你们，那个了，嗯？"

"啥那个？"

"不要装糊涂！你刚刚讲过的呢！"

"那个？你想到啥地方去了！不可能。我们好了没多久。我关在拘留所里时，她去了美国。你吃醋啦？"

"有点啊。那样一个美人，有钞票的名门，哥伦比亚大学毕业，额，我是真嫉妒！"

"没有啥好嫉妒的，我们早就没联系了。"

"没联系，她还跑来为你出庭作证，甘愿惹上这么多是非，是不是更让人嫉妒？"

第三十三章　生嫌隙孙林争吵　使阴招顺礼背叛

"唉，是真没啥联系。她应该是从报纸上看到了消息才过来的吧。"

"对你用情很深嘛！不过，我真觉得她是个好人。她让天下人晓得，你关桃是有情有义的男人，所以有一天我要当面谢谢她。"

关桃似笑非笑地看着涵芬，探究着她这句话的真实含义。女孩子，有时，要听话后面的意思的。不过这一次涵芬好像没其他的意思。"哈哈，你要谢她，不会像电影里演的那样两个人叉着腰吵起来吗？"关桃的脸上又浮现调皮的笑来。

"咦，是不是现在你觉得自己很吃香，女孩子都吃死了你，要来抢你了？为了抢你要打架了？"

"哦哟我哪敢那么想，我现在都是要破产的人了，马上说不定连住的地方都没有了，穷瘪三一只，我有自知之明。"

"又胡说，不要这样糟蹋自己。你一定要振作起精神来，相信自己会打赢这场官司，会渡过这个难关的。"涵芬不忍心让关桃老是陷入懊恼和忧心之中，连忙给关桃鼓劲打气。

歇一歇，关桃讲："唉，我晓得。但我也晓得有些事恐怕已经无法挽回了。眼下要应付的是这个官司，还有，这个房子，也许不久就真不能待了。"

"不怕，我们在龙华还有地方住。"

"乡下你住不惯的。"

"还好啦，我也去南锦老家住过啊。再讲我们家也能住啊，你就屈尊做个上门女婿。再不行，租房子，总是有办法的。"

关桃看着涵芬，又转过头去朝着另一边，感觉眼睛有些湿润。下午又要开庭，他必须起床了。

邱秀珍被爷娘锁在一处新的居所里，好些日子都出不去。这天，邱明远把几个孩子都招呼过去，告诉她们上法庭作证的注意事项："我告诉你们法官问啥问题怎么回答，过一歇都要照着这样讲，明白了没有？秀珍，你听见没有？你要是不照着讲，不要怪我不客气。"

这一天的法庭来了更多人，记者都已经没办法坐到旁听席上了。法院不得不派了更多法警来维持秩序。

邱秀珍站到了证人席上，她侧过头，看到了关桃，看到他有些虚弱，好像刚刚发过高烧，嘴巴上起了泡。她可以想象他经历了怎样的日子，怎样的煎熬。

爱琦也坐在旁听席上，安静，甚至有些凛然。她明白她是很多人的焦点，但她必须来，应付随时可能会有的质证。秦涵芬坐在原先位置上，被告席后面，安静得无人注意。关桃也许无心注意这个细节，与关桃曾经有过或者正有着亲密关系的三个女孩此刻聚集到了这个不大的空间里。

"证人邱秀珍，被告证人孙爱琦提出证据，证明你曾经在民国十四年写信给她，信中述及被告关桃购买协隆绸布店的语句与你向法庭出示的书证所表达的意思有明显不同，请问你是否承认该信是你所写？"

秀珍又看了一眼关桃，看了看自己的父亲。她的心里升起无限的愧疚和爱意。在这个世界上，她还深爱着一男一女，这个叫关桃的男人，还有她自己的女儿。她平静地回答："是的，这是我写的信！"

邱明远惊讶地站了起来，刚想讲话，却被法官命令坐下。

"你为什么要写这封信给孙爱琦？"

"因为我们当时居住在石门路关桃先生的居所里，孙小姐寄给关桃先生的信件被我收到，我当时，当时爱着关桃先生，所以就没把信交给关桃。后来我觉得这样做很对不起收留我们的关先生，当初，他被我爷娘赶出协隆也是因我而起，我不想再次伤害他，所以在孙小姐的信上写了这些话再寄还给她，向她讲清楚事情原委。"

法庭上再次出现了交头接耳的嗡嗡声，有记者迫不及待地站起来要拍照，法官命令法警维持秩序。等到安静下来，法官又问："证人邱秀珍，你知道私拆他人信件以及提供伪证是违法的吗？"

"我明白！我也保证我现在所讲的一切都是真实的。"

"除了你信上所写的文字，还有其他证据可以证明被告关桃出资购买了协隆绸布店吗？"

"有。当年的转让协议一式两份，一份由关桃持有，另外一份由我妈持有。但这份协议对我妈妈并无用处，所以不久就被丢弃，我在清除垃圾时发现并收了起来。"

"你的意思，你仍旧持有这份协议？"

"是的。我有，并且带来了。"

邱明远几乎不敢相信自己的耳朵，这件事是他从未想到过的，他眼睁睁地看着女儿从身上摸出一张纸递给了法警。

此时，一个人退出了最后排的旁听席座位，走出法庭。

爱琦的眼睛里涌出了泪水，涵芬也用手捂着嘴巴，抑制着激动或者复杂的心情。

"为什么你会收藏这份协议，既然它看起来对你的家庭没什么用处？"

"因为怀恩于心，这份协议，证明关桃先生在我们的父亲抛弃我们之后给予了我们帮助。"

"为什么讲给予了你们帮助，难道这不是一份平等买卖的协议吗？"

"当时我的父亲已经欠了很多钞票，经常有债主找上门来要债，店里的存货早已抵不上债务。"

"何以证明？"

"可以向当时的邻居、债主询问。债主也许还有当年的账务记录。"

三界玲珑塔

"被告关桃，你可有当年的账务记录？"

"有。"关桃回答。

"证人邱秀珍，你的证据可以证明被告当时确实与你母亲签署了转让协议，但是，不能证明被告当时向你们支付了相应的款项。"

"我，我晓得在起诉之前我的父亲去找了他的徒弟，也就是协隆的经理徐顺礼，让他从关桃先生的办公室里将转让协议和收据偷出来，以造成对关桃先生不利的局面。"

法庭里炸了锅！关桃震惊得站了起来。

"证人邱秀珍，你所讲的事项可能涉及严重的罪行，涉及伪证罪、偷窃罪、合谋诬陷等罪行，请你保证你所讲的一切是真实的。"

"我保证我所讲的一切是真实的！并且，法官先生如果不相信还可以问我的妹妹邱秀琳。"

"你是怎么知道你父亲去找徒弟徐顺礼的？"

"我是在家中听我爸向妈妈讲的。"

"她瞎讲，她瞎讲，她瞎讲啊！"邱明远站起来，声嘶力竭地大喊着。

"原告请安静！"

但邱明远再也没办法安静下来了，一切转换太快，他已经被击溃，他好像听到喉咙里再一次发出嘶嘶的声音，死神又在那里发出恐怖的声音，他曾经的决绝、强大在这一刻土崩瓦解。他没办法停止声嘶力竭的喊叫，法官不得不命令法警将邱明远带离法庭。

徐顺礼从法庭旁听席退出，回到了家里。

此前一天，徐顺礼，关桃的师弟，协隆的徐经理，从鸿安的古老板那里提取了他的那份报酬。

对徐顺礼来讲，这几乎是一个完美的局，此时想起来都让他心潮澎湃。当他的师傅邱明远找到他时，他也以为看到的是鬼，吓得魂不附体，直到确认真是活着的师傅，依旧心神不定。师傅已经找到律师行询问了收回公司所有权的可能性，并找到了打赢官司的关键点，就是那两张证据，公司转让的协议和收据。有证据和没证据，过程和结果会完全不一样。没这两份证据，关桃可以被关进去，使得其他人高枕无忧地享受胜利果实。邱明远想，以他对两个徒弟的了解，除了关桃，只有徐顺礼才有可能接近这两份证据。邱明远知道要劝动徐顺礼去做这件事情不会容易。但重赏之下必有勇夫，他开出了对半分的条件，去除律师拿走的，这仍旧是一笔不小的数字吧？至少与当年的协隆已经是不可同日而语的数字了吧？他关桃才给了你多少股份呢？

徐顺礼答应了邱明远的要求，但他提出，证据拿到后暂时只可以保留在他自己手里，事成之后再交给邱明远。邱明远想了想，答应了这个要求。只要证据不在关桃手上，这个证据就是子虚乌有，不存在。但他没有想到，徒弟比师傅更加深谋远虑。徐顺礼知道没这些证据关桃的官司必输无疑。侵占罪名成立，很可能要去坐牢。对他而言，让关桃垮台，这才是第一重要的。关桃不垮，他怎么可能安心享受这份成果呢？如果关桃的律师得力，成功洗掉侵占罪名，关桃最好的结果是以经营协隆的成绩优异为由获得部分利益，那么关桃可能还可以支撑下去。但徐顺礼可以让他没办法支撑下去。

眼下的局面是关桃把所有的资金都投到了鸿安的收购案当中。官司打起来，法院冻结协隆资产，后续的收购资金很可能没办法支付，过了支付期限，前面已经支付的钱就算白付了，古老板就此会白白得到天上落下来的一大笔钱。"这钱绝对不能让这只赤佬白赚了。"徐顺礼先要得到看得见的这部分钱，只要得到了这部分钱，邱明远的官司打赢，徐顺礼能再拿到一笔最好，拿不到，反正他已经拿到了前面的那笔钱，神不知鬼不觉，够了。徐顺礼比谁都清楚，协隆失去这一大笔钱，日常运作就会陷入困境，到时候他即使拿到邱明远承诺的那个股份，要真正把协隆恢复起来也是吃力的。而失去这笔钱，再加上官司必输，关桃必定倒掉。邱明远这老家伙出手这么狠毒，谁知道以后会对他徐顺礼怎么样，他得先拿好这笔钱再讲。女朋友春萍一直嫌他赚钱少，房子太小。只要拿到这笔钱，不要讲买大房子，外省开个工厂都够了。

徐顺礼要从保险箱拿到那两份文件并不难。保险箱虽在关桃房间里，也一直是关桃自己在使用，但是关桃开关保险箱是从来不避着顺礼的，所以这位师弟对关桃保险箱的密码早就烂熟于心。

邱明远找到他的时候，第二笔 50% 的款子还没付出去，他必须先与古老板协商好这笔钱的分成方法。拿到两份文件后，徐顺礼约了古老板出来谈这件事情。

"古老板，现在有个天上落馅饼的好事体，你接不接？"

"徐经理，你不要寻我开心。去年翁豪才的事体，没讨到便宜吧？"

"那桩事不讲了，这赤佬笨。眼前真有这么一桩事体，与收购鸿安纱厂有关，要不要听？"

"听，听，闲着也是闲着。"

于是徐顺礼把事情一五一十讲给了古老板听，当然，该讲的讲，不该讲的不讲，当中没一点口吃。对于古老板来讲，他只要明白他有可能白得那部分钱，就足够他双眼放光。古老板眼睛骨碌碌转了转，讲："哎哟，看上去我是额角头碰到天花板了，这是空麻袋背米的生活。"

"怎么样，上不上？"

"寻我做连裆模子？"

"对！我现在手头已经筹好了那 50%，只要我到银行去一趟，那 50% 就过到你账上了。你讲，是不是需要讲个分成比例？"

第三十三章　生嫌隙孙林争吵　使阴招顺礼背叛

"那你讲，你要多少？"

"这已经付了的10%，归你，还没有支付的50%当中的一成，也归你，我拿走90%。"

"这就是讲，我收到总收购款的60%后，我得这60%中的15%，你得45%，对不对？你这可有点黑心啊。我现在即使啥都不做，按你刚才讲的，10%已经稳稳捞进了对吧？那你这50%里头，是不是该多给我留点？"

"也不是你稳得那10%了，要是我师哥关桃赢了官司，顺利付款，那10%不就是收购款吗？"

"那这官司赢和不赢，你是关键？"

"不是关键，我今朝来寻你？我十三点？"

"哎，不要动气。不过，强盗碰到同行，他都得给点是不是？"

"这样，再加5%，如何？"

"好，一言为定！"

在韩律师去找关桃的前一天，徐顺礼拿着协隆公司的支票到古老板那里支付50%的收购款，同时收到一张古老板写明了各种条件的欠条。到了期限，徐顺礼拿着欠条来收钱。古老板白得了那20%，给钱也不含糊，唰唰地写着支票。

"徐老板，拿着这笔钞票，你可以自己开一只生意啦。"

"哈哈，还没想好呢，再讲吧。先放松些日子，这些年活得太作孽。"

"哎，我可听讲了啊，这钞票里头有你师哥的房子抵押款，你这么一弄，关桃就没了房子，没地方住了，你这钞票拿得安心？"

"啥安心不安心，师命难违啊！我这不也是遵从师命嘛！师傅要你这样子做，你不做，你还有没有点规矩？这年头，无毒不丈夫，不过毒的是我师傅，对不对？再讲了，我师哥讲过，人生路上关键的就那么几步，我不踏准了，我对得起我师哥吗？他要真没了地方住，没钞票吃饭，我不会不管，啥人让他是我师哥呢，是不是？"

古老板看着徐顺礼，伸出右手食指点着他，哈哈大笑起来。

此刻，回到家的徐顺礼拿出了从关桃保险箱里偷出来的那两张纸，坐到屋子中间的一张方桌前。桌上有些凌乱，放着几只碗，是他饭后没来得及收拾的。点燃一根香烟，他呆呆地看着这两张纸。烟雾缭绕中，他的心里，大概想起了当年他和关桃同眠一室的时光，想起他们一道玩耍的欢快，这一刻，他大概是有些后悔的。但他想，面对这么一大笔钱，是个人都会这样做的。一长段烟灰落下，在桌子上跌碎了。徐顺礼擦亮一根火柴，把一张纸举起来，犹豫着，火柴快要烧尽时烫到了手指，他一哆嗦，扔掉火柴，想了一下，又擦亮了一根火柴，不再犹豫，在火苗正旺时拿起纸点着一个角，看着纸烧了小半张，放到一只碗里，火光映着他冷酷决绝的眼神。借着余火他又点燃了另外一张纸，纸在火中扭曲，塌落。他拿起放在床上的皮箱，开门走出去。

阳光透过梧桐树叶零零星星跌落在街面上，气温不冷不热，正是一年中的好时光。一部40000祥生出租车已经等在楼下，他坐进车里，居然感到一丝寒意，下意识地缩了缩脖子。汽车扬长而去。过了一会儿，黑色的福特车停在了出租车刚刚停过的位置上，关桃疯了似的冲进楼房。他一脚踢开房门，门外吹进来的风把碗里的灰烬吹得飘了起来。房间里空无一人。

第三十三章 生嫌隙孙林争吵 使阴招顺礼背叛

第三十四章　陷困境面临破产　完婚礼林森思迁

秀珍来到协隆公司办公室找关桃。邱明远和邱太太由于伪证和构陷嫌疑而取保在家，邱明远的神思已经散了，整天直瞪瞪地讲昏话，邱太太哭哭啼啼地，不断咒骂姐妹俩，因为她们都没按照爷娘教的那样在法庭作证，现在害得一家人落入到了绝境。

秀珍很难过，在关桃的办公室里哭泣着，希望他能够原谅她的爷娘给他带来的困境，同时她也很难过爷娘现在沦落到了可能吃官司的境地中。如果他们真的进了监牢，她真不知道该如何活下去，因为是她把爷娘送进了监牢。

她并不清楚关桃收购鸿安纱厂的事情，也不懂汇率，所以她不知道由于这一件诉讼协隆和关桃也跌进了绝境。

秀珍不停地哭着，关桃不知道该怎样安慰她。他拿了手绢走过去，秀珍便抱住他痛哭起来，哭得一塌糊涂。关桃紧紧抱住她，希望能给这个女子以安慰。那时候涵芬走了进来，看到了这伤感的一幕，默默地退了出去，眼里也含着泪水。

秀珍走了以后，涵芬又走了进来，关桃正呆呆看着窗外的车水马龙。涵芬从背后抱住了关桃，关桃以为秀珍又在背后抱住了他，叹了口气，说："秀珍，你是个好女孩，谢谢你为我在法庭上作证。师傅和师娘，既已如此，不如等着法庭判了以后再做打算。你和孩子有啥难处，尽管来寻我，有我一口吃的，绝不会饿着你们娘俩的。"

涵芬幽幽地讲："你总有女人护着你，不晓得下一个是啥人。"

关桃这才意识到是涵芬，也意识到她已经看到了刚才的一幕，讲："不要误会，秀珍是我师傅的女儿……"

"担心我误会啥呀，关先生？你不用解释，她和你的关系在法庭记录里有。"

"她是个苦命的女孩。这辈子她好像没有遇到过好事，我看她情绪很不稳定，真的好怕她出啥事体。"

"那我可以做点啥？"秦涵芬问道。

"恐怕我们做不了啥，她脾气犟，只希望她不要钻牛角尖。"

"你把她家地址给我吧，或许我可以帮帮她，女孩子之间，有些话会好讲一点。"

"我只有老的地址，他们为了躲我搬过一趟家了。"

"你刚才没问新地址吗？"涵芬的话里有些责备的意思。

"哦，我，我没有问她。其实法庭上好像有提到过，只不过我没有记下来门牌号。"关桃感觉到了自己的疏忽。

"怎么不问呢？你明明晓得她情绪不好。"

"我当时没想到那么多，只是现在越想越害怕。不过应该没事的吧，毕竟法院那里还没判决。"

但无论法庭如何判决，关桃都不得不面对收购鸿安公司所造成的巨额损失，也许还必须面对分割公司资产的结果。关桃必须想办法稳住协隆。他已没有流动资金了，他需要用三浦那张已经贬值的远期汇票获得一笔钱，维持公司运转，并支付棉花收购的款项。过了七月，早棉就要开始采摘，然后就要陆续地收货上来。

两个人坐下来，相对无语。关桃想起当年师傅和师娘谈起他们那个沪江商品交易所时的神采飞扬，又想想自己对别人讲起收购鸿安纱厂时的情形，才明白他们师徒的不同当中却有着太多的一致，不禁苦笑起来。他不清楚自己是不是已经破产，但他知道差不多就是那样了。如果哪一笔货款不能及时收回，哪一笔借款还不上，或者哪个想不到的环节出现问题，象多米诺牌一样，协隆会哗哗倒塌下去。而顺礼走了，关桃想，师弟一定在哪里已经设计好了让这协隆倒下去的机关。但不管怎样，只要有一丝希望，他就必须撑下去。

涵芬见他奇怪地笑起来，知道他是想起了什么事情，但又不愿意在这个时候去烦他，只是身体坐过去了一点，抱着关桃的一只胳膊，头靠在了他的肩膀上。

外币的汇率还在继续下跌。眼下他能做的是立即将公司从这栋显赫的大楼搬离，他还必须立即搬离毕勋路的房子。

关桃打量着办公室的一切，桃花心木的写字台，铜座绿罩的台灯，台灯边有一本缎面笔记本，一个歙砚，毛笔挂在笔架上，他很喜欢的派克钢笔横在桌子上，桌子右上角还有一个两层的文件架。棕色牛皮的软椅被磨得油亮，在将暗未暗的办公室里发出幽幽的光来。墙角里，衣帽架上挂着他的风衣和一个鸭舌帽。他走到窗前，俯瞰跑马厅，马路上车流首尾相衔，黄包车夫奋力奔跑，市声涌进窗户，在他的耳朵里吵闹。暮色开始弥漫，霓虹灯光怪陆离，魑魅魍魉般跳来跳去。关桃的喉结动了一下，好像要咽下难以咽下的东西。秦涵芬到楼下去买了生煎包上来，在茶几上摊开，招呼关桃过去吃，两个人相对而坐，无声地吃起来。

夜里，关桃坐在客厅里，想着怎样开口把最近发生的事和爷娘讲清楚。他想

第三十四章 陷困境面临破产 完婚礼林森思迁

251

了很多种讲法，但确定地知道没有一种说辞会是圆满的。

"爸，妈，最近打官司的事情你们也都知道了，我最近生意上遇到了问题，所以，这个房子，我可能要卖了，救一下急。"

关炳生的反应比桃子娘强烈一些："出了啥事体？"

"很多原因，一时很难讲清爽，但这个房子我们不能住下去了。"

"啊呀，不住这里回龙华，好事体啊，蹲在这里多少闷！出门全是陌生人，讲不上话，回龙华，那么多老兄弟，天天可以讲闲话，我早就想快点回去了。"关炳生大声讲。

关桃鼻子一酸，有些哽咽，但不敢流露出来。他伤心，爷娘会比他更难过。

上海地方法院不久下达了判决。由于转让过程中的缺陷，法院判决吉祥街协隆店面转让无效，吉祥街协隆店归还邱家，邱家退还当时的转让款给关桃。

鉴于有足够的证据证明当年邱明远失踪并长期未与家人取得联系，使其家人陷入困境，并且店面的转让协议真实存在，因此不能认定关桃犯有侵占罪，其后协隆公司规模的扩大与邱家无关，所以，协隆名下的其他产业归属关桃。

至于邱明远和邱太太所涉刑事指控部分，鉴于邱明远已疯，免于追究刑事责任，邱太太年岁已大，并愿意修改证词还原事实真相，当事人关桃声明不再追究，法庭当庭申斥，令其居家反省。

遭此一劫，关桃心中郁结。师弟的背叛让他内心黯然，烦闷之情无以排遣。然而他至今还不知道徐顺礼和古老板之间的勾当。涵芬见他时常走神，魂不守舍，心中也很难过，但一时没有更多办法宽慰关桃，唯有经常陪伴左右，用最温柔的爱意弥合他心中的创伤。但她能够感觉关桃有时故意躲避她。她自然是明白这躲避的用意的。

关炳生和关桃娘住回龙华的老屋去了。关炳生对着儿子满是豁达，但真的回到老屋，心中总是担忧。关炳生平常不大出门，屋前屋后转转，时常对着龙华港抽烟发呆。儿子没与他们细讲实情，他也不看报纸，心中不很清楚究竟发生了什么事情。越不明了实情，担心越多，加上年岁大了，渐渐毛病就多起来了。

关桃把所有能够卖的都卖了，包括店面和轧花厂，他需要资金来填补窟窿。他已经收了人家的钱，必须把合同完成，这也是他维持下去的唯一机会了。他把办公室搬到了一个偏僻的楼里，和两个员工共用一个办公室，杂乱一些，但也热闹一点。当七月底八月初的早棉开始收摘时，他支付资金出去，力图把棉花早些收来，早点把货交掉，熬过这个可能是最寒冷的冬季。

不过在最寒冷的冬季到来之前，关桃还要面对严酷的夏天。

为关桃作证后不久，爱琦的婚礼还是如期进行了，身处其中的每个人虽然百般虐心，但好像谁也没办法承担不参加婚礼的后果，所以林森的父母不但没回北平，而且在婚礼上与众宾客相处融洽，使林森稍稍松了一口气。但林森还没来得及高兴，婚礼后第二天父母就带着一众人回了北平，不愿再多住一天。孤身一人在孙家的林森陷入尴尬中。

爱琦和林森回国前打算在上海找律师方面的工作做，凭着美国名校的金字招牌应该不难。在上海工作，孙公馆这么大，当然是住在孙家了，而且这也是孙亦元和孙夫人的希望。但目前这种气氛，住在孙公馆对林森很别扭。林家也是有钱人家，在上海租个房子不是问题。过了一些日子，林森终于把这件事提了出来。

夜里，一番缠绵之后，林森把握住了甜蜜的气氛，讲："爱琦，我们在外面租个公寓住吧。"

"为啥？难道我家人对你不好？"爱琦警惕地问。

"没人对我不好。但外面自由啊。你看，我俩这么多年在美国自由惯了，住父母身边是不是不习惯？"

大概是男女有别，大概是回国不久，也大概爱琦是在自己爷娘身边的缘故，总之，爱琦肯定没有林森讲的这种感觉。况且，孙家那么大，一家人不过就是吃饭时碰头，但林森爷娘匆忙离开，爱琦可以感觉到给林森带来的不适。

"我没不习惯。你是不是因为爸妈的原因觉得住在家里尴尬？"

"没有啊。"林森否认道，他觉得承认这一点会使得他更加尴尬，好像显得他很小气似的。

"亲爱的，那就不要多想了，家里这么大，你不想见谁很容易，何必搬出去？"

"我没不想见谁！"

"那为什么要搬出去住？"

"自由啊。"

"这里没人限制你自由啊。"

"这不一样。"

"有啥不一样嘛，我们搬出去，我爸妈会怎么想？"

是啊，他们搬出去，岳父岳母会怎么想？可是，林森真觉得很压抑，他真的希望搬出去，离开这里的空气。

但他们吸取了上次吵架的教训，不想话赶话地又伤了感情。他们都有足够的理性，这么多年相处，明白怎样控制分歧。趁着林森不开口讲话了，爱琦赶紧把一只手伸了过去，放在林森胸口上，身体朝着林森靠了靠，讲："Honey，不说这个事了，我们睡觉了好不好嘛？"

林森看着妻子楚楚可怜柔情似水的样子，一把抱紧，讲："好，不说了，睡觉。"

夜很深了，埃里克仍旧在看资料。黛西进来，挺着大肚子，埃里克连忙抱歉地讲："我马上好了。"埃里克巡官花了点时间熟悉了虹口巡捕房，把近两百人的情况都捋了一遍。他约了第二天和约翰·苏利文碰头。

第二天下午，他们选择了一个他们喜欢和熟悉的聊天方式，每人一杯威士忌，

三界玲珑塔

坐在英国总会户外的廊道上，时断时续地聊天。

他们两个人，从普通的西捕，经过十来年的日晒雨淋、穿街走巷、绞尽脑汁甚至偶尔腥风血雨的日子，现在一个是上海工部局警务处帮办处长，一个是虹口巡捕房巡官。从官阶序列来讲，两人几乎平起平坐。一个好像是枢密院辅官，涉猎广泛，触角四通八达；一个是地方主官，主管一方，一两百号人全凭他一声号令。但枢密院机关重重，能够坐在枢密院的，听上去厉害一点。说实话，他们都明白，能够在这么些年里坐上这样的位置，是拜他们的肤色所赐。但租界是英国人创立的，所以这是理所当然的。

两人都穿着便服，埃里克更随便一点，穿西装短裤和白衬衫斜倚在藤椅上。夏末秋初，快到地平线的太阳照在檐廊的罗马柱上，风穿过，带来空气里的杀虫剂味道和秋天的凉爽。天色尚亮，草地上有些人戴着硬壳遮阳盔穿着短裤打门球，清脆的击球声和叫好声不时传来，周围弥漫着安逸闲适的气氛。

他们看上去和十年前不一样了，头发开始稀疏，额头开始往上升起，埃里克的眼角有了皱纹，笑起来特别明显。约翰没有成婚，过着快乐的单身汉生活，而埃里克和黛西正等待着他们的第一个孩子出生。

"埃里克，你喜欢男孩还是女孩？"

"我喜欢女孩，女孩乖巧，像花一样安静甜美。"

"像你的黛西。"

"哈哈，是吧。约翰，还不想结婚？"

"哈，你知道我的，有一句老话怎么说的，一棵树啊一片森林啊，我在森林里迷路了。"

"那感觉还是会不一样，那些飘荡的女人，她们不会把爱全部给你。"

"我要她们的爱做什么，她们能做爱就可以了。"

"当心身体吧！"两人碰了一下杯，笑了起来。

"约翰，有个事，是关于约瑟夫的，想和你谈谈。"

"哦，关于他的什么事？"

"我想提升他做探长。我们都和他共事过，都知道他是一名优秀的巡捕，提升他，我可以有一个得力的助手。"

"提升他，在你的职权范围之内，你可以自己做决定。"

"我明白。但是我的前任提升他的时候碰到了一点问题，一些来自警务处的指控和建议。"

"什么指控？"

"指控约瑟夫在1925年曾经参与罢工游行。"

"那是很多年前的事了，应该不会成为障碍。慢，埃里克，你怀疑是我阻碍了约瑟夫的提升？"

"当然不是，约翰，我一直对你的正直和人品深怀敬意。"

"那就好，哈哈。我觉得你的决定是对的。我还想提醒你，根据情报处的消息，你主管的这个区域日本帮派势力发展比较快，有了约瑟夫做帮手，你的工作会顺利一些。"

"你能这样认为真是太好了，约翰！我已经注意到这个问题，日本帮派问题，约瑟夫在虹口巡捕房多年，他对此很了解。"

"我也这样认为。恕我说得直白一点，日本人的雄心壮志是把我们这些白人扔出上海乃至亚洲的上层社会，把我们赶出这块土地，把这里变成他们的地盘。"

埃里克看着约翰，以确定他是否是认真的。约翰点上烟斗，深吸了一口，埃里克喝了一口酒，看着光线渐弱的草地上移动的人影，清晰中带着迷蒙。他讲："这听上去是个政治问题。"

"也许是个历史问题，不断重复的历史问题。"

埃里克想，他看不了那么远，他只要眼前的事情能够摆平就好。这个巨大的城市里每天都在上演着各种惊心动魄的人间戏剧，有喜剧，有悲剧。但能够摆到他眼前、传进他耳朵的，更多的是血腥和悲剧。

徐顺礼没有回老家。他没有那么笨，回老家太容易让人找到了。他在离上海不远的一个城市里住下了。足够大的城市里，每个人都是无名氏，没有人关心一个人的过去，他从什么地方来，将到什么地方去。他要在这里开始新的生活。他租下了一个院子，和春萍住在一起，雇了一班佣人，过着深居简出的日子。

然而他并没有觉着预期的开心。他本来以为他从此会过着无忧无虑的日子，每天轻松自在，但他很快发现他没有以前开心了，反而因了心中的惴惴不安时常感到张皇和压抑。有天晚上喝得有点醉了，春萍扶他在床上躺下，他忽然抱着春萍痛哭起来，嘴里一遍遍叫着师哥，一会儿又笑起来，直着舌头对春萍说："师哥，你知道吗，这一次我比你聪明，比你厉害，我骗过你了，让你一定破产，现在你知道我的厉害了吧？"然后又呜呜地哭了起来："可是你还是比我厉害，我知道的，我打不过你的，我现在每天那么害怕，我知道你终有一天会找到我，掐死我的。"

他哭得很伤心，非常非常伤心，比他乡下的小地主父亲死去的时候哭得更加伤心。

第三十四章　陷困境面临破产　完婚礼林森思迁

第三十五章 九一八风云激荡 迷乱局淳轩被绑

炎热的夏天，热气蒸腾。知了在树上拼命嘶叫，弄得人心烦意乱。上海有两种不同的知了，黑色金边的知了个头大，叫声平直，无起伏，充斥在空气和耳朵里，要爆炸一样。绿知了个头小，躲在树叶里难以发现，叫声有起伏，但听久了，像催命，暮色里弄得人惶惶不安。

秋凉未至，暑气尚在，日本军队进攻东北，东北军不战而退，将东北河山拱手相让，举国哗然，上海更是群情沸腾，示威游行和抗日集会此起彼伏。上海市商会发出通电，督促当局一致对外，号召人民准备物资和人力协助当局。关桃所在的花商同业公会也发出了与日本人决裂，不向日本人提供棉花等物资的呼吁，其中特别提到，"近来有报告，有业者勾引日本人在各处开设花行，专事收购当地棉花，查其背后，所有资本皆来自三浦洋行，收购棉花直运东洋。此等资敌祸国之举，应予谴责并立即阻止。"

关桃渐渐地收不到棉花了，即使已经付了钱的，也有人不再发货给他。关桃知道有些人就是借着这个由头想吃掉他的钱，为此他也去了几家花行，想方设法把钱给讨回来。有些钱讨回来了，有些人振振有词，好像没收敌产一样理直气壮，关桃一时也没有办法。而即使收来了棉花，关桃还应该交货吗？这对关桃而言本身就是一个问题。

但交货不全，完不成合同，就是违约。即使三浦公司同意，也不算罚金，于理来讲，不交货的这一部分钱是一定要还回去的。但各种折损算下来，关桃已经没有足够的钱还给三浦公司了。

游行示威浪潮过后，社会上开始组织各行业的义勇军。上海人这一次认定日本人开始动手要灭中国人的种了，而南京政府除了发表严正声明，请求国际社会公正裁定，并没有军事行动，所以除了请愿出兵东北，上海人开始自己组织义勇军，练兵，预备要去东北和日本人打仗，收复国土。学生、工人、商人，连游民都成立了义勇军，关桃想，生意败了，但毕竟国家存亡是更大的事，所以也要找一个义勇军去加入。和关桃关系最近的是上海花纱业义勇军，成立那天关桃去了。会场里坐了好几百人，主席台上的几个人是关桃熟悉的，公会主席沈谱仁也坐在上面。

"各位同仁，国家，乃民族集团所在之称谓。一国一族要站立于世界，必须具备以下条件，其一，同文同种，其二，据有山川河流，广袤国土，其三，当有完善的组织体系，其四，必须有能力抵御外侮，如此，这个世界才有了不同的国家。

"百年前的中国，闭关守旧，自外于世界，自以为世外桃源，却国力衰弱，致使外人接踵而至，喧宾夺主，驱主为奴。过去如台湾香港，今日如东北诸省，地域沦亡于敌，民众陷而为奴，我等有良知的中国人，愤激痛心，无以言表。

"日本倭寇蔑视国际盟约，破坏东亚和平，公然逞凶，侵略我东北，残杀我同胞，而政府却不曾下令抗击，张学良身为东北长官，拥兵十余万众，年耗军饷千余万，竟不稍加抵抗，令倭寇长驱直入，平津震动，国家危殆，朝不保夕，丧亡无日。政府既不作为，国民除促其尽快出兵驱敌，亦当奋起自救。今日，我们召集血气之士、四方豪俊，效其他行业之先风，组织成立上海花纱业义勇军，其目的是训练奋勇之士，做他日收复东北之先锋，守卫上海之中坚，还望各位踊跃报名参与！"

一席慷慨激昂的动员之后，会场里的人排着队去登记报名。关桃热血沸腾排在队伍里，轮到他登记时却遇到了麻烦。原来花商同业公会的好几个人已经看到了他，等他到了前面却坚决不让他报名。关桃急了，大声问："啥道理不让我报名？"

"啥人晓得你是哪头的，讲不定是东洋人派你来的呢？"管报名的于林渊讲。

关桃觉得受到了莫大的侮辱，心里的火腾地窜起来，两个拳头不自觉地捏紧了，眼睛盯着于林渊，于林渊也毫不示弱，看着关桃。关桃站着不动，后面排队的人不耐烦了，嚷嚷道："快点啊！"

"好狗不挡道，不要在这里挡着！"于林渊讲。

"你骂啥人？"关桃的火气更大了。

"不骂啥人，啥人是东洋人的狗啥人晓得咯。小赤佬跟我犟！"于林渊不耐烦地用手拨拉了一下关桃，意思是让他走开。

关桃忍无可忍，拳头就跟出去了。有人喊了一声："有人破坏会场！"有几个大汉围在了关桃身边，和关桃打了起来。关桃哪里是这么多人的对手，一会儿就被打倒在地上，要不是沈先生看到了赶紧过来劝住，这一场子的汉子大概会把他当作花纱业义勇军的第一个练习目标的。

关桃的衣服破了，鼻头流着血，头发乱糟糟的，在背后的一阵哄笑声里离开。他听到背后有人骂："缩头乌龟，缩货！"但沈先生大声地讲："不要挑事体了，人家走了，事体就过去了，有力气用来打东洋人吧！"

第三十五章　九一八风云激荡　迷乱局淳轩被绑

257

他回到小办公室里，心里堵塞着，羞愤难当，竟然抽泣起来。涵芬下了班过来，看到他的样子，一个人坐在椅子上落眼泪，大惊，忙捧了他的头问发生了什么事情，关桃开始怎么也不讲，后来断断续续讲出来，涵芬也为关桃委屈起来，陪着关桃一道哭，然后讲："桃子，还有很多义勇军呢，我们试试其他的。实在不行，我们可以做其他事体支持抗日的。爱不爱国，不在于是不是加入了义勇军吧。"

夜深时，关桃逐渐平静下来，想想涵芬的说法也对，勉强加入，将来讲不定发生什么矛盾，不如有机会做点其他实际的事情。但所受的侮辱与打击太大，后来好些日子都不开心。

这些日子，加藤清男处于无比的欢乐与亢奋当中，他的头上扎着白布条，白布条上画着一笃血红的太阳，写着"必胜"，和水上一道在居酒屋里喝酒，欢庆帝国军队的胜利。橘红色的电灯光下，一屋子都是穿着和服或者西装的日本男人，有人站起来，大声讲："今天，我们无敌的军队又向前挺进了50公里，支那军队望风而逃，关东军风卷残云，摧枯拉朽，如入无人之境。"所有人欢呼起来，有人唱起了日本军歌，其他人一道跟上，端着酒杯，边唱边跳。

那是一幅令人振奋的画面！每天有大片新领地被征服，那是一片远远大于日本本土的土地，帝国新的边疆。身为日本臣民，怎么不会为此热血沸腾，心生豪迈！

前些天加藤一直处于焦虑中。他对水上说，在上海，他无所作为。

除了砸了一家鸦片馆，他没有更加值得书写的壮举，对于一个立志成为青年领袖的人而言，这是不可接受的。他寻找龙华寺宝藏的计划断了线索，无从继续，一切都使他沮丧。可是现在传来了石破天惊的捷报，他和所有日本人一样沉浸在自豪和欢乐之中，所有的事情都证明，一个属于日本的新世纪正在到来。所有日本人看他们中国邻居的眼神都开始透着警惕和鄙夷不屑。

什么叫有事？这就是有事！在乡军人会和自警团接到了召唤，开始全天候警戒。

与日本人的亢奋相对应，上海街头不断有各种群体的游行，呼吁全民抗日，抵制日货，避免亡国灭种，对于日本人社会造成了巨大的压力，普通日本人很担心有一天中国人像大堤溃决般冲进家门。根据领事馆和海军陆战队的要求，在乡军人会开始在日本人聚居区附近设置岗哨，准备构筑街垒工事的材料，自警团成员夜里值班，关注街坊内中国人的动向。

加藤清男有自己的圈子，他们经常聚会，一道习武，一道谈论日本的崛起和强大实力，商议恢复武士荣耀的良策。他们生活在上海，和本地人几乎没有语言障碍。现在，加藤让这些人混入到上海工人、市民和学生游行的洪流中去，穿与中国人一样的服装，不声不响跟随，观察。加藤清男像将军一样，每天听他们的汇报。

有一天，水上秀雄对他讲："我今天跟在一个大学的游行队伍中，他们带头的那个家伙叫孙淳轩。"

"唔，这个名字好熟悉，记下来，调查他，或许将来有用。"

孙淳轩这一年读大学三年级，白净，斯文，长长的头发，戴着眼镜，外表与他的父亲一点不像。但骨子里大概还是有相像的地方的，譬如讲，他的周围总是围着很多人，听他调遣指挥。此刻，他正在校园里朗诵着一首诗，周围围了一圈学生。

> 我亲爱
> 　　　辽远的国土，
> 虽不曾亲睹芳泽
> 我知你富饶美丽
> 我亲爱
> 　　　流离的同胞
> 虽不曾同一屋檐，
> 但我们
> 　　　血脉相连
>
> 看
> 黑山白水，青帐无边
> 那连绵不绝的森林
> 那风光旖旎的草甸
> 正被虎狼铁蹄践踏
>
> 听
> 被强暴的母亲
> 　　　　哭声凄惨
> 听
> 被撕裂的国土
> 　　　高声呐喊
> 醒来吧我的国家
> 奋起吧我的中华
> 举起
> 　　　你的刀剑
> 点燃
> 　　　我的热血
> 把强盗赶出家园！

好几个学生热泪盈眶，良久，有人问："淳轩，这是你刚写的？"

"不是，不是我写的，一个叫铁夫的诗人写的，我问一个朋友抄来的。"

"铿锵有力，用情至深，好诗！好一个热血男儿！"

"是啊，日后有机会我要拜他为师。"

这一日孙淳轩来到麦特赫司脱路参加一个会议，好几个人已经在屋里。主持会议的正是李柔然老师。这位职业革命家当前的中心任务是组织学生，发动群众，揭露南京政府与帝国主义沆瀣一气出卖工农、出卖国家的本质，呼唤人民组织起来抗击日本帝国主义的侵略。

九一八之后李柔然的老师白教授离开上海去了苏区。离开上海前，小李去送别老师。老师屋子的客堂间有些暗。师娘给小李倒了一杯水，小李谢过了师娘，听到老师剧烈咳嗽起来。老师的肺病时好时坏，断断续续，小李对此相当担忧，因此讲："老师，您这个病到了那边有好医生吗？"

"不怕，这就是个老毛病，死不了。"老师的眼睛在眼镜后面炯炯有神，他的面色有些苍白，但带着微笑。

"组织不可以做一些调整吗？"

"我们这些人从投身革命那天起，命就不是自己的了，这点病算得了啥。苏维埃是我们国家的未来，中央这次调我过去加强苏维埃政府的组织建设，是为了党的长远考虑，作为党的一分子，哪有这么多私人要求。"

白教授这些年起起伏伏，担任过党的核心领导，又由于各种各样的原因逐渐成为领导核心中的边缘人物，但他好像不以为意，始终怀着满腔热情从事工作，让小李非常敬佩。

"柔然啊，你现在也是老革命了，要记得始终把党的利益放在首位，对党的方针政策、组织的决定要不折不扣地执行，这是我给你的忠告。"

"是，我记住了，老师。不过……"

"不过啥？"

"还是不讲了吧。"

"讲吧，你我师生，现在是私下会面，可以摊开来讲，不要有顾虑。"

"好吧，那我就讲了，讲错了您批评。这几年来，党的工作基本是在共产国际领导下开展的，党的领导人的任命也要经过共产国际的批准，有些事体我了解不多，但是老师您一定了解，我认为，我们党的独立性受到了损害，有很多政策，脱离了我国革命的实际。"

"你这些话，到我为止，在其他地方、其他场合、其他人面前一个字都不能说，明白了没有？"

"我明白。我是不吐不快啊。我们为此遭受了重大损失，很多战友白白失去了生命。"李柔然说得动情了，眼眶红了。他大概想起了费先生，想起了和费先生一道被捉去的一大批人,他们中很多是党的高级干部。

"我明白我明白,柔然同志,我晓得你的心情。但是作为一个党,我们必须有统一的纪律,作为党员,必须无条件服从组织,这是没商量余地的,否则我们这个党就是没前途的。"

"是,我就是想和您讲讲,讲讲心里会好过一点。"

"好,这个屋子里,我是你老师,她是你师娘,出了这个屋子,我是你的上级领导。你刚刚讲的问题,我不是没想过,我想很多知识分子出身的革命者,包括我自己,可能都没意识到中国革命的复杂性,因此也没意识到革命的长期性和艰巨性,我们也许走了不少弯路,有时候支付了过于惨重的代价。然而,要革命就会有牺牲,这是每个革命者都必须有的思想准备。如果没有这个思想准备,就尽早离开革命队伍。这些年,大浪淘沙,很多人走了,但只要你还有革命的理想,只要你还是革命者,请记住,要绝对服从组织领导,这是我们的事业赖以成功的根本保障。我走后,临时中央还在,你的关系转给江苏省委,你必须绝对服从。当前党的中心工作,除了发动工农群众组织起来反抗日本帝国主义对东北的侵占,还要利用一切条件和机会瓦解南京政府的统治,争取苏维埃政权在一省或数省的胜利。要清醒地认识到,日本帝国主义对东北的侵占,有可能是进攻苏联的前奏,因此这场斗争也是保卫苏联的斗争。"

根据江苏省委的工作安排,李柔然正筹备建立上海民众反日救国联合会,他在麦特赫司脱路找到了空房子,联合会就在里头办公。人员到齐了,李柔然清了清嗓子,讲:"同志们,现在开会。今天会议主要讨论上海民众反日救国联合会成立大会的议程落实、参加人员、后勤保障和安全保卫各项工作。"

会议进展顺利,工作一项一项落实下来,孙淳轩被分配负责成立大会当天的安全保卫工作。李柔然对孙淳轩说:"到时候将有几千人的游行,你要带队防止国民党和日本人对会议和游行的破坏。"

"好的。李老师,我还有一个提议,我们要做一个徽章别在胸前,明确表达我们的决心。"孙淳轩讲。

"哦,什么样子的徽章,讲出来听听。"

"反日救国!"

"好,太好了。只是做徽章又需要一笔经费,一时难以筹集啊。"

"我来负责,您要是觉得可以,我来安排。"

"行,我看没问题。"

上海民众反日救国联合会成立大会如期举行,李柔然代表组委会宣读了成立宣言:"全上海的民众们!帝国主义已经动手瓜分中国,开始残杀全人类的世界大战,南京政府准备把中国的一切送给帝国主义,他们竭力镇压民众的反日运动,把我们带向亡国的道路。中国快要被瓜分了,民族快要沦亡了,只有我们自己团

第三十五章 九一八风云激荡 迷乱局淳轩被绑

结起来，武装起来，自己来拯救这个国家。现在，全市的大中学生已实行总罢课来反对帝国主义瓜分中国的阴谋，反对政府当局的投降政策；全市各工厂的工人已准备总罢工，巩固反日战线。上海民众反日救国联合会是在这样汹涌的反日情绪下由上海五十四个民众团体代表大会共同产生的。这是上海唯一的彻底的反日团体，将领导全上海民众与日本帝国主义作殊死的斗争，反对政府当局的投降政策，一直到中华民族得到真正的解放！

"全上海的民众们，亡国迫在眉睫！我们反对在锦州设立中立区，反对共管天津，反对国联派来妄图瓜分中国的调查团，我们要武装起来，将日本帝国主义赶出中国！

"罢工、罢课、罢市，武装起来，打到日本帝国主义！"

会后，游行队伍按计划从南京路经过，到了外滩左转向北，过外白渡桥，准备右转去日本领事馆门口。几千人胸口别着统一的徽章，举着横幅，高呼口号，浩浩荡荡。但队伍的前头刚过外白渡桥，尾巴还在外滩的时候突然停了下来。在队伍前方出现了一支日本人的游行队伍，挡住了中国人的游行队伍。过了外白渡桥就是虹口巡捕房的辖区了，眼看两支队伍就要碰头，得到汇报的埃里克立即命令巡捕介入，将两支队伍隔开。但气势汹汹的日本浪人仍旧冲了过来，与孙淳轩负责的保卫组发生了混战。如果没有巡捕及时介入，很难说不会打出人命来。

山本太郎回到上海之后，拖了一些时日，终于还是要处理协隆的事情。九一八之后，关桃停止了交货，山本本来想让关桃退回订购款了事，无奈东京总部方面早已知晓此事，一个电报打到上海，直接指示他要严格按照合同条款办理。格式合同都会将许多能够想到或想象不到的事情写进去，三浦作为大公司，合同当然严密，对各种违约状况都会规定相应的处罚。对没办法交货的情况，退回定金和已经支付之货款之外，还需要赔偿一笔与定金同等的钱。山本很无奈，只有执行。这一次他回日本，感觉日本国内的爱国情绪已经到达了新的高度，可以经常听到一个叫"非国民"的词语。所谓"非国民"在日本话的意思不是指外国人，而是指非议国家的民众，引申出去，就是指不与国家步调一致的日本国民。很多对国策有不同意见的人，动辄就被戴上"非国民"的帽子，百口莫辩。这使山本心里相当恐惧，害怕有一天这样的一顶帽子也会戴到自己的头上。因此，对于总社的指示山本只好照办。他明白，关桃在劫难逃了，那时候他刚刚知道关桃遭遇了一次伤筋动骨的诉讼。他想，当初若是拒绝了田中隆吉的提议该是最好的，但谁能够预料后来发生了这么多事呢。

田中隆吉这几个月来一直高效工作着，作为军部派驻上海的情报长官，这是他最重要的时刻。从领事馆的窗户俯瞰黄浦江，大小船只穿梭来往，繁忙如常。汇山码头外停着两艘日本兵舰，一动不动，但靠外滩方向的水面上停泊着好几艘更大的兵舰，那是英国法国美国的兵舰，好像巨大的岛屿震慑着这个城市。田中想：

这些军舰，总有一天会挂着日本的军旗。太阳照在水面上，阳光将晃动的水波反射到天花板上，使得眼睛不舒服。田中西装笔挺，眯缝起眼，思索着。右边远处是外滩，这些天经常有游行队伍沿外滩由远而近穿过外白渡桥到领事馆外示威。领事馆门外已经增派了海军陆战队队员守卫。左边远处，陆家嘴岸边的船厂烟囱冒着烟，田中好像可以听到机器轰鸣的声音。更远处，雾气迷离中，平展的田野直抵天边。

有人敲门。田中说：请进，川岛芳子进来了。她前些时候从上海去了北方，完成了几件大事，这些大事足以对满洲国的建立产生重大影响，现在刚从东北回到上海。他们拥抱在一起。田中说："哦，我了不起的满洲之花终于回来了，我太想你了。"

"呸，谁知道你说的是不是真话。"

"当然是真话，我百分之百地拜倒在你的石榴裙下。"

"呵呵，真的，那你拜一下我。"

田中斜眼看了一眼川岛芳子，口中讲着好，头便埋在了她的脖子上，又到了胸脯上，好像要一点一点下去的样子，川岛笑了起来，口中讲："讨厌！"

两个人调笑了一阵，田中讲："这次把婉容皇后从天津顺利转移到新京，你为即将建立的满洲国立下了巨大功劳，可喜可贺！"

川岛芳子说："匡复大清是芳子的毕生梦想，这点事情不足挂齿。但我想不通为什么现在还拖延着，迟迟不举办皇上的登基典礼。"

田中隆吉叹了一口气，说："我国占领满洲后，其他国家都在说三道四，呼吁日本要退回到事变前的位置上去，给了我国巨大的国际压力，这些是我们不能不顾及的因素。虽然我国外交部已经指出，所有这些域外国家、非利害关系国都无权对满洲的事情说三道四，但如果这些国家联合起来对付我们，对日本很不利。"

"难道，我们要永远看这些国家的脸色吗？"

"当然不是。今天的日本已经不是60年前的日本了，屈辱的历史该结束了。但是，我们还是需要讲究策略，以最小的代价获得最大的利益。这还不单单是国际问题，在支那内部，自从满洲事变之后，反日情绪再次抬头，除了在满洲有些抵抗，上海这样的地方也成为反日中心。前一段时间的游行示威之外，成立了很多义勇军，扬言要去满洲收复国土。这些人，根据我们的观察，大概有一两万人，这些人的战斗力可能不足为虑，但这些组织却将民间的压力传导给了南京政府和他们的军队，使得他们对待满洲事变的后果愈发强硬。同时这些所谓的义勇军不受任何势力约束，一旦真正武装起来，形成力量，将对日本在上海的利益，对日本侨民社会造成威胁。日本在上海有大量侨民，大量工厂，设想一下，如果皇帝陛下在新京登基，而这些不受控制的团体进攻日本人，进而引发军队趁机介入，一旦造成既成事实，日本国在上海的利益将如何维持？"

三界玲珑塔

"那陛下总不能一直这样等着吧？"

"不急，满洲既已牢牢控制于我们手上，只要稳步推进，匡复清室的大业总有实现的一天。只是我们需要想出更好的办法来，既解除上海的掖肘之患，又可以转移视线，掩护皇帝陛下顺利登基，实现我们共同的目标。"

"哦，听上去你已经有了具体的计划。"

"有这样的思路，但计划本身还不成形。首先，现在的报纸上天天在说这些事，很讨厌！但是，报纸新闻和国际政治也是健忘的，如果有一个更大的新闻、更迫在眉睫的危机摆在面前，所有的目光会自动聚焦在这个新的事件上，使得另外一件远在几千里外的事变得无足轻重。"

"你的意思是说我们需要做一些事，在上海？"

"对！上海是一个合适的地方。这里离南京很近，坐火车当天可达，军舰朝发夕至，会让南京政府感觉到真正的威胁。更加重要的是，这里，上海，除了行政当局不在这里之外，汇集了支那很多最重要的机构，是支那的经济中心，金融中心，文化中心，从上海到南京是支那真正的心脏地带。我们要在支那的心脏地带制造一次危机，巨大的危机，使得支那觉得恐慌，受到打击，让全世界的目光聚焦在这里。"

"所以要在上海发动一场战争？"

"我想，是的。声东击西，围魏救赵。上海既已成为反日中心，我们要制造一次事件会很容易，也很可信。"

"我明白了，这里还是外国势力的利益所在，在这里发生的事不仅仅关系到支那，也关系到列强，所以，所有的报纸电台会把发生在这里的事更加详细地发布到全世界去。"

"我喜欢你无与伦比的领悟能力，亲爱的。如果在这里制造事件，随机应变，我们可以做成很多事情。军部由于在满洲迅速取得了胜利，认定支那军队不堪一击，很想快速在支那扩大战果。作为情报人员，我只负责客观地分析问题，为各种不同的可能性做准备。例如，如果我们进行一场有限战争，可以转移在满洲问题上的压力，并且，搂草打兔子，可以清除上海的反日势力，打击支那的工业能力和经济潜力。如果战事发展顺利，我们也不排除直捣南京，快速地推进光复清朝的梦想。"

"太好了。你刚才说什么打兔子，打兔子做什么？"

"那是汉语中的一个俗语，顺便的意思。你从小在日本长大，可能没听到过。"

"是，不知道什么意思。"

"我们需要一次事件，给予我们足够开战的理由。为此，板垣大佐已经汇了一笔经费过来。在支那，我们已经成功地制造过不少事件，对吧，哈哈哈！"田中得意地笑起来，川岛芳子也跟着笑了起来："我在其中可以做一点事情吗？"

"我不知道你能够做什么，你是大清皇族和日本皇族的一员，我想很多人都认识你，很多事你出面不一定方便。但是，你的存在，你和我们站在一起本身，对于日本，对于我都是最宝贵的贡献。而且我想你也一定能找到可以做的事。具体执行的人我已经物色了一些，下午我会找他们来分别谈这件事情。"

田中的计划里有加藤清男。在制造混乱方面，由加藤和他那一伙人出面是最好的。可以达到他想要的效果。

"加藤君，我需要你做一些事，不知能否帮忙。"

"田中长官如此看重在下，在下肝脑涂地，在所不辞。"

于是田中如此这般地向加藤清男布置了一些事，加藤一口答应："作为日本国民，能够为天皇陛下的国家效力，我非常荣幸。"

"有加藤君这样爱国的日本国民，大日本帝国必将战无不胜。当然，帝国也不会让它的臣民白白付出，如果你有任何要求，也可以提出来。"

加藤忽然觉得借助田中背后的强大力量也许能够帮他实现个人的心愿，迟疑了一下，加藤讲："田中长官，在下确实有一点小小的心愿，不知您能否帮助我。"

"我一定尽力。"

"真的吗？"

"是的，加藤君，请讲。"

加藤对田中讲完龙华寺的传说并委婉地讲出自己的心愿，田中听得两眼放光。

"加藤君，你是我见到过的最有志向和远见的人。你已经看到了宗教传播对于控制人类和创造未来社会的重要价值。在任何地方，建立合法性的最重要途径是掌握话语权，而宗教是最重要的话语权之一。加藤君，这不是你个人的事情，这也是国家的事情，我将尽一切可能帮助你。"

加藤感到，现在他的个人心愿与国家意志之间建立了某种联系，变得可信，变得神圣了。

回到收拾得一丝不苟的家，加藤独自喝了不少酒，有些醉了的时候，他竟不能自抑地抽泣起来。他想，他要赶快行动，完成自己的梦想。他的心中甚至已经有了他自己的教派的名称、神坛的样式和祭典规程的草稿。他的教派，叫"佛教真理派"，他将是这个教派的开山门主，宗主，至高无上。他想，他应该与其他派别不一样。龙华地宫里的宝物可能将助他完成梦想，登上至高无上的宝座。说到宝座，他想到了菩萨的莲座，莲座太温柔，没有特点。但莲花花瓣其实是象宝剑剑锋的，所以，他的菩萨的莲座将是由宝剑的剑锋围起来的，而他在这个时代的伟大开悟，是"利剑即佛陀"。为了开山，他将举行一个祭神仪式。用什么来祭神呢？他的脑子里有东西一闪，好像石破天惊——用敌人的血——这将完美贴合"利剑即佛陀"的教义。

第二天，他找来了水上，开始策划他们的行动。

"水上，从现在开始我们要做大事了！我们要打击支那人的义勇军，打击一切反日分子。你上次盯上的那个小子叫什么？"

"孙淳轩，沪光大学的，那天在领事馆附近领着人与我们对打的也是他。"

"他的父亲是不是孙亦元？"

"好像是。"

"太好了，那就是他了。你记得我们曾经捣毁过的鸦片馆吗？田中阁下说，那个鸦片馆就是孙亦元的。上个月孙亦元为了报复我们，派人打伤了我们两个人，那么，现在我们就用他儿子的命来还吧。"

"好的。怎么做？"

"知道他的活动规律吗？"

"平时住在学校，礼拜六回家。"

"那我们就在他回家的路上动手。你这几天再确认一下他的行动轨迹，盯住他。"

九一八之后，局势动荡，林森心中始终惶惶不安。林森在北京长大，从他记事起，北洋政府的主人换了一茬又一茬，战火虽不曾祸及京城，但动荡是他最深刻的印象。在美国他从来没有这样不安定的感觉，他怀念那个安定、富裕的国家，萌生了再去美国的打算。他和爱琦回来，虽然有在上海工作的打算，但是却并没有讲从此就一直在国内，不再出去了。他们离开美国时，美国正处于大萧条的黑暗当中，但无论如何，美国是安定的，是没有国家敢于攻击的。他已经找到了律师事务所的工作，但东北的沦陷让他心生去意。当然，心生去意的原因，还有他不得不待在孙家这些日子给他带来的不自在和爱琦为那位关桃作证后所带来的余波。现在他带着爱琦去参加社交活动都会碰到人们有些异样的眼光，好像他的婚姻看起来像是个笑话，成为人们茶余饭后的消遣——至少在他的心里是这样觉得的。他父母自从回了北平后也不大给他来信，想来心中还有在上海留下的块垒。

他必须找个机会把自己的想法对爱琦讲出来。终于在一个礼拜六，林森提早下班，回到家时爱琦也在。天气不冷不热，户外也没有了各种飞虫和蚊子的困扰，在惬意的秋阳下，两个人坐到花园里，很放松。几个月时间，林森呈现出了男人惯有的新婚胖，肚子有些凸出了，眼睛看上去也有些小了。

"达琳，我在想，我们是不是应该回美国去。"

自从上次林森提出要搬出孙家之后，他们就再也没有谈过这件事，现在林森提出要回去美国，令爱琦觉着意外。

"好好的怎么还要走？"爱琦的话里有不解，也有些不快。

"哪里是好好的？日本人占领东北了，难民都已经到达上海了，还能是好好的吗？你忘了自己参加了多少次游行了？这些天报纸上登了，马占山和日本人打起来了，我看日本人绝对不会只以东北为最后目标，将来的中国还会更乱。"提到离开的话题，不知道怎么的，林森的情绪便有些控制不住，口气有些急躁。

"那我们躲国难去？"爱琦听出林森的急躁，没好气地回了一句。

"是，国难当头，但我们待在这里有用吗？我们不躲难道还等着自己做难民？"

"有用啊，我们可以游行，可以示威呐喊，多少是一个声援吧？"

"声援谁？声援东北的军队？东北军一弹不发悄悄撤退了，你声援一个花花公子大烟鬼，但他一枪不放。"

"他不放一枪撤退了不应该成为我们远避他乡的理由吧？"

"那你还要什么样的理由？难道你想拿着枪到东北去和日本人打仗？我听着怎么这么不相信呢！"

"如果需要，我会的！"

"我也扛过枪，打过枪，但是，光你我愿意和日本人对抗有用吗？我以前怎么没有发现你这么幼稚？或者，你是另有原因？"

"另有原因？什么原因？"

"这里有你割舍不下的人或者事？"

"我以前怎么就没发现你这么无聊？"

"我不无聊，我只是觉得费解。这个危如累卵的国家还能呆吗，你为什么就想不明白这件事？如果你割舍不下父母，我们可以带着他们一道走，不是吗？"

"总之我觉得我们不能因为这样的理由离开。"

"那你还需要一个什么样的理由？如果这样的理由都不足以让你离开，我只能怀疑你……"林森犹豫了一下，大概觉得后面的话有些不妥，不过他确实已经很烦躁了。他咽下了后面的话，爱琦却猜出他想讲的话了："怀疑我在这里另有割舍不下的人和事。"

"当然，你父母，我父母，都是我们割舍不下的人。"

"不用闪烁其词，我知道你想说什么。想说快说出来，不要躲躲闪闪！"

"好，那我就说！"林森忽然提高了声音，这声音还被刻意地压制着，居然有些咬牙切齿，显得其中的情绪更加激烈："我现在知道那一天去华懋你为什么会戴着那条蓝色的围巾了。那样的时刻，你却约了那个人出现，来恶心我，难道不是因为你始终不能放下他吗？"

爱琦没有想到林森会讲出这样的话来，气得浑身颤抖，语不成句："你，你，你偷看我的日记！你怎么会这么无耻，竟去偷看我的日记！"如果按照爱琦以前的性格她定会冲上去扇林森一记耳光，这绝对是她没办法容忍和原谅的一件事。但她现在是林太太，她知道他们的大声争吵很快会变成隔壁花园下午茶的趣闻逸事，所以她突然沉默了，选择了不再开口讲话。

孙家阁楼上有一个小房间，小房间里有一个皮箱，放着爱琦以前的物品，也锁着她的日记。爱琦回国后曾打开皮箱看里头的东西，坐在地板上回忆青春岁月中那些美好的时光，居然有些泪眼模糊。走的时候她没锁上皮箱，打算过两天再上来整理一下。林森有一天在楼里到处看看，看到了这个漂亮的皮箱，他知道那一定是爱琦的物品。他在这个箱子前徘徊了一下，神差鬼使，忍不住打开了这只潘多拉魔匣。

爱琦的眼中噙着泪水，这一刻她觉着心痛，这心痛压过了愤怒，却讲不清所为何来。这种不知道来由的心痛把她推入了无以名状的悲哀中。

花园里的两个人不欢而散，林森感觉很郁闷，在他看来，爱琦选择沉默其实是默认了他的指责，是因为她无力辩驳。现在他也更能够明白爱琦为什么会不管不顾地去法庭上为关桃作证了。想到这些年的苦苦追求后面一直有另外一个人站在他们当中，他居然输给了一个学徒出生的男人，痛苦、愤懑、屈辱和嫉妒像一座山脉横亘在他的心里。他一个人出了门，漫无目的，痛不欲生。他甚至想要去寻找那个男人，找到那个学徒，打一架，痛揍他一顿，然后痛快地喝酒去，一醉方休。

这一晚林森很晚很晚没有回去。这一晚，孙淳轩很晚很晚没回到家。孙家的德国牧羊犬雷尼好像很烦躁，一直在狂叫着。

左等右等，孙夫人没看到儿子回家，不免着急，这种情况以前没发生过。如果周末不回家或者晚回，儿子至少会打个电话。她问孙亦元是不是知道儿子的去向，孙亦元也讲不清楚。

孙亦元马上派了徐朗生和司机去大学里找人。朗生到学校找了一圈，没找到，只得打电话给孙亦元。不祥的感觉涌上了孙亦元的心头。

很快，找不到少爷的焦虑在孙府里弥漫开来。对于爱琦来讲，不但是弟弟失踪了，自己男人也在这个时候不知道去了什么地方。

徐朗生刚要出校门回杜美路，看见一个学生模样的人跌跌撞撞往大门口跑，赶忙停车去拦住，一看这个鼻青眼肿的人不是淳轩，倒像是去过孙家的淳轩的同学。徐朗生问："哎，这位兄弟，发生了什么事情？"

"我们，我们碰上了一帮人，他们好几个人围攻我们。"

"你们几个人？"

"我们两个人。"

"另外一个是谁？"

"淳轩。我逃脱了，在外头躲了好久。"

"淳轩呢？"

"不晓得，我逃脱的时候，他被他们围在中间。"

"快快，上车，兄弟，带我们去那个地方。"

加藤清男和水上秀雄对躺在房间地上的孙淳轩看了一会儿，然后退出房间。

孙淳轩蜷缩在地上，浑身是伤，脚微微抽搐着。

"加藤君，把他弄来这里有什么用处吗？"

"刚刚跑了一个人，这是个麻烦。这是你的情报失误。"

"我也不知道这一次他会两个人一起走，前几次他都是一个人回家。"

加藤清男去找田中隆吉的时候已经很晚了。他觉得现在把孙淳轩放在手头是个麻烦了。如果没人看见，神不知鬼不觉地，怎么处理都可以，但现在有一个逃脱者，报案查起来，总归麻烦。

"你是说你绑了一个反日分子，然后另外一个人逃脱了？"田中问。

"是的，自从您向我交代了任务，我就想怎么样才能够完成任务，我想先抓一个反日分子练练手，打击他们的气焰，同时用他来完成我们的祭神仪式。"

"你的祭神仪式？"

"是的田中长官！我想所有的教派都会有自己的仪式，通过仪式来与神对话。而最好的祭祀仪式，莫过于用敌人的鲜血来献给神。对我们日本人而言，一切反日分子就是我们的敌人！"

"哦，亲爱的加藤门主，我能够理解你讲的话，但这个时机不对，可能会造成我们的被动。你太着急了，这些反日分子，最后都是不能逃脱惩罚的。按照支那的话，不是不报，是时辰未到。但是，既然已经动手，那么，随机应变，看怎么处理会有最好的结果。这个人，你知道他的来历吗？"

"是的，田中长官，我们对他做过一些调查，他好像出生在上海一个很有钱的人家，他的父亲是孙亦元，这个人您对我提过，我们曾经捣毁过他的鸦片馆。"

"哦，是这个人。"田中想了一想，讲："你在这里等一下，我马上回来。"

不多久，田中拿着几张纸回来了。

"现在我们要把这件事情处理成帮派之间的争斗，或者是普通的绑架勒索案件，做成支那人之间的绑票案件，把水搅浑，事情就会发生转变。这些事情我会处理，明天的报纸上会有这些报道。"

"那么这个人怎么办？"

"暂时让他活着，让我想想怎么处理。目前局势敏感，如果被发现是我们日本人做的，会破坏我们更大的计划。"

"真对不起，给您添麻烦了。"

"这种事情，以后一定要小心处理，牵涉到国家利益，要绝对服从安排，不要擅自行动。"

"是，田中阁下。"

"哦，对了，还有，加藤君，你上次说的龙华寺地宫宝藏的事，有重大进展。实际上，有不少人在这个问题上花了大量时间做研究。"

"哦，原来是这样啊！那么，阁下能跟我说说详细情况吗？"加藤有些迫不及待。

"当然可以。如果要说这件事，必须要提起一个在上海历史上很有名气的人物，徐光启。"

"哦，请问徐光启是谁？"

"我会慢慢解释给你听。还有，现在掌握着关键机密的人，很有可能是一个叫谛闲的和尚。"

日本领事馆里，田中向加藤解释着龙华寺的秘密："徐光启又称文定公，是上海的著名人物，一生著述丰富，毕生致力于数学、天文、历法、水利等方面的研究，译有《几何原本》《泰西水法》等书，其著作《农政全书》是中国古代讲述农业科学的大百科全书，最终官至内阁次辅。公元十六世纪，由于遭到我们先辈的攻击，龙华寺的主持文果找到了徐光启……"

加藤清男听得聚精会神，眼睛都不眨一下。

"上面的这个故事，是我的朋友川岛芳子小姐早前在和支那人吃饭时听来的。芳子既是前清朝格格，又是日本公主，可以听到很多我们听不到的事。"田中对加藤清男讲。

加藤的激动之情难以自抑，原来这件事情已有这么多人关注，原来他对龙华寺山门的怀疑不无道理。同时，他也有点焦虑，怕这件事情被别人捷足先登。现在他深信，田中隆吉的支持对于完成他的伟业是不可或缺的。为此他必须死心塌地地跟随这位具有强大军方背景的人物，听从他的调遣和召唤。

"那么，这个山门究竟有什么奥妙之处呢？"

"这个，可能与观察星象有关，打开地宫之门可能与星象有关系。我们可以慢慢摸索，如果可以找到谛闲，应该就什么都知道了。据说当年有个孩子曾经碰巧进入过这个地宫，但他自己都不知道是怎么进去的，这位谛闲大和尚用催眠术让这个孩子还原了进入的过程并记录了下来，成为唯一知晓这个秘密的人。"

"那么，请问，这位谛闲和尚现在在哪里？"

"就在上海。"

"少佐阁下，我明白该怎么做了。"

这一年谛闲大师来上海讲经，也来了龙华寺数次。关桃早听慧澄讲过谛闲大师要来上海的消息，当其时，关桃志得意满。关桃请慧澄安排了一个时间，趁着谛闲到龙华寺的机会去拜见大师。到大师房门外时正好有几位居士鱼贯而出，脸上都带着安恬自足的神色。

与十数年前相比，谛闲老矣。人生七十古来稀，谛闲这一年七十有三，几年前一场大病，瘫痪在床不能动弹，一年后居然慢慢恢复了，不但能活动，还到处弘法讲经。大师看上去尚健朗，眉目慈悲，清容疏阔，像罗汉的样子，但行动略有些迟缓了。

关桃这十多年来的经历颇多曲折，能有现在的成绩，自觉与当年在谛闲大师身边的短短时光有关，因而这一日他是怀着拜见恩师的心情来的，虽然谛闲于关桃算不上正式的师傅，关桃也从没有过出家的念头。

"阿弥陀佛——伽蓝神来了。"谛闲说。关桃忙合掌施礼。

然而，不过几个月，关桃的境况已经今非昔比。

第三十五章 九一八风云激荡 迷乱局淳轩被绑

第三十六章　约瑟夫孤身救人　苏利文封口真相

这一夜孙家人都没睡觉，忙着通过各种途径寻找孙淳轩的下落。孙亦元打了电话给警务处的约翰·苏利文，请巡捕房帮忙寻找孙淳轩的下落。

"贵公子是在哪里失踪的？"

"是在从学校回家的路上，路过虹口，被一群人围住，他的同学逃脱了。"

"看清楚那些人了吗？您赶快到巡捕房，我也马上过去。"

孙亦元在巡捕房里向约翰·苏利文描述他所知道的经过。苏利文很认真地听他讲完，压低了声音问："我想再问您一次，您在生意上和其他人有什么纠葛吗？譬如讲，其他派别的人觉得您挡住了他们，或者侵占了他们的利益？"

"不，不会。这方面我很小心，我和其他人之间有默契。"

"会不会有新进来的人，不知道天高地厚，想以此来打击或勒索您？"

"不敢讲一定没有这种可能性，但是这种可能性毕竟很低，我从来不出面参与这些事情。我在想，我的儿子据讲最近组织参加了很多反对日本占领中国东北的游行集会，会不会是东洋人组织策划的？"

"哦，这个问题，恐怕需要慎重对待，因为牵涉到中日两国国民的问题，我们不能随便下结论。您这样想，不能说没道理，但我觉得可能性也非常低。这样，我会命令按照绑架勒索立案，开始侦查。"

孙亦元走后，约翰·苏利文打了一个电话给埃里克巡官。

"埃里克，我们接到了一个失踪报告，这个人很有可能是在您的辖区失踪的，名叫孙淳轩，沪江大学学生。有可能是绑架勒索案件，您能马上进行调查吗？"

"好的，约翰，我们马上调查。"

"要保证人质的安全。他的父亲孙亦元将军是我的一个朋友。"

"好的，我明白了。"

埃里克巡官把约瑟夫叫了过来，把这件事情交代给他。约瑟夫领受了任务，却感觉有些无从下手。他带人去了发案现场，试图寻找目击证人，结果除了孙淳轩的同学之外并没找到更多证人。他们也没办法直接去孙家调查，孙家在法租界，他们去法租界还必须通过法租界巡捕房。他们没办法知晓绑架者的身份，更不要说孙淳轩的下落。如果是一般的土匪绑架案件，土匪会在一定时间里向家属发出赎票的信号，通常是一封信，偶尔也有打电话的。现在有助于他们调查案件的信息太少，物证一概没有，只有等待绑匪发出进一步的消息，但他们等了很久都没有等来消息，这伙绑匪好像对钱没兴趣。

孙淳轩苏醒过来了，他躺在一间光线阴暗的房间里，费力地睁开眼睛，发现自己躺在地上。他想站起来，却怎么都没办法站起来了，他的腿肿得快把裤子撑破了，应该是骨头断了。当眼睛渐渐可以看见模糊的影子时，他觉得房间里有一个神龛，神龛里是一个坐在莲座上的菩萨，烛光幽幽地晃动在菩萨前，还有一些黑乎乎没办法辨清模样的物件。

他想叫出声来，却发现自己的声音很微弱，他嘴巴干，想喝水。他想起自己这个时候应该在家的，跟父母姐姐在一道。他这一次回家还想处理掉他那一屋子的玩具，筹集一点经费出来。

他转了一下头，再看菩萨，觉得这个菩萨的样子和平常所看到的是不一样的，不是慈悲的眉目，却有一股煞气。莲座外围雕刻的不是一圈莲瓣，倒像一圈刀剑。

"妈，姆妈，我好疼。"他的眼角有泪水流出来。

孙亦元让徐朗生召集了所有可以使用的人员，带着武器待命，只要有一点点消息，他会带着所有人扑向敌人去救出儿子。看着哭哭啼啼的女人，他的鼻子有些酸，眼泪差一点落下来。他看到过太多死人，太多悲欢离合，已经忘记了流泪的滋味，没想过有一天这种事会落在自己头上。但他不可以让眼泪流出来，他必须像野兽一样蹲伏，爪子深深抠进泥土，准备着随时一跃而起。

第二天的报纸上出现了孙公馆公子孙淳轩失踪的消息，并且有报纸指出这很可能是帮派之间由于分赃不均而造成的冲突。

有消息来源指，此次事件很可能是帮派势力火并所致。孙公馆主人原系淞沪护军使署将军，后退居沪上经商，近年生意风生水起，宅邸豪华气派，究其盈利来源，有同业指，以市场占有率而言，孙氏这些年的暴发殊可玩味，背后或大有文章。前一时期其女风流韵事广为人知，彼时即有舆论猜测孙氏财产来源……

孙亦元看着文章，气得火冒三丈！他对着徐朗生吼叫道："给我查，给我查，这是哪个王八蛋写的东西，给我查！"

徐朗生小声说："将军，好像所有报纸得到了通稿似的，都这样写。"

"王八蛋，让我查出来，我一定要撕了他！"他有些歇斯底里。稍稍平复一点，

第三十六章　约瑟夫孤身救人　苏利文封口真相

他问:"淳轩有什么消息?"

"暂时还没有,将军,我把弟兄们都派出去了,其他渠道也都托了人在查。"

"有消息时不要轻举妄动,要绝对保证淳轩的安全!"

前一天和爱琦吵了一场,林森独自跑了出去,直到凌晨才被人送回公馆,满身酒气,胡言乱语,回了家,佣人服侍着躺下,呼呼睡了。邻近中午醒了,人飘飘的,摇摇晃晃洗了澡,嘴巴里还有酒气。到楼下,发现家里人都神色紧张。他想,大概自己昨晚喝醉晚归,样子难看,爱琦发脾气了。他有些后悔昨天的举动,他想他回家时一定很狼狈,但既然已发生,他又能怎么办呢?尴尬总会有,慢慢化解吧。坐在早餐室里,他拿了一张报纸,然后,读到了那一段,这才知晓孙淳轩昨天失踪了,他连忙扔下报纸问:"小姐呢?"

"小姐一早就出去了,寻少爷去了。"

他该怎么办?他可以做点什么吗?这时他才注意到院子里站了几个彪形大汉,警惕地守着公馆的四角,这些人以前都没看到过。他是聪明人,直觉告诉他,昨晚他已经跨过了一条线,这条线本来是没有的,但小舅子失踪后这条线就出来了,他已经站在了线的另外一边。他该怎么办呢?立即回到线的这一边还是将错就错,从此再也不进这条线了?那只是很短的一刹那,但他的脑海里已经闪过这些年无数与爱琦在一起的美好瞬间。

正在此时,有一个小孩子拿着一封信交到了孙公馆门口,信封上写明孙亦元亲启。所有人不敢怠慢,马上带信去交给孙亦元。

爱琦和父亲在等消息。她打开随身的包,看了一眼,对孙亦元讲:"爸,我想要把枪。"

孙亦元用复杂的眼神看着女儿,然后,从抽屉里拿出一把勃朗宁手枪交给了女儿。爱琦熟练地退出弹匣,拉动枪栓,举起枪,瞄准,然后把枪恢复到原先的状态,放进了包里。

外头的人进来讲:"将军,有您一封信。"

孙亦元打开信,信上讲孙淳轩被他们飞鹰帮绑架了,要他准备好二十万块钱赎人,至于赎票的地点他们会另行通知等等。孙亦元忙问:"是谁送来的信?"

"一个小孩。"

"人呢?"

"在外头,我们扣住了,带过来了。"

"让我看看。"

孙亦元看到那个衣衫褴褛的孩子,便明白问这个孩子是问不出什么来的。但他还是不死心,问:"来,孩子,你坐下,告诉我,是谁派你来送信的?"

"是一个拉黄包车的,给了我一块大洋,让我送过来的。"

"哦。"孙亦元知道问不出什么来的,挥挥手,让人把小孩子带出去,说:

"不要为难他。"然后他站起身来，带着信到巡捕房去。出门之前，他又停下脚步，对女儿讲："你守在这里，有消息立即告诉我。"

约瑟夫探长还是一筹莫展，这个失踪案件毫无进展。虽然孙家提供了绑匪的信件，整个事件看上去像是一个普通绑架案，但后面又没进展了。他站在地图前看着，挠着头，思考着。这时有探员进来讲，外头有人找他，他走到大厅里，看见一个教书先生模样的人站在那里。

"您找我？"

"是的，汤探长。我是李柔然，孙淳轩的老师。"

孙淳轩失踪后，李柔然也很着急，向上级做了汇报。上级认为情况错综复杂，鉴于孙淳轩的家庭出身，卷入普通刑事绑架的可能性是存在的，也怀疑过是不是有可能国民党特务下的手。但孙淳轩还不是组织的核心人员，这样的猜测说服力不强，况且也没有线索可以证明猜测。李柔然想到了另外一种可能性，他找到和淳轩一道走的那位同学，让他仔细回想了当时的所有细节，终于找到了一个有价值的线索。李柔然通过关系得知巡捕房负责此案的是汤佑圣，于是找了过来。

约瑟夫把李老师让到办公室里，问："李老师有啥指教？"

"汤探长，我认为此案不像是一桩普通的绑架案件，有极大可能是东洋人做的案子。"

"哦，啥道理是东洋人做的案子？"

"目前从很多渠道发出的消息都很一致，将这一次的事件指向一桩普通的绑架案子，但这样的一致，使我们觉得其中有欲盖弥彰的味道。"

"那么东洋人的动机是啥？"

"对中国人前一阶段声势浩大的抗议行动的蓄意报复。"

"为啥把矛头指向孙淳轩呢？"

"详细情况我们没办法确切得知，但他是学生会主席，是近来好几趟反日示威行动的组织者之一。"

"还有其他原因使得你们做这样的怀疑吗？"

"有，脱身的那位同学好像听到参与绑架的人中有一个人曾经发出短促的日语发音。"

"唔，谢谢李老师，这是很重要的线索。"

李老师走后，约瑟夫探长重新梳理了一遍案情。既然在其他方向上没有进展，不妨沿着这个思路查一下，总比一筹莫展好。其实约瑟夫盯着日本浪人和日本帮派很久了，已经很熟悉这些人的几个活动场所。他带着人去辖区里排查，在一处红砖房子附近，约瑟夫停了下来。他看到一个人坐着黄包车过来，手里提着食盒，足可以两三个人吃的样子。这是一栋两层的小楼，平常没有人住。二楼一个窗户里有人掀开窗帘一角向外张望，楼上楼下的人互相看了一眼，楼上的人做了一个手势，那个提食盒的家伙四处张望了一下，进了楼。

约瑟夫派一个人去打电话，自己和另外一个探员留了下来。他准备上去看看情况。悄悄进了楼，走到二楼，看到左边的第一扇门正好关上。他听到一个声音突然吼起来："该死的支那猪，鸦片鬼，让你吃你不吃，真该把你直接打死，现在害得我还要陪着你，象坐牢似的，还要给你吃饭，呸，我让你吃屎！他妈的你知不知道你那坏蛋爸爸是开鸦片馆的？你知不知道你早就该死了？八嘎，我让你反日，让你反日！"

然后，他听到了打人的声音和惨叫声。听到惨叫声，约瑟夫觉得自己没办法再等待援军的到来。看守应该只有两个人，他不能再等待。约瑟夫冲了进去，他没想到的是，对手异常凶狠，他的枪一下被踢掉，他只得千方百计不让这两人拿到枪。一阵搏斗之后，那两个人眼看占不到上风，慌忙夺门而出，他追出门去呼叫同伴开枪堵截，同伴拔枪射击时这两人已经逃出二三十米外，又立即隐没在小巷中。

关桃是从报纸上得知淳轩失踪消息的，他知道弟弟失踪对于爱琦意味着什么，他想，他不能袖手旁观。但他并没有能力自己去找到淳轩。根据报纸上的描述，淳轩是在虹口失踪的。他想到了埃里克。于是这天去找埃里克，埃里克告诉他，负责这个案子的是约瑟夫。正说着，桌子上的电话响了，埃里克听完电话，对关桃说："找到了，你跟我走吧。"

在等待救护车过来的时候，淳轩躺在关桃的臂弯里，血迹斑斑的衣服已经发硬，由于刚刚又被殴打过，嘴巴鼻子里不断地往外流出血来。关桃不断地呼唤着他的名字，但他的反应已经很微弱。在救护车上他终于苏醒过来，很轻地讲："关一刀吗？"

"是，我关桃。"

"关一刀啊……你怎么在这里。你最终还是把我姐姐弄丢了呀。关一刀，你知道我家的事吗……"

"淳轩，不讲话了，不讲了，好好节省体力。"

孙淳轩确实没有力气讲了。后来那些更轻的话像是幻觉中的呢喃，是灵魂在两界之间游移时的自问自答，模糊，没有逻辑。

孙淳轩被送进了医院抢救室。他年轻的生命像嗦嗦抖动的烛火，随时会被寒风吹灭。他说不出话。眼睛逐渐暗淡下去，他模糊的意识里，有一只铁皮玩具鸟，上足发条，飞上了天空。

孙亦元带着夫人和女儿到达医院时，关桃紧张地坐在抢救室外的长椅上，衣服上沾满了鲜血。还没有等到问清楚关桃在这里的缘由，医生已走出来，摘下口罩，面色沉重地宣布了不幸的消息。孙夫人大叫一声，瘫软在座椅上，好像也已没了气息；爱琦撕心裂肺地嚎叫："轩轩，轩轩！"

得到消息的记者已经赶过来。这件案子是最近几天报纸上的热门话题，现在肉票现身，消息灵敏的记者早已得到巡捕房内线的通报，纷纷抢了过来。一时间抢救室门口挤满了人。林森是与朗生的车一起过来的，林森到抢救室门口时，穿过人群，看到爱琦靠在关桃的身上痛哭。关桃的一只手抱在爱琦的肩膀上，同样泪流满面。

几十年来，孙亦元第一次哭出声来。他的余生里将没儿子了！军人习惯白发人送黑发人，但孙亦元从没想到过自己会送别儿子。

约瑟夫和另一个探员射出的子弹还是打中了其中的一个日本人，这个受了重伤的人躺在加藤的面前，加藤厚重的眉骨包裹着仇恨的火焰。

"一定要查出这是谁干的，我们日本人的血不能白流！"

"门主，这个人以前是在街面上巡逻的，好像叫约瑟夫。"

"约瑟夫，约瑟夫，这头支那猪，我要让他用鲜血还回来。还有，你最近不要出去了，躲一躲，你的脸被孙淳轩和这个混蛋巡捕都看见过了，出去会有麻烦。"

"好的，那个孙淳轩我不怕，我想他活不了多久，那个巡捕很厉害，他一个人可以打我们两个人。"

"那么，你的意思，孙淳轩会死？"

"是的，我在那个房子里的时候已经觉得他要死了，况且，他不听话，又被我们打了几次。"

"八嘎，我不是说过我要他活着吗？！你们把他弄死了，你们闯了大祸了！"但加藤知道孙淳轩活着会更加麻烦。

巡捕房决定嘉奖孤身救出人质的英雄约瑟夫·汤。一众官员来到虹口巡捕房出席嘉奖仪式。仪式完毕，约翰·苏利文来到巡官埃里克的办公室。

埃里克对苏利文说："虽然我们没有当场抓到匪徒，目前暂时没办法对任何人提出指控，但约瑟夫确信这是由一伙日本人犯下的罪行，准备进一步调查下去，挖出这个日本人犯罪集团。"

"不，埃里克，这个案件应该到此为止了，并且，不要把属于猜测的事情泄露出去。如果把这个案件背后的所有事情都挖出来，你觉得最后的结果会怎样？"

"正义将得到伸张。"

"不，埃里克，结果将是，在上海，中国人和日本人将投入到更加没完没了你死我活的争斗中去！而这会把工部局也拖下水去的。还记得1925年5月的事情吗？那件事的导火线是什么？是日本工厂主打死了中国工人！结果是什么？结果是所有中国人跑到街上向工部局发泄怒火，声言要讨回租界。如果现在这件事证实是日本人所为，是日本人绑架并杀害了反对日本侵略的中国学生，你觉得事情会怎么样？"

"约翰，我是一个警察，我不懂政治，我的职责是维护租界地区的稳定和安全。"

"对，我说的，就是租界的稳定和安全，而且是根本的稳定和安全，这件事再深入下去，会有更多的人死亡，会有更大的不安定。所以我们不但应该停止，而且应该把所有的一切深深地埋入地下，以免这些东西在阳光下发酵、爆炸。我们应该牢记我们处在一个特殊的环境里，我们不是在英格兰，不是在一个单一政府控制下的国家里，我们处在一个各种势力聚集的城市，公共租界、法租界和华界，三界之城，利益错综复杂，需要掌握微妙的平衡，一旦失去平衡，倒霉的不但是争斗的双方，还会搭上我们自己。"

"你现在说的意思，是你个人的见解还是处长的意思？"

"你可以理解为这是我的意见，也是处长本人的意思，更是工部局的想法。租界不应该夹在这两个国家当中，再一次成为这两个愚蠢民族争斗的牺牲品。上海几乎每天都有这样的人间惨剧发生，抢劫、绑架、凶杀是这个东方大都市的一部分。孙淳轩的死亡是一次绑架的后果，好在我们把他救出来时他还有气，然后不再开口说话。没有抓到凶徒，巡捕房没办法对任何人提出指控。而我们高调地嘉奖孤胆英雄约瑟夫·汤，这对他已经足够。埃里克，让约瑟夫闭嘴，永远不要再谈论这件事情，这符合我们的最大利益。"

约翰·苏利文的心里还想着另一件事情，他已经被提名晋升。他的晋升需要得到工部局董事会批准。在工部局董事会里，日本人有两票。适当的时机，他可以向这两位董事提一提这件事情，表明他是相当注重保护日本人利益的。

第三十七章　情缘尽孙林陌路　芳尘去小娴让书

　　淳轩安葬之后，爱琦和林森之间陷入了从来不曾有过的冷淡之中。在林森看到爱琦靠在关桃身上痛哭的那一刻，他的沮丧、妒忌和愤恨达到了极点，他觉得他和爱琦已经走到了尽头。看着满身是血迹的关桃，伤心痛哭的爱琦，他分明看见这两个人从来就没有分开过。那时候他没办法发作。第二天，不出所料，这两个人又上了小报的头条，而且这一次有了两人抱在一起的照片。林森想，远在北平的父母终是会知道这件事情的，家门不幸！

　　他们开始分床而卧，然后，该讲和不该讲的话都开始出现了，曾经的甜蜜和温情好像烟消云散。他们每天在互相的怨恨里度过，在心里为自己的情绪和愤懑寻找着各种各样的理由。在林森看来，他出身于一个清清白白的世家，现在却一头落进了一个黑洞中，这孙家总是报纸上的新闻来源，而且孙家的财富来源也受到颇多质疑，这是他没办法忍受的。林森下定决心要一个人离开了，登载那两个人照片的报纸为他的离开找到了一个不需要解释的理由。

　　在上海的战事开始之前，林森离开了孙家，离开了上海。他后来是在报纸上获得上海一·二八战事消息的。他想他是对的，他早已经料到了这一天的到来。他有些庆幸自己及时离开了这个是非之地，这个充满了无数不可知的孙家。爱琦没有纠缠他，她累了，爱一点一点流失了，不再鲜活，好像一个受伤的身体无法止住血，变得冰冷。林森知道他真的爱过这个女人。这个热情似火的女孩子，曾经陪伴他寂寞的异国求学生涯，给了他无限美好的青春岁月。然而生活就是这样的曲折变化，甚至无常，一桩一桩，一段一段，新的来了，老的去了，慢慢地，往事如烟。

　　林森离开上海前，天气已渐冷，他们坐在二楼大平台上，背后是落地玻璃门。阳光、塔松、常绿的草地，甚至有鸽子飞到平台栏杆上，"咕咕"叫着。楼下，佣人在往汽车里装林森的行李。

林森先开口说话："有一本从美国带回来的影集,那里面有我们两个人的合影,我想,我想,留着,跟你说一声。"

"好,没问题啊。"爱琦平静地讲:"也许你是在帮助我尽快地忘记一些不愉快。我也不想带着太沉重的包袱继续生活。"

"你一点也不留恋我们曾经的岁月吗?"

"留恋有用吗?可以使我们停止争吵吗?可以让我们回到过去吗?"

林森没有回答,心中有些凄凉,正如冬季的气温一样寒冷。他们讲到了一本有关古希腊的历史书,那是他们在纽约买了带回来的,林森也打包进了行李,他们便谈到了书中的一些内容,然后又讲到了哲学,讲到了一些与他们的处境似乎毫不相关的话题。

"那本书我也想带走,仔细看看。我发现人类之间的种种战争,大部分都出于一些荒唐的原因。"

"例如呢?"

"例如特洛伊战争,起因就因为一个女人,然后,无数人,无数家庭为了这个荒唐的原因需要支付生命的代价。"

"唔,有道理,有道理。"

他们似乎很平静,好像两个秉持和而不同原则探讨学术的哲人。然后,大概都意识到了其中的荒谬,戛然而止。他们不再争吵了,因为他们的心已经离得很远。

弟弟的离去对爱琦的打击很大。她时常想起他们一起成长的美好时光,想起那些岁月里的相爱相掐。现在,这个与她一起长大的人在最美好的年华离开了她,她觉得她的世界从此不会再阳光灿烂。淳轩养大的牧羊犬雷尼也不见了。有一天它戴着项圈狂奔出大门,跑得无影无踪,再也没有回来。母亲陷入了长期的抑郁之中,家里死气沉沉,没有一点点声音,只有外面的汽车喇叭声偶尔刺破寂静,显得突兀而粗暴。

有时候爱琦觉得自己已经一无所有,除了痛苦、泪水,孤独的身影,漫长的黑夜和酒精。

从报纸上看到孙爱琦靠在关桃身上哭泣的照片时,涵芬的心好像被蜇了一下。不管报纸上怎样重翻爱琦法庭作证的老账,添油加醋把故事引向更八卦的境界,涵芬相信他们两个的清白。但照片又传达出很多微妙的东西,涵芬觉得这两个人之间有着无法剪断的情感联系,即使他们不来往,还是会有某种神秘的东西连接着他们。涵芬想平静理性地对待这件事情,但又不由自主地感到委屈,心烦意乱。当初孙爱琦为关桃作证的时候,涵芬不是没有一点困扰的,现在又出了这件事情,涵芬觉得办公室里同事的眼光都变得怪怪的。下了班回到家,她钻进自己的卧室,把自己关在里面,不出来。她感到心里堵得慌。"退一万步讲,难道你出去找孙淳轩之前不应该对我说一声吗?你把我放在什么位置啊?你的命是你一个人的命吗？什么，你怕我吃醋？我在你眼睛里就那么不通情理吗？原来你是这样看待我的。好吧，吃醋，吃点醋，难道不是很正常吗？"她在心里嚷嚷着这些话，好像关桃就在面前一样。她委屈得流下眼泪来，对着大洋娃娃说："妈妈我不想和你说这些事情，你会难过的。"

秦时月也从新闻里了解了这件事情，理解女儿的心情，不知道该怎样劝解。除了女儿的事情，另外一件事情也让秦时月感到担心。他早先拒绝了大东亚文化机构的邀请，他可以感觉到大东亚文化正像狼一样寻找着猎物。他想他们大概已经盯上了猎物，但他始终不知道他们的猎物是哪一家。他前几天听业内一个人说，确实有一个湖州的家族正在准备转让一批珍贵的古籍，并且应该会在这几天开出条件。他觉得奇怪，一般这种转让的事情都是在私底下进行的，为什么这次会出现这种情况。况且湖州的藏书楼他都是去过的，每一家都很熟悉，他很奇怪哪一家会如此高调行事。

那时候关桃公司的情况已经很不好了。本来他常会去接涵芬下班，或者到静逸村去找她，但最近公司人员大部分遣散了，以前他不会亲自去做的事情现在都得自己做了，所以便有两三天没有去看涵芬。那天他忽然觉察出了异样，居然好几天没有涵芬的消息了。

于是下班后他去了静逸村找涵芬，但房门怎么也敲不开。关桃很沮丧，想起前两天打电话给涵芬，涵芬拐弯抹角地提起报纸上的照片，口气是不开心的。他想，这件事情终于还是过不去了。他是清白的，他的心也一直在涵芬身上，但涵芬要是不开心，他可以理解。也许过些天会好的吧。他的情况现在很糟糕，他也有过要离开涵芬的想法。他想，或者这是个好的借口，两个人分开了，也不会拖累她。他本想要一生一世去保护她的，现在他正在失去保护她的能力。但是此刻她去了哪里呢？明明不是上班时间，平常这个时候家里总是有人的。他站在门口发了一会儿愣，听到门洞外面有声音，是两个男人压低了的声音，数着门牌号。数到5号时，不数下去了，一个声音说："到了，就是这里。"另外一个声音说："那我们守在这里？里面没有灯光，应该没人的吧？"

"你守着，我去打电话，别让这父女俩跑了。"

关桃的心里一惊，不知道这是什么人，想做什么。但听上去不是什么好事，父女俩应该指的是秦先生和涵芬。他站在里面，不知道是不是该出去。想了一下，就在里面暗处站着。他想如果这时候秦先生和涵芬回来，如果有危险，他在暗处突然出去，更可以帮到他们。

一会儿另外一个人回来了，说："走吧，老板讲，他们今天早上去了图书馆后直接去长途汽车站了。我们要连夜走，他们今天到不了的，估计明天到南锦，先去老家看亲戚，后天才会去湖州。我们明天到南锦，截住他们。"

关桃站在黑暗里朝门外偷看了看，大致看清了两人的长相。听得两个人走远了，他连忙出了门洞。现在他有些明白是什么事情了。他更明白的是，秦先生和涵芬可能会遭遇危险。

他出了门，赶快用附近公用电话打电话给张老板，央求他派车送他出上海去，他要紧急赶往湖州去。张老板倒也帮忙，爽快答应了，让他站在原地不要动，司机一会就去接他。

第二天一早关桃坐上去南锦的船，看到船上有他昨晚见过的一胖一瘦两个人。他略略放了心，不动声色跟在了这两个人后面，一路上想着万一有了事情该怎么对付这两个人，是该先打胖的那个呢还是先击倒瘦的那个。那两个人一路上很少讲话，总在东张西望。下码头的时候，关桃看到有个小偷的手摸向了瘦子的腰间。关桃这才注意到那地方有些鼓囊囊的。但刚刚掀开了衣裳的下摆，那个人一个转身以迅雷不及掩耳之势把小偷按到了地上。关桃注意到，那地方其实是一把枪，而且，显然这瘦子是练过功夫的。这就比他想的要复杂多了。关桃也有一把枪，是前两年生意好的时候买的，但昨天走得急，根本来不及回去取。他想，他只有躲在暗处见机行事了。

到了南锦，那两个人好像对秦家的情况很熟悉，三兜两转，问了两个人，就找到了涵芬叔叔的家里。涵芬叔叔的家是一排五间屋子，屋前有一圈低矮的篱笆，做成了一个院子。院子里很安静，门口一个老妇人抱着一个不到一岁的孩子哄着，一会儿又走出一个少妇，接了孩子过去，就在门口侧过身去，撩起了衣裳喂奶。两个大一点的孩子从屋里出来，两手拿着泥巴，看上去不像是有远客在的样子。那两人中的一人走了进去，说了几句话，少妇连忙退到屋子里去了，出来一个跟秦时月差不多年纪的男人，说："你们是我哥哥的同事啊，哎呀，稀客稀客。我哥哥和侄女已经去了陆家庄了。"

那个人听得这样说，赶忙告辞出来，同着另外一个人走远了。这一次关桃没有跟着他们走，而是走进了秦家。刚开始的时候，涵芬的叔叔有点被搞糊涂了，但关桃毕竟和秦家父女熟了，讲得出秦家的很多事情，况且关桃自称是涵芬的男朋友，也就是侄女婿上了门，不由得叔叔不信。

涵芬的叔叔听得自家亲人可能有危险，赶紧让自己儿子也就是涵芬的堂弟去追那两个人，并且如此这般吩咐了一番，自己则带着关桃抄近道去陆家庄。

秦时月和秦涵芬父女俩踏进陆家庄的时候，水码头上早已有人迎候。进了庄园大门，穿过假山流水点缀的花园，客人被领到一座三进院落的最里面坐下，丫鬟奉上茶，父女俩打量起客堂的陈设，发现这厅堂布置得风雅脱俗，想来这里的主人定是位高人雅士。一边墙上挂着一幅画，像是有年头的古画，写深闺闲愁的，上面的题字飘逸脱俗，秦时月不免多看了一眼。

"凌波不过横塘路，但目送、芳尘去。锦瑟年华谁与度？月桥花院，琐窗朱户，只有春知处。"这字，秦时月似曾相识，心里不免多了一份期待。

秦时月是在前天得知确切消息的，说湖州有意出让古籍的卖家这两日会与各路买家见面，就急急地往老家来了，因为这个卖家开出的条件让他心里"格楞"一动，却又没有答案。这条件之一是一串书目，卖家要求买家或者买家代表必须熟悉书目中的那几本书。而那些书，恰是秦时月以前读过的，其中的好几本，秦时月相信是孤本，别处没有，只在南锦张家的藏书楼里有。可是张家藏书楼里的书早在十年前就转手去了宁波。

父女俩回到南锦，在涵芬叔叔家住了一晚，第二天早上门口就有送信的人来，说邀请两位去陆家庄与卖主见面。原来这南锦虽是大镇，秦时月却也算是镇里出去的名人，因此父女两个到了镇里就有人告知了神秘的卖家。秦时月在南锦长大，南锦陆家他是知道的，那陆家是本地有名的财主，不但在镇上有大宅院，更在镇外好几里水路的一个地方有一处庄园陆家庄。但记忆中陆家并没有藏书楼。他小时候，这座陆家庄也还没有造起来。

正在想这里的神秘主人是谁的时候，屏风后面有人搀着一位小脚老太太走出来。父女俩赶忙站起来，那个老太太却对秦时月叫着："松明哥哥，是不是松明哥哥？"

秦时月大吃一惊！秦时月少年时曾经给自己取过字，叫松明。但他离开老家以后就不再用这字了。他仔细看了一下老太太，不确定地问："你是，小娴？"

秦涵芬看着父亲和叫父亲哥哥的老太太，大惑不解，但她知道松明是父亲以前的字，明白这里面一定有不为人知的故事。

"小娴，哦，唐夫人，真的是你吗？"

"是啊，是我。你还认得出我吗？"

涵芬这才发现，原来这老太太并不老，只是因为小脚，又有点胖，走路摇摇摆摆，像个小老太婆。

"这是你的女儿吗？"

"是的，这是小女涵芬。涵芬，这是唐夫人。"

"这么好看的女儿啊。不要叫我夫人，囡囡啊，叫我嬢嬢吧。"

涵芬叫过了嬢嬢。三个人坐了下来。秦时月问："是你要出让古籍吗？"

"是我。"

秦时月小时候经常去张家藏书楼看书，时间久了，张家老先生很喜欢这个爱看书的孩子，把一些家藏珍贵古书也拿出来让他看。但这些书是不可以拿到外面去看的，只能够坐在藏书楼的一间房间里看，而且看之前必须净手，翻页的时候要用经签小心地翻。小娴是张老先生的独生女儿，所以比起儿子更加宝贝。小娴也很爱看书习字。但小娴是有钱人家的女儿，是要裹小脚的，常常疼得哇哇叫。秦时月来看书的时候经常会碰到小娴。有一年秦时月跟父亲去了一次上海，回来后对小娴讲了好多新奇的事情。那时候秦时月就想好了以后要去上海，因为在上海有一个更大的世界。

秦时月有一天忽然不去张家看书了，因为他去上海做学徒了。但秦时月在小娴的心里却已经播撒了一片更大天地的种子，种下了爱慕的树苗。这些，秦时月并不知道。过了几年，小娴嫁了，嫁了湖州唐家的大少爷。小娴出嫁的时候，央求父亲给她的嫁妆里加入了一批古书，她把她记得的秦时月读过的书都加了进去。父亲疼爱女儿，把家藏三分之一的古籍全做了嫁妆。这些年，张家的生意逐渐凋败了，藏书楼的书也转手了，只有小娴的嫁妆保存完好。

去年，唐家大少爷，也就是后来的唐家掌门人离世了，唐夫人也渐感身体不适。他们没有子嗣，她想到了那些书的归宿，想到了几十年的匆匆岁月，想到了秦时月，她听人说起过，秦时月在上海，做着和古籍相关的行当。而陆家庄早在几年前就已经卖给了唐家，只是大家叫习惯了，还沿用着陆家庄的名字。

秦时月想起，当年张家转卖藏书楼的时候也是一件大事，报纸上有介绍的，那时他就注意到好些珍本书籍不在转让的书目中。原来那些书都在唐夫人手里。他的心里一阵兴奋。但他也有些不安，唐夫人将这些书保存了这么些年，又量身定制般开出转让条件，分明传达了某种信息，使他有些尴尬，尤其是在自己女儿面前。

涵芬好像看出了一点其中的端倪，却又不知道背后这么多的事情，只好糊里糊涂地听着。

"是不是有东洋人也来寻过你？"秦时月问。

"是啊，不晓得家里哪个人把这消息传到了外面，前一段确实有东洋人去湖州要见我，我没见。东洋人也不想想，它在东北要占我们国土，在这里还想要我的古籍，是不是痴人说梦？不过东洋人来也提醒了我，要尽快把这件事情做掉了。我想你是保管这些古书最合适的人了。几十年了，我不晓得该怎么联系你，也不能在报纸上登寻人启事吧，所以我就开列了这些条件出来。我想只要你还在做这个事情，你一定会看懂。"

"听说东洋人开出了很高的价钱？"

"价钱再高，我也不能卖啊。这不单单是古籍吧。在我心里，那还是我人生的一部分。"

"谢谢唐夫人，你为后人做了一件大好事啊！"

"不要叫我唐夫人吧，松明哥哥，我只不过为自己保存了一段年轻时的回忆。现在我老了，该让这些书去一个更好的地方了。"

秦时月一时竟不知道该怎样作答，倒是涵芬开口说："孃孃一点不老，怎么就说自己老了呢？"

"哈哈，有这么漂亮乖巧的女儿，松明哥哥真是好福气啊。书都在湖州城里，你们今天就在庄上住下，一会儿一起吃饭，说说话，明天一早我们一起去城里，好不好？"

秦时月说："唐夫人如此盛情，那就恭敬不如从命了。"

"松明哥哥，你就不能叫我小娴吗？"

"哎，好，小娴，那就谢谢了！"

唐夫人吩咐把父女俩领到了住宿的院子。涵芬这才有时间向父亲问清楚了他和唐夫人的关系。

"原来爸爸年轻时是风流才子啊！"

"不许取笑爸爸。"

"我没有取笑您呀。您说过的，您也年轻过。唉，我看出来了，唐夫人那时对您是倾心爱慕的。山有木兮木有枝，心悦君兮君不知。哎呀，要不是阴差阳错，这个世界上讲不定就没有我咯。一份爱一存几十年，让人唏嘘啊。"

"不要胡说，我是真不知道这些的。"

"您看到那个青玉案条幅啦。试问闲愁都几许？一川烟草，满城风絮，梅子黄时雨。正因为您不知道才让人伤感啊。"

"你，不会去告诉你娘吧？"秦时月担心地问。

"我不晓得啊。但是，妈妈已经离开我们这么多年，纵使您现在有喜欢的人，妈妈也该为您祝福吧，更何况这是几十年前的事情了。您和唐夫人之间，本来也可能会有一段美好的感情。"

秦时月没有说话，眼睛望着窗外，许久，叹了一口气，说："也许吧，人世里总有很多不经意的错过，不自觉的辜负。几十年眨眼就过去了，我们都老了。"

涵芬听了，突然想起了关桃，心里一紧。她有好几天赌气没去找他，没有联系他了。关桃也没有再来找她。这次出来她也没有告诉他。关桃前一段时间本来就有意无意想要疏远她的。他们两个会不会也从此错过，一转头，几十年？这样的念头在脑中闪过，折磨着她，让她惊心、害怕。她不要一转头几十年的错过。这个时候，她早先对关桃的怨气烟消云散了，心里满是对这个人的思念和渴望，她想要立刻回到关桃的身边，抱住他，再也不放手。

关桃随着涵芬的叔叔从小路穿过大片的桑树园，过了一个小小的渡口，又气喘吁吁连奔带跑了二十来分钟，来到了陆家庄。那时候，那两个人雇的小船也已离陆家庄不远，涵芬堂弟的船则不远不近地跟在后面。到了陆家庄，涵芬叔叔赶紧去通报要求见秦时月。庄里的人领了他们两个人进去，到了秦时月和涵芬住宿的院子里，秦时月和涵芬迎出来，惊讶地看见关桃也来了。涵芬以为是做梦，刚刚她还在想立时三刻要回到关桃身边，这会儿关桃居然就站在了面前，她什么也不顾了，上前就抱住了关桃，哭了起来。

关桃来不及说其他，先把昨天去静逸村看到听到以及一路的事情说了一遍。秦时月拍了拍额头，说："那定是大东亚雇的人，想要截住我们，也可能恐吓我们，不让这件事情成功，或者胁迫我们和他们合作，东洋人真是越来越下作，但也算是黔驴技穷了吧。"

这时唐夫人也来了，秦时月忙把关桃说的事情简单讲了一遍，唐夫人叫了人来，吩咐下去，只要这两个人靠近庄子就立即抓了来，搜出枪来就立即送官。

第三十八章　落魄人重回协隆　拒利诱守口如瓶

　　这个城市的深秋很美，梧桐树叶落下，铺满马路，伸向远处。从楼上俯瞰，公园里斑斓如海。第一次真正的冬季寒潮袭来的时候，关桃无货可交，也不可能交货给日本人了。想尽了种种办法，他还是凑不到钱还给三浦，更谈不上支付罚金了。三浦物产把关桃告上了法庭，请求法院判令关桃返还货款，支付罚金。关桃知道这官司他是赢不了的。等法院的判决下来，他无法执行判决，那么他可能只有进监狱去了。在华商这一头，关桃被逐出了行业公会，昔日走得很近的朋友都有意无意地与他拉开了距离。

　　关桃已经没有房子、没有汽车、没有资金，也没有员工了，他在办公室里枯坐，桌子上放着收拾好的几样东西，挂衣架上挂着一件有束腰带的黑呢大衣，是他没舍得卖掉的。

　　昨日种种，恍若南柯一梦。今日今时，前路漫漫，他不知该怎么办。这段时间他住在这间办公室里，白天夜里都靠这间房间，现在这间房间除了睡觉没什么用了，他也付不出租金了。他只能搬回龙华去住了。爷娘不会嫌弃自己的孩子，但落魄回乡，正当年轻气盛的关桃心里总有万般不甘，也不知道自己该怎样度过这不堪的时光。

　　房门轻启，涵芬来了。今天是关桃在公司的最后一日，她请了假来帮关桃搬东西。但关桃其实没什么可以搬的了，涵芬更重要的目的是要看着关桃把东西搬到静逸村去。关桃有时故意疏远自己，她自然看得懂其中的原因。她走到关桃跟前，上去抱住了他，亲吻他，又缩了回来，嗔怪道："没刮胡子！"

　　关桃有些不好意思。这些天他有点不修边幅，经常胡子拉碴。人在贫穷当中，就没了那么多讲究。

　　"桃子，昨天你可是答应了搬到我家去住的。秦老先生讲了，他多一个儿子，热闹，开心！"涵芬讲。

"可我总觉得不合适，我还是回龙华住一段时间吧。"

"你一大堆讲究啊，有啥不合适，那么封建！你以为你到我家是和我睡一个屋子？美得你！"秦涵芬讲完这话，自己都觉得难为情，低了头，眼睛不知道往什么地方看了。

"涵芬，我明白，你想帮我。可我欠下了那么多钞票，还不出，可能要吃官司的，要拖累你的。我不想。"

"可不可以不演这样俗套的戏？这是烂情节好不好！什么生意失败了，得了绝症了，就躲着恋人扮高尚。或者心里想不开，就借酒浇愁，到大街上烂醉如泥，碰到一个美女，哈哈，都是戏里演烂了的。还好你没演这样的烂戏，算我没看错你。我晓得你欠了债，我读过书的，大学毕业，知道欠债的意思，你离开我还是一样欠债。"

"但至少不会影响到你。我不演苦情戏，但我也不想害人，弄得自己良心不安。你没义务这样做，我不能让你跟着我受苦。"

"嘿嘿，我跟着你？暴露了吧，妄图大男子主义！现在是让你跟着我好不好！苦不苦，我心里知道。再讲了，我在你们关家吃过水潽蛋的，你爸妈认了的，就这个，你得对我负责。想要赖，哼，休想！"

"好吧，讲不过你。"关桃看着怀中的秦涵芬，心中充满感激。这些日子如果不是涵芬始终陪伴着他，他不知道自己已经变成了什么样子。

"桃子，你晓得吗，那天从大世界出来，到了那个车站前，我就想，前世我们也许就是同一个人，后来才分成了两个身体，这辈子我花了老长时间寻到了你，就要重新合而为一。要分开，过完这辈子再讲。"

"你也迷信啊，前世今生，这都是小说里宗教里讲的事情。"关桃说。

"我为什么不可以迷信？爱本来就是迷信，永远不会破的迷信。"

涵芬用力地抱住关桃，关桃刚想吻涵芬，响起了敲门声。两个人赶紧分开，关桃去开了门，门外是秀珍，大概走得急，头上还冒着汗。秀珍看到房间里的涵芬，脸上有些犹豫。关桃讲："秀珍，出什么事了？来，快进来，外头很冷啊。"

秀珍和涵芬打了一个招呼，扫视了一眼凌乱的房间。上一次到关桃的办公室是在东方饭店，这一次，是在一条小弄堂里，她已经听说了关桃的处境，所以找了过来。

关桃看秀珍头上冒汗，知道她走得一定很快，但他搓着手，找不到干净的杯子倒水给她，尴尬地说："正好要搬走，杯子收起来了。"

秀珍看看涵芬，又看看关桃，好像觉得来得不是时候，又好像这件事情不方便在涵芬面前讲："我，我听讲你搬到了这里，所以寻过来，看看……"

"哦，我挺好的。你看，能吃能睏，身体健康。"

涵芬的眼泪涌了出来，说："桃子阿哥，不要讲了，我都晓得了，真的对不起，我之前不晓得你已经这样走投无路，是我们把你害成了这个样子的。"

"秀珍，这跟你没关系。是我自己害了自己，这是我应得的。"

"你不要这样讲自己，你没做错过啥事体，你对我，对我家那么好，是我们恩将仇报，把你害成这个样子。还有顺礼，你对他那么好，想不到是那么黑心肠的一个人。"

"怪我自己有眼无珠吧。那么长时间，我早就应该看清他是什么样子了，可是我却没看出来。"

"你心太善良，所以看别人都是好的。"

"唉，事已如此，不讲他了。"

"你接下来怎么办？"

"还不晓得。走一步看一步吧。也可能回龙华住一段日子，爷娘还有几亩地，种地总归学得会。"

涵芬插话进来："哎，怎么说的？不是说好了吗？秀珍姐姐，桃子搬到我家去住。"

秀珍看了看涵芬，定了定神，好像下定了决心一样，讲："桃子阿哥，涵芬妹妹，我不晓得应不应当讲，要不你回吉祥街吧，我爷娘这个样子了，我与秀琳根本不会做生意，现在这个店也没个主持的人，我又要照顾爷娘和孩子，天天手忙脚乱，却没钞票赚进来。要不了多久这个店也是会倒掉的，不如你去主持。这本来就是你的店，它就不该属于我们。"

"不合适吧。我不晓得自己还能不能回得去。吉祥街如果少个主持的人我可以推荐一个，还有，秀琳大了，稍加培训也是可以帮忙的，但我回去怕是不行。"

"桃子哥，你就再想想，就算是帮帮我，可怜可怜我。我晓得你不想再看到我爸妈了，连提起他们也许都不愿意，但我不可以不养着他们，还有，弟弟也还小，我也不能不管。"

"我明白，秀珍，你让我好好想想。"

涵芬开口了："不用想，桃子，回去吧，回到吉祥街，回到你开始的地方，你不应该回到龙华，窝在屋里，让自己整天沉浸在无穷的懊恼中。"

关桃有些诧异，看着涵芬。

涵芬继续讲："秀珍有恩于我们，如果不是她在法庭上的证词，你没办法洗清侵占的污名，也许现在已经在吃官司了。现在秀珍又给我们一个机会，让你从事熟悉的工作，有一个安身立命之地，重新做回你的关一刀，你应该接受秀珍的这份好意。"

但关桃没办法一下子转过弯来。"涵芬，我需要时间好好想想，还有，我有另外一桩官司没有了掉，说不定帮不了她们多久。"

"暂时不要想那么多吧，往前走，我们一起慢慢想办法，讲不定就会应了那句话，船到桥头自会直。秀珍，你让桃子慢慢想，他会想通的。"涵芬心里现在认定关桃回吉祥街是最好的一个安排，在市里，不但能帮秀珍渡过难关，自己多少有一份收入，而且身在生意场上，机会就多一些。即使将来法院要判，有一份工作在做，转圜的余地就大一些。还有很重要的一点，这样关桃住在静逸村也是顺理成章的了。

"谢谢你，涵芬妹妹！你真好！桃子阿哥有你真是他的福气。"秀珍讲。

"秀珍姐，是我们应该谢谢你。"

秀珍赶快告辞走了。她本来很怕引起误会，特别是请关桃回吉祥街这件事，虽有这样那样的理由，但总是很难讲明白的事情。想不到涵芬如此善解人意，会劝关桃回去她的身边，秀珍的心里，充满了对这两个人的无限感激。街上寒风嗖嗖，脚下的树叶发出沙沙的响声，秀珍却并不感觉到冷了。

关桃终于还是回了吉祥街，那是他最熟悉的行当，他做学徒的地方。既然是主持店面，当然不能再西装革履，而且店里也没暖气，西装革履会冻死。关桃穿了棉袍棉鞋，在店里招呼客人，手脚麻利，驾轻就熟，重新做回了关一刀。而这关一刀和足尺加一不园尺的名气，确实吸引了一些老客人过来，就单单为了看他耍剪刀卖布料，店里的生意又逐渐忙了起来。关桃和秀珍商量后改了一下橱窗，原先设计来给模特站立展示布料的那个橱窗，现在整个是一大张白纸，上面只有两个苍劲的魏体字：国难！

附近的店家和邻居这些年里换了不少，也有一些熟悉的，知道关桃和不知道关桃的，知道关桃和邱家的故事的和不知道这个故事的，不过是三两日的指指点点，而后，风平浪静。大上海每天都上演着情节曲折的人生大戏，只要有闲情，每天都可看到更新鲜刺激的故事，关桃那点故事又算得了什么！

关桃住在秦家底楼的一个小房间里，三个人生活得很融洽。这个房间一般是给帮佣的人住的，本来秦时月觉得不合适，要关桃到二楼住，但关桃觉得他和涵芬还未结婚，不宜和秦家父女住在一个楼层上。为这事秦时月还讲过关桃，但心里觉得关桃做事情很有规矩分寸，反而有些赞许。只是关桃所欠下的债确实是让秦时月担忧的一件事。这毕竟是一大笔钱，以涵芬的收入要帮着关桃还债不知道要还多久。关桃住进来之前回了一次龙华去看爷娘，趁着这个空当，秦时月特地跟女儿谈了这件事情，担心女儿不清楚这么一大笔债务究竟意味着什么。

"涵芬，关桃住进屋里，你们的事就算是定了。你想好了要嫁给他？"

"我晓得，我想好了。我好几年前就想好了。"

"戆小囡，啥叫几年前就想好了。"

"我读中学时，在电车站上看到他和小偷打架，那个时候我就想好了要找一个这样的人。老天把他送回到我身边，我不能放手！"

"你晓得这一大笔债对你是啥意思吗？"

"要还很多很多年。"沉默了一会儿,涵芬又讲:"我想过的。世界上没十全十美的事,样样都要好,怕是寻不到。我自己也不是仙女下凡,十全十美。关桃现在肯回吉祥街了,只要店里生意还可以,他就有了一份稳定的收入。我还可以去做一份兼职的,我去一家报馆谈过,可以兼一个夜班编辑,实在不行,做家教总可以吧。当然我暂时要赖在您身边了。"

"啥叫赖在我身边,爸爸巴不得你一直在我身边。爸爸是怕你一时冲动,出于同情,没有想清楚就做决定,将来会后悔。生活是琐碎的,柴米油盐,没钞票样样都是难处。你如果确实想好了,爸爸尊重你。"

秦时月对女儿的未来想过很多。他手头有两个书稿,断断续续写了两年,原本因为图书馆的工作忙,不着急出版,现在他要赶紧完稿,争取早些出书,早点拿到稿酬版税,多少可以为将来做些准备。他每天在书房里的时间比以前更长了,低着头一个字一个字写他的书。

关桃搬到家里住以后,涵芬催了几次关桃去办结婚登记手续,但都被关桃搪塞了过去。关桃不是不想和涵芬结婚,他知道涵芬的意思,除了她爱他,还有一个原因,因为长久住在一套屋子里了,在这样的一个居住区里,邻居之间难免相问,总有些尴尬的。但眼下真不是时候,他想要给自己的爱人更好的生活,虽然不知道这样子的生活会在什么时候到来。

转眼又是腊月,正月在即。一年前的腊月里,关桃和涵芬一起去了城隍庙,在关桃心里,那是他们情定终身的一天。有一天傍晚,关桃在涵芬房间里等她一道出去。涵芬的房间里有好几对不同的洋娃娃。涵芬对他说过,大的是妈妈,小的是女儿。梳妆台上有一本翻开的笔记本,上面好像是一首新诗。关桃知道涵芬经常一个人写东西,但若不是涵芬主动给他看,他不会去翻看。但这时候却忍不住好奇,凑过头去。

> 五月的蔷薇花沉醉在风里
> 　　布谷鸟歌唱
> 六月的紫藤缠绵在阳光里
> 　　绚丽明亮
> 七夕的星座绽放在玫瑰园里
> 　　思念飞过时间的蛮荒
> 我是你爱的勋章
> 　　暴虐而甜蜜
> 　　纹在你的胸膛
> 秋天栖息在金色的桂花林里
> 月亮流淌在永恒的河里

第三十八章　落魄人重回协隆　拒利诱守口如瓶

>　　爱人，请升起烟火
>
>　　我要披上月光的婚纱
>
>　　共你苦乐在人世里

　　涵芬进来，看到他在看笔记本，赶忙过来合起来，嗔怪道："不许偷看我的东西！"

　　"我没偷看啊，是它不小心出现在了我的眼前。"

　　"哼，就是偷看了！"

　　"写得真美。我一不小心和大诗人在一起生活了。"

　　"不许你讥笑我！"涵芬竟然有些不好意思，好似有些恼怒，但只不过一瞬间就有些痴痴地看着关桃问："……你欢喜吗？"

　　"我欢喜的。你的意思，你是个暴君，很暴虐。"

　　"嘻嘻，就是就是，要虐你一辈子，让不让？"涵芬双臂环住了关桃的头颈，整个身体吊在了关桃的身上。

　　"让，让。"关桃浑身燥热。他双手抱住涵芬小巧的身体，涵芬的脑袋埋入了他的脖颈下，像一团炭火发出灼热的气息。他闻着涵芬身上的味道，喘气有些粗起来。两个人亲吻起来，忘记了世间的一切。他们从书桌边移到了床边，纠缠在一起。涵芬喘息着，微闭着眼，好像已经做好了一切准备。

　　窗外，天已经完全暗下来了，关桃意识到秦先生马上就要到家了，对涵芬讲："秦伯伯就要回来了。"

　　涵芬闭着眼睛，梦游般答道："哦。"良久，她睁开了眼，关桃开了灯，两个人整了整衣裳和头发。涵芬事先告诉了秦时月要出去逛街的，但此刻再出去时间好像有点尴尬，不如等秦时月回来一起到外面吃点饭。等着秦时月的时候，涵芬转了转眼睛，意犹未尽地对关桃说："那——桃子，过年前我们抽一天去把结婚登记办了吧，办完了我就可以虐你一辈子啦。"

　　"还是过些日子吧，过年前一个月是店里生意最忙的时候，抽不开身呢。"

　　"你又寻借口，我不要，这趟你一定要抽出时间来。"秦涵芬又偎依在关桃的怀里，开始撒娇。关桃亲了亲涵芬，看着她噘嘴生气的样子，心就化了。

　　"好吧，那就过年前的最后一个礼拜六，好不好？这个礼拜天我先回龙华看看爷娘，告诉他们这桩事体，然后登记完就过年了。"刚刚的那番缠绵让关桃意识到，他离不开这个女孩子，再说他已经住进了秦家，外人看来已经是一家人了。一直不明不白地住着，上海人再开明，这种事情也是要搬来搬去讲闲话的。早晚都要有这一天，不如早点定下来吧。

　　"好呀，好呀——那就讲好了，我要早点请假去。哎，结婚证上头还要写介绍人证婚人一大堆人的，我们还要寻几个人头去呢。"

"呵呵，一歇歇噘个嘴，一歇歇又那么开心，像个小孩子。"

"我开心呀，我要做关桃的女人了！"秦涵芬讲完这一句话，觉得害羞，赶忙把头埋在了关桃的怀里。

关桃紧紧抱住涵芬，轻声讲："但我买不起月光般的婚纱。"

"有你就有月光，有月光般的婚纱。我们要生很多孩子，围绕在我们身边。"

"为啥要生很多孩子？"

"不晓得，我就想为你生那么多孩子。大概因为我们两个家里都只有一个孩子，太孤单了吧。"涵芬的手在身边画了一个圈，好像那圈里面都是他们的孩子。

礼拜六傍晚关桃回到了龙华，夜里就住在老屋里。关炳生和关桃娘看见儿子慢慢地走出了前一段的阴影，心中开心，听讲儿子要结婚，更加开心。关桃娘想得更远一些："你们还要什么注册登记，我们就认摆喜酒。快点办事体，桃子，你那些小兄弟中只有你没成家了，一个个小孩都老大了。你快点结婚，赶紧生几个孩子，我给你带孩子。"

"妈，这都还没结婚您已经想到孩子去了？"关桃想，女人的想法是不是都一样的。

"讨娘子不就是要生小孩吗？不生小孩，讨娘子做啥？"

关桃看看讲不清楚，就由着他们开开心心瞎咕噜了。

睡到半夜里，传来敲门声，一家人都醒了，关桃走到外间，问："啥人？"

门外传来慧澄的声音："桃子，是我，慧澄。"

关桃赶紧开门，一股凉意袭来，门外，慧澄扶着谛闲大师，有些仓皇。关桃赶紧让进来，关好门，让了座，施礼完毕，问："这是怎么了？"

慧澄口气着急地回答："下午大师来了庙里，预备明天讲经。刚刚不晓得啥地方来的几个人潜进庙里，进了大师的房间，要绑走大师，还好大师抵挡了一歇。上一趟事体后我就多加了守护，沙弥惊醒，唤醒大家，那几个人逃走了。大师讲庙里不安全了，一定要让我寻你，讲要在你这里呆一下。好巧不巧，我傍晚听人讲你回了龙华，所以半夜来敲门，惊扰你们了。"

关桃看着谛闲，大师脸上已经波澜不惊。关桃娘忙着从热水壶里倒热水，冲了两碗糖水为大师压惊。

以古稀之躯独自阻挡好几个有备而来的坏人不是一件轻而易举的事情，关桃不由得为大师的身体担忧。想起去年那一夜有三个人潜进庙里的事，今天又有人要绑架谛闲大师，关桃明白这些事肯定不是偶然或碰巧发生的，一定是有人盯上了龙华寺和大师，而且很可能和他当年糊里糊涂的密室和人们口中的地宫传说有关。如果是这样，把谛闲大师留在家中也是不安全的。

"慧澄法师，学生现在回想起来，一切恐怕都和我们这里的地宫传说有关。我想这里也不是安全的地方。"

第三十八章 落魄人重回协隆 拒利诱守口如瓶

"那怎么办？"慧澄看着坐在桌子旁边的谛闲，有些着急而茫然地问。谛闲好像已颇不在意，眉目低垂，打坐一般，不响。

"你稍等，我出去寻个车，我们把大师送到徐家汇去吧，那里有我一个朋友，路不远，人又多，藏得住人。"

关桃找到了一部黄包车，车夫拉着谛闲，慧澄和关桃跟在车旁一路小跑，连夜赶去徐家汇。沿着一条小马路穿过一大片农田，远处有一片屋宇耸立，教堂尖顶好像两柄剑刺向夜空。过了土山湾育婴堂，又过一座石桥，依次经过大修院、小修院、圣衣堂、神学院，黄包车在弹街路上颠簸得厉害，只能慢一点走。前方左手边有一个石牌楼，牌楼后是徐文定公的墓园，在四周黑暗的农田中有些森然。一路没讲话的谛闲叫黄包车停下，下了车，穿过牌楼，走进墓园。关桃和慧澄跟在后面，在黑暗中走过长长的神道，走过那些默然无语面目模糊的石人石兽，来到墓前。一个高大的白色十字架竖立在墓前，表示这座坟墓的主人是天主教徒。十字架指向天空，天空里是稀稀朗朗的星星。谛闲执手以佛教之礼拜之，顺时针绕着墓丘走了三圈，回到墓前，又施礼致敬。做完这些，谛闲讲："文定公与我等殊途同归。他皈依了天主，去了他的天国，我持诵佛经，向往着我的净土。佛教自天竺传来，天主教来自欧洲，但归根结底我们都是中国人，我们的祈祷、誓愿都是为了这片土地，为了这里的苍生百姓而发。"讲完这些，谛闲好像有些吃力，有些接不上气来。关桃和慧澄忙搀扶着大师又上了车。三人进了徐镇老街，找到了关桃朋友的住处。进了屋，关桃对朋友乔先生讲明了来意，乔先生一口答应了下来，恭恭敬敬地为谛闲大师腾出了一间净室，安顿大师休息。关桃和慧澄扶大师坐下，才发现谛闲的面色在灯下有些发白。大师应该是受伤了。关桃要去请医生，却被谛闲阻止了，讲，歇几天就会好。

把一切安排妥当后，关桃和慧澄循原路走回龙华去，天气寒冷，但他们的脑门上都沁出了汗水。天空里星星闪烁，远处龙华塔的影子在幽蓝的天幕里清晰可辨。

第二天，关桃陪了一会儿爷娘，又去了徐家汇，拜托乔先生好生照顾大师的起居，随后回了静逸村。涵芬看到关桃早早回来了，很开心，要关桃陪着自己到外面逛一圈马路。两个人搀着手出了门，走到了霞飞路。霞飞路热闹地段离华懋很近，华懋太高了，想避也避不开。有一段时间关桃总想绕着这几个地方走，但涵芬拉着他出门走，经常故意经过这几个地方，关桃逐渐不那么怕经过这些地方了。正是新年节庆前，店家都趁着这个季节做促销，很多商品价格只有平常的一半，一家一家店兜过来，关桃手里拎了几个口袋，装了涵芬平常看上了想买没舍得买的东西。路过一家婚纱店，橱窗里的新娘披着洁白的婚纱，涵芬拉着关桃径直走了过去，连头也没有转一下。

两人买了不少东西，两双缎面绣花拖鞋，一对枕套，还有一对糖缸，都是成双成对的。涵芬一边买，一边拿眼睛看关桃，心中的欢喜已经掩饰不住了。这都是结婚用的东西。关桃的心里有些歉疚，因为他的钱都要拿来还债。他知道涵芬在小心比较着价钱，既要买得喜庆，又不能太费钱。

但他们没买被面床单等东西，那些东西关桃熟悉，由他去进货要便宜很多。涵芬讲了，要做四床新被子做嫁妆。关桃讲："唉，我给不了你新房。"

涵芬讲："不用，我招女婿，乖。"

天色晚了，路上行人熙熙攘攘，不远处的华懋楼里很多房间都亮起了灯，关桃看到他以前住过的那间房也亮了灯，那里现在住着另外一个人。

过年之前的生意很好，关桃在吉祥街的店里忙碌着。他现在做着自己熟悉的工作，虽然和以前做关老板不能比，但每天心里平静而满足，有时竟然忘了自己身上还背了一大笔债。

加藤清男再次来到田中隆吉的办公室。他首先为他上一次的鲁莽行动表示歉意。

"哦，加藤君，加藤门主，你是说那个孙淳轩？不必太在意，死了就死了吧，只不过早死和晚死而已。但接下去的事你要小心应付，不能有差错。"

"是，少佐阁下，您请吩咐。"

"我们已经做了安排，必须在特定的时间派人去马玉山路的三友实业社工厂。那个工厂里有所谓的义勇军，每天进行操练，他们的反日倾向明确，而且随时准备战斗，这是一个合适的目标。你的任务是挑起争斗，在争斗中，必须有人付出生命，我指的是日本人的生命。以后的事我们都会一一推进的。"

"请少佐放心，我会按您的指示安排一切的。"

"好的，相信加藤君一定会成功的。"

"那个谛闲和尚，前两天失手之后再也找不到了。"

"是啊，很可惜。我们会想其他办法找到他。龙华寺隔壁是支那军队的司令部所在地，一旦找到他，获得情报，我会安排特战部队和你们一起去龙华寺。"

山本太郎的汽车停在了吉祥街协隆绸布店门口。距离上一次他的车停在这个地方已经过去了很多年，山本在心里感慨物是人非。他看到了橱窗里巨大的"国难"两字，略有些尴尬。进了店面，关桃正在忙，抬眼看见了山本，放下手里的事情走了过来："山本先生，您来了。"

"关老板好啊，在忙呢！"

"我现在不是老板。"关桃忙解释。

"哎，我知道我知道。"

"山本先生，那个，欠贵公司的债务，我一定会还的，您放心。"

"哈哈，我当然放心的，放心的。我一直是相信关君的为人和能力的。"

"谢谢山本先生的信任。"

第三十八章　落魄人重回协隆　拒利诱守口如瓶

"我们到我车里谈几句好不好？"

关桃跟着山本钻进了车里。

"关桃君，有一件事，我的朋友想打听一下。"

"您说。"

"最近从日本国内来了几个佛学大师。你知道我们两国最近关系紧张，佛教界的朋友想做些工作，使大家都能够平静下来。这些朋友一直想和天台宗的第四十三世祖谛闲大师见面讨教，却一直找不到大师。大师最近在上海，却突然不见了，关桃君是和大师关系亲近的人，所以想请关桃君引见引见。"

"哎呀，我一个俗人，怎么可能与谛闲大师这样的高僧大德关系亲近。当年闯了祸，被先生送去让大师管教了几天，后来就一直没啥联系了。"关桃讲。

"关桃君，不要推托嘛，这些人是诚心来请教和交流的，没其他的意思。虽然日本和中国最近在东北有一些摩擦，但我们之间还是朋友，对不对？"

"我真的不晓得大师的行踪，山本先生。您想啊，我整天在这里忙于生意，想着怎样赚钱还您的债，哪有闲心去管大师的事。"

"关桃君，那些债务你不要太在意。对于三浦物产而言，那些钱可有可无。这些朋友对我很重要，请帮我一个忙。如果关桃君引见一下大师，那些债务，我打个报告，我们可以一笔勾销。"山本看着关桃，很认真。

"唉，如果能够一笔勾销债务就太好了，这是一大笔钱啊。"

"对嘛，我知道你最近一直住在秦先生家里，马上就要成为秦先生女婿了。秦先生也是我的朋友，我也不想你背着债影响到秦先生和秦小姐将来的生活。怎么样，就这样说定了吧？"

"可是，山本先生，我真不知道大师的下落。"

山本的面色有些难看，沉吟了一下，讲："唉，关桃君，你是龙华人，上海人，又是做生意的，你想想龙华塔，八面玲珑才能左右逢源，对不对？你是聪明人，这件事你帮我忙，我也不会食言。"

"哈哈，山本先生真是万宝全书。龙华塔确实是八面玲珑，可我真不晓得谛闲大师的下落，不然，看在这么多钱的份上我也要帮您找到大师呀。"关桃想起小时候周先生讲课时有过几句与书本没关系的闲话，讲这龙华塔虽则是八面玲珑，但你走远一点看，也是风骨嶙峋的。这句话关桃印象很深，龙华塔是小时候日日要见的，也因此把这两个很难写的字记得很牢。

山本愣了一下，知道问下去也不会有结果了："看来关桃君是真不肯帮忙了。好吧，该说的我都说了，我这样说，是因为我们有多年的情义。这样，你再考虑一下，想好了打电话给我。"

汽车开远之后，坐在后座上的山本心里还是非常不舒服。他终于做了一件自己不想做的事，也许是一件可耻的事情，还没有成功。这件事绕了很大一个圈子，从上海的总领事馆到东京的三浦物产总部，又从三浦物产总部传达给了在上海的山本。不知道什么道理，山本开始讨厌起自己来，他已经不是他了，他已经在为了保住他当下的生活和退休后的待遇而努力挣扎。

关桃的心里也不好受，山本先生虽然是日本人，但终究是有恩于自己的。老话讲，滴水之恩，当涌泉相报。收购鸿安纱厂这件事，山本最初的出发点也是好的，是想要帮他的。只不过人算不如天算，一个人怎么也犟不过命的。如今日本侵略中国，但山本说他们之间总还是朋友，这句话是没有错的。然而，即使是朋友，他也不能对他讲实话了。关桃站在街边，深深地叹了一口气，心里很悲哀。

夜里，关桃对涵芬提起白天的事情，虽然没有和盘托出，意思涵芬还是明白的。涵芬沉默良久，然后讲："有些事，终究不是朋友和朋友之间的事了。隔在我们和山本先生之间的，是国家，是民族了。"

第三十八章　落魄人重回协隆　拒利诱守口如瓶

第三十九章　造事变贼寇凶残　护国宝凤凰翔天

九一八事变发生以后，上海不少企业成立了义勇队，由老板出资，请军人给员工培训军事技能，位于马玉山路的三友实业社就有这样一支义勇队。

连续几天加藤带着人在远处看这支队伍操练，和水上秀雄窃窃私语。

"这个，秀雄，你只要把这些愚蠢的家伙挑动起来，剩下的事情就由我们来完成，明白没有？"加藤对水上讲。

水上点了点头，讲："没问题。"

1932年1月18日是上海寒冷冬季中平常的一天。天色阴沉，风湿漉漉的，像刀子似地钻入骨头。几十名三友义勇队队员像往常一样在工厂前的空地上进行队列训练，一边操练一边喊口号：抗日救亡，收复国土！

几个僧人打扮的日本人打着鼓钹口中念念有词沿着马玉山路走来，走到训练队列不远处，这队日本人停下了脚步。

看到有日本人经过，义勇队员的口号喊得更加整齐响亮。

停下的日本人看了不多久开始哄笑起来："原来支那人是这样子打胜仗的，哈哈哈。"

"哈哈，他们一直就是这样打胜仗的，排好队，向前走，然后在大日本军队的机关枪前面倒下去。"

"哎呀，看上去真是这样的。这些愚蠢的支那猪，只配给我们日本人擦屁股。哎，支那猪，你们的国家马上就要被我们灭亡啦！"

训练的队列里有些骚动。

"好像不服气啊！"一个日本人向前跨了几步，走近了训练队列，摆出架势，说："你们，敢不敢和日本武士决一死战？"

队伍停下了训练。摆出架势的日本人说："你们连我一个人都不敢打，还想和大日本帝国的无敌军队战斗，是不是太不自不量力了？来呀，支那猪！"他捡起地上的一块石头，向着队伍里的人狠劲扔了过去。

义勇队的队列散了，呼啦一下向着挑衅的日本人冲了过去。

加藤清男下午把他的那一帮人召集到他的住处，这些人的打扮和本地上海人没什么两样。一群人出门后向着马玉山路游荡过去。加藤清男走在前面，来到了三友实业社附近，观察着操练场地上的动静。看到操练队伍乱了，散了，加藤清男带着人也冲了上去。

一切都在短短的一瞬间结束。一阵混乱之后，一个唿哨，加藤带着他的人快速地撤离了现场。他一边撤离，一边期望扮作僧人的水上在天上不会责怪他。刚刚是他给了水上致命一击，现在，水上秀雄恐怕已经永远停止了呼吸。

水上是为了帝国牺牲的，是值得的。再说，水上必须死，加藤清男已经做了一代开山宗主，水上却连他穿什么颜色的内裤都清楚，还知道加藤的每一种怪癖和嗜好，他当然不应该再留在这个世界上。但水上会成为一个神，他将来一定会给水上单独设立一个祭坛，天天焚香祭拜。

加藤回到家里，一遍一遍洗手，用肥皂洗了好几遍，坐下来，舒了一口气，用手摸了摸额头，又有些心神不宁，又去洗了一遍手，用毛巾狠狠擦手上的皮肤，擦得很红，好像渗出了血一般。

第二天，报纸铺天盖地地报道日本僧人遭到中国义勇军袭击死亡的消息。日本总领事馆向上海市政府提出了抗议和交涉。有日本侨民开始在马路上游行，到三友实业社门口聚集。

作为报复，现在该是由日本人攻击中国人了的时候了。约翰·苏利文在电话里与埃里克巡官谈到昨天发生的事，他说，他在前些日子颇有远见地压下了孙淳轩案情的进一步披露，但是，很不幸，冲突终于还是来了。

"埃里克，我想我们又要有一些不眠之夜了，发生事情的那个地方离你们不远。"

"我已经安排更多警力值班了，希望不会有事吧。"

"我的感觉，会发生大事。"

在他临时设立的祭坛前，加藤清男对他的追随者讲，他要为死去的水上报仇！帝国也一定会为他们这些遭受支那人欺凌的日本侨民寻求正义的。他很享受现在这样的状态，一呼百应。20日夜里，他又带着他的人去三友实业社，同那里聚集的日本人一起游行示威。那时马玉山路上有很多游行示威队伍，三友实业社外面聚集了众多日本侨民，甚至还有几个被拉来的西方人，举着牌子，愤怒地抗议中国人杀死无辜日本僧人的暴行。群情激愤的人们举着标语，额头上缠着白布条，要找出凶手，讨回公道。当气氛达到顶点的时候，不知道谁喊了一声："烧了它，烧了它！"人们群起响应。有人点燃了工厂，大火燃烧起来。熊熊大火映在加藤的脸上，看上去面目狰狞。现在，历史正沿着他参与设定的轨道前进，他心中升起由衷的自豪和满足感。

游行队伍此后向日本海军特别陆战队司令部进发，他们要让日本军队来为死去的日本僧人讨回公道和正义。植松大佐在司令部门口郑重地接受了日本侨民的请愿书，发表讲话，代表军队支持日本侨民的正当要求。

一部分游行的人在行进途中开始攻击华人店铺和路人，造成骚乱，引来了巡捕的干预。眼尖的喽啰看到巡捕中有约瑟夫的身影，立即向加藤报告。

"开枪打伤藤村的巡捕也来了！"

"是吗，太好了！他把我们用来祭神的家伙给抢走了，那么，我们就用他来代替。我听说他还被巡捕房奖励了。听好了，我们报仇的时机到了，我们要为水上报仇，为受伤的藤村报仇，拿起武器，冲！"

日本人大叫着冲向维持秩序的巡捕，他们的手里挥舞着日本武士刀，口中高喊着复仇的口号。几名华捕还没有来得及拔枪就被打倒在地，约瑟夫被团团围住。

埃里克很快接到了约瑟夫失踪的报告，他一边指挥巡捕出动维持秩序，一边与中央捕房通了电话。接电话的正是约翰。

"约翰，约瑟夫探长被日本人劫持了，现场已经有人被打死，恐怕约瑟夫也有生命危险。"

"这正是我最担心的事。"约翰在电话的另一头讲。

"我现在立即带人去搜救约瑟夫，同时请求中央捕房派防爆机动队增援我们。"

"埃里克，不要冲动，不要把日本人和中国人之间的事变成日本人和我们之间的事。日本人劫持约瑟夫，应该是为了上一次约瑟夫打伤日本人的事。"

"约瑟夫是巡捕房探长，他代表的是巡捕房，对他的攻击就是对整个巡捕房的攻击。"

"不，我劝你冷静，约瑟夫是华人，所以这件事本质上是华人与日本人之间的冲突。"

"约翰，我不能理解你为什么会这样说，约瑟夫是我们的战友，他打击日本帮派是履行他作为租界巡捕的职责，是为维护租界的秩序做出的贡献！"埃里克说着，很生气，挂了电话，决定不再等待增援立即派出所有的力量进行营救。

在一个黑暗的房间里，一个摆设奇怪的神龛前，约瑟夫躺倒在地上，四周站立着一圈日本人。看见约瑟夫睁开眼睛，一个人穿着奇怪服饰的人蹲下来，问："你是约瑟夫？"

"我是虹口巡捕房约瑟夫探长，你们攻击我，拘禁我，已经触犯了法律。"

"哈哈哈，约瑟夫，约瑟夫，你这头支那猪还想冒充西洋人来吓唬我们。你是汤佑圣，是低贱的支那猪！"

"不许你侮辱中国人！"

"我不是要侮辱你，我是要杀了你，用你的血来祭奠死去的日本人，献给我们至高无上的神！"加藤一把揪住约瑟夫的头发，把他的头扳向神龛："看到了吗，这里有一个杯子，这个杯子要装满你的血，而不是葡萄酒，我们要用你的血祭奠我们的神和我的朋友秀雄。他被你们这些支那猪杀了！把他的衣服扒了。"加藤命令道。约瑟夫很虚弱地挣扎一下，很快被扒得只剩下了一条内裤。

　　"我知道你是天主教徒，我会尊重你的信仰，让你像耶稣那样死去的。"加藤狞笑着，手里举起了一把锋利的刀，大喊一声："利剑即佛陀！"屋子里所有人跟着大喊了一声："利剑即佛陀！"

　　加藤命令道："把他给我用水冲洗干净，要洗得非常非常干净！"

　　两天后，那时吴淞口正陆续有日本舰队到达，一队队日本军人登上陆地，中日之间的谈判正在进行当中。埃里克在一栋租界与华界交界的房子里发现了死去的约瑟夫。他光着身子被绑在一个木头十字架上，颈部有一道深深的切口，身上伤痕累累。

　　埃里克的眼睛里噙着泪，他知道约瑟夫死前一定受尽了折磨，这个曾经不能在街头看到鸭子倒悬的同事悲惨地死了。

　　"求你洗净我们的污秽，医治我们的创伤，滋润我们的憔悴。求你驯服顽强的人，温暖冷酷的心，引领迷途的人脱离迷津。凡是信赖你的人，求你扶助赐予无上的恩宠，施以慈爱的照顾。求你赏给我们修德的能力，赐给我们善终的洪恩，施予我们永福的欢欣。阿门。"

　　埃里克想，他必须为约瑟夫复仇。那时候他看出一场战争正在酝酿，日本的战争机器已经开动。他希望这一次中国人可以赢，可以把这些日本人狠狠地教训一顿。他明白现在的日本人已经很不好对付，依靠在上海的中国军队恐怕很难与不断增多的日本军人较量，况且，日本侨民实际上已经相当军事化，在乡军人会和自警团装备精良，具有很强的战斗力。但他还是希望中国军队可以赢得这场战争。为了复仇，如果他此刻不是巡捕房的长官，他甚至愿意去做志愿兵。

　　1月23日，十九路军将领蒋光鼐、蔡廷锴和淞沪警备司令戴戟亦在龙华召开了驻上海部队营长以上军官紧急军事会议，部署应对日军可能的进攻。蔡将军说："日本人这几天在上海处处都在向我们挑衅，处处都在压迫我们，商店被其滋扰，人民被其侮辱，并加派了兵舰飞机、航空母舰来上海威胁我们，企图占领上海。我这几天同戴司令一再商量，实在不能忍下去了，我们已经下了决心，就是我们十九路军要抗击，要有死的决心，为民族决一死战！所以在这里的每一个人，你们都要建立和我们一样的信念，为了国家，为了民族，决心去死！"

　　决心去死！整个会场里的人被他的这一句话震撼到了。主官抱必死之心，悲壮的号召力让每个人的血瞬间被点燃，浑身发热。

　　戴司令接着讲："天下兴亡，匹夫有责。成败何足计，生死何足论。现在只

第三十九章　造事变贼寇凶残　护国宝凤凰翔天

有尽我辈军人守土御侮的天职，与倭奴一决死战。"

这次会后，蒋光鼐、蔡廷锴、戴戟联名发表了《告十九路军全体官兵书》与《告淞沪民众书》："宁为玉碎而荣死，不为瓦全而偷生。本总指挥、军长、司令愿与我亲爱之淞沪同胞携手努力，维持必要之治安，作最后有秩序之决斗，绝不使日兵在中国土地及沪淞万国俱瞻之范围，扰及我安居，损及我一草一木。否则，军人殉国本分内事，此物此志，可以昭世界而信神明。"

一月二十八日深夜，密集的枪声划破夜空，从城市的北部传来，持续了一整夜。日本军队狂轰滥炸，成片的房子被炮火击中，燃起大火，照亮了天空。所有人几乎彻夜未眠。

上海的所有日本侨民都被动员起来支援日本军队的作战行动。平常穿着平民服装的在乡军人会和自警团成员此时都已经穿上了制服，手拿武器进入战时状态。在乡军人会成员被直接编入到战斗序列中加入与中国军队的作战，自警团在各个区域搜捕反日的中国人。而既不是在乡军人会成员又不是自警团成员的普通平民，也都忙于烧制饭团供应给军人和执勤的守卫人员，或者加入到护理伤员的工作当中。日本在上海的侨民社会此刻成为一架性能精良运作良好的战争机器，配合着日本军队从天空、水域、陆地向上海市区北部的中国军队进攻，摧毁街区、工厂以及其他市政设施。

这是加藤清男毕生难忘的时刻。他参与到了引发战争的演出之中，是历史进程的创造者和推动者之一。他开始深刻地理解什么叫有事，没有事，是可以生事的；有事，是可以造就英雄的。他穿上自警团制服，带着人在街区里搜索反日分子。他们平常的仔细观察和留意帮助了他们，使得他们可以很快找到那些胸口上还别着"反日救国"徽章、在家躲避战火的年轻学生。他们把学生拖出家门，反抗的当场打死，其他的绑起来送到海军特别陆战队司令部。那些来不及逃避的义勇军队员则由在乡军人会队员搜寻，成批地被绑着送去海军特别陆战队司令部。这些人，将从这个世界上永久消失。

一大早，埃里克来到了租界和华界边界上的闸口，闸口外已经挤满了等待进入租界躲避战火的难民。

日本飞机正执行无差别轰炸，炸弹爆炸腾起冲天烟雾，闸北笼罩在火光和烟雾中。远处，炮弹落下，有人体横飞。

一个巡捕问："长官，开不开闸？"

"立即开闸，你难道没有看见那些人正被炮弹炸死吗？快！"

汹涌的人流开始进入租界。一个年轻的中国女人怀中抱着一个孩子，手里拖着一个孩子，肩上是一个沉重的被单包裹，她的身后，还跟着另外一个孩子，因为被拥挤的人潮推拥着，眼看就要与自己的妈妈失散，孩子开始哭泣起来，喊着妈妈。埃里克奋力挤过去，抱起孩子，高高举起来把她送过了闸门。闸口后面，童子军的难民接待处已经开始工作。

也是在一大早,山本接到了居留民团的电话,让他尽快到陆战队总部开会。沿途,山本看到难民携家带口涌入租界。会议难掩紧张、忙乱,也充满骄横。早在战争开始前海军省就已经从日本派遣了军舰和增援部队过来,此刻,特遣队司令盐泽幸一将军很确定地告诉在座的所有人:"诸位,由天皇陛下御准的保护在华日本侨民的战斗已经打响,我相信,战斗将很快结束。我已经命令我们的飞机对闸北实行无差别轰炸,以惩罚支那人对我们日本侨民所犯下的罪行,让他们记取教训,不敢再有针对我们国家、我国国民的不敬行为。根据我们的情报,我们对面的这支军队已经有两个月没有领到军饷,南京政府根本没有军费支持大规模的战争,所以,我们也不排除扩大华东战果的可能性。居留民团要动员所有在上海的日本国民以及一切可以动用的力量,配合军队给予支那人最大的毁灭性打击,一周内结束上海的战斗,创造一个与满洲同样的奇迹!各位有什么需要补充的吗?"

山本的内心有些不安,无差别的轰炸是残忍的战法,会造成平民的巨大伤亡。但在这样一个时刻,在这样一个所有人都处于狂躁情绪的场合,恐怕没有他对此发表自己看法的可能性。这是来自军方的命令,必然是得到了最高层允许的。他想到了一件事,想到了他的朋友秦先生,东方图书馆,也许这是可以提出来的。

"将军阁下,我想到一件事,战场附近有一个东方图书馆,那里有很多古籍和珍宝,我想,这些古籍对于研究整个人类历史而言都是非常重要的,所以,是否可以保护这个图书馆?"

"哦,我不是很了解这个图书馆。植松大佐知道吗?"

"将军阁下,有些了解,是一个很大的图书馆,收藏了很多支那的古籍,目前是收集古籍最多的图书馆,也有人说是亚洲最大的公共图书馆。这个图书馆由商务印书馆建立。在支那,商务印书馆是出版业的支柱。我们这里有一位来自文化界的代表,青木先生,将军不妨问问青木先生的意见。"植松在一旁回答。

盐田眯缝起眼睛,诡异地笑了一下,说:"那么,青木先生,请说说你对这件事情的看法。"

"将军阁下,从我们文化机构的角度出发,我认为,在我们日本文明的身边,不应该存在一个高于日本的文明。这个图书馆,如果这些所谓珍贵的文化遗产可以为我们日本所拥有,那么它应当保留,如果不可能做到这一点,那么,它就不应该存在!"青木一字一句恭恭敬敬地回答。

盐田高高地举起了手拍向桌子,在拍到桌子前,又减小了力量,使得拍桌子的声音没有惊吓到旁边的人:"哦,青木先生,说得太好了!我想说,对我,一个军人而言,这是最有价值的战争目标!借用中国的一句老话,打蛇打七寸!炸平一条街道,一座城市,他们可以花几年、几十年时间重建,消灭这样一个文化机构，这样一座图书馆，他们将永远无法恢复。还有比这价值更高的目标吗？没有！我们的目的，就是要让中国人感受到彻骨的痛心和恐惧，永远记取侮辱和攻击日本国民的代价！谢谢您提醒我如此重要的事情。我会下命令摧毁这些目标。"

山本的心里有些苦涩，他原本的提醒，是想保护这样一座图书馆，然而，现在他的话可能间接地决定了它无可挽回的命运。他很想再说点什么，但他明白，他什么都不可以说。

从29日早上开始，商务印书馆经历了数轮轰炸，馆舍和工厂设施俱被炸毁，而一路之隔的图书馆却奇迹般未被真正破坏。这座闸北最高大的建筑此刻在四周的残垣断壁和焦土中，在浓烟滚滚的天幕下，孤独、森然地站立着。

战争的枪炮声响起的时候，秦家的三个人都被惊醒了。一会儿，北面火光冲天。秦时月讲："这应该是离我们图书馆不远的地方啊。"

"啊，那会不会打到图书馆？"秦涵芬问。

"不晓得啊，但愿不会吧。唉，又打仗了。东洋人看来是要把我们中国都占了才罢休。但愿我们的图书馆不会遭殃，那是千年的中国文明史啊！"

关桃讲："租界暂时应该是安全的。明天早上大概又要有大量难民涌进来了。到时候看看有啥可以做的吧。"

"对，爸爸您这几天不要出去了，好好在家待着，好歹这里是安全的。我们俩出去看看能做点啥。"

枪炮声响了一夜，听声音，战事的规模很大。一定有无数人已经失去生命，也有无数人正急等着救助。

这一天是礼拜五，再过一天原本是关桃和秦涵芬约好去注册结婚的日子。早上，上海发生战争的消息已经传到了全世界。由于"九一八"事变而组织起来的上海各义勇军团体纷纷加入到战争中去，与军队一起抗击日本军队。一支支战地救护队穿着统一的服装，带着袖标出发去战场救护伤员。街上出现了很多募捐的人，免费供应饭食的摊点陆续出现。宣传鼓动的人们站在街头、校园，向人们演讲，鼓励每一个中国人参与到抗击日本的战争中去。

连续几天关桃都没在店里，他跑到了吉祥街附近参与接收和搬运捐赠物资的工作，一车车的物资隆隆向战区驶去。中午，秀珍会为关桃送来饭菜。

在一个街心花园里，一大群年轻人在集会，手里高举着横幅："抗击日本侵略，收复大好河山！"集会组织者站在木箱搭起来的台上做演讲，慷慨激昂，他的演讲结束后，又介绍了下一个人出场："现在，请诗人铁夫朗诵她的诗《我亲爱的国土》！"

秦涵芬站上演讲台，人群中议论纷纷，惊讶地说："铁夫是个女孩子？！"

"从来没想到铁夫是女的！"

>   我亲爱
>   辽远的国土，
>   虽不曾亲睹芳泽
>   我知你富饶美丽
>   我亲爱
>   流离的同胞
>   虽不曾同一屋檐，
>   但我们
>   血脉相连……

高亢的声音从秦涵芬看似柔弱的身体里发出来，得到所有人的共鸣。最后的一段几乎是全场一起读完的：

>   醒来吧我的国家
>   奋起吧我的中华
>   举起
>   你的刀剑
>   点燃
>   我的热血
>   把强盗赶出家园！

"同胞们，今天，我们的城市被日本侵略者狂轰滥炸，烈火熊熊，残尸遍地，工厂被毁，家园无存，无数人沦为难民。今天，我工作的商务印书馆已被日本侵略者的炸弹夷为平地，他们的目的，是想吓倒我们，想让我们成为一个没有灵魂的民族。但是，这座城市，是全中国第一个奋起抗击日本侵略的城市！我们已经用行动告诉全世界，日本侵略者今天面对的，是一座不屈的城市，是一群无惧的人民，是一个苏醒的民族，最终失败的，必定是侵略者！"

李柔然站在人群外围，一只手插在衣袋里，听着秦涵芬的演讲。

关桃最后一次看到秦涵芬是在他工作的地方。他把一车捐赠物资整理好，装上车，卡车司机临时有其他事情离开了，关桃准备开车去前线送物资。涵芬来了，涵芬讲，商务印书馆附近目前没有轰炸了，但图书馆还站立在那里。她和其他一些同事联络了一下，组织了一个图书馆护卫队，要赶紧去保护图书馆，或者，可以先抢救出一部分最珍贵的图书来。

关桃连忙讲："涵芬，那是战场，你们赤手空拳，不能去。我去过战场，我晓得战场是啥样子的，你一个女孩子更不能去了。"

"桃子，我必须去！"涵芬的话透出严肃与坚定，这是他们两人对话时少有的语气。关桃愣住了。涵芬和缓了口气，对关桃讲："桃子，你知道那里有几十万古籍珍本，记录了我们民族的血脉根系，独一无二，是国家的无价之宝，一旦失去，我们就再也无处可寻了。这些古籍是我的同仁历尽千辛万苦耗费巨资一点一点搜罗来的，其中还有你的贡献，保护好这些古籍是我的工作。你放心吧，桃子，我们自己会很小心的。"

关桃讲："你说的这些我都知道，但是我没办法放心啊。保护古籍，那是你的工作，但那是和平时期的工作，现在是战时，战时和平时是不一样的。"

"那是个图书馆，不是一个合法的战争目标。要不然，整个商务印书馆已经炸成废墟了，为什么独独留下了这栋图书馆大楼？"

"日本人丧心病狂，他们什么都干得出来的。你想想他们炸毁了多少平民的房子，炸死了多少平民？同强盗讲合法不合法，亲爱的，你觉得讲得通吗？"关桃讲得有些烦躁，越讲越担心，他想了想，在原地转了几个圈，讲："我还是和你一道去吧。"

涵芬嗔怪道："你笃笃转团团转，越讲声音越响，转得我头晕，听得我头疼啦！"

这时那边物资车上的人向着关桃喊："嗨，关先生，要出发啦。"

涵芬讲："你快去忙你的去吧，你的事也很重要，前方等着你们的物资呢。我这里已有很多人和我一道去，你去也帮不上多少忙。日本人疯了，所以我们更要赶快去抢救，去保护。我会尽快回来的。我们已经联系了十九路军，他们答应会派部队过来保护我们。"

关桃很为难，涵芬的话也有道理，这些物资也很重要，是送给正和日本人做殊死搏斗的前方将士的，一刻也不能耽搁。但他太担心涵芬了，他们这样闯入没有己方军队明确占领的区域真是太危险了。

"你和秦伯伯讲过了吗？"关桃问，心里怀着一点期望，期望秦时月会对他们的想法施加某种影响，使他们可以做更加谨慎的决定。

"不和他讲了，白白让他担心。老先生太啰唆，你现在也有些啰唆。再讲，你是知道他的，那些古籍就是他的性命，他肯定不会反对我们的。你和他讲一下吧。人家都在等我呢，我要走了。"涵芬抱了抱关桃，抱得很紧，在他耳边讲："你开车要小心啊，要平安回来。"大概由于人多，他们不好意思亲吻，然后，她就走了，留给关桃一个穿着大衣的纤弱背影。

关桃上了卡车，开向前线去了。

涵芬和一群同事也登上了一部卡车，另外一部空车跟着。卡车刚要开走的时候，金玉良气喘吁吁地赶了过来，攀着车框要爬上汽车。金玉良平常是个讲话轻声细气的人，给人感觉是胆小怕事的。卡车上的人讲，他们这是去图书馆，那里还很危险，让他不要去了。

"涵芬一个女孩子都能够去，啥道理我不可以？你们就那么看不起我？"金玉良明显生气了，竟然大吼大叫起来，全然不像平常的那个金玉良。

大家都知道他喜欢涵芬，最近关桃的状况不大好，他好像又恢复了对涵芬的追求。无奈，大家只好看着涵芬，让涵芬来做决定。涵芬讲："玉良，那里真的很危险，你爸不在了，你娘眼睛不好，弟弟妹妹又那么小，你要是有个好坏，屋里怎么办？"

"秦先生不也只有你一个女儿吗？"

涵芬的眼睛湿润了，默不作声。金玉良爬上了卡车，手扶着车框，站在了涵芬的身边。他们的卡车逆着无数难民前行的方向向北驶去，寒风凛冽，吹乱了涵芬的长发。

关桃送完物资回来，秀珍来给关桃送饭，关桃提了一句，涵芬和一些同事一道去闸北了。秀珍问："涵芬妹妹这个时候去闸北做啥？那里还在打仗呢！"

"他们讲要去抢救图书，保护图书馆。"

"哎呀，桃子哥，你怎么不拦住她，那怎么能保得住呢？那里都已经炸没了，只有一个孤零零的房子立在那里，军队都保不住，他们怎么能保得住呢？那是保不住的呀！你们是不是读书读得一个比一个憨了呀？"

"我劝过，但我拦不住呀。我那时正好要出车去前线，不然我就和她一起去了。"关桃的心里升起强烈的担忧和害怕，心好像被一只手揪住了，让他喘不过气来。

"你快去，快去，快去把她寻回来！快呀！"秀珍的声音带了哭腔。

是啊，怎么可能保得住！关桃猛醒似地奔向卡车，要去把他的涵芬找回来。

后来，每每想起涵芬离去的背影，关桃想，那就是"虽千万人吾往矣"吧，这个瘦弱的背影那样的毅然决然，义无反顾；这个背影总折磨着关桃，让他在后来的岁月里痛彻心扉！

宝山路附近的枪炮声连绵不绝，火车站打得象人间地狱，古老板的鸿安纱厂已在炮火中成为废墟。日本飞机没能够炸掉东方图书馆，所有飞机被调去对付战场上的中国军人。加藤清男接到指令去完成这件任务。使用加藤来完成这件事再合适不过了。加藤清男所带的是一群平民，万一有一天人们提出对于毁坏图书馆的质疑，无论来自国内国外，官方是不用负责的。

加藤清男带着他的人赶到孤独耸立的东方图书馆时，发现有中国人持着木棍站立在图书馆门口守卫着，加藤命令开枪，指挥手下向护卫队进攻。那时候，涵芬正和其他一些人在楼上紧张地做着打包工作，准备把最珍贵的一部分典籍先抢运出去。

日本人把护卫队逼进了图书馆。加藤的手下问："门主，支那人退进去了不出来，怎么办？"

第三十九章　造事变贼寇凶残　护国宝凤凰翔天

三界玲珑塔

"笨蛋,那就让他们和图书馆一起消失!"

他们打碎了玻璃窗,将汽油浇泼在大楼四周,把硫磺和汽油桶扔进去,随后,整栋大楼淹没在火海中。

冲天烈火熊熊燃烧,北风将书籍灰烬吹到很远很远,吹进了市中心,在天空里飞舞着,久久不落下,好像留恋,好像不舍,好像呜咽的哭泣划过长空。大火竟夜不熄。那一晚在远处眺望东方图书馆的人们看到烈焰中有凤凰腾空,其形瑰丽,煌煌于天;其声锵锵,绕城而翔。

第四十章　不屈服死拼日军　报大仇歼灭加藤

"九一八"之后的一天，孙亦元以前在军队里的一个朋友来找他，问他愿不愿意加入中华民国退伍军人救国义勇军，他不假思索地答应了。孙亦元心里清楚，家里如今的境况是老天对他的惩罚。天网恢恢，疏而不漏，他一生杀人无数，本来是不相信因果报应的，但现在他信了。女婿走了，女婿和女儿在房间里争吵的时候，有几句话传了出来，吓得佣人赶紧把每个房间的门窗都关起来，但孙亦元还是听见了。那时候他在书房里，"霍"地站立了起来，似乎想冲到楼上去找林森，但最后还是坐了下来，有些瘫软，有些老态。

孙亦元加入军队的时候，皇帝陛下还安稳地坐在紫禁城里的龙椅上，虽然椅子底下已几乎被挖空了。后来共和了，复辟了，又共和了，前清皇帝不但龙椅没了，连紫禁城也没得住了。孙亦元领悟到，谁都是靠不住的。他觉得在租界里建立一个隐秘的黑色王国是好的选择。虽然，有些生意伤天害理，但哪个显赫的大人物没做过几件伤天害理的事情呢？这些年，靠着在军队时搭上的关系，他在上海做得顺风顺水，而且不露声色。等到他老了的时候把足够的资本交给儿女，他对这一生算是有交代了。

现在他觉得，无论多么隐秘，天上始终是有一双眼睛在看着他的，不，看着所有人。这双眼睛，是他儿子的眼睛，也是无数灵魂的眼睛，在每一个暗夜里闪着幽暗但执着的光，让他不能安眠。

孙亦元穿着义勇军军服回来的那天，爱琦喝了很多酒，躺在宽大的卧室里，迷迷糊糊。她摔了床头柜上的一件东西，佣人听到声音走进去。爱琦狂躁地喊："滚，滚出去！谁叫你进来的？"

孙亦元正好走过，犹豫了一下，走了进来，爱琦几乎是咆哮着讲："怎么还不滚！"边喊边把手伸进了枕头底下。孙亦元想起女儿是问他要过一把枪的，赶紧跑过去按住了女儿的手，把手枪拿了出来。

"我是你爸爸！"孙亦元既生气又心疼。

"您压疼我的手啦！"爱琦从床上坐了起来，看到孙亦元穿着一身从未看到过的制服："咦，孙将军，这是你新的将军服？哈哈，不会是和张少帅一样的军服吧？孙将军，枪呢，枪呢，我的枪呢？我要去寻那个害死弟弟的魔鬼，我要杀了他！"

"你又吃那么多酒，会伤身体的。"

"身体？身体还要来做啥？这里，死了，死啦！弟弟，也死了，我还活着做什么！"

"讲啥糊涂话！"

"不，我不糊涂，我很清醒！林森不要我了，弟弟没了，这个家像坟地一样阴暗冷清，你们嫌弃我，我什么都没有了，我还要身体做啥，我还要活着做啥？"爱琦大声哭出声来，一边哭一边用拳头捶打着床。

孙亦元的心很痛，不知道讲什么好，好像讲什么都是虚伪的。他站立在那里，禁不住潸然泪下。正是夕阳西下时，爱琦的房间拉着窗帘，阴暗昏沉。

第二天早晨孙亦元要去义勇军营地集训，他要出去好几天，当中不会回家。吃了早饭，车在门口等着他，他和夫人道了别，本来还想和女儿讲一声，但爱琦昨天喝醉了，说不定还在睡觉，在爱琦卧室门口犹豫了一下，没敲门。他下楼钻进汽车，却发现女儿已经坐在车里。

"爱琦，你在车里做什么？"

"我和您一道去义勇军。"

"又讲胡话，快回去休息。"

"不，我是认真的，我要和您一道去义勇军。"

"这又不是啥好玩的事，这是训练，我是带兵，不是带女儿。快快，爸爸要来不及了。"

"我就是您的兵。我晓得自己在做啥。我是法学硕士，思维清晰条理清爽，明白自己要做啥。"

孙亦元实在不想让女儿加入义勇军。义勇军不是为了练兵而练兵，是为了将来开赴北方打仗，收复国土，他现在只有这个女儿了，如果女儿再出事，那他就真的活不下去了。然而，女儿很倔强，她很小时孙亦元就管不住她，现在又怎么管得住？没办法，孙亦元带着女儿一起走了。

但在悲痛中忙着店面和支援前线物资两件工作的关桃不久看到了龙华来的一个堂弟。堂弟告诉他，关炳生被人绑走了，绑匪留下了一封信，让他赶快带着一笔钱去赎人。

在上海，土匪绑票是常有的事情，特别是有点财产的人家，一旦被盯上，绑票赎票几乎成了一桩正常的买卖。然而关桃现在没钱，难道这些绑匪拿着过时的消息在做事？

不管怎样，关桃一定要去救父亲。他东拼西凑赶快借了点钱，急急地赶回家去见了娘，问了问情况，让隔壁叔叔和婶娘照顾一下娘，然后乘着龙根的船出发了。

这是上海的二月天，春天还远远没有到来。半夜到闵行，温度更低了，天上下起了雨夹雪，地上滑泞难行。关桃缩着脖子上岸去找那个叫张阿大的中间人。街上很安静，远离战争的古镇，路上黑黝黝没有人影。关桃敲开了一扇门，火油灯下，有个人冷冷地看着关桃，油灯把他的影子投射到身后的墙壁和屋顶上，影子随着火苗不断晃动，像张牙舞爪的鬼魅。关桃连忙递上了50块钞票，那人的面孔稍微活泛了一点，告诉他立即去泖港，早上必须赶到，那里的江边有一座孤独的红房子，有人在房子里等着他。

船离了闵行继续前行，江上黑得伸手不见五指。水浪哗哗的声音传进来，船摇晃着，好像儿时的摇篮，江水的腥味飘在雪花里，若有似无。江面像有歌声轻柔响起，抚慰关桃忧愤而疲惫的心。关桃好像正慢慢走下七七四十九级台阶，走进一个光亮柔和安宁的地方，一股奇香飘来。那时，那里，无忧无虑。他累了，慢慢沉入梦乡。

泖港在黄浦江上游，江面在那里拐了一个弯，变得狭窄起来，并分成了两股大的支流，又散出毛细血管一样的小港汊。天亮时，龙根打开舱盖，告诉关桃已经到了约定的地方。

怎样面对绑匪，关桃已经在心里想了很多遍，因为钱不够，土匪不放人怎么办？以前听说过钱不够还顺利领了肉票回家的，但多数是要留下身上的某样东西后才能走的。比如留下一只耳朵或者一根手指，挖掉一只眼睛也听说过。关桃想过了，就由他来留。无论发生什么事情首先要保命，不硬拼，再厉害的拳头都是打不过子弹的。

雪已经遮盖了大地，枯黄的芦苇荡里有一条小路，通向芦苇荡深处。关桃在河里洗了一把脸，用冰冷的水让自己清醒一些，戴一顶龙根递过来的草帽，踏上跳板上了岸。他关照龙根无论发生了什么都不要去找他，如果过了一段时间他不能回来就立即起锚离开这里。穿过芦苇，豁然开阔，大约两百米处有一座孤零零的红房子。关桃定了定神，吸口气，踩着薄雪向那座房子走去。从门里头走出两个人来，手里端着枪，在门口搜了关桃的身，其中一个人押着他进了屋。屋里有些暗，关桃的眼睛适应了里头的光线时，看到坐在一张方桌后面笑嘻嘻看着他的，是师弟徐顺礼。

"你？"

"没想到吧，师哥，一个惊喜！"

"你想做啥？信不信我杀了你？你个混蛋，畜生！"

"师哥，不要这么冲动，现在不是信不信你杀我的问题，而是信不信我杀了

第四十章　不屈服死拼日军　报大仇歼灭加藤

你们爷俩的问题。是，一对一，我不是你的对手。但既然把你请到这里来，你难道不明白我肯定不会让你近得了我的身体吗？"徐顺礼讲，转了转手里的枪。

关桃明白徐顺礼讲的是真的，父亲在他们手里，再大的怒火，也得压下来，再厉害的拳头都是打不过子弹的。"你好像不再口吃了？我阿爸呢？"

"师哥真是我师哥，一辈子都对我这么关心。自从做成了这桩事体，我发现我口吃的毛病也好了。这就对了嘛，气大伤身，火气不要大。关伯伯我是不会亏待的，你放心，毫发无损。钞票你带来了吗？"

"你晓得我没啥钞票了，为啥还要来这么害我？"

"哈哈，想晓得原因吗？好吧，那我告诉你，把你叫来就是要对你讲讲我想讲的话。他娘的这些话在我心里憋了太多年了，憋得实在太难受。来来，我今朝就讲给你听。这样，你先跪下，求我。"

关桃站着，没有动。

"师哥，你要听我讲，要保证你爷的安全，你就得跪下，你是为了你爷而跪下，不要觉得难堪嘛，我晓得你是条汉子，讲孝道，也是男子汉嘛。"

关桃后面有个人对着他的腿弯狠狠踢了一脚，关桃一个趔趄，一条腿跪了下去。关桃沉默着。如果只是这两个人，关桃有把握击倒他们，但是，显然他们不止只有两个人，至少门口还有一个。

"好好，太好了！从来都是你命令我做这个做那个，现在你终于听我的命令了，太好啦！你想晓得原因是不是？我先告诉你可能还不晓得的事体。你只晓得我从你的保险箱偷走了那两份证据，但是你并不晓得我还让你白白地支付了收购工厂的款子，不，是把你收购工厂的款子转到了我的名下，你不晓得，你不晓得吧？哈哈哈哈！师哥啊，关桃啊，你一直那么聪明，他娘的一直比我聪明，你怎么可以想不到这些呢？你还是输了，还是输了，对不对，承认不承认？这桩事体我要让你晓得呀，我一定让你晓得！你他妈输给了我，我一定要让你晓得，让你心服口服！"

关桃觉得自己的血直往脑门上冲，胸口堵着一块大石头一样。

"你还要晓得啥，还想晓得啥？哦，对了，这些年来，你一直压着我，一直一直压着我，女人女人是你的，生意生意是你的。我欢喜秀珍，欢喜了很久，他娘的她看上的却是你！你不是有那个姓孙的女人吗，你凭啥要占着两个？你不晓得吧，当年那个去了美国的娘们给你写了信来，嘿，那么巧，老天爷有眼睛，信就落在了我手里，后来我就留意着，过一段时间又来一封，两封，都落在了我手里，你猜怎么着，我都撕了，扔了！他娘的写的啥玩意，看得我鸡皮疙瘩一身！后头，我看上春萍了，这个骚娘们看上的还是你！你晓得我追她追得多少低三下四吗？你有那个姓秦的女人了呀！现在好了，这个骚娘们，我搞过了，一脚踢开，滚你娘的蛋，老子有钞票，搞啥女人都可以。

"你整天吆五喝六命令我，送啥干股给我，以为这样我就会感激你？不对，我他娘恨你！凭啥你有协隆股份，我要你来送给我股份？凭啥？师哥啊，你讲得是对的，人一生，关键就那么几步，对吧？前些年，你都抓住了，现在，你让我也抓几把，抓他娘的几把，好不好？！还有，你问我晓得你没钞票了为啥还要害你，这可不是我的错，这还是你自己的错。你想想，你那么厉害，天晓得哪天你又缓过来了呢？我实话告诉你我躲在暗处但我还是天天不放心，天天担惊受怕。我不趁着现在再推你一把，哪天你缓过来，又有钞票了，反过来弄死我，我他娘的对得起我自己吗？！再有呢，你还得罪了一点人，他们请我出来，寻你碰碰头，我一想，可以啊，当年你做生意，不就是有个日本人帮了你一把吗？现在这些人也可以帮我，我有啥道理不做？把你请到这里来，把你支使来支使去，差到东差到西，师哥，关桃，这是我曾经的人生目标啊！太有意思，太过瘾啦！哈哈哈！"

"是啥人？啥人让你这样做的？"

通向里间的门开了，加藤清男走出来，手里拖着关炳生，边走边讲："关先生，是我，我让徐先生把你找到这里来的。"关炳生被拖得跌跌撞撞。关桃看见父亲，有点激动，现在他知道父亲还活着，他叫了一声："阿爸！对不起！"

关炳生讲："儿子，你没啥对不起我。你就是不应该来啊！"关炳生流下眼泪来。他真不希望儿子来救他，他知道儿子已没钱，即使能够把他赎回去，这辈子恐怕难翻身了。况且，这些人把儿子弄到这里来还会不会放他回去很难讲。土匪是残忍的，但绑票的土匪有自己的规矩，拿到钱多半是会放人的，以后好再做生意，但眼前这些人是比土匪更恶的人。

关桃对加藤清男讲："你放开我父亲！"关桃不记得他曾经看到过这个日本人，他有些疑惑，看着加藤清男，问："你是谁？"

加藤松开了关炳生，掏出手绢擦了擦手。走近一点，盯着关桃的眼睛说："我，日本佛教真理派门主加藤清男。好，我放开他，我们交换一些东西。哦，对了，你大概还不认识我，但你认识山本太郎，也认识谛闲和尚。"

"你想要什么？"

"钱，是你师弟要的。我要的，是谛闲和尚。如果没有谛闲和尚，我要你，我知道你可以告诉我地宫在哪里，怎么开。没有谛闲，你和你父亲就不可以回家了，我要把你带到懂催眠术的医生那里去。"

"我不知道你在说什么。"

"不，你知道的。我们知道你把大和尚藏起来了，我们也知道你就是那个进过地宫的人，所以现在你有机会救你父亲和你自己，很容易。"加藤走近了关桃，眼光直视着关桃，希望用他阴鸷的眼神吓倒关桃。

关炳生忽然大声地讲："儿子，你不可以告诉他们这些事体！"

关桃明白，他们想要的东西，他终是不能给的，今天很难出得了这个房子了。

三界玲珑塔

涵芬走了，这些天他时时感觉锥心的疼痛，他知道涵芬一直在天上的一个地方看着他。涵芬讲过，他们的前世是一体的，后来分成了两个身体，那么，现在该是到涵芬那里去的时候了。他并不知道眼前的这个人正是害死涵芬的仇人，但是与不是，他都只有拼死相争一条路。只是想到父亲也可能为了他而遭遇不测，他心如刀绞。然而，他还有别的选择吗？

他略略地低下了头，眼睛里刹那间露出了一份凌厉。他捏紧了拳头，但头脑出奇的平静，他的视线里，对面这个人的动作慢了下来，他清楚看见他的每个细微动作，他相信自己可以打到他。他不知道这里还有几个人，但横竖是个死的话，即使飞蛾扑火，也是流星般的酣畅淋漓！

加藤察觉到关桃眼神的变化，他本以为手里有人质，有武器，有人数的优势，在这样一个荒凉的地方，这个人必定会吓得涕泪横流面无人色，但这个人居然更加凶光毕露，这眼神让他害怕、心惊。他快速后退去抓他的武器，然而，晚了一点。

关桃疾如闪电般站立起来，向着离他最近的加藤清男踢了过去。加藤青男险些被踢中脸部，躲闪之间，还是挨了一脚，身体失去了平衡。

关炳生就近扑到了徐顺礼身上。立刻，红房子里传出了枪声。躲在远处的龙根疯了一般向红房子冲去。

关桃乘坐的木船从龙华港出发的时候，孙氏父女的无数努力终于有了结果。战火正酣，义勇军加入了十九路军作战序列。孙亦元指挥义勇军一部在闸北打巷战，抵挡日军的M-25维克斯型装甲车，吃了不少苦头，三百多人的部队死伤过半。如果不是孙爱琦跟着，孙亦元很有可能也在伤亡名单中了。

他们的防线快要顶不住的时候，张治中的第五军德械师恰好赶到，接替了他们的阵地，让他们下去休整。张治中统领的部队是所谓国民革命军的种子部队，预备将来分到其他部队带其教其他官兵的，但这时顾不了那么多了，统统被派到了上海前线参战。

孙亦元一脸疲惫，来到休整地，徐朗生递了水给他喝，他昂起头喝了一口，天上飘着浓烟，麻雀仓皇飞过。爱琦靠过来，脸上黑一道白一道，看不清容颜。

一个穿便装的外国人走过来，孙亦元起初以为是记者。那个人走到孙亦元面前，问："是孙将军吗？"

孙亦元从地上站起来，回答："是的。"

来人伸出手，说："孙将军，我是埃里克·凯夫，虹口巡捕房巡官，约瑟夫探长的上司和朋友。我可以说英文吗？"

爱琦说："是的，凯夫巡官，请说吧。"

"谢谢！我想您是孙爱琦小姐。"埃里克接着说："您的儿子孙淳轩是约瑟夫探长找到的。很遗憾我们没有能够救下他的命。我知道杀害您儿子的凶手，知道他们的行踪，我想您一定感兴趣。"

爱琦翻译给父亲听。孙亦元知道约瑟夫。他迫不及待地说："凯夫巡官，只要您提供情报，需要多少钱，您请讲。"

"我不要钱，我想告诉您，约瑟夫探长也已经死了，而杀害约瑟夫探长的人，也是杀害孙淳轩的凶手，所以我只有一个请求。"

"请讲。"

"找到他们，把这些来自地狱的灵魂重新送回地狱去。杀死他们，不要留下他们任何人在这个世界上！"埃里克用灰蓝色的眼睛盯着孙亦元。

孙亦元看着埃里克的眼睛，确信那里有仇恨和怒火在燃烧。"好！"

埃里克并拢双脚，向孙亦元敬礼，孙亦元回敬了一个中国军礼。

孙亦元带上爱琦和随从，坐上他的机器小艇赶去目标地点。这一天加藤清男将出现在那里。离开目的地有一段路时小艇熄了火，拐进一个港汊里。他们上了岸，穿过茂密的芦苇，看见离江滩两百米不到的地方有一座孤独的红房子，房子后面是大片农田。这座房子离最近的村庄起码有一里路，易守难攻。他们悄悄接近目标，埋伏起来。爱琦手握勃朗宁手枪，等待着最佳的出击时机。

根据情报，绑匪有五个人，没有重武器，孙亦元有九个人，配备了三支伯格曼冲锋枪，每人一把手枪，具备人数和武器上的优势，这些恶贼应该在劫难逃了。孙亦元还在考虑怎么接近的时候，关桃出现了，独自一个人走向房子。爱琦差一点叫出声来，想要冲出去阻止，但被孙亦元捂住了嘴巴，按住了。他也很意外，但这时候暴露，要冲进去就难了。关桃到了门口，搜身后，被一个人押了进去。趁着这个时候他们又向这座房子靠近了一点。孙爱琦几次都按捺不住想冲出去，都被孙亦元挡住了，不久，里面好像打了起来，他们听见关桃和日本人吼叫的声音，听到了一声枪响，守门的匪徒也向屋里冲进去。趁着这个机会，他们迅速扑了进去。

关桃得救了，关炳生的身上中了一枪，幸运的是，中枪的地方不是致命部位，孙亦元的人多少懂一点战场救护，但这已经把关桃吓得够呛，他抱住父亲一遍遍呼唤着，祈祷上天不要夺走他父亲的性命。

孙亦元把关桃父子送到了市区医院，爱琦打了一个电话给埃里克，告诉他一切顺利。埃里克放下电话，长出了一口气，身体塌在椅子里，眼睛看着天花板。过一会儿，他拿起电话打出去，电话的另外一头是山本太郎。埃里克对着话筒说："完成了。"

山本太郎先生放下电话，叹了一口气，走下楼去。战争仍在进行，远处的炮声隆隆，眼前，三浦别墅仍然精致而平静。山本知道这些人该死，但这些人毕竟是日本人，他们在家里也是孩子，他们的父母也会为他们孩子的死去伤心难过的。还或许总有一天这件事情的秘密是会暴露的。这些人死了，还有更多该死的人他却是无能为力的。

他至今非常后悔在那次会议上提起保护东方图书馆的事情。他想，这本不应

第四十章　不屈服死拼日军　报大仇歼灭加藤

该发生。如果他不提出来，也许就保住了。这是如同把京都的古建筑付之一炬一样的罪孽啊！

山本想，人们很少从容地死去，很少安排自己死亡的仪式。有多少人的死亡都是草草了事，缺乏优雅和美感。难道死亡不应该有更好的安排吗？

三浦物产总部已经安排了他离开上海，去东京担任名誉性的副社长职务。而他决定退休不再工作。为了表彰他，总部一次性地给了他一笔额外的退休金。第二天，太阳出来了，露出了一角蓝天，天上飘过阵阵烟雾。他穿上了从东京新买来的和服，和夫人一起在家里休息，讲了很多话，讲起他们当年在东京认识的时候，夫人是非常漂亮的美人，夫人的父母是不同意女儿嫁给山本这个乡下小子的。山本问："当年，岳父岳母要你嫁的那家人家叫什么？时间久了，忘记那家伙的名字了。"

"哎呀，你怎么提起了这件事情？！"夫人说。

"老了，就免不了回忆过去的种种。"

"那个人是宫崎家的龙二。"

"宫崎家的龙二，你确定是这个名字？"

"是啊，宫崎家的龙二。"

"但你没有听从父母的话，偷偷跟着我来到了上海。"说这些话的时候，山本先生的脸上散发出生动、快乐的光芒。他伸出手去，把夫人揽到了怀里。

夫人边听边笑边流泪，说："已经这么老了还说起这些事情，真让人难为情。"

山本的眼眶也湿润了，说："那一年的早春，上野的樱花盛开，是一个绯红色的季节。那是个欣欣向荣的国家，一个充满活力的城市。那一年，我刚到东京不久，生活中的一切对于我都是崭新的。那一年，行驶在东京街头的还是马拉的轨道车厢。我一直记得那个早晨，我走过那个车站，在候车的人群中看到了你。我好像被雷电击中，双腿再也迈不开步。我本来只是路过，但是情不自禁跟着你上了车，为此错过了那天早上的培训课，被老师骂了一顿。但我知道了你上学的地方，这比什么都重要。"

夫人把头靠在丈夫胸前，好像回忆着年轻时代的浪漫经历。那个车站，那车窗外移动的樱花树，那双偷偷向她看过来的年轻的眼睛，她怎么可能忘记。

晚饭时，山本喝了不少清酒，夫人也喝了几杯。等到微醺的时候，夫人离了餐桌去为他放洗澡水。

这一晚浴室里摆了两盆插花，是夫人的作品。天气寒冷，鲜花也是难得的。卧室里的留声机里放着一张唱片，是一位当红的日本歌手唱的《故乡》。

山本的心脏前一段时间查出有房颤症状。这对有了一定年纪的人来讲是常有的问题，但这也成为他退休的理由之一。医生告诉了他一些注意事项，开了一些药给他。医生告诉他，此类药的中毒剂量和治疗剂量之间的差距很小，千万不可多吃。还有，以后最好戒酒，如果喝酒，不要马上洗热水浴，因为那会增加心脏的负担。

山本踏入浴缸前吃了比正常剂量多的药片。那也许是喝酒太多造成的差错。明天会传出消息，山本太郎先生死于心脏病突然发作。他的退休金、抚恤金和积蓄，再加上这些年积累起来的资产足够夫人安度晚年了。

他泡在浴缸里，大概酒喝得多了点，水又热，脑子有些迷迷糊糊，心脏的跳动也快了起来。留声机里传来忧伤的歌声。有一瞬间，山本的心里很难过，因为他再也回不到故乡了。不过很快又平静了。他出生前大概就是这样的，在母胎的羊水里，温暖而自足。

> 小鱼优游的溪边，
> 麋鹿奔跑的山冈，
> 那景象我永远难忘。
> 日夜思念啊
> 我的故乡！
> 白发父母可好，
> 老友们别来无恙？
> 经历了人生风雨，
> 梦中的情人啊
> 我的故乡！
> 待美梦成真，
> 我要回到你的怀抱，
> 看白云青山
> 碧水悠长，
> 魂牵梦萦啊
> 我亲爱的故乡！

第四十章 不屈服死拼日军 报大仇歼灭加藤

尾　声　　叹大势约翰离沪　诵英灵谛闲西归

　　战争到3月初平息，实足打了一个多月。虽然惨淡，但毕竟是中国近代少有的不屈不挠和同仇敌忾，国际上其他国家也站在中国一边，日本人原本以为可以迅速让中国人签城下之盟的，但在付出重大代价后发现东北发生的事情不可能重复了，再者满洲国皇帝溥仪也在上海战火的掩护下登基了。到5月，在国际调停下，中日签订了停战协定，中国在近代第一次不用失地赔款而终止了战事。

　　埃里克最终决定向警务处投诉约翰·苏利文对约瑟夫被绑架事件的不恰当回应和处置。他现在相信，约瑟夫之前有关苏利文的种种指控也不是空穴来风。他回忆整个过程，有时候怀疑约瑟夫的悲剧结局背后有约翰·苏利文的手。当然，他没有证据可以证明这些怀疑。

　　警务处调查之后建议苏利文先生要么接受进一步调查，要么辞职，但保留可以享受的退休待遇。约翰·苏利文选择了不再申诉并辞职回国。回国之前，苏利文请埃里克再坐下来聊聊。埃里克答应了，他们在外滩附近一家咖啡馆见了面，离艾仑·史密斯铜像很近。

　　"埃里克，如果申诉，我有很大的机会赢回来。你私下向孙亦元通报了日本浪人的情报，使得这些人未经审判丢失了性命，你会为此丢失职位和前途。"

　　埃里克看着眼前的咖啡杯，缓缓地说："上帝的归上帝，恺撒的归恺撒，那么，撒旦的，应该归撒旦。"

　　苏利文耸了耸肩，说："好吧。不过我并没有想申诉，你知道为什么吗？"

　　"请讲。"埃里克淡淡地说，眼睛从面前的咖啡杯上抬了起来。

　　"申诉意味着我想在这个职位上，想在这个城市长久地待下去。我想过在这个城市长长久久地住下去，直到很老，然后回国养老，或者死在这里，像艾仑·史密斯一样。毕竟我们在这里活得很不错，活得比我们在国内的同龄人更容易一些。但经过这场战争，我想明白了一件事，我们所有人在这里的好日子都已经不会太长，所以，不如趁这个机会早点回去。"

"你为什么会有这样的看法？"

"还记得我们刚认识时的一次聊天吗？"

"当然，我得感谢你，你教会了我很多东西。"

"不必感谢，我也不很在意你的投诉，某种程度上你还帮了我，帮助我深入思考。回到那次聊天，你还记得我当时怎么对你描述这个国家的人吗？"

埃里克眼睛看向着玻璃窗外，想了想，转过头来对约翰说："嗯，大概是这样说的：这个国家的人是如此冷漠散漫，对于国家的溃败无动于衷，很少有人真正站出来为了国家的生存而拼死抵抗。"

"记忆力真好！那么，在这场战争中你看到了什么？"

"我看到这个城市的平民和他们的军队像一架机器一样协力合作，看到百万军费出自这个城市的商人，无数平民为了这场战争而奔忙，甚至献出生命。如果不是存在技术上的明显差距和种种干扰，战事的结局很难说。"

"对，我想你现在应该明白了我的意思。这个国家正在苏醒，这个城市是这个国家最早苏醒的地方！想想这件事很奇怪，是不是？我们来到这里，是为了建立我们长久的统治，我们搬来我们的法律、技术、知识和人才，在我们的手上建立起这座伟大的城市，并想驯化这里的人们长久地跟随我们，但整件事却正在走向反面。我们大概很难再看见对自己国家的溃败无动于衷的中国人了。我们可能忘记了这是一个多么骄傲的民族，他们骄傲地在这里生活了几千年，曾经站在地球文明之巅，怎么可能被我们驯服？我们所搬过来的所有这些东西，技术、法律、思想，只不过让这里的人们更快地觉醒，让他们重新认识自己，找回自己。知道《字林西报》上怎样评论这次战争吗？"

"知道。这个城市出现了无数不怕牺牲的人，鼓舞了前线的士兵，使得军队更加勇敢地与日本人作战。"

"如果，一个国家有很多这样飞蛾扑火无所畏惧的人，这样的国家就不可能被征服。我想，这个城市所发生的一切，大概就是这个国家的明天。所以，你觉得我们，无论是你、我，或像艾仑·史密斯这样的所谓心怀善意的外国人，还能够长久地以这样的身份站在这块土地上吗？不要忘了，在他们眼里，无论如何我们都不是上海人，不是中国人，我们是殖民者，殖民者，我们身上带着原罪！看到那座铜像了吗？艾仑·史密斯，这座城市伟大的塑造者之一，慈善家，悲悯地俯瞰着这里来来往往的人们，但若干年后，你也许再也没办法找到这座铜像了。"

"为什么？"埃里克有些伤感，但还是不甘心地问了一句。

"不为什么，有些东西注定会消失。在人类贪婪欲望的驱动下，在技术和制度革命的助力中，欧洲人创造了辉煌的殖民世纪。但是现在也许是这一切终结的时候了。艾仑·史密斯用他的巨大财富成立了史密斯慈善基金会，建设学校、医院，

尾声　叹大势约翰离沪　诵英灵谛闲西归

资助研究机构，几十上百年后这个基金大概仍旧会资助着去国外留学的中国学生，但这里的大多数人也许不会记得他，即使住在他设计的房子里，在他捐助的学校里上学，医院里看病，人们都不会记得他，因为人们耻于提及他。"

"唔，这，就是政治，或者是历史的逻辑吗？或者这是人性？难道这里的人们对这一切不会有丝毫的感恩吗？"

"不知道，不知道，谁知道呢？人类是很容易被割断记忆的。例如，日本人烧毁了东方图书馆，就是想部分割断中国人的记忆。这固然是不可饶恕的罪恶。然而，中国人自己难道不会有意割断自己的记忆吗？对于这一切，或许，更恰当的解释是，变迁。无论如何，大家总要生存下去，并且学会更好的相处之道。"

"约翰，我总是为您渊博的知识和独到的见解所折服。在即将离别的时刻，我倒非常想知道您对自己的评价。"

约翰·苏利文愣了一下，他大概想不到埃里克会提出这样直截了当的要求。他拿起咖啡喝了一口，说："亦人亦兽的双面怪物。我想这符合您心中对我的看法。"说完，他自己先哈哈大笑起来。

江上的轮船拖着长长的烟雾向吴淞口驶去，甲板上的旅客向这座城市投下最后一瞥。他们也许正循着埃里克的来路归去。上海的街市一如既往的喧闹，人来人往，行色匆匆，从人们的脸上读不到刚刚平息的战争痕迹。这里的人们也许依然在逼仄里斤斤计较钩心斗角，在霓虹灯下纸醉金迷，声色犬马，好像唯有战争才让他们明确地显示他们属于同一民族，发出一致的愤怒吼声。到底哪一个才是他们的真实面目呢？或者，这些不同的面孔都属于他们？这大概是艾伦·史密斯要埋葬在这里，要想从铜像的眼睛里永远注视这个魔幻的、谜一样的城市的原因吧。

约翰·苏利文登上了回国的邮轮，手扶栏杆嘴含烟斗向这座城市道别。烟雾从烟斗升起，汇丰银行楼顶的米字旗有些迷离，外滩的高楼如不真实的幻影。他好像回到了遥远的苏格兰高地，城堡和羊群散落在永不停歇的风里，天空极低，空旷得压抑。风笛声飘来，苍凉而孤寂。少年苏利文吹响哨笛，声音清澈如山间小溪。那里才是他的家园，深邃而神秘。好像盛宴散去，繁花落尽，心头是潮涌般的失落和失意，他的眼角居然有些湿润，长叹了一口气。

关桃回到了吉祥街，忙碌于绸布店的生意中。一天慧澄派人到吉祥街来找关桃，说谛闲大师回了宁波观宗寺，将天台宗世祖之位传于弟子宝静之后，希望能够和关桃见一面。关桃连忙同着慧澄一道去了宁波。从船上下来到达观宗寺时已是深夜。进到方丈室内，看到谛闲卧于榻上，宝静等一众和尚侧立于旁。此前的受伤对年迈的谛闲显然有极大影响，他说话已然有些吃力，甚至力不从心。看到关桃进去，他笑了笑，有些慈祥，有些悲凉。关桃看到大师虚弱的样子心里很难过，他上一次见大师时，气色比眼下要好得多。

讲了几句话，谛闲问："你爸爸经此一劫，最近身体可好？"

关桃答："谢大师惦记！学生父亲幸未伤及要害，在医院住了一段时间，已经回屋里了。现在又服中药，已好了很多。倒是您需要调养，上海的医生和条件好些，怎么却回了宁波？"

"我前几天回了观宗寺，走得急了一点。我毕竟是观宗寺的住持，还是要回到这里的。我叫你来，有一桩事要问，还有一桩事要做。"

关桃讲："大师请问。"

谛闲问："当年你进入地宫，可曾看见了什么？"

关桃答："大师，学生记忆中，那里头是空的。"

"阿弥陀佛！你知所守为空，为何还要舍了一门的性命去守？"

关桃回答："师所入者，空门，然清灯黄卷，毕生相守，信也！桃所遵，师命，所见，或为空，然乡梓家国所系，其空非空，是以贼人不可近，污浊不可入，所守者，义也！"

谛闲慨然而叹："壮哉斯言！朝闻道，夕死可矣。"谛闲看着关桃的眼睛，像十几年前第一次看到关桃那样的眼神，好像可以看到关桃的心里："我知你心中悲苦，所以我还要做最后一桩事。扶我起来，我要沐浴更衣，去大雄宝殿。"

关桃讲："大师，万万不可！您伤病未愈，不能这样做。"

谛闲讲："不碍事。古虚一生念佛，求往生净土。然父母之国不存，苦难之境不度，何来天国？今若能以肉身寂灭超度护国英灵，此生何幸！"

关桃看着大师的眼睛，那眼神里全然没有古稀之年的暮气，却是阅尽沧桑的深邃和无可抗拒的坚毅。关桃甚至从这眼神里阅出了一丝犀利，鼻息里好像飘过一丝熟悉的馨香，他不自觉地附下身去，与天台宗第四十四世祖宝静一道搀扶谛闲从榻上起身。

四更天，谛闲沐浴完毕，穿戴整齐，披上袈裟，移步大雄宝殿，竟无此前的沉重之感，变得有些敏捷起来。大殿里钟鼓齐鸣，谛闲升座诵经，此后再不下座，众人苦劝不听。诵经声疾如行板，缓如悲歌，其声绵长，其意真切。

那一日太阳整天没露面，阴沉沉的，黄昏时黑云压顶，把世界罩得没一丝亮光。不久，一道闪电劈开无边黑暗，打在远处山脊上，有树木被击中，升腾起一团火来，火焰直抵天顶，好像要把天空烧出一个大洞来。一会儿大雨倾盆，山顶的水冲下来，聚拢到一条条山涧，山涧又汇拢到大河里，洪水挟带着一整个冬日的枯枝败叶浩浩荡荡一泻而下。雨下了一夜，悲风挟雨，荡涤天地。

第二日，风停雨歇，天空明澈，有云朵翩然，春花吐蕊。山涧依然湍急，四明山里的瀑布发出轰隆隆震天声响。观宗寺大雄宝殿外升起高高的旗幡，庙里涌进了众多信众，合掌向着大雄宝殿。十里八乡的人闻听谛闲大和尚不眠不休为护国英灵诵经超度，纷纷赶来。关桃身着海青合掌站立在前排，好像看到天上排云

尾声　叹大势约翰离沪　诵英灵谛闲西归

翻滚，家乡桃花绽放，穿过云朵，那里有一双好看的眼睛深情俯瞰大地。那时清明未到，不是水陆法会的时间，但庙里的人多到站立不下，后来的人只能站在庙外，密密麻麻总有几万。外头的人听不见老和尚的诵经声，只是鸦雀无声地站在那里。人群换了一拨又一拨，到了夜里也不见少。入夜，火把灯笼连片连线，映照着无数悲戚的脸，照彻了黑暗的天空。

那一夜树上的鸟鸣不曾停歇，响成一片，像清晨第一缕阳光撞开黑夜的那一刹那。众人讲，那定是有凤凰飞来，百鸟接到召唤，在夜里鸣叫不止。

再天亮时，谛闲大师合掌向西，意觉圆满，在弟子和信众的合诵里圆寂了。那时候，远山巍峨，白云悠悠，清流如歌，长吟不休；千年柏树郁郁葱葱，有丹鹤落枝，群鸟起舞。

这一日，是涵芬离去的第四十九天。

关桃回到上海后，有一日忽然收到了李柔然的信。

桃兄，见字如晤！

写此信，乃因我得知了你和铁夫的关系。我知道，她已经永远离开了我们，离开了这个她深爱的国家和城市。但我也知道，她将永远和我们、和我们这个国家在一起。她是值得我们永远敬仰的英雄。

你接到此信时，我已离开上海奔赴我新的使命。离开上海，一则是因为有关方面的安排，二来是我想去新地方追随我的老师探索救国之路。这些年在上海，我像一个牙牙学语的孩子，摔跤，爬起，再摔跤。我见过了太多的死亡，有英勇，有苟且，有有价值的，有无谓的，都看过了。眼泪几乎流干，国家仍还在黑暗之中，但我不能放弃。我相信一切的牺牲都不会浪费，一切犯过的错误都会有补偿。

铁夫一介柔弱女子，将身趋祸赴汤蹈火，我等男儿，又何惧粉身碎骨保全国家。拼将头颅做一个国家民族前行的火把，争一个光明灿烂堂堂中华。果如此，此生足矣！

我知道，我等生者尚欠着铁夫这样一个光明灿烂的国家，为此，我将奋斗不息！

柔然此去前路漫漫，尚不知何时再会，但离开绝不是放弃，是为了再次回来。无论身处何地我都不会忘记这座城市，不会忘记这里的人们，不会忘记这座城市里所增添的年轻墓碑。我把自己看作这座伟大城市的一部分，我在这里建立了信仰，走过血和火的青春岁月，这里的人民滋养了我，这里的奋斗激励着我。这里有我长眠于地下的战友，有像你这样的朋友。为了这些原因，我一定会回到这里。

就此别过，伏乞珍重！

读罢信，关桃想，这李柔然又是一个要坚守着他的信仰不放手的人。

龙华寺西边有一块精致的墓地，用石头砌就的墓前立了一块碑，碑前放着花，碑上书：爱妻秦涵芬衣冠冢。墓碑的顶上是一本翻开的书，好像涵芬仍旧每天孜孜不倦徜徉在书海里。结婚计划被战争打断了，但关桃心里，涵芬早就是他的妻子了。有空的日子关桃会来这里陪伴他心爱的女人。阳光下，有风吹来，吹起关桃的头发，也吹动了塔上的风铃。家乡的晨钟暮鼓伴随着涵芬，她在天上的灵魂该是安详的。关桃站在墓前，闭起眼睛，好像听见涵芬正在读自己的诗，柔弱的身体里发出高亢、无畏的声音。是啊，这个柔弱的女子，像极了他的嬢嬢，在关桃的心里，那时总有要去一生一世保护她的想法，但这个柔弱的女子根本就不是他想的那样柔弱，她的坚强，她的勇敢无畏，远远地超过了一般男人。当关桃陷入困境时，是她要用她的肩膀扛起未知的重担，当国家遭遇侵略时，是她义无反顾赴汤蹈火。

关桃想，这是个奇女子，这个女子不会喜欢他从此活得幽怨哀戚，她一定希望他活得开心明亮。在这个杂乱的世界上关桃还有许多人要照顾，还有很多爱的人和事，让他可以勇敢活下去。

一部汽车停在附近，爱琦下车，慢慢走到关桃身后，低着头，许久，讲："她是一个值得我们所有人爱的女孩，她将永远活着！"

"是啊，她永远是活着的；淳轩，也永远是活着的。"

泪水滑下爱琦的脸，滴在草丛里。

"接下来有啥打算？"爱琦问。

"好好活下去，把爷娘照顾好，把秦先生照顾好，把协隆的店做好……还债。"

"唔，那笔钞票，我爸讲，可以由他先还上。"

"谢谢孙将军好意。但是，那是我自己欠的债，得我自己来还。"

"那么，我来还呢？我现在有工作，有收入。"

关桃顿了顿，讲："我已经欠了你太多东西，所以，可不可以这一趟不要让我再欠你？"

"你没有欠我，如果一定要这样讲，我也欠你。"

"不，你不欠我。我的命都是你给的。"

"桃子，你骨子里永远是那么犟的一个人，和小时候一样，两个头螺，永远是个犟种。我不催你，你好好考虑考虑我的话。"

这天爱琦早早回了家。为了表彰抗日有功将士，第二天在上海市政府将有一个庆功大会，在同一个大会上，民国政府将宣布任命孙亦元为上海特别市中将参议。这是他这些年孜孜以求的荣誉，是他花了很多钱，走了很多门路尚未办成功的一件事情。厨房准备了晚宴，孙亦元穿着义勇军军服坐在餐桌上，左手是孙夫人，右手是女儿。义勇军军服远没有当年的将军服来得神气，但孙亦元很愿意穿。几个月前，这个餐桌上坐着五个人，夫人旁边有淳轩，爱琦旁边有林森，现在，

尾声　叹大势约翰离沪　诵英灵谛闲西归

三界玲珑塔

只剩下了他们三个。

孙亦元的手微微颤抖，举起了酒杯，对夫人和女儿讲："这一杯酒，我们敬淳轩。"夫人听不得儿子的名字，人未站起来已泣不成声。孙亦元说："夫人，今天不哭吧，我家儿子挺身为国，荣耀啊！"

三人把杯中的酒缓缓洒倒在地上，旁边站着的管家和张嫂等佣人已经泣不成声。

孙亦元又举头向天："儿子，如果你天上有知，就请低下头看着我们。我，孙亦元，你的父亲，半世污浊，却有你这样英雄的儿子，你让我自愧不如！为父饮下此酒，一敬我儿赫赫煌煌在天之灵，二向天地谢罪，愿以余生赎今世罪孽！"

这一晚孙亦元喝得酩酊大醉，早早去卧室睡了。第二天一早，孙夫人没在卧室里看到孙亦元，问全家上下，都说不清将军去了哪里。

爱琦忙驱车去了弟弟的墓地，看到墓碑前摆放着叠得整整齐齐的义勇军军服和孙亦元的佩刀。她知道父亲来过了。刚想离开时，她听见了一声狼一样的嚎叫声。她看见不远处，牧羊犬雷尼朝她看着，又昂起头，发出了狼的叫声。她向它走近几步，雷尼站起来，向她摇动着尾巴。但当她再走近几步，它却向后退了。她知道她抓不住它了，知道它不会离开这里了。她默默地离开了，回头再看时，看到雷尼趴在弟弟的墓旁，一动不动。爱琦不知道现在这是一只狗还是一只狼，或者是游移于两者之间的生灵，它们之间本来就没有明确的界限。

她的眼泪忍不住又掉落下来。

爱琦开车去了庆功会场。她想父亲也许去了会场。然而，从头至尾，会场并没出现孙亦元的影子，孙亦元的勋章是爱琦代为上台领取的。

爱琦这才觉得事情不简单，火急火燎去找朗生，朗生支支吾吾，追问之下，朗生才讲孙亦元要出家，已经动身去了五台山。

"我爸坐了哪趟火车？"

"将军没有坐车，是步行的。他不让人跟着，谁也不知道现在走的是哪条路。"

"你们为啥不拦住他？"

"拦不住啊，谁拦谁就得死啊！"

上海的证券交易所里，一个经纪人眉飞色舞地指着一张报纸讲："侬看看格只股票妖不妖？不值铜钿额辰光只有几分洋钿一股，后来慢慢起来变成几块洋钿，格两年大股东一直吃进，价钱也就到廿几块。想不到背后头故事是格家犹太人不但拿回了采矿权，现在又发现了新矿！犹太人真娘的会做生意啊，侬看两个礼拜，股价噌噌要接近两百块哉！哎，我记得我手里卖出去过一笔股票，八分一股，有一只小赤佬不晓得拉里根筋搭牢了花了一大笔钞票买了格只股票，还讲是要派啥其他用场，我当时想，格只小赤佬真真是十三点，股票还能够派其他啥用场，当纸钿烧？现在算算，我是十三点啦！格笔股票快要值格公司5%市值了呀，要是

324

小赤佬到现在没卖脱，格就是股神啊！侬算算看，侬十廿个人一家一当加起来有勿有伊一个人的钞票多？"

大概他也后悔，自己怎么没买一点从八分涨到两百块钱的股票。

在龙华，关桃老家，河滩边，老桃树今年没开花，连叶子也长不出。关炳生讲，这树老了，过几天把它砍了吧。这棵桃树旁边有一座衣冠冢，是当年关桃为邱明远所建。今年没人打理，几场大雨过后，碑已经略歪了，四周的草早已没过膝盖。风吹过，青草起舞，鸟飞过，倏忽无踪。

知了在树上拼命嘶叫，路上行人稀少，七层八面的龙华塔矗立于骄阳中，俯瞰着苍生，守望着四野八方。

定稿于 2018 年 5 月 10 日上海

尾声　叹大势约翰离沪　诵英灵谛闲西归